2012

考研
计算机学科专业基础综合
历年真题名师详解
及100知识点聚焦

主　编　崔　巍

副主编　蒋本珊　　孙卫真　　白龙飞

2009—2011年真题名师详解：
•知识聚焦 •思路剖析 •参考答案 •知识链接
100知识点聚焦：
•典型题分析 •知识点睛 •即学即练 •习题答案

北京航空航天大学出版社
BEI HANG UNIVERSITY PRESS

内 容 简 介

本书以最新版《全国硕士研究生入学统一考试计算机科学与技术学科联考计算机学科专业基础综合考试大纲》为依据，结合作者多年的教学实践，详细阐述了大纲规定的基础理论，凝炼了100个知识点，并将全书分为两部分。第一部分为历年真题名师详解，详细透彻地分析了2009年、2010年、2011年考研真题，对于每道真题追根溯源，从考核的知识点、解题思想、解题技巧、举一反三等多方面进行讲解。第二部分为100知识点聚焦，特别注重与考研大纲要求的结合，对100个知识点进行了重点的分析，从而加强考生的应试能力。本书内容阐述准确、精炼，重点突出，并在书中选择典型例题进行分析，以便考生对每部分知识有一个全局性的认识和把握，帮助考生进行有针对性地复习。从2011年真题上看，100知识点包含了全部试题的考点，并且书中大量的例题、习题与真题相符，深受广大考生好评！另外，本书根据2012年考研形势又做出了内容调整，力求帮助广大考生缩短复习时间，提高应试能力。

本书对于报考计算机专业硕士研究生的考生来说是极具价值的参考书，同时也适用于讲授上述课程的教师以及自修该课程的其他人员。

图书在版编目(CIP)数据

2012考研计算机学科专业基础综合历年真题名师详解及100知识点聚焦 / 崔巍主编. -- 北京 ：北京航空航天大学出版社,2011.7

ISBN 978 - 7 - 5124 - 0430 - 4

Ⅰ.①2… Ⅱ.①崔… Ⅲ.①计算机技术－研究生－入学考试－自学参考资料 Ⅳ.①TP3

中国版本图书馆 CIP 数据核字(2011)第 082229 号

2012 考研计算机学科专业基础综合
历年真题名师详解及 100 知识点聚焦
主 编 崔 巍
副主编 蒋本珊 孙卫真 白龙飞
责任编辑 杨国龙
策划编辑 谭 莉

*

北京航空航天大学出版社出版发行

北京市海淀区学院路 37 号(邮编 100191) http://www.buaapress.com.cn
发行部电话:(010)82317024 传真:(010)82328026
读者信箱:bhpress@263.net 邮购电话:(010)82316936
北京时代华都印刷有限公司印装 各地书店经销

*

开本:787×1 092 1/16 印张:23.75 字数:608 千字
2011 年 7 月第 1 版 2011 年 7 月第 1 次印刷
ISBN 978 - 7 - 5124 - 0430 - 4 定价:39.80 元

前　言

　　近年来,越来越多的学子加入到考研大军中,使得考研形势一路走热,而且还在不断升温。为了在日趋激烈的竞争中立于不败之地,在复习中做到有的放矢,在考试中稳操胜券,考生在复习备考之前就很有必要把考试科目的具体要求、历年真题、知识重点等作为复习的重中之重来准备。由北京各重点高校一线教授、名师编著的《2012 考研计算机学科专业基础综合历年真题名师详解及 100 知识点聚焦》正是这样一本备考指南。

　　在介绍本书内容之前,首先为准备参加 2012 年硕士研究生入学考试计算机专业统考的同学给出一些复习建议。专业课的复习可分为以下三个阶段。

　　第一阶段:基础复习阶段(开始复习—2011 年 7 月)。这一阶段需要对“数据结构”、“计算机组成原理”、“操作系统”、“计算机网络”的教材仔细研读一遍,了解四门课程的内容,理解每一个知识点,弄清每门课程的内在逻辑结构、重点章节等。这一阶段的复习要注意全面性。

　　第二阶段:强化提高阶段(2011 年 8 月—2011 年 11 月中旬)。这一阶段使用优秀的考研参考书进行深入复习,加强知识点的前后联系,建立整体框架结构。分清、整理、掌握重点和难点,完成参考书中的习题,理清解题思路,提升解题速度。并且针对 2009 年、2010 年、2011 年考研真题,分析真题答案,弄清每一道题属于教材中的哪一章、哪个知识点。通过做真题要了解考试形式、考试重点、题型设置和难易程度等内容,揣摩命题思路。这一阶段的复习要注意系统性。

　　第三阶段:冲刺阶段(2011 年 11 月中下旬—考前)。这一阶段总结所有重点知识点,包括重点概念、理论和模型等,查漏补缺。温习学习笔记和历年真题,分析真题的出题思路,预测本年度可能考查的内容和出题思路。多做优质的模拟试卷,进一步归类整理总结。最后全面回顾知识点、易考题目及答案,准备应考。这一阶段的复习要注意目的性。

　　计算机专业基础科目属于综合性考试,理论知识庞杂,考生复习起来费时费力。从近两年的命题特点来看,试题也越来越灵活。考研“备战”讲究“战略战术”,相信每位考生都在为自己设计既科学实用、又省时高效的复习方案,以准确高效地抓住知识点和核心。“读薄练精”正是这样一种普遍适用的备考新理念。

　　本书以最新版《全国硕士研究生入学统一考试计算机科学与技术学科联考计算机学科专业基础综合考试大纲》为依据,将庞杂的理论凝炼为 100 个知识点,力求系统贯通,准确到位。本书不仅对大纲规定的基本理论阐述准确,知识聚点清晰,更有大量针对性习题,使考生能更好地理解消化书中的内容。

　　全书由两部分组成。第一部分为历年真题详解,透彻分析了 2009 年、2010 年、2011 年考研真题,对于每道真题追根溯源,从考核的知识点、解题思路、解题技巧、举一反三等多方面进行讲解。

　　第二部分为 100 知识点聚焦,以典型例题分析为切入点,对 100 个重点知识点进行详细分析,同时这也是对考点的预测。目的是帮助考生在复习阶段,“把书读薄”,以做到成竹在胸,引导考生在短时间内快速突破过关。

从 2011 年真题情况上看，100 知识点包含了全部试题的考点，并且有大量的例题、习题与真题相符合，深受广大考生好评！

本书力图体现内容完整、重点突出、逻辑清晰、结构合理的特点，特别适合考生的第二阶段强化阶段和第三阶段冲刺阶段的复习，使复习事半功倍，对于报考计算机专业硕士研究生的考生是极具价值的参考书。

本书的编者全部是在国家重点院校长期从事计算机科学与技术学科本科及硕士研究生课程教学的一线教授和副教授，在相关课程中均具有 15 年以上的教学经历，并先后编写过多本教材和考研辅导书。本书数据结构部分由崔巍老师编写，计算机组成原理部分由蒋本珊老师编写，操作系统部分由孙卫真老师编写，计算机网络部分由白龙飞老师编写。全书由崔巍老师统稿。

在本书的编写过程中，参考了一些相关的书籍、资料及网络资源，在此向这些书的作者表示深深的谢意。在编写、修改和出版本书的过程中，我们本着对考生高度负责的态度，精益求精，但由于编者水平有限，时间也比较仓促，尽管经过反复校对与修改，书中难免还存在错、漏和不妥之处，敬请广大读者和专家批评指正，以便再版完善。

衷心地希望本书能帮助考生在考试中取得理想的成绩！圆梦 2012！

编　者

2011 年 7 月

目　　录

第一部分　历年真题名师详解

2011 年全国硕士研究生入学统一考试
计算机学科专业基础综合试题

一、单项选择题：1～40 小题，每小题 2 分，共 80 分。下列每题给出的四个选项中，只有一个选项是最符合题目要求的。

1. 设 n 是描述问题规模的非负整数，下面程序片段的时间复杂度是（　　）。

   x＝2；
   while（x＜n/2）
       x＝2＊x；

   A. $O(\log_2 n)$　　　　B. $O(n)$　　　　C. $O(n\log_2 n)$　　　　D. $O(n^2)$

2. 元素 a,b,c,d,e 依次进入初始为空的栈中，若元素进栈后可停留、可出栈，直到所有元素都出栈，则在所有可能的出栈序列中，以元素 d 开头的序列个数是（　　）。

   A. 3　　　　　　　　B. 4　　　　　　　　C. 5　　　　　　　　D. 6

3. 已知循环队列存储在一维数组 A[0..n−1]中，且队列非空时 front 和 rear 分别指向队头元素和队尾元素。若初始时队列为空，且要求第 1 个进入队列的元素存储在 A[0]处，则初始时 front 和 rear 的值分别是（　　）。

   A. 0,0　　　　　　　B. 0,n−1　　　　　　C. n−1,0　　　　　　D. n−1,n−1

4. 若一棵完全二叉树有 768 个结点，则该二叉树中叶结点的个数是（　　）。

   A. 257　　　　　　　B. 258　　　　　　　C. 384　　　　　　　D. 385

5. 若一棵二叉树的前序遍历序列和后序遍历序列分别为 1,2,3,4 和 4,3,2,1，则该二叉树的中序遍历序列不会是（　　）。

   A. 1,2,3,4　　　　　B. 2,3,4,1　　　　　C. 3,2,4,1　　　　　D. 4,3,2,1

6. 已知一棵有 2011 个结点的树，其叶结点个数为 116，该树对应的二叉树中无右孩子的结点个数是（　　）。

   A. 115　　　　　　　B. 116　　　　　　　C. 1895　　　　　　　D. 1896

7. 对于下列关键字序列，不可能构成某二叉排序树中一条查找路径的序列是（　　）。

   A. 95,22,91,24,94,71　　　　　　　　　　B. 92,20,91,34,88,35

   C. 21,89,77,29,36,38　　　　　　　　　　D. 12,25,71,68,33,34

8. 下列关于图的叙述中，正确的是（　　）。

Ⅰ. 回路是简单路径

Ⅱ. 存储稀疏图,用邻接矩阵比邻接表更省空间

Ⅲ. 若有向图中存在拓扑序列,则该图不存在回路

A. 仅Ⅱ   B. 仅Ⅰ、Ⅱ   C. 仅Ⅲ   D. 仅Ⅰ、Ⅲ

9. 为提高散列(Hash)表的查找效率,可以采用的正确措施是( )。

Ⅰ. 增大装填(载)因子

Ⅱ. 设计冲突(碰撞)少的散列函数

Ⅲ. 处理冲突(碰撞)时避免产生聚集(堆积)现象

A. 仅Ⅰ   B. 仅Ⅱ   C. 仅Ⅰ、Ⅱ   D. 仅Ⅱ、Ⅲ

10. 为实现快速排序算法,待排序序列宜采用的存储方式是( )。

A. 顺序存储   B. 散列存储   C. 链式存储   D. 索引存储

11. 已知序列 25,13,10,12,9 是大根堆,在序列尾部插入新元素 18,将其再调整为大根堆,调整过程中元素之间进行的比较次数是( )。

A. 1   B. 2   C. 4   D. 5

12. 下列选项中,描述浮点数操作速度指标的是( )。

A. MIPS   B. CPI   C. IPC   D. MFLOPS

13. float 型数据通常用 IEEE 754 单精度浮点数格式表示。若编译器将 float 型变量 x 分配在一个 32 位浮点寄存器 FR1 中,且 $x = -8.25$,则 FR1 的内容是( )。

A. C104 0000H   B. C242 0000H

C. C184 0000H   D. C1C2 0000H

14. 下列各类存储器中,不采用随机存取方式的是( )。

A. EPROM   B. CDROM   C. DRAM   D. SRAM

15. 某计算机存储器按字节编址,主存地址空间大小为 64 MB,现用 4M×8 位的 RAM 芯片组成 32 MB 的主存储器,则存储器地址寄存器 MAR 的位数至少是( )。

A. 22 位   B. 23 位   C. 25 位   D. 26 位

16. 偏移寻址通过将某个寄存器内容与一个形式地址相加而生成有效地址。下列寻址方式中,不属于偏移寻址方式的是( )。

A. 间接寻址   B. 基址寻址   C. 相对寻址   D. 变址寻址

17. 某机器有一个标志寄存器,其中有进位/借位标志 CF、零标志 ZF、符号标志 SF 和溢出标志 OF,条件转移指令 bgt(无符号整数比较大于时转移)的转移条件是( )。

A. CF+OF=1   B. $\overline{SF}$+ZF=1   C. $\overline{CF+ZF}$=1   D. $\overline{CF+SF}$=1

18. 下列给出的指令系统特点中,有利于实现指令流水线的是( )。

Ⅰ. 指令格式规整且长度一致

Ⅱ. 指令和数据按边界对齐存放

Ⅲ. 只有 Load/Store 指令才能对操作数进行存储访问

A. 仅Ⅰ、Ⅱ   B. 仅Ⅱ、Ⅲ   C. 仅Ⅰ、Ⅲ   D. Ⅰ、Ⅱ、Ⅲ

19. 假定不采用 Cache 和指令预取技术,且机器处于"开中断"状态,则在下列有关指令执行的叙述中,错误的是( )。

A. 每个指令周期中 CPU 都至少访问内存一次

B. 每个指令周期一定大于或等于一个 CPU 时钟周期

C. 空操作指令的指令周期中任何寄存器的内容都不会被改变

D. 当前程序在每条指令执行结束时都可能被外部中断打断

20. 在系统总线的数据线上,不可能传输的是(　　　)。

    A. 指令

    B. 操作数

    C. 握手(应答)信号

    D. 中断类型号

21. 某计算机有五级中断 $L_4 \sim L_0$,中断屏蔽字为 $M_4 M_3 M_2 M_1 M_0$,$M_i = 1(0 \leqslant i \leqslant 4)$ 表示对 L_i 级中断进行屏蔽。若中断响应优先级从高到低的顺序是 $L_0 \rightarrow L_1 \rightarrow L_2 \rightarrow L_3 \rightarrow L_4$,且要求中断处理优先级从高到低的顺序为 $L_4 \rightarrow L_0 \rightarrow L_2 \rightarrow L_1 \rightarrow L_3$,则 L_1 的中断处理程序中设置的中断屏蔽字是(　　　)。

    A. 11110　　　　　　B. 01101　　　　　　C. 00011　　　　　　D. 01010

22. 某计算机处理器主频为 50 MHz,采用定时查询方式控制设备 A 的 I/O,查询程序运行一次所用的时钟周期数至少为 500。在设备 A 工作期间,为保证数据不丢失,每秒需对其查询至少 200 次,则 CPU 用于设备 A 的 I/O 的时间占整个 CPU 时间的百分比至少是(　　　)。

    A. 0.02%　　　　　　B. 0.05%　　　　　　C. 0.20%　　　　　　D. 0.50%

23. 下列选项中,满足短任务优先且不会发生饥饿现象的调度算法是(　　　)。

    A. 先来先服务

    B. 高响应比优先

    C. 时间片轮转

    D. 非抢占式短任务优先

24. 下列选项中,在用户态执行的是(　　　)。

    A. 命令解释程序

    B. 缺页处理程序

    C. 进程调度程序

    D. 时钟中断处理程序

25. 在支持多线程的系统中,进程 P 创建的若干个线程不能共享的是(　　　)。

    A. 进程 P 的代码段

    B. 进程 P 中打开的文件

    C. 进程 P 的全局变量

    D. 进程 P 中某线程的栈指针

26. 用户程序发出磁盘 I/O 请求后,系统的正确处理流程是(　　　)。

    A. 用户程序→系统调用处理程序→中断处理程序→设备驱动程序

    B. 用户程序→系统调用处理程序→设备驱动程序→中断处理程序

    C. 用户程序→设备驱动程序→系统调用处理程序→中断处理程序

    D. 用户程序→设备驱动程序→中断处理程序→系统调用处理程序

27. 某时刻进程的资源使用情况如下表所示

进　程	已分配资源			尚需资源			可用资源		
	R1	R2	R3	R1	R2	R3	R1	R2	R3
P1	2	0	0	0	0	1	0	2	1
P2	1	2	0	1	3	2			
P3	0	1	1	1	3	1			
P4	0	0	1	2	0	0			

此时的安全序列是(　　　)。

A. P1,P2,P3,P4　　　　　　　　　　　　　B. P1,P3,P2,P4

C. P1,P4,P3,P2　　　　　　　　　　　　　D. 不存在

28. 在缺页处理过程中,操作系统执行的操作可能是(　　　)。

　　Ⅰ. 修改页表　　　　Ⅱ. 磁盘I/O　　　　　　Ⅲ. 分配页框

　　A. 仅Ⅰ、Ⅱ　　　　　B. 仅Ⅱ　　　　　C. 仅Ⅲ　　　　　D. Ⅰ、Ⅱ和Ⅲ

29. 当系统发生抖动(thrashing)时,可以采取的有效措施是(　　　)。

　　Ⅰ. 撤销部分进程

　　Ⅱ. 增加磁盘交换区的容量

　　Ⅲ. 提高用户进程的优先级

　　A. 仅Ⅰ　　　　　　B. 仅Ⅱ　　　　　C. 仅Ⅲ　　　　　D. 仅Ⅰ、Ⅱ

30. 在虚拟存储管理中,地址变换机构将逻辑地址变换为物理地址,形成该逻辑地址的阶段是(　　　)。

　　A. 编辑　　　　　　B. 编译　　　　　C. 链接　　　　　D. 装载

31. 某文件占10个磁盘块,现要把该文件磁盘块逐个读入主存缓冲区,并送用户区进行分析。假设一个缓冲区与一个磁盘块大小相同,把一个磁盘块读入缓冲区的时间为100 μs,将缓冲区的数据传送到用户区的时间是50 μs,CPU对一块数据进行分析的时间为50 μs。在单缓冲区和双缓冲区结构下,读入并分析完该文件的时间分别是(　　　)。

　　A. 1500 μs、1000 μs　　　　　　　　B. 1550 μs、1100 μs

　　C. 1550 μs、1550 μs　　　　　　　　D. 2000 μs、2000 μs

32. 有两个并发执行的进程P1和P2,共享初值为1的变量x。P1对x加1,P2对x减1。加1和减1操作的指令序列分别如下所示。

```
//加1操作                              //减1操作
load    R1,x    //取x到寄存器R1中       load    R2,x
inc     R1                            dec     R2
store   x,R1    //将R1的内容存入x       store   x,R2
```

　　两个操作完成后,x的值(　　　)。

　　A. 可能为−1或3　　　　　　　　　　　　B. 只能为1

　　C. 可能为0、1或2　　　　　　　　　　　D. 可能为−1、0、1或2

33. TCP/IP参考模型的网络层提供的是(　　　)。

　　A. 无连接不可靠的数据报服务　　　　　　B. 无连接可靠的数据报服务

　　C. 有连接不可靠的虚电路服务　　　　　　D. 有连接可靠的虚电路服务

34. 若某通信链路的数据传输速率为2400 bps,采用4相位调制,则该链路的波特率是(　　　)。

　　A. 600 波特　　　　　B. 1200 波特　　　　C. 4800 波特　　　　D. 9600 波特

35. 数据链路层采用选择重传协议(SR)传输数据,发送方已发送了0～3号数据帧,现已收到1号帧的确认,而0、2号帧依次超时,则此时需要重传的帧数是(　　　)。

　　A. 1　　　　　　　　B. 2　　　　　　　C. 3　　　　　　　D. 4

36. 下列选项中,对正确接收到的数据帧进行确认的MAC协议是(　　　)。

A. CSMA   B. CDMA   C. CSMA/CD   D. CSMA/CA

37. 某网络拓扑如下图所示,路由器 R1 只有到达子网 192.168.1.0/24 的路由。为使 R1 可以将 IP 分组正确地路由到图中所有子网,则在 R1 中需要增加一条路由(目的网络,子网掩码,下一跳)是（ ）。

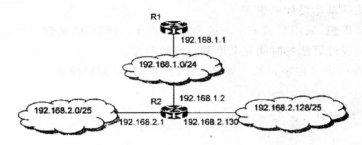

   A. 192.168.2.0,255.255.255.128,192.168.1.1

   B. 192.168.2.0,255.255.255.0,192.168.1.1

   C. 192.168.2.0,255.255.255.128,192.168.1.2

   D. 192.168.2.0,255.255.255.0,192.168.1.2

38. 在子网 192.168.4.0/30 中,能接收目的地址为 192.168.4.3 的 IP 分组的最大主机数是（ ）。

   A. 0   B. 1   C. 2   D. 4

39. 主机甲向主机乙发送一个(SYN＝1,seq＝11220)的 TCP 段,期望与主机乙建立 TCP 连接,若主机乙接受该连接请求,则主机乙向主机甲发送的正确的 TCP 段可能是（ ）。

   A. (SYN＝0,ACK＝0,seq＝11221,ack＝11221)

   B. (SYN＝1,ACK＝1,seq＝11220,ack＝11220)

   C. (SYN＝1,ACK＝1,seq＝11221,ack＝11221)

   D. (SYN＝0,ACK＝0,seq＝11220,ack＝11220)

40. 主机甲与主机乙之间已建立一个 TCP 连接,主机甲向主机乙发送了 3 个连续的 TCP 段,分别包含 300 字节、400 字节和 500 字节的有效载荷,第 3 个段的序号为 900。若主机乙仅正确接收到第 1 和第 3 个段,则主机乙发送给主机甲的确认序号是（ ）。

   A. 300   B. 500   C. 1200   D. 1400

二、综合应用题:41～47 小题,共 70 分。

41. (8分)已知有 6 个顶点(顶点编号为 0～5)的有向带权图 G,其邻接矩阵 A 为上三角矩阵,按行为主序(行优先)保存在如下的一维数组中。

4	6	∞	∞	∞	5	∞	∞	∞	4	3	∞	∞	3	3

要求:

(1) 写出图 G 的邻接矩阵 A。

(2) 画出有向带权图 G。

(3) 求图 G 的关键路径,并计算该关键路径的长度。

42. (15 分)一个长度为 $L(L \geqslant 1)$ 的升序序列 S,处在第 $\lceil L/2 \rceil$ 个位置的数为 S 的中位数。例

如,若序列 S1＝(11,13,15,17,19),则 S1 的中位数是 15。两个序列的中位数是含它们所有元素的升序序列的中位数。例如,若 S2＝(2,4,6,8,20),则 S1 和 S2 的中位数是 11。现有两个等长升序序列 A 和 B,试设计一个时间和空间两方面都尽可能高效的算法,找出两个序列 A 和 B 的中位数。要求:

(1) 给出算法的基本设计思想。

(2) 根据设计思想,采用 C 或 C＋＋或 JAVA 语言描述算法,关键之处给出注释。

(3) 说明你所设计算法的时间复杂度和空间复杂度。

43. (11 分)假定在一个 8 位字长的计算机中运行下列类 C 程序段:

```c
unsigned int  x = 134;
unsigned int  y = 246;
int  m = x;
int  n = y;
unsigned int  z1 = x - y;
unsigned int  z2 = x + y;
int  k1 = m - n;
int  k2 = m + n;
```

若编译器编译时将 8 个 8 位寄存器 R1～R8 分别分配给变量 x、y、m、n、$z1$、$z2$、$k1$ 和 $k2$。请回答下列问题。(提示:带符号整数用补码表示)

(1) 执行上述程序段后,寄存器 R1、R5 和 R6 的内容分别是什么?(用十六进制表示)

(2) 执行上述程序段后,变量 m 和 $k1$ 的值分别是多少?(用十进制表示)

(3) 上述程序段涉及带符号整数加/减、无符号整数加/减运算,这四种运算能否利用同一个加法器及辅助电路实现?简述理由。

(4) 计算机内部如何判断带符号整数加/减运算的结果是否发生溢出?上述程序段中,哪些带符号整数运算语句的执行结果会发生溢出?

44. (12 分)某计算机存储器按字节编址,虚拟(逻辑)地址空间大小为 16 MB,主存(物理)地址空间大小为 1 MB,页面大小为 4 KB;Cache 采用直接映射方式,共 8 行;主存与 Cache 之间交换的块大小为 32 B。系统运行到某一时刻时,页表的部分内容和 Cache 的部分内容分别如题 44－a 图、题 44－b 所示,图中页框号及标记字段的内容为十六进制形式。

虚页号	有效位	页框号	...
0	1	06	...
1	1	04	...
2	1	15	...
3	1	02	...
4	0	—	...
5	1	2B	...
6	0	—	...
7	1	32	...

题 44－a 图　页表的部分内容

行号	有效位	标记	...
0	1	020	...
1	0	—	...
2	1	01D	...
3	1	105	...
4	1	064	...
5	1	14D	...
6	0	—	...
7	1	27A	...

题 44－b 图　Cache 的部分内容

请回答下列问题。

(1) 虚拟地址共有几位,哪几位表示虚页号?物理地址共有几位,哪几位表示页框号(物理页号)?

(2) 使用物理地址访问 Cache 时,物理地址应划分哪几个字段? 要求说明每个字段的位数及在物理地址中的位置。

(3) 虚拟地址 001C60H 所在的页面是否在主存中? 若在主存中,则该虚拟地址对应的物理地址是什么? 访问该地址时是否 Cache 命中? 要求说明理由。

(4) 假定为该机配置一个 4 路组相联的 TLB,该 TLB 共可存放 8 个页表项,若其当前内容(十六进制)如题 44 - c 图所示,则此时虚拟地址 024BACH 所在的页面是否在主存中? 要求说明理由。

组号	有效位	标记	页框号	有效位	标记	页框号	有效位	标记	页框号	有效位	标记	页框号
0	0	—	—	1	001	15	0	—	—	1	012	1F
1	1	013	2D	0	—	—	1	008	7E	0	—	—

题 44 - c 图　TLB 的部分内容

45. (8 分)某银行提供 1 个服务窗口和 10 个供顾客等待的座位。顾客到达银行时,若有空座位,则到取号机上领取一个号,等待叫号。取号机每次仅允许一位顾客使用。当营业员空闲时,通过叫号选取一位顾客,并为其服务。顾客和营业员的活动过程描述如下:

```
cobegin
{
    process 顾客i
    {
        从取号机获得一个号码;
        等待叫号;
        获得服务;
    }
    process 营业员
    {
        while (TRUE)
        {
            叫号;
            为顾客服务;
        }
    }
}coend
```

请添加必要的信号量和 P、V(或 wait()、signal())操作,实现上述过程中的互斥与同步。要求写出完整的过程,说明信号量的含义并赋初值。

46. (7 分)某文件系统为一级目录结构,文件的数据一次性写入磁盘,已写入的文件不可修改,但可多次创建新文件。请回答如下问题。

(1) 在连续、链式、索引三种文件的数据块组织方式中,哪种更合适? 要求说明理由。为定位文件数据块。需要在 FCB 中设计哪些相关描述字段?

(2) 为快速找到文件,对于 FCB,是集中存储好,还是与对应的文件数据块连续存储好? 要求说明理由。

47. (9分)某主机的 MAC 地址为 00-15-C5-C1-5E-28，IP 地址为 10.2.128.100（私有地址）。题 47-a 图是网络拓扑，题 47-b 图是该主机进行 Web 请求的1个以太网数据帧前80个字节的十六进制及 ASCII 码内容。

题 47-a 图 网络拓扑

```
0000  00 21 27 21 51 ee 00 15  c5 c1 5e 28 08 00 45 00   .!'!Q... ..^(..E.
0010  01 ef 11 3b 40 00 80 06  ba 9d 0a 02 80 64 40 aa   ...;@... .....d@.
0020  62 20 04 ff 00 50 e0 e2  00 fa 7b f9 85 05 50 18   b ...P.. ..{...P.
0030  fa f0 1a c4 00 00 47 45  54 20 2f 72 66 63 2e 68   ......GE T /rfc.h
0040  74 6d 6c 20 48 54 54 50  2f 31 2e 31 0d 0a 41 63   tml HTTP /1.1..Ac
```

题 47-b 图 以太网数据帧（前 80 字节）

请参考图中的数据回答以下问题。

(1) Web 服务器的 IP 地址是什么？该主机的默认网关的 MAC 地址是什么？

(2) 该主机在构造题 47-b 图的数据帧时，使用什么协议确定目的 MAC 地址？封装该协议请求报文的以太网帧的目的 MAC 地址是什么？

(3) 假设 HTTP/1.1 协议以持续的非流水线方式工作，以此请求-响应时间为 RTT，rfc. html 页面引用了 5 个 JPEG 小图像，则从发出题 47-b 图中的 Web 请求开始到浏览器收到全部内容为止，需要多少个 RTT？

(4) 该帧所封装的 IP 分组经过路由器 R 转发时，需修改 IP 分组头中的哪些字段？

注：以太网数据帧结构和 IP 分组头结构分别如题 47-c 图、题 47-d 图所示。

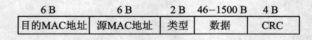

6B	6B	2B	46—1500 B	4B
目的MAC地址	源MAC地址	类型	数据	CRC

题 47-c 图 以太网帧结构

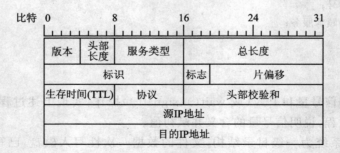

题 47-d 图 IP 分组头结构

2011 年全国硕士研究生入学统一考试
计算机学科专业基础综合试题
参考答案及详细解析

一、单项选择题

1. 【知识聚焦】数据结构——算法和算法分析

   具体参看知识点聚焦 1

   【思路剖析】本题主要考查简单算法的时间复杂度与空间复杂度的分析。其中,以基本运算的原操作重复执行的次数作为算法的时间度量。

   题目中的基本运算是语句 x＝2＊x,设其执行时间为 T(n),则有
   $$2^{T(n)} < n/2$$
   即 $T(n) < \log_2 n/2 = O(\log_2 n)$。

   【参考答案】A。

   【知识链接】对于算法的时间复杂度和空间复杂度的相关知识,考生除了具备分析简单算法时间复杂度与空间复杂度的能力,还应牢记和理解教材中的一些经典算法的时间复杂度与空间复杂度。

2. 【知识聚焦】数据结构——栈、队列和数组——栈和队列的基本概念

   具体参看知识点聚焦 6

   【思路剖析】d 首先出栈后的状态如下图所示。

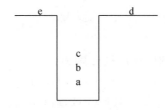

   此时可有以下 4 种操作:

   (1) e 进栈后出栈,出栈序列为 decba。

   (2) c 出栈,e 进栈后出栈,出栈序列为 dceba。

   (3) cb 出栈,e 进栈后出栈,出栈序列为 dcbea。

   (4) cba 出栈,e 进栈后出栈,出栈序列为 dcbae。

   【参考答案】B。

   【知识链接】栈的先进后出的特性以及队列的先进先出的特性,在实际解题过程中的应用较为灵活。

3. 【知识聚焦】数据结构——栈、队列和数组——栈和队列的顺序存储结构

   具体参看知识点聚焦 7

   【思路剖析】题目要求队列非空时 front 和 rear 分别指向队头元素和队尾元素,若初始时队

列为空,且要求第 1 个进入队列的元素存储在 A[0]处,则此时 front 和 rear 的值都为 0。由于进队操作是队尾 rear 循环向前一个位置,而不是队头 front 循环向前一个位置,则初始时 front 的值为 0、rear 的值为 $n-1$。

【参考答案】B。

【知识链接】循环队列中队头指针 front、队尾指针 rear、队列中的元素个数 count,这 3 个参量中已知其中的两个,要求学生应能求出第 3 个参量。

4. 【知识聚焦】数据结构——树与二叉树——二叉树——二叉树的定义及其主要特性

具体参看知识点聚焦 10

【思路剖析】由 $n=n_0+n_1+n_2$ 和 $n_0=n_2+1$ 可知,$n=2n_0-1+n_1$,即 $2n_0-1+n_1=768$,显然 $n_1=1$,$2n_0=768$,则 $n_0=384$。

【参考答案】C。

【知识链接】由完全二叉树的结点总数的奇偶性可以确定 n_1 的值,但不能根据 n_0 的值来确定 n_1 的值。

5. 【知识聚焦】数据结构——树与二叉树——二叉树——二叉树的遍历

具体参看知识点聚焦 11

【思路剖析】题目中的二叉树的先序序列和后序序列正好相反,这样的二叉树每层只有一个结点。该二叉树的形态如下图所示。

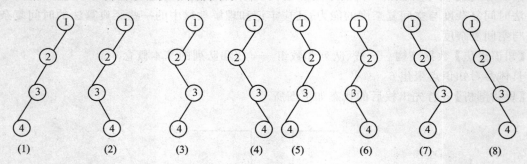

(1)   (2)   (3)   (4)   (5)   (6)   (7)   (8)

从左至右,这 8 棵二叉树的中序序列分别为:

(1)4,3,2,1,   (2)3,4,2,1   (3)2,4,3,1   (4)2,3,4,1
(5)1,4,3,2   (6)1,3,4,2   (7)1,2,4,3   (8)1,2,3,4

显然选项 C 的中序序列不会出现。

【参考答案】C。

【知识链接】由于二叉树的先序序列是 NLR,后序序列是 LRN,要使 NLR=NRL(后序序列反序)成立,则 L 或 R 为空,这样的二叉树每层只有一个结点,即二叉树的形态是其高度等于结点个数。

6. 【知识聚焦】数据结构——树与二叉树——树、森林——森林与二叉树的转换

具体参看知识点聚焦 13

【思路剖析】每个非终端结点转换成二叉树后都对应一个无右孩子的结点(因为一个非终端结点至少有一个孩子结点,其最右边的孩子结点转换成二叉树后一定没有右孩子),另外,树根结点转换成二叉树后也没有右孩子。

题目中树的总结点数是 2011,叶结点个数是 116,则非终端结点个数是 2011-116=

1895,则该树对应的二叉树中无右孩子的结点个数是 1895＋1＝1896。

【参考答案】D。

【知识链接】森林中有 n 个非终端结点,则其对应的二叉树中无右孩子的结点个数为 n+1。

7. 【知识聚焦】数据结构——树与二叉树——树与二叉树的应用——二叉排序树、平衡二叉树

具体参看知识点聚焦 14

【思路剖析】各选项对应的查找过程如下图所示,从中看到选项 B、C、D 对应的查找树都是二叉排序树,只有选项 A 对应的查找树不是一棵二叉排序树,因为在以 91 为根的左子树中出现了比 91 大的结点 94。

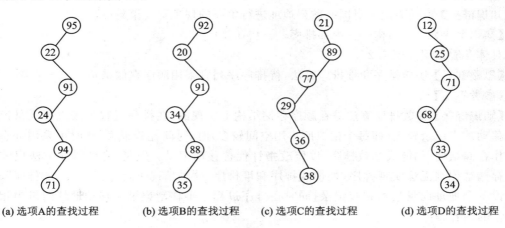

(a) 选项A的查找过程　　(b) 选项B的查找过程　　(c) 选项C的查找过程　　(d) 选项D的查找过程

【参考答案】A。

【知识链接】二叉排序树的一个重要性质:一棵非空的二叉排序树中关键字互不相同,其中最小者必无左孩子,最大者必无右孩子。

8. 【知识聚焦】数据结构——图——图的基本概念

数据结构——图——图的存储及其基本操作

数据结构——图——图的基本应用——拓扑排序

具体参看知识点聚焦 16、17、20

【思路剖析】第一个顶点和最后一个顶点相同的路径称为回路;序列中顶点不重复出现的路径称为简单路径;回路显然不是简单路径,所以选项Ⅰ错误。

稀疏图用邻接表表示比邻接矩阵节省存储空间,稠密图适合用邻接矩阵的存储表示,所以选项Ⅱ错误。

利用拓扑排序算法可以判断图中是否存在回路,即在拓扑排序输出结束后所余下的顶点都有前驱,则说明了只得到了部分顶点的拓扑有序序列,图中存在回路。所以选项Ⅲ正确。

【参考答案】C。

【知识链接】在图的总边数小于 n(n−1)/2 的情况下,邻接表比邻接矩阵要节省空间。

9. 【知识聚焦】数据结构——查找——散列表

具体参看知识点聚焦 25。

【思路剖析】散列表的查找效率(比较次数)取决于:散列函数、处理冲突的方法和散列表的

装填因子 a。

a 标志着散列表的装满程度,通常情况下,a 越小,发生冲突的可能性越小;反之,a 越大,表示已填入的记录越多,再填入记录时,发生冲突的可能性越大。因此选项 I 错误,越是增大装填因子,发生冲突的可能性就越大,查找效率也越低。

选项 II 正确。

选项 III 正确。采用合适的处理冲突的方法避免产生聚集现象,也将提高查找效率。例如,用拉链法解决冲突时不存在聚集现象,用线性探测法解决冲突时易引起聚集现象。

【参考答案】D。

【知识链接】不同关键字对同一散列地址进行争夺的现象称为聚集(或堆积)。

10. 【知识聚焦】数据结构——内部排序——快速排序

具体参看知识点聚焦27。

【思路剖析】快速排序和堆排序算法,待排序序列宜采用顺序存储结构。

【参考答案】A。

【知识链接】多数排序算法是在顺序存储结构上实现的,在排序过程中需进行大量记录的移动。当记录较大(即每个记录所占用空间较多)时,时间耗费很大,此时可采用静态链表作存储结构,如链式基数排序,以修改指针代替移动记录。但是,有的排序方法以链表作存储结构则无法实现排序,如快速排序和堆排序,这种情况下可以进行"地址排序",即另设一个地址向量指示相应记录;同时在排序过程中不移动记录而移动地址向量中相应分量的内容。

11. 【知识聚焦】数据结构——内部排序——堆排序

具体参看知识点聚焦28。

【思路剖析】本题考查堆的定义以及"筛选"。对堆插入或删除一个元素,有可能不满足堆的性质,堆被破坏,需要调整为新堆。(1)为原堆,(2)为插入18后,(3)比较10与18,交换后,(4)比较25与18,不交换,即为调整后的新的大根堆。因此调整过程中元素之间进行的比较次数为2。

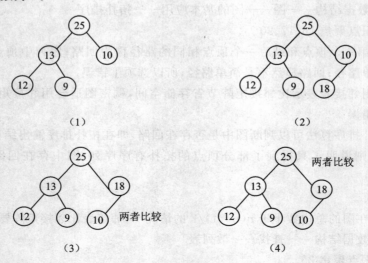

（1）　　　　　　　　　　　（2）

（3）　　　　　　　　　　　（4）

【参考答案】B。

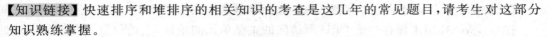

【知识链接】快速排序和堆排序的相关知识的考查是这几年的常见题目,请考生对这部分知识熟练掌握。

12. 【知识聚焦】计算机组成原理——计算机系统概述——计算机性能指标

具体参看知识点聚焦31。

【思路剖析】MFLOPS 表示每秒执行多少百万次浮点运算,用来描述计算机的浮点运算速度,适用于衡量向量机的性能。

【参考答案】D。

【知识链接】MIPS 表示每秒执行多少百万条指令条数,常用来描述计算机的定点运算速度,适用于衡量标量机的性能;CPI 是指每条指令执行所用的时钟周期数;IPC 是 CPI 的倒数,即每个时钟周期执行的指令数。

13. 【知识聚焦】计算机组成原理——数据的表示和运算——浮点数的表示和运算

具体参看知识点聚焦36。

【思路剖析】首先将十进制数转换为二进制数 -1000.01,接着把它写成规格化形式 $-1.00001×2^3$(按 IEEE 754 标准),然后计算阶码的移码(偏置值+阶码真值)为 130,最后短浮点数代码:

符号位 = 1,阶码 = 10000010,尾数 00001000000000000000000,写成十六进制为 C104 0000H。

选项 D 是一个很容易被误选的选项,其错误在于没有考虑 IEEE 754 标准中隐含最高位 1 的情况,偏置值是 128。

【参考答案】A。

【知识链接】IEEE 754 标准单精度浮点数长 32 位,最高位为数符位;其后是 8 位阶码,以 2 为底,用移码表示,阶码的偏置值为 127,其余 23 位是尾数数值位,尾数用原码表示。尾数采用隐含最高数位的方法,这样,无形中又增加了一位尾数(1 位隐含位+23 位小数位)。

14. 【知识聚焦】计算机组成原理——存储器层次结构——存储器的分类

具体参看知识点聚焦39

【思路剖析】CDROM 是只读的光盘存储器。在四类存储器中,只有 CDROM 属于辅助存储器,不能采用随机存取方式。

【参考答案】B。

【知识链接】所谓随机存取方式是指 CPU 可以对存储器中的内容随机地存取,CPU 对任何一个存储单元的写入和读出时间是一样的,即存取时间相同,与其所处的物理位置无关。只读存储器也采用随机存取方式,只是仅能读不能写而已。EPROM 是指可擦除可编程的只读存储器。

15. 【知识聚焦】计算机组成原理——存储器层次结构——主存储器与 CPU 的连接

具体参看知识点聚焦40、41

【思路剖析】虽然实际的主存储器(RAM 区)只有 32MB,但不排除还有 ROM 区,考虑到存储器扩展的需要,MAR 应保证能访问到整个主存地址空间。因为主存的地址空间大小为 64MB,所以 MAR 的位数至少需要 26 位。

【参考答案】D。

【知识链接】存储器地址寄存器 MAR 和存储器数据寄存器 MDR 是主存和 CPU 之间的接口。MAR 用来保存当前 CPU 所访问的主存单元的地址,它的位数与存储器的地址空间有关。若 MAR 的长度为 K 位,可访问的主存单元数可达 2^K。MDR 是向主存写入数据或从主存读出数据的缓冲部件,它的位数等于主存的存储字。

16. 【知识聚焦】计算机组成原理——指令系统——指令的寻址方式——常见寻址方式
具体参看知识点聚焦 46

【思路剖析】在四种不同的寻址方式中,间接寻址按指令的形式地址从主存中取出操作数的有效地址,然后再按此有效地址从主存中读出操作数。其余三种寻址方式可以统称为偏移寻址。

【参考答案】A。

【知识链接】偏移寻址形成有效地址的方法是将某一寄存器的内容与指令中的形式地址相加,即 EA=(R)+A,R 对于变址寻址来说是变址寄存器,基址寻址是基址寄存器,相对寻址是程序计数器。

17. 【知识聚焦】计算机组成原理——数据的表示和运算——定点数的表示和运算
具体参看知识点聚焦 35

【思路剖析】判断无符号整数 A>B 成立,满足的条件是结果不等于 0,即零标志 ZF=0,且不发生进位,即进位/借位标志 CF=0。所以正确选项为 C。其余选项中用到了符号标志 SF 和溢出标志 OF,显然可以排除掉。

【参考答案】C。

【知识链接】测试无符号整数运算结果的标志只有两个:进位/借位标志 CF 和零标志 ZF。带符号整数运算结果的标志有三个:零标志 ZF、符号标志 SF 和溢出标志 OF。

18. 【知识聚焦】计算机组成原理——中央处理器——指令流水线
具体参看知识点聚焦 53

【思路剖析】特点 Ⅰ 和 Ⅲ 都是 RISC 机的特征,而特点 Ⅱ 则有利于指令和数据的存放,所以以上三个特点都有利于实现指令流水线。

【参考答案】D。

【知识链接】流水线是将一个较复杂的处理过程分成 m 个复杂程度相当、处理时间大致相等的子过程,每个子过程由一个独立的功能部件来完成,处理对象在各子过程连成的线路上连续流动。指令流水线是将一条指令的执行过程分成若干个子过程,分别由若干个功能部件来完成,指令在各个子过程中连续流动。适合流水线的指令系统的特征有:①指令长度应尽量一致;②指令格式应尽量规整;③保证除 Load/Store 指令外的其他指令都不访问存储器;④数据和指令在存储器中"对齐"存放。

19. 【知识聚焦】计算机组成原理——中央处理器——指令执行过程
具体参看知识点聚焦 49

【思路剖析】本题涉及的概念比较多。首先,如果不采用 Cache 和指令预取技术,每个指令周期中至少要访问内存一次,即从内存中取指令。其次,指令有的简单有的复杂,每个指令周期总大于或等于一个 CPU 时钟周期。第三,即使是空操作指令,在指令周期中程序计数器 PC 的内容也会改变(PC 值加"1"),为取下一条指令做准备。第四,如果机器处于"开中断"状态,在每条指令执行结束时都可能被新的更高级的中断请求所打断。所以应选择选项 C。

【参考答案】C。

【知识链接】指令周期是指从取指令、分析取数到执行完该指令所需的全部时间。

早期计算机通常将指令周期分为机器周期、节拍和脉冲三级时序,现代计算机中已不再采用三级时序系统,一个时钟周期就是一个节拍。由于各种指令的操作功能不同,每个指令周期一定大于或等于一个 CPU 时钟周期。

指令周期中会发生变化的寄存器有很多,说任何寄存器的内容都不会改变太绝对了。

CPU 响应中断的条件:①CPU 接收到中断请求信号;②CPU 开中断;③一条指令执行完毕。

20. 【知识聚焦】计算机组成原理——总线——总线概述——总线的分类

具体参看知识点聚焦 54

【思路剖析】握手(应答)信号属于通信联络控制信号,不可能在数据总线上传输。而指令、操作数和中断类型码都可以在数据线上传输。

【参考答案】C。

【知识链接】系统总线按传送信息的不同可以细分为:地址总线、数据总线和控制总线。地址总线由单方向的多根信号线组成,用于 CPU 向主存、外设传输地址信息;数据总线由双方向的多根信号线组成,CPU 可以通过这些线从主存或外设读入数据或向主存或外设送出数据;控制总线上传输的是控制信息,包括 CPU 送出的控制命令和主存(或外设)返回 CPU 的反馈信号。

21. 【知识聚焦】计算机组成原理——输入输出系统——I/O 方式——程序中断方式

具体参看知识点聚焦 58

【思路剖析】由于 L_1 的中断处理优先级下降,屏蔽字中需要 3 个 0,所以可以将选项 A、B 排除掉。L_1 需要对 L_4、L_0、L_2 开放,所以对应位应该为"0"。

【参考答案】D。

【知识链接】每个中断请求信号在送往判优电路之前,还要受到屏蔽触发器的控制。在中断接口电路中,多个屏蔽触发器组成一个屏蔽寄存器,其内容称为屏蔽字,由程序来设置。屏蔽字中某一位的状态将成为本中断源能否真正发出中断请求信号的必要条件之一,屏蔽字中的某一位 $M_i=1$,表示对 L_i 级中断进行屏蔽。屏蔽字中"1"的个数越多,表示优先级越高。

22. 【知识聚焦】计算机组成原理——输入输出系统——I/O 方式——程序查询方式

具体参看知识点聚焦 59

【思路剖析】对于设备 A,每秒中查询至少 200 次,每次查询至少 500 个时钟周期,总的时钟周期数为 100 000。所以 CPU 用于设备 A 的 I/O 时间占整个 CPU 时间的百分比至少为 0.20%。

【参考答案】C。

【知识链接】为了保证数据传送的正确进行,就要求 CPU 在程序中查询外设的工作状态。如果外设尚未准备就绪,CPU 就循环等待,只有当外设已作好准备,CPU 才能执行 I/O 指令进行数据传送,这就是程序查询方式。程序查询方式完全通过 CPU 执行程序来完成,所以 CPU 用于设备的 I/O 时间占整个 CPU 的时间的百分比较大。

23.【知识聚焦】操作系统——进程管理——处理机调度

具体参看知识点聚焦65

【思路剖析】本题考查的是处理机调度算法的知识点。分析该题目可以看到,本题所提到的问题是涉及短任务调度也就是属于作业调度,因此首先排除时间片轮转算法;因为作业调度算法中没有时间片轮转的算法。其次,因为问题提到短任务,则先来先服务的算法也可以排除了,它与短任务无关。剩余高响应比优先算法和非抢占式短任务优先是哪一个?我们可以通过分析得到,非抢占式短任务优先算法不能解决饥饿问题,因为当一个系统短任务源源不断到达是,长任务必然会得不到调度,产生饥饿。而解决此方法的最好方式就是采用计算响应比的方法,并以高响应比值优先调度。这样,无论短任务或长任务,均可以得到调度,而且,较短任务会得到优先的调度。

【参考答案】B。

【知识链接】关于调度算法问题,分为作业调度算法和进程调度算法。在作业调度算法中,先来先服务(FCFS)算法是根据作业进程进入后备池的先后次序来调度从而创建为进程的。这种算法非常公平,但是会使很多晚到的、运行时间短的作业等待时间过长,会加大作业周转时间,影响短作业用户的周转时间。短作业优先(SJF)调度算法是指选择作业池后备队列中预计运行时间最短的作业创建进入内存,它通常是不可抢先的,它能有效地缩短作业的周转时间和平均周转时间,当短作业较多时会显著提高系统的吞吐量,但此算法不利于长作业和紧迫作业的运行。当短作业源源不断时,长作业会产生饥饿。为解决此饥饿问题,引入高响应比优先调度(HRRN)算法,该算法为每个作业引入响应比,响应比的计算如下:

响应比 R_p =(等待时间+预计运行时间)/预计运行时间=响应时间/预计运行时间

响应比会随着作业等待时间的增加而提高,则长作业在等待一定的时间后,也必然有机会分配到处理机。它是先来先服务算法与短作业优先算法的折中。公平而高效。

若将短作业优先调度算法结合可抢先调度,那么,每当作业后备池中有新作业进入,都会重新计算作业后备池中的作业预计运行时间和内存中作业的剩余运行时间,将最短运行时间的作业创建进入内存,若内存不够,将挂起剩余时间较长的作业。所以,可抢先式短作业调度算法又称为最短剩余时间优先调度算法。

24.【知识聚焦】操作系统——操作系统概述——操作系统基本概念、特征、功能和提供的提供

具体参看知识点聚焦61

【思路剖析】题目是问用户态执行,可见是有关操作系统基本概念的问题。四个选项中,用户唯一能面对的是命令解释程序,缺页处理,进程调度都是操作系统内核进程,不需要用户干预,用户也无需知道;而时钟中断处理程序是与硬件相关的程序,也与用户无关。在操作系统内核运行的程序一般是核心态,只有命令解释程序可以运行在用户态,接受用户的命令操作控制。

【参考答案】A。

【知识链接】操作系统为了更好地实现共享和保护,通常在运行时设定不同的保护模式,其中用户态和核心态是通常的划分方式。在用户态运行用户代码,此时有严格的约束,尽量保证用户代码的封闭性,而不出现越界等错误;而在核心态运行系统代码,系统代码的权限比较大,可以访问计算机的全部资源,所以若使用不当会造成计算机的崩溃,所以运

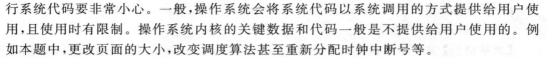

行系统代码要非常小心。一般,操作系统会将系统代码以系统调用的方式提供给用户使用,且使用时有限制。操作系统内核的关键数据和代码一般是不提供给用户使用的。例如本题中,更改页面的大小,改变调度算法甚至重新分配时钟中断号等。

25. 【知识聚焦】操作系统——进程管理——进程与线程——进程概念、线程概念

具体参看知识点聚焦62

【思路剖析】本题考查考生对进程和线程的理解。现代操作系统中,进程是资源分配的基本单位,线程是处理机调度的基本单位。因此,进程是线程运行的容器,本题中,进程的代码段,进程打开的文件,进程的全局变量等都是进程的资源,唯有进程中某线程的栈指针是属于线程的,那么,属于进程的资源可以共享,属于线程的栈是独享的,不能共享。

【参考答案】D。

【知识链接】本知识点主要考查考生对进程和线程的理解。注意进程和线程的区别和联系。进程的唯一标志是PCB,创建进程就是填写一张PCB表,当然,要正确填写好PCB表的话需要做大量的工作,例如分配好内存资源,分配好设备资源,获得打开文件的句柄等等;还要设置优先级,初始化寄存器和计时器等;最后,将PCB插入进程就绪队列,将线程表(对应的每一个可运行的独立代码段,多线程的话对应的可能是一组独立代码段)插入到就绪线程表中,等候调度。线程表(TCB)所包含的内容较PCB要少,线程自己不直接拥有系统资源,但它可以访问其所在进程的资源,一个进程所拥有的资源可供它的所有线程共享。线程只拥有在运行中必不可少的资源,主要与处理机相关,如线程状态、处理机寄存器值、线程栈等。它同样有就绪、阻塞和运行三种基本状态。TCB要简单的多,所以切换快,并发度高。

26. 【知识聚焦】操作系统——输入输出(I/O)管理——I/O核心子系统——I/O调度概念、设备分配与回收

具体参看知识点聚焦82

【思路剖析】本题的考点是操作系统的设备管理。对于一次设备的调用,操作系统为用户准备了系统调用的接口,当用户使用设备时,首先在用户程序中发起一次系统调用,操作系统的内核接到该调用请求后调用处理程序进行处理,根据调用格式和形参,再转到相应的设备驱动程序去处理;大部分设备在运行时是需要时间的,所以设备驱动程序会以中断方式驱动设备,即设置好控制寄存器参数和中断向量等参数后阻塞自己;当设备准备好或所需数据到达后设备硬件发出中断,设备驱动程序唤醒,将数据按上述调用顺序逆向回传到用户程序中,或继续驱动设备执行下一条指令。因此,正确的顺序应该是用户到系统调用到驱动到中断处理。中断处理处于最底层。

【参考答案】B。

【知识链接】设备管理软件一般分为四个层次:用户层、与设备无关的系统调用处理层、设备驱动程序以及中断处理程序。用户层主要是用户的系统调用,使用的是逻辑设备名,例如硬盘的设备名为HD。设备独立层将用户的系统调用以及参数解释为相应的物理设备,此时逻辑设备名转换为设备号,例如硬盘的编号为0;系统调用程序查找系统设备表,找到相应设备,根据指针继续调用设备驱动程序。到了设备驱动层就会将参数按照设备的要求配置到具体的寄存器里并使其工作。中断处理程序一般是设备驱动程序的一部分,它更接近硬件,因此处于最底层。

27. 【知识聚焦】操作系统——进程管理——死锁——死锁预防、死锁避免
具体参看知识点聚焦69

【思路剖析】典型的死锁避免算法,银行家算法的应用。银行家算法是操作系统中的一个重点知识单元,考生对此应该非常熟悉,本题并无难点。分析一下下表,可以看到,经过P1,P4 的运行以后,剩余资源已经不够 P2 或 P3 的分配,亦即找不到能够安全运行的序列,因此此时是处于不安全状态。

进　　程	已分配资源			尚需资源			可用资源		
	R1	R2	R3	R1	R2	R3	R1	R2	R3
P1	2	0	0	0	0	1	0	2	1
P2	1	2	0	1	3	2	2	2X	2
P3	0	1	1	1	3	1	2	2X	2
P4	0	0	1	2	0	0	2	2	1

【参考答案】D。

【知识链接】死锁发生的原因是资源分配不当和进程调度顺序不当,死锁发生的四个必要条件是：互斥；占有并等待；非剥夺和循环等待,处理死锁可以是：忽略不计；检测与恢复；避免和预防,忽略不计的典型算法称为鸵鸟算法；检测一般用资源有向图或资源矩阵；恢复有剥夺资源法,进程回退法,取消进程法和重启系统法；避免引入了安全和不安全状态,典型算法是银行家算法；预防方法是打破死锁的四个必要条件,例如采用 SPOOLing 技术解决互斥问题,一次分配所有资源法解决占有并等待条件,允许剥夺解决非剥夺条件,有序分配资源解决循环等待问题。其中,银行家算法描述的是：一个银行家把他的固定资金借给若干顾客,使这些顾客能满足对资金的要求又能完成其交易,也使银行家可以收回全部的现金。只要不出现一个顾客借走所有资金后还不够,还需要借贷。则银行家的资金应是安全的,银行家需要一个算法保证借出去的资金在有限时间内可收回。银行家算法特点：(1)进程间允许互斥、部分分配和不可抢占地使用资源,可提高资源利用率。(2)要求事先说明进程的最大资源要求,在现实中较难实现。因此银行家算法一般多用于计算。

28. 【知识聚焦】操作系统——内存管理——虚拟内存管理
具体参看知识点聚焦73

【思路剖析】本题考查对缺页中断的理解。首先我们要考虑的是,为什么会发生缺页中断？当然,在一个采用虚拟存储管理技术的系统中,程序是部分装入的,还有部分是处于外存上的,因此,当需要访问那部分位于外存上的代码或数据时,系统会产生缺页中断。产生缺页中断的目的是要将位于外存上的代码或数据装入内存,据此,缺页中断接下去所做的工作就是首先要在内存中找到空闲页框并分配给需要访问的页(若没有空闲的页面则要调用页面置换程序找到一处页面,将该页面的内容处理掉,或回写磁盘,或覆盖掉,然后将此页分配给需要访问的页),分配妥当以后,缺页中断处理程序调用设备驱动程序做磁盘 I/O,将位于外存(一般是磁盘)上的页面调入内存,调入后转身去修改页表,将页表中代表该页是否在内存的标志位(一般称为存在位或有效位、在位位)修改为"真",将物理

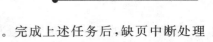

页框号填入相应位置,若必要还需修改其它相关表项等。完成上述任务后,缺页中断处理程序返回,继续程序的执行。从上述过程可以看出,涉及的相关处理非常多,因此,答案就显而易见了。

【参考答案】D。

【知识链接】虚拟内存是利用操作系统本身的一个其容量比内存大得多的存储器,实际上是一个地址空间。虚拟内存是基于局部性原理的,应用程序在运行之前并不必全部装入内存,仅需将当前运行到的那部分程序和数据装入内存便可启动程序的运行,其余部分仍驻留在外存上。当要运行的指令或访问的数据不在内存时,再由操作系统通过请求调入功能将它们调入内存,以使程序能继续运行。如果此时内存已满,则还需通过置换功能,将内存中暂时不用的程序或数据调至盘上,腾出足够的内存空间后,再将要访问的程序或数据调入内存,使程序继续运行。这样,便可使一个大的用户程序能在较小的内存空间中运行,也可在内存中同时装入更多的进程使它们并发运行。从用户的角度看,该系统具有的内存容量比实际的内存容量大得多,我们将这种具有请求调入功能和置换功能,能从逻辑上对内存容量加以扩充的存储器系统称为虚拟内存。虚存的容量受地址位字长、处理机运行速度、内外存传送频率的限制,其最大容量由计算机系统的地址系统确定(包括编译系统、链接系统、动态地址变换机构等)。请求分页存储管理是在简单分页管理基础上发展起来的。请求页式管理在作业或进程开始执行之前,不要求把作业或进程的程序段和数据段一次性地全部装入内存,而只把当前需要的一部分页面装入内存,其他部分在作业执行过程中需要时,再从外存上调入内存。当存在位为 0 时,表示该页不在内存,则必须确定它在外存中的存放地址。并把它从外存中调入内存。若内存中没有空闲块时,首先按照某种策略选择某页进行淘汰。以腾出空闲块供本次调入的页占用。这个过程也被称之为页面置换。若被选中淘汰的页面中的信息修改过(修改位=1)还必须将其写回外存。如内存中有空闲块,则根据该页在外存的地址,调入所需页面,并更新页表表项,最后恢复被中断的指令重新执行。

29. 【知识聚焦】操作系统——内存管理——虚拟内存管理——抖动

具体参看知识点聚焦 75

【思路剖析】"抖动"现象是指刚刚被换出的页很快又要被访问,为此,又要换出其它页,而该页又很快被访问,必须换入,如此频繁地置换页面,以致操作系统的大部分时间都花在页面置换上,引起系统性能下降甚至崩溃。引起系统抖动现象的原因是对换的信息量过大,内存容量不足,置换算法选择不当。所以解决的办法就是降低交换页面数量,加大内存容量,改变置换选择算法。但是降低交换页面数量和改变置换选择算法对于一个应用系统来讲是不可能的,只能增加内存容量。增加内存容量可以是直接添加物理内存(大型计算机都可以在不关机的情况下增加物理内存条),或者,降低进程数量,相对地增加内存。而增加交换区容量并不能解决物理内存不足的问题,提高用户进程的优先级会使系统的状态更加恶化。

【参考答案】A。

【知识链接】早期的操作系统会发生这样的情况,操作系统管理处理机时发现其利用率太低,即通过给系统引入新的进程来增加多道程序运行数量。当系统使用全局页面替换算法时,假定一个进程在它的执行过程中进入了一个新的阶段,并需要更多的内存块,则它开始产生缺页中断,并很快会从其他进程处获得内存块。然而,这些出让内存块的进程也需要这些内存块,因此也产生缺页中断,并从其他进程处得到内存块。频繁的内外存交换使得硬盘的对换分区异常繁忙。这些产生缺页中断的进程排队等待调页时,导致就绪队列为空,从而使处理机的利用率降低。处理机调度程序看到处理机的利用率降低,因此就继续增加多道程序运行的道数。新进程试图从正在运行的进程处获得页面,以便开始自己的执行,这将引起更多的缺页中断,使得更多的进程排队等待调页。结果,处理机的利用率进一步下降,处理机调度程序试图进一步增加多道运行的道数。因此,产生了抖动,使得系统吞吐量下降,缺页中断率迅速增长,有效存储器存取时间增加,由于进程差不多花费所有时间在进行内外存页面置换,因此,几乎不能做任何工作。这种情况,加大交换区容量是没有用的。抖动一般出现在部分装入的系统中,也即采用虚拟存储技术的系统中。运行时全部装入内存的系统一般无此情况。

30. 【知识聚焦】操作系统——内存管理——虚拟内存管理
具体参看知识点聚焦73

【思路剖析】在程序的编写到运行过程中,我们了解到在程序的编辑阶段一般都是程序员能够识别的高级语言或低级语言的文本,不涉及到任何与计算机运行相关的事。在多道程序环境下,各个作业由用户独立编程、独立编译,而且作业被装入系统的时间也不相同。因而,在各作业进入计算机系统之前不可能很好地协调存储分配问题。为了保证程序的独立性,用户在编程或编辑源程序时,不考虑作业之间的存储空间分配,而是将其源程序存于程序员建立的符号名字空间(简称名空间)内,当我们编译程序时,编译软件将我们书写的高级语言或低级语言的文本按顺序翻译成在硬件上可以运行的机器语言,由机器语言组成的程序我们称为目标程序(obj文件),并用地址代码替换符号地址。编译后一个目标程序所限定的地址范围称为该作业的逻辑地址空间。换句话说,逻辑地址空间仅仅是指程序用来访问信息所用的一系列地址单元的集合。这些单元的编号称为逻辑地址。每一个目标程序中的机器代码均是从0开始的。要得到一个可以运行的程序,还需要将这些代码链接起来,链接程序计算出每一个目标模块在运行程序中的相对位置,修改相应的偏移量和相对的地址,形成一个完整的可执行文件。所以,链接以前,逻辑地址就已经存在,链接过程只是将一部分地址重新计算一下,链接之前与链接之后,程序中的地址都是逻辑地址。完整的可运行文件的逻辑地址的形成是在链接以后得到的。

【参考答案】B。

【知识链接】在现代计算机系统中,编辑、编译过程正如上面所述,而链接的方法有了一些不同,静态链接保持了一个完整的可运行程序,所以链接以后的程序其逻辑地址是完整的。但是,若采用动态链接的方式,则链接的阶段分为装入前,装入时和装入后运行时三个阶段,装入前的链接与静态链接相同,但是并没有将所有的代码全链接到程序中,所以地址并不完整,而是链接了一个装载器。这个装载器会在程序装入时到内存区搜索相应的动态库,找到以后链接到程序中,再形成完整的逻辑地址。若这个动态库不在内存,则作好标记,当执行中需要时再作链接,这样同样可以达到目的。运行时装入可以使得内存的利用率最高,现代操作系统均采用这样的链接方式。

在采用虚拟内存管理的系统中,地址变换机构将虚拟地址变换为物理地址。这种变换是由虚拟存储管理系统自动完成的,而程序在创建到进程时,内存管理系统会分配给进程虚拟地址空间,并将程序的逻辑地址映射到虚拟地址空间上。当进程被调度执行时,再将虚拟地址转换到物理地址,所以,逻辑地址不是在装载时形成的。逻辑地址的主体实际上在编译时就已经基本成形,只是在链接时趋于完善。

31. 【知识聚焦】操作系统——输入输出(I/O)管理——I/O核心子系统——高速缓存与缓冲区、假脱机技术(Spooling)

具体参看知识点聚焦 83

【思路剖析】这是一个简单的缓冲区的问题。由于缓冲区的访问是互斥的,所以对单一缓冲区,从磁盘写入和读出到用户区的操作必须串行执行,也就是要保证互斥操作。而CPU对数据的分析与从用户区读数据也是需要互斥操作,但是 CPU 分析与从磁盘写入缓冲区的操作可以并行。从本题看,由于分析所用的时间小于从磁盘写入缓冲区的时间,因此,CPU 会空闲。单缓冲区的总时间＝(磁盘写入缓冲区时间＋缓冲区读出时间)×10＋CPU 处理最后一块数据的时间＝(100＋50)×10＋50＝1550μs。当采用双缓冲区时,每块缓冲区的操作也必须满足互斥操作,但是,对两块缓冲区的操作却可以并行,所以,当第一个缓冲区写满以后,磁盘紧接着写另一个缓冲区,同时,前一个已经满了的缓冲区被读出到用户区,并立即进行 CPU 的数据分析。读出操作和数据分析必须互斥进行,故,从时间上看,当数据被读出并分析后,恰好另一个缓冲区也写满了,可以立即进行读出数据到用户区并进行数据分析。两块缓冲区交替进行读写,直到数据分析完毕,因此,总时间＝(磁盘写入缓冲区时间)×10＋读出最后一块数据时间＋CPU 分析最后一块数据时间＝(100)×10＋50＋50＝1100μs。

【参考答案】B。

【知识链接】缓冲区能缓解处理机与外部设备之间速度不匹配的矛盾;实现处理机和外部设备的并行处理;放宽对处理机响应时间的限制。缓冲区是用来保存在两设备之间或在设备和应用程序之间所传输数据的内存区域。采用缓冲有三个作用。一个作用是处理数据流的生产者与消费者之间的速度差异。缓冲的第二个作用是协调传输数据大小不一致的设备。这种不一致在计算机网络中特别常见,缓冲常常用来处理消息的分段和重组。在发送端,一个大消息分成若干小网络包。这些包通过网络传输,接收端将它们放在重组缓冲区内以生成完整的源数据镜像。缓冲的第三个作用是应用程序输入/输出的拷贝语义。例如某应用程序需要将缓冲区的数据写入到磁盘。它可以调用 write 系统调用,并给出缓冲区的指针和表示所写字节数量的整数。当系统调用返回时,如果应用程序改变了缓冲区中的内容,根据拷贝语义,操作系统保证要写入磁盘的数据就是 write 系统调用发生时的版本,而无须顾虑应用程序缓冲区随后发生的变化。

32. 【知识聚焦】操作系统——进程管理——进程同步

具体参看知识点聚焦 66

【思路剖析】这是在数据库中常有的操作。为保证数据的正确,避免产生错误,系统必须保证数据的同步。而保证数据的同步一般采取加锁的方法,让进程 P1 和 P2 互斥访问共享变量 x。当然用信号量和 P、V 操作也是可以保证互斥操作,达到数据同步的。本例中,由于没有采取保证数据同步的相应措施,则最后结果就会出现差错。例如,当正常情况下,进程 P1 和 P2 先后对 x 操作,可以看到 x 值的变化为初始 1→2→1 的过程,若 P2,P1 先后操作,则 x 值的变化为初始 1→0→1,这是正确的。若考虑一种并发的情况,进程 P1

和 P2 先后执行了取数 load 的操作,它们得到的 x 值均为 1,运算后,P1 和 P2 的 x 值分别为 2 和 0,此时要看哪个进程后执行存数 store 的操作了,哪个进程后操作,结果就是那个进程的 x 值,所以可能的结果为 0 或 2,加上前面正确的 x 值 1,则可能的结果就有 3 种了。

【参考答案】C。

【知识链接】在多道程序系统中,由于进程并发、资源共享与进程协作,使各进程之间可能产生两种形式的制约关系:(1)间接相互制约:源于资源共享。进程互斥是进程之间的间接制约关系。在多道系统中,每次只允许一个进程访问的资源称为临界资源,进程互斥就是保证每次只有一个进程使用临界资源。(2)直接相互制约:源于进程合作。进程同步是进程间共同完成一项任务时,直接发生相互作用的关系,为进程之间的直接制约关系。在多道环境下,进程在这种运行次序上的协调是必不可少的。本题中进程 P1 和 P2 存在着间接相互制约关系。x 即为临界资源。

33. 【知识聚焦】计算机网络——计算机网络体系结构——计算机网络体系结构与参考模型——ISO/OSI 参考模型和 TCP/IP 模型

计算机网络——物理层——通信基础——数据报与虚电路

具体参看知识点聚焦 84、86

【思路剖析】本题考查 TCP/IP 参考模型中网络层的主要功能和所提供的服务,是整个体系结构的关键部分,网络层主要功能是使主机可以把分组发往任何网络并使分组独立地传向目标(可能经由不同的网络),因此必然采取的是数据报服务,作为数据报服务,其特点就是无连接不可靠,因此答案是 A。

【参考答案】A。

【知识链接】数据报和虚电路是分组交换网中两种不同的组网方式。它们最大的差别在于是按照主机目的地址路由分组还是按照虚电路号路由分组,数据报网络是按照主机目的地址进行路由分组的。在数据报网络中,每个数据报携带目的节点地址。这样,网络中的任何一台交换机接收到数据报时都能根据数据报中的目的节点地址来决定如何到达目的节点。虚电路是按照虚电路号路由分组的,采用虚电路方式组网的网络提供面向连接的服务,即在通信前,需在源节点和目的节点之间建立一条虚电路,然后采用这条虚电路进行通信。全球第一个分组交换网 ARPANET(即因特网的前身)是采用数据报技术的,而分组交换网 X.25、帧中继网,以及 ATM 网都是采用虚电路技术的。

34. 【知识聚焦】计算机网络——物理层——通信基础——奈奎斯特定理与香农定理

具体参看知识点聚焦 85

【思路剖析】本题主要考查奈奎斯特定理,注意无噪声下的码元速率极限值 B 与信道带宽 H 的关系:B=2×H(Baud),而奈奎斯特公式——无噪信道传输能力公式是 C=2×H×$\log_2 N$(bps),这里公式中 H 为信道的带宽,即信道传输上、下限频率的差值,单位为 Hz;N 为一个码元所取的离散值个数。从而可以得到波特率与数据传输速率的关系,即 C=B×$\log_2 N$(bps),在本题中数据传输速率 C=2400,N=4,因此波特率是 1200,答案是 B。

【参考答案】B。

【知识链接】数字网络的带宽应使用波特率来表示(baud),表示每秒的脉冲数。而比特是信息单位,由于数字设备使用二进制,则每位电平所承载的信息量是 1(以 2 为底 2 的对数,如果是四进制,则是以 2 为底的 4 的对数,每位电平所承载的信息量为 2)。因此,在数值上,波特与比特是相同的。

35. 【知识聚焦】计算机网络——数据链路层——流量控制和可靠传输机制——选择重传协议(SR)

具体参看知识点聚焦 88

【思路剖析】在选择重传中接收窗口内的每个序号都有一个缓冲区,并有一位指示缓冲区是空还是满。当一个帧到达时,只要其序号落在接收窗口内,且此前并未收到过(相应缓冲区为空),就接收此帧,并存于相应的缓冲区中;仅当序号比它小的所有帧都已递交给了网络层,此帧才会被提交给网络层,仅当序号之前的帧都正确接收,才发回确认帧,因此本题收到 1 号帧的确认,说明 0 和 1 号帧已经正确接收,然而虽然 3 号帧是否正确接收未知,仍要重传,因此大案是 B。

【参考答案】B。

【知识链接】累计确认机制适用于所有的滑动窗口,就是接收端对收到的数据帧,回应一个确认帧,确认号是所收到数据帧最后一个序号加 1,也就是之前的所有数据帧都收到了。

36. 【知识聚焦】计算机网络——数据链路层——介质访问控制——随机介质访问控制

具体参看知识点聚焦 89

【思路剖析】本题主要考察随机介质访问控制的几种方式,CSMA,载波侦听多路访问,采用分布式控制方法,附接总线的各个结点通过竞争的方式,获得总线的使用权。只有获得使用权的结点才可以向总线发送信息帧,该信息帧将被附接总线的所有结点感知。CS-MA/CD,在 CSMA 基础上增加了冲突检测——发送结点在发出信息帧的同时,还必须监听媒体,判断是否发生冲突(同一时刻,有无其他结点也在发送信息帧)。IEEE802.3 或者 ISO8802/3 定义了 CSMA/CD 的标准。无线网中由于有隐藏结点,因此无法"检测",所以 CSMA/CA 就应运而生了,它是利用 RTS/CTS,即类似 TCP 的握手协议的应答策略来保证在传输中结点不会再接受请求,从而解决了无线网中的冲突。CDMA 是码分多址复用,属于混淆选项,因此答案是 D。

【参考答案】D。

【参考答案】CSMA/CD 和 CSMA/CA 的其他区别:

(1) 两者的传输介质不同,CSMA/CD 用于总线式以太网,而 CSMA/CA 则用于无线局域网 802.11a/b/g/n 等等。

(2) 检测方式不同,CSMA/CD 通过电缆中电压的变化来检测。当数据发生碰撞时,电缆中的电压就会随着发生变化;而 CSMA/CA 采用能量检测(ED)、载波检测(CS)和能量载波混合检测三种检测信道空闲的方式。

37. 【知识聚焦】计算机网络——网络层——IPv4——子网划分与子网掩码、CIDR
　　　　　　　计算机网络——网络层——网络层设备——路由表与路由转发

具体参看知识点聚焦 93、96

【思路剖析】本题考查路由聚合和路由表的基本概念,首先从题目给出的路由表项可以确定下一跳肯定是路由器 R1 直接相连的 R2 的地址,因此是 192.168.1.2。进而分析路由器 R2 所连接的网络特点,注意其连接了 2 个网络分别是 192.168.2.0/25 和 192.168.2.128/25,但答案选项中只有一条信息,因此这里用到了超网的概念,超网是与子网类似的概念——IP 地址根据子网掩码被分为独立的网络地址和主机地址。但是,与子网把大网络分成若干小网络相反,它是把一些小网络组合成一个大网络——超网,这里 192.168.2.0000 0000/25 和 192.168.2.1000 0000/25 所构成的超网就是 192.168.2.0/25,那么子网掩码就是 255.255.255.1000 0000 即 255.255.255.128,因此答案是 C。

【参考答案】C。

【知识链接】路由表项一般由网络 ID、接口和下一跳组成:

网络 ID:主路由的网络 ID,在 IP 路由器上,有从目标 IP 地址决定 IP 网络 ID 的其他子网掩码字段。

接口:当将数据包转发到网络 ID 时所使用的网络接口。这是一个端口号或其他类型的逻辑标识符。

下一跳:数据包转发的下一个 IP 地址,一般是对端路由器的接口地址。

38.【知识聚焦】计算机网络——网络层——IPv4——子网划分与子网掩码、CIDR
　　具体参看知识点聚焦 93

【思路剖析】本题考查子网划分,每个子网中忽略子网内全为 0 和全为 1 的地址剩下的就是有效主机地址,最后有效 1 个主机地址＝下个子网号－2(即广播地址－1),本题中由于子网的比特数是 30,因此用于主机的只有 2 位,即 00,01,10,11,有效主机地址是 2 个,这里 192.168.4.3 显然是其广播地址,因此答案是 C。

【参考答案】C。

【知识链接】计算子网地址:将 IP 地址与子网掩码的二进制形式做与,得到的结果即为子网地址。

计算主机地址:先将子网掩码的二进制取反运算,再与 IP 地址做与运算。

计算子网数量:从子网掩码入手,首先观察子网掩码的二进制形式,确定作为子网号的位数 n;其次子网数量为 2 的 n 次方－2。

39.【知识聚焦】计算机网络——传输层——TCP 协议——TCP 连接管理
　　具体参看知识点聚焦 97

【思路剖析】本题考查 TCP 的连接管理,TCP 是面向连接的,所谓面向连接,就是当计算机双方通信时必需先建立连接,然后数据传送,最后拆除的三个过程,也就是客户主动打开 TCP 传输,服务器被动打开。

第一次握手:客户发送 SYN＝1,seq＝x 给服务器,即客户的 TCP 向服务器发出连接请求报文段,其首部中的同步位 SYN＝1,并选择序号 seq＝x,表明传送数据时的第一个数据字节的序号是 x。

第二次握手:服务器发送 SYN＝1,ACK＝1,seq＝y,ack＝x＋1 给客户,即服务器的 TCP 收到连接请求报文段后,如同意,则发回确认。服务器在确认报文段中应使 SYN＝1,使 ACK＝1,其确认号 ack＝x＋1,自己选择的序号 seq＝y。

第三次握手:客户发送 ACK＝1,seq＝x＋1,ack＝y＋1 给服务器,即客户收到此报文段后向服务器给出确认,其 ACK＝1,确认号 ack＝y＋1。客户的 TCP 通知上层应用进程,连接已经建立。服务器的 TCP 收到主机客户的确认后,也通知其上层应用进程:TCP 连接已经建立。

因此,本题中 x＝11220,y 是主机乙自动选取的序号,可以与 x 相同,也可以不相同,从而主机乙所发出的 TCP 段应该是 SYN＝1,ACK＝1,seq＝y,ack＝x+1,即 SYN＝1, ACK＝1,seq＝y,ack＝11221,从答案是 C。

【参考答案】C。

【知识链接】连接释放时的四次握手,数据传输结束后,通信的双方都可释放连接。

客户应用进程先向其 TCP 发出连接释放报文段,并停止再发送数据,主动关闭 TCP 连接。

第一次握手:客户发送 FIN＝1,seq＝u 给服务器,即客户把连接释放报文段首部的 FIN＝1,其序号 seq＝u,等待服务器的确认。

第二次握手:服务器发送 ACK＝1,seq＝v,ack＝u+1 给客户,即服务器发出确认,确认号 ack＝u+1,而这个报文段自己的序号 seq＝v。

第三次握手:服务器发送 FIN＝1,ACK＝1,seq＝w,ack＝u+1 给客户,即若服务器已经没有要向客户发送的数据,其应用进程就通知 TCP 释放连接。

第四次握手:客户发送 ACK＝1,seq＝u+1,ack＝w+1 给服务器,即客户收到连接释放报文段后,必须发出确认。在确认报文段中 ACK＝1,确认号 ack＝w+1。自己的序号 seq＝u+1。

40.　**【知识聚焦】**计算机网络——传输层——TCP 协议——TCP 的可靠传输

具体参看知识点聚焦 98

【思路剖析】本题考查 TCP 可靠传输中的序号机制,数据超时重传和数据应答机制的基本前提是对每个传输的字节进行编号,即我们通常所说的序列号。数据超时重传是发送端在某个数据包发送出去,在一段固定时间后如果没有收到对该数据包的确认应答,则(假定该数据包在传输过程中丢失)重新发送该数据包。而数据确认应答是指接收端在成功接收到一个有效数据包后,发送一个确认应答数据包给发送端主机,该确认应答数据包中所包含的应答序列号即指已接收到的数据中最后一个字节的序列号加1,加1的目的在于指出此时接收端期望接收的下一个数据包中第一个字节的序列号。数据超时重传和数据确认应答以及对每个传输的字节分配序列号是 TCP 协议提供可靠性数据传输的核心本质。本题中首先根据第 3 个段的序号为 900,可以得出第 2 个段的序号为 500,第 1 个段的序号为 200,这里主机乙仅正确接收了第 1 段和第 3 段,这意味着第 2 段丢失,需要超时重传,因此主机乙发送给主机甲的确认序号,也就是此时接收端期望收到的下一个数据包中第一个字节的序号应该是第二段的第一个字节的序号,也就是 500,因此答案是 B。

【参考答案】B。

【知识链接】数据确认应答数据包中应答序列号的含义,应答序列号并非其表面上所显示的意义,其实际上是指接收端希望接收的下一个字节的序列号。所以接收端在成功接收到部分数据后,其发送的应答数据包中应答序列号被设置为这些数据中最后一个字节的序列号加一。所以从其含义上来说,应答序列号称为请求序列号有时更为合适。应答序列号在 TCP 首部中应答序列号字段中被设置。而 TCP 首部中序列号字段表示包含该 TCP 首部的数据包中所包含数据的第一个字节的序列号(令为 N)。如果接收端成功接收该数据包,之前又无丢失数据包,则接收端发送的应答数据包中的应答序列号应该为: N+LEN。其中 LEN 为接收的数据包的数据长度。该应答序列号也是发送端将要发送的下一个数据包中第一个字节的序列号。

二、综合应用题

41. 【知识聚焦】数据结构——栈、队列和数组——特殊矩阵的压缩存储

　　　　　　数据结构——图——图的存储及其基本操作——邻接矩阵法

　　　　　　数据结构——图——图的基本应用——关键路径

具体参看知识点聚焦8、17、22

【思路剖析】本题具有较强的综合性,主要考查了特殊矩阵的压缩存储、图的存储结构以及图的关键路径问题。

　　首先需要考生掌握三角矩阵的压缩存储方法;其次考生应理解图的存储结构——邻接矩阵。根据已知,有向带权图 G 的邻接矩阵 A 为上三角矩阵,题目中所给的一维数组是图的邻接矩阵的压缩存储方式,在此需注意,由于图的存储特性,不考虑结点到其自身的路径,所以压缩时不用存储主对角线元素信息。因此,已知的一维数组只存储了图 G 的邻接矩阵的上三角元素(不含主对角线元素),这样,根据已知一维数组就可以恢复出图的邻接矩阵。再由有向带权图 G 的邻接矩阵画出该有向带权图 G。

　　最后利用图的关键路径的有关算法求得最终结果。

【参考答案】

(1) 由题可以画出待定上三角矩阵的结构图如下(图中?为待定元素):

$$
\begin{bmatrix}
0 & ? & ? & ? & ? & ? \\
\infty & 0 & ? & ? & ? & ? \\
\infty & \infty & 0 & ? & ? & ? \\
\infty & \infty & \infty & 0 & ? & ? \\
\infty & \infty & \infty & \infty & 0 & ? \\
\infty & \infty & \infty & \infty & \infty & 0
\end{bmatrix}
\begin{matrix}
5 \\ 4 \\ 3 \\ 2 \\ 1 \\ \,
\end{matrix}
$$

可以看出,第一行至第五行主对角线上方的元素分别为 5,4,3,2,1 个,由此可以画出压缩存储数组中的元素所属行的情况,如下图所示:

4	6	∞	∞	∞	5	∞	∞	∞	4	3	∞	∞	3	3

　　第一行　　　　　第二行　　　　第三行　第四行 第五行

将各元素填入各行即得邻接矩阵:

$$
A = \begin{bmatrix}
0 & 4 & 6 & \infty & \infty & \infty \\
\infty & 0 & 5 & \infty & \infty & \infty \\
\infty & \infty & 0 & 4 & 3 & \infty \\
\infty & \infty & \infty & 0 & \infty & \infty \\
\infty & \infty & \infty & \infty & 0 & 3 \\
\infty & \infty & \infty & \infty & \infty & 0
\end{bmatrix}
$$

(2) 根据第一步所得矩阵 A 容易做出有向带权图 G,如下:

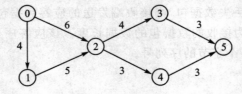

（3）下图中粗线箭头所标识的 4 个活动组成图 G 的关键路径。

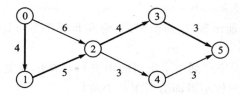

由上图容易求得图的关键路径长度为：$4+5+4+3=16$。

【知识链接】图的基本应用——最小生成树、拓扑排序、关键路径、最短路径等问题，是这几年考试的常见题目，对这类题目广大考生需要熟练掌握。

42. 【知识聚焦】数据结构——线性表——线性表的实现——顺序存储

具体参看知识点聚焦 3

【思路剖析】本题主要考查用数组表示的顺序表的操作。求两个序列 A 和 B 的中位数最简单的办法就是将两个升序序列进行归并排序，然后求其中位数。这种解法的时间复杂度为 $O(n)$，空间复杂度为 $O(n)$，虽可求解，但不符合题目在时间和空间两方面都尽可能高效的要求，只能获得部分分值。

本题还应寻求更为高效的解法。根据题目分析，分别求两个升序序列 A 和 B 的中位数，设为 a 和 b。

① 若 $a=b$，则 a 或 b 即为所求的中位数。

原因：容易验证，如果将两个序列归并排序，则最终序列中，排在子序列 ab 前边的元素为先前两个序列中排在 a 和 b 前边的元素；排在子序列 ab 后边的元素为先前两个序列中排在 a 和 b 后边的元素。所以子序列 ab 一定位于最终序列的中间，又因为 $a=b$，显然 a 就是中位数。

② 否则（假设 $a<b$），中位数只能出现（a，b）范围内。

原因：同样可以用归并排序后的序列来验证，归并排序后必然有形如…a…b…的序列出现，中位数必出现在（a，b）之间。

因此可以做如下处理：舍弃 a 所在序列 A 的较小一半，同时舍弃 b 所在序列 B 的较大一半。在保留的两个升序序列中求出新的中位数 a 和 b，重复上述过程，直到两个序列中只含一个元素时为止，则较小者即为所求的中位数。

这样，算法的时间复杂度为 $O(\log_2 n)$。因为每次总的元素个数变为原来的一半，所以有：

第 1 次：元素个数为 $n/2=n/(2^1)$；

第 2 次：元素个数为 $n/4=n/(2^2)$；

⋮

第 k 次：元素个数为 $n/(2^k)$；

最后元素个数为 2，则有 $n/(2^k)=2$，解得 $k=\log_2 n - 1$。因此，算法的时间复杂度为 $O(\log_2 n)$，空间复杂度显而易见为 $O(1)$，在性能上更为高效。

【参考答案】

（1）算法的基本设计思想：分别求两个升序序列 A 和 B 的中位数，设为 a 和 b。

① 若 $a=b$，则 a 或 b 即为所求的中位数。

② 否则,若 a<b,中位数只能出现(a,b)范围内,舍弃 a 所在序列 A 的较小一半,同时舍弃 b 所在序列 B 的较大一半。

若 a>b,中位数只能出现(b,a)范围内,舍弃 b 所在序列 B 的较小一半,同时舍弃 a 所在序列 A 的较大一半。

③ 在保留的两个升序序列中求出新的中位数 a 和 b,重复上述过程,直到两个序列中只含一个元素时为止,则较小者即为所求的中位数。

（2）用 C 语言算法描述如下：

```
int Search(int A[ ], int B[ ], int n){
    int s1,e1,mid1,s2,e2,mid2;
    s1 = 0;e1 = n - 1;s2 = 0;e2 = n - 1;
    while (s1! = e1||s2! = e2){
        mid1 = (s1 + e1)/2;
        mid2 = (s2 + e2)/2;
        if (A[mid1] = = B[mid2])
            return A[mid1];
        if (A[mid1]<B[mid2]){          //分别考虑奇数和偶数,保持两个子数组元素个数相等
            if ((s1 + e1) % 2 = = 0) {  //若元素个数为奇数个
                s1 = mid1;             //舍弃 A 中间点以前部分且保留中间点
                e2 = mid2;             //舍弃 B 中间点以后部分且保留中间点
            }
            else {                     //若元素个数为偶数个
                s1 = mid1 + 1;         //舍弃 A 中间点及中间点以前部分
                e2 = mid2;             //舍弃 B 中间点以后部分且保留中间点
            }
        }
        else {                         //A[mid1] > B[mid2]
            if ((s1 + e1) % 2 = = 0) {  //若元素个数为奇数个
                e1 = mid1;             //舍弃 A 中间点以后部分且保留中间点
                s2 = mid2;             //舍弃 B 中间点以前部分且保留中间点
            }
            else {                     //若元素个数为偶数个
                e1 = mid1;             //舍弃 A 中间点以后部分且保留中间点
                s2 = mid2 + 1;         //舍弃 B 中间点及中间点以前的部分
            }
        }
    }
    return(A[s1] < B[s2] ? A[s1] : B[s2]);
}
```

（3）说明算法的复杂性：算法的时间、空间复杂度分别是 $O(\log_2 n)$ 和 $O(1)$。

【知识链接】本题还可有其他解法。例如,对两个长度为 n 的升序序列 A 和 B 的元素按照由小到大的顺序依次访问,这里访问的含义只是比较序列中两个元素的大小,并不实现两个序列的合并。按照上述规则访问到第 n 个元素时,这个元素即为两个序列 A 和 B 的中位数。

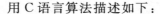

用 C 语言算法描述如下：

```
int Search2(int A[ ], int B[ ], int n){
    int i = 0,j = 0,count = 1;          //count 为计数器
    while (count<n){
        if (A[i]<＝B[j]) i＋＋;
        else j＋＋;
        count＋＋;
    }
    return (A[i]<＝B[j] ? A[i] : B[j]);
}
```

这个算法的时间复杂度为 O(n)，空间复杂度为 O(1)，虽可正确求解，但对比【参考答案】解法的时间复杂度 O(log₂n)，性能稍差些。但是这个算法思想简单，描述也较为容易，虽不能得到满分，但也可得到较高分数。

43.【知识聚焦】计算机组成原理——数据的表示和运算——定点数的表示和运算

具体参看知识点聚焦 35

【思路剖析】本题涉及无符号数和带符号数的加/减运算，二进制加法器以及定点数溢出判断的等问题。

在这段类 C 语言程序段中，前 2 个数据为无符号整数，后 2 个数据为带符号整数。前 2 条运算语句为无符号整数运算，后 2 条运算语句为带符号整数运算。由于 2 个无符号整数均大于 128，表明其最高位为"1"；如果转换为带符号整数，则 2 个数均为负数。首先将 2 个十进制数转换成 8 位二进制数，x＝134＝10000110B，y＝246＝11110110B，然后进行运算。

【参考答案】

（1）无符号整数运算，R1＝x＝10000110B＝86H、R5＝x－y＝10010000B＝90H、R6＝x＋y＝01111100B＝7CH。

（2）带符号整数运算，m＝－122，k1＝x－y＝－112。

（3）四种运算可以利用同一个加法器及辅助电路实现，因为所做的运算是相同的，只是带符号整数加/减运算结果要考虑溢出，无符号整数加/减运算结果不考虑溢出。

（4）判断溢出的方法有 3 种：一位符号位、进位位和双符号位。上述程序段中只有 int k2＝m＋n 语句会发生溢出，因为 2 个带符号整数均为负数，它们相加之后，结果小于 8 位二进制所能表示的最负的数。

【知识链接】在计算机中加法运算由加法器完成，用被加数直接加上加数实现；减法运算也是由加法器完成的，减法由被减数加上减数的机器负数（即对减数求补）实现。另外的辅助电路用于进行溢出判断。

设参加运算的两数为 X 和 Y，做加/减法运算。若 X 和 Y 异号做加法或 X 和 Y 同号做减法，都不会溢出。若 X 和 Y 同号做加法或 X 和 Y 异号做减法，运算结果为正且大于所能表示的最大正数或运算结果为负且小于所能表示的最小负数（绝对值最大的负数）时，产生溢出。

假设：被操作数为 $[X]_{补}＝X_s,X_1X_2\cdots X_n$

操作数为： $\qquad [Y]_{\!\!\!\!\text{补}}=Y_s,Y_1Y_2\cdots Y_n$

其和（差）为： $\qquad [S]_{\!\!\!\!\text{补}}=S_s,S_1S_2\cdots S_n$

采用一个符号位的溢出判断条件为：溢出 $=\overline{X_s}\ \overline{Y_s}S_s+X_sY_s\overline{S_s}$

采用进位位溢出条件为：溢出 $=\overline{C_s}C_1+C_s\overline{C_1}=C_s\oplus C_1$ ，其中 C_s 为符号位产生的进位， C_1 为最高数值位产生的进位。

采用双符号位判断溢出条件为：溢出 $=S_{s1}\oplus S_{s2}$

44.【知识聚焦】计算机组成原理——存储器层次结构——高速缓冲存储器、虚拟存储器

具体参看知识点聚焦43、44

【思路剖析】本题涉及主存、Cache 和虚拟存储器。根据题目中给出的条件：虚存为 16MB、主存为 1MB，页面大小为 4KB、Cache 中块大小 32B 可知，虚拟地址 24 位，主存物理地址 20 位，Cache 地址 8 位。

第(1)和(2)小题没有什么难度，很容易得出结果，但(3)和(4)题有一定难度，需要仔细分析，要求掌握从虚拟地址转换到物理地址直至产生 Cache 地址的过程。

【参考答案】

(1) 由于页面大小为 4KB，页内地址需要 12 位，所以虚拟地址 24 位，其中虚页号占 12 位；物理地址 20 位，其中页框号（实页号）占 8 位。

(2) 主存物理地址 20 位，从左至右应划分 3 个字段：标记字段、块号字段、块内地址字段。其中标记 12 位，块号 3 位，块内地址 5 位。

(3) 虚拟地址 001C60H＝0000 0000 0001 1100 0110 0000B，该虚拟地址的虚页号为 001H，查页表可以发现，虚页号 1 对应的有效位为"1"，表明此页在主存中，页框号为 04H，对应的 20 位物理地址是 04C60H＝0000 0100 1100 0110 0000。访问该地址时，Cache 命中，因为 Cache 采用直接映射方式，对应的物理地址应该映射到 Cache 的第 3 行中，其有效位为 1，标记值 105H≠04CH（物理地址高 12 位），故访问该地址时 Cache 不命中。

(4) 虚拟地址 024BACH＝0000 0010 0100 1011 1010 1100B，虚页号为 024H，TLB 中存放 8 个页表项，采用 4 路组相联，即 TLB 分为 2 组，每组 4 个页表项。12 位虚页号字段中最低位作为组索引，其余 11 位为标记位。现在最低位为 0，表明选择第 0 组，11 位的标记为 012H，根据标记可以知道 TLB 命中，所在的页面在主存中。因为如果在 TLB 中查到了页表项，即 TLB 命中，说明所在页一定命中。

【知识链接】页式虚拟存储器是将主存空间和程序空间都机械等分成固定大小的页面，让程序的起点必须处在主存中某一个页面位置的起点上。主存即实存的页称为实页，虚存的页称为虚页，由地址映像机构将虚页号转换成主存的实际页号，也称为虚→实地址转换。页式管理需要一个页表。页表是一张存放在主存中的虚页号和实页号的对照表，页表中每一行记录了某个虚页对应的若干信息，包括虚页号、有效位和实页号等。若有效位为"1"，表示该页面已在主存中，将对应的实页号与虚地址中的页内地址相拼接就得到了完整的实地址；若有效位为"0"，表示该页面不在主存中。当虚存远大于实存时，页表项会很多，需要占用很大的主存空间，并需要分为多级页表，增加了访问页表的时间。为此将当前最常用的页表信息存放在一个小容量的高速存储器中，称为快表（TLB），当快表中查不到时，再从存放在主存中的页表中查找实页号，从而可以减少访存次数。

45.【知识聚焦】操作系统——进程管理——进程同步

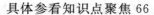
具体参看知识点聚焦 66

【思路剖析】本题是经典的进程同步与互斥的题目,其基本模型是睡眠的理发师的版本,这是它的变形。此类题目在考试中也比较多见,但是,万变不离其宗。掌握此类题目的基本要点是解决此类题目的关键。本题从读者和写者的基本原理出发,对等候的储户数加以限制。从资源角度看,柜员是资源,座椅也是资源。那么,可以设置柜员的信号量为 teller,初始为 0,柜员一上岗则作 V 操作,以提供资源。储户的信号量为 customer,初始为 0,表示储户尚未进入营业厅。mutex 为排队机,也是座椅的互斥量,柜员和储户在对排队机叫号操作时需要通过该互斥量来制约,初值为 1。

【参考答案】

设信号量 teller,customer 和 mutex,初值分别为 0,0 和 1,设 waiting 为整型量,表示排队的储户数量,其初始为 0,表示顾客初始时为 0,最大不超过 10(10 把座椅)。

```
#define CHAIRS = 10              //座椅数,也是最多排队的储户数
typedef int semaphore            //定义信号量
semaphore teller = 0;            //等待储户的柜员资源
semaphore customer = 0;          //排队等待服务的储户数量
semaphore mutex = 1;             //对排队机操作的互斥量
int waiting = 0;                 //在座椅上休息等待的储户数
cobegin
{   void customer( int i )       //储户进程
    {   P(mutex);                //先获得排队机
        if(waiting < CHAIRS )    //若还有座椅则取号
        {   waiting = waiting + 1;  //取号,占用座椅等待叫号
            V(customer);         //告知系统储户加 1
            V(mutex);            //释放排队机
            P(teller);           //等待柜员叫号
            serviced( );         //进入窗口被服务
        }
        else                     //若没有座椅了,则不取号
        {
            V(mutex);            //不取号,释放排队机
        }
    }                            //离开
    void teller( )
    {   while(TRUE)              //并发调度无限循环
        {   P(customer);         //叫号
            P(mutex);            //需要获得排队机的控制权
            waiting = waiting - 1;  //将等候的顾客数减 1
            V(teller);           //提供柜员服务
            V(mutex);            //释放排队机
            service( );          //为储户服务
        }
    }
}coend
```

【知识链接】注意到本题中,柜员是具有循环的。即 while (TRUE)的语句,储户就没有,原因是储户是随时到达的,柜员是等候储户到来并服务的,如果将储户进程也采用并发调度,则顾客就不可能为 0,这与实际情况不同,所以,在此是不需要的。

对柜员来说,当开启一个窗口即会调用一次柜员进程,所以,柜员应该一直运行,直到其下班(下班作为边界条件在此并不讨论),若考虑多个柜员上岗,则就多次调用柜员进程,但是,排队机和座椅是不变的,柜员可能会增加,这会加快对顾客的服务,所以,实际上在营业厅里最多的顾客数应该是柜员数加上座椅数。最少当然是 0。柜员和顾客是通过各自的信号量 teller 和 customer 来同步的。

46.【知识聚焦】操作系统——文件管理——文件系统基础——文件的逻辑结构
具体参看知识点聚焦 77

【思路剖析】根据题目所给条件,文件系统为一级目录结构,文件的数据一次性写入磁盘,已写入的文件不可修改,但是可以多次创建新文件,我们得知该文件系统是不能修改原文件的,只能将修改后的文件按新文件来存储,这与一次刻录光盘的存储方式相似。对于这样的系统,因为不需要随时添加或删除文件的内容,所以一次写入的文件的大小是固定不变的,也是可预知的,而连续存放文件的方式就有其优点。这种方式只需要知道文件的起始地址和文件的大小,便可以通过计算的方法找到文件的任何位置。文件若需要修改,则原文件作废,修改以后的文件以新文件的形式重新写入,不会产生存储碎片,高效,高利用率。所以,如下作答。

【参考答案】根据题意,文件系统采用一级目录且为只读,所以存储的文件只能依次增加,不可能释放存储空间,对于这样的文件系统特点,特作出如下分析:

(1)顺序结构:是把一个逻辑上连续的记录构成的文件分配到连续的物理块中。这种方式管理简单,存储速度快,文件记录插入或删除操作不方便。

链接结构:把文件信息存放在非连续的物理块中,每个物理块均设有一个指针指向其后续连续的另一个物理块,从而使得存放同一文件的物理块链接成一个串联队列。链接方式又分为显式链接和隐式链接。显式链接的链接指针在专门的链接表中,隐式链接的指针在存放文件信息的物理块中。链接结构空间利用率高,且易于文件扩充,但搜索率低。

索引结构:指为每个文件建立一个索引表,其中每一个表项指出文件记录所在的物理块号,表项按逻辑记录编写,顺序或按记录内某一关键字顺序排列,对于大文件,为检索方便,可以建立多级索引,还可以把文件索引表也作为一个文件,称为索引表文件。该方式可以满足文件动态增长的要求且存取方便。但建立索引表增加了存储空间的开销,对于多级索引,访问时间开销较大。

综上所述,最适应本题的方法是采用连续结构,使得存储管理简单,速度快,而其不能随机改变文件大小的弱点恰好被避免了。

采用连续结构存储方式除了在 FCB 中包含必要的文件名,文件属性等以外,最关键的是必须记录文件的起始存储块号以及文件的长度,如下图所示。对于无效的文件(即删除的文件),最好还要增加文件是否有效的标志位,当然也可以在文件属性中注明。

(2)为快速找到文件,对于 FCB,若采用集中存储,对于本题的单一目录结构,当文件很多时,文件目录可能要占用大量的物理块。此时在文件目录中查找一个指定的文件可

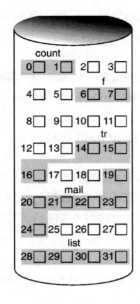

directory		
file	start	length
count	0	2
tr	14	3
mail	19	6
list	28	4
f	6	2

图 3 - 46 连续结构存储方式

能要多次启动外存。因此,也可以将所有的 FCB 装入内存,这又要占用宝贵的内存资源。所以不妥。由于一般检索目录的过程中,大部分只用到了其中的文件名信息,仅当找到了匹配的目录项后,才需要从该目录项中读出该文件的物理地址等信息。所以,将 FCB 中的文件名以及文件所在的存储起始块号记录在目录中,挂载该文件系统时就将目录读入内存中,而将其他 FCB 信息与对应的文件数据块一起连续存储,这样可以达到快速寻找文件的目的。

【知识链接】本题还可参阅知识点聚焦.79:文件、目录的实现。在操作系统中,为实现"按名存取",必须建立文件名与外存空间中的物理地址的对应关系,体现这种对应关系的数据结构称为目录。目录也是文件,是一个特殊的文件。把若干目录组织在一起,以文件的形式保存在外存上,这就形成了目录文件。把文件名和对该文件实施控制管理的信息称为该文件的文件控制块(FCB)。文件目录则是所有文件控制块的有序集合,它采用表格形式,每一个文件占一个表目,简称为文件的目录项。作为文件系统建立和维护文件的导引。文件目录通常与文件一起存放在外存上。

在文件系统中,把一片软盘,一卷磁带和一个硬盘分区等称为一个物理卷。若一个物理卷上的所有文件的目录项都登记在一个目录中,称该目录结构为单级目录结构。单级目录在实现上比较容易,但其有效范围受到限制。当系统中存在大容量外部存储器或众多用户在使用文件时会带来许多不便。一方面,大容量外部存储器上可存放成千上万个文件,若采用单级目录结构,在目录中查询一个文件目录项就会花费较长时间,从而影响系统的效率。所以,现代操作系统一般采用多级目录结构。在多级目录下,当用户要对一个文件进行存取操作或创建、删除一个文件时,首先从根目录查找子目录,再依子目录一层层查找到所需要的文件,这一层层的目录称为路径。由此可见,多级目录可以区别不同的文件,因此不同文件可以在不同子目录下使用相同文件名,只要子目录中所有文件不重名即可。

47.【知识聚焦】计算机网络——数据链路层——局域网——以太网与 IEEE802.3

计算机网络——网络层——IPv4——IPv4 分组、IPv4 地址与 NAT、ARP 协议、DHCP 协议与 ICMP 协议

计算机网络——网络层——网络层设备——路由表与路由转发

计算机网络——应用层——WWW——HTTP 协议

具体参看知识点聚焦 93、94、96、100

【思路剖析】本题考查了以太网数据帧结构和 IP 分组结构的基本计算，ARP，HTTP，NAT 协议的基本原理。

首先针对图 c 和 d 给出的结构图，结合实际的数据给出每一个字段所对应的实际数值，这个问题就容易求解。我们从数据链路层开始分析，数据链路层是以数据帧进行封装的，因此首先要分析的是数据帧头，这里就是以太网帧头，包括 6 字节的目的 MAC，6 字节的源 MAC，2 字节的类型，因此可以得到：

目的 MAC 地址＝00 21 27 21 51 EE

源 MAC 地址＝00 15 C5 C1 5E 28，注意这和题目给出的主机的 MAC 地址是相同的。

类型＝08 00

从此之后的数据就是数据部分，也就是所承载的 IP 分组，根据 IP 分组的组成，我们可以得到整个 IP 分组头部的信息：

版本＝4，头部长度＝5，服务类型＝00，总长度＝01 ef，标识＝11 3b，标志和片偏移＝40 00，生存时间＝80，协议类型＝06，头部校验和＝ba 9d。

源 IP 地址＝0a 02 80 64，换算为十进制是 10.2.128.100，这和主机地址一致。

目的 IP 地址＝40 aa 62 20，换算为十进制是 64.170.98.32

这样问题 1 迎刃而解。

问题 2 考查 ARP 协议的基本原理，就是获得 IP 地址的主机所对应的 MAC 地址，首先通过广播包进行查询，只有 IP 地址匹配目的 IP 地址的主机响应，并通过单播方式进行响应。

问题 3 考查 HTTP 持续的非流水线方式工作原理，那么客户只在收到前一个请求的响应后才发出新的请求。这种情况下，web 页面所引用的每个对象（本题中的 5 个图像）都经历 1 个 RTT 的延迟，用于请求和接收该对象。

问题 4 考查 NAT 的工作原理，私有（保留）地址的内部网络通过路由器发送数据包时，私有地址被转换成合法的 IP 地址，NAT 将自动修改 IP 报文的源 IP 地址和目的 IP 地址，IP 地址校验则在 NAT 处理过程中自动完成。

【参考答案】

（1）Web 服务器的 IP 地址是 64.170.98.32，该主机的默认网关的 MAC 地址是 00-21-27-21-51-ee。

（2）该主机在构造题 47－b 图的数据帧时，使用 ARP 协议确定目的 MAC 地址。封装该协议请求报文的以太网帧的目的 MAC 地址是广播地址即 FF-FF-FF-FF-FF-FF。

（3）假设 HTTP/1.1 协议以持续的非流水线方式工作，以此请求-响应时间为 RTT，rfc. html 页面引用了 5 个 JPEG 小图像，则从发出题 47－b 图中的 Web 请求开始到浏览

器受到全部内容为止，需要 6 个 RTT。

（4）该帧所封装的 IP 分组经过路由器 R 转发时，需修改 IP 分组头中的源 IP 地址，头部校验和，生存时间。

【知识链接】TCP 持久连接分为不带流水线和带流水线两个版本。如果是不带流水线的版本，那么客户只在收到前一个请求的响应后才发出新的请求。这种情况下，web 页面所引用的每个对象都经历 1 个 RTT 的延迟，用于请求和接收该对象。HTTP/1.1 的默认模式使用带流水线的持久连接。这种情况下，HTTP 客户每碰到一个引用就立即发出一个请求，因而 HTTP 客户可以一个接一个紧挨着发出各个引用对象的请求。服务器收到这些请求后，也可以一个接一个紧挨着发出各个对象。如果所有的请求和响应都是紧挨着发送的，那么所有引用到的对象一共只经历 1 个 RTT 的延迟（而不是像不带流水线的版本那样，每个引用到的对象都各有 1 个 RTT 的延迟）。

2010 年全国硕士研究生入学统一考试
计算机学科专业基础综合试题

一、单项选择题：1～40 小题，每小题 2 分，共 80 分。下列每题给出的四个选项中，只有一个选项是最符合题目要求的。

1. 若元素 a,b,c,d,e,f 依次进栈，允许进栈、退栈操作交替进行，但不允许连续三次进行退栈操作，则不可能得到的出栈序列是（　　）。

   A. d,c,e,b,f,a   B. c,b,d,a,e,f   C. b,c,a,e,f,d   D. a,f,e,d,c,b

2. 某队列允许在其两端进行入队操作，但仅允许在一端进行出队操作，元素 a,b,c,d,e 依次入此队列后再进行出队操作，则不可能得到的出队序列是（　　）。

   A. b,a,c,d,e   B. d,b,a,c,e   C. d,b,c,a,e   D. e,c,b,a,d

3. 下列线索二叉树中（用虚线表示线索），符合后序线索树定义的是（　　）。

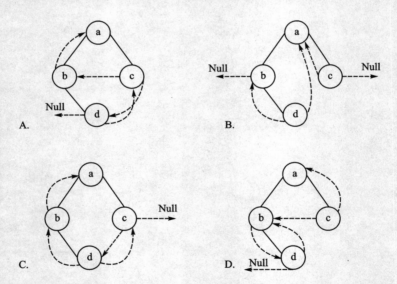

4. 在下图所示的平衡二叉树中，插入关键字 48 后得到一棵新平衡二叉树。在新平衡二叉树中，关键字 37 所在结点的左、右子结点中保存的关键字分别是（　　）。

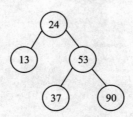

   A. 13、48   B. 24、48   C. 24、53   D. 24、90

5. 在一棵度为 4 的树 T 中,若有 20 个度为 4 的结点,10 个度为 3 的结点,1 个度为 2 的结点, 10 个度为 1 的结点,则树 T 的叶结点个数是(　　)。

　　A. 41　　　　　　　　B. 82　　　　　　　　C. 113　　　　　　　　D. 122

6. 对 $n(n \geqslant 2)$ 个权值均不相同的字符构成哈夫曼树。下列关于该哈夫曼树的叙述中,错误的 是(　　)。

　　A. 该树一定是一棵完全二叉树

　　B. 树中一定没有度为 1 的结点

　　C. 树中两个权值最小的结点一定是兄弟结点

　　D. 树中任一非叶结点的权值一定不小于下一层任一结点的权值

7. 若无向图 G=(V,E)中含 7 个顶点,则保证图 G 在任何情况下都是连通的,则需要的边数 最少是(　　)。

　　A. 6　　　　　　　　B. 15　　　　　　　　C. 16　　　　　　　　D. 21

8. 对下图进行拓扑排序,可以得到不同的拓扑序列的个数是(　　)。

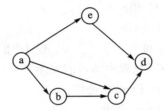

　　A. 4　　　　　　　　B. 3　　　　　　　　C. 2　　　　　　　　D. 1

9. 已知一个长度为 16 的顺序表 L,其元素按关键字有序排列。若采用折半查找法查找一个 L 中不存在的元素,则关键字的比较次数最多是(　　)。

　　A. 4　　　　　　　　B. 5　　　　　　　　C. 6　　　　　　　　D. 7

10. 采用递归方式对顺序表进行快速排序。下列关于递归次数的叙述中,正确的是(　　)。

　　A. 递归次数与初始数据的排列次序无关

　　B. 每次划分后,先处理较长的分区可以减少递归次数

　　C. 每次划分后,先处理较短的分区可以减少递归次数

　　D. 递归次数与每次划分后得到的分区的处理顺序无关

11. 对一组数据(2,12,16,88,5,10)进行排序,若前三趟排序结果如下:

　　第一趟:2,12,16,5,10,88

　　第二趟:2,12,5,10,16,88

　　第三趟:2,5,10,12,16,88

　　则采用的排序方法可能是(　　)。

　　A. 起泡排序　　　　　B. 希尔排序　　　　　C. 归并排序　　　　　D. 基数排序

12. 下列选项中,能缩短程序执行时间的措施是(　　)。

　　Ⅰ 提高 CPU 时钟频率　　Ⅱ 优化数据通路结构　　Ⅲ 对程序进行编译优化

　　A. 仅Ⅰ和Ⅱ　　　　　B. 仅Ⅰ和Ⅲ　　　　　C. 仅Ⅱ和Ⅲ　　　　　D. Ⅰ、Ⅱ和Ⅲ

13. 假定有 4 个整数用 8 位补码分别表示为 r_1＝FEH,r_2＝F2H,r_3＝90H,r_4＝F8H。若将运 算结果存放在一个 8 位寄存器中,则下列运算会发生溢出的是(　　)。

A. $r_1 \times r_2$ B. $r_2 \times r_3$ C. $r_1 \times r_4$ D. $r_2 \times r_4$

14. 假定变量 i、f 和 d 的数据类型分为 int、float 和 double(int 用补码表示,float 和 double 分别用 IEEE754 单精度和双精度浮点数格式表示),已知 i=785,f=1.5678e3,d=1.5e100。若在 32 位机器中执行下列关系表达式,则结果为"真"的是( )。

    (Ⅰ)i==(int)(float)i   (Ⅱ)f==(float)(int)f

    (Ⅲ)f==(float)(double)f   (Ⅳ)(d+f)−d==f

    A. 仅Ⅰ和Ⅱ   B. 仅Ⅰ和Ⅲ   C. 仅Ⅱ和Ⅲ   D. 仅Ⅲ和Ⅳ

15. 假定用若干个 2K×4 位的芯片组成一个 8K×8 位的存储器,则地址 0B1FH 所在芯片的最小地址是( )。

    A. 0000H   B. 0600H   C. 0700H   D. 0800H

16. 下列有关 RAM 和 ROM 的叙述中,正确的是( )。

    Ⅰ. RAM 是易失性存储器,ROM 是非易失性存储器

    Ⅱ. RAM 和 ROM 都采用随机存取方式进行信息访问

    Ⅲ. RAM 和 ROM 都可用作 Cache

    Ⅳ. RAM 和 ROM 都需要进行刷新

    A. 仅Ⅰ和Ⅱ   B. 仅Ⅱ和Ⅲ   C. 仅Ⅰ、Ⅱ和Ⅳ   D. 仅Ⅱ、Ⅲ和Ⅳ

17. 下列命中组合情况中,一次访存过程中不可能发生的是( )。

    A. TLB 未命中,Cache 未命中,Page 未命中

    B. TLB 未命中,Cache 命中,Page 命中

    C. TLB 命中,Cache 未命中,Page 命中

    D. TLB 命中,Cache 命中,Page 未命中

18. 下列寄存器中,汇编语言程序员可见的是( )。

    A. 存储器地址寄存器(MAR)   B. 程序计数器(PC)

    C. 存储器数据寄存器(MDR)   D. 指令寄存器(IR)

19. 下列选项中,不会引起指令流水线阻塞的是( )。

    A. 数据旁路(转发)   B. 数据相关   C. 条件转移   D. 资源冲突

20. 下列选项中的英文缩写均为总线标准的是( )。

    A. PCI、CRT、USB、EISA   B. ISA、CPI、VESA、EISA

    C. ISA、SCSI、RAM、MIPS   D. ISA、EISA、PCI、PCI-Express

21. 单级中断系统中,中断服务程序内的执行顺序是( )。

    Ⅰ 保护现场;Ⅱ 开中断;Ⅲ 关中断;Ⅳ 保存断点;Ⅴ 中断事件处理;Ⅵ 恢复现场;Ⅶ 中断返回

    A. Ⅰ→Ⅴ→Ⅵ→Ⅱ→Ⅶ   B. Ⅲ→Ⅰ→Ⅴ→Ⅶ

    C. Ⅲ→Ⅳ→Ⅴ→Ⅵ→Ⅶ   D. Ⅳ→Ⅰ→Ⅴ→Ⅵ→Ⅶ

22. 假定一台计算机的显示存储器用 DRAM 芯片实现,若要求显示分辨率为 1 600×1 200,颜色深度为 24 位,帧频为 85 Hz,显存总带宽的 50% 用来刷新屏幕,则需要的显存总带宽至少约为( )。

    A. 245 Mbps   B. 979 Mbps   C. 1958 Mbps   D. 7834 Mbps

23. 下列选项中,操作系统提供的给应用程序的接口是( )。

A. 系统调用   B. 中断   C. 库函数   D. 原语

24. 下列选项中,导致创建新进程的操作是( )。

    Ⅰ.用户登录成功   Ⅱ.设备分配   Ⅲ.启动程序执行

    A. 仅Ⅰ和Ⅱ   B. 仅Ⅱ和Ⅲ   C. 仅Ⅰ和Ⅲ   D. Ⅰ、Ⅱ和Ⅲ

25. 设与某资源相关联的信号量初值为 3,当前为 1,若 M 表示该资源的可用个数,N 表示等待该资源的进程数,则 M,N 分别是( )。

    A. 0、1   B. 1、0   C. 1、2   D. 2、0

26. 下列选项中,降低进程优先级的合理时机是( )。

    A. 进程的时间片用完   B. 进程刚完成 I/O,进入就绪队列

    C. 进程长期处于就绪队列   D. 进程从就绪状态转为运行态

27. 进程 P0 和 P1 的共享变量定义及初值为

```
boolean flag[2];
int turn = 0;
flag[0] = FALSE;   flag[1] = FALSE;
```

若进程 P0 和 P1 访问临界资源的类 C 伪代码实现如下:

```
void P0( )        //进程 P0          void P1( )              //进程 P1
{while(TRUE){                        {while(TRUE){
    flag[0] = TRUE; turn = 1;            flag[1] = TRUE; turn = 0;
    while(flag[1]&&(turn = =1));          while(flag[0]&&(turn = =0));
    临界区;                               临界区;
    flag[0] = FALSE;                      flag[1] = FALSE;
    }                                     }
}                                     }
```

则并发执行进程 P0 和 P1 时产生的情况是( )。

    A. 不能保证进程互斥进入临界区,会出现"饥饿"现象

    B. 不能保证进程互斥进入临界区,不会出现"饥饿"现象

    C. 能保证进程互斥进入临界区,会出现"饥饿"现象

    D. 能保证进程互斥进入临界区,不会出现"饥饿"现象

28. 某基于动态分区存储管理的计算机,其主存容量为 55MB(初始为空闲),采用最佳适配(Best Fit)算法,分配和释放的顺序为:分配 15MB、分配 30MB、释放 15MB、分配 8MB、分配 6MB,此时主存中最大空闲分区的大小是( )。

    A. 7MB   B. 9MB   C. 10MB   D. 15MB

29. 某计算机采用二级页表的分页存储管理方式,按字节编址,页大小为 2^{10} 字节,页表项大小为 2 字节,逻辑地址结构为:

页目录号	页号	页内偏移量

逻辑地址空间大小为 2^{16} 页,则表示整个逻辑地址空间的页目录表中包含表项的个数至少是( )。

A. 64   B. 128   C. 256   D. 512

30. 设文件索引节点中有 7 个地址项,其中 4 个地址项为直接地址索引,2 个地址项是一级间接地址索引,1 个地址项是二级间接地址索引,每个地址项大小为 4 字节,若磁盘索引块和磁盘数据块的大小均为 256 字节,则可表示的单个文件最大长度是( )。

     A. 33KB   B. 519KB   C. 1057KB   D. 16513KB

31. 设置当前工作目录的主要目的是( )。

     A. 节省外存空间   B. 节省内存空间

     C. 加快文件的检索速度   D. 加快文件的读/写速度

32. 本地用户通过键盘登录系统时,首先获得的键盘输入信息的程序是( )。

     A. 命令解释程序   B. 中断处理程序

     C. 系统调用服务程序   D. 用户登录程序

33. 下列选项中,不属于网络体系结构中所描述的内容是( )。

     A. 网络的层次   B. 每一层使用的协议

     C. 协议的内部实现细节   D. 每一层必须完成的功能

34. 在下图所示的采用"存储-转发"方式的分组交换网络中,所有链路的数据传输速率为 100 Mbps,分组大小为 1 000B,其中分组头大小 20B,若主机 H1 向主机 H2 发送一个大小为 980 000B 的文件,则在不考虑分组拆装时间和传播延迟的情况下,从 H1 发送开始到 H2 接收完为止,需要的时间至少是( )。

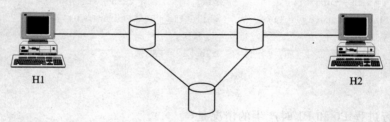

     A. 80 ms   B. 80.08 ms   C. 80.16 ms   D. 80.24 ms

35. 某自治系统内采用 RIP 协议,若该自治系统内的路由器 R1 收到其邻居路由器 R2 的距离矢量,距离矢量中包含信息"<net1,16>",则能得出的结论是( )。

     A. R2 可以经过 R1 到达 net1,跳数为 17

     B. R2 可以到达 net1,跳数为 16

     C. R1 可以经过 R2 到达 net1,跳数为 17

     D. R1 不能经过 R2 到达 net1

36. 若路由器 R 因为拥塞丢弃 IP 分组,则此时 R 可向发出该 IP 分组的源主机发送的 ICMP 报文件类型是( )。

     A. 路由重定向   B. 目的不可达   C. 源抑制   D. 超时

37. 某网络的 IP 地址空间为 192.168.5.0/24,采用定长子网划分,子网掩码为 255.255.255.248,则该网络的最大子网个数、每个子网内的最大可分配地址个数分别是( )。

     A. 32,8   B. 32,6   C. 8,32   D. 8,30

38. 下列网络设备中,能够抑制广播风暴的是( )。

     Ⅰ.中继器   Ⅱ.集线器   Ⅲ.网桥   Ⅳ.路由器

A. 仅 Ⅰ 和 Ⅱ   B. 仅 Ⅲ   C. 仅 Ⅲ 和 Ⅳ   D. 仅 Ⅳ

39. 主机甲和主机乙之间已建立了一个 TCP 连接，TCP 最大段长度为 1 000 字节，若主机甲的当前拥塞窗口为 4 000 字节，在主机甲向主机乙连续发送两个最大段后，成功收到主机乙发送的对第一个段的确认段，确认段中通告的接收窗口大小为 2 000 字节，则此时主机甲还可以向主机乙发送的最大字节数是( )。

     A. 1 000   B. 2 000   C. 3 000   D. 4 000

40. 如果本地域名服务无缓存，当采用递归方法解析另一网络某主机域名时，用户主机、本地域名服务器发送的域名请求消息数分别为( )。

     A. 1 条,1 条   B. 1 条,多条   C. 多条,1 条   D. 多条,多条

二、综合应用题：41～47 小题，共 70 分。

41. (10分)将关键字序列(7,8,30,11,18,9,14)散列存储到散列表中,散列表的存储空间是一个下标从 0 开始的一维数组。散列函数是：$H(key)=(key×3)MOD\ 7$,处理冲突采用线性探测再散列法,要求装填(载)因子为 0.7。

     (1) 请画出所构造的散列表。

     (2) 分别计算等概率情况下查找成功和查找不成功的平均查找长度。

42. (13分)设将 $n(n>1)$ 个整数存放到一维数组 R 中。试设计一个在时间和空间两方面都尽可能高效的算法,将 R 中存有的序列循环左移 $p(0<p<n)$ 个位置,即将 R 中的数据由 $(x_0,x_1,\cdots,x_{n-1})$ 变换为 $(x_p,x_{p+1},\cdots,x_{n-1},x_0,x_1,\cdots,x_{p-1})$。要求：

     (1) 给出算法的基本设计思想。

     (2) 根据设计思想,采用 C 或 C++或 JAVA 语言描述算法,关键之处给出注释。

     (3) 说明你所设计算法的时间复杂度和空间复杂度。

43. (11分)某计算机字长 16 位,主存地址空间大小为 128KB,按字编址,采用单字长指令格式,指令各字段定义如下：

15 12	11		6 5		0
OP	Ms	Rs	Md	Rd	

源操作数   目的操作数

转移指令采用相对寻址方式,相对偏移量用补码表示,寻址方式定义如下：

Ms/Md	寻址方式	助记符	含义
000B	寄存器直接	Rn	操作数＝(Rn)
001B	寄存器间接	(Rn)	操作数＝((Rn))
010B	寄存器间接、自增	(Rn)+	操作数＝((Rn)),(Rn)+1→Rn
011B	相对	D(Rn)	转移目标地址＝(PC)+(Rn)

注：(X)表示存储器地址 X 或寄存器 X 的内容。

请回答下列问题：

     (1) 该指令系统最多可有多少条指令？该计算机最多有多少个通用寄存器？存储器地址寄存器(MAR)和存储器数据寄存器(MDR)至少各需要多少位？

     (2) 转移指令的目标地址范围是多少？

(3) 若操作码 0010B 表示加法操作(助记符为 add),寄存器 R4 和 R5 的编号分别为 100B 和 101B,R4 的内容为 1234H,R5 的内容为 5678H,地址 1234H 的内容为 5678H,地址 5678H 中的内容为 1234H,则汇编语句"add (R4),(R5)+"(逗号前为源操作数,逗号后为目的操作数)对应的机器码是什么(用十六进制表示)? 该指令执行后,哪些寄存器和存储单元的内容会改变? 改变后的内容是什么?

44. (12 分)某计算机的主存地址空间大小为 256MB,按字节编址,指令 Cache 和数据 Cache 分离,均有 8 个 Cache 行,每个 Cache 行大小为 64B,数据 Cache 采用直接映射方式。现有两个功能相同的程序 A 和 B,其伪代码如下所示:

程序 A:

```
int a[256][256];
......
int sum_array1( )
{
    int i,j,sum = 0;
    for(i = 0;i<256;i + +)
      for(j = 0;j<256;j + +)
        sum + = a[i][j];
    return sum;
}
```

程序 B:

```
int a[256][256];
......
int sum_array2( )
{
    int i,j,sum = 0;
    for(j = 0;j<256;j + +)
      for(i = 0;i<256;i + +)
        sum + = a[i][j];
    return sum;
}
```

假定 int 类型数据用 32 位补码表示,程序编译时 i,j,sum 均分配在寄存器中,数组 a 按行优先方式存放,首地址 320(十进制数)。请回答下列问题,要求说明理由或给出计算过程。

(1) 若不考虑用于 Cache 一致性维护和替换算法的控制位,则数据 Cache 的总容量为多少?

(2) 数组数据 a[0][31] 和 a[1][1] 各自所在的主存块对应的 Cache 行号分别是多少 (Cache 行号从 0 开始)?

(3) 程序 A 和 B 的数据访问命中率各是多少? 哪个程序的执行时间更短?

45. (7 分)假设计算机系统采用 CSCAN(循环扫描)磁盘调度策略。使用 2KB 的内存空间记录 16384 个磁盘块的空闲状态。

(1) 请说明在上述条件下如何进行磁盘空闲状态的管理。

(2) 设某单面磁盘旋转速度为每分钟 6 000 转,每个磁道有 100 个扇区,相邻磁道间的平均移动时间为 1 ms。若在某时刻,磁头位于 100 号磁道处,并沿着磁道号增大的方向移动(如下图所示),磁道号请求队列为 50,90,30,120,对请求队列中的每个磁道需要读取 1 个随机分布的扇区,则读完这 4 个扇区总共需要多少时间? 要求给出计算过程。

(3) 如果将磁盘替换为随机访问的 Flash 半导体存储器(如 U 盘、SSD 等),是否有比 CSCAN 更高效的磁盘调度策略? 若有,给出磁盘调度策略的名称并说明理由;若无,说明理由。

46. (8 分)设某计算机的逻辑地址空间和物理地址空间均为 64KB,按字节编址。若某进程最多需要 6 页(Page)数据存储空间,页的大小为 1KB,操作系统采用固定分配局部置换策略为此进程分配 4 个页框(Page Frame)。在时刻 260 前的该进程访问情况如下表所示(访

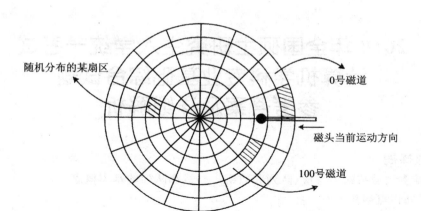

问位即使用位)。

页号	页框号	装入时刻	访问位
0	7	130	1
1	4	230	1
2	200	200	1
3	9	160	1

当该进程执行到时刻 260 时,要访问的逻辑地址为 17CAH 的数据,请回答下列问题:

(1) 该逻辑地址对应的页号是多少?

(2) 若采用先进先出(FIFO)置换算法,该逻辑地址对应的物理地址是多少? 要求给出计算过程。

(3) 若采用时钟(CLOCK)置换算法,该逻辑地址对应的物理地址是多少? 要求给出计算过程。(设搜索下一页的指针沿顺时针方向移动,且当前指向 2 号页框,如右图所示)

47. (9 分)某局域网采用 CSMA/CD 协议实现介质访问控制,数据传输率为 10 Mbps,主机甲和主机乙之间的距离为 2 km,信号传播速度是 200 000 km/s。请回答下列问题,要求说明理由或写出计算过程。

(1) 若主机甲和主机乙发送数据时发生冲突,则从开始发送数据时刻起,到两台主机均检测到冲突时刻止,最短需经过多长时间? 最长需经过多长时间?(假设主机甲和主机乙发送数据过程中,其他主机不发送数据)

(2) 若网络不存在任何冲突与差错,主机甲总是以标准的最长以太网数据帧(1518 字节)向主机乙发送数据,主机乙每成功收到一个数据帧后立即向主机甲发送一个 64 字节的确认帧,主机甲收到确认帧后方可发送下一个数据帧,此时主机甲的有效数据传输速率是多少?(不考虑以太网帧的前导码)

2010 年全国硕士研究生入学统一考试
计算机学科专业基础综合试题
参考答案及详细解析

一、单项选择题

1. 【知识聚焦】数据结构——栈、队列和数组——栈和队列的基本概念

   具体参看知识点聚焦 6

   【思路剖析】本题考查栈的基本概念,是一种常见的考查方式。4 个选项所给序列的进、出栈操作序列分别为:

       选项 A. Push, Push, Push, Push, Pop, Pop, Push, Pop, Pop, Push, Pop, Pop

       选项 B. Push, Push, Push, Pop, Pop, Push, Pop, Pop, Push, Pop, Push, Pop

       选项 C. Push, Push, Pop, Push, Pop, Pop, Push, Push, Pop, Push, Pop, Pop

       选项 D. Push, Pop, Push, Push, Push, Push, Push, Pop, Pop, Pop, Pop, Pop

   按照题目要求,选项 D 所给序列为不可能得到的出栈顺序。

   【参考答案】D。

   【知识链接】本题还可使用快速解题方法:选项所给序列中出现长度大于等于 3 的连续逆序子序列,即为不符合要求的出栈序列。

2. 【知识聚焦】数据结构——栈、队列和数组——栈和队列的基本概念

   具体参看知识点聚焦 7

   【思路剖析】本题考查双端队列的基本概念。根据题意,队列两端都可以输入数据元素,但是只能在一端输出数据元素,这种队列为输出受限的双端队列。本题解题方法分别判断每个选项如何入队和出队,从而得出不可能的情况。

       假设 L 代表从左端入队,R 代表从右端入队,出队都是从左端 L 出。四个选项所给序列的进队操作序列分别为:

       选项 A. aL(或 aR), bL, cR, dR, eR

       选项 B. aL(或 aR), bL, cR, dL, eR

       选项 C. 不可能出现

       选项 D. aL(或 aR), bL, cL, dR, eL

   【参考答案】C。

   【知识链接】本题还可使用快速解题方法:题目中的这种输出受限的双端队列,无论哪种入队序列,a 和 b 都应该相邻,这是出队序列合理的必要条件。

3. 【知识聚焦】数据结构——树与二叉树——二叉树——线索二叉树的基本概念和构造

   具体参看知识点聚焦 12

   【思路剖析】本题考查后序线索二叉树的基本概念和构造,线索二叉树利用二叉链表的空链域来存放结点的前驱和后继信息,解题思路较简单。题中所给二叉树的后序序列为 db-ca。结点 d 无前驱和左子树,左链域空,无右子树,右链域指向其后继结点 b;结点 b 无左子

树,左链域指向其前驱结点 d;结点 c 无左子树,左链域指向其前驱结点 b,无右子树,右链域指向其后继结点 a。正确选项为 D。

【参考答案】D。

【知识链接】由于序列可由不同的遍历方法得到,因此,线索二叉树有先序线索二叉树、中序线索二叉树和后序线索二叉树三种。

4.【知识聚焦】数据结构——树与二叉树——树与二叉树的应用——二叉排序树、平衡二叉树

具体参看知识点聚焦 14

【思路剖析】本题主要考查调整平衡二叉树的 4 种旋转方式。题目中,插入 48 以后,二叉树根结点的平衡因子由 -1 变为 -2,失去平衡。这属于 RL(先右后左)型平衡旋转,需做两次(先右旋后左旋转)旋转操作。过程如下图所示:

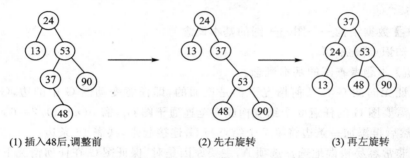

(1) 插入48后,调整前　　　　(2) 先右旋转　　　　(3) 再左旋转

显然,在调整后的新平衡二叉树中,关键字 37 所在结点的左、右子结点中保存的关键字分别是 24,53。

【参考答案】C。

【知识链接】在平衡二叉树上插入或删除结点后,可能使树失去平衡,因此,需要对失去平衡的树进行平衡化调整。平衡二叉树的 4 种调整方式需要熟练掌握。

5.【知识聚焦】数据结构——树与二叉树——二叉树——二叉树的定义及其主要特性

具体参看知识点聚焦 9、10

【思路剖析】本题主要考查二叉树的性质及其推广。

考生若能熟练掌握二叉树的性质 3 的推广公式:$N_0 = 1 + N_2 + 2N_3 + \cdots + (m-1)N_m$。可直接在将数据带入公式,即 $N_0 = 1 + N_2 + 2N_3 + 3N_4 = 1 + 1 \times 1 + 2 \times 10 + 3 \times 20 = 82$。树 T 的叶子结点的个数是 82。

如果考生不能熟练掌握二叉树的性质 3 的推广公式,得到本题的正确答案将费时费力。因此,需要熟练掌握二叉树的性质及推广。

【参考答案】B。

【知识链接】二叉树的性质 3:对于一棵非空的二叉树,如果叶子结点数为 n_0,度数为 2 的结点数为 n_2,则有:$n_0 = n_2 + 1$。

将此推广到 m 叉树,即:已知一棵度为 m 的树中有 N_0 个叶子结点数,N_1 个度为 1 的结点,N_2 个度为 2 的结点,$\cdots$,N_m 个度为 m 的结点,则有 $N_0 = 1 + N_2 + 2N_3 + \cdots + (m-1)N_m$。

6.【知识聚焦】数据结构——树与二叉树——树与二叉树的应用——哈夫曼树和哈夫曼编码

具体参看知识点聚焦 15

【思路剖析】本题考查哈夫曼树。哈夫曼树为带权路径长度最小的二叉树,但不一定是完全二叉树,选项 A 错误;哈夫曼树中没有度为 1 的结点,选项 B 正确;构造哈夫曼树时,最先选取两个权值最小的结点作为左右子树构造一棵新的二叉树,C 正确;哈夫曼树中任一非叶结点 P 的权值为其左右子树根结点权值之和,其权值不小于其左右子树根结点的权值,在与结点 P 的左右子树根结点处于同一层的结点中,若存在权值大于结点 P 权值的结点 Q,那么结点 Q 与其兄弟结点中权值较小的一个应该与结点 P 作为左右子树构造新的二叉树,由此可知,哈夫曼树中任一非叶结点的权值一定不小于下一层任一结点的权值。

【参考答案】A。

【知识链接】在掌握哈夫曼树及哈夫曼编码的构造算法的基础上,对于哈夫曼树及哈夫曼编码的特征也需要仔细琢磨。对于哈夫曼树及哈夫曼编码的特征总结的详情请参看知识点聚焦 15。

7. 【知识聚焦】数据结构——图——图的基本概念

具体参看知识点聚焦 16

【思路剖析】本题考查图的基本概念。

要保证无向图 G 在任何情况下都是连通的,即任意变动图 G 中的边,G 始终保持连通。首先需要图 G 的任意 6 个结点构成完全连通子图 G_1,需 $n(n-1)/2=6\times(6-1)/2=15$ 条边,然后再添加一条边将第 7 个结点与 G_1 连接起来,共需 16 条边。

本题非常容易错误地选择选项 A,主要原因是对"保证图 G 在任何情况下都是连通的"的理解,分析选项 A,在图 G 中,具有 7 个顶点 6 条边并不能保证其一定是连通图,即有 $n-1$ 条边的图不一定是连通图。

分析选项 D,图 G 有 7 个顶点 21 条边,那么图 G 一定是无向完全图,无向完全图能保证其在任何情况下都是连通的,但是这不符合题目中所需边数最少的要求。

【参考答案】C。

【知识链接】本题涉及了图的多个概念,有:连通图、完全图、生成树等。

8. 【知识聚焦】数据结构——图——图的基本应用——拓扑排序

具体参看知识点聚焦 20

【思路剖析】本题考查拓扑排序。拓扑排序的步骤为:(1)在有向图中选一个没有前驱的顶点并且输出之;(2)从图中删除该顶点和以它为尾的弧。重复上述两步,直至全部顶点均已输出。由于没有前驱的顶点可能不唯一,所以拓扑排序的结果也不唯一。

题中所给图有三个不同的拓扑排序序列,分别为 abced,abecd,aebcd。

【参考答案】B。

【知识链接】检测有向环是对 AOV 网构造它的有向拓扑有序序列。将各个顶点(代表活动)排列成一个线性有序的序列,使得 AOV 网络中所有应存在的前驱和后继关系都能得到满足。一个 AOV 网的顶点的拓扑有序序列不唯一。

9. 【知识聚焦】数据结构——查找——折半查找法

具体参看知识点聚焦 23

【思路剖析】本题考查折半查找法的查找性能。折半查找法在查找不成功时和给定值进行比较的关键字个数最多为 $\lfloor \log_2 n \rfloor +1$,在本题中,$n=16$,故比较次数最多为 5。

【参考答案】B。

【知识链接】折半查找法在查找成功时和给定值进行比较的关键字个数至多为$\lfloor \log_2 n \rfloor + 1$,折半查找法在查找不成功时和给定值进行比较的关键字个数最多也不超过$\lfloor \log_2 n \rfloor + 1$。

10. 【知识聚焦】数据结构——内部排序——快速排序

具体参看知识点聚焦 27

【思路剖析】快速排序是递归的,递归过程可用一棵二叉树给出,递归调用层次数与二叉树的深度一致。例如:待排序列$\{48, 62, 35, 77, 55, 14, 35, 98\}$,采用快速排序方法,其对应递归调用过程的二叉树如下图所示。

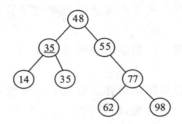

在最坏情况下,若初始序列按关键码有序或基本有序时,快速排序反而蜕化为冒泡排序。即其对应递归调用过程的二叉树是一棵单支树。

因此快速排序的递归次数与初始数据的排列次序有关。但快速排序的递归次数与每次划分后得到的分区处理顺序无关,即先处理较长的分区或先处理较短的分区都不影响递归次数。

【参考答案】D。

【知识链接】快速排序在最好的情况下,每次划分,正好分成两个等长的子序列,时间复杂度为 O($n\log_2 n$);在最坏情况下,每次划分,只得到一个子序列,时间复杂度为 O(n^2)。平均情况下,时间复杂度为 O($n\log_2 n$)。

11. 【知识聚焦】数据结构——内部排序——起泡排序、希尔排序、二路归并排序、基数排序

具体参看知识点聚焦 26、27、29

【思路剖析】本题要求掌握各种排序的算法思想及排序过程。题目中所给的三趟排序过程,显然是使用起泡排序方法,每趟排序时从前往后依次比较,使大值"沉底"。

【参考答案】A。

【知识链接】对于排序的考查,给出前几趟排序过程,然后判断是哪种排序方法的结果,这是一个典型题。这类题目的解决方法,先是看备选项的排序算法有什么特征,再看题目中的排序过程是否符合这个特征,从而得出正确答案。一般先从选项中的简单排序方法(插入排序、起泡排序、选择排序)开始判断,若简单排序方法不符合,再判断复杂排序方法(希尔排序、快速排序、堆排序、归并排序)。

12. 【知识聚焦】计算机组成原理——计算机系统概述——计算机性能指标

具体参看知识点聚焦 31

【思路剖析】一般说来,CPU 时钟频率(主频)越高,CPU 的速度就越快;优化数据通路结构,可以有效提高计算机系统的吞吐量;编译优化可得到更优的指令序列。

【参考答案】D。

【知识链接】根据计算机系统的基本概念,可知:Ⅰ、Ⅱ、Ⅲ 都是缩短程序执行时间的措施。

这类选择题是将原来的多选题改造成单选题,需要考虑多个因素,比一般的单选题难度要大一些,在回答时一定要格外小心。

13. 【知识聚焦】计算机组成原理——数据的表示和运算——定点数的表示和运算
具体参看知识点聚焦 35
【思路剖析】用补码表示时 8 位寄存器所能表示的整数范围为 $-128 \sim +127$。现在 4 个整数都是负数,$r_1 = -2$,$r_2 = -14$,$r_3 = -112$,$r_4 = -8$,只有 $r_2 \times r_3 = 1\ 568$,结果溢出,其余 3 个算式结果都未超过 127,不发生溢出。
【参考答案】B。
【知识链接】这道题表面上看上去是在考查定点乘法运算,实际上是在考查 8 位定点整数的表示范围。

14. 【知识聚焦】计算机组成原理——数据的表示和运算
具体参看知识点聚焦 37
【思路剖析】数据类型不同的数据在运算之前需要进行数据类型的转换。f 的数据类型从 float 转换为 int 时,小数部分会丢失,故 Ⅱ 的结果不为真;d+f 时需要对阶,对阶后 f 的尾数有效位被舍去而变为 0,故 d+f 仍然为 d,再减去 d 后结果为 0,故 Ⅳ 的结果也不为真。
【参考答案】B。
【知识链接】本题的四个选项是 C 语言关系表达式,要求考生对 C 语言中的数据类型转换的概念有所了解。当在 int、float 和 double 等类型数据之间进行强制类型转换时,往往会隐藏着一些不容易被察觉的问题,且在编程时要非常小心。通常,数据类型升格(较低类型数据转换为较高类型数据)时,其值保持不变;数据类型降格(较高类型数据转换成较低类型数据)时,就可能失去一部分信息。

15. 【知识聚焦】计算机组成原理——存储器层次结构——主存储器与 CPU 的连接
具体参看知识点聚焦 40、41
【思路剖析】由若干芯片构成存储器,采用字和位同时扩展方法。8 片 2K×4 位的芯片分成 4 组,每组 2 个芯片,各组芯片的地址分配分别为:第 1 组,0000H~07FFH;第 2 组,0800H~0FFFH;第 3 组,1000H~17FFH;第 4 组,1800H~1FFFH。地址 0B1FH 处于第 2 组内,其芯片的最小地址为 0800H。
【参考答案】D。
【知识链接】本题与存储器的扩展看似没有直接的关联,但只有确定了字和位同时扩展方法,才能计算出每组芯片的最小地址和最大地址。

16. 【知识聚焦】计算机组成原理——存储器层次结构——存储器的分类
具体参看知识点聚焦 39
【思路剖析】RAM 中的内容断电后即丢失(易失性),ROM 中的内容断电后不会丢失(非易失性),同时 RAM 和 ROM 都采用随机存取方式(即 CPU 对任何一个存储单元的存取时间相同),区别在于 RAM 可读可写,ROM 只读不写。ROM 显然不可用作 Cache,也不需要刷新。
【参考答案】A。
【知识链接】根据随机存储器 RAM 和只读存储器 ROM 各自的特点,可知:Ⅰ 和 Ⅱ 的叙述都是正确的,而 Ⅲ 和 Ⅳ 的叙述都是错误的。

17. 【知识聚焦】计算机组成原理——存储器层次结构——虚拟存储器

具体参看知识点聚焦 44

【思路剖析】TLB(快表)和慢表(页表,Page)构成二级存储系统,若 TLB 命中,则 Page 必命中。因此不可能发生的是 D 选项。

【参考答案】D。

【知识链接】本题看似既涉及虚拟存储器又涉及 Cache 存储器,实际上这里并不需要考虑 Cache 的命中与否。因为一旦页缺失,说明信息不在主存,那么快表(TLB)中就一定没有该页表项,所以不存在 TLB 命中,Page 缺失的情况,根本谈不上访问 Cache 是否命中。

18. 【知识聚焦】计算机组成原理——中央处理器——CPU 的功能和基本结构

具体参看知识点聚焦 48

【思路剖析】CPU 有 5 个专用寄存器,它们是程序计数器(PC)、指令寄存器(IR)、存储器地址寄存器(MAR)、存储器数据寄存器(MBR)和状态标志寄存器(PSWR),这些寄存器中有些是 CPU 的内部工作寄存器,对于汇编语言程序员来说是透明的,在汇编语言程序设计中不会出现。

【参考答案】B。

【知识链接】在 CPU 的专用寄存器中,只有 PC 和 PSWR 是汇编语言程序员可见的,IR、MAR 和 MBR 对于汇编语言程序员来说是不可见的。

19. 【知识聚焦】计算机组成原理——中央处理器——指令流水线

具体参看知识点聚焦 53

【思路剖析】由于采用流水线方式,相邻或相近的两条指令可能会因为存在某种关联,后一条指令不能按照原指定的时钟周期运行,从而使流水线断流。有三种相关可能引起指令流水线阻塞:①结构相关,又称资源相关;②数据相关;③控制相关,又称指令相关,主要由转移指令引起。

【参考答案】A。

【知识链接】选项 A 指出的数据旁路技术,又称为定向技术或相关专用通路技术。其主要思想是不必等待某条指令的执行结果送回到寄存器后,再从寄存器中取出该结果作为下一条指令的源操作数,而是直接将执行结果送到其他指令所需要的地方,这样可以使流水线不发生停顿。

20. 【知识聚焦】计算机组成原理——总线——总线标准

具体参看知识点聚焦 54

【思路剖析】选项 A、选项 B、选项 C 中均有不是总线标准的英文缩写,如 CRT、USB、CPI、RAM、MIPS 等,只有选项 D 中的英文缩写均为总线标准。

【参考答案】D。

【知识链接】选项中给出了多个英文缩写,只要对这些英文缩写的中文含义有所了解,就不难得出正确答案。

21. 【知识聚焦】计算机组成原理——输入输出系统——I/O 方式——程序中断方式

具体参看知识点聚焦 57

【思路剖析】程序中断有单级中断和多级中断之分,单级中断在 CPU 执行中断服务程序的过程中不能被打断,即不允许中断嵌套。保存断点与关中断的任务是由硬件(中断隐指令)完成的,所以在单级中断系统中,中断服务程序内应完成的任务有:①保存现场;②中断事件处理;③恢复现场;④开中断;⑤中断返回。

【参考答案】A。

【知识链接】多级中断和单级中断的区别在于多级中断在保护现场之后需要开中断,以便在执行某个中断服务程序的过程中可以响应级别更高的中断请求,而在恢复现场之前又要关中断,以保证恢复现场的过程中不能被新的中断请求打断。多级中断的中断服务程序内应完成的任务有:①保存现场;②开中断;③中断事件处理;④关中断;⑤恢复现场;⑥开中断;⑦中断返回。

22.【知识聚焦】计算机组成原理——输入输出系统——外部设备——输出设备

具体参看知识点聚焦56

【思路剖析】显存的容量=分辨率×色深,带宽=分辨率×色深×帧频,考虑到50%的时间用来刷新屏幕,故显存总带宽应加倍。

【参考答案】D。

【知识链接】显存带宽=1 600×1 200×24 b×85 Hz=3916.8 Mbps,显存总带宽的50%用来刷新屏幕,则需要的显存总带宽为3916.8÷0.5=7 833.6 Mbps≈7 834 Mbps。注意题干中4个选项的单位均为兆位/秒,而不是兆字节/秒。

23.【知识聚焦】操作系统——操作系统的基本概念——用户接口

具体参看知识点聚焦61

【思路剖析】操作系统提供给用户应用程序的接口只有两种:命令输入和系统调用。其中,命令输入又有不同的形式,例如常规的命令行、图形化人机交互接口(GUI)、自然命令用户接口(NUI)等,而系统调用中除了常规的一些传统的系统调用(例如read())以外,还有经过扩展的复杂调用(例如多种API),以及包含在Lib库中的各种封装好的过程调用(最终都是通过系统调用陷入到操作系统中去的)等。

【参考答案】A。

【知识链接】本题考查应用程序接口,控制计算机一般有两种方法,第一种是即时对话,例如:操作计算机,通过操作接口以命令输入方式控制计算机的运行。传统的交互式系统需要人工对计算机的行为进行干预,干预的方法就是操作命令。第二种是按照一定的计划控制计算机运行,编程就是设计这样的计划,当需要计算机工作时,程序自动调用相关的操作运行,为方便编程,系统提供了一套简单的接口供编程人员使用。

24.【知识聚焦】操作系统——进程管理——进程控制

具体参看知识点聚焦63

【思路剖析】进程创建是需要填写PCB表的,其中唯一不需要的是Ⅱ。考察一个进程创建的过程是这样的:当进程被创建(可以是用户创建,例如双击相关图标;也可以由父进程创建,例如fock())时,操作系统首先到PCB表区搜索空闲的表格,若无则直接拒绝进程,若有则开始填写。通常填写PCB表的过程有一段时间(主要涉及资源分配需要协调),许多操作系统为此设立了一个中间状态称为"初始化",也有的操作系统不设这个中间状态。此时操作系统填写进程ID号、处理机参数、进程参数(状态、特权、优先级)、分配内存(若是虚拟存储就分配虚拟地址)、映射文件等,一切就绪,将控制权交给系统进行下一步调度。只有当这个进程运行过程中需要用到某个设备时,操作系统的设备分配模块开始按设备分配策略分配设备,当然也就不会在此创建进程。

【参考答案】C。

【知识链接】本题考查进程创建的过程。用户登录成功后系统要为此创建一个用户管理的进程,包括用户桌面、环境等。所有的用户进程会在该进程下创建和管理。当然,启动程序执行也必然会创建新进程,还有进程本身创建子进程等,这些操作均会引起进程创建。

25. 【知识聚焦】操作系统——进程管理——进程同步、信号量

具体参看知识点聚焦 66

【思路剖析】信号量初值是 3 表示资源数有 3 个,当前为 1 表示已经用掉 2 个,剩余可用的资源数就只有 1 个了,由于资源有剩余,可见没有其他进程等待使用该资源,故进程数为 0。

【参考答案】B。

【知识链接】本题考查 P、V 操作的意义。P、V 操作的实质是"加减"操作,P、V 操作又是原语操作,所以,P 操作是对信号量(只能对信号量,不可以对普通变量)进行减"1"操作,然后判断是否小于零,"是"则阻塞等待,"否"则什么都不做。而 V 操作是对信号量加"1"操作,然后判断是否小于等于零,"是"则唤醒阻塞进程,"否"则什么也不做。本题给出的是结果,据此判断信号量的值和阻塞的进程数值。

26. 【知识聚焦】操作系统——进程管理——处理机调度

具体参看知识点聚焦 65

【思路剖析】进程时间片用完可以降低其优先级,完成 I/O 的进程应该提升其优先级,处于就绪队列等待调度的进程一般不会改变其优先级。进行这样的操作主要是为了改善交互式系统的响应时间,并均衡各个作业的公平性。采用时间片轮转技术主要为改善交互式用户的感受,使其觉得是独享计算机(时间片轮转可以有效地防止计算繁忙型的进程独占计算机),时间片用完后降低其优先级是为了改善新进程的响应时间(新进程优先级较高,老进程降低优先级可以保证新进程具有优先权),对于刚进入就绪队列的新进程,往往在创建时已经根据其特点和要求确定好优先级,不会随意改变。而对于从阻塞状态唤醒的进程,由于阻塞带来了较长时间的等待,一般会根据阻塞队列的不同适当地提高优先级,以改善用户响应时间。

【参考答案】A。

【知识链接】本题是多级反馈队列优先级算法的基本实现方法。考生在分析算法时,要了解该算法的主要应用对象,不同类型操作系统在不同计算机系统中的适应性。例如批处理操作系统一般用于大型计算中心,此时运行的进程一般都是确定的、成熟的,不需要用户交互,操作系统考虑的主要指标是如何使得昂贵的大型计算机满负荷地工作,降低平均周转时间,提高吞吐量。交互式系统需要有频繁的输入/输出,此时合理的算法保证每个用户在计算机上的运行就显得很重要。不要使得个别用户长时间等待,例如题目中当某个进程长期处于就绪队列中而不能得到处理机时,需要适时地提高其优先级,让其参与竞争处理机而得到运行,避免出现饥饿。对于实时操作系统,满足进程对时间的要求是第一位的,此时资源的利用率退后,为保证重要的进程运行而损失处理机利用率和作业的吞吐量是值得的。

27. 【知识聚焦】操作系统——进程管理——进程同步

具体参看知识点聚焦66

【思路剖析】这是皮特森算法(Peterson's Algorithm)的实际实现,保证进入临界区的进程合理安全。该算法为了防止两个进程为进入临界区而无限期等待,设置变量turn,表示不允许进入临界区的编号,每个进程在先设置自己标志后再设置turn标志,不允许另一个进程进入,这时,再同时检测另一个进程状态标志和不允许进入标志,这样可以保证当两个进程同时要求进入临界区时只允许一个进程进入临界区。保存的是较晚的一次赋值,则较晚的进程等待,较早的进程进入。先到先入,后到等待,从而完成临界区访问的要求。

【参考答案】D。

【知识链接】在Peterson算法之前,软件解决互斥的算法都因为进程切换的不确定性而不能做到完全互斥又不发生饥饿,Peterson算法是第一个实现安全进入临界区而又不饥饿的算法。一般进入临界区有四个准则,一是空闲则入,若临界区空闲,进入临界区操作;二是遇忙等待,临界区有进程存在,则需要在临界区外等候;三是有限等待,不能死等,死等可能会死锁,也可能会饥饿;四是让权等待,若临界区不能进入,则应释放与临界区有关的资源,预防死锁。本题中应注意turn的设置,都是设置对方的值,稍有改变,结果会大相径庭。

28. 【知识聚焦】操作系统——内存管理——分区分配

具体参看知识点聚焦71

【思路剖析】对于简单分区内存分配,需要将进程的所有代码和数据装入内存。故55MB先分配15MB余40MB,再分配30MB后余10MB,释放15MB后出现一个15MB和一个10MB的空闲空间,分配8MB时按最佳适配(Best Fit)算法应该使用10MB的空闲块,余2MB的碎片,分配6MB时占用15MB的空间余9MB的碎片(空闲空间),因此最大空闲区为9MB。

【参考答案】B。

【知识链接】这个题目较简单,考生只要掌握动态分区算法的要点即可。简单分区分为单一分区、等额固定分区、差额固定分区、动态分区。动态分区对不同对象有不同分配算法。分为最先(first fit)分配算法、下次(next fit)分配算法、最佳(best Fit)分配算法和最坏(wrose fit)分配算法。上述四个算法再结合索引表,称为快速(quick fit)分配算法,各自有优缺点,根据对象的不同而灵活选取。但是不管是什么算法,都要求将程序完全装入内存才能运行。

29. 【知识聚焦】操作系统——内存管理——分页分配

具体参看知识点聚焦72

【思路剖析】地址空间分为逻辑地址空间和物理地址空间。本题中逻辑地址空间大小为2^{16}字节,页的大小为2^{10}字节,故页目录号和页号共占2^6字节,由于每个页表的表项大小为2字节,故共占128字节。

【参考答案】B。

【知识链接】地址空间与系统的地址结构有关,包括处理机的MMU、内存地址空间、译码系统等。地址空间通常是以2的幂次方来分配,因此可以简单地从地址线的位宽来分割,表现在计算上就是2的幂次的数值的变化。一般地址结构在采用页式的时候分为两部分:页内偏移量和页号。对于逻辑地址结构,通常与编译系统和操作系统有关,当采用页式时,为了使得系统寻址不占用太多的内存,页式分配会采用多级页表的方式,也就是将较长的页号分为两部分或更多,每一部分寻址下一个部分的位置,直到页内。这样的结构虽然复杂,但是较好地解决了页表映射中内存开销太大的难题,是当前计算机系统常常采用的方法之一。

30.【知识聚焦】操作系统——文件管理——物理结构——多级索引

具体参看知识点聚焦 76

【思路剖析】4 个地址项为直接地址索引,可以索引 $4 \times 256B = 1KB$,一级间接地址索引可以索引 $256/4 = 64$ 个表项,每个表项为 256 字节,共有 $64 \times 256B = 16KB$,2 个一级间接地址索引可以索引 $2 \times 16KB = 32KB$,二级间接地址索引为 $256/4 \times 256/4 = 4096$ 个表项,可以索引 $4096 \times 256B = 1024KB$,共计 $1KB + 32KB + 1024KB = 1057KB$。

【参考答案】C。

【知识链接】这是 UNIX 文件系统中比较典型的一种文件索引方式。文件的结构分为逻辑结构和物理结构,一般对文件的逻辑结构注重的是文件检索效率和读写算法的实现等。而文件的物理结构与物理设备有关,对文件的物理结构的访问一般是采用数据块的方式来进行。所以,在组织一个文件的时候,如何保证文件快速找到(文件系统和目录结构要足够好),对文件内容及时进行读写、插入、删除等操作,其方便、合理、安全反映了一个文件系统的性能。本题是 UNIX 操作系统经典的多级索引文件结构,既兼顾了小文件的访问速度,又扩展了大文件的容量,是一种较好的文件物理结构。

31.【知识聚焦】操作系统——文件管理——目录的结构和实现

具体参看知识点聚焦 79

【思路剖析】只有 C 符合题意,其他均与之无关。本题考查目录的工作原理。工作目录只是指出了当前操作的默认目录,使得在每次访问的时候不需要由根目录一层一层地解析,在文件路径比较长时,可以节省许多解析的时间,从而加快了文件的检索速度。

【参考答案】C。

【知识链接】目录本身是文件控制块的一部分,通常,当一个文件系统挂载到一个计算机系统上时,操作系统会将文件控制块包括目录读入内存,这样,在查找一个文件的时候只需要在内存里进行搜索即可。设置当前目录需要占用文件控制块中每一层目录的标志位,这会适当占用少量内存,若不设置该值,每次搜索文件就必须按全路径从根目录中搜索,处理机的开销会加大。而对于文件的读写,原来怎样就怎样,并没有改善。

32.【知识聚焦】操作系统——设备管理——设备连接方式

具体参看知识点聚焦 81

【思路剖析】本题考查的是计算机外部设备的知识点。外部设备在与计算机连接时有多种方式,中断技术就是一种常用方式。其工作原理是:利用处理机中断信号线,外部设备在需要服务的时候将该线设置为有效,计算机若同意接受中断则会停止当前进程的运行,转而服务发出中断的物理设备(注意与陷阱,即软中断有区别),那么对不同外部设备进行服务的程序代码是不同的,如何找到这些代码呢?这就要借助中断向量,中断向量一般是由硬件根据中断的类型(不同外设不同)计算所得,或计算机系统在开机配置时所配置的。处理机取得中断向量,其实就是一个物理地址,该地址下存放的是为此中断服务的代码的起始。所以,当键盘按下的时候,键盘控制器获得该操作动作,先将键盘扫描码读入键盘缓冲区,再向处理机发出键盘中断,适当的时候(一条指令的末尾或一条原语结束)处理机会响应中断,调用指定服务程序将键盘缓冲区中的键盘扫描码输入到登录进程中去。如此,最先响应键盘的必然是中断处理程序。本题中,像命令解释器(例如 cmd 窗口)、系统调用服务和用户登录程序都在中断处理程序后面。

【参考答案】B。

【知识链接】外部设备与计算机相连主要通过总线实现。在操作上对于不同的外部设备会采取不同的方式,可以是程序访问,也可以是中断,还可以是直接内存访问(DMA),或者是通道技术。传统的程序设计一般采用程序访问,程序访问因为存在忙等,所以好的程序设计不建议采用;中断一般用于少量的信息传递,而又有时间需求的场合;DMA 要求大量传输数据,又不想过多占用处理机时可用;而通道技术是具有半智能化的外部设备控制器,可以部分地对下挂设备进行操作(例如分配地址、配置参数、电源管理等),并将结果统一面对计算机来处理。

33. 【知识聚焦】计算机网络——计算机网络体系结构——计算机网络体系结构与参考模型——计算机网络协议、接口、服务等概念

具体参看知识点聚焦 84

【思路剖析】体系结构仅规定协议的功能和消息格式,但对具体的实现细节由具体设备厂商来确定,对于网络的层次,以及每一个层次的协议及其功能都是网络体系结构所要描述的内容,因此答案为选项 C。

【参考答案】C。

【知识链接】协议的实现涉及多种平台,因此只要能提供通用的接口,满足层次功能就能保证在体系结构下的互通。注意部分设备厂商在实现标准的协议同时,会增加一些私有协议。

34. 【知识聚焦】计算机网络——物理层——电路交换、报文交换与分组交换

具体参看知识点聚焦 86

【思路剖析】本题考查存储转发机制。由题设可知,分组携带的数据长度为 980B,文件长度为 980 000B,需拆分为 1 000 个分组,加上头部后,每个分组大小为 1 000B,总共需要传送的数据量大小为 1MB。由于所有链路的数据传输速度相同,因此文件传输经过最短路径时所需时间最少,最短路径经过分组交换机。当 $t = 1M \times 8/100$ Mbps $= 80$ ms 时,H1 发送完最后一个比特;到达目的地,最后一个分组,需经过两个分组交换机的转发,每次转发的时间为 $t_0 = 1K \times 8/100$ Mbps $= 0.08$ ms,所以,在不考虑分组拆装时间和传播延时的情况下,当 $t = 80$ ms $+ 2t_0 = 80.16$ ms 时,H2 接受完文件,即所需的时间至少为 80.16 ms。

【参考答案】C。

【知识链接】报文交换和分组交换中都存在发送延迟、传播延迟和处理延迟,一定要分清楚各自的计算方法。本类型题目可以采用绘制流程示意图的方式来分析具体需要的时间,把抽象的过程具体化。这里要注意不能忽略分组交换机转发所需要的处理时间。

35. 【知识聚焦】计算机网络——网络层——路由协议——RIP 路由协议

具体参看知识点聚焦 95

【思路剖析】本题考查 RIP 路由协议。RIP 允许一条路径最多只能包含 15 个路由器,因

此距离等于 16 时相当于不可达,因此 RIP 协议里规定 16 为路由不可达,答案为 D。

【参考答案】D。

【知识链接】注意 RIP 路由协议几个关键的数字,比如 16 为路由不可达,30 s 是消息的发送周期,也是路由表更新的周期。

36. 【知识聚焦】计算机网络——网络层——IPv4——ARP 协议、DHCP 协议与 ICMP 协议

具体参看知识点聚焦 94

【思路剖析】本题考查 ICMP 协议。当路由器或主机由于拥塞而丢弃数据报时,就向源点发送源点抑制报文,使源点知道把数据报的发送速率放慢,正确选项为 C。

【参考答案】C。

【知识链接】注意分清 ICMP 协议其他情况的原因,比如目的不可达、路由重定向等,同时注意其他协议的具体功能,ARP 的请求和响应,DHCP 协议的 DHCP DISCOVER,DHCP OFFER,DHCP REQUEST 等。

37. 【知识聚焦】计算机网络——网络层——IPv4——子网划分与子网掩码、CIDR

具体参看知识点聚焦 93

【思路剖析】本题考查子网划分与子网掩码、CIDR。子网号为 5 位,在 CIDR 中可以表示 $2^5=32$ 个子网,主机号为 3 位,除去全 0 和全 1 的情况可以表示 6 个主机地址,答案为 B。

【参考答案】B。

【知识链接】子网划分的一般规律,每个子网的主机数目是 2^y-2(y 代表主机位,即二进制为 0 的部分),往往采用逆向思维模式考查,给出最大容量的主机数,或者最小容量的主机数,要求进行适当的子网划分,这里的依据都是子网划分的一般规律。

38. 【知识聚焦】计算机网络——物理层/数据链路层/网络层——物理层设备/数据链路层设备/网络层设备——中继器/集线器/网桥/路由器

具体参看知识点聚焦 87、91、96

【思路剖析】本题考查网络设备与网络风暴。中继器和集线器工作在物理层,不能抑制网络风暴。为了解决冲突域的问题,提高共享介质的利用率,通常利用网桥和交换机来分隔互联网的各个网段中的通信量,以建立多个分离的冲突域。但是,当网桥和交换机接收到一个未知转发信息的数据帧时,为了保证该帧能被目的结点正确接收,将该帧从所有的端口广播出去。于是可以看出,网桥和交换机的冲突域等于端口的个数,广播域为 1。因此网桥不能抑制网络风暴。

【参考答案】D。

【知识链接】注意广播风暴产生于网络层,因此只有网络层设备才能抑制,链路层设备和物理层设备对网络层的数据包是透明传输,对是否为广播报文是未知的。

39. 【知识聚焦】计算机网络——传输层——TCP 协议——TCP 流量控制与拥塞控制

具体参看知识点聚焦 98

【思路剖析】本题考查 TCP 流量控制与拥塞控制。发送方的发送窗口的上限值应该取接收方窗口和拥塞窗口这两个值中较小的一个,于是此时发送方的发送窗口为 min{4 000,2 000}=2 000 字节,由于发送方还没有收到第二个最大段的确认,所以此时主机甲还可以向主机乙发送的最大字节数为 2 000−1 000=1 000 字节,正确选项为 A。

【参考答案】A。

【知识链接】滑动窗口题型的关键点,发送窗口,接收窗口和拥塞窗口,题目分析中建议采用流程图的方式,参考知识点睛部分,把抽象的文字转化为具体的窗口,在结合工作原理进行分析,这里注意隐含的发送窗口的大小是取接收窗口和拥塞窗口的最小值。

40. 【知识聚焦】计算机网络——应用层——DNS系统——域名解析过程

具体参看知识点聚焦99

【思路剖析】本题考查DNS系统域名解析过程。所谓递归查询方式就是:如果主机所询问的本地域名服务器不知道被查询域名的IP地址,那么本地域名服务器就以DNS客户的身份向其他服务器继续发出查询请求报文,而不是让该主机自行下一步的查询。所以主机只需向本地域名服务器发送一条域名请求,采用递归查询方法,本地域名服务器也只需向上一级的根域名服务器发送一条域名请求,然后依次递归。正确选项为A。

【参考答案】A。

【知识链接】注意本题规定仅采用递归查询方式,如果采用递归加迭代的方式,本地域名服务器会向上一级根域名服务器发送域名请求,上一级根域名服务器会回复给本地域名服务器下一级的域名服务器,因此本地域名服务器会再次发送域名请求,因此本地域名服务器发送和接收的条数都是多条,但主机仅发送和接收一条。

二、综合应用题

41. 【知识聚焦】数据结构——查找——散列表

具体参看知识点聚焦25

【思路剖析】本题是对散列表的一种常见考查方式,题目的难点是求查找成功和不成功的平均查找长度。

用线性探测再散列法解决冲突,等概率的情况下,关键字总数为 n,则查找每个关键字的概率为 $\frac{1}{n}$,查找成功时的平均查找长度 $=\frac{1}{n}\times$(各个关键字的比较次数之和)。

设不成功的查找在每个地址上发生的概率相同,所有可能散列到的位置为 m,则对每个地址上的查找概率为 $\frac{1}{m}$。查找不成功的平均查找长度是指在表中查找不到待查的表项,但能找到插入位置的平均比较次数。它是表中所有可能散列到的位置上要插入新元素时为找到空位置的比较次数的平均值。即查找不成功时的平均查找长度 $=\frac{1}{m}\times$(各个位置不成功的比较次数之和)。

【参考答案】(1) 要求装填因子为0.7,数组的长度应该为 $7/0.7 = 10$,数组下标为0~9。各关键字的散列函数值如下表:

key	7	8	30	11	18	9	14
H(key)	0	3	6	5	5	6	0

采用线性探测法再散列法处理冲突,所构造的散列表为:

下标	0	1	2	3	4	5	6	7	8	9
关键字	7	14		8		11	30	18	9	
查找成功时的比较次数	1	2		1		1	1	3	3	

（2）等概率下，查找成功的平均查找长度为(1+1+1+1+3+3+2)/7＝12/7

由于任意关键字 key，H(key)的值只能是 0～6 之间，在不成功的情况下，H(key)为 0 需要比较 3 次，H(key)为 1 需要比较 2 次，H(key)为 2 需要比较 1 次，H(key)为 3 需要比较 2 次，H(key)为 4 需要比较 1 次，H(key)为 5 需要比较 5 次，H(key)为 6 需要比较 4 次，共 7 种情况，如下表所示：

下标	0	1	2	3	4	5	6	7	8	9
关键字	7	14		8		11	30	18	9	
查找不成功时的比较次数	3	2	1	2	1	5	4	3	2	1

所以，等概率下，查找失败的平均查找长度为：(3+2+1+2+1+5+4)/7＝18/7。

【知识链接】已知散列函数和解决冲突的方法（通常是线性探测再散列法或链地址法）构造散列表，并计算查找成功和查找不成功的平均查找长度，这类题目需要反复练习并熟练掌握。

对同样一组关键字，设定相同的散列函数，则不同冲突的方法得到的散列表不同，它们的平均查找长度也不同。若使用链地址法解决冲突，题目如何解答？考生可自行练习。

42.【知识聚焦】数据结构——线性表——线性表的实现——顺序存储

具体参看知识点聚焦 3

【思路剖析】本题主要考查用数组表示的顺序表的操作。对于数组元素循环左移或是循环右移的问题，首先要理解数组元素循环左移和循环右移在本质上是一样的，循环左移 p（p 是非负整数），相当于循环右移 $-p$ 位。

我们先是采用简单方法，每次将数组中的元素左移一位，循环 p 次。为了便于描述每次左移的状态，数组元素分成字符型数据和整数型数据两部分，举例如下：

abcd1234→bcd1234a→cd1234ab→d1234abc→1234abcd。

用 C 语言描述如下：

```
void reverse1 (int R[],int n,int p){
  while(p- -) {
    int t = arr[0];
    for( i=1; i<=n-1; i- -)
      arr[i-1] = arr[i];
    arr[n-1] = t;
  }
}
```

虽然这个算法可以实现数组的循环左移，但是算法复杂度为 O($p×n$)，不符合题目的要求。接下来继续挖掘循环左移前后，数组之间的关联。

假设原数组序列为 abcd1234,要求变换成的数组序列为 1234abcd,即循环左移了 4 位。比较之后,不难看出,其中有两段的顺序是不变的:1234 和 abcd,可把这两段看成两个整体。左移 p 位的过程就是把数组的两部分交换一下。变换的过程通过以下步骤完成,举例如下:

(1) 全部逆序:abcd1234 → 4321dcba;

(2) 前 $n-p$ 个数逆序排列:4321dcba → 1234 dcba;

(3) 后 p 个数逆序排列:1234 dcba → 1234 abcd。

具体实现过程参看下面的参考答案。

【参考答案】(1) 算法的基本设计思想:先将 n 个数据由 $x_0, x_1, \cdots, x_p, \cdots, x_{n-1}$ 原地逆置,得到 $x_{n-1}\cdots, x_p, x_{p-1}, \cdots, x_0$,然后再将数组 R 中的前 $n-p$ 个数和后 p 个数分别原地逆置,最终得到结果 $x_p, x_{p+1}, \cdots, x_{n-1}, x_0, x_1, \cdots, x_{p-1}$。

(2) 用 C 语言算法描述如下:

```c
void reverse (int R[],int left,int right){
    int k = left,j = right, temp;        //k 等于左边界 left,j 等于右边界 right
    while (k<j){                          //交换 R[k]与 R[j]
        temp = R[k];
        R[k] = R[j];
        R[j] = temp;
        k + + ;                           //k 右移一个位置
        j - - ;                           //j 左移一个位置
    }
}
void leftshift (int R[], int n, int p){
    if (p>0 && p<n){
        reverse (R,0,n-1);                //将全部数据逆置
        reverse (R,0,n-p-1);              //将前 n-p 个元素逆置
        reverse (R,n-p,n-1);             //将后 p 个元素逆置
    }
}
```

(3) 说明算法的复杂性:上述算法的时间复杂度为 O(n),算法的空间复杂度为 O(1)。

【知识链接】本题除此之外,还有其他解法。如:借助辅助数组。算法的基本设计思想是:创建大小为 p 的辅助数组 S,将 R 中前 p 个整数依次暂存在 S 中,同时将 R 中后 $n-p$ 个整数左移,然后将 S 中暂存的 p 个数依次放回到 R 中的后续单元。时间复杂度为 O(n),空间复杂度为 O(p)。这种方法虽可正确求解,但对比【参考答案】中的解法的空间复杂度 O(1),性能稍差一些。

其他解法可参看知识点聚焦 2。

43. 【知识聚焦】计算机组成原理——指令系统——指令的寻址方式

具体参看知识点聚焦 45、46

【思路剖析】根据指令的格式分析,指令操作码字段占 4 位,源操作数和目的操作数的地址码字段各占 6 位,其中寻址方式占 3 位,寄存器编号占 3 位。给出的寻址方式有寄存器直接寻址、寄存器间接寻址等 4 种。因为主存按字编址,计算机字长为 16 位,主存容量

128KB＝64KW。

【参考答案】(1) 指令系统最多可有 2^4＝16 条不同的指令,计算机最多可以有 2^3＝8 个通用寄存器,主存有 128KB÷2B＝2^{16} 个存储单元,故 MDR 和 MAR 至少各需 16 位。

(2) 由于寄存器字长为 16 位,所以转移指令的目标地址范围为 0000H～FFFFH。

(3) 汇编语句 add (R4),(R5)＋对应的机器码为 0010001100010101B＝2315H,该指令执行后,寄存器 R5 和地址为 5678H 的存储单元的内容会改变,改变后的内容分别为:

(5678H)＝((R4))＋((R5))＝5678H＋1234H＝68ACH

(R5)＝5678H＋1＝5679H

【知识链接】本题的第(1)问比较简单,而第(2)问中相对寻址的位移量在通用寄存器 Rn 中,由于 Rn 为 16 位,所以位移量从 -32768～32767。第(3)问中目的操作数采用寄存器间接寻址和自增方式,按照指令格式即可将对应的机器码写出,指令执行之后有关寄存器和主存单元的内容会发生变化。

44. 【知识聚焦】计算机组成原理——存储器层次结构——高速缓冲存储器

具体参看知识点聚焦 42、43

【思路剖析】(1) 数据 Cache 有 8 个 Cache 行,每个 Cache 行大小为 64B。若不考虑用于 Cache 一致性维护和替换算法的控制位,则数据 Cache 的数据阵列为 8×64B＝512B,加上标记阵列 8×(19＋1)＝160b＝20B,总容量为 532B。

(2) 数据 Cache 容量为 512B,Cache 地址为 9 位,有 8 个 Cache 行,块号 3 位,块的大小为 64B,块内地址 6 位。主存容量为 256MB,按字节编址,256MB＝2^{28}B,主存地址 28 位,其中块标记为 19 位,块号 3 位,块内地址 6 位。主存和 Cache 的地址格式如下图所示。

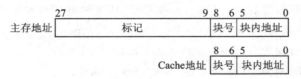

数组按行优先方式存放,首地址 320,数组元素占 4 个字节。数据 Cache 采用直接映射方式。a[0][31] 的地址为 320＋31×4＝444＝110111100B,主存块 110 对应的 Cache 行号为 110B＝6;a[1][1] 的地址为 320＋(256＋1)×4＝1348＝10101000100B,主存块 10101 对应的 Cache 行号为 101B＝5。

(3) 数组 a 存放的数据量为 256×256×4B＝2^{18}B,占用 2^{18}/64＝2^{12} 个主存块,按行优先存放,程序 A 逐行访问数组 a,共需要访存的次数为 2^{16} 次,未命中次数 2^{12},于是程序 A 的数据访问命中率为:(2^{16}－2^{12})/2^{16}×100％＝93.75％。

程序 B 逐列访问数组 a,由于数组 a 一行的数据量为 1KB＞64B,所以访问第 0 列每个元素均不命中。由于数组有 256 列,数据 Cache 仅有 8 行,故访问数组后续列元素时仍然不命中,于是程序 B 的数据访问命中率为 0。

程序 A 与程序 B 的区别在于是行优先遍历还是列优先遍历,而数组 a 是按行优先方式存放的,所以行优先遍历比列优先遍历命中率高得多,由于从 Cache 读数据比从主存读数据快得多,所以程序 A 的执行过程更短。

【参考答案】(1) 532B

（2）6,5

（3）93.75％,0,程序 A 的执行过程更短。

【知识链接】本题涉及程序访问的局部性,程序的局部性包括:时间局部性和空间局部性。数组数据在主存中连续存放,为了更好地利用程序访问的空间局部性,通常把当前访问单元及邻近单元作为一个主存块一起调入 Cache,这个主存块的大小及程序对数组元素的访问顺序等都对程序的性能有一定的影响。程序 A 和程序 B 的区别在于,程序 A 对数组 a 的访问次序是 a[0][0],a[0][1],…,a[0][255];a[1][0],…,a[1][255];…,a[255][255];访问顺序和存放顺序一致,空间局部性好;而程序 B 对数组 a 的访问次序是 a[0][0],a[1][0],…,a[255][0];a[0][1],…,a[255][1];…,a[255][255];访问顺序和存放顺序不一致,每次访问都要跳过 256 个单元,即每次装入一个主存块到 Cache 时,下一个要访问的数组元素都不能装入 Cache,因而没有空间局部性。

45.【知识聚焦】操作系统——文件管理——磁臂调度算法

具体参看知识点聚焦80

【思路剖析】（1）2KB 的空间共有 2048×8＝16384Bit,正好用来表示空闲块,故采用位示图法可以管理磁盘空闲块。

（2）磁盘 6000 转/分,则 10 ms/转,100 扇区/道,磁头完整读写一个扇区需要时间为 10 ms/100＝0.1 ms,磁头从 100 开始往增大方向移动,则:

100→120,移动了 20 个磁道,花费 20×1 ms＝20 ms,由于访问随机分布的扇区,所以可能旋转等待时间为 0,也可能为整道,平均为一半时间 10 ms/2＝5 ms。读写扇区时间 0.1 ms,共计 20 ms＋5 ms＋0.1 ms＝25.1 ms。

由于本题并未说明最大磁道数为多少,因此磁头在完成 120 道的任务后即返回起始。

120→0 为循环扫描算法的返程,速度很快,所需时间可以忽略不计。同理:

0→30 共计时间为 30 ms＋5 ms＋0.1 ms＝35.1 ms;

30→50 共计时间为 20 ms＋5 ms＋0.1 ms＝25.1 ms;

50→90 共计时间为 40 ms＋5 ms＋0.1 ms＝45.1 ms;

总共需要时间为 25.1 ms＋35.1 ms＋25.1 ms＋45.1 ms＝130.4 ms。

（3）若采用可以随机寻址的固态存储芯片来做磁盘,由于其随机寻址的特点,所以并不需要对磁臂进行调度,想访问哪个内存块就可以访问到,故也不存在磁臂调度策略的问题。

【参考答案】（1）采用位示图法可以管理磁盘空闲块。

（2）所需时间为 130.4 ms。

（3）不存在比 CSCAN 更高效的磁盘调度策略,因为随机访问的半导体存储器可以直接寻址,不需要任何调度。

【知识链接】本题是比较复杂的计算题,要求考生掌握磁盘结构和磁臂调度算法,并能充分运用该算法。在计算过程中,对每一步的计算可以单独分析,最后总结。建议不要一次将所有的计算在一个公式中实现,如此可能会遗漏一些边界过程。例如磁头返程时间,尽管可以不计算在内,但是要说明理由。若计算返程时间,则绝对不是移过磁道数的简单相加,而是比寻道时间短得多,因为它不需要加速、减速和定位。若采用简单相加就退化为 SCAN 算法,不符合题意 CSCAN 算法的要求。本题中所给出的磁盘结构并不全面,例如一个磁盘块由多少个扇区组成？最大磁道号为多少？等等。根据条件,题目中出现的最大磁道号为120,扇区100个每磁道,可以计算出最大扇区数为121×100＝12100个(起点磁道号为0),该数小于16384个磁盘块的值,这里假设一个扇区就是一个数据块,所以,最大磁道号应该不止120。按上述结构计算,16384/100＝163.84≈164,最大磁道号应为163。也就是说,采用CSCAN算法的时候,从120道到163道的时间也需要计算在内。那么什么情况下磁头到120道后立即折返呢？这样的算法称为CLOOK即循环察看算法,用该算法可以不计算120道到163道的时间,也不计算0道到30道时间。再假设一个数据块是2个扇区,那么,总磁道数为16384/50≈328,计算将更复杂。

对于半导体存储器的问题,表面上看可以不采取任何调度策略,事实上,固态存储器的存储也是有规律的。由于现行技术对半导体存储器制造可以采用NAND或者NOR技术,因此在擦除信息时必须按照半导体存储器的组织结构整块地擦除。这样,为避免频繁擦除和写入,半导体存储器一般会使用未写过的存储器写入新信息,而将旧信息标记为废弃。当废弃的信息满足一个存储块时,再统一将其擦除并进入可分配的存储块队列中。所以其存储器的管理方法与磁盘的管理方法大相径庭,采取的策略也完全不同。一般不放在一起讨论。

46. **【知识聚焦】**操作系统——内存管理——页面置换算法

具体参看知识点聚焦73、74

【思路剖析】(1) 17CAH＝0001011111001010B。页的大小为1KB,那么,取低10位页内偏移量为1111001010B,高6位为页号000101＝5H,所以,该页的页号为5。

(2) 由于该页不在内存,因此需要进行页面置换,按FIFO算法,0页面(7页框)进入内存最早,故淘汰,将5页装入该页,那么物理地址为(7页框)000111B合成1111001010B,得0001111111001010B＝1FCAH。

(3) 由于该页不在内存,因此需要进行页面置换,按CLOCK算法,2页面(2页框)被选中,故淘汰,将5页装入该页,那么物理地址为(2页框)000010B合成1111001010B,得0000101111001010B＝0BCAH。

【参考答案】(1) 该页的页号为5。

(2) 物理地址为1FCAH。

(3) 物理地址为0BCAH。

【知识链接】页面置换算法是考试的重点之一,考生应注意掌握FIFO,LRU,OPT及CLOCK算法的基本点。计算过程要细心。传统的FIFO,LRU,OPT可以用堆栈表来计算(考生可以参阅相关知识点),CLOCK算法因为循环的关系需要逐步推导。本题中加入的地址转换计算并不复杂,页面字长的分割要细心,转换到十六进制时注意位数的合理性,缺位要补全。

47. **【知识聚焦】**计算机网络——数据链路层——介质访问控制——随机访问介质访问控制CSMA/CD协议

具体参看知识点聚焦89

【思路剖析】首先要明确延时的概念和计算方法,也就是如何计算所需要的时间,这里传输时延(发送时延)是指发送数据时,数据块从结点进入到传输媒体所需要的时间。也就是从发送数据帧的第一个比特算起,到该帧的最后一个比特发送完毕所需的时间,发送延时＝数据块长度/信道带宽,这里注意计算是以 bit 为单位,具体数据块通常以字节为单位。传播时延是电磁波在信道中需要传播一定的距离而花费的时间。信号传输速率(即发送速率)和信号在信道上的传播速率是完全不同的概念。传播延时＝信道长度/信号在信道上的传播速率处理时延 ,交换结点为存储转发而进行一些必要的处理所花费的时间,排队时延是结点缓存队列中分组排队所经历的时延。排队时延的长短往往取决于网络中当时的通信量。因此数据经历的总时延就是发送时延、传播时延、处理时延和排队时延之和:总时延＝发送时延＋传播时延＋处理时延＋处理时延。明确这几个概念,根据 CSMA/CD 协议的原理即可求解。

【参考答案】(1)当甲乙两台主机同时向对方发送数据时,两台主机均检测到冲突的时间最短:

$$T_{min}＝(1\ km/200\ 000\ km/s)\times 2＝10\ \mu s$$

当一台主机发送的数据就要到达另一台主机时,另一台主机才发送数据,两台主机均检测到冲突的时间最长:

$$T_{max}＝(2\ km/200\ 000\ km/s)\times 2＝20\ \mu s$$

(2)有效数据传输速率＝发送的有效数据/发送有效数据所用的总时间。

发送的有效数据＝1500 B＝1500×8 bit＝12000 bit;

发送 1518B 的发送时间＝1518×8/10 Mbps＝1214.4 μs;

数据帧的传播时间＝2 km/200 000 km/s＝10 μs;

确认帧的发送时间＝64×8/10 Mbps＝51.2 μs;

确认帧的传播时间＝2 km/200 000 km/s＝10 μs;

发送 1518B 所用的总时间为 1214.4 μs＋10 μs＋10 μs＋51.2 μs＝1285.6 μs;

主机甲的有效数据传输率为 12000 bit/1285.6 μs＝9.33 Mbps。

【知识链接】注意发送延时、传输延时和传输速率的计算,以及 CSMA/CD 协议的工作原理。

2009 年全国硕士研究生入学统一考试
计算机学科专业基础综合试题

一、单项选择题：1～40 小题，每小题 2 分，共 80 分。下列每题给出的四个选项中，只有一个选项是最符合题目要求的。

1. 为解决计算机主机与打印机之间速度不匹配问题，通常设置一个打印数据缓冲区，主机将要输出的数据依次写入该缓冲区，而打印机则依次从该缓冲区中取出数据。该缓冲区的逻辑结构应该是（   ）。

   A. 栈　　　　　　　B. 队列　　　　　　C. 树　　　　　　　D. 图

2. 设栈 S 和队列 Q 的初始状态均为空，元素 a,b,c,d,e,f,g 依次进入栈 S。若每个元素出栈后立即进入队列 Q，且 7 个元素出队的顺序是 b,d,c,f,e,a,g，则栈 S 的容量至少是（   ）。

   A. 1　　　　　　　B. 2　　　　　　　C. 3　　　　　　　D. 4

3. 给定二叉树如下图所示。设 N 代表二叉树的根，L 代表根结点的左子树，R 代表根结点的右子树。若遍历后的结点序列为 3,1,7,5,6,2,4，则其遍历方式是（   ）。

   A. LRN　　　　　　B. NRL　　　　　　C. RLN　　　　　　D. RNL

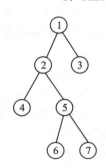

4. 下列二叉排序树中，满足平衡二叉树定义的是（   ）。

A.　　　　　　　　B.　　　　　　　　C.　　　　　　　　D.

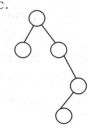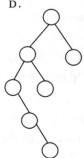

5. 已知一棵完全二叉树的第 6 层(设根为第 1 层)有 8 个叶结点,则该完全二叉树的结点个数最多是(   )。

    A. 39   B. 52   C. 111   D. 119

6. 将森林转换为对应的二叉树,若在二叉树中,结点 u 是结点 v 的父结点的父结点,则在原来的森林中,u 和 v 可能具有的关系是(   )。

    Ⅰ. 父子关系   Ⅱ. 兄弟关系   Ⅲ. u 的父结点与 v 的父结点是兄弟关系

    A. 只有Ⅰ   B. Ⅰ和Ⅱ   C. Ⅰ和Ⅲ   D. Ⅰ、Ⅱ和Ⅲ

7. 下列关于无向连通图特性的叙述中,正确的是(   )。

    Ⅰ. 所有的顶点的度之和为偶数

    Ⅱ. 边数大于顶点个数减 1

    Ⅲ. 至少有一个顶点的度为 1

    A. 只有Ⅰ   B. 只有Ⅱ   C. Ⅰ和Ⅱ   D. Ⅰ和Ⅲ

8. 下列叙述中,不符合 m 阶 B 树定义要求的是(   )。

    A. 根结点最多有 m 棵子树   B. 所有叶结点都在同一层上

    C. 各结点内关键字均升序或降序排列   D. 叶结点之间通过指针链接

9. 已知关键字序列 5,8,12,19,28,20,15,22 是小根堆(最小堆),插入关键字 3,调整后的小根堆是(   )。

    A. 3,5,12,8,28,20,15,22,19   B. 3,5,12,19,20,15,22,8,28

    C. 3,8,12,5,20,15,22,28,19   D. 3,12,5,8,28,20,15,22,19

10. 若数据元素序列 11,12,13,7,8,9,23,4,5 是采用下列排序方法之一得到的第二趟排序后的结果,则该排序算法只能是(   )。

    A. 起泡排序   B. 插入排序   C. 选择排序   D. 二路归并排序

11. 冯·诺依曼计算机中指令和数据均以二进制形式存放在存储器中,CPU 区分它们的依据是(   )。

    A. 指令操作码的译码结果   B. 指令和数据的寻址方式

    C. 指令周期的不同阶段   D. 指令和数据所在的存储单元

12. 一个 C 语言程序在一台 32 位机器上运行。程序中定义了 3 个变量 x、y 和 z,其中 x 和 z 为 int 型,y 为 short 型。当 $x=127,y=-9$ 时,执行赋值语句 $z=x+y$ 后,x、y 和 z 的值分别是(   )。

    A. $x=0000007FH,y=FFF9H,z=00000076H$

    B. $x=0000007FH,y=FFF9H,z=FFFF0076H$

    C. $x=0000007FH,y=FFF7H,z=FFFF0076H$

    D. $x=0000007FH,y=FFF7H,z=00000076H$

13. 浮点数加、减运算一般包括对阶、尾数运算、规格化、舍入和判溢出等步骤。设浮点数的阶码和尾数均采用补码表示,且位数分别为 5 位和 7 位(均含 2 位符号位)。若有两个数 $X=2^7\times29/32,Y=2^5\times5/8$,则用浮点加法计算 $X+Y$ 的最终结果是(   )。

    A. 00111 1100010   B. 00111 0100010

    C. 01000 0010001   D. 发生溢出

14. 某计算机的 Cache 共有 16 块,采用 2 路组相联映射方式(即每组 2 块)。每个主存块大小为 32 字节,按字节编址。主存 129 号单元所在主存块应装入到的 Cache 组号是(   )。

    A. 0   B. 2   C. 4   D. 6

15. 某计算机主存容量为 64 KB,其中 ROM 区为 4 KB,其余为 RAM 区,按字节编址。现要
    用 2 K×8 位的 ROM 芯片和 4 K×4 位的 RAM 芯片来设计该存储器,则需要上述规格的
    ROM 芯片数和 RAM 芯片数分别是(   )。

    A. 1、15   B. 2、15   C. 1、30   D. 2、30

16. 某机器字长 16 位,主存按字节编址,转移指令采用相对寻址,由两个字节组成,第 1 字节
    为操作码字段,第 2 字节为相对位移量字段。假定取指令时,每取一个字节 PC 自动加 1。
    若某转移指令所在主存地址为 2000H,相对位移量字段的内容为 06H,则该转移指令成功
    转移后的目标地址是(   )。

    A. 2006H   B. 2007H   C. 2008H   D. 2009H

17. 下列关于 RISC 的叙述中,错误的是(   )。

    A. RISC 普遍采用微程序控制器

    B. RISC 大多数指令在一个时钟周期内完成

    C. RISC 的内部通用寄存器数量相对 CISC 多

    D. RISC 的指令数、寻址方式和指令格式种类相对 CISC 少

18. 某计算机的指令流水线由 4 个功能段组成,指令流经各功能段的时间(忽略各功能段之间
    的缓存时间)分别为 90 ns、80 ns、70 ns 和 60 ns,则该计算机的 CPU 时钟周期至少是
    (   )。

    A. 90 ns   B. 80 ns   C. 70 ns   D. 60 ns

19. 相对于微程序控制器,硬布线控制器的特点是(   )。

    A. 指令执行速度慢,指令功能的修改和扩展容易

    B. 指令执行速度慢,指令功能的修改和扩展难

    C. 指令执行速度快,指令功能的修改和扩展容易

    D. 指令执行速度快,指令功能的修改和扩展难

20. 假设某系统总线在一个总线周期中并行传输 4 字节信息,一个总线周期占用 2 个时钟周
    期,总线时钟频率为 10 MHz,则总线带宽是(   )。

    A. 10 MB/s   B. 20 MB/s   C. 40 MB/s   D. 80 MB/s

21. 假设某计算机的存储系统由 Cache 和主存组成。某程序执行过程中访存 1 000 次,其中访
    问 Cache 缺失(未命中)50 次,则 Cache 的命中率是(   )。

    A. 5%   B. 9.5%   C. 50%   D. 95%

22. 下列选项中,能引起外部中断的事件是(   )。

    A. 键盘输入   B. 除数为 0   C. 浮点运算下溢   D. 访存缺页

23. 单处理机系统中,可并行的是(   )。

    Ⅰ.进程与进程   Ⅱ.处理机与设备   Ⅲ.处理机与通道   Ⅳ.设备与设备

    A. Ⅰ、Ⅱ和Ⅲ   B. Ⅰ、Ⅱ和Ⅳ   C. Ⅰ、Ⅲ和Ⅳ   D. Ⅱ、Ⅲ和Ⅳ

24. 下列进程调度算法中,综合考虑进程等待时间和执行时间的是(   )。

    A. 时间片轮转调度算法   B. 短进程优先调度算法

    C. 先来先服务调度算法   D. 高响应比优先调度算法

25. 某计算机系统中有 8 台打印机,由 K 个进程竞争使用,每个进程最多需要 3 台打印机。该系统可能会发生死锁的 K 最小值是( )。
    A. 2   B. 3   C. 4   D. 5

26. 分区分配内存管理方式的主要保护措施是( )。
    A. 界地址保护   B. 程序代码保护   C. 数据保护   D. 栈保护

27. 一个分段存储管理系统中,地址长度为 32 位,其中段号占 8 位,则最大段长是( )。
    A. 2^8 字节   B. 2^{16} 字节   C. 2^{24} 字节   D. 2^{32} 字节

28. 下列文件物理结构中,适合随机访问且易于文件扩展的是( )。
    A. 连续结构   B. 索引结构
    C. 链式结构且磁盘块定长   D. 链式结构且磁盘块变长

29. 假设磁头当前位于第 105 道,正在向磁道序号增加的方向移动。现有一个磁道访问请求,序列为 35,45,12,68,110,180,170,195,采用 SCAN 调度(电梯调度)算法得到的磁道访问序列是( )。
    A. 110,170,180,195,68,45,35,12
    B. 110,68,45,35,12,170,180,195
    C. 110,170,180,195,12,35,45,68
    D. 12,31,45,68,110,170,180,195

30. 文件系统中,文件访问控制信息存储的合理位置是( )。
    A. 文件控制块   B. 文件分配表   C. 用户口令表   D. 系统注册表

31. 设文件 F1 的当前引用计数值为 1,先建立 F1 的符号链接(软链接)文件 F2,再建立 F1 的硬链接文件 F3,然后删除 F1。此时,F2 和 F3 的引用计数值分别是( )。
    A. 0、1   B. 1、1   C. 1、2   D. 2、1

32. 程序员利用系统调用打开 I/O 设备时,通常使用的设备标识是( )。
    A. 逻辑设备名   B. 物理设备名   C. 主设备号   D. 从设备号

33. 在 OSI 参考模型中,自下而上第一个提供端到端服务的层次是( )。
    A. 数据链路层   B. 传输层   C. 会话层   D. 应用层

34. 在无噪声情况下,若某通信链路的带宽为 3 kHz,采用 4 个相位,每个相位具有 4 种振幅的 QAM 调制技术,则该通信链路的最大数据传输速率是( )。
    A. 12 kbps   B. 24 kbps   C. 48 kbps   D. 96 kbps

35. 数据链路层采用后退 N 帧(GBN)协议,发送方已经发送了编号为 0~7 的帧。当计时器超时时,若发送方只收到 0、2、3 号帧的确认,则发送方需要重发的帧数是( )。
    A. 2   B. 3   C. 4   D. 5

36. 以太网交换机进行转发决策时使用的 PDU 地址是( )。
    A. 目的物理地址   B. 目的 IP 地址   C. 源物理地址   D. 源 IP 地址

37. 在一个采用 CSMA/CD 协议的网络中,传输介质是一根完整的电缆,传输速率为 1 Gbps,电缆中的信号传播速度是 200 000 km/s。若最小数据帧长度减少 800 比特,则最远的两个站点之间的距离至少需要( )。
    A. 增加 160 m   B. 增加 80 m   C. 减少 160 m   D. 减少 80 m

38. 主机甲和主机乙间已建立一个 TCP 连接,主机甲向主机乙发送了两个连续的 TCP 段,分别包含 300 字节和 500 字节的有效载荷,第一个段的序列号为 200,主机乙正确接收到两个段后,发送给主机甲的确认序列号是(　　)。

    A. 500　　　　　　B. 700　　　　　　C. 800　　　　　　D. 1 000

39. 一个 TCP 连接总是以 1 KB 的最大段发送 TCP 段,发送方有足够多的数据要发送。当拥塞窗口为 16 KB 时发生了超时,如果接下来的 4 个 RTT(往返时间)时间内的 TCP 段的传输都是成功的,那么当第 4 个 RTT 时间内发送的所有 TCP 段都得到肯定应答时,拥塞窗口大小是(　　)。

    A. 7 KB　　　　　　B. 8 KB　　　　　　C. 9 KB　　　　　　D. 16 KB

40. FTP 客户和服务器间传递 FTP 命令时,使用的连接是(　　)。

    A. 建立在 TCP 之上的控制连接　　　　　B. 建立在 TCP 之上的数据连接

    C. 建立在 UDP 之上的控制连接　　　　　D. 建立在 UDP 之上的数据连接

二、综合应用题:41~47 小题,共 70 分。

41. (10 分)带权图(权值非负,表示边连接的两顶点间的距离)的最短路径问题是找出从初始顶点到目标顶点之间的一条最短路径,假设从初始顶点到目标顶点之间存在路径,现有一种解决该问题的方法:

    ① 该最短路径初始时仅包含初始顶点,令当前顶点 u 为初始顶点;

    ② 选择离 u 最近且尚未在最短路径中的一个顶点 v,加入到最短路径中,修改当前顶点 $u=v$;

    ③ 重复步骤②,直到 u 是目标顶点时为止。

    请问上述方法能否求得最短路径? 若该方法可行,请证明之;否则请举例说明。

42. (15 分)已知一个带有表头结点的单链表,结点结构为 |data|link|,假设该链表只给出了头指针 list。在不改变链表的前提下,请设计一个尽可能高效的算法,查找链表中倒数第 k 个位置上的结点(k 为正整数)。若查找成功,算法输出该结点的 data 域的值,并返回 1;否则,只返回 0。要求:

    (1) 描述算法的基本设计思想;

    (2) 描述算法的详细实现步骤;

    (3) 根据设计思想和实现步骤,采用程序设计语言描述算法(使用 C 或 C++或 JAVA 语言实现),关键之处请给出简要注释。

43. (8 分)某计算机的 CPU 主频为 500 MHz,CPI 为 5(即执行每条指令平均需要 5 个时钟周期)。假定某外设的数据传输率为 0.5 MB/s,采用中断方式与主机进行数据传送,以 32 位为传输单位,对应的中断服务程序包含 18 条指令,中断服务的其他开销相当于 2 条指令的执行时间。请回答下列问题,要求给出计算过程。

    (1) 在中断方式下,CPU 用于该外设 I/O 的时间占整个 CPU 时间的百分比是多少?

    (2) 当该外设的数据传输率达到 5 MB/s 时,改用 DMA 方式传送数据。假定每次 DMA 传送块大小为 5 000 B,且 DMA 预处理和后处理的总开销为 500 个时钟周期,则 CPU 用于该外设 I/O 时间占整个 CPU 时间的百分比是多少?(假设 DMA 与 CPU 之间没有访存冲突)

44. (13 分)某计算机字长 16 位,采用 16 位定长指令字结构,部分数据通路结构如下图所示,图中所有控制信号为 1 时表示有效,为 0 时表示无效,例如控制信号 MDRinE 为 1 表示允许数据从 DB 打入 MDR,MDRin 为 1 表示允许数据从内总线打入 MDR。假设 MAR 的输出一直处于使能状态。加法指令"ADD(R_1)，R_0"的功能为$(R_0)+((R_1))\rightarrow(R_1)$，即将 R_0 中的数据与 R_1 的内容所指主存单元的数据相加，并将结果送入 R_1 的内容所指主存单元中保存。

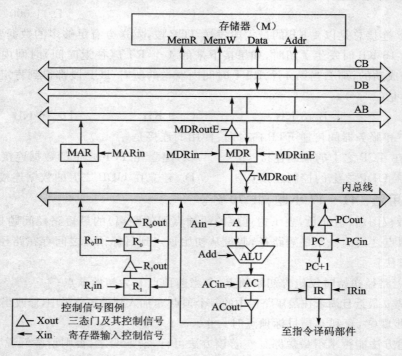

下表给出了上述指令取指和译码阶段每个节拍(时钟周期)的功能和有效控制信号，请按表中描述方式用表格列出指令执行阶段每个节拍的功能和有效控制信号。

时　钟	功　能	有效控制信号
C_1	MAR←(PC)	PCout,MARin
C_2	MDR←M(MAR)	MemR,MDRinE
	PC←(PC)+1	PC+1
C_3	IR←(MDR)	MDRout,IRin
C_4	指令译码	无

45.（7分）三个进程 P1、P2，P3 互斥使用一个包含 $N(N>0)$ 个单元的缓冲区。P1 每次用 produce()生成一个正整数并用 put()送入缓冲区某一空单元中；P2 每次用 getodd()从该缓冲区中取出一个奇数并用 countodd()统计奇数个数；P3 每次用 geteven()从该缓冲区中取出一个偶数并用 counteven()统计偶数个数。请用信号量机制实现这三个进程的同步与互斥活动，并说明所定义信号量的含义。要求用伪代码描述。

46.（8分）请求分页管理系统中，假设某进程的页表内容如下表所示：

页号	页框(Page Frame)号	有效位(存在位)
0	101H	1
1	—	0
2	254H	1

页面大小为 4 KB,一次内存的访问时间是 100 ns,一次快表(TLB)的访问时间是 10 ns,处理一次缺页的平均时间为 10^8 ns(已含更新 TLB 和页表的时间),进程的驻留集大小固定为 2,采用最近最少使用置换算法(LRU)和局部淘汰策略。假设①TLB 初始为空;②地址转换时先访问 TLB,若 TLB 未命中,再访问页表(忽略访问页表之后的 TLB 更新时间);③有效位为 0 表示页面不在内存,产生缺页中断,缺页中断处理后,返回到产生缺页中断的指令处重新执行。设有虚地址访问序列 2362H、1565H、25A5H,请问:

(1) 依次访问上述三个虚地址,各需多少时间? 给出计算过程。

(2) 基于上述访问序列,虚地址 1565H 的物理地址是多少? 请说明理由。

47. (9 分)某公司网络拓扑图如下图所示,路由器 R1 通过接口 E1、E2 分别连接局域网 1、局域网 2,通过接口 L0 连接路由器 R2,并通过路由器 R2 连接域名服务器与互联网。R1 的 L0 接口的 IP 地址是 202.118.2.1;R2 的 L0 接口的 IP 地址是 202.118.2.2,L1 接口的 IP 地址是 130.11.120.1,E0 接口的 IP 地址是 202.118.3.1;域名服务器的 IP 地址是 202.118.3.2。

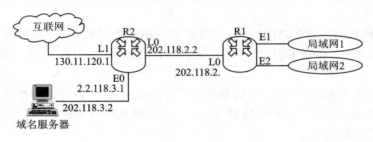

R1 和 R2 的路由表结构为:

目的网络 IP 地址	子网掩码	下一跳 IP 地址	接口

(1) 将 IP 地址空间 202.118.1.0/24 划分为两个子网,分配给局域网 1、局域网 2,每个局域网分配的地址数不少于 120 个,请给出子网划分结果。说明理由或给出必要的计算过程。

(2) 请给出 R1 的路由表,使其明确包括到局域网 1 的路由、局域网 2 的路由、域名服务器的主机路由和互联网的路由。

(3) 请采用路由聚合技术,给出 R2 到局域网 1 和局域网 2 的路由。

2009 年全国硕士研究生入学统一考试
计算机学科专业基础综合试题
参考答案及详细解析

一、单项选择题

1.【知识聚焦】数据结构——栈、队列和数组——栈和队列的应用
具体参看知识点聚焦 7

【思路剖析】这类问题一般都先分析题目中的数据具有"先进后出"还是"先进先出"特性，再判断其逻辑结构为栈或者队列。由于本题中先进入打印数据缓冲区的文件先被打印，因此打印数据缓冲区具有先进先出性，则它的逻辑结构应该是队列。

【参考答案】B。

【知识链接】栈具有先进后出的特性，它的典型应用有数制转换、括号匹配的检验、行编辑程序的输入缓冲区、迷宫求解、表达式求值、递归问题的非递归算法、车辆调度中求出站车厢序列等。

队列具有先进后出的特性，它的典型应用有打印缓冲区、舞伴问题等。

2.【知识聚焦】数据结构——栈、队列和数组——栈和队列的基本概念
具体参看知识点聚焦 6、7

【思路剖析】由于栈具有先进后出的特性，队列具有先进先出的特性，出队顺序即为入队顺序。在本题中，每个元素出栈 S 后立即进入队列 Q，出栈顺序即为入队顺序，所以本题中队列的作用形同虚设，根据题意出队顺序即为出栈顺序。

本题考查在特定情况下栈的深度。分别考虑以下各种情况：第一个出栈元素为 b，表明栈内还有元素 a，b 出栈前的深度为 2；第二个出栈元素为 d，栈内元素为 a 和 c，d 出栈前的深度为 3；c 出栈后，剩余元素为 a，c 出栈前的深度为 2；f 出栈后，剩余元素为 a 和 e，f 出栈前的深度为 3；e 出栈后，剩余元素为 a，e 出栈前的深度为 2；a 出栈后，无剩余元素，a 出栈前的深度为 1；g 出栈后，无剩余元素，g 出栈前的深度为 1。所以栈容量至少是 3。

【参考答案】C。

【知识链接】此类问题是常见题型。常见题型还有将一组数据入栈后，判断题目备选项中不可能的出栈顺序。

解答的基本原理是：一串数据依次通过一个栈，出栈顺序由每个数据之间的进栈、出栈操作序列决定。而一串数据通过一个队列，只有一种出队列顺序，就是其入队列顺序。但是，若是双端队列就会有多种出队顺序，对于双端队列不可能的出队顺序的考查也是常见题型。

3.【知识聚焦】数据结构——树与二叉树——二叉树——二叉树的遍历
具体参看知识点聚焦 11

【思路剖析】对"二叉树"而言，一般有三条搜索路径：

① 先上后下的按层次遍历；

② 先左（子树）后右（子树）的遍历；

③ 先右(子树)后左(子树)的遍历。

其中第 1 种搜索路径方式就是常见的层次遍历,第 2 种搜索路径方式包括常见的先序遍历 NLR、中序遍历 LNR、后序遍历 LRN,第 3 种搜索路径方式则是不常使用的 NRL、RNL、RLN。

本题考查的是第 3 种搜索路径方式的一种情况。如果考生对二叉树的遍历知识掌握比较熟练,可直接将题目的遍历序列带到二叉树对其扫描,即可得出答案。

【参考答案】D。

【知识链接】用 L、N、R 分别表示遍历左子树、访问根结点、遍历右子树,那么对二叉树的遍历顺序就可以有以下六种方式:

① 访问根,遍历左子树,遍历右子树(记做 NLR);

② 访问根,遍历右子树,遍历左子树(记做 NRL);

③ 遍历左子树,访问根,遍历右子树(记做 LNR);

④ 遍历右子树,访问根,遍历左子树(记做 RNL);

⑤ 遍历左子树,遍历右子树,访问根(记做 LRN);

⑥ 遍历右子树,遍历左子树,访问根(记做 RLN)。

其中若①与⑥的遍历序列是相反的,②与⑤的遍历序列是相反的,③与④的遍历序列是相反的。若我们限定先左后右,则是通常二叉树的先序遍历 NLR、中序遍历 LNR、后序遍历 LRN。

因此,此类题目的另一种解题方式是将题目中的遍历序列逆序,判断其是否是常见的遍历方式中的一种。例如本题将题目给出的遍历序列逆序后为 4,2,6,5,7,1,3,显然这是题目中二叉树的中序遍历(LNR)序列。根据上述描述,易得答案是 RNL。尤其是结点数比较多的复杂二叉树用此方法较好。

4. 【知识聚焦】数据结构——树与二叉树——树与二叉树的应用——二叉排序树、平衡二叉树

具体参看知识点聚焦 14

【思路剖析】本题用平衡二叉树的定义分别判断 4 个备选项,即可得出正确答案。选项 A 中根结点的平衡因子是 2;选项 B 中每个结点的平衡因子的绝对值均不超过 1;选项 C 中根结点的平衡因子是 -2;选项 D 中根结点的平衡因子是 3。

【参考答案】B。

【知识链接】对于平衡二叉树的定义的考查比较常见。但对于平衡二叉树更为常见的考查方式是插入一个新结点,检查是否因插入新结点而破坏了二叉排序树的平衡性,若平衡性被破坏,首先找出其中的最小不平衡子树;接下来,在保持二叉排序树特性的前提下,调整最小不平衡子树中各结点之间的链接关系,进行相应的旋转,使之成为新的平衡二叉树。

5. 【知识聚焦】数据结构——树与二叉树——二叉树——二叉树的定义及其主要特性

具体参看知识点聚焦 9、10

【思路剖析】本题主要考查完全二叉树的特点及二叉树的性质。

完全二叉树的其中一个特点是:叶子结点只能出现在最下层和次下层。

题目中没有说明完全二叉树的高度,首先由完全二叉树的特点确定题目中树的高度。根据题意,一棵完全二叉树的第 6 层(设根为第 1 层)有 8 个叶结点,可知此二叉树的高度是 6 或 7。题目中求二叉树的结点数最多的情况,因此此完全二叉树的高度为 7。

由于高度为 7 的完全二叉树的前 6 层是一棵满二叉树,根据二叉树的性质 2 可知,高度为 6 的满二叉树的结点数是 $2^6-1=63$。又根据二叉树的性质 1 可知,题目中二叉树的第 6 层结点数是 $2^{6-1}=32$ 个结点,已知有 8 叶子结点,那么其余 $32-8=24$ 个结点均为分支结点,这些结点在第 7 层上最多有 48 个子结点(即叶子结点)。所以此二叉树的结点数最多可达 $2^6-1+(2^{6-1}-10)\times 2=111$。

【参考答案】C。

【知识链接】关于二叉树的性质的考查的题目样式比较多,几乎是必考题目。对于这类问题的求解,考生首先对于二叉树的定义及其 5 个性质(包括这 5 个性质的拓展)要熟练掌握,以不变应万变;其次考生在解题过程中要仔细审题,由于备选项中一般都会有些干扰项,若对于题目的理解有疏漏的地方,就非常容易选择错误。

6. 【知识聚焦】数据结构——树与二叉树——树、森林——森林与二叉树的转换

具体参看知识点聚焦 13

【思路剖析】本题首先考虑由森林转换为的二叉树中,结点 u 是结点 v 的父结点的父结点,会有几种情况?

由二叉树的定义可知,结点 u 是结点 v 的父结点的父结点,如下图所示有 4 种情况:

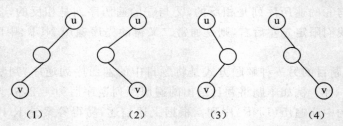

接下来,根据森林与二叉树的转换规则,将这 4 种情况还原成森林中结点的关系。其中:

情况(1),在原来的森林中 u 是 v 的父结点的父结点;

情况(2),在森林中 u 是 v 的父结点;

情况(3),在森林中 u 是 v 的父结点的兄弟;

情况(4),在森林中 u 与 v 是兄弟关系。

由此可知,题目中的 Ⅰ、Ⅱ 是正确的。

【参考答案】B。

【知识链接】本题考查二叉树的左、右子树的概念,在叉树所对应的树中,已改变为:左是孩子,右是兄弟。

注意:在考试中选择题出现从 Ⅰ、Ⅱ、Ⅲ 等项中选出正确答案的组合的题目,回答时要更加细致小心。因为这类选择题实际上是将原来的多选题或判断题改造成的单选题,比一般的单选题难度要大一些。

7. 【知识聚焦】数据结构——图——图的基本概念

具体参看知识点聚焦 16

【思路剖析】本题考查对于图的相关概念的理解。

在图中,顶点的度 $TD(v_i)$ 之和与边的数目满足关系式:$\sum_{i=1}^{n} TD(v_i)=2e$($n$ 为图的总结

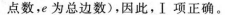

点数,e 为总边数),因此,Ⅰ 项正确。

　　对于Ⅱ、Ⅲ项中的特性不是一般无向连通图的特性,可以轻松地举出反例。"至少有一个顶点的度为 1"的反例如下图(1)所示,"边数大于顶点个数减 1 "的反例如下图(2)所示 。

　　　　　　（1）　　　　　　　　　　　　　　　　　（2）

【参考答案】A。

【知识链接】图的基本概念和术语较多,考生对这些概念重在"理解",同时在解题的过程中对于各种情况要考虑全面。

8.【知识聚焦】数据结构——查找——B-树及其基本操作、B^+树的基本概念

　　具体参看知识点聚焦24

【思路剖析】本题是判断不符合 m 阶 B 树定义要求,这里要考虑 B-树、B^+树两种情况。由 B-树、B^+树的定义可判断选项 D 是错误的。

【参考答案】D。

【知识链接】本题考查 B-树、B^+树的定义和区别。一棵 m 阶的 B^+树和 m 阶的 B-树的其中一个差异就在于:B^+树叶子结点本身依关键码的大小自小而大地顺序链接,而 B-树的叶子结点无此要求。正是由于这个差异,对 B^+树可以进行两种查找运算:一种是从最小关键码起顺序查找;另一种是从根结点开始,进行随机查找。而 B-树只能从根结点开始,进行随机查找。

9.【知识聚焦】数据结构——内部排序——堆排序

　　具体参看知识点聚焦28

【思路剖析】本题考查堆的定义及"筛选"。对堆插入或删除一个元素,将不满足堆的性质,堆被破坏。为了使其成为新堆,在输出堆顶元素后,调整剩余元素成为一个新的堆。具体过程如图(1)~(5)所示,(1)为原堆,(2)为插入 3 后,(3)、(4)为调整过程,(5)为调整后的小根堆。

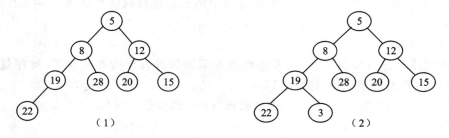

　　　　　　　　　　（1）　　　　　　　　　　　　　　　　　（2）

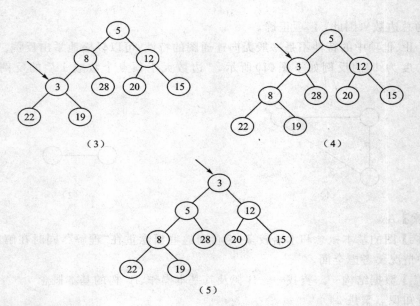

（3）

（4）

（5）

【参考答案】A。

【知识链接】对堆的定义的常见考查方式是在一组数字序列中,选出符合堆的定义的选项。这类问题比较简单,方法是将每个数字序列看成是一棵完全二叉树的顺序存储结构,画出相应的完全二叉树的树形结构,判断该完全二叉树是否满足下列特性:其左、右子树分别是堆,并且当左/右子树不空时,根结点的值小于(或大于)左/右子树根结点的值。

此类题目的另一种常见的考查方式是对堆排序的过程考查,需要考生能解决下面两个问题:(1)如何将 n 个元素的序列按关键码建成堆。(2)输出堆顶元素后,怎样调整剩余 n -1 个元素,使其按关键码成为一个新堆。这两个问题都是采用"筛选"的方法解决。

10. 【知识聚焦】数据结构——内部排序——起泡排序、插入排序、二路归并排序
具体参看知识点聚焦 26、27、28、29
【思路剖析】本题要求掌握各种排序的算法思想及排序过程。经过两趟排序后,选项 A 起泡排序的结果是两个最小的数值在最前面排好序,或者是两个最大的数值在最后面排好序;选项 B 插入排序的结果是前两个数有序即可;选项 C 选择排序结果是两个最小的数值在最前面按顺序排好;选项 D 二路归并排序的结果是长度为 4 的子序列有序,即前 4 个数排好序,接下来的 4 个数排好序。显然题目中的元素序列只能是选项 B 插入排序的第二趟排序后的结果。

【参考答案】B。

【知识链接】对于各种排序方法,考生要熟练掌握每种排序的算法思想、排序过程、性能(时间复杂度、空间复杂度、稳定性)等。

11. 【知识聚焦】计算机组成原理——中央处理器——指令执行过程
具体参看知识点聚焦 49
【思路剖析】在冯·诺依曼结构计算机中指令和数据均以二进制形式存放在同一个存储器中,CPU 可以根据指令周期的不同阶段来区分是指令还是数据,通常在取指阶段取出的是指令,其他阶段(分析取数阶段、执行阶段)取出的是数据。

【参考答案】C。

【知识链接】在冯·诺依曼结构计算机中区分指令和数据还有一个方法,即取指令和取数据时地址的来源是不同的,指令地址来源于程序计数器 PC,而数据地址来源于地址形成部件或指令的地址码字段。本题较容易误选选项 A,需要清楚的是,CPU 只有在确定取出的是指令之后,才会将其操作码部分送去译码,因此,不可能依据译码的结果来区分指令和数据。

12. 【知识聚焦】计算机组成原理——数据的表示和运算——定点数的表示和运算

具体参看知识点聚焦 35、37

【思路剖析】当两个不同长度的数据,要想通过算术运算得到正确的结果,必须将短字长数据转换成长字长数据,这被称为"符号扩展"。例如,x 和 z 为 int 型,数据长 32 位,y 为 short 型,数据长 16 位,因此首先应将 y 转换成 32 位的数据,然后再进行加法运算。

【参考答案】D。

【知识链接】执行赋值语句 $z = x + y$,根据补码的符号扩展方法,y 需要扩展符号位之后,再与 x 相加,$y = -9D = -1001B = FFF7H$,将 y 扩展为 FFFFFFF7H。$x = 127D = 1111111B = 0000007FH$。$z = x + y = 0000007F + FFFFFFF7H = 00000076H$。

13. 【知识聚焦】计算机组成原理——数据的表示和运算——浮点数的表示和运算

具体参看知识点聚焦 36

【思路剖析】浮点数加、减运算一般包括对阶、尾数运算、规格化、舍入和判溢出等步骤,难点在对阶、结果规格化、判溢出这三步。对阶原则是小阶向大阶看齐,结果规格化要保证尾数的符号位和最高有效数位不同,最后采用双符号位判断溢出方法来判断溢出。

【参考答案】D。

【知识链接】$X = 2^7 \times 29/32$,浮点数格式为 00111 0011101,$Y = 2^5 \times 5/8$,浮点数格式 00101 0010100。第 1 步对阶,由于 $E_X > E_Y$,则 M_Y 右移两位,$E_Y + 2$,Y 的浮点数格式变为 00111 0000101。第 2 步尾数相加:$M_Z = M_X + M_Y = 0100010$,浮点数格式为 00111 0100010。第 3 步结果规格化,尾数需要进行一次右规,才能变成规格化数,M_Z 右移一位,$E_Z + 1$,浮点数格式为 01000 0010001。第 4 步判溢出,由于阶码符号位不同,所以发生溢出。本题很容易误选为选项 B、选项 C。这是因为选项 B、选项 C 本身并没有计算错误,只是它们不是最终结果,选项 B 少了第 3 和第 4 步,选项 C 少了第 4 步。

14. 【知识聚焦】计算机组成原理——存储器层次结构——高速缓冲存储器

具体参看知识点聚焦 43

【思路剖析】首先根据主存地址计算所在的主存块号,然后根据组相联映射的映射关系 $K = I \bmod Q$(K 代表 Cache 的组号,I 代表主存的块号,Q 代表 Cache 的组数),计算 Cache 的组号。

【参考答案】C。

【知识链接】由于每个主存块大小为 32 字节,所以主存块号 $= \lfloor$主存地址/块大小$\rfloor = \lfloor \dfrac{129}{32} \rfloor = 4$,即主存 129 号单元所在的主存块应为第 4 块。若 Cache 共有 16 块,采用 2 路组相联映射方式,可分为 8 组。$K = I \bmod Q = 4 \bmod 8 = 4$,主存第 4 块装入 Cache 第 4 组。

15. 【知识聚焦】计算机组成原理——存储器层次结构——主存储器与 CPU 的连接

具体参看知识点聚焦 40

【思路剖析】主存储器包括 RAM 和 ROM 两部分,由于 ROM 区为 4KB,则 RAM 区为 60KB。存储容量的扩展方法有字扩展、位扩展、字和位同时扩展三种。选用 2K×8 位的 ROM 芯片,采用字扩展方法;选用 4K×4 位的 RAM 芯片,采用字和位同时扩展方法。

【参考答案】D。

【知识链接】根据各存储区所要求的容量和选定的存储芯片的容量,就可以计算出需要的芯片数,即:片数 $=\dfrac{存储容量}{容量/片}$。现 ROM 区为 4KB,需要 2K×8 位的 ROM 芯片 $=\dfrac{4\text{K}\times 8}{2\text{K}\times 8}=$

2 片;60KB 的 RAM 区,需要 4K×4 位的 RAM 芯片 $=\dfrac{60\text{K}\times 8}{4\text{K}\times 4}=30$ 片。

16. 【知识聚焦】计算机组成原理——指令系统——指令的寻址方式
具体参看知识点聚焦 46

【思路剖析】相对寻址方式时有效地址 EA=(PC)+D,其中 PC 为程序计数器,D 为相对位移量。主存按字节编址,取指令时,每取一个字节 PC 值自动加 1。由于转移指令由两个字节组成,取出这条转移指令之后的 PC 值自动加 2。

【参考答案】C。

【知识链接】转移指令成功转移后的目标地址 PC=2000H+2+06H=2008H。本题容易误选 A 或 B 选项。A 选项没有考虑 PC 值的自动更新,B 选项虽然考虑了 PC 要自动更新,但没有注意到这条转移指令是一条 2 字节的指令,PC 值仅仅"+1"而不是"+2"。

17. 【知识聚焦】计算机组成原理——指令系统——CISC 和 RISC 的基本概念
具体参看知识点聚焦 47

【思路剖析】选项 B、选项 C、选项 D 都是 RISC 的特点之一,所以它们都是正确的,只有选项 A 是错误的,因为 RISC 的速度快,所以普遍采用硬布线控制器,而非微程序控制器。

【参考答案】A。

【知识链接】本题除涉及 RISC 的基本概念之外,还涉及微程序控制器的特点。对于四选一的判断正误题,在解答时如果不能确定正确答案,最好的方法是采用排除法。

18. 【知识聚焦】计算机组成原理——中央处理器——指令流水线
具体参看知识点聚焦 53

【思路剖析】对于各功能段执行时间不同的指令流水线,计算机的 CPU 时钟周期应当以最长的功能段执行时间为准。

【参考答案】A。

【知识链接】当流水线充满之后,每隔 90 ns 可以从流水线中流出一条指令(假设不存在断流)。

19. 【知识聚焦】计算机组成原理——中央处理器——控制器的功能和工作原理
具体参看知识点聚焦 50

【思路剖析】在同样的半导体工艺条件下,硬布线(组合逻辑)控制器的速度比微程序控制器的速度快。这是因为硬布线控制器的速度主要取决于逻辑电路的延迟,而微程序控制器增加了一级控制存储器,执行的每条微指令都要从控制存储器中读取,影响了速度。由于硬布线控制器一旦设计完成就很难改变,所以指令功能的修改和扩展难。

【参考答案】D。

【知识链接】了解硬布线控制器和微程序控制器各自的特点,可以很容易得出结果。

20. 【知识聚焦】计算机组成原理——总线——总线概述

具体参看知识点聚焦 54

【思路剖析】因为一个总线周期占用 2 个时钟周期,完成一个 32 位数据的传送。总线时钟频率为 10 MHz,时钟周期为 0.1 μs,总线周期占用 2 个时钟周期,为 0.2 μs。一个总线周期中并行传输 4 字节信息,则总线带宽是 $4 \div 0.2 = 20$ MB/s。

【参考答案】B。

【知识链接】也可以利用公式"总线带宽=总线宽度×总线频率"计算,总线频率等于总线时钟频率÷2,所以总线带宽=4×10 MHz÷2=20 MB/s。

21. 【知识聚焦】计算机组成原理——存储器层次结构——高速缓冲存储器

具体参看知识点聚焦 42

【思路剖析】Cache 的命中率 $H = \dfrac{N_1}{N_1 + N_2}$,其中 N_1 为访问 Cache 的次数,N_2 为访存主存的次数,程序总访存次数为 $N_1 + N_2$,程序访存次数减去失效次数就是访问 Cache 的次数 N_1。

【参考答案】D。

【知识链接】因为 $N_1 + N_2 = 1\,000$,$N_1 = 1\,000 - 50 = 950$,所以 $H = \dfrac{1\,000 - 50}{1\,000} = 0.95 = 95\%$。

22. 【知识聚焦】计算机组成原理——输入输出系统——I/O 方式——程序中断方式

具体参看知识点聚焦 57

【思路剖析】所谓外部中断是指由外部事件引起的中断,在这 4 个选项中,只有键盘输入是真正由外部事件引起的中断。

【参考答案】A。

【知识链接】选项 B、C 的中断源来自于运算器,选项 D 的中断源来自于存储器。

23. 【知识聚焦】操作系统——操作系统的基本概念——操作系统的特征

具体参看知识点聚焦 61

【思路剖析】本题考查并发和并行的概念。在单处理机系统中,进程只能并发。微观上同一时刻占用处理机的进程只有一个,因此,进程之间不是并行的。通道是独立于 CPU 控制的输入/输出的设备,两者可以并行。显然,设备和设备之间也是可以并行的。

【参考答案】D。

【知识链接】考生应熟悉操作系统的特征及与外部设备的关系。通常,外部设备是由设备控制器控制,控制器接受处理机的命令。由于外部设备运行速度不同,处理方式不同(串行或并行),因此外部设备会自动根据这些情况进行处理,作为处理机,向控制器发出命令后一般会继续处理其他事务,而将具体工作交由设备处理,二者可以同时工作,从而提高了效率。

24. 【知识聚焦】操作系统——进程管理——处理机调度

具体参看知识点聚焦 65

【思路剖析】本题考查对调度算法的理解。时间片轮转法和先来先服务算法都是公平的方法,并未考虑进程等待时间和执行时间,而短进程优先考虑的是进程执行时间。响应比优先算法综合考虑了等待时间和执行时间。

【参考答案】D。

【知识链接】考生应注意调度的层次问题,例如宏观调度、微观调度等。作业调度是宏观调度,进程调度是微观调度,它们的算法具有不同的适应性,各自适合不同的计算机系统。调度算法可以单独使用,也可以组合使用。从调度行为上可以很清楚地分析出与调度对象的关系,因此可以得出正确的结果。

25. 【知识聚焦】操作系统——进程管理——死锁

具体参看知识点聚焦68

【思路剖析】本题考查死锁的抽屉原理。死锁的抽屉原理一般描述是:将5个苹果放进4个抽屉,那么,必然有1个抽屉中至少有2个苹果。计算机系统的资源分配充分体现了这一原理。考察进程运行的特点,只要有一个进程能够运行,则运行结束后必然会归还资源,其余的进程也就会得到满足从而可以执行(这里考虑的资源主要是可重用的资源,不可重用的资源会消失,就不可用上述方法分析)。

【参考答案】C。

【知识链接】考生要注意死锁的原因,时间上的和空间上的。解答本题需要考生对死锁的四个必要条件进行分析,资源是否部分分配?是否循环分配?考虑最恶劣的情况,若资源不够则有可能死锁,若能满足则可以运行。

26. 【知识聚焦】操作系统——内存管理——共享与保护

具体参看知识点聚焦70

【思路剖析】本题考查内存连续分配算法。对于连续分配算法,无论固定分区或动态分区方法,程序都必须全部调入内存,不同的进程放于不同的内存块中,相互之间不可越界,因此需要进行界地址保护。通常的界地址保护方法采用软硬件结合的方法。考生要注意本题与虚拟存储方法的区别。

【参考答案】A。

【知识链接】本题考查分区分配概念和内存保护方式。计算机的内存管理可以分为简单管理和复杂管理。通常,简单管理有单一分区连续分配,等额固定分区,差额固定分区,保护采用上下界地址保护。简单页式和简单段式也归为简单内存管理,它们解决了进程代码在内存中离散分配的问题,但是没有解决全体代码必须调入内存的问题,保护方式由页表项中的保护位完成。虚拟存储管理解决了代码部分装入的问题,若结合页式和段式,称为虚拟页式、虚拟段式及虚拟段页式,保护也在页表项内。这些都是复杂的内存管理方式。

27. 【知识聚焦】操作系统——内存管理——简单段式

具体参看知识点聚焦72

【思路剖析】本题考查段式内存管理的概念。段内位移的最大值就是最大段长。段号长度占了8 b,剩下32−8=24 b是段内位移空间,因此最大段长为2^{24}B。

【参考答案】C。

【知识链接】段式分配是二维的地址结构,通常分为段号和段长,故段内位移的最大值在不同段内也不同。与段式不同,页式是定长的,因此页内偏移量的最大值是固定的,一旦系统确定,在整个系统的生命期内是不变的。而段式分配对每一个段都需要计算。

28. 【知识聚焦】操作系统——文件管理——基本概念

具体参看知识点聚焦 76

【思路剖析】本题考查文件物理结构的内容。连续结构的优点是结构简单,缺点是不易于文件扩展,不易随机访问。链式结构的优点是文件易于扩展,缺点是不易随机访问。索引结构的优点是具有链式结构的优点并克服了它的缺点,可随机存取,易于文件扩展。

【参考答案】B。

【知识链接】考生要注意区分逻辑结构和物理结构。逻辑结构是文件的组织,例如二进制文件就是无结构文件,而数据库文件就是有结构的文件。有结构的文件对文件内容管理时可以采取多种方式,例如链接法和索引检索法等。虽然文件的逻辑结构采用的方法与物理结构的方法很相似(实际的原理也相似),但是适用的对象是不同的,不能混为一谈。文件的物理结构一定是与具体的物理设备相对应,例如磁盘、磁带、光盘等。物理结构也分为顺序结构、链接结构、索引结构、顺序索引结构等。文件的逻辑结构直接对数据或数据结构进行操作,物理结构一般是对数据块(一个扇区或一个簇)进行操作。

29. 【知识聚焦】操作系统——文件管理——磁盘调度

具体参看知识点聚焦 80

【思路剖析】本题考查磁臂调度算法。SCAN 算法类似电梯工作原理,即朝一个固定方向前进,经过的磁道有访问请求则马上服务,直至到达一端顶点,再掉头往回移动以服务经过的磁道,并这样在两端之间往返。因此,当磁头从 105 道向序号增加的方向移动时,便会服务所有大于 105 的磁道号(从小到大的顺序);往回返时又会按照从大到小的顺序进行服务。注意与循环扫描算法、察看和循环察看的区别。

【参考答案】A。

【知识链接】磁臂调度算法虽然比较简单,但是要注意弄清楚算法的基本概念、起始点和磁臂移动方向。确定了上述三要素,计算磁臂移动就很简单。这类题目可能还有变化,例如根据磁臂扫过的磁道数计算磁头移动的距离或所花费的时间等,这些只需要经过简单的计算就可以获得,考生要注意计算的正确性。

30. 【知识聚焦】操作系统——文件管理——文件和目录结构

具体参看知识点聚焦 79

【思路剖析】本题考查文件和目录,文件系统的概念。文件控制块是文件存在的标志,一切相关信息都存储于此,系统对文件的管理也是依靠文件控制块里的信息,其他均与其无关。某些简单的文件系统,例如 FAT 文件系统,其文件控制块就是都存放在目录中和文件系统的根目录中。

【参考答案】A。

【知识链接】文件控制块是操作系统中用来管理文件的一个数据结构,其中包含了文件的全部属性,指明了文件的名称和结构、分配单元、数据块大小等,是文件存在的标志。

31. 【知识聚焦】操作系统——文件管理——文件链接

具体参看知识点聚焦 79

【思路剖析】本题考查文件链接的概念。为了使文件实现共享,通常在使用该形式文件系统的文件索引节点中设置一个链接计数字段,用来表示链接到本文件的用户目录项的数目(引用计数值),这是共享的一种方法。当新文件建立时,一般默认引用计数值为 1。

　　硬链接可以看作是已存在的文件另一个名字,新文件和被链接文件指向同一个节点,引用计数值加 1。当删除被链接文件时,只是把引用计数值减 1,直到引用计数值为 0 时,才能真正删除文件。软链接又叫符号链接,在新文件中只包含了被链接文件的路径名,新文件和被链接文件指向不同的节点。建立软链接文件时,文件的引用计数值不会增加。在这种方式下,当被链接文件删除时,新文件仍然是存在的,只不过是不能通过新文件的路径访问被链接文件而已。因此,在本题中,当建立 F2 时,F1 和 F2 的引用计数值都为 1。当再建立 F3 时,F1 和 F3 的引用计数值就都变成了 2。当后来删除 F1 时,F3 的引用计数值为 2－1＝1。F2 的引用计数值仍然保持不变。

【参考答案】B。

【知识链接】文件的软、硬链接技术是文件共享的一种方式,该方式很巧妙地设计了文件的链接和链接方式。采用该方法需要与文件系统紧密配合,在文件系统的文件控制块中增加了链接信息项,从而保证文件的关系和文件的同步,这是类 UNIX 操作系统的特点之一。

32.【知识聚焦】操作系统——设备管理——设备概念

　　具体参看知识点聚焦 81

　　【思路剖析】本题考查设备的概念。设备管理具有设备独立性的特点,操作系统以系统调用方式提供给应用程序使用逻辑设备名来请求使用某类设备时,调用中使用的是逻辑设备名,例如 LPT1 或 COM1 等。而操作系统内部管理设备使用的是设备编号。

　　【参考答案】A。

　　【知识链接】这是唯一的设备类的题目,主要考查考生对设备在操作系统中的管理方法的理解。操作系统管理设备必须满足许多条件(用户的使用请求、死锁的预防等),对设备管理以编号来申请有利于实现上述管理。为方便用户使用,一般以逻辑设备名供用户调用。

33.【知识聚焦】计算机网络——计算机网络体系结构——计算机网络体系结构与参考模型——ISO/OSI 参考模型和 TCP/IP 模型

　　具体参看知识点聚焦 84

　　【思路剖析】本题考察 OSI 模型及其各层的主要功能。题目中指明了这一层能够实现端到端传输,也就是端系统到端系统的传输,数据链路层主要负责传输路径上相邻结点间的数据交付,这个结点包括了交换机和路由器等数据通信设备,这些设备不能被称为端系统,因此数据链路层不满足题意。题目中指明了这一层能够实现传输,会话层只是在两个应用进程之间建立会话而已,应用层只是提供应用进程之间通信的规范,都不涉及传输。所以本题答案应该是选项 B。实际上在 OSI 模型中网络层也可以实现端到端传输。

　　【参考答案】B。

　　【知识链接】注意端到端与点到点区别,数据链路层是点到点的数据传输,主要保证点到点的数据可靠性,而传输层是端到端的数据传输,要保证端到端的数据可靠性

34.【知识聚焦】计算机网络——物理层——通信基础——奈奎斯特定理与香农定理

　　具体参看知识点聚焦 84

　　【思路剖析】本题是奈奎斯特定理的直接应用,首先要根据信道有无噪声来确定是否采用奈奎斯特定理。解题难点在于离散数值的确定,先确定调制技术的码元数,此处为 4 个相

位乘以 4 种振幅,共 16 种,即该通信链路的最大数据传输速率 $= 2 \times 3 \times \log_2(4 \times 4) =$ $6 \times 4 = 24$ kbps。

【参考答案】B。

【知识链接】香农定理和奈奎斯特定理是物理层两个非常重要的定理,其适用场合及原理是考查的重点内容,如果题目中指明是有噪声的信道,则要考虑香农定理,并取其和奈奎斯特定理的最小值作为信道的最大传输速率。

35. 【知识聚焦】计算机网络——数据链路层——流量控制与可靠传输机制——多帧滑动窗口与后退 N 帧协议(GBN)

具体参看知识点聚焦 88

【思路剖析】后退 N 帧协议,即 GO-BACK-N 策略的基本原理是,当接收方检测出失序的信息帧后,要求发送方重发最后一个正确接收的信息帧之后的所有未被确认的帧;或者当发送方发送了 N 个帧后,若发现该 N 帧的前一个帧在计时器超时后仍未返回其确认信息,则该帧被判为出错或丢失,此时发送方就不得不重新发送出错帧及其后的 N 帧。本题收到 3 号帧的确认,说明 0,1,2,3 号帧已经收到,丢失的是 4,5,6,7 号帧,共 4 帧。因此答案为选项 C。

【参考答案】C。

【知识链接】后退 N 帧协议并不对每一个正确接收的数据帧进行反馈,可避免重复传输那些已经正确接收到的数据帧,而连续 ARQ 必须对每一个正确接收的帧进行反馈,没有反馈确认的数据帧必须重传。

36. 【知识聚焦】计算机网络——数据链路层——数据链路层设备——局域网交换机及其工作原理

具体参看知识点聚焦 91

【思路剖析】本题考查交换机的工作原理。交换机会监测发送到每个端口的数据帧,通过数据帧中的有关信息(源结点的 MAC 地址、目的结点的 MAC 地址),就会得到与每个端口所连接的结点 MAC 地址,并在交换机的内部建立一个“端口-MAC 地址”映射表。建立映射表后,当某个端口接收到数据帧后,交换机会读取出该帧中的目的结点 MAC 地址,并通过“端口-MAC 地址”的对应关系,迅速将数据帧转发到相应的端口,注意这里的交换机工作在数据链路层,因此关于 IP 地址的选项是不对的,因此答案为 A。

【参考答案】A。

【知识链接】交换机转发表的建立依据的是数据帧的源物理地址,因为由这个端口出去就可以到达这个主机,而进行转发时则依据数据帧的目的物理地址,因为这样才能把数据帧正确传送到目的主机。

37. 【知识聚焦】计算机网络——数据链路层——介质访问控制——随机访问介质访问控制 CSMA/CD 协议

具体参看知识点聚焦 89

【思路剖析】以太网采用 CSMA/CD 访问协议,在发送的同时要进行冲突检测,这就要求在能检测出冲突的最大时间内数据包不能够发送完毕,否则冲突检测不能有效地工作。所以,当发送的数据包太短时必须进行填充。最小帧长度=碰撞窗口大小×报文发送速率,本题最小数据帧长度减少 800 b,那么碰撞的窗口也要减少,因此距离也要减少,从而

$(800×2×10^8)/(1×10^9)＝160$ m,由于时间延时存在两倍的关系,因此减少的距离为 80 m。

【参考答案】D。

【知识链接】针对 CSMA/CD 协议的计算一定明确两个要点:(1)CSMA/CD 协议的碰撞窗口大小＝2 倍信号传播时延。(2)报文发送时间≫碰撞窗口大小。碰撞窗口大小＝2 倍信号传播时延。

38. 【知识聚焦】计算机网络——传输层——TCP 协议——TCP 流量控制与拥塞控制

具体参看知识点聚焦 98

【思路剖析】TCP 使用滑动窗口流控协议,窗口大小的单位是字节,本题中分别包含 300W(字)节和 500Byte(字节)的有效载荷,第一个段的序列号为 200,那么确认序列号为 200＋300＋500＝1 000。

【参考答案】D。

【知识链接】注意滑动窗口是以字节为单位进行计算的。

39. 【知识聚焦】计算机网络——传输层——TCP 协议——TCP 流量控制与拥塞控制

具体参看知识点聚焦 98

【思路剖析】本题考查 TCP 流量控制和拥塞控制(慢启动)。从第一个 MSS 开始,每次发送成功,拥塞窗口值翻倍,四次以后,应该为 16,但是由于拥塞阈值变为 16/2＝8,故三次成功后为 8,以后为线性增长,故为 8＋1,为 9,答案为选项 C。

【参考答案】C。

【知识链接】明确 TCP 拥塞控制的三个关键参数:发送窗口、拥塞窗口及拥塞阈值,注意本题目隐含了拥塞阈值这一解题的关键,拥塞阈值在网络发生拥塞时调整为拥塞窗口的一半,并影响下一次拥塞避免的开始时间。

40. 【知识聚焦】计算机网络——应用层——FTP——FTP 协议的工作原理

具体参看知识点聚焦 100

【思路剖析】本题考查应用层协议的传输层采用的协议,对于 FTP,为了保证可靠性,选择 TCP。

【参考答案】A。

【知识链接】采用 TCP 的应用层协议还有 POP3,SMTP,HTTP 等,而 DNS,DHCP 采用 UDP 协议。

二、综合应用题

41. 【知识聚焦】数据结构——图——图的基本应用——最短路径

具体参看知识点聚焦 22

【思路剖析】本题虽说是考查图的最短路径问题,但是既没有使用迪杰斯特拉(Dijkstra)算法,也不需使用弗洛伊德(Floyd)算法。本题仅需要理解什么是最短路径,并且认真读懂题目中所描述的方法的步骤即可解答。

【参考答案】题目中方法不一定能(或不能)求得最短路径。

举例说明:

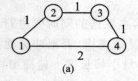
(a)

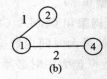
(b)

图(a)中,假设初始顶点 1 到目标顶点 4 之间有一条边,权值 $x=2$。显然图(a)中这顶点 1 和顶点 4 之间的最短路径长度为 2。若按照题目中给定的方法找到的路径为初始顶点 1 经过中间结点 2、3 到目标顶点 4,即初始顶点 $1 \rightarrow 2 \rightarrow 3 \rightarrow$ 目标顶点 4,所经过的边的权值分别为 $y1=1, y2=1, y3=1$。显然,$y1+y2+y3$ 大于 x。因此按照题目中给定的方法所求得的路径并不是这两个顶点之间的最短路径。

图(b)中,假设初始顶点为 1、目标顶点为 4,欲求从顶点 1 到顶点 4 之间的最短路径。显然,按照题目中给定的方法无法求出顶点 1 到顶点 4 的路径。

【知识链接】对于图的一个应用——最短路径的这类题目的考查,常见的形式是使用迪杰斯特拉(Dijkstra)算法求从一个源点到其他各点的最短路径,或者使用弗洛伊德(Floyd)算法求每一对顶点之间的最短路径,对这类题目需要熟练掌握。

42. 【知识聚焦】数据结构——线性表——线性表的实现——链式存储

具体参看知识点聚焦 4

【思路剖析】本题考查链表的基本操作,涉及的基本操作有:链表的遍历、查找指定序号的元素值。

【参考答案】(1)算法的基本设计思想

定义两个指针变量 p 和 q,初始时均指向头结点的下一个结点。p 指针沿链表移动;当 p 指针移动到第 k 个结点时,q 指针开始与 p 指针同步移动;当 p 指针移动到链表最后一个结点时,q 指针所指元素为倒数第 k 个结点。

以上过程对链表仅进行一遍扫描。

(2)算法的详细实现步骤

① count＝0,p 和 q 指向链表表头结点的下一个结点;

② 若 p 为空,转⑤;

③ 若 count 等于 k,则 q 指向下一个结点;否则,count＝count＋1;

④ p 指向下一个结点,转步骤②;

⑤ 若 count 等于 k,则查找成功,输出该结点的 data 域的值,返回 1;否则,查找失败,返回 0;

⑥ 算法结束。

(3)算法实现

```
typedef struct LNode{
int        data;                //数据域
struct LNode * link;            //指针域
} * LinkList;
int SearchN1(LinkList List, int k) {
   LinkList p,q;
   int count = 0;               //计数器赋初值
   p = q = List - >link;        //p 和 q 指向链表表头结点的下一个结点
   while (p!  = NULL){
       if (count<k) count + + ;  //计数器 +1
       else q = q - >link;      //q 移到下一个结点
       p = p - >link;           //p 移到下一个结点
   }
   if (count<k) return 0;       //如果链表的长度小于 k,查找失败
   else {
       printf(" % d",p - >data); //查找成功
```

```
        return 1;
    }
}
```

【知识链接】 本题还可有其他解法。例如,因为单链表中结点只存放后继结点的地址,所以查找倒数第 k 个结点不方便。但是如果求得单链表的表长为 n,倒数第 k 个结点就是从前往后数的第 $n-k+1$ 个结点。因此本题可采用如下方法求解:先遍历链表求表长 n,再查找第 $n-k+1$ 个结点,即为链表倒数第 k 个结点。

算法描述如下:

```
int SearchN2(LinkList List, int k) {
    LNode *p = List;
    int n,j = 0;
    while (p->link) {
        p = p->link;
        j++;
    }
    n = j;                              //n 为表长
    p = List;                           //p 又回到表头
    j = 0;
    while (p && j<n-k+1) {              //查找第 n-k+1 个结点,即链表倒数第 k 个结点
        p = p->link;
        j++;
    }
    if (j == n-k+1) {
        printf("%d",p->data);
        return 1;
    }
    else  return 0;
}
```

在【参考答案】中的解法仅扫描一遍单链表,而上述解法中对单链表进行两遍扫描,这种解法性能上稍差些。

43.**【知识聚焦】** 计算机组成原理——输入输出系统——I/O 方式

具体参看知识点聚焦 31、59

【思路剖析】 本题涉及两个不同章节的知识点,第 1 个是关于计算机的性能指标,第 2 个是关于 I/O 方式。首先要计算每条指令的平均执行时间,然后根据中断和 DMA 方式的特点计算外设 I/O 的时间占整个 CPU 时间的百分比。

【参考答案】 (1)已知主频为 500 MHz,则时钟周期=$1\div500$=2 ns,因为 CPI=5,所以每条指令平均 5×2=10 ns。

又已知每中断一次传送 32 位(4 个字节),数据传输率为 0.5 MB/s,所以传送时间=$4\div0.5$ MB/s=8 μs。

CPU 用于该外设 I/O 共需 20 条指令(中断服务程序包括 18 条指令+其他开销折合 2 条指令),花费时间=20×10=200 ns。

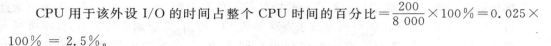

CPU 用于该外设 I/O 的时间占整个 CPU 时间的百分比 $= \dfrac{200}{8\,000} \times 100\% = 0.025 \times 100\% = 2.5\%$。

（2）改用 DMA 方式传送数据，数据传输率为 5 MB/s，传送 5 000B 的时间 $= 5\,000 \div 5\ \text{MB/s} = 1\ \text{ms}$。

预处理和后处理的总开销时间 $= 500 \times 2\ \text{ns} = 1\ \mu\text{s}$。

CPU 用于该外设 I/O 时间占整个 CPU 时间的百分比 $=$ 预处理和后处理的总开销时间 $\div$ 传送数据的时间 $= \dfrac{1}{1\,000} \times 100\% = 0.001 \times 100\% = 0.1\%$。

【知识链接】利用中断方式进行数据传送，一次只能传送 4 个字节的数据，为这次传送 CPU 需要花费 20 条指令的额外时间。而利用 DMA 方式进行数据传送，一次可以传送整个数据块（5 000 个字节），为这次传送 CPU 的额外时间是预处理和后处理的时间。本题要求考生熟悉中断和 DMA 方式传送的特点，综合运用求解问题。

44. 【知识聚焦】计算机组成原理——中央处理器——数据通路的功能和基本结构
具体参看知识点聚焦 51

【思路剖析】在数据通路图中，各部件名称用大写字母表示，各部件名称后加 in 表示该部件的接收控制信号，实际上就是该部件的输入开门信号；各部件名称后加 out 表示该部件的发送控制信号，实际上就是该部件的输出开门信号。由于本题的题干已经给出了取指和译码阶段每个节拍（时钟周期）的功能和有效控制信号，其中译码阶段比较简单，只需将取出指令的操作码字段送到指令译码器中执行译码即可，所以搞清楚取指阶段中数据通路的信息流动顺序和方向就成为突破口，只要读懂了取指阶段的功能和有效控制信号，写出执行阶段的功能和有效控制信号就不是一件难事了。

在 C_1 节拍，打开 PC 的发送控制信号和 MAR 的接收控制信号，即完成指令地址发送到 MAR 的功能；在 C_2 节拍，发读命令，允许数据（此时就是读出的指令）从 DB 打入 MDR，同时 PC 的内容自动加 1；在 C_3 节拍，打开 MDR 的发送控制信号和 IR 的接收控制信号，即完成取出的指令送指令寄存器的功能。

【参考答案】执行阶段每个节拍（时钟周期）的功能和有效控制信号见下表。

时 钟	功 能	有效控制信号
C_5	MAR←(R_1)	R_1out，MARin
C_6	MDR←M(MAR)	MemR，MDRinE
C_7	A←(MDR)	MDRout，Ain
C_8	AC←(R_0)＋(A)	R_0out，Add，ACin
C_9	MDR←(AC)	ACout，MDRin
C_{10}	M←(MDR)	MDRoutE，MemW

【知识链接】数据通路是 CPU 中算术逻辑单元（ALU）、寄存器（专用和通用）及存储器之间的链接线路。不同计算机的数据通路可能是不同的，一般在题干中都会给出相应的数据通路结构图。只有明确了机器的数据通路，才能确定相应的微操作控制信号。

根据加法指令"ADD(R_1)，R_0"的功能(R_0)＋((R_1))→(R_1)可知，参加运算的一个操作数在主存中，另一个操作数在寄存器中，结果存放在主存中。$C_5 \sim C_7$ 节拍完成主存中取操作数的功能,其控制信号与取指令阶段的控制信号相似,不同之处在于:①数据地址来自于寄存器 R_1,②取出的数据存放于寄存器 A。C_8 节拍,完成加法运算,运算结果送入寄存器 AC。C_9~C_{10} 节拍完成将加法结果写回 R_1 的内容所指主存单元中的功能,由于 MAR 中的内容(R_1 的内容)并没有改变。在 C_9 节拍,只需要打开 AC 的发送控制信号和 MDR 的接收控制信号(将写入的数据送 MDR)。在 C_{10} 节拍,允许数据从 MDR 打入 DB,并发写命令,将数据写入主存单元。

本题的答案不唯一,如果在 C_6 节拍完成 MDR←M(MAR) 的同时,完成 A←(R_0),并不会发生总线冲突,这样只需要 5 个节拍就可以完成执行阶段的功能,详见下表。这个方案相比前一个方案可节省一个节拍的时间,但不如前一个方案那么规整。

时　钟	功　能	有效控制信号
C_5	MAR←(R_1)	R_1out,MARin
C_6	MDR←M(MAR),A←(R_0)	MemR,MDRinE,R_0out,Ain
C_7	AC←(MDR)+(A)	MDRout,Add,ACin
C_8	MDR←(AC)	ACout,MDRin
C_9	M←(MDR)	MDRoutE,MemW

45.【知识聚焦】操作系统——进程同步与互斥——经典的同步问题

具体参看知识点聚焦 66

【思路剖析】本题是生产者和消费者问题的延伸,要从生产者-消费者的原题出发,正确设置信号量,保证进程同步和互斥的实现。考虑缓冲区是互斥资源,因此设互斥信号量 mutex。对于同步问题:P1、P2 因为奇数的放置与取用而同步,设同步信号量 odd;P1、P3 因为偶数的放置于取用而同步,设同步信号量 even;P1、P2,P3 因为共享缓冲区,设同步信号量 empty。

【参考答案】程序如下:

```
semaphore mutex = 1,odd = 0,even = 0,empty = N;
//缓冲区可用,没有放置奇数和偶数,全空,odd + even + empty = N
main()
  cobegin{                        //并发进程
    process P1                    //生产者进程
    while(true)                   //等待调度
    {  number = produce();        //生产者生产数
       P(empty);                  //有无空间
       P(mutex);                  //能否进入缓冲区
       put();                     //放置数字
       V(mutex);                  //释放缓冲区
       If  number % 2 = = 0       //是否偶数
         V(even);                 //偶数信号量加 1
       else
         V(odd);}                 //否则奇数信号量加 1

    process P2                    //消费者进程 1
      while(true)
```

```
    {  P(odd);                        //有无奇数
       P(mutex);                      //能否进入缓冲区
       getodd();                      //取奇数
       V(mutex);                      //释放缓冲区
       V(empty);                      //空间加1
       countodd();}                   //计算奇数个数

    process P3
      while(true)
    {  P(even);                       //有无偶数
       P(mutex);                      //能否进入缓冲区
       geteven();                     //取偶数
       V(mutex);                      //释放缓冲区
       V(empty);                      //空间加1
       counteven();}                  //计算偶数个数
    }coend                            //并发结束
```

【知识链接】生产者-消费者的问题非常经典,许多其他的问题均可由此引出。注意并发的语句和调度的实现,例如程序中 cobegin,coend,while 等。下面总结可能出现的错误。

典型错误一:使用三个信号量答题。

因为缓冲区是互斥资源,因此互斥信号量 mutex。

生产者中还有同步问题:设互斥信号量 full 通知缓冲区有可用资源。

P1、P2、P3 因为共享缓冲区,设同步信号量 empty。

```
semaphore   mutex = 1,full = 0,empty = N;
main()
cobegin{
  process P1
  while(true)
  {number = produce();
  P(empty);P(mutex);
  put();
  V(mutex);V(full);}

  process P2
  while(true)
  { P(full);P(mutex);
  boolean ok = getodd();
  V(mutex);
  If (ok)
  {V(empty);countodd();}}

  process P3
  while(true)
  { P(full);P(mutex);
```

```
    boolean ok = geteven();
    V(mutex);
    If (ok)
    {V(empty);counteven();} }
}coend
```

这种解法有两个主要错误。其一，题目并未定义 getodd() 和 geteven() 的返回值，与题意不符合；其二，即使上述两函数可以返回取数成功与否，也不满足有限等待的原则。因为，P2 和 P3 进入存取缓冲区，都要通过 P(full) 和 P(mutex)，因此，有可能总是 P2 得到进入的机会，从而使 P3 无法进入，没有实现同步，导致不满足有限等待的原则。

典型错误二：使用五个信号量答题。

缓冲区是互斥资源，因此设互斥信号量 mutex。

同步问题：P1、P2 因为奇数的放置与取用而同步，设同步信号量 odd；P1、P3 因为偶数的放置与取用而同步，设同步信号量 even；设互斥信号量 full 通知缓冲区有可用资源；P1、P2、P3 因为共享缓冲区。设同步信号量 empty。

```
semaphore   mutex = 1,odd = 0,even = 0,empty = N,full = 0;
main()
  cobegin{
  process P1
  while(true)
    { number = produce ();
    P(empty);P(mutex);
    put();
    V(mutex);
    If number % 2 = = 0
      V(even);
    else
      V(odd);}

  process P2
  while(true)
    {P(full);P(odd);
    P(mutex);
    getodd();
    V(mutex);V(empty);
    countodd();}

  process P3
  while(true)
    {P(full);P(even);
    P(mutex);
    geteven();
    V (mutex);V (empty);
```

```
counteven();}
}coend
```

这种解法有可能导致死锁。例如,当缓冲区大小 $N=1$,首先 P1 在缓冲区中放入一个偶数(even);然后 P2 通过 P(full)进入,等待在 P(odd)上;接下来 P3 等待在 P(full)上;此时,Pl 因为 $N=1$,等待在 P(empty)上。三个进程都在等待中。

典型错误三:信号量的 P、V 次序错误。

缓冲区是互斥资源,因此设互斥信号量 mutex。

同步问题:P1、P2 因为奇数的放置与取用而同步,设同步信号量 odd;P1、P3 因为偶数的放置与取用而同步,设同步信号量 even;P1、P2、P3 因为共享缓冲区,设同步信号量 empty。

```
semphore mutex = 1,odd = 0,even = 0,empty = N;
main()
    cobegin{
    process P1
    while(TRUE)
      {number = produce();
      P(empty);P(mutex);
      put();
      V(mutex);
      If number % 2 = = 0
        V(even);
      else
        V(odd);}

    process P2
    while(TRUE)
      {P(mutex); P(odd);
      getodd();
      V(mutex);V(empty);
      countodd();}

    process P3
    while(TRUE)
      {P(mutex);P(even);
      geteven();
      V(mutex);V(empty);
      counteven();}
    }coend
```

这种解法会导致死锁。例如,缓冲区的大小 $N=1$,首先 P1 放入一个偶数,P2 通过 P(mutex)进入,由于前面没有放入奇数,等待在 P(odd)上;接下来 P3 等待在 P(mutex)上;此时,P1 也会等待在 P(empty)上,三个进程都在等待中。

46.【知识聚焦】操作系统——内存管理——虚拟内存

具体参看知识点聚焦 73、74、75

【思路剖析】(1) 根据页式管理的工作原理,应先将页号和页内位移地址分解出来。页面大小为 4KB,即 2^{12},则得到页内位移占虚地址的低 12 位,页号占剩余高 4 位。可得三个虚地址的页号 P 如下表:

地址	页号 P	页内位移
2362H	2	362H
1565H	1	565H
25A5H	2	5A5H

对 2362H 指令,P=2,访问快表 10 ns,因初始为空,需要再到内存访问页表,花费 100 ns 得到页框号,合成物理地址后去主存取指令需要花费 100 ns。

总时间=10 ns+100 ns+100 ns=210 ns。

对 1565H 指令 P=1,访问快表 10 ns,不在 TLB,访问页表 100 ns,不在内存,发生缺页中断花费 10^8 ns,取得新页框号(含 TLB 更新),合成物理地址后去主存取指令需要花费 100 ns。

总时间=10 ns+100 ns+10^8 ns+100 ns ≈ 10^8 ns。

对 25A5H 指令,P=2,访问快表,因第一次访问已将该页号放入快表,因此花费 10 ns 便可合成物理地址,访问主存取指 100 ns,时间共计 10 ns+100 ns=110 ns。

(2) 当访问虚地址 1565H 时,因不在内存而产生缺页中断,因驻留集为 2 个页,现在已有 0 页和 2 页在内存,必须从中淘汰一个页面,从而将新 1 页调入内存。

根据 LRU 置换算法,0 页和 2 页除有效位以外的其他信息未知,但是,2 页刚刚访问过,其引用位应刚被置为 1 且时间间隔不长,根据最近最少使用置换算法,相比之下应首先淘汰 0 号页面,因此 1565H 的对应页框号为 101H。由此可得 1565H 的物理地址为 101565H。

【参考答案】(1) 210 ns;10^8 ns;110 ns。

(2) 101565H。

【知识链接】本题综合了快表访问的机制与缺页中断的关系,页面更新与页面置换的算法,虚拟页式存储的机制,这些都要用到虚拟内存的知识,是一个完整的内存使用的过程。本题考查了学生对虚拟存储技术的理解和计算,知识点多,算法综合,应用性强。

47. 【知识聚焦】计算机网络——网络层——IPv4/网络层设备——子网划分与子网掩码、CIDR/路由器的组成和功能

具体参看知识点聚焦 93、95、96

【思路剖析】(1) 无类 IP 地址的核心是采用不定长的网络号和主机号,并通过相应的子网掩码来表示(即网络号部分为 1,主机号部分为 0)。本题中网络地址位数是 24,由于 IP 地址是 32b,因此其主机号部分就是 8b。因此,子网掩码就是 11111111 11111111 11111111 00000000,即 255.255.255.0。根据无类 IP 地址的规则,每个网段中有两个地址是不分配的:主机号全 0 表示网络地址,主机号全 1 表示广播地址。因此 8 位主机号所表示的主机数就是 2^8-2,即 254 台。

该网络要划分为两个子网,每个子网要有 120 台主机,因此主机位数 X 应该满足下

面三个条件：

①　$X<8$，因为是在主机号位长为 8 位的网络进行划分，所以 X 一定要小于 8 位。

②　$2^X>120$，因为根据题意需要容纳 120 台主机。

③　X 是整数。

解上述方程，得到 $X=7$。子网掩码就是 11111111 11111111 11111111 10000000，即 255.255.255.128。

所以划分的两个网段是：202.118.1.0/25 与 202.118.1.128/25。

（2）填写 R1 的路由表。

填写到局域网 1 的路由。局域网 1 的网络地址和掩码在问题（1）已经求出来了，为 202.118.1.0/25，则 R1 路由表应填入的网络地址为 202.118.1.0，掩码为 255.255.255.128。由于局域网 1 是直接连接到路由器 R1 的 E1 口上的，因此，下一跳地址填写直接路由（Direct）。接口填写 E1。

填写到局域网 2 的路由表 1。局域网 2 的网络地址和掩码在问题（1）中已经求出来了，为 202.118.1.128/25。则 R1 路由表应该填入的网络地址为 202.118.1.128，掩码为 255.255.255.128。由于局域网 2 是直接连接到路由器 R1 的 E2 口上的，因此，下一跳地址填写直接路由。接口填写 E2。

填写到域名服务器的路由。由于域名服务器的 IP 地址为 202.118.3.2，而该地址为主机地址，因此掩码为 255.255.255.255。同时，路由器 R1 要知道 DNS 服务器的路由，就需要通过路由器 R2 的接口 L0 才能到达，因此下一跳地址填写 L0 的 IP 地址（202.118.2.2）。

填写互联网路由。本题实质是编写默认路由。默认路由是一种特殊的静态路由，指的是当路由表中与包的目的地址之间没有匹配的表项时路由器能够作出的选择。如果没有默认路由器，那么目的地址在路由表中没有匹配表项的包将被丢弃。默认路由在某些时候非常有效，当存在末梢网络时，默认路由会大大简化路由器的配置，减轻管理员的工作负担，提高网络性能。默认路由叫做"0/0"路由，因为路由的 IP 地址 0.0.0.0，而子网掩码也是 0.0.0.0。同时路由器 R1 连接的网络需要通过路由器 R2 的 L0 口才能到达互联网络，因此下一跳地址填写 L0 的 IP 地址为 202.118.2.2。

综上所述，填写的路由表如下：

R1 路由表

目的网络 IP 地址	子网掩码	下一跳 IP 地址	接口
202.118.1.0	255.255.255.128	Direct	E1
202.118.1.128	255.255.255.128	Direct	E2
202.118.3.2	255.255.255.255	202.118.2.2	L0
0.0.0.0	0.0.0.0	202.118.2.2	L0

（3）填写 R2 到局域网 1 和局域网 2 的路由表 2。局域网 1 和局域网 2 的地址可以聚合为 202.118.1.0/24，而 R2 去往局域网 1 和局域网 2 都是同一条路径。因此，路由表里面只需要填写到 202.118.1.0/24 网络的路由即可，如下表所示：

R2 路由表

目的网络 IP 地址	子网掩码	下一跳 IP 地址	接口
202.118.1.0	255.255.255.0	202.118.2.1	L0

【参考答案】(1) 把 IP 地址空间 202.118.1.0/24 划分为 2 个等长的字网。划分结果为

① 子网 1：子网地址为 202.118.1.0,子网掩码为 255.255.255.128(或者子网 1：202.118.1.0/25)。

② 子网 2：子网地址为 202.118.1.128,子网掩码为 255.255.255.128(或者子网 1：202.118.1.128/25)。

地址分配方案：子网 1 分配给局域网 1,子网 2 分配给局域网 2;或子网 1 分配给局域网 2,子网 2 分配给局域网 1。

(2) R1 的路由表如下：

参考答案一（若子网 1 分配给局域网 1,子网 2 分配给局域网 2）

目的网络 IP 地址	子网掩码	下一跳 IP 地址	接口
202.118.1.0	255.255.255.128	Direct	E1
202.118.1.128	255.255.255.128	Direct	E2
202.118.3.2	255.255.255.255	202.118.2.2	L0
0.0.0.0	0.0.0.0	202.118.2.2	L0

参考答案二（若子网 1 分配给局域网 2,子网 2 分配给局域网 1）

目的网络 IP 地址	子网掩码	下一跳 IP 地址	接口
202.118.1.0	255.255.255.128	Direct	E2
202.118.1.128	255.255.255.128	Direct	E1
202.118.3.2	255.255.255.255	202.118.2.2	L0
0.0.0.0	0.0.0.0	202.118.2.2	L0

(3) R2 到局域网 1 和局域网 2 的路由表如下：

R2 路由表

目的网络 IP 地址	子网掩码	下一跳 IP 地址	接口
202.118.1.0	255.255.255.0	202.118.2.1	L0

【知识链接】本题考查子网划分、子网掩码、无类域间路由(CIDR)、路由表构造以及路由聚合的概念等知识。

第二部分　100 知识点聚焦

知识点聚焦 1：算法和算法分析

【典型题分析】

[例题 1] 以下算法的时间复杂度是(　　　)。

```
void f (int n){
    int x = 1;
    while (x<n)
        x = 2 * x;
}
```

A. $O(\log_2 n)$ 　　　　B. $O(n)$ 　　　　C. $O(n\log_2 n)$ 　　　　D. $O(n^2)$

分析：基本运算是语句 $x = 2 * x$，设其执行时间为 $T(n)$，则有

$$2^{T(n)} \leqslant n$$

即 $T(n) < \log_2 n = O(\log_2 n)$。

解答：A。

[例题 2] 以下算法的时间复杂度是(　　　)。

```
void f (int n){
    int i, j, x = 0;
    for (i = 1; i<n; i++)
      for (int j = n; j >= i+1; j--)
          x++;
}
```

A. $O(n)$ 　　　　B. $O(n^3)$ 　　　　C. $O(n\log_2 n)$ 　　　　D. $O(n^2)$

分析：基本运算是语句 $x++$，设其执行时间为 $T(n)$，则有

$$T(n) = \sum_{i=1}^{n-1} \sum_{j=i+1}^{n} 1 = \sum_{i=1}^{n-1} (n-i) = n(n-1)/2 = O(n^2)$$

解答：D。

【知识点睛】

1. 算法是对特定问题求解步骤的一种描述，是指令的有限序列。其中每一条指令表示一个或多个操作。

算法具有下列特性：(1)有穷性 (2)确定性 (3)可行性 (4)输入 (5)输出。

算法和程序十分相似，但又有区别。程序不一定具有有穷性，程序中的指令必须是机器可执行的，而算法中的指令则无此限制。算法代表了对问题的解，而程序则是算法在计算机上的特定的实现。一个算法若用程序设计语言来描述，则它就是一个程序。

2. 算法的时间复杂度：以基本运算的原操作重复执行的次数作为算法的时间度量。一

般情况下,算法中基本运算次数 T(n)是问题规模 n(输入量的多少,称之为问题规模)的某个函数 f(n),记作:

$$T(n) = O(f(n))$$

也可表示 $T(n) = m(f(n))$,其中 m 为常量。记号"O"读作"大 O",它表示随问题规模 n 的增大,算法执行时间 T(n)的增长率和 f(n)的增长率相同。

注意:有的情况下,算法中基本操作重复执行的次数还随问题的输入数据集不同而不同。

3. 常见的渐进时间复杂度有:

$$O(1) < O(\log_2 n) < O(n) < O(n\log_2 n) < O(n^2) < O(n^3) < O(2^n) < O(n!) < O(n^n)$$

4. 算法的空间复杂度:是对一个算法在运行过程中临时占用的存储空间大小的量度。只需要分析除输入和程序之外的辅助变量所占额外空间。

原地工作:若所需额外空间相对于输入数据量来说是常数,则称此算法为原地工作,空间复杂度为 O(1)。

【即学即练】

[习题 1]以下算法的时间复杂度是( )。

```
void f (int n){
    int p = 1,d = n,f = n;
    while (d>0){
        if (d % 2 = = 1)
            p = p * f;
        f = f * f;
        d = d/2;
    }
}
```

A. $O(\log_2 n)$　　　　　　B. $O(n)$　　　　　　C. $O(n\log_2 n)$　　　　　　D. $O(1)$

[习题 2] 以下算法的时间复杂度是( )。

```
void f (int n){
    int i = 0;
    while (i * i * i< = n)
        i + +;
}
```

A. $O(\sqrt{n})$　　　　　　B. $O(n)$　　　　　　C. $O(n\log_2 n)$　　　　　　D. $O(\sqrt[3]{n})$

【习题答案】

[习题 1]

分析:算法中 while 循环的 if 条件中包含的 $p = p * f$ 语句可以不考虑,因为它执行的次数不超过 $d = d/2$ 语句的执行次数。

基本运算是语句 $d = d/2$(或 $f = f * f$),设其执行时间为 T(n),则有

$$d = n/2^{T(n)} > 0 \geqslant 1, 2^{T(n)} \leqslant n$$

即 $T(n) \leqslant \log_2 n = O(\log_2 n)$。

解答:A。

[习题 2]

分析：基本运算是语句 i＋＋，设其执行时间为 T(n)，则有

$$T(n) \times T(n) \times T(n) \leqslant n,$$

即 $T(n) \leqslant \sqrt[3]{n} = O(\sqrt[3]{n})$。

解答：D。

知识点聚焦 2：线性表的定义与存储结构

【典型题分析】

[例题 1] 以下关于线性表的叙述正确的是（　　）。

Ⅰ 线性表中每个元素都有一个直接前驱和一个直接后继

Ⅱ 线性表中所有元素的排列顺序必须由小到大或由大到小

Ⅲ 线性表的顺序存储结构优于链式存储结构

Ⅳ 线性表是一个有限序列，可以为空

A. Ⅰ、Ⅱ、Ⅲ　　　　　　　B. Ⅱ、Ⅲ、Ⅳ　　　　　　　C. 仅Ⅰ　　　　　　　D. 仅Ⅳ

分析：本题主要考查线性结构的特点和线性表的定义。另外，线性表的顺序存储结构和链式存储结构在不同的情况下各有利弊。

解答：D。

[例题 2] 设线性表有 n 个元素，以下操作中，（　　）在顺序表上实现比链表上实现效率更高。

A. 输出第 i 个（$1 \leqslant i \leqslant n$）元素的值

B. 交换第 1 个元素和第 2 个元素的值

C. 顺序输出这 n 个元素的值

D. 输出与给定值 x 相等的元素在线性表中的序号

分析：由于顺序表具有随机存取功能，所以输出第 i 个元素时效率高，时间复杂度为 O(1)。

解答：A。

【知识点睛】

1. 线性表是具有相同数据类型的 $n(n \geqslant 0)$ 个数据元素的有限序列，通常记为

$$(a_1, a_2, \cdots, a_{i-1}, a_i, a_{i+1}, \cdots, a_n)$$

其中，n 为表长，$n＝0$ 时称为空表。a_i 是序号为 i 的数据元素（$i＝1,2,\cdots,n$），通常将它的数据类型抽象为 ElemType，ElemType 根据具体问题而定。

线性表是由同一类型的数据元素构成的线性结构。

2. 线性表有顺序和链式两类存储结构，前者简称为顺序表，后者简称为链表。

（1）顺序表

线性表的顺序存储结构是借助于元素物理位置上的邻接关系来表示元素间的逻辑关系，因此可以随机地存取表中任何一个元素。它的缺点也很明显，如元素的插入和删除需要移动大量的数据元素，插入操作平均需要移动 $n/2$ 个结点，删除操作平均需要移动 $(n-1)/2$ 个结点，而且顺序表要求连续的存储空间，存储空间需预先（静态）分配。

线性表的顺序存储通常有两种表示方式：静态数组方式和动态数组方式。在严蔚敏等编著、清华大学出版社出版的《数据结构》（C 语言）一书中，线性表的顺序存储结构采用的是动态数组方式。

动态分配的顺序表的形式描述：

```
#define LIST_INIT_SIZE 100          //线性表存储空间的初始分配量
#define LISTINCREMENT 10            //线性表存储空间的分配增量
typedef   struct{
    ElemType  * elem;               //存储空间基址
    int   length;                   //当前长度
    int   listsize;                 //当前分配的存储容量
}Sqlist;
```

（2）链 表

线性表的链式存储结构是用一组任意的存储单元来依次存储线性表中的各个数据元素，这些存储单元可以是连续的，也可以是不连续的，链表不具备顺序表的随机存取特点。为了能正确反映数据元素之间的逻辑关系，必须附加指针来表示，这也导致线性表的存储空间利用率降低。但在链表中插入或删除操作时只需修改相关结点的指针域，不需移动结点。

单链表形式描述：

```
typedef struct LNode{
    ElemType        data;           //数据域
    struct LNode    * next;         //指针域
} LNode, * LinkList;
```

在线性表的长度变化较大、频繁进行插入和删除操作、表长预先难以确定的情况下，最好采用链表作为存储结构。

【即学即练】

[习题]采用顺序存储结构的线性表的插入算法中，当 n 个空间已满时，可申请再增加分配 m 个空间。若申请失败，则说明系统没有（   ）可分配的存储空间。

　　A. m 个　　　　　　B. m 个连续的　　　　　　C. $n+m$ 个　　　　　　D. $n+m$ 个连续的

【习题答案】

[习题]

分析：本题主要考查线性表的顺序存储结构的特点。线性表的顺序存储是指在内存中用地址连续的一块存储空间依次存放线性表的各元素。

解答：D。

知识点聚焦3：顺序表

【典型题分析】

[例题1]已知数组 $A[1..n]$ 的元素类型为整型 int，设计一个时间和空间上尽可能高效的算法，将其调整为左右两部分，左边所有元素为奇数，右边所有元素为偶数。

　　（1）给出算法的基本设计思想；

　　（2）根据设计思想，采用 C 或 C++或 JAVA 语言表述算法，关键之处给出注释；

　　（3）说明你所设计算法的时间复杂度和空间复杂度。

分析：本题主要考查线性表的顺序存储结构（这里为数组）的应用。

算法的基本设计思想是设置两个指示器 i 和 j，其中 $i=1,j=n$；当 $A[i]$ 为偶数，$A[j]$ 为奇数时，$A[i]$ 和 $A[j]$ 交换；否则，$A[i]$ 为奇数时，则 $i++$；$A[j]$ 为偶数时，则 $j--$。这样，可使算法的时间复杂度为 $O(n)$。

解答：

```
void Adjust(int A[]){                    //调整数组 A,使得 A 的左边为奇数,右边为偶数
    int i = 1,j = n,temp;
    while(i! = j){
        while(A[i] % 2! = 0) i + + ;         //A[i]为奇数时,i 增 1
        while(A[j] % 2 = = 0) j - - ;         //A[j]为偶数时,j 减 1
        if (i<j){
            temp = A[i];A[i] = A[j];A[j] = temp;    //A[i]为偶数、A[j]为奇数时,交换
        }
    }
}
```

算法的时间复杂度为 $O(n)$；算法的空间复杂度为 $O(1)$。

[例题 2] 试设计一个算法,将数组 R 中 R[0]至 R[$n-1$]循环右移 p 位,并要求只用一个单位大小的附加存储,数组中元素移动或交换次数为 $O(n)$。

分析：要把 R 的元素循环右移 p 位,则将 R[0]移至 R[p],R[p]移至 R[$2p$],…直到最终回到 R[0]。然而这并没有全部解决问题,因为可能有些元素在此过程中始终没有被访问过,而是被跳了过去。当 n 和 p 的最大公约数为 k 时,只要分别以 R[0],R[1],…,R[$k-1$]为起点执行上述算法,就可以保证每一个元素都被且仅被右移一次,从而满足题目要求。也就是说,R 的所有元素分别处在 k 个“循环链”上,举例如下：

假设 $n＝15,p＝6$,则 $k＝3$。

第一条链：R[0]$->$ R[6], R[6] $->$ R[12], R[12] $->$ R[3], R[3] $->$ R[9], R[9] $->$ R[0]；

第二条链：R[1]$->$ R[7], R[7] $->$ R[13], R[13] $->$ R[4], R[4] $->$ R[10], R[10] $->$ R[1]；

第三条链：R[2]$->$ R[8], R[8] $->$ R[14], R[14] $->$ R[5], R[5] $->$ R[11], R[11] $->$ R[2]。

恰好是所有元素都右移一次。

解答：

```
void rotate_right_p (int R[],int n,int p) { //把数组 R 的元素循环右移 p 位,只用一个辅助存储空间
    int i,k,j,temp,h;
    for(i = 1;i< = p;i + + )
        if(n % i = = 0&&p % i = = 0) k = i;              //求 n 和 p 的最大公约数 k
    for(i = 0;i<k;i + + ) {
        j = i;h = (i + p) % n;temp = R[i];
        while(h! = i){
            R[j] = temp;
            temp = R[h];
            R[h] = R[j];
            j = h;h = (j + p) % n;
        }                                            //循环右移一步
```

```
        R[i] = temp;
    }
}
```

【知识点睛】

1. 顺序表上的插入运算,时间主要消耗在了数据的移动上,在第 i 个位置上插入 x,从 a_i 到 a_n 都要向下移动一个位置,共需要移动 $n-i+1$ 个元素。时间复杂度为 O(n)。

2. 顺序表的删除运算与插入运算相同,其时间主要消耗在了移动表中元素上,删除第 i 个元素时,其后面的元素 $a_{i+1} \sim a_n$ 都要向上移动一个位置,共移动了 $n-i$ 个元素。时间复杂度为 O(n)。

3. 顺序表的按值查找的主要运算是比较,比较的次数与 x 在表中的位置有关,也与表长有关。按值查找的平均比较次数为 $(n+1)/2$,时间复杂度为 O(n)。

4. 在考查线性表顺序存储结构应用的题目中,一般要求对时间复杂度及附加存储空间进行限制,从而增加了考查的难度。考生在解决这类问题时,需要对所设计的算法进行仔细检查、认真分析程序实际的时间和空间复杂度,确保满足题目要求。

【即学即练】

[习题]若某线性表最常用的操作是存取任一指定序号的元素并在表尾进行插入和删除运算,则利用( )存储方式最节省时间

A. 顺序表　　　　　　　　　　　　　B. 双链表

C. 带头结点的双循环链表　　　　　　D. 单循环链表

【习题答案】

[习题]

分析:只有顺序表才能存取任一指定序号的元素,其他存储方式都需要遍历才能访问相应元素。顺序表在表尾进行插入和删除运算的时间复杂度也为 O(1)。

解答:A。

知识点聚焦 4:链表

【典型题分析】

[例题1]采用直接插入法对单链表中的元素进行排序,其中 L 为链表的头结点指针,链表元素的数据类型为整型 int。

分析:本题主要考查线性表的链式存储结构的应用,题目有一定的难度。

算法的基本设计思想是先生成一个空链表,然后将待排序链表的结点依次插入这个空链表,所有结点都插入完毕后,这个新生成的链表就是所需的有序链表。

解答:

```
void Insertsort(LinkList &L){
    LNode * p, * q, * r, * u;
    p = L->next;L->next = NULL;  //置空链表,然后将原链表结点逐个插入到有序表中
    while(p! = NULL){             //当链表尚未到尾,p为工作指针
        r = L;q = L->next;
        while (q! = NULL && q->data< = p->data){
            //查p结点在链表中的插入位置,这时q是工作指针
```

```
        r = q;q = q- >next;
    }
    u = p- >next;p- >next = r- >next;r- >next = p;p = u;
        //将 p 结点链入链表中,r 是 q 的前驱,u 是下一个待插入结点的指针
    }
}
```

[例题 2] 已知带头结点的单链表 H,写一算法将其数据结点逆序链接。

分析：链表的逆置运算是链表中最典型的应用,最好借助于图表,尤其是要注意链表的头指针及在逆置过程中后续结点的保存。单链表的逆置操作过程可分解为单链表的两个基本操作,即遍历单链表和在表头进行插入(头插法)。

算法的基本设计思想是依次取原链表中的每个结点,将其作为第一个结点插入到新链表中去,指针 p 用来指向当前结点,p 为空时结束。

解答：

```
void   reverse (Linklist & H) {
    LNode    * p, * q;
    p = H- >next;              //p 指向第一个数据结点
    H- >next = NULL;           //将原链表置为空表 H
    while (p! = NULL) {        //链表未到尾就一直做
        q = p;
        p = p- >next;
        q- >next = H- >next;   //将当前结点作为头结点后的第一个元素结点插入
        H- >next = q;
    }
}
```

算法时间复杂度为 $O(n)$。

[例题 3] 假设有两个按元素值递增次序排列的线性表,均以单链表形式存储。请编写算法将这两个单链表归并为一个按元素值非递增次序排列的单链表,并要求利用原来两个单链表的结点存放归并后的单链表。

分析：将两个链表 A、B 合并成一个链表 C,且链表 C 必须使用 A 和 B 的原有空间,因此需要一边遍历 A 和 B 两个链表,一边进行归并。在归并中,A 和 B 越来越短,而 C 越来越长,直至最终归并完成。所以,需要为 A 和 B 两个链表分别设置指针 p 和 q 来记录链表 A 和链表 B 遍历所到达的位置(实际上一直指向变化后的链表 A 和链表 B 的当前第一个未比较的数据结点);这样,在遍历 A 和 B 两链表时,只需比较 p 和 q 指向的结点值即可,值小的那个结点就是此时两个表中还未归并结点中值最小的,即此时只需把这个结点移到归并后的 C 末尾即可。同时,要求注意 A 和 B 总有一个先遍历完毕,此时将未遍历完毕的链表追加到 C 表的尾部。因为 A、B 两链表已按元素值递增次序排列,将其合并时,均从第一个结点起进行比较,将值小的结点链入链表中,同时后移链表工作指针。本题要求结果链表按元素值非递增次序排列。故在合并的同时,将链表结点逆置。

解答：

```
void Union (LinkList &la,lb){
    //la,lb 分别是带头结点的两个单链表的头指针,链表中的元素值按递增序排列
    //本算法将两链表合并成一个按元素值非递增次序排列的单链表
    LNode * pa, * pb;
    pa = la->next; pb = lb->next;          //pa,pb 分别是链表 la 和 lb 的工作指针
    la->next = NULL;                        //la 作结果链表的头指针,先将结果链表初始化为空
    while(pa! = NULL && pb! = NULL)         //当两个链表均不为空时
        if(pa->data<= pb->data) {
            r = pa->next;                   //将 pa 的后继结点暂存于 r
            pa->next = la->next;            //将 pa 结点链入结果表中,同时逆置
            la->next = pa;
            pa = r;                         //恢复 pa 为当前待比较结点
        }
        else{
            r = pb->next;                   //将 pb 的后继结点暂存于 r
            pb->next = la->next;            //将 pb 结点链入结果表中,同时逆置
            la->next = pb;
            pb = r;                         //恢复 pb 为当前待比较结点
        }
    while(pa! = NULL) {                      //将 la 表的剩余部分链入结果表,并逆置
        r = pa->next;
        pa->next = la->next;
        la->next = pa;
        pa = r;
    }
    while(pb! = NULL) {                      //将 lb 表的剩余部分链入结果表,并逆置
        r = pb->next;
        pb->next = la->next;
        la->next = pb;
        pb = r;
    }
}
```

上面两个链表均不为空的表达式也可简写为 while(pa&&pb),两个递增有序表合并成一个非递增有序表时,上述算法是边合并边逆置。也可先合并完,再作链表逆置。但后者不如前者优化。算法中最后两个 while 语句,不可能执行两个,只能二者取一,即哪个表尚未到尾,就将其逆置到结果表中,即将剩余结点依次前插入到结果表的头结点后面。

【知识点睛】

1. 建立单链表

(1) 头插法——在链表的头部插入结点,建立带头结点的单链表

从一个空表开始,读取数组 a 中的元素,生成新结点,将读取的数据存放到新结点的数据域中,然后将新结点插入到当前链表的表头上,直到结束为止。采用头插法建表的算法如下:

```
void CreateListF (LinkList &L,ElemType a[],int n){
    LNode * s; int i;
    L = (LinkList)malloc(sizeof(LNode));              //创建头结点
    L->next = NULL;
    for (i = 0;i<n;i++) {
        s = (LNode *)malloc(sizeof(LNode));          //创建新结点
        s->data = a[i];
        s->next = L->next;
        L->next = s;
    }
}
```

（2）尾插法——在单链表的尾部插入结点，建立带头结点的单链表

头插入建立单链表简单，但读入的数据元素的顺序与生成的链表中元素的顺序是相反的，若希望次序一致，则用尾插法建立。该方法是将新结点插入到链表的尾部，为此需加入一个指针 r 用来始终指向当前链表的尾结点。采用尾插法建表的算法如下：

```
void CreateListR (LinkList &L,ElemType a[],int n){
    LNode * s, * r; int i;
    L = (LinkList)malloc(sizeof(LNode));              //创建头结点
    L->next = NULL;
    r = L;                                            //r 始终指向链表的尾结点,开始时指向头结点
    for (i = 0;i<n;i++) {
        s = (LNode *)malloc(sizeof(LNode));          //创建新结点
        s->data = a[i];
        r->next = s;                                 //将 s 插入到 r 之后
        r = s;
    }
    r->next = NULL;                                  //终端结点 next 域置为 NULL
}
```

2. 链表中查找第 i 个元素

```
LNode * Get_LinkList (LinkList L, int i); {
//在单链表 L 中查找第 i 个元素结点,找到返回其指针,否则返回空
    LNode   * p = L;
    int   j = 0;
    while (p->next ! = NULL && j<i ){
        p = p->next;   j++;
    }
    if (j = = i) return p;
    else return NULL;
}
```

3. 链表的插入运算

设 p 指向单链表中某结点，s 指向待插入值为 x 的新结点，将 * s 插入到 * p 的后面。插入过程如图 4-1 所示。

① s->next = p->next;

② p—>next=s;

该操作的时间复杂度为 O(1)。

4．链表的删除运算

设 p 指向单链表中某结点，删除 * p。删除过程如图 4-2 所示。

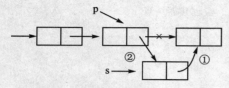

图 4-1   在 * p 之后插入 * s

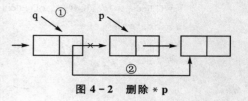

图 4-2   删除 * p

① q=L;
   while (q—>next! =p) q=q—>next;   //找 * p 的直接前驱
② q—>next=p—>next;
   free(p);

因为找 * p 前驱的时间复杂度为 O(n)，所以该操作的时间复杂度为 O(n)。

5．对于链表的运算，画图会对解决问题有很大的帮助。

6．由于链表的合并、分解等这些复杂的操作都是由链表的一种或几种基本操作的组合来实现的，因此对于这些复杂的操作首先要分析它是由哪些基本操作实现的。

例如链表的合并、分解的实质都是建立新链表，只是新链表的结点不是新结点而是利用原表结点，因此这类算法中建立链表的算法是核心。

【即学即练】

[习题 1] 在一个长度为 $n(n>1)$ 的带头结点的单链表 h 上，另设有尾指针 r(指向尾结点)，执行(   )操作与链表的长度有关。

A．删除单链表中的第一个元素   B．删除单链表中的最后一个元素

C．在单链表第一个元素前插入一个新元素   D．在单链表最后一个元素后插入一个新元素

[习题 2] 在一个单链表中的 p 所指结点之前插入一个 s 所指结点时，可执行如下操作(填空)：

s—>next=_____①_____;

p—>next=s;

t=p—>data;

p—>data=_____②_____;

s—>data=_____③_____;

[习题 3]在一个单链表中删除 p 所指结点时，可执行如下操作(填空)：

q=p—>next;

p—>data=q—>data;

p—>next=_____;

free(q);

[习题 4] 设计一个算法将带头结点的单循环链表 L 分解为两个具有相同结构的链表 A、B，其中，A 表中结点是 L 表中值为奇数的结点，而 B 表中结点是 L 表中值为偶数的结点(要求利用原表结点)。

[习题 5] 设计以带头结点的单链表存储的两个集合求交集的算法。

[习题 6] 设计一个算法求两个用不带头结点链表存储的集合 A 和 B 之差 C＝A－B,即当且仅当 e 是 A 中的一个元素,但不是 B 中的一个元素时,e 才是 C 中的一个元素。集合用有序链表实现,初始时,A、B 集合中的元素按递增排列,C 为空;操作完成后,A、B 保持不变,C 中元素按递增排列。

用两个函数实现,对于函数的实现要求如下:

(1) 函数 append(p,e)是把值为 e 的新结点链接在由指针 p 指向的结点的后面,并返回新结点的地址;

(2) 函数 difference(A,B)实现集合元素 A－B,并返回表示结果集合 C 的链表的首结点的地址。

【习题答案】

[习题 1] 分析：假设单链表的头和尾两个指针分别为 h 和 r。

A 操作过程如下：

```
LNode *p = h->next;
h->next = p->next;
free(p);
```

B 操作过程如下(需要找到尾结点的前一个结点的指针 p)：

```
LNode *p = h;
while (p->next! = r) p = p->next;
p->next = NULL;
free(r);r = p;
```

C 操作过程如下(假设插入地址为 s 的结点)：

```
s->next = h->next;
h->next = s;
```

D 操作过程如下(假设插入地址为 s 的结点)：

```
r->next = s;
s->next = NULL;
r = s;
```

从上述过程可以看出,选项 B 对应算法的时间复杂度为 O(n),其他选项对应算法的时间复杂度为 O(1)。

解答：B。

[习题 2] 分析：采用的方法是在 p 所指结点之后插入一个 s 所指结点,然后将 p 所指结点和 s 所指结点的数据域进行交换。

解答：① p->next ② s->data ③ t

[习题 3] 分析：采用的方法是将 p 所指结点与其后继结点的数据域交换,再删除后继结点。

解答：q->next 或 p->next->next

[习题 4]

分析：将一个链表分解为两个带有头结点的循环链表,这是一道典型的链表分解的算法设计题。本题的实质是构造单循环链表,即首先要分别构造两个单循环链表的表头结点,然后从原链表第一个结点开始,在遍历链表的过程中,将符合要求的结点插入到各自的单循环链表中。注意不要因结点插入新建链表而使原链表断链。另外,题目并未要求链表有序,插入采用"头插法"或"尾插法"均可。

解答:

```
void split(LinkList &L, LinkList &A, LinkList &B){
    //L 是带头结点的单循环链表头指针,本算法将链表 L 分解成带头结点的两个循环链表
    LNode * p = L−>next;
    A = (LinkList)malloc(sizeof(ListNode ));        //建立链表 A 的头结点
    A−>next = A;                                     //将链表 A 置为单循环链表
    B = (LinkList)malloc(sizeof(ListNode ));        //建立链表 B 的头结点
    B−>next = B;                                     //将链表 B 置为单循环链表
    while (p! = L){                                  //分解原链表
        if (p−>data % 2 = = 1){                      //处理值为奇数的结点
            q = p;
            p = p−>next;
            q−>next = A−>next;
            A−>next = q;
        }
        else {                                       //处理值为偶数的结点
            q = p;
            p = p−>next;
            q−>next = B−>next;
            B−>next = q;
        }
    }
}
```

算法中对链表 L 中每个结点只处理一次,时间复杂度 $O(n)$,只增加了必须的两个表头结点,符合题目"用最少的时间和最少的空间"的要求。

[习题 5] 分析:假设 ha 和 hb 是两个带头结点的单链表,分别表示两个集合 A 和 B,求 C=A∩B,这里用单链表 hc 表示集合 C,将 ha 和 hb 分别由小到大排序,然后进行两两结点比较,相同的结点插入到 hc 中。

解答:

```
void Intersection(LinkList ha, LinkList hb, LinkList &hc){
    //将 ha 和 hb 中共同的元素复制到单链表 hc 中
    LNode * pa, * pb, * pc;
    Insertsort(ha);      //参考例题 1 的链表排序算法将 ha 指向的单链表由小到大排序
    Insertsort(hb);      //参考例题 1 的链表排序算法将 hb 指向的单链表由小到大排序
    pa = ha−>next;pb = hb−>next;
    hc = (LinkList)malloc(sizeof(LNode));        //申请头结点
    hc−>next = NULL;
```

```
whlie (pa && pb)
    if (pa － >data<pb － >data)
        pa = pa － >next;
    else if (pa － >data>pb － >data)
        pb = pb － >next;
    else{                                      //pa 和 pb 两个结点的数据域值相等
        pc = (LNode * )malloc(sizeof(LNode));   //申请新结点
        pc － >data = pa － >data;
        pc － >next = hc － >next;                //插入到表头处
        hc － >next = pc;
        pa = pa － >next;
        pb = pb － >next;
    }
}
```

[习题 6] 分析：本题重点考查对链表的灵活应用，题目中已经指出链表 A 和链表 B 按递增排列，所以在求两者的差集时只需要将 A 的元素和 B 的元素逐一比较；如果 A 的元素小于 B 的元素，则将 A 的元素加到 C 中；如果两者相等，则继续比较 A 的下一个元素和 B 的下一个元素；如果 A 的元素大于 B 的元素，不能判断 B 中是否不含有此元素，需要与 B 的下一个元素继续比较；最后需要考虑到 B 已经比较完毕，但 A 中仍然含有元素的情况，将 A 中剩余的元素加到 C 中。

在执行 A－B 运算之前，用于表示结果集合的链表首先增加一个附加的表头结点，以方便新结点的添加；当 A－B 运算执行完毕后，再删除并释放表示结果集合的链表的表头结点。

解答：

```
LNode * append (LNode * p,int e){
    p － >next = (LNode * )malloc(sizeof(LNode));
    p － >next － >data = e;
    return (p － >next);
}
LinkList difference(LinkList A, LinkList B){
    LinkList C;
    LNode * p, * pa = A, * pb = B;
    C = p = (LNode * )malloc(sizeof(LNode));        //申请头结点
    while (pa! = NULL&&pb! = NULL)                  //两表均不空时循环
        if (pa － >data<pb － >data){               //将 A 的元素作为结果元素加到 C 中
            p = append(p,pa － >data);
            pa = pa － >next;
        }
        else if (pa － >data = = pb － >data){      //两表中相等元素不作结果元素
            pa = pa － >next;
            pb = pb － >next;
```

```
        }
        else   pb = pb - >next;                    //向后移动 B 表指针
    while (pa!  = NULL){                            //将 A 表剩余部分加到 C 中
        p = append(p,pa - >data);
        pa = pa - >next;
    }
    p - >next = NULL;                               //置链表尾
    p = C; C = C - >next; free(p);                 //删除头结点
    return C;
}
```

知识点聚焦 5：双向链表

【典型题分析】

[例题] 设有一个双向链表 h，设计一个算法查找第一个元素值为 x 的结点，将其与后继结点进行交换。

分析：本题涉及双向链表的查找、插入和删除等三个基本操作。算法的基本设计思想是先找到第一个元素值为 x 的结点 *p，q 指向其后继结点。删除 *p 结点，将其插入到 *q 结点之后。

解答：

```
typedef struct  DuLNode{
    ElemType data;                                 //数据域
    struct DuLNode * prior, * next;                //指针域
}DuLNode, * DuLinkList;
Status swap(DuLinkList & h, ElemType x){
    DuLNode * p = h - >next, * q;
    while (p!  = NULL && p - >data!  = x)
        p = p - >next;
    if (p = = NULL)                                //未找到值为 x 的结点
        return ERROR;
    else {
        q = p - >next;                             //q 指向 *p 的后继结点
        if (q!  = NULL){
            p - >prior - >next = q;                //先删除 *p 结点
            q - >prior = p - >prior;
            p - >next = q - >next;                 //将 *p 结点插入到 *q 结点之后
            if (q - >next!  = NULL)
                q - >next - >prior = p;
            q - >next = p;
            p - >prior = q;
            return OK;
        }
        else return ERROR;                         //表示值为 x 的结点为尾结点
    }
}
```

【知识点睛】

1. 循环链表的操作实现算法与非循环链表的操作算法基本相同，只是对表尾的判断作了改变，例如，在循环单、双链表 L 中，判断 p 所指的表尾结点的条件是 p—>next==L。

2. 双向链表的插入和删除算法是常见考点，此类题目注意修改指针的顺序已确保完成指定要求的操作。

（1）插入：设 p 指向双向链表中某结点，s 指向待插入的值为 x 的新结点，将 *s 插入到 *p 的前面。插入过程如图 5-1 所示。

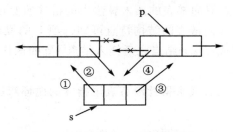

图 5-1　双向链表插入结点，在 *p 之前插入 *s

① s—>prior=p—>prior;

② p—>prior—>next=s;

③ s—>next=p;

④ p—>prior=s;

指针操作的顺序不是唯一的，但也不是任意的，操作①必须要放到操作④的前面完成，否则 *p 的前驱结点的指针就丢掉了。只要把每条指针操作的涵义搞清楚，就不难理解了。

（2）删除：设 p 指向双向链表中某结点，删除 *p。删除过程如图 5-2 所示。

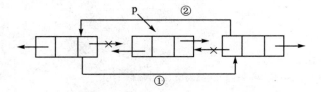

图 5-2　双向链表删除结点，删除 *p

① p—>prior—>next=p—>next;

② p—>next—>prior=p—>prior;

【即学即练】

[习题1] 在一个双向链表中，在 *p 结点之后插入结点 *q 的操作是（　　）。

A. q—>prior=p; p—>next=q; p—>next—>prior=q; q—>next=p—>next

B. q—>next=p—>next; p—>next—>prior=q; p—>next=q; q—>prior=p

C. p—>next=q; q—>prior=p; q—>next=p—>next; p—>next—>prior=q

D. p—>next—>prior=q; q—>next=p—>next; q—>prior=p; p—>next=q

[习题2] 如果对含有 $n(n>1)$ 个元素的线性表的运算只有 4 种，即删除第一个元素，删除最后一个元素，在第一个元素前面插入新元素，在最后一个元素的后面插入新元素，最好使用（　　）。

A. 只有表尾指针没有表头指针的循环单链表

B. 既有表尾指针也有表头指针的循环单链表

C. 只有表尾指针没有表头指针的非循环双链表

D. 只有表头指针没有表尾指针的循环双链表

[习题3] 设用带头结点的双向循环链表表示线性表 $L=\{a_1, a_2, \cdots\cdots, a_n\}$，试写一时间复杂度为 $O(n)$ 的算法，将 L 改为 $L'=\{a_1, a_3, a_5, \cdots, a_n, \cdots a_6, a_4, a_2\}$。

【习题答案】

[习题1] 分析：本题主要考查双向链表的插入算法中的指针的变化过程。虽然 4 个选项中的语句相同，但顺序不同，根据双向链表的结构特点可知选项 B 的操作顺序是正确的，其他 3 个选项的指针修改顺序不能完成在 ∗p 结点之后插入结点 ∗q 的操作。

解答：B。

[习题2] 分析：对于选项 D 只有表头指针没有表尾指针的循环双链表实现题目中的 4 种运算的过程如下：

```
void delfirst(DuLinkList H){
    DuLNode * p = H;
    H->prior->next = H->next;
    H->next->prior = H->prior;
    H = H->next;
    free(p);
}
void delend(DuLinkList H){
    DuLNode * p = H->prior;
    H->prior = p->prior;
    p->prior->next = H;
    free(p);
}
void insfirst(DuLinkList H){
    DuLNode * s = (DuLNode * )malloc(sizeof(DuLNode ));
    s->next = H;
    s->prior = H->prior;
    H->prior->next = s;
    H->prior = s;
    H = s;
}
void insend(DuLinkList H){
    DuLNode * p, * s;
    s = (DuLNode * )malloc(sizeof(DuLNode ));
    p = H->prior;//p 指向最后结点
    s->next = H;
    H->prior = s;
```

```
        s->prior = p->prior;
        p->prior->next = s;
        free(p);
    }
```

对于选项 D 的链表，这 4 种算法的时间复杂度均为 O(1)。而对于选项 A 的链表，删除最后一个结点 *p 时，需找到 *p 的前一个结点，其时间复杂度为 O(n)。对于选项 C 的链表，删除第一个结点 *p 时，需找到头结点，这里没有给出头结点指针，所以无法实现该操作。

解答：D。

[习题 3] 分析：本题 next 链和 prior 链的调整只能分开进行。如果同时进行调整的话，必须使用栈保存偶数结点的指针，否则将会破坏链表结构，造成结点丢失。

解答：

```
void OEReform(DuLinkList &L) {        //按 1,3,5,…4,2 的顺序重排双向循环链表 L 中的所有结点
    p = L->next;
    while(p->next! = L&&p->next->next! = L){
        p->next = p->next->next;
        p = p->next;
    }                                 //此时 p 指向最后一个奇数结点
    if (p->next = = L)
        p->next = L->prior->prior;
    else
        p->next = L->prior;
    p = p->next;                      //此时 p 指向最后一个偶数结点
    while (p->prior->prior! = L){
        p->next = p->prior->prior;
        p = p->next;
    }
    p->next = L;                      //按题目要求调整了 next 链的结构，此时 prior 链仍为原状
    for (p = L;p->next! = L;p = p->next)
        p->next->prior = p;
    L->prior = p;                     //调整 prior 链的结构
}
```

知识点聚焦 6：栈的定义与基本操作

【典型题分析】

[例题 1] 若进栈序列为 a,b,c，则通过出栈操作可能得到的 a,b,c 的不同排列个数为（　　）。

　　A. 3　　　　　　B. 4　　　　　　C. 5　　　　　　D. 6

分析：一组输入数据经过栈后其输出顺序有多种可能。

a,b,c 这 3 个字母不一定要全部进栈以后再出栈，为此就有了多种排列的可能。本题如果按照正向思维方式来解的话，要考虑各种进栈出栈的可能性，这样很容易漏解，而且思维比较乱。可以采用逆向的思维方式来解本题，3 个字母最多的排列个数也就是 $3 \times 2 \times 1 = 6$ 种可能性，然后这 6 种可能情况一一考虑是否符合进栈出栈的场景，这样比较清晰地得到答案。

（1）出栈序列为 a,b,c：a 进栈，a 出栈，b 进栈，b 出栈，c 进栈，c 出栈。

（2）出栈序列为 a,c,b：a 进栈，a 出栈，b 进栈，c 进栈，c 出栈，b 出栈。

（3）出栈序列为 b,c,a：a 进栈，b 进栈，b 出栈，c 进栈，c 出栈，a 出栈。

（4）出栈序列为 b,a,c：a 进栈，b 进栈，b 出栈，a 出栈，c 进栈，c 出栈。

（5）出栈序列为 c,a,b：不可能出现该顺序。

（6）出栈序列为 c,b,a：a 进栈，b 进栈，c 进栈，c 出栈，b 出栈，a 出栈。

解答：C。

[例题2] 设 n 个元素进栈序列是 $p_1, p_2, p_3, \cdots, p_n$，其输出序列是 $1, 2, 3, \cdots, n$，若 $p_n = 1$，则 $p_i(1 \leqslant i \leqslant n-1)$ 的值是（　　）。

A. $n-i+1$　　　　　　B. $n-i$　　　　　　　C. i　　　　　　D. 有多种可能

分析：本题主要考查栈的先进后出的特性。当 $p_n = 1$ 时，进栈序列是 $p_1, p_2, p_3, \cdots, 1$，由输出序列可知，$p_1, p_2, p_3, \cdots, p_n$ 进栈，然后依次出栈，即 $p_{n-1} = 2, p_{n-2} = 3, \cdots, p_1 = n$，也就是说 $p_i = n-i+1$。

解答：A。

【知识点睛】

1. 栈是运算受限（限制在表的一端进行插入和删除）的线性表，允许插入、删除的这一端称为栈顶，另一个固定端称为栈底。栈是一种先进后出的线性结构。

一串数据依次通过一个栈，并不能保证出栈数据的次序总是倒置，可以产生多种出栈序列。一串数据通过一个栈后的次序由每个数据之间的进栈、出栈操作序列决定，只有当所有数据"全部进栈后再全部出栈"才能使数据倒置。事实上，存在一种操作序列——"进栈、出栈、进栈、出栈……"——可以使数据通过栈后仍然保持次序不变。

2. 进栈和出栈是栈的最基本操作，要能灵活运用后进先出原则解决实际问题。其中，经典选择题的题型是考查出栈顺序的可能性，用排除法很容易解决此类问题。另外，对于顺序存储结构的栈还需注意（1）进栈时要判断栈是否满；（2）出栈时要判断栈是否空。

【即学即练】

[习题1] 设栈的初始状态为空，当字符序列 n1_ 作为栈的输入时，输出长度为 3 的且可用作 C 语言标识符的序列有（　　）个。

A. 3　　　　　　B. 4　　　　　　　C. 5　　　　　　　D. 6

[习题2] 设 n 个元素进栈序列是 $p_1, p_2, p_3, \cdots, p_n$，其输出序列是 $1, 2, 3, \cdots, n$，若 $p_3 = 1$，则 $p_1(1 \leqslant i \leqslant n-1)$ 的值是（　　）。

A. 可能是 2　　　B. 一定是 2　　　C. 不可能是 2　　　D. 不可能是 3

[习题3] 若栈采用顺序存储方式存储，现两栈共享空间 $V[1..m]$，$top[i]$ 代表第 i 个栈（$i=1, 2$）的栈顶，栈 1 的底在 $V[1]$，栈 2 的底在 $V[m]$，则栈满的条件是（　　）。

A. $top[2] - top[1] = 0$　　　　　　B. $top[1] + 1 = top[2]$

C. $top[1] + top[2] = m$　　　　　　D. $top[1] = top[2]$

[习题4] 递归过程或函数调用时，处理参数及返回地址，要用一种称为（　　）的数据结构。

A. 队列　　　　　B. 多维数组　　　　C. 栈　　　　　D. 线性表

【习题答案】

[习题1]

分析：本题主要考查的内容有两个：C 语言关于标识符的规定和栈的先进后出的特性。

标识符的第一个字符必须是大小写英文字符或者下划线，而不能是数字。按照上述规定 $n1\_$ 三个字符符合规定的标识符有 $n1\_$, n_1 , $\_1n$, $\_n1$ 四种形式。字符按照 $n1\_$ 的顺序进栈，根据栈的先进后出的特性，输出的顺序只能出现前三种形式：

① 输出 $n1\_$ 的实现：n 进栈再出栈，1 进栈再出栈，$\_$ 进栈再出栈；

② 输出 n_1 的实现：n 进栈再出栈，1 进栈 $\_$ 进栈，$\_$ 出栈 1 出栈；

③ 输出 $\_1n$ 的实现：n 进栈 1 进栈 $\_$ 进栈，$\_$ 出栈 1 出栈 n 出栈。

而输出 $\_n1$ 的情况不可能实现。

解答：A。

[习题 2]

分析：当 $p_3＝1$ 时，进栈序列是 $p_1, p_2, p_3, \cdots, p_n$，由输出序列可知，$p_1, p_2, p_3$ 都进栈，出栈 p_3，此后紧跟着出栈的一个元素是 2，而 p_1 不可能紧跟着 p_3 出栈，因为栈中前面有 p_2，因此 p_1 不可能是 2。

解答：C。

[习题 3]

分析：两个栈共享一个空间时，由于栈底是固定的且有两个，所以栈底一定是该空间的两端，然后数据存放在中间。所以栈满的条件是两个栈顶相邻，也就是 $top[1]＋1＝top[2]$。

解答：B。

[习题 4]

分析：当多个函数构成嵌套调用时，按照"先调用后返回"的原则，函数之间的信息传递和控制转移必须通过"栈"来实现，即系统将整个程序运行时所需的数据空间安排在一个栈中，每当调用一个函数时，就为它在栈顶分配一个存储区，每当从一个函数退出时，就释放它的存储区，则当前正运行的函数的数据区必在栈顶。编译器使用栈来表示递归过程和函数调用，实际上现在绝大部分编译器都是如此。

解答：C。

知识点聚焦 7：队列的定义与基本操作

【典型题分析】

[例题 1] 循环队列 Q 的队满条件是（　　）。

A. $(Q.rear＋1)\%Maxsize＝＝(Q.front＋1)\%Maxsize$

B. $(Q.front＋1)\%Maxsize＝＝Q.rear$

C. $(Q.rear＋1)\%Maxsize＝＝Q.front$

D. $Q.rear＝＝Q.front$

分析：循环队列 Q 的队满条件是 $(Q.rear＋1)\%Maxsize＝＝Q.front$，而不是 $(Q.front＋1)\%Maxsize＝＝Q.rear$。因为队满只可能在进队时出现，而进队操作是队尾 rear 循环向前一个位置，而不是队头 front 循环向前一个位置。

解答：C。

[例题 2] 执行以下（　　）操作时，需要使用队列作为辅助存储空间。

A. 散列表的查找　　　　　　　　　B. 图的广度优先遍历

C. 二叉树的先序遍历　　　　　　　D. 图的深度优先遍历

分析：本题主要考查队列的先进先出的特性及选项中的几种常见操作过程。散列表的查找不需要额外的空间;二叉树的先序遍历和图的深度优先遍历使用堆栈而不使用队列作为辅助存储空间;而在图的广度优先遍历中,如果结点 v_i 在 v_k 之前被访问,则 v_i 的所有未被访问的邻接点应在 v_k 的所有未被访问的邻接点之前访问,需要使用队列作为辅助存储空间。

解答:B。

[例题3] 若用一个大小为6的数组来实现循环队列,且当前 rear 和 front 的值分别为 0 和 3,当从队列中删除一个元素,再加入两个元素后,rear 和 front 的值分别为( )。

A. 1 和 5   B. 2 和 4   C. 4 和 2   D. 5 和 1

分析:rear 值为 0,进队两个元素后,rear 循环递增 2,则 rear 值为 2;front 值为 3,出队一个元素后,front 循环递增 1,则 front 值为 4。

解答:B。

【知识点睛】

1. 队列是运算受限(插入在表的一端进行,而删除在表的另一端进行)的线性表,允许插入的一端称为队尾,把允许删除的一端称为队头。队列是一种先进先出的线性结构。

一串数据通过一个队列,只有一种出队列顺序,就是其入队列顺序。

2. 循环队列的优点是:它可以克服顺序队列的"假上溢"现象,能够使存储队列的向量空间得到充分的利用。判断循环队列是"空"还是"满",不能以头指针和尾指针是否相等来确定,一般可以通过以下几种方法:

(1)另设一个标志位来区别队列的空和满;

(2)少用一个元素的空间,每次入队前测试入队后头指针和尾指针是否会重合,如果会重合就认为队列已满;

(3)设置一个计数器记录队列中元素总数,不仅可以判断空和满,还可以得知队列中元素的个数。

3. 除了栈和队列之外,还有一种限定性数据结构是双端队列。

(1)双端队列:可以在双端进行插入和删除操作的线性表。

(2)输入受限的双端队列:线性表的两端都可以输出数据元素,但是只能在一端输入数据元素。

(3)输出受限的双端队列:线性表的两端都可以输入数据元素,但是只能在一端输出数据元素。

4. 若以 1234 作为双端队列的输入序列,满足以下条件的输出队列有:

(1)能由输入受限的双端队列得到,但不能由输出受限的双端队列得到的输出序列是:4132;

(2)能由输出受限的双端队列得到,但不能由输入受限的双端队列得到的输出序列是:4213;

(3)既不能由输入受限的双端队列得到,也不能由输出受限的双端队列得到的输出序列是:4231。

【即学即练】

[习题1] 用链接方式存储的队列,在进行删除运算时( )。

A. 仅修改头指针   B. 仅修改尾指针

C. 头、尾指针都要修改   D. 头、尾指针可能都要修改

[习题 2]已知输入序列为 abcd,经过输出受限的双端队列后,能得到的输出序列是( )。

A. dacb   B. cadb   C. dbca   D. 以上答案都不对

[习题 3]若以 1234 作为双端队列的输入序列,则既不能由输入受限的双端队列得到,也不能由输出受限的双端队列得到的输出序列是( )。

A. 1234   B. 4132   C. 4231   D. 4213

【习题答案】

[习题 1]

分析：本题主要考查队列的删除操作。在有头结点的链队列的出队操作中,一般只需要修改队头指针,但当原队列中只有一个结点时,该结点既是队头也是队尾,故删去此结点时也需要修改尾指针,使其指向头结点,且删去此结点后队列变空。

解答：D。

[习题 2]

分析：输出受限的双端队列是指删除限制在一端进行,而插入允许在两端进行的队列。

分析选项 A,输入序列为 abcd,输出序列为 dacb,由输出受限性质可知以 da 开头的结果只有 dabc,选项 A 为错误答案。

分析选项 B,输入序列为 abcd,输出序列为 cadb,其输入输出顺序为：先在输出端输入 a,然后在非输出端输入 b,这时队列中的序列为 ba,再在输出端输入 c,这时队列中的序列为 bac;输出 c,再输出 a;再在输出端输入 d,这时队列中的序列为 bd;输出 d,再输出 b。最后得到输出序列为 cadb。

分析选项 C,输入序列为 abcd,输出序列为 dbca,由输出受限性质可知以 db 开头的结果只有 dbac,选项 C 为错误答案。

解答：B。

[习题 3]

分析：由输入受限的双端队列和输出受限的双端队列的定义入手。

分析选项 A,输入受限与输出受限的队列均可得到输出序列 1234,例如输出受限的队列中,在非输出端输入 1234,然后输出,则输出序列为 1234。

分析选项 B,在输入受限队列中,输入 1234,由于输出不受限,则输出结果可以为 4132。

分析选项 C,无论是在输入受限的队列还是输出受限的队列都不能得到输出序列 4231。

分析选项 D,在输出受限队列中,在非输出端输入 1,然后在输出端输入 2,再在非输出端输入 3,最后在输出端输入 4,则输出序列为 4213。

解答：C。

知识点聚焦 8：特殊矩阵的压缩存储

【典型题分析】

[例题 1]一维数组和线性表的区别是( )。

A. 前者长度固定,后者长度可变   B. 后者长度固定,前者长度可变

C. 两者长度均固定   D. 两者长度均可变

分析：由数组和线性表的定义可知,数组的长度是固定的,而线性表的长度是可变的。

解答：A。

[例题 2]设二维数组 A[6][10],每个数组元素占用 4 个存储单元,若按行优先顺序存放的数

组元素 a[3][5] 的存储地址为 1000,则 a[0][0] 的存储地址是( )。

A. 872　　　　　　　　B. 860　　　　　　　　C. 868　　　　　　　　D. 864

分析:由二维数组按行优先寻址计算公式 $LOC(a_{ij})=LOC(a_{00})+(i×n+j)×d$ 可知,$LOC(a[3][5])=LOC(a[0][0])+(3×10+5)×4=1000$,计算可求出 $LOC(a[0][0])=860$。

解答:B。

[例题3] 设有一个 10 阶的对称矩阵 A,采用压缩存储方式,以行序为主存储,$a_{1,1}$ 为第一个元素,其存储地址为 1,每个元素占 1 个地址空间,则 $a_{8,5}$ 的地址为( )。

A. 13　　　　　　　　B. 33　　　　　　　　C. 18　　　　　　　　D. 40

分析:这里数组下标从 1 开始,只存储其下三角形元素,在 $a_{8,5}$ 的前面有 7 行,第 1 行有 1 个元素,第 2 行有 2 个元素,……,第 7 行有 7 个元素,这 7 行共有 $(1+7)×7/2=28$ 个元素,在第 8 行中,$a_{8,5}$ 的前面有 4 个元素,所以,$a_{8,5}$ 前有 $28+4=32$ 个元素,其地址为 33。

解答:B。

【知识点睛】

1. 数组:一般采用顺序存储,是随机存取结构。

二维数组按行优先寻址计算方法:设数组的基址为 $LOC(a_{00})$,每个数组元素占据 d 个地址单元,有

$$LOC(a_{ij})=LOC(a_{00})+(i×n+j)×d$$

二维数组按列优先寻址计算方法:设数组的基址为 $LOC(a_{00})$,每个数组元素占据 d 个地址单元,有

$$LOC(a_{ij})=LOC(a_{00})+(j×n+i)×d$$

2. 特殊矩阵的压缩存储(假设以行序为主序)

(1) 对称矩阵

将对称矩阵 A 压缩存储到 $SA[n(n+1)/2]$ 中,a_{ij} 的下标 i、j 与在 $SA[k]$ 中的对应元素的下标 k 的关系如下:

当 $0≤i,j≤n-1,0≤k<n(n+1)/2$ 时,

$$k=\begin{cases} i(i+1)/2+j & 当 i≥j \\ i(j+1)/2+i & 当 i<j \end{cases}$$

(2) 三角矩阵

与对称矩阵类似,不同之处在于存完下(上)三角中的元素之后,接着存储对角线上(下)方的常量,因为是同一个常数,所以存一个即可。将三角矩阵 A 压缩存储到 $SA[n(n+1)/2+1]$ 中,a_{ij} 的下标 i、j 与在 $SA[k]$ 中的对应元素的下标 k 的关系如下:

下三角矩阵,当 $0≤i,j≤n-1,0≤k≤n(n+1)/2$ 时,

$$k=\begin{cases} i(i+1)/2+j & 当 i≥j \\ n(n+1)/2 & 当 i<j \end{cases}$$

上三角矩阵,当 $0≤i,j≤n-1,0≤k≤n(n+1)/2$ 时,

$$k=\begin{cases} i(2n-i+1)/2+j-i & 当 i≤j \\ n(n+1)/2 & 当 i>j \end{cases}$$

(3) 对角矩阵

一个有 $m(1≤m<n)$ 条非 0 元素的 n 阶对角矩阵,在这种矩阵中,所有的非 0 元素都集中

在以主对角线为中心的带状区域中，其非0元素总数 u 为

$$u = m \times n - 2 \times [\lfloor m/2 \rfloor + (\lfloor m/2 \rfloor - 1) + \cdots + 1] = m \times n - \lfloor m/2 \rfloor \times (\lfloor m/2 \rfloor + 1)$$

将对角矩阵 A 压缩存储到一维数组 SA[0..u-1] 中，a_{ij} 的下标 i、j 与在 SA[k] 中的对应元素的下标 k 的关系为

当 $0 \leqslant i, j \leqslant n-1$ 时，$k = (\lfloor m/2 \rfloor + 1) \times i + j - \lfloor m/2 \rfloor + 1$

例如：将三对角矩阵 A 压缩存储到 SA[$3n$-2] 中，a_{ij} 的下标 i、j 与在 SA[k] 中的对应元素的下标 k 的关系是：当 $0 \leqslant i, j \leqslant n-1, 0 \leqslant k < 3n-2$ 时，$k = 2i + j$。

【即学即练】

[习题1] 二维数组 M 的元素是 4 个字符（每个字符占一个存储单元）组成的串，行下标 i 的范围从 0 到 4，列下标 j 的范围从 0 到 5，M 按行存储时元素 M[3][5] 的起始地址与 M 按列存储时元素（　　）的起始地址相同。

A. M[2][4]　　　　　　B. M[3][4]　　　　　　C. M[3][5]　　　　　　D. M[4][4]

[习题2] 设矩阵 $A[1..n][1..n]$ 是一个对称矩阵，为了节省空间，其下三角部分按行序存放在一维数组 $B[1..n(n-1)/2]$，对任一下三角部分中任一元素 $a_{ij}(i \geqslant j)$，在一维数组 B 的下标位置 k 的值为（　　）。

A. $i(i-1)/2 + j - 1$　　　　　　　　　　B. $i(i-1)/2 + j$

C. $i(i+1)/2 + j - 1$　　　　　　　　　　D. $i(i+1)/2 + j$

【习题答案】

[习题1]

分析：M 为 5 行 6 列，在按行存储时，元素 M[3][5] 的起始地址为 [(3-0)×6+(5-0)]×4=92。

在按列存储时，元素 M[2][4] 的起始地址为 [(4-0)×5+(2-0)]×4=88；元素 M[3][4] 的起始地址为 [(4-0)×5+(3-0)]×4=92；元素 M[3][5] 的起始地址为 [(5-0)×5+(3-0)]×4=112；元素 M[4][4] 的起始地址为 [(4-0)×5+(4-0)]×4=96。

解答：B。

[习题2]

分析：对称矩阵 A 的下标从 1 开始，对于任一元素 a_{ij}（由于 $i \geqslant j$，故它在下三角形中），其前有 $i-1$ 行，第 1 行有 1 个元素，第 2 行有 2 个元素，……，第 $i-1$ 行有 $i-1$ 个元素，共计 $i(i-1)/2$ 个元素，在第 i 行中，该元素前有 $j-1$ 个元素，所以，元素 a_{ij} 前共有 $i(i-1)/2 + j-1$ 个元素，$k = i(i-1)/2 + j - 1 + 1 = i(i-1)/2 + j$。

解答：B。

知识点聚焦9：树、二叉树的定义与存储结构

【典型题分析】

[例题1] 按照二叉树的定义，具有 3 个结点的二叉树有（　　）种。

A. 3　　　　　　　　B. 4　　　　　　　　C. 5　　　　　　　　D. 6

分析：由于二叉树区分左右子树，由 n 个结点构成的二叉树共有 $C_{2n}^{n}/(n+1)$ 种。因此具有 3 个结点的二叉树有 $C_{2n/(n+1)}^{n} = C_6^3/4 = 5$。

解答：C。

[例题2] 若在一个森林中有 N 个结点，K 条边（$N > K$），则该森林中必有（　　）棵树。

A. K B. N C. $N-K$ D. 1

分析：因为一棵具有 n 个顶点的树有 $n-1$ 条边，因此设题目中的森林有 m 棵树，每棵树具有顶点数为 $V_i(1 \leqslant i \leqslant m)$，则 $V_1 + V_2 + \cdots V_m = N$ 及 $(V_1-1)+(V_2-1)+\cdots(V_m-1)=K$，所以 $N = m + K$。

解答：C。

【知识点睛】

1. 树是 $n(n \geqslant 0)$ 个有限数据元素的集合。树的定义是递归的，刻画了树的固有属性，即一棵树由若干棵子树构成，而子树又由更小的若干棵子树构成。所以树特别适合于表示元素之间的层次关系。

2. 二叉树：它是个有限元素的集合，该集合或者为空，或者由一个称为根的元素及两个不相交的、被分别称为左子树和右子树的二叉树组成。

二叉树是有序的，即若将其左、右子树颠倒，就成为另一棵不同的二叉树。即使树中结点只有一棵子树，也要区分它是左子树还是右子树。

（1）满二叉树：在一棵二叉树中，如果所有分支结点都存在左子树和右子树，并且所有叶子结点都在同一层上，这样的一棵二叉树称做满二叉树。

（2）完全二叉树：一棵深度为 k 的有 n 个结点的二叉树，对树中的结点按从上至下、从左到右的顺序进行编号，如果编号为 $i(1 \leqslant i \leqslant n)$ 的结点与满二叉树中编号为 i 的结点在二叉树中的位置相同，则这棵二叉树称为完全二叉树。它的特点是：叶子结点只能出现在最下层和次下层，且最下层的叶子结点集中在树的左部。

任何完全二叉树中度为 1 的结点只有 0 个或 1 个。

3. 二叉树的存储结构

（1）顺序存储结构

完全二叉树和满二叉树采用顺序存储比较合适，树中结点的序号可以唯一地反映出结点之间的逻辑关系，这样既能够最大可能地节省存储空间，又可以利用数组元素的下标值确定结点在二叉树中的位置，以及结点之间的关系。

二叉树的顺序存储结构形式描述：

```
#define MAX_TREE_SIZE 100          //二叉树的最大结点数
typedef TElemType SqBiTree[MAX_TREE_SIZE]; //0 号单元存放根结点
SqBiTree bt;
```

（2）链式存储结构：用链表来表示一棵二叉树，即用链来指示元素的逻辑关系。该存储结构通常有下面两种形式：二叉链表和三叉链表。

三叉链表比二叉链表多了一个指向双亲结点的指针 parent，这种存储结构既便于查找孩子结点，又便于查找双亲结点；但是相对于二叉链表存储结构而言，它增加了空间开销。

尽管在二叉链表中无法由结点直接找到其双亲，但由于二叉链表结构灵活、操作方便，对于一般情况的二叉树，甚至比顺序存储结构还节省空间。因此，二叉链表是最常用的二叉树存储方式。

二叉树的二叉链表存储表示可描述为：

```
typedef struct BiTNode{
```

```
        TElemType data;
        struct BiTNode * lchild; * rchild; //左、右孩子指针
    }BiTNode, * BiTree;
    BiTree b;
```

即将 b 定义为指向二叉链表结点结构的指针类型。

【即学即练】

[习题1] 在下列存储形式中,(　　)不是树的存储形式。

A. 双亲表示法　　　　　　　　　　　B. 孩子链表表示法

C. 孩子兄弟表示法　　　　　　　　　D. 顺序表示法

[习题2] 设二叉树只有度为 0 和 2 的结点,其结点个数为 15,则该二叉树的最大深度为
(　　)。

A. 4　　　　　　　B. 5　　　　　　　C. 8　　　　　　　D. 9

【习题答案】

[习题1]

分析:树的存储结构有双亲表示法、孩子表示法、双亲孩子表示法、孩子兄弟(二叉链表)表示法。

解答:D。

[习题2]

分析:对于结点的度只有 0 和 2 的二叉树,为使其深度 h 最大,除根结点层外,树中其余层有两个结点,即结点总数$=2h-1$。由于结点个数为 15,因此二叉树的深度 h 为 8。

解答:C。

知识点聚焦 10：二叉树的性质

【典型题分析】

[例题1] 一个具有 767 个结点的完全二叉树,其叶子结点个数为(　　)。

A. 383　　　　　　B. 384　　　　　　C. 385　　　　　　D. 386

分析:根据二叉树性质 3 可推导,对于一棵非空的二叉树,如果叶子结点数为 n_0,度数为 2 的结点数为 n_1,度数为 2 的结点数为 n_2,则有 $n_0=n_2+1$。

即结点总数 $n=n_0+n_1+n_2=2n_0+n_1-1$。

由于完全二叉树中度为 1 的结点数只有两种可能 0 或 1,由此得到:

$n_0=(n+1)/2$ 或 $n_0=n/2$。

根据完全二叉树的结点总数计算出叶子结点数。

解答:B。

[例题2]若一棵二叉树有 126 个结点,在第 7 层(根结点在第 1 层)至多有(　　)个结点

A. 32　　　　　　B. 64　　　　　　C. 63　　　　　　D. 不存在第 7 层

分析:根据二叉树的性质,第 7 层至多有 $64(2^{7-1})$ 个结点,但是题目中给出了二叉树的结点总数 12b,由此来判断第 7 层是否可以有 64 个结点。

要在二叉树的第 7 层达到最多的结点个数,其上面 6 层必须是一个满二叉树,深度为 6 的满二叉树有 $63(2^6-1)$ 个结点,由此可以判断出此二叉树的第 7 层不可能达到 64 个结点,最多是 $126-63=63$ 个结点。

解答：C。

[例题3] 在一棵完全二叉树中，其根的序号为1，（　　）可判定序号为 p 和 q 的两个结点是否在同一层。

A. $\lfloor \log_2 p \rfloor = \lfloor \log_2 q \rfloor$

B. $\log_2 p = \log_2 q$

C. $\lfloor \log_2 p \rfloor + 1 = \lfloor \log_2 q \rfloor$

D. $\lfloor \log_2 p \rfloor = \lfloor \log_2 q \rfloor + 1$

分析：由完全二叉树的性质可知，在一棵完全二叉树第 $h(h \geqslant 1)$ 层上的结点 p 和 q，它们序号范围应是 $2^{h-1} \leqslant p, q \leqslant 2^h - 1$，因此有 $\lfloor \log_2 p \rfloor = \lfloor \log_2 q \rfloor$ 成立。

解答：A。

【知识点睛】

二叉树的有以下 5 个性质。

性质1：一棵非空二叉树的第 i 层上最多有 2^{i-1} 个结点 $(i \geqslant 1)$。

性质2：一棵深度为 k 的二叉树中，最多具有 $2^k - 1$ 个结点。

性质3：对于一棵非空的二叉树，如果叶子结点数为 n_0，度数为 2 的结点数为 n_2，则有 $n_0 = n_2 + 1$。

证明：设 n 为二叉树的结点总数，n_1 为二叉树中度为 1 的结点数，则有：$n = n_0 + n_1 + n_2$。

在二叉树中，除根结点外，其余结点都有唯一的一个进入分支。设 B 为二叉树中的分支数，那么有 $B = n - 1$。

这些分支是由度为 1 和度为 2 的结点发出的，一个度为 1 的结点发出一个分支，一个度为 2 的结点发出两个分支，所以有 $B = n_1 + 2n_2$。

可以得到：$n_0 = n_2 + 1$。

性质4：具有 n 个结点的完全二叉树的深度 k 为 $\lfloor \log_2 n \rfloor + 1$ 或 $\lceil \log_2(n+1) \rceil$。

证明：根据完全二叉树的定义和性质 2 可知，当一棵完全二叉树的深度为 k、结点个数为 n 时，有

$$2^{k-1} - 1 < n \leqslant 2^k - 1$$

即

$$2^{k-1} \leqslant n < 2^k$$

对不等式取对数，有

$$k - 1 \leqslant \log_2 n < k$$

由于 k 是整数，所以有 $k = \lfloor \log_2 n \rfloor + 1$。

性质5：对于具有 n 个结点的完全二叉树，如果按照从上至下和从左到右的顺序对二叉树中的所有结点从 1 开始顺序编号，则对于任意的序号为 i 的结点，有

(1) 如果 $i > 1$，则序号 i 的结点的双亲结点的序号为 $\lfloor i/2 \rfloor$；如果 $i = 1$，则序号为 i 的结点是根结点，无双亲结点。

(2) 如果 $2i \leqslant n$，则序号为 i 的结点左孩子结点序号为 $2i$；如果 $2i > n$，则序号为 i 的结点无左孩子。

(3) 如果 $2i + 1 \leqslant n$，则序号为 i 的结点的右孩子结点的序号为 $2i + 1$；如果 $2i + 1 > n$，则序号为 i 的结点无右孩子。

【延伸拓展】

1. 二叉树性质的推广

(1) 性质 2 推广：满二叉树第 k 层的结点个数比其第 $1 \sim k-1$ 层所有的结点总数多 1 个。

(2) 性质 3 推广：已知一棵度为 m 的树中有 N_0 个叶子结点数，N_1 个度为 1 的结点，N_2 个

度为 2 的结点，$\cdots$，N_m 个度为 m 的结点，则有 $N_0 = 1 + N_2 + 2N_3 + \cdots + (m-1)N_m$。

（3）性质 4 推广：

① 有 $n > 0$ 个叶结点的完全二叉树的高度（结点层次数），有

• 当 $n \neq 2^k$，即 n 不是 2 的方幂或者 $n = 2^k$ 但是一棵满二叉树，其高度为 $\lceil \log_2 n \rceil + 1$。

• 当 $n = 2^k$ 但是非满二叉树，其高度为 $\lceil \log_2 n \rceil + 2$。

② 有 n 个结点的完全 k 叉树的高度为 $\lfloor \log_k(k-1)n - (k-2) \rfloor + 1$。

（4）性质 5 推广：一棵满 k 叉树，如果按层次顺序从 1 开始对全部结点编号，有

① 编号为 $p = 1$ 的结点无父结点，否则编号为 p 结点的父结点编号是 $\left\lfloor \dfrac{p + (k-2)}{k} \right\rfloor (k \geq 2)$。

② 编号为 p 的结点的第 $k-1$ 个孩子编号为 $p \times k$，所以，如果编号为 p 结点有孩子，则编号其第 i 个孩子的编号为 $p \times k + (i - (k-1))$。

③ 编号为 p 的结点有右兄弟的条件是 $(p-1)\%k \neq 0$ 时，其右兄弟的编号为 $p+1$。

2. 树的性质

性质 1：树中的结点数等于所有结点的度数 +1。

性质 2：度为 m 树中第 i 层上至多有 m^{i-1} 个结点 $(i \geq 1)$。

性质 3：高度为 h 且度为 m 树至多有 $(m^h - 1)/(m-1)$ 个结点 $(h \geq 1)$。

性质 4：具有 n 个结点的度为 m 树的最小高度为 $\lceil \log_m(n(m-1)+1) \rceil$。

【即学即练】

[习题 1] 若一棵度为 7 的树有 8 个度为 1 的结点，有 7 个度为 2 的结点，有 6 个度为 3 的结点，有 5 个度为 4 的结点，有 4 个度为 5 的结点，有 3 个度为 6 的结点，有 2 个度为 7 的结点，该树一共有（　）个叶结点。

 A. 35   B. 28   C. 77   D. 78

[习题 2] 已知完全二叉树的第 7 层有 10 个叶子结点，则整个二叉树的结点数最多是（　）。

 A. 73   B. 127   C. 235   D. 255

【习题答案】

[习题 1]

分析：由二叉树性质 3 的推广，度为 7 的树应该有 $1 + n_2 + 2n_3 + 3n_4 + 4n_5 + 5n_6 + 6n_7$ 个叶结点（与度为 1 的结点的个数无关）。因此，如 n_0 表示叶结点的个数，则应该有 $n_0 = 1 + 7 + 2 \times 6 + 3 \times 5 + 4 \times 4 + 5 \times 3 + 6 \times 2 = 78$。（$n_i$ 表示度为 i 的结点数目）

解答：D。

[习题 2]

分析：本题没说明完全二叉树的高度，二叉树的高度可能为 7 或 8。根据题意，求二叉树的结点数最多的情况，因此二叉树的高度只能是 8 层。第 7 层共有 $2^{7-1} = 64$ 个结点，已知有 10 个叶子结点，则其余 54 个结点均为分支结点。它在第 8 层上有 108 个叶子结点。所以该二叉树的结点数最多可达 $(2^7 - 1 + 108) = 235$。

解答：C。

知识点聚焦 11：二叉树的遍历及应用

【典型题分析】

[例题 1] 任何一棵非空二叉树中的叶子结点在先序遍历、中序遍历与后序遍历中的相对位置

（　　）。

A. 都会发生改变　　　　　　　　　　B. 不会发生改变

C. 有可能会发生改变　　　　　　　　D. 部分会发生改变

分析：无论是先序遍历（DLR）还是中序遍历（LDR），或是后序遍历（LRD），对于叶子结点而言，被访问的先后次序都是先左后右，因此，叶子结点在先序遍历、中序遍历与后序遍历中的相对位置都不会发生改变。

解答：B。

[例题2] 对于二叉树的两个结点 X 和 Y，应该选择（　　）两个序列判断 X 是否为 Y 的祖先。

A. 先序和后序　　　　　　　　　　　B. 先序和中序

C. 中序和后序　　　　　　　　　　　D. A、B、C 都行

分析：虽然先序和后序无法得出二叉树的结构，但是可以判断祖先。其他两个序列可以直接得出二叉树的结构，就可以判断祖先。

解答：D。

[例题3] 下面叙述中正确的是（　　）。

A. 若有一个结点是二叉树中某个子树的中序遍历结果序列的最后一个结点，则它一定是该子树的先序遍历结果序列中的最后一个结点

B. 若有一个结点是二叉树中某个子树的先序遍历结果序列的最后一个结点，则它一定是该子树的中序遍历结果序列中的最后一个结点

C. 若有一个叶子结点是二叉树中某个子树的中序遍历结果序列的最后一个结点，则它一定是该子树的先序遍历结果序列中的最后一个结点

D. 若有一个叶子结点是二叉树中某个子树的先序遍历结果序列的最后一个结点，则它一定是该子树的中序遍历结果序列中的最后一个结点

分析：本题主要考查先序遍历和中序遍历的方法。中序遍历和先序遍历都是最后遍历右子树，要想中序遍历的最后一个结点是叶子结点，则该结点一定是根结点的右子树的最右下结点（该结点无左孩子），在这种情况下，中序遍历和先序遍历的遍历序列的最后一个结点是一样的。

　　对于四个选项进行举例分析：

　　对于图 11-1（a）的二叉树，中序遍历的最后一个结点是结点 C、先序遍历的最后一个结点是结点 G，所以选项 A 和 B 错误。

　　对于图 11-1（a）的二叉树，叶子结点 G 先序遍历的最后一个结点，但不是中序遍历的最后一个结点，因为中序遍历的最后一个结点是结点 C，所以选项 D 错误。

　　对于图 11-1（b）的二叉树，叶子结点 G 中序遍历的最后一个结点，同时它也是先序遍历的最后一个结点，所以选项 C 正确。

解答：C。

[例题4] 假设二叉树采用二叉链表存储结构存储，设计一个算法，利用结点的右孩子指针 rchild 将一棵二叉树的叶子结点按从左往右的顺序串成一个单链表。

分析：采用先序遍历的递归算法求解，在遍历过程中采用尾插法构建叶子结点的单链表，head 指向建立的单链表的首结点（初值为 NULL），tail 指向单链表的尾结点。

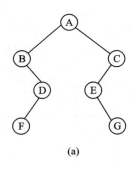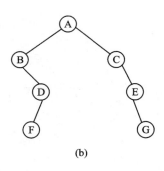

(a)　　　　　　　　　　　　　(b)

图 11 - 1　二叉树举例

解答：

```
void link(BiTree bt, BiTNode * head, BiTNode * tail){        //初始调用时 head = NULL
    if (bt! = NULL) {
        if (bt - >lchild = = NULL && bt - >rchild = = NULL)    //叶子结点
            if (head = = NULL){                               //第一个叶子结点
                head = bt;
                tail = head;
            }
            else{
                tail - >rchild = bt;
                tail = bt;
            }
        if (bt - >lchild! = NULL)link(bt - >lchild,head,tail);
        if (bt - >rchild! = NULL)link(bt - >rchild,head,tail);
    }
}
```

[例题 5] 假设二叉树采用二叉链存储结构存储，试设计一个算法，输出从每个叶子结点到根结点的路径。

分析：采用 path 数组存放路径，pathlen 整数存放路径长度。本题对应的递归模型如下：

```
f(b,path,pathlen):输出 path 值                      当 * b 为叶子结点时
f(b,path,pathlen):将 b - >data 放入 path,pathlen + +;  其他情况
            f(b - >lchild,path,pathlen);
            f(b - >rchild,path,pathlen);
```

解答：

```
void Allpath(BiTree b,ElemType path[],int pathlen) {        //初始调用时 path 为空,pathlen 为 0
    int i;
    if (b! = NULL){
        if (b - >lchild = = NULL&& b - >rchild = = NULL) {    // * b 为叶子结点
            printf(" % c 到根结点路径: % c",b - >data,b - >data);
            for (i = pathlen - 1;i> = 0;i - - )
              printf (" % c",path[i]);
            printf ("\n");
```

```
            }
            else{
                path[pathlen] = b - >data;          //将当前结点放入路径中
                pathlen + + ;                        //路径长度增1
                Allpath(b - >lchild,path,pathlen);  //递归扫描左子树
                Allpath(b - >rchild,path,pathlen);  //递归扫描右子树
                pathlen - - ;                        //环境恢复
            }
        }
    }
```

[例题 6] 编写递归算法,求二叉树中以元素值为 x 的结点为根的子树的深度。

分析:本题主要是利用遍历算法实现查找值为 x 的结点的操作,以及求二叉树深度的操作。

解答:

```
    int Get_Sub_Depth(Bitree T,int x) {             //求二叉树中以值为 x 的结点为根的子树深度
        if(T - >data = = x){
            printf(" % d\n",Get_Depth(T));           //找到了值为 x 的结点,求其深度
            exit 1;
        }
        else    {
            if(T - >lchild)                          //在左子树中继续寻找
                Get_Sub_Depth(T - >lchild,x);
            if(T - >rchild)                          //在右子树中继续寻找
                Get_Sub_Depth(T - >rchild,x);
        }
    }
    int Get_Depth(Bitree T) {                       //求子树深度的递归算法
        if(! T)   return 0;
        else    {
            m = Get_Depth(T - >lchild);
            n = Get_Depth(T - >rchild);
            return (m>n? m:n) + 1;
        }
    }
```

【知识点睛】

1. 遍历二叉树是以一定规则将二叉树中结点排列成一个线性序列,实质是对一个非线性结构进行线性化操作。

(1) 先序遍历

• 递归算法:若二叉树不空,先访问根结点,再先序遍历左子树,最后先序遍历右子树。

```
    void PreOrder(BiTree b){
        if (b! = NULL){
        Visit(b - >data);                           //访问结点的数据域
            PreOrder(b - >lchild);                  //先序递归遍历 b 的左子树
```

```
        PreOrder(b->rchild);            //先序递归遍历b的右子树
    }
}
```

• 非递归算法：由先序遍历过程可知，先访问根结点，再访问左子树，最后访问右子树。因此，先将根结点进栈，在栈不空时循环：出栈 p，访问 *p 结点，将其右孩子结点进栈，再将左孩子结点进栈。

```
void PreOrder1(BiTree b){
    BiTree St[MAX_TREE_SIZE],p;
    int top = -1;
    if (b! = NULL) {
        St[++top] = b;                      //根结点进栈
        while (top > -1){                   //栈不空时循环
            p = St[top--];                  //出栈并访问该结点
            Visit(p->data);
            if (p->rchild! = NULL)          //右孩子结点进栈
                St[++top] = p->rchild;
            if (p->lchild! = NULL)          //左孩子结点进栈
                St[++top] = p->lchild;
        }
    }
}
```

（2）中序遍历

• 递归算法：若二叉树不空，先中序遍历左子树，再访问根结点，最后中序遍历右子树。

```
void InOrder(BiTree b){
    if (b! = NULL)){
        InOrder(b->lchild);                 //中序递归遍历b的左子树
        Visit(b->data);                     //访问结点的数据域
        InOrder(b->rchild);                 //中序递归遍历b的右子树
    }
}
```

• 非递归算法：由中序遍历过程可知，采用一个栈保存需要返回的结点指针，先扫描（并非访问）根结点的所有左结点并将它们一一进栈。然后出栈一个结点，显然该结点没有左孩子结点或者左孩子结点已访问过，则访问它。然后扫描该结点的右孩子结点，将其进栈，再扫描该右孩子结点的所有左结点并一一进栈，如此这样，直到栈空为止。

```
void InOrder1(BiTree b){
    BiTree St[MAX_TREE_SIZE],p;
    int top = -1;
    if (b! = NULL) {
        p = b;
        while(p! = NULL||top > -1)) {
```

```
        while(p! = NULL) {                //扫描 *p 的左孩子结点并进栈
            St[ + + top] = p;
              p = p - >lchild;
        }
        if (top > - 1) {
            p = St[top - -];              //出栈 *p 结点并访问
            Visit(b - >data);
            p = p - >rchild;              //扫描 *p 的右孩子结点
        }
    }
}
```

（3）后序遍历

- 递归算法：若二叉树不空，先后序遍历左子树，再后序遍历右子树，最后访问根结点。

```
void PostOrder(BiTree b){
    if (b! = NULL)){
        PostOrder(b - >lchild);          //后序递归遍历 b 的左子树
        PostOrder(b - >rchild);          //后序递归遍历 b 的右子树
        Visit(b - >data);                //访问结点的数据域
    }
}
```

- 非递归算法：由后序遍历过程可知，采用一个栈保存需要返回的结点指针，先扫描根结点的所有左结点并将它们一一进栈，出栈一个结点 *b 即当前结点，然后扫描该结点的右孩子结点并进栈，再扫描该右孩子结点的所有左结点并进栈。当一个结点的左、右孩子结点均被访问后再访问该结点，如此这样，直到栈空为止。

其中的难点是如何判断一个结点 *b 的右孩子结点已访问过，为此用 p 保存刚刚访问过的结点（初值为 NULL），若 b->rchild==p 成立（在后序遍历中，*b 的右孩子结点一定刚好在 *b 之前访问），说明 *b 的左、右子树均已被访问，现在应访问 *b。

从上述过程可知，栈中保存的是当前结点 *b 的所有祖先结点（均未访问过）。

```
void PostOrder1(BiTree b){
    BiTree St[MAX_TREE_SIZE],p;
    int flag,top = - 1;
    if (b! = NULL) {
        do{
            while(b! = NULL) {            //扫描 *b 的左孩子结点并进栈
                St[ + + top] = b;
                b = b - >lchild;
            }
            p = NULL;                     //p 指向栈顶结点的前一个已访问的结点
            flag = 1;                     //设置 b 的已访问标记为已访问过
            while(top! = - 1&&flag){
```

```
            b = St[top];                    //取出当前的栈顶元素
            if (b->rchild==p){             //右孩子不存在或右孩子已被访问,则访问 * b
                Visit(b->data);            //访问 * b结点
                top--;
                p = b;                      //p指向被访问的结点
            }
            else{
                b = b->rchild;             //b指向右孩子结点
                flag = 0;                   //设置未被访问的标记
            }
        }
    }while(top! = -1);
    }
}
```

（4）层次遍历的实现

由层次遍历的定义可知,在进行层次遍历时,对一层结点访问完后,再按照它们的访问次序对各个结点的左孩子和右孩子顺序访问,这样一层一层进行,先遇到的结点先访问,这符合队列的操作原则。因此,在进行层次遍历时,可设置一个队列结构,遍历从二叉树的根结点开始,先将根结点指针入队列,然后从队头取出一个元素,每取一个元素,执行下面两个操作：

① 访问该元素所指结点；

② 若该元素所指结点的左、右孩子结点非空,则将该元素所指结点的左孩子指针和右孩子指针顺序入队。

此过程不断进行,当队列为空时,二叉树的层次遍历结束。

一维数组 Queue[MAX_TREE_SIZE]用以实现队列,变量 front 和 rear 分别表示当前队首元素和队尾元素在数组中的位置。

```
void LevelOrder(BiTree b){
    BiTree Queue[MAX_TREE_SIZE];
    int front,rear;
    if (b==NULL) return;
    front = -1;
    rear = 0;
    Queue[rear] = b;
    while(front! = rear) {
    Visit(Queue[++front]->data);           //访问队首结点数据域
    if (Queue[front]->lchild! = NULL)       //将队首结点的左孩子结点入队列
        Queue[++rear]= Queue[front]->lchild;
    if (Queue[front]->rchild! = NULL)       //将队首结点的右孩子结点入队列
        Queue[++rear]= Queue[front]->rchild;
    }
}
```

2. 遍历二叉树是二叉树各种操作的基础。二叉树的操作包括插入和删除,以及二叉树的复制和左、右子树之间的交换,其核心思想是选择合适的遍历方式进行操作,大部分操作需要借助循环或递归完成。熟悉二叉树的性质、存储结构特点和遍历算法的基础上,可比较容易解决此类问题。

3. 假设 M 、N 分别是一棵二叉树中的两个结点,

	先序遍历时 N 在 M 前?	中序遍历时 N 在 M 前?	后序遍历时 N 在 M 前?
N 在 M 的左方	1	1	1
N 在 M 的右方	0	0	0
N 是 M 的祖先	1	Φ	0
N 是 M 的子孙	0	Φ	1

表中"1"、"0"或"Φ"分别表示肯定、恰恰相反或者不一定。

注:如果(1)离 a 和 b 最近的共同祖先 p 存在,且(2)a 在 p 的左子树中,b 在 p 的右子树中,则称 a 在 b 的左方(即 b 在 a 的右方)。

4. 满足下列条件的二叉树:

(1)若先序序列与后序序列相同,则或为空树,或为只有根结点的二叉树。

(2)若中序序列与后序序列相同,则或为空树,或为任一结点至多只有左子树的二叉树。

(3)若先序序列与中序序列相同,则或为空树,或为任一结点至多只有右子树的二叉树。

(4)若中序序列与层次遍历序列相同,则或为空树,或为任一结点至多只有右子树的二叉树。

(5)若先序序列与后序序列相反,则或为空树,或每层只有一个结点的二叉树,即二叉树的形态是其高度等于结点个数。

(6)若中序序列与后序序列相反,则或为空树,或为任一结点至多只有右子树的二叉树。

(7)若先序序列与中序序列相反,则或为空树,或为任一结点至多只有左子树的二叉树。

【即学即练】

[习题1] 算术表达式的中缀形式是 A+B∗C−D/E,后缀形式为 ABC∗+DE/−,其前缀形式是(   )。

A. −+∗ABC/ DE

B. −+A∗BC/DE

C. +−A∗BC/DE

D. −+BC∗A/DE

[习题2] 假设二叉链表的结点中增设两个域:双亲域(parent)以指示其双亲结点;标志域(mark)以区分在遍历过程中到达该结点时应继续向左或向右或访问该结点。试以此存储结构编写不用栈进行后序遍历的递推形式的算法。

[习题3] 设两棵二叉树的根结点地址分别为 p 和 q,采用二叉链表的形式存储这两棵树上的所有结点。请编写程序,判断它们是否相似。

[习题4] 假设二叉树采用二叉链存储结构存储,试设计一个算法,求出该二叉树中第一条最长的路径长度,并求出此路径上结点的值。

[习题5] 设 T 是一棵满二叉树,编写一个将 T 的先序遍历序列转换成后序遍历序列的递归算法。

【习题答案】

[习题1]

分析：由于对一棵表达式二叉树进行先序遍历、中序遍历与后序遍历得到的遍历序列分别是该表达式的前缀形式、中缀形式与后缀形式，因此，本题只需先根据题中给出的表达式的中缀形式(中序序列)和后缀形式(后序序列)将表达式二叉树恢复，然后对二叉树进行先序遍历便可得到表达式的前缀形式。

解答：C。

[习题2]

分析：建立一个当前结点所处状态的概念，结点的标志域起区分当前结点正处在什么状态的作用。当前结点的状态可能为：1)由其双亲结点转换来；2)由其左子树遍历结束转换来；3)由其右子树遍历结束转换来。算法主要循环体的每一次执行都按当前结点的状态进行处理，或切换结点，或切换当前结点的状态。

解答：

```
void PostOrder(BiTree root){
    //设二叉树的结点中含有 4 个域：mark,parent,lchild,rchild。
    //其中，mark 域的初值均为零，指针 root 指向根结点，后序遍历此二叉树
    p = root;
    while(p)
        switch(p->mark){
            case 0:
                p->mark = 1;
                if (p->lchild) p = p->lchild;
                break;
            case 1:
                p->mark = 2;
                if (p->rchild) p = p->rchild;
                break;
            case 2:
                p->mark = 0;
                Visit(b->data);
                p = p->parent;
                break;
            default:;
        }
}
```

[习题3]

分析：两棵空二叉树或仅有根结点的二叉树相似；对于非空二叉树，可判断左、右子树是否相似，采用递归算法。

解答：

```
int Similar(BiTree p,q){
```

```
    if (p = = NULL&&q = = NULL) return 1;
    else if (! p&&q ||p&&! q) return 0;
        else return (Similar(p->lchild,q->lchild)&& Similar(p->rchild,q->rchild));
    }
```

[习题4]

分析：采用例题5的算法思路。path数组保存扫描到当前结点的路径，pathlen保存扫描到当前结点的路径长度，longpath数组保存最长路径，longpathlen保存最长路径长度。当b为空时，表示当前扫描的一个分支已扫描完毕，将pathlen与longpathlen进行比较，将较长路径及路径长度分别保存在longpath和longpathlen中。

解答：

```
    void Longpath (BiTree b, ElemType path[], int pathlen,ElemType longpath[],int &longpathlen) {
        int i;
        if (b = = NULL) {
            if (pathlen>longpathlen){              //若当前路径更长,将路径保存在longpath中
                for (i = pathlen - 1;i> = 0;i - - )
                    longpath[i] = path[i];
                longpathlen = pathlen;
            }
            else {
                path[pathlen] = b->data;           //将当前结点放入路径中
                pathlen + + ;                      //路径长度增1
                Longpath(b->lchild,path,pathlen,longpath,longpathlen);//递归扫描左子树
                Longpath(b->rchild,path,pathlen,longpath,longpathlen);//递归扫描右子树
                pathlen - - ;                      //环境恢复
            }
        }
    }
```

[习题5]

分析：对于一般二叉树，仅根据一个先序、中序或后序遍历序列，不能确定另一个遍历序列。但对于满二叉树，任一结点的左、右子树均含有数量相同的结点，根据此性质，可将任一遍历序列转为另一遍历序列（即任一遍历序列均可确定一棵二叉树）。其中将先序遍历序列 $pre[l1..h1]$ 转换成后序遍历序列 $post[l2..h2]$，先序遍历序列的第一个结点作为后序遍历序列的最后一个结点，递归模型如下：

$f(pre, l1,h1,post,l2,h2)$：不做任何事情	当 $h1 < l1$ 时
$f(pre, l1,h1,post,l2,h2)$：$post[h2] = pre[l1]$; half = $(h1 - l1)/2$;	其他情况
将 $pre[l1+1..l1+half]$ 左子树转换成 $post[l2..l2+half-1]$ 即	
$f(pre,l1+1,l1+half,post,l2,l2+half-1)$;	
将 $pre[l1++half1..h1]$ 左子树转换成 $post[l2+half..h2-1]$ 即	
$f(pre,l1+half+1,h1,post,l2+half,h2-1)$;	

解答：

```
void PreToPost(ElemType pre[] , int l1,int h1, ElemType post[],int l2,int h2){
    //将满二叉树的先序序列转为后序序列,l1,h1,l2,h2 是序列初始和最后结点的下标
    if (h1＞＝l1){
        post[h2]＝pre[l1];                              //根结点
        half＝(h1－l1)/2;                               //左或右子树的结点数
        PreToPost(pre,l1＋1,l1＋half,post,l2,l2＋half－1);//将左子树先序序列转为后序序列
        PreToPost(pre,l1＋half＋1,h1,post,l2＋half,h2－1);//将右子树先序序列转为后序序列
    }
}
```

知识点聚焦 12：线索二叉树

【典型题分析】

[例题 1] 在线索二叉树中,下面说法不正确的是(　　)。

A. 在中序线索树中,若某结点有右孩子,则其后继结点是它的右子树的最左下结点

B. 在中序线索树中,若某结点有左孩子,则其前驱结点是它的左子树的最右下结点

C. 线索二叉树是利用二叉树的 $n＋1$ 个空指针来存放结点前驱和后继信息的

D. 每个结点通过线索都可以直接找到它的前驱和后继

分析：不是每个结点通过线索都可以直接找到它的前驱和后继。在先序线索二叉树中查找一个结点的先序后继很简单,而查找先序前驱必须知道该结点的双亲结点。同样,在后序线索二叉树中查找一个结点的后序前驱也很简单,而查找后序后继也必须知道该结点的双亲结点。二叉链表中没有存放双亲的指针。

解答：D。

[例题 2] 将下列二叉链表改为先序线索链表(不画出树的形态)。

	1	2	3	4	5	6	7	8	9	10	11	12	13	14
info	A	B	C	D	E	F	G	H	I	J	K	L	M	N
ltag														
lchild	2	4	6	0	7	0	10	0	12	13	0	0	0	0
rtag														
rchild	3	5	0	0	8	9	11	0	0	0	14	0	0	0

分析：本题考查线索二叉树的基本概念和构造。题目中所给二叉树的先序序列为 ABDE-GJMKNHCFIL。考查每个结点是否有孩子,填加相应的标志位,并对标志位为 1 的指针域添加前驱或后继结点序号。

解答：

	1	2	3	4	5	6	7	8	9	10	11	12	13	14
info	A	B	C	D	E	F	G	H	I	J	K	L	M	N
ltag	0	0	0	1	0	1	0	1	0	0	1	1	1	1
lchild	2	4	6	2	7	3	10	14	12	13	13	9	10	11
rtag	0	0	1	1	0	0	0	1	1	1	0	1	1	1
rchild	3	5	6	5	8	9	11	3	12	13	14	0	11	8

【知识点睛】

1. 在二叉链表表示的二叉树中,引入线索的目的主要是便于查找结点的前驱和后继。因为若知道各结点的后继,二叉树的遍历就变得非常简单。

二叉链表结构查找结点的左、右孩子非常方便,但其前驱和后继是在遍历中形成的。为了将非线性结构二叉树的结点排成线性序列,利用具有 n 个结点的二叉树的二叉链表中的 $n+1$ 个空指针域,可以利用某结点空的左指针域(lchild)指出该结点在某种遍历序列中的直接前驱结点的存储地址,利用结点空的右指针域(rchild)指出该结点在某种遍历序列中的直接后继结点的存储地址;对于那些非空的指针域,则仍然存放指向该结点左、右孩子的指针。为了区别某结点的指针域内存放的是指针还是线索,每个结点增设两个标志位域 ltag 和 rtag,规定 ltag=0 时,lchild 指向左孩子;ltag=1 时,lchild 指向前驱;rtag=0 时,rchild 指向右孩子;rtag=1 时,rchild 指向后继。

这样,在线索二叉树(特别是中序线索二叉树)上遍历就消除了递归,也不使用栈(其中后序线索二叉树中查找后继仍需要栈)。

2. 由于序列可由不同的遍历方法得到,因此,线索树有先序线索二叉树、中序线索二叉树和后序线索二叉树三种。在先序、中序和后序线索二叉树中所有实现均相同,即线索化之前的二叉树相同,所有结点的标志位取值也完全相同,只是当标志位取 1 时,不同的线索二叉树将用不同的虚线表示,即不同的线索树中线索指向的前驱结点和后继结点不同。

对图 12-1(a)所示的二叉树进行线索化,得到先序线索二叉树、中序线索二叉树和后序线索二叉树分别如图 12-1(b)、(c)、(d)所示,图中实线表示指针,虚线表示线索。

3. 如何建立中序线索二叉树及查找中序线索二叉树当前结点的前驱和后继是线索二叉树中重点考查的内容。表 12-1 中给出求当前结点在中序序列下的前驱和后继结点的方法。

表 12-1　求当前结点在中序序列下的前驱和后继结点

求当前结点在中序序列下的后继结点				求当前结点在中序序列下的前驱结点			
p->		rtag		p->		ltag	
		==0	==1			==0	==1
rchild	==root		无后继结点	lchild	==root		无前驱结点
	!=root	后继结点为当前结点右子树的中序序列下的第一个结点	后继结点为右孩子结点		!=root	前驱结点为当前结点左子树的中序序列下的最后一个结点	前驱结点为左孩子结点

【即学即练】

[习题1]一棵左子树为空的二叉树在先序线索化后,其中空链域的个数是(　　)。

A. 不确定　　　　　　　　B. 0　　　　　　　　C. 1　　　　　　　　D. 2

【习题答案】

[习题1]

分析:左子树为空的二叉树的根结点的左线索为空(无前驱),先序序列的最后结点的右线索为空(无后继),共 2 个空链域。

解答:D。

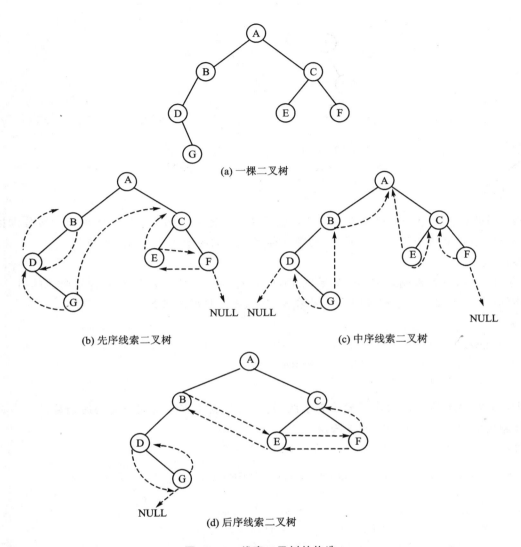

(a) 一棵二叉树

(b) 先序线索二叉树　　　　　　　　(c) 中序线索二叉树

(d) 后序线索二叉树

图 12 - 1　线索二叉树的构造

知识点聚焦 13：森林与二叉树的转换、树和森林的遍历

【典型题分析】

［例题 1］为便于存储和处理一般树结构形式的的信息，常采用孩子兄弟表示法将其转换成二叉树（左孩子关系表示父子，右孩子关系表示兄弟），与图 13 - 1 所示的树对应的二叉树是（　　）。

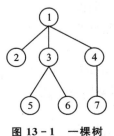

图 13 - 1　一棵树

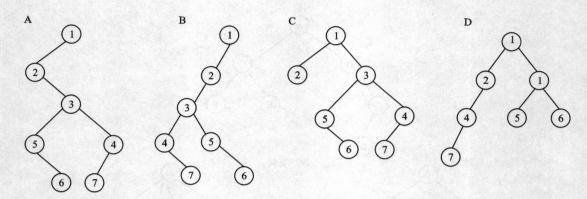

分析：树的孩子兄弟表示法又称二叉链表表示法。在链表的结点中设置两个指针域分别指向该结点的第一个孩子和下一个兄弟，利用这种存储结构便于实现树的各种操作。

解答：A。

[例题2] 试编写先根遍历树的递归算法 PreOrderTree(T,Visit)，其中 T 为要遍历的树，Visit 为访问函数，树的存储结构采用孩子兄弟表示法，其类型定义如下：

```
typedef struct CSNode {
    TElemType data;
    struct CSNode * FirstChild, * NextSibling;
}CSNode, * CSTree;
```

分析：本题要求熟悉树的孩子兄弟表示法、树的先根遍历方法及编写树的递归算法。由树的先根遍历的定义可容易编写此算法。

解答：

```
void PreOrderTree(CSTree T,void ( * Visit)(TElemType e)){
    if (! T) return;
    Visit(T->data);
    for (p = T->FirstChild;p;p = p->NextSibling)
        PreOrderTree(p, Visit);
}
```

【知识点睛】

1. 森林和二叉树的对应关系

设森林 $F = (T_1, T_2, \cdots, T_n)$；其中，$T_1 = (root, t_{11}, t_{12}, \cdots, t_{1m})$；

二叉树 $B = (LBT, Node(root), RBT)$；

(1) 由森林转换成二叉树的转换规则为：

若 $F = \Phi$，则 $B = \Phi$；

否则，由 $ROOT(T_1)$ 对应得到 $Node(root)$；

由 $(t_{11}, t_{12}, \cdots, t_{1m})$ 对应得到 LBT；

由 $(T_2, T_3, \cdots, T_n)$ 对应得到 RBT。

(2) 由二叉树转换为森林的转换规则为：

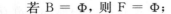

若 B ＝ Φ，则 F ＝ Φ；

否则，由 Node(root) 对应得到 ROOT(T_1)；

由 LBT 对应得到（ t_{11} ， t_{12} ，…， t_{1m} ）；

由 RBT 对应得到（ T_2 ， T_3 ，…， T_n ）。

2．树的遍历可有 2 条搜索路径

（1）先根（次序）遍历：若树不空，则先访问根结点，然后依次先根遍历各棵子树。

（2）后根（次序）遍历：若树不空，则先依次后根遍历各棵子树，然后访问根结点。

3．森林的遍历

（1）森林可以分解成三部分：

① 森林中第一棵树的根结点；

② 森林中第一棵树的子树森林；

③ 森林中其他树构成的森林。

（2）森林的遍历可有 2 条搜索路径

① 先序遍历：若森林不空，则访问森林中第一棵树的根结点；先序遍历森林中第一棵树的子树森林；先序遍历森林中（除第一棵树之外）其余树构成的森林。即：依次从左至右对森林中的每一棵树进行先根遍历。

② 中序遍历：若森林不空，则中序遍历森林中第一棵树的子树森林；访问森林中第一棵树的根结点；中序遍历森林中（除第一棵树之外）其余树构成的森林。即：依次从左至右对森林中的每一棵树进行后根遍历。

4．树的遍历和二叉树遍历的对应关系

树的遍历和二叉树遍历的对应关系见表 13－1。

表 13－1　树的遍历和二叉树遍历的对应关系

树	森林	二叉树
先根遍历	先序遍历	先序遍历
后根遍历	中序遍历	中序遍历

【即学即练】

［习题 1］用孩子兄弟链表表示一棵树，若要找到结点 ＊p 的第 5 个孩子，则只要先找到 ＊p 的第 1 个孩子，然后（　　）。

A．从孩子域指针连续扫描 5 个结点即可　　　B．从孩子域指针连续扫描 4 个结点即可

C．从兄弟域指针连续扫描 5 个结点即可　　　D．从兄弟域指针连续扫描 4 个结点即可

［习题 2］设 X 是树 T 中的一个非根结点，B 是 T 所对应的二叉树。在 B 中，X 是其双亲的右孩子，下列结论正确的是（　　）。

A．在树 T 中，X 是其双亲的第一个孩子　　　B．在树 T 中，X 一定有右边兄弟

C．在树 T 中，X 一定是叶子结点　　　D．在树 T 中，X 一定有左边兄弟

［习题 3］设树 T 采用孩子兄弟链表存储结构，设计算法输出一棵树 T 的各边。

［习题 4］设树 T 采用孩子兄弟链表存储结构，设计算法求树 T 的叶子数目。

【习题答案】

［习题 1］

分析：树的孩子兄弟链表表示法和所对应的二叉树的二叉链表表示法完全一样，以二叉链表作为媒介可导出树与二叉树之间的一个对应关系。因此可利用二叉树的算法来实现对树的操作。应当注意的是，和树对应的二叉树，其左、右子树的概念已改变为：左是孩子，右是兄弟。

解答：D。

[习题2]

分析：树转化为二叉树的过程中，若 X 是非根结点，二叉树的右孩子对应原树结点的右边兄弟。所以 X 一定有左边兄弟。

解答：D。

[习题3]

分析：本题主要考查如何遍历采用孩子兄弟链表形式存储的树。在孩子兄弟链表存储结构中，每一个结点 N 分别与一个单链表中的所有结点之间存在一条边，而该单链表是以结点 N 的 FirstChild 域指向的结点为首结点并靠 NextSibling 域链接起来的一个单链表。

解答：

```
void PrintCSTree(CSTree T){
    for(p = T->FirstChild;p;p = p->NextSibling){
        printf("(%c,%c)",T->data,p->data);
        PrintCSTree(p);
    }
}
```

[习题4]

分析：本题主要考查如何遍历采用孩子兄弟链表形式存储的树。在孩子兄弟链表存储结构中，叶子结点是 FirstChild==NULL 的结点。我们还是利用上题中的方法来遍历一棵树，每当遇到一个 FirstChild==NULL 的结点时，返回一个 1。如果当前结点的 FirstChild!=NULL，说明该结点为非叶子结点，递归遍历它的孩子。

解答：

```
void LeafCount_CSTree(CSTree T){
    if(! T->FirstChild) return 1;              //叶子结点
    else{
        count = 0;
        for(p = T->FirstChild;p;p = p->NextSibling)
            count += LeafCount_CSTree(p);
        return count;                          //各子树的叶子数之和
    }
}
```

知识点聚焦14：二叉排序树与平衡二叉树

【典型题分析】

[例题1] 在含有27个结点的二叉排序树上，查找关键字为35的结点，则依次比较的关键字有可能是（   ）。

A. 28,36,18,46,35   B. 18,36,28,46,35

C. 46,28,18,36,35   D. 46,36,18,28,35

分析：各选项对应的查找过程如图 14-1 所示，从中看到只有选项 D 对应的查找树是一棵二叉排序树。

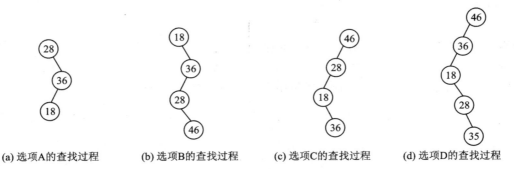

(a) 选项A的查找过程　　(b) 选项B的查找过程　　(c) 选项C的查找过程　　(d) 选项D的查找过程

图 14-1　各选项对应的查找过程

解答：D。

[例题2] 二叉树为二叉排序树的（　　）条件是其任一结点的值均大于其左孩子的值，小于其右孩子的值。

A. 充分不必要   B. 必要不充分

C. 充分必要   D. 既不充分也不必要

分析：本题主要考查二叉排序树的定义。由二叉排序树的定义可知，在二叉排序树中，任意非终端结点的关键字的值大于其左子树上所有结点的关键字的值（当然也大于其左孩子的值）；小于右子树上所有结点的关键字的值（当然也小于其右孩子的值）。所以，该题的选项中至少应该包含必要条件，A、D 可以排除。

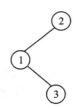

图 14-2　非二叉排序树

下面看条件是否充分，也就是说满足题目要求的二叉树是否是二叉排序树，即任一结点的值均大于其左孩子的值、小于其右孩子的值的二叉树为二叉排序树，此说法是否正确？

我们可以举出一个例子证明满足题目要求的二叉树不一定是二叉排序树，如图 14-2 所示的二叉树满足题目的要求，2＞1,1＜3，但显然这不是一棵二叉排序树，其中序遍历序列为 1,3,2，并非一个单增或单减得序列。所以正确答案中不应包含充分条件，排除 C。所以本题答案为 B。

解答：B。

[例题3] 一棵深度为 k 的平衡二叉树，其每个非叶子结点的平衡因子均为 0，则该树共有（　　）个结点。

A. $2^{k-1}-1$ B. 2^{k-1} C. $2^{k-1}+1$ D. 2^k-1

分析：由于每个非叶子结点的平衡因子均为 0，也即每个非终端结点都有左子树和右子树且高度相等；因此这样的 AVL 树即为满二叉树，而高度为 k 的满二叉树的结点数是 2^k-1。

解答：D。

[例题4] 输入序列为（20,35,…），构造平衡二叉树，当在树中插入值 30 时发生不平衡，则应进行的平衡旋转是（　　）。

A. LL　　　　　　　　B. RL　　　　　　　　C. LR　　　　　　　　D. RR

分析：平衡二叉树的旋转有 4 种方式，旋转的过程可以看做以当前结点为根，然后向左旋转或者向右旋转。该题首先将以 35 为根的树向右旋转，然后将以 20 为根的树向左旋转，最后是以 30 为根的树。

解答：B。

[例题5] 具有 5 层结点的平衡二叉树至少有（　　）个结点。

A. 10　　　　　　　　B. 12　　　　　　　　C. 15　　　　　　　　D. 17

分析：设 N_h 表示深度为 h 的平衡二叉树中含有的最少结点数，有

$N_0 = 0$

$N_1 = 1$

$N_2 = 2$

$\vdots$

$N_h = N_{h-1} + N_{h-2} + 1$

由此可得 $N_5 = 12$。对应的平衡二叉树的举例如图 14-3 所示。

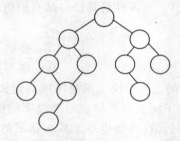

图 14-3　具有最少结点数的深度为 5 的平衡二叉树的示例

解答：B。

【知识点睛】

1. 二叉排序树或者是一棵空树，或者是具有下列性质的二叉树：

(1) 若左子树不空，则左子树上所有结点的值均小于根结点的值；若右子树不空，则右子树上所有结点的值均大于根结点的值。

(2) 左、右子树也都是二叉排序树。

对二叉排序树进行中序遍历，便可得到一个按关键码有序的序列。因此，一个无序序列可通过构一棵二叉排序树而成为有序序列。

2. 对于每一棵特定的二叉排序树，均可按照平均查找长度的定义来求它的 ASL 值，显然，由值相同的 n 个关键字，构造所得的不同形态的各棵二叉排序树的平均查找长度的值不同，甚至可能差别很大。

最好的情况是二叉排序树的形态和折半查找的判定树相同，其平均查找长度和 $\log_2 n$ 成正比。

3. (1) 在二叉排序树中插入新结点，按下列规则进行：

① 若二叉排序树为空，则新结点为二叉排序树的根结点；

② 若二叉排序树非空，则新结点的值和根结点比较，若小于根结点，则插入左子树；否则插入右子树。

注意：在二叉排序树中插入的结点均作为叶子结点。

（2）在二叉排序树中删除结点 * p（其双亲为 * f），主要有以下三种情况：

① 被删除的结点 * p 是叶子，则可直接删除 * p，修改 * f 的指针即可；

② 被删除的结点 * p 只有左子树或者只有右子树，只要令 * p 的左子树或右子树直接成为其双亲结点 * f 的左子树即可；

③ 被删除的结点 * p 既有左子树，也有右子树。如果希望中序遍历该二叉树得到的序列的相对位置在删除结点前后不变，则可采用如下方法：其一，令 * p 的左子树为 * f 的左子树，而 * p 的右子树为 * s 的右子树，其中，* s 是 * p 左子树中最右边的一个结点；其二，令 * p 的直接前驱（或直接后继）代替 * p，然后再从二叉排序树中删除它的直接前驱（或直接后继）。

4. 平衡二叉树或者是一棵空树，或者是具有下列性质的二叉排序树：它的左子树和右子树都是平衡二叉树，且左子树和右子树高度之差的绝对值不超过 1。

5. 平衡二叉树的构造过程就是其调整过程。假设由于在二叉排序树上插入结点而失去平衡的最小子树的根结点为 A，则调整时有以下四种情况：

（1）LL 型平衡旋转，A 的左子树的左子树上插入结点，做顺时针旋转；

（2）RR 型平衡旋转，A 的右子树的右子树上插入结点，做逆时针旋转；

（3）LR 型平衡旋转，A 的左子树的右子树上插入结点，做两次（逆、顺）旋转；

（4）RL 型平衡旋转，A 的右子树的左子树上插入结点，做两次（顺、逆）旋转。

失去平衡的最小子树的根结点必为离插入结点最近且插入之前的平衡因子不等于 0 的祖先结点。

【即学即练】

［习题 1］如图 14 - 4 所示的一棵二叉排序树，其成功的平均查找长度是（　　）。

A. 21/7　　　　　　　B. 28/7　　　　　　　C. 15/6　　　　　　　D. 21/6

［习题 2］在含有 n 个结点的二叉排序树中查找一个关键字，进行关键字比较次数最大值是（　　）。

A. $n/2$　　　　　　　B. $\log_2 n$　　　　　　C. $\log_2 n + 1$　　　　　D. n

［习题 3］不可能生成图 14 - 5 所示二叉排序树的关键字序列的是（　　）。

A. 42135　　　　　B. 42531　　　　　C. 45213　　　　　D. 45123

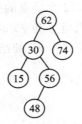

图 14 - 4　一棵二叉排序树

图 14 - 5　一棵二叉排序树

［习题 4］在含有 12 个结点的平衡二叉树上，查找关键字为 35（存在该结点）的结点，则依次比较的关键字有可能是（　　）。

A. 46,36,18,20,28,35　　　　　　　　B. 47,37,18,27,36

C. 27,48,39,43,37　　　　　　　　　D. 15,45,55,35

[习题5]设二叉排序树已经以二叉链表的形式存储在内存中,使用递归方法,求各结点的平衡因子并输出。要求:

(1)给出算法的基本设计思想;

(2)根据设计思想,采用 C 或 C++或 JAVA 语言表述算法,关键之处给出注释;

【习题答案】

[习题1]

分析:在二叉排序树上查找其关键字等于给定值的结点的过程,恰是一条从根结点到该结点的路径的过程,和给定值比较的关键字个数等于路径长度加1(或结点所在层次数)。因此,其成功的平均查找长度$=(1\times1+2\times2+2\times3+1\times4)/6=15/6$。

解答:C。

[习题2]

分析:考生可能很快速地选择 B,认为一棵树的高度为 $\log_2 n$,进行关键字比较的最大次数当然是这棵树的高度。注意,这种情况是最好的情况。

　　上述想法是由于思维定式所犯的错误,没有考虑到特殊的情况。因为既然题目中是要求比较次数的最大值,那么特殊情况就是如果这棵树就是 n 层,每层 1 个结点的话,此时它的高度最高为 n,则进行关键字比较次数最大值为 n。

解答:D。

[习题3]

分析:对每个选项构造二叉排序树,答案可容易得出。

解答:D。

[习题4]

分析:设 N_h 表示深度为 h 的平衡二叉树中含有的最少结点数,有

$N_0=0$

$N_1=1$

$N_2=2$

⋮

$N_h=N_{h-1}+N_{h-2}+1$

$N_3=4,N_4=7,N_5=12$。求出当 $N_h=12$ 时,$h=5$,也就是说,12 个结点的平衡二叉树的最小叶子结点的层数为 3,最大的叶子结点的层数为 5。由于存在关键字为 35 的结点,所以最多比较 5 次一定能找到该结点,因此选项 A 错误。又因为存在关键字为 35 的结点,则依次比较的关键字序列的最后一个结点一定是 35,因此选项 B、C 错误。

解答:D。

[习题5]

分析:本题的递归算法思想是根结点的平衡因子为左、右子树高度的之差,具体过程如下:

　　(1)若平衡二叉树为空,则返回其高度为 0;

　　(2)若平衡二叉树的左、右子树为空,则返回其高度为 1,否则返回左右最大高度加 1;

　　(3)任意结点的平衡因子为左、右子树高度之差。

解答:

```
typedef struct BiTNode{
```

```
    int bf;                          //平衡因子
    TElemType data;
    struct BiTNode * lchild; * rchild;    //左、右孩子指针
}BiTNode, * BiTree;
int Computerbf(BiTree bt) {          //求平衡二叉树 bt 各结点的平衡因子并输出
    int hl,hr;
    if (bt = = NULL) return 0;        //空树无平衡因子
    if (bt - >lchild = = NULL&& bt - >rchild = = NULL){
        bt - >bf = 0;                 //无左、右孩子的结点,平衡因子为 0
        printf(bt - >data);printf(bt - >bf);
        return 1;
    }
    else {                           //有左、右子树的结点,其平衡因子为左、右子树高度之差
        hl = Computerbf (bt - >lchild);
        hr = Computerbf (bt - >rchild);
        bt - >bf = hl - hr;
        printf(bt - >data);printf(bt - >bf);
        return (1 + (hl>hr? hl:hr));
    }
}
```

知识点聚焦 15：哈夫曼树和哈夫曼编码

【典型题分析】

[例题1] 若度为 m 的哈夫曼树,其叶子结点个数为 n,则非叶子结点的个数为（   ）。

A. $n-1$ B. $\lfloor n/m \rfloor - 1$ C. $\lceil (n-1)/(m-1) \rceil$ D. $\lceil n/(m-1) \rceil - 1$

分析：在构造度为 m 的哈夫曼树过程中,每次把 m 个子结点合并为一个父结点（第一次合并可能少于 m 个子结点）,每次合并减少 $m-1$ 个结点,从 n 个叶子结点减少到最后只剩一个父结点共需 $\lceil (n-1)/(m-1) \rceil$ 次合并,每次合并增加一个非叶子结点。

解答：C。

[例题2] 设哈夫曼编码的长度不超过 4,若已对两个字符编码为 1 和 01,则最多还可以对（   ）个字符编码。

A. 2   B. 3   C. 4   D. 5

分析：本题主要考查哈夫曼编码的概念和性质。哈夫曼编码是一种前缀编码,满足任意一个字符的编码都不是另一个字符编码的前缀。

除 1 和 01 外,长度不超过 4 的其余所有编码为 1,00,10,11,000,001,010,011,100,101,110,111,0000,0001,0010,0011,0100,0101,0110,0111,1000,1001,1010,1011,1100,1101,1110,1111。

因为已有编码 1 和 01,根据前缀编码的要求,则 1 和 01 开头的编码都不可考虑,剩余 0,00,000,001,0000,0001,0010,0011。若再选择 0 为一个字符的编码,则剩余的编码都不能使用,只能再为一个字符编码,同理选择 00 也是如此。若再选择 000 为一个字符编码,则还能再选择 001,能再为 2 个字符编码。若再选择 0000 为一个字符编码,则还能选择 0001,0010,0011,能再为 4 个字符编码。

解答：C。

【知识点睛】

1. 哈夫曼树的定义

哈夫曼树（又称最优二叉树），是指对于一组带有确定权值的叶结点，构造的具有最小带权路径长度的二叉树。

设二叉树具有 n 个带权值的叶结点，那么从根结点到各个叶结点的路径长度与相应结点权值的乘积之和叫做二叉树的带权路径长度，记为：

$$WPL = \sum_{k=1}^{n} W_k \cdot L_k$$

式中，W_k 为第 k 个叶结点的权值；L_k 为第 k 个叶结点的路径长度。

2. 哈夫曼树的构造方法的基本思想

（1）由给定的 n 个权值$\{W_1, W_2, \cdots, W_n\}$构造 n 棵只有一个叶结点的二叉树，从而得到一个二叉树的集合 $F = \{T_1, T_2, \cdots, T_n\}$；

（2）在 F 中选取根结点的权值最小和次小的两棵二叉树作为左、右子树构造一棵新的二叉树，这棵新的二叉树根结点的权值为其左、右子树根结点权值之和；

（3）在集合 F 中删除作为左、右子树的两棵二叉树，并将新建立的二叉树加入到集合 F 中；

（4）重复（2）（3）两步，当 F 中只剩下一棵二叉树时，这棵二叉树便是所要建立的哈夫曼树。

常见错误：在合并中不是选取根结点权值最小的两棵二叉树（包括已合并的和未合并的），而是选取未合并的根结点权值最小的一棵二叉树与已经合并的二叉树合并。

3. 对哈夫曼树的总结

（1）用 n 个权值（对应 n 个叶子结点）构造哈夫曼树，共需要 $n-1$ 次合并，即哈夫曼树中非叶子结点的总数为 $n-1$，总结点个数为 $2n-1$。

（2）哈夫曼树中没有度为 1 的结点，因为非叶子结点都是通过两个结点合并而来。但是，没有度为 1 的二叉树并不一定是哈夫曼树。

（3）用 n 个权值（对应 n 个叶子结点）构造的哈夫曼树，形态并不是唯一的。

4. 哈夫曼编码思想

将构成电文的每个不同字符作为叶子结点，其权值为电文中字符的使用频率或次数，构造哈夫曼树。此哈夫曼树中从根到每个叶子结点都有一条唯一的路径，对路径上各分支约定，左分支标识为"0"码，右标识为"1"码，则从根结点到叶子结点的路径上分支的"0"、"1"码组成的字符串即为该叶子结点的哈夫曼编码。

5. 对哈夫曼树编码的总结

（1）哈夫曼编码是能使电文代码总长最短的编码方式。此结论由哈夫曼树是带权路径长度最小的树的特征可得。

（2）哈夫曼编码是一种前缀编码，保证其在译码时不会产生歧义。因为，在哈夫曼编码中，每个字符都是叶子结点，而叶子结点不可能从根结点到其他叶子结点的路径上，所以一个字符的哈夫曼编码不可能是另一个字符的哈夫曼编码的前缀。

（3）深度为 h 的哈夫曼树，其叶子结点的最大编码长度为 $h-1$。

【即学即练】

[习题 1] 由权值为 9、2、5、7 的四个叶子构造一棵哈夫曼树,该树的带权路径长度为(　　)。

　A. 23　　　　　　　B. 37　　　　　　　C. 44　　　　　　　D. 46

[习题 2] 有 5 个字符,根据其使用频率设计对应的哈夫曼编码,(　　)是不可能的哈夫曼编码。

A. 000,001,010,011,1　　　　　　　B. 0000,0001,001,01,1

C. 000,001,01,10,11　　　　　　　D. 00,100,101,110,111

【习题答案】

[习题 1]

分析：由权值为 9、2、5、7 的四个叶子构造的哈夫曼树可如图 15-1 所示。

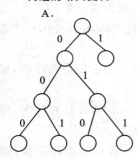

该树的带权路径长度＝9×1＋7×2＋2×3＋5×3＝44。

解答：C。

[习题 2]

分析：本题主要考查哈夫曼树和哈夫曼编码的概念和性质。按左分支编码为 0,右分支编码为 1,选项 A、B、C、D 的编码树如图 15-2 所示。选项 D 中包含度为 1 的结点,因此 D 不可能是哈夫曼编码。

解答：D。

图 15-1　构造的哈夫曼树

A.

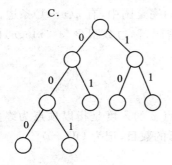

B.

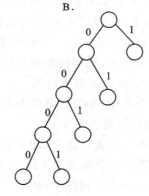

C.

D.

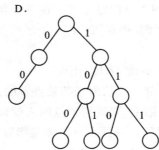

图 15-2　编码树

知识点聚焦 16：图的基本概念

【典型题分析】

[例题 1] 在具有 n 个顶点的无向完全图中删去(　　)条边才可能得到一棵树。

A. $n(n-1)/2$ B. $(n-1)(n-2)/2$

C. $(n-2)(n-3)/2$ D. $(n+1)(n-2)/2$

分析：由于具有 n 个顶点的无向完全图中共有 $n(n-1)/2$ 条边，n 个顶点的树应有 $n-1$ 条边，于是，删去的边有：$n(n-1)/2-(n-1)=(n-1)(n-2)/2$。

解答：B。

[例题 2] 以下关于图的叙述中，正确的是（   ）。

A. 强连通有向图的任何顶点到其他所有顶点都有弧

B. 任何图顶点的入度等于出度

C. 有向完全图一定是强连通有向图

D. 假设有图 G=(V,{E})，顶点集 V'⊆V，E'⊆E，则 V' 和 { E'} 都成 G 的子图

分析：选项 A 错误，强连通图的任何两个顶点之间不一定都有弧，而强连通图的任何两个顶点之间都有路径（顶点序列）。选项 B 错误，无向图顶点无入度和出度概念。选项 C 正确。选项 D 错误，如果 E' 中的某一条边的两个顶点不再 V' 中，则不能称 V' 与 E' 构成图。

解答：C。

【知识点睛】

1. 图是由一个顶点集 V 和一个弧集 R 构成的数据结构。

ADT Graph {

       数据对象 V：V 是具有相同特性的数据元素的集合，称为顶点集。

       数据关系 R：R={VR}，VR={<v,w>| v,w∈V 且 P(v,w)，<v,w>表示从 v 到 w 的弧，谓词 P(v,w)定义了弧<v,w>的意义或信息   }

2. 无向图：在一个图中，如果任意两个顶点构成的偶对(v,w)∈E 是无序的，即顶点之间的连线是没有方向的，则称该图为无向图。

3. 有向图：在一个图中，如果任意两个顶点构成的偶对(v,w)∈E 是有序的，即顶点之间的连线是有方向的，则称该图为有向图。

4. 无向完全图：在一个无向图中，如果任意两顶点都有一条直接边相连接，则称该图为无向完全图。在一个含有 n 个顶点的无向完全图中，有 $n(n-1)/2$ 条边。

5. 有向完全图：在一个有向图中，如果任意两顶点之间都有方向互为相反的两条弧相连接，则称该图为有向完全图。在一个含有 n 个顶点的有向完全图中，有 $n(n-1)$ 条边。

6. 稠密图、稀疏图：若一个图接近完全图，称为稠密图；称边数很少（$e<n\log n$）的图为稀疏图。

7. 顶点的度、入度、出度：

顶点的度是指依附于某顶点 v 的边数，通常记为 TD(v)。

在有向图中，要区别顶点的入度与出度的概念。顶点 v 的入度是指以顶点为终点的弧的数目，记为 ID(v)；顶点 v 出度是指以顶点 v 为始点的弧的数目，记为 OD(v)。

TD(v)=ID(v)+OD(v)。

可以证明，对于具有 n 个顶点、e 条边的图，顶点 v_i 的度 TD(v_i)与顶点的个数及边的数目满足关系：

$$e = \left(\sum_{i=1}^{n} TD(v_i) \right)/2$$

8. 边的权、网图：与边有关的数据信息称为权。边上带权的图称为网图或网络。

9. 路径、路径长度：顶点 v_p 到顶点 v_q 之间的路径是指顶点序列 $v_p, v_{i1}, v_{i2}, \cdots, v_{im}, v_q$。其中，$(v_p, v_{i1}), (v_{i1}, v_{i2}), \cdots, (v_{im}, v_q)$ 分别为图中的边。路径上边的数目称为路径长度。

10. 简单路径、简单回路：序列中顶点不重复出现的路径称为简单路径。除第一个顶点与最后一个顶点之外，其他顶点不重复出现的回路称为简单回路，或者简单环。

11. 子图：对于图 G＝(V,E),G'＝(V',E'),若存在 V' 是 V 的子集 ,E' 是 E 的子集,则称图 G' 是 G 的一个子图。

12. 连通图、连通分量：在无向图中，如果从一个顶点 v_i 到另一个顶点 $v_j(i \neq j)$ 有路径，则称顶点 v_i 和 v_j 是连通的。如果图中任意两顶点都是连通的，则称该图是连通图。无向图的极大连通子图称为连通分量。

13. 强连通图、强连通分量：对于有向图来说，若图中任意一对顶点 v_i 和 $v_j(i \neq j)$ 均有从一个顶点 v_i 到另一个顶点 v_j 有路径，也有从 v_j 到 v_i 的路径，则称该有向图是强连通图。有向图的极大强连通子图称为强连通分量。

14. 生成树：所谓连通图 G 的生成树,是 G 中包含其全部 n 个顶点的一个极小连通子图。它必定包含且仅包含 G 的 n－1 条边。在生成树中添加任意一条属于原图中的边必定会产生回路,因为新添加的边使其所依附的两个顶点之间有了第二条路径。若生成树中减少任意一条边,则必然成为非连通的。

15. 生成森林：在非连通图中,由每个连通分量都可得到一个极小连通子图,即一棵生成树。这些连通分量的生成树就组成了一个非连通图的生成森林。

【即学即练】

[习题1] 一个有 28 条边的非连通无向图至少有(   )个顶点。

A. 7   B. 8   C. 9   D. 10

[习题2] 具有 n 个顶点的连通图至少有(   )条边,具有 n 个顶点的强连通图至少有(   )条弧。

A. n B. $n-1$ C. $n+1$ D. $n(n-1)$

【习题答案】

[习题1]

分析：8 个顶点的连通无向图共有 8×(8－1)/2＝28 个顶点,所有非连通无向图则有至少 9 个顶点。

解答：C。

[习题2]

分析：强连通图指的是连通的有向图,因此具有 n 个顶点的强连通图至少有 n 条弧。

解答：B,A。

知识点聚焦 17：图的存储结构

【典型题分析】

[例题1] 关于图的存储结构,下列说法正确的是(   )。

A. 无向图的邻接表中,第 i 个顶点的度为第 i 个链表中结点数的 2 倍

B. 邻接表比邻接矩阵操作更简便

C. 邻接矩阵比邻接表操作更简便

D. 求有向图结点的度,必须遍历整个邻接表

分析:选项 A,无向图的邻接表中,第 i 个顶点的度恰为第 i 个链表中结点数;选项 B,判断任意两个点是否有边或弧相连,邻接表没有邻接矩阵方便;选项 C,查找任一顶点的第一个邻接点和下一个邻接点,邻接矩阵不及邻接表方便;选项 D 正确。

解答:D。

[例题 2] n 个顶点的无向图的邻接表中边表结点总数最多有(   )。

A. $2n$ B. n C. $n/2$ D. $n(n-1)$

分析:n 个顶点的无向图最多有 $n(n-1)/2$ 条边,在无向图的邻接表中,每条边对应两个边表结点。

解答:D。

【知识点睛】

图的存储结构常采用邻接矩阵和邻接表的表示方法。

1. 邻接矩阵:就是用一维数组存储图中顶点的信息,用矩阵表示图中各顶点之间的邻接关系。

邻接矩阵的形式描述如下:

```
#define MAX_VERTEX_NUM 20          //最大顶点数设为 20
typedef char VertexType;           //顶点类型设为字符型
typedef int VRType;                //边的权值设为整型
typedef struct {
    VertexType vexs[MAX_VERTEX_NUM];                  //顶点表
    VRType edges[MAX_VERTEX_NUM][ MAX_VERTEX_NUM];    //邻接矩阵,即边表
    int vexnum,arcnum;             //顶点数和边数
}MGragh;                           //MGragh 是邻接矩阵存储的图类型
```

图的邻接矩阵存储方法具有以下特点:

(1) 无向图的邻接矩阵一定是一个对称矩阵。在不考虑压缩的情况下,邻接矩阵的大小 n^2,考虑压缩的情况下,存放邻接矩阵时只需存放上(或下)三角矩阵的元素即可,又由于主对角线为 0,则至少需要 $n(n-1)/2$ 空间。

(2) 有向图的邻接矩阵不一定是对称矩阵。有向完全图的邻接矩阵是对称矩阵。

(3) 对于无向图,邻接矩阵的第 i 行(或第 i 列)非零元素(或非∞元素)的个数正好是第 i 个顶点的度 $TD(v_i)$。

(4) 对于有向图,邻接矩阵的第 i 行(或第 i 列)非零元素(或非∞元素)的个数正好是第 i 个顶点的出度 $OD(v_i)$(或入度 $ID(v_i)$)。

(5) 用邻接矩阵方法存储图,很容易确定图中任意两个顶点之间是否有边相连;但是,要确定图中有多少条边,则必须按行、按列对每个元素进行检测,所花费的时间代价很大。这是用邻接矩阵存储图的局限性。

(6) 稠密图适合用邻接矩阵的存储表示。

2. 邻接表是图的一种顺序存储与链式存储结合的存储方法,类似于树的孩子链表表示法。就是对于图 G 中的每个顶点 v_i,将所有邻接于 v_i 的顶点 v_j 链成一个单链表,这个单链表就称为顶点 v_i 的邻接表,再将所有点的邻接表表头放到数组中,就构成了图的邻接表。

邻接表的形式描述如下：

```
#define MAX_VERTEX_NUM   20      //最大顶点数为 20
typedef struct ArcNode{          //边表结点
    int    adjvex;               //邻接点域
    struct ArcNode * nextarc;    //指向下一个邻接点的指针域
                                 //若要表示边上信息,则应增加一个数据域 info
}ArcNode;
typedef struct VNode{            //顶点表结点
    VertexType   data;           //顶点域
    ArcNode    * firstarc;       //边表头指针
}VNode, AdjList[MAX_VERTEX_NUM]; //AdjList 是邻接表类型
typedef struct{
    AdjList adjlist;             //邻接表
    int vexnum,arcnum;           //顶点数和边数
}ALGraph;                        //ALGraph 是以邻接表方式存储的图类型
```

图的邻接表存储方法具有以下特点：

（1）若无向图中有 n 个顶点、e 条边，则它的邻接表需 n 个头结点和 $2e$ 个表结点。稀疏图用邻接表表示比邻接矩阵节省存储空间，当和边相关的信息较多时更是如此。

（2）在无向图的邻接表中，顶点 v_i 的度恰为第 i 个链表中的结点数；在有向图中，第 i 个链表中的结点个数只是顶点 v_i 的出度，为求入度，必须遍历整个邻接表。在所有链表中其邻接点域的值为 i 的结点的个数是顶点 v_i 的入度。

有时，为了便于确定顶点的入度或以顶点 v_i 为头的弧，可以建立一个有向图的逆邻接表，即对每个顶点 v_i 建立一个以 v_i 为头的弧的链表。

在建立邻接表或逆邻接表时，若输入的顶点信息即为顶点的编号，则建立邻接表的复杂度为 $O(n+e)$，否则，需要通过查找才能得到顶点在图中位置，则时间复杂度为 $O(n \cdot e)$。

（3）在邻接表上容易找到任一顶点的第一个邻接点和下一个邻接点，但要判定任意两个顶点（v_i 和 v_j）之间是否有边或弧相连，则需搜索第 i 个或第 j 个链表，因此，这种方法不及邻接矩阵方便。

3. 图的表示方法的转换

（1）邻接矩阵转换为邻接表的一般方法是：先设置一个空的邻接表，然后在邻接矩阵上查找值不为空的元素，找到后在邻接表的对应单链表插入相应边表结点。

（2）邻接表转换为邻接矩阵的一般方法是：先建一个空的邻接矩阵，然后在邻接表上顺序地取一个单链表中的表结点，如果表结点不为空，则将邻接矩阵中对应单元的值设置为 1。

【即学即练】

[习题1] 在有向图的邻接表存储结构中，顶点 v（编号）在邻接表中出现的次数等于（   ）。

A. 顶点 v 的度 　　　　　　　B. 顶点 v 的出度
C. 顶点 v 的入度 　　　　　　D. 顶点 v 关联的边数

【习题答案】

[习题1]

分析：本题主要考查对邻接表和逆邻接表存储结构的特点，需要注意有向图与无向图的区别。

解答：C。

知识点聚焦 18：图的遍历

【典型题分析】

[例题1] 导致图的遍历序列不唯一的因素是（　　）。

A. 出发点的不同、遍历方法的不同

B. 出发点的不同、存储结构的不同

C. 遍历方法的不同、存储结构的不同

D. 出发点的不同、存储结构的不同、遍历方法的不同

分析：导致对一个图进行遍历而得到的遍历序列不唯一的因素有许多。首先，遍历的出发顶点的选择不唯一，而得到的遍历序列显然也不是唯一的。即使遍历的出发顶点相同，采用的遍历方法若不相同，得到的结果也是不相同的。另外，即使遍历的出发顶点相同，并且采用同一种遍历方法，若图的存储结构不相同，则得到的结果也可能是不相同的。例如，对于邻接表结构而言，建立邻接表时提供边的信息的先后次序不同，边结点的链接次序也不同，从而会建立不同的邻接表；同一个图的不同邻接表结构会导致不同的遍历结果。

解答：D。

[例题2] 如果从无向图的任一顶点出发进行一次深度优先搜索即可访问所有顶点，则该图一定是（　　）。

A. 完全图　　　　　　　B. 连通图　　　　　　　C. 有回路　　　　　　　D. 一棵树

分析：对于无向图来说，若无向图是连通图，则一次遍历能够访问到图中的所有顶点，但若无向图是非连通图，则只能访问到初始点所在连通分量中的所有顶点，其他连通分量中的顶点不可能访问到。

解答：B。

【知识点睛】

1. 图的遍历通常有深度优先搜索和广度优先搜索两种方式。深度优先搜索是一个递归的过程，而广度优先搜索是一个非递归过程。

（1）深度优先搜索

假设初始状态是图中所有顶点未曾被访问，则深度优先搜索可从图中某个顶点发 v 出发，访问此顶点，然后依次从 v 的未被访问的邻接点出发深度优先遍历图，直至图中所有和 v 有路径相通的顶点都被访问到；若此时图中尚有顶点未被访问，则另选图中一个未曾被访问的顶点作起始点，重复上述过程，直至图中所有顶点都被访问到为止。

① 递归算法

```
void DFSTraverse (Graph G) {                //深度优先遍历图 G
    for (v = 0; v<G.vexnum; + +v)
        visited[v] = FALSE;                 //访问标志数组初始化
    for (v = 0; v<G.vexnum; + +v)
        if (! visited[v]) DFS(G,v);         //对尚未访问的顶点调用 DFS
}
void DFS(Graph G,int v) {                    //从第 v 个顶点出发递归地深度优先遍历图 G
    visited[v] = TRUE;Visit(v);             //访问第 v 个顶点
    for (w = FisrtAdjVex(G,v);w> = 0; w = NextAdjVex(G,v,w))
        if (! visited[w]) DFS(G,w);          //对 v 的尚未访问的邻接顶点 w 递归调用 DFS
}
```

② 非递归算法

```
void DFSTraverse (Graph G) {                //深度优先遍历图 G
    for (v = 0; v<G.vexnum; ++v)
        visited[v] = FALSE;                 //访问标志数组初始化
    for (v = 0; v<G.vexnum; ++v)
        if (! visited[v]) DFSn(G,i);        //对尚未访问的顶点调用非递归的 DFSn
}
void DFSn(Graph G,int v ) {                  //从第 v 个顶点出发非递归地深度优先遍历图 G
    Stack s;
    Push(s,v);
    while (! StackEmpty(s)){                 //栈空时第 v 个顶点所在的连通分量已遍历完
        Pop(s,k)
        if (! visited[k]){
            visited[k] = TRUE;Visit(k);      //访问第 k 个顶点
            //将第 k 个顶点的所有邻接点进栈
            for (w=FisrtAdjVex(G,k);w>=0; w=NextAdjVex(G,k,w))
                if(! visited[w]&& w! = GetTop(s))Push(s,w);//图中有环时 w = = GetTop(s)
        }
    }
}
```

图的存储结构用邻接矩阵表示时,深度优先搜索遍历图的时间复杂度为 $O(n^2)$。当以邻接表作存储结构时,深度优先搜索遍历图的时间复杂度为 $O(n+e)$。深度优先搜索遍历图的空间复杂度为 $O(n)$。

(2) 广度优先搜索

假设从图中某顶点 v 出发,在访问了 v 之后依次访问 v 的各个未曾访问过的邻接点,然后分别从这些邻接点出发依次访问它们的邻接点,并使"先被访问的顶点的邻接点"先于"后被访问的顶点的邻接点"被访问,直至图中所有已被访问的顶点的邻接点都被访问到。若此时图中尚有顶点未被访问,则另选图中一个未曾被访问的顶点作起始点,重复上述过程,直至图中所有顶点都被访问到为止。换句话说,广度优先搜索遍历图的过程中以 v 为起始点,由近至远,依次访问和 v 有路径相通且路径长度为 $1,2,\cdots$ 的顶点。

```
void BFSTraverse (Graph G) {                //按广度优先非递归遍历图 G,使用辅助队列 Q
    for (v = 0; v<G.vexnum; ++v)
        visited[v] = FALSE;                 //访问标志数组初始化
    for (v = 0; v<G.vexnum; ++v)
        if (! visited[v])  BFS(G, v);       //对尚未访问的顶点调用 BFS
}
void BFS (Graph G,int v) {
    InitQueue(Q);                           //置空的辅助队列 Q
    visited[v] = TRUE; Visit(v);            //访问 v
    EnQueue(Q,v);                           //v 入队列
    while (! QueueEmpty(Q)) {
        DeQueue(Q,u);                       //队头元素出队并置为 u
        for(w=FistAdjVex(G,u); w>=0; w=NextAdjVex(G,u,w))
            if (! visited[w]){
                visited[w] = TRUE; Visit(w);
```

```
            EnQueue(Q,w);                    //u 尚未访问的邻接顶点 w 入队列 Q
        }
    }
}
```

　　广度优先搜索遍历图的时间复杂度和深度优先搜索遍历的相同,两者不同之处仅仅在于对顶点访问的顺序不同。

　　2. 树的先根遍历是一种深度优先搜索策略,树的层次遍历是一种广度优先搜索策略。

【即学即练】

[习题1] 除了使用拓扑排序的方法,下面哪一种方法可以判断出一个有向图是否有回路( )。

A. 深度优先遍历　　　B. 求最小生成树　　　C. 求最短路径　　　D. 求关键路径

[习题2] 假设图 G 采用邻接表存储,设计一个算法,输出图 G 中从顶点 u 到 v 的长度为 k 的所有简单路径。

【习题答案】

[习题1]

分析:本题主要考查判断有向图中是否有回路的方法。从图中的任意一个顶点出发,采用深度优先遍历,若路径中的顶点有重复,则图中有回路。

判断有向图是否存在回路的方法:拓扑排序和深度优先遍历。

解答:A。

[习题2]

分析:所谓简单路径是指路径上的顶点不重复。本题利用回溯的深度优先搜索方法,从顶点 u 开始,进行深度优先搜索。由于在搜索过程中,每个顶点只访问一次且不重复访问,所以这条路径必定是一条简单路径。因此,在搜索过程中,需要把当前的搜索线路记录下来。为了记录当前的搜索路径,可设立一个数组 path 保存走过的路径,用 d 记录走过的路径长度。若当前扫描到的结点 u 等于 v 且路径长度为 k 时,表示找到了一条路径,则输出路径 path。

解答:

```
void PathAll(ALGraph * G,int u,int v,int k,int path[],int d){
    //d 是到当前已走过的路径长度,调用时初值为 -1
    int m,i;
    ArcNode * p;
    visited[u] = 1;
    d++;                              //路径长度加1
    path[d] = u;                      //将当前顶点添加到路径中
    if(u= = v && d = =k)              //输出一条路径
        for(i=0;i<=d;i++)  printf(path[i]);
    p = G->adjlist[u].firstarc;       //p 指向顶点 u 的第一条弧的弧头结点
    while(p! = NULL){
        m = p->adjvex;                //m 为 u 的邻接顶点
        if(visited[m]= = 0) PathAll(G,m,v,k,path,d); //若该顶点未标记访问,则用递归访问它
        p->nextarc;                   //找出 u 的下一个邻接顶点
    }
    visited[u] = 0;                   //恢复环境:使该顶点可重新使用
```

```
        d--;                         //回退时路径长度减1
}
```

知识点聚焦19：图的最小生成树问题

【典型题分析】

[例题1] 对于含有 n 个顶点的带权连通图,它的最小生成树是指图中的任意一个(　　　)。

A. 由 $n-1$ 条权值最小的边构成的子图

B. 由 $n-1$ 条权值之和最小的边构成的子图

C. 由 $n-1$ 条权值之和最小的边构成的连通子图

D. 由 n 个顶点构成的边的权值之和最小的连通子图

分析:本题主要考查最小生成树的概念。

解答:D。

[例题2] 已知一个无向图如图19-1所示,要求分别用普里姆算法和克鲁斯卡尔算法生成最小树(假设以①为起点),试画出构造过程。

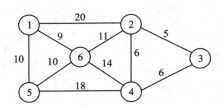

图19-1　一个无向图

分析:本题主要考查普里姆算法和克鲁斯卡尔算法的思想和解题步骤,详细请看【知识点睛】部分。

解答:普里姆算法过程如图19-2所示。

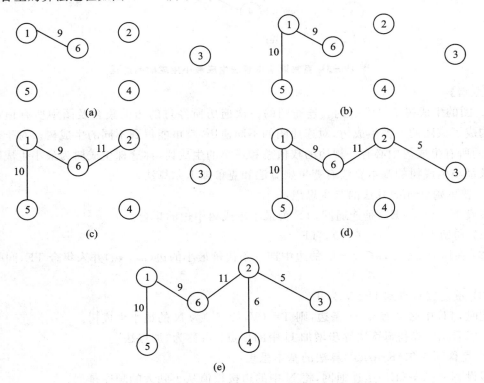

图19-2　普里姆算法生成最小生成树的过程

克鲁斯卡尔算法如图19-3所示。

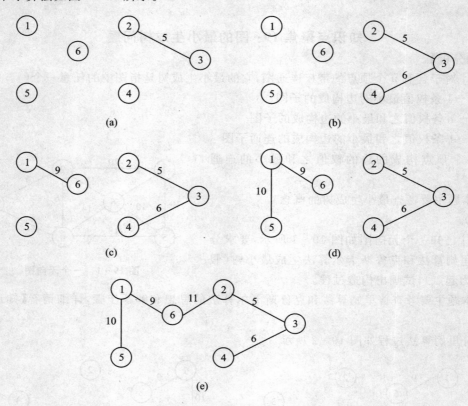

图 19-3　克鲁斯卡尔算法生成最小生成树的过程

【知识点睛】

1. 图的生成树不是唯一的。连通图的一次遍历所经过的边的集合及图中所有顶点的集合就构成了该图的一棵生成树,对连通图的不同遍历,就可能得到不同的生成树。对于带权的图,它的所有生成树中必有一棵边的权值总和最小的生成树,称这棵生成树为最小生成树。

求最小生成树的基本算法有普里姆算法和克鲁斯卡尔算法。

2. 普里姆(Prim)算法的基本思想:

假设 $N=(V,\{E\})$ 是连通网,TE 为最小生成树中边的集合。

(1) 初始 $U=\{u_0\}(u_0 \in V)$, $TE=\varphi$。

(2) 在所有 $u \in U, v \in V-U$ 的边中选一条代价最小的边 (u_0, v_0) 并入集合 TE,同时将 v_0 并入 U。

(3) 重复(2),直到 $U=V$ 为止。

此时,TE 中必含有 $n-1$ 条边,则 $T=(V,\{TE\})$ 为 N 的最小生成树。

可以看出,普利姆算法逐步增加 U 中的顶点,可称为"加点法"。

3. 克鲁斯卡尔(Kruskal)算法的基本思想:

假设 $N=(V,\{E\})$ 是连通网,将 N 中的边按权值从小到大的顺序排列:

(1) 将 n 个顶点看成 n 个集合。

(2) 按权值由小到大的顺序选择边,所选边应满足两个顶点不在同一个顶点集合内,将该边放到生成树边的集合中。同时将该边的两个顶点所在的顶点集合合并。

（3）重复（2），直到所有的顶点都在同一个顶点集合内。

可以看出，克鲁斯卡尔算法逐步增加生成树的边，与普里姆算法相比，可称为"加边法"。

4. Prim 算法的时间复杂度为 $O(n^2)$，适用于稠密图。

Kruskal 算法需对 e 条边按权值进行排序，若采用堆排序算法，Kruskal 算法构造最小生成树的时间复杂度为 $O(eloge)$（e 为网中边的数目），因此适用于稀疏图。

【即学即练】

[习题1] 设有无向图 G＝(V,E) 和 G′＝(V′,E′)，如果 G′是 G 的生成树，则下面不正确的说法是（　　）。

A. G′是 G 的连通分量　　　　　　　　　　B. G′是 G 的无环子图

C. G′是 G 的子图　　　　　　　　　　　　D. G′是 G 的极小连通子图且 V′＝V

【习题答案】

[习题1]

分析：由生成树的定义可知，选项 B、D 均为生成树的特点，而选项 A 为概念错误。G′为连通图而非连通分量，连通分量是无向图的极大连通子图，其中极大的含义是将依附于连通分量中顶点的所有边都加上，所以，连通分量中可能存在回路。

解答：A。

知识点聚焦20：图的拓扑排序问题

【典型题分析】

[例题1] 除了使用拓扑排序的方法，下面哪一种方法可以判断出一个有向图是否有回路（　　）。

A. 深度优先遍历　　　B. 广度优先遍历　　　C. 求最短路径　　　D. 求关键路径

分析：（1）利用拓扑排序算法可以判断图中是否存在回路。即在拓扑排序输出结束后所余下的顶点都有前驱，则说明了只得到了部分顶点的拓扑有序序列，图中存在回路。

（2）设图 G 是 n 个顶点的无向图，若 G 的边数 $e \geqslant n$，则图 G 中一定有回路存在。

（3）设图 G 是 n 个顶点的无向连通图，若 G 的每个顶点的度大于等于2，则图 G 中一定有回路存在。

理由是：设整个图 G 的度之和为 N，则 $N \geqslant 2n$，又因为图中边数 $e＝N/2 \geqslant n$，因此图 G 至少有 n 条边。

因为多于 $n-1$ 条边的图中必然存在回路，所以图 G 中一定有回路存在。

（4）利用深度优先遍历可以判断图 G 中是否存在回路。对于无向图来说，若深度优先遍历过程中遇到了回边则必定存在环；对于有向图来说，这条回边可能是指向深度优先森林中另一棵生成树上顶点的弧；但是，如果从有向图的某个顶点 v 出发进行深度优先遍历，若在 DFS(v) 结束之前出现一条从顶点 u 到顶点 v 的回边，则 u 在生成树上是 v 的孙子，则有向图必定存在包含顶点 v 和顶点 u 的环。

解答：A。

[例题2] 若一个有向图的顶点不能排在一个拓扑序列中，则可判定该有向图（　　）。

A. 是一个有根有向图　　　　　　　　　　B. 是个强连通图

C. 含有多个入度为 0 的顶点　　　　　　　D. 含有顶点数目大于 1 的强连通分量

分析：该图中存在回路,该回路构成一个强连通分量。

解答：D。

【知识点睛】

1. 拓扑有序序列是 AOV 网 G 中的顶点所构成的有序序列 $T=(1,\cdots,i,\cdots,n)$,且满足以下条件：

(1) AOV 网的优先关系与序列所反映的先后关系一致；

(2) AOV 网中无优先关系的顶点也赋予了一定的先后关系。

则称序列 T 为 AOV 网的一个拓扑有序序列,对 AOV 网构造它的拓扑有序序列的过程称为拓扑排序。拓扑排序的序列可能不唯一。

2. 若某个 AOV 网中所有顶点都在它的拓扑序列中,则说明该 AOV 网不存在回路。

3. 对 AOV 网进行拓扑排序的方法和步骤是：

(1) 从 AOV 网中选择一个没有前驱的顶点(该顶点的入度为 0),并且输出它；

(2) 从网中删去该顶点,并且删去从该顶点发出的全部有向边；

(3) 重复上述两步,直到剩余的网中不再存在没有前驱的顶点为止。

这样操作的结果有两种：一种是网中全部顶点都被输出,这说明网中不存在有向回路；另一种就是网中顶点未被全部输出,剩余的顶点均不是前驱顶点,这说明网中存在有向回路。

拓扑排序方法是关键路径求解问题的基础。从拓扑排序构造的方法可见拓扑排序本质上就是图的遍历过程。

当有向图中无环时,也可用深度优先遍历的方法进行拓扑排序,按 DFS 算法的先后次序记录的顶点序列为逆向拓扑有序序列。

【即学即练】

[习题1]已知带权图 $G=(V,E)$,其中 $V=\{v_1,v_2,v_3,v_4,v_5,v_6\}$,$E=\{<v_1,v_2>,<v_1,v_4>,<v_2,v_6>,<v_3,v_1>,<v_3,v_4>,<v_4,v_5>,<v_5,v_2>,<v_5,v_6>\}$,G 的拓扑序列是( )。

A. v_3,v_1,v_4,v_5,v_2,v_6 B. v_3,v_4,v_1,v_5,v_2,v_6

C. v_1,v_3,v_4,v_5,v_2,v_6 D. v_1,v_4,v_3,v_5,v_2,v_6

【习题答案】

[习题1]

分析：按照拓扑排序方法对该图进行拓扑排序便可得到结果。

解答：A。

知识点聚焦 21：图的关键路径问题

【典型题分析】

[例题1]下面关于关键路径的问题中说法正确的是( )。

Ⅰ. 关键路径是由权值最大的边构成的

Ⅱ. 在 AOE 网中,减小任一关键活动上的权值,整个工期也就相应减小

Ⅲ. 在关键路径上的活动都是关键活动,而关键活动也必在关键路径上

A. 仅Ⅰ和Ⅱ   B. 仅Ⅰ和Ⅲ   C. 仅Ⅰ   D. 仅Ⅲ

分析：根据关键路径定义,显然Ⅰ是错误的；Ⅱ错误的原因是,若网中有 n 条关键路径时,仅减小其中一个关键活动的权值并不能使整个工期减小。因此只有Ⅲ正确。

解答：D。

[例题 2] 如图 21-1 所示的 AOE 网，求：

(1) 每项活动 a_i 的最早开始时间 $e(a_i)$ 和最迟开始时间 $l(a_i)$？

(2) 完成此工程最少需要多少天（设边上权值为天数）？

(3) 哪些活动是关键活动？

(4) 是否存在某项活动，当其提高速度后能使整个工程缩短工期。

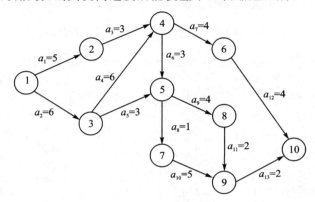

图 21-1 AOE 网

分析：通常把计划、施工过程、生产流程、程序流程都当成一个工程。除了很小的工程外，一般都把工程分为若干个叫做"活动"的子工程，完成了这些"活动"的子工程，整个工程就完成了。完成整个工程所需的时间取决于在这条路径上所有活动的持续时间之和。这条路径长度就叫做关键路径。由于在 AOE 中有些活动可以并发进行，所以完成工程的最短时间是从开始点到完成点的加权最长路径的长度。这一点往往会理解相反，导致求解错误，因为一个工程当它最长路径上的工程都完成了，则其他比它短的路径的过程一定也已经完成。但短路径上的所有工程完成了，长路径上的一些工程可能没有完成，从而导致整个工程没有完成。

解答：(1) 求所有事件的最早发生时间

```
ve(1) = 0
ve(2) = 5
ve(3) = 6
ve(4) = max{ve(2) + 3, ve(3) + 6} = 12
ve(5) = max{ve(4) + 3, ve(3) + 3} = 15
ve(6) = ve(4) + 4 = 16
ve(7) = ve(5) + 1 = 16
ve(8) = ve(5) + 4 = 19
ve(9) = max{ve(7) + 5, ve(8) + 2} = 21
ve(10) = max{ve(6) + 4, ve(9) + 2} = 23
```

求所有事件的最迟发生时间：

```
vl(10) = 23
vl(9) = vl(10) - 2 = 21
vl(8) = vl(9) - 2 = 19
```

vl (7) = vl (9) − 5 = 16

vl (6) = vl (10) − 4 = 19

vl (5) = min{ vl (7) − 1,vl (8) − 4} = 15

vl (4) = min{ vl (6) − 4,vl (5) − 3} = 12

vl (3) = min{ vl (4) − 6, vl (5) − 3} = 6

vl (2) = vl (4) − 3 = 9

vl (1) = min{vl (2) − 5, vl (3) − 6} = 0

求活动 a_i 的最早开始时间 $e(i)$、最晚开始时间 $l(i)$、时间余量 $d(i)$。

活动 a_1: e (1) = ve (1) = 0   l (1) = vl (2) − 5 = 4   d(1) = 4

活动 a_2: e (2) = ve (1) = 0   l (2) = vl (3) − 6 = 0   d(2) = 0

活动 a_3: e (3) = ve (2) = 5   l (3) = vl (4) − 3 = 9   d(3) = 4

活动 a_4: e (4) = ve (3) = 6   l (4) = vl (4) − 6 = 6   d(4) = 0

活动 a_5: e (5) = ve (3) = 6   l (5) = vl (5) − 3 = 12   d(5) = 6

活动 a_6: e (6) = ve (4) = 12   l (6) = vl (5) − 3 = 12   d(6) = 0

活动 a_7: e (7) = ve (4) = 12   l (7) = vl (6) − 4 = 15   d(7) = 3

活动 a_8: e (8) = ve (5) = 15   l (8) = vl (7) − 1 = 15   d(8) = 0

活动 a_9: e (9) = ve (5) = 15   l (9) = vl (8) − 4 = 15   d(9) = 0

活动 a_{10}: e (10) = ve (7) = 16   l (10) = vl (9) − 5 = 16   d(10) = 0

活动 a_{11}: e (11) = ve (8) = 19   l (11) = vl (9) − 2 = 19   d(11) = 0

活动 a_{12}: e (12) = ve (6) = 16   l (12) = vl (10) − 4 = 19   d(12) = 3

活动 a_{13}: e (13) = ve (9) = 21   l (13) = vl (10) − 2 = 21   d(13) = 0

（2）完成此工程最少需要 23 天。

（3）从上面计算得出，关键活动为 $a_2, a_4, a_6, a_8, a_9, a_{10}, a_{11}, a_{13}$，这些活动构成了两条关键路径即 $a_2, a_4, a_6, a_8, a_{10}, a_{13}$ 和 $a_2, a_4, a_6, a_9, a_{11}, a_{13}$。

（4）存在 a_2, a_4, a_6, a_{13} 活动，当其提高速度后能使整个工期缩短。

【知识点睛】

1. AOE 网中从源点到终点的最大路径长度（这里的路径长度是指该路径上的各个活动所需时间之和）的路径称为关键路径。关键路径长度是整个工程所需的最短工期。关键路径上的活动称为关键活动。要缩短整个工期，必须加快关键活动的进度。

2. 寻找关键活动时所用到的几个参量的定义。

假设第 i 条弧为 $<j,k>$，dut($<j, k>$)为弧 $<j,k>$ 上的权值。

（1）事件的最早发生时间 ve[k] =从源点到顶点 k 的最长路径长度。

ve(源点) = 0;

ve(k) = Max{ve(j) + dut($<j, k>$)}

（2）事件的最迟发生时间 vl[j] =从顶点 j 到汇点的最短路径长度。

vl(汇点) = ve(汇点);

vl(j) = Min{vl(k) − dut($<j, k>$)}

（3）活动 i 的最早开始时间 $e(i) = ve(j)$。

（4）活动 i 的最晚开始时间 $l(i) = vl(k) − dut(<j,k>)$。

$e[i]=l[i]$ 的活动就是关键活动,关键活动所在的路径就是关键路径。

3. 求关键路径的算法如下:

（1）求 AOV 网中所有事件的最早发生时间 ve（ ）;

（2）求 AOV 网中所有事件的最迟发生时间 vl（ ）;

（3）求 AOV 网中所有活动的最早发生时间 e（ ）;

（4）求 AOV 网中所有活动的最迟发生时间 l（ ）;

（5）求 AOV 网中所有活动的事件余量 d（ ）＝l（ ）－e（ ）;

（6）找出所有 d（ ）为 0 的活动构成的关键路径。

【即学即练】

[习题 1] 下面关于工程计划的 AOE 网的叙述中,不正确的是（　）。

A. 关键活动不按期完成就会影响整个工程的完成时间

B. 任何一个关键活动提前完成,那么整个工程将会提前完成

C. 所有的关键活动都提前完成,那么整个工程将会提前完成

D. 某些关键活动若提前完成,那么整个工程将会提前完成

【习题答案】

[习题 1]

分析:AOE 网中的关键路径可能不止一条。如果某一关键活动提前完成,还不能提前整个工程,此时必须同时提高在几条关键路径上的关键活动;但有时某些关键活动提前完成,整个工程也可能提前完成。

解答:B。

知识点聚焦 22：图的最短路径问题

【典型题分析】

[例题 1] 如图 22-1 所示,试用 Dijkstra 算法求从顶点 a 到其他各顶点的最短路径,写出执行算法过程中各步的状态。

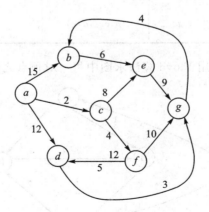

图 22-1　一个有向图

分析:本题主要考查 Dijkstra 算法的思想和解题步骤,详细请看【知识点睛】部分。

解答:执行算法过程中各步的状态见表 22-1。

表 22-1　执行 Dijkstra 算法过程中各步的状态

Dist ＼ 终点	b	c	d	e	f	g	S
k=1	15 (a,b)	2 (a,c)	12 (a,d)				{a,c}
k=2	15 (a,b)		12 (a,d)	10 (a,c,e)	6 (a,c,f)		{a,c,f}
k=3	15 (a,b)		11 (a,c,f,d)	10 (a,c,e)		16 (a,c,f,g)	{a,c,f,e}
k=4	15 (a,b)		11 (a,c,f,d)			16 (a,c,f,g)	{a,c,f,e,d}
k=5	15 (a,b)					14 (a,c,f,d,g)	{a,c,f,e,d,g}
k=6	15 (a,b)						{a,c,f,e,d,g,b}

题目中的有向图从 a 到其他各点的最短路径见表 22-2。

表 22-2　从 a 到其他各点的最短路径

始点	终点	最短路径	路径长度
a	b	(a,b)	15
	c	(a,c)	2
	d	(a,c,f,d)	11
	e	(a,c,e)	10
	f	(a,c,f)	6
	g	(a,c,f,d,g)	14

[例题 2] 如图 22-2 所示,试用 Floyd 算法求图中每一对顶点之间的最短路径。

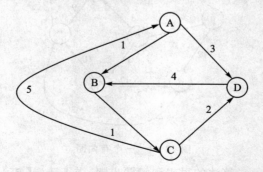

图 22-2　一个有向图

分析:本题主要考查 Floyd 算法的思想和解题步骤,详细请看【知识点睛】部分。

解答：有向网的邻接矩阵如下：

$A^{(0)}$				
	1	2	3	4
1	0	1	∞	3
2	∞	0	1	∞
3	5	∞	0	2
4	∞	4	∞	0

$PATH^{(0)}$				
	1	2	3	4
1		AB		AD
2			BC	
3	CA			CD
4		DB		

加入顶点 A：

$A^{(1)}$				
	1	2	3	4
1	0	1	∞	3
2	∞	0	1	∞
3	5	6	0	2
4	∞	4	∞	0

$PATH^{(1)}$				
	1	2	3	4
1		AB		AD
2			BC	
3	CA	CAB		CD
4		DB		

加入顶点 B：

$A^{(2)}$				
	1	2	3	4
1	0	1	2	3
2	∞	0	1	∞
3	5	6	0	2
4	∞	4	5	0

$PATH^{(2)}$				
	1	2	3	4
1		AB	ABC	AD
2			BC	
3	CA	CAB		CD
4		DB	DBC	

加入顶点 C：

$A^{(3)}$				
	1	2	3	4
1	0	1	2	3
2	6	0	1	3
3	5	6	0	2
4	10	4	5	0

$PATH^{(3)}$				
	1	2	3	4
1		AB	ABC	AD
2	BCA		BC	BCD
3	CA	CAB		CD
4	DBVA	DB	DBC	

加入顶点 D：

A(4)	1	2	3	4
1	0	1	2	3
2	6	0	1	3
3	5	6	0	2
4	10	4	5	0

PATH(4)	1	2	3	4
1		AB	ABC	AD
2	BCA		BC	BCD
3	CA	CAB		CD
4	DBCA	DB	DBC	

备注：$A^{(4)}$ 和 $A^{(3)}$ 相同；$PATH^{(4)}$ 和 $PATH^{(3)}$ 相同。

【知识点睛】

Dijkstra 算法和 Floyd 算法是求给定带权有向图 G 的最短路径的两种方法，其中 Dijkstra 算法用于求图中从某个源点到其他各顶点的最短路径，Floyd 算法用于求图中每一对顶点之间的最短路径。

1. 从某个源点到其他各顶点的最短路径

单源点的最短路径问题：给定带权有向图 G＝(V,E)和源点 $v \in V$，求从 v 到 G 中其余各顶点的最短路径。

迪杰斯特拉(Dijkstra)算法提出的一个按路径长度递增的次序产生最短路径的算法。算法的基本思想是：

(1) 设置两个顶点的集合 S 和 T＝V－S，集合 S 中存放已找到最短路径的顶点，集合 T 存放当前还未找到最短路径的顶点。

(2) 初始状态时，集合 S 中只包含源点 v_0，然后不断从集合 T 中选取到顶点 v_0 路径长度最短的顶点 u 加入到集合 S 中，集合 S 每加入一个新的顶点 u，都要修改顶点 v_0 到集合 T 中剩余顶点的最短路径长度值，集合 T 中各顶点新的最短路径长度值为原来的最短路径长度值与顶点 u 的最短路径长度值加上 u 到该顶点的路径长度值中的较小值。

(3) 此过程不断重复，直到集合 T 的顶点全部加入到 S 中为止。

Dijkstra 算法的时间复杂度为 $O(n^2)$。

2. 每一对顶点之间的最短路径

求每一对顶点之间的最短路径的方法：每次以一个顶点为源点，重复执行迪杰斯特拉算法 n 次。这样，便可求得每一对顶点的最短路径。总的执行时间为 $O(n^3)$。

Floyd 算法的时间复杂度也是 $O(n^3)$，但形式上简单些。假设有向图 G＝(V,E)采用邻接矩阵 cost 存储，另外设置一个二维数组 A 用于存放当前顶点之间的最短路径长度，分量 A[i][j]表示当前顶点 v_i 到当前 v_j 的最短路径长度，Floyd 算法的基本思想是：

假设求从顶点 v_i 到 v_j 的最短路径。如果从 v_i 到 v_j 有弧，则从 v_i 到 v_j 存在一条长度为 arcs[i][j]的路径，该路径不一定是最短路径，尚需进行 n 次试探。

(1) 首先考虑路径(v_i，v_0，v_j)是否存在，即判别弧(v_i，v_0)和(v_0，v_j)是否存在。如果存在，则比较(v_i，v_j)和(v_i，v_0，v_j)的路径长度，取长度较短者为从 v_i 到 v_j 的中间顶点的序号不大于 0 的最短路径。

(2) 假如在路径上再增加一个顶点 v_1，也就是说，如果 (v_i，…，v_1) 和 (v_1，…，v_j) 分别是当前找到的中间顶点的序号不大于 0 的最短路径，那么$(v_i, \cdots, v_1, \cdots, v_j)$就有可能是从 v_i 到 v_j 的中间顶点的序号不大于 1 的最短路径。将它和已经得到的从 v_i 到 v_j 中间顶点序号不大于 0 的最短路径相比较，从中选出中间顶点的序号不大于 1 的最短路径之后，再增加一个顶点 v_2，继续进行试探。依次类推。

（3）在一般情况下，若$(v_i, \cdots, v_k)$和$(v_k, \cdots, v_j)$分别是从 v_i 到 v_k 和从 v_k 到 v_j 的中间顶点的序号不大于$(k-1)$的最短路径，则将$(v_i, \cdots, v_k, \cdots, v_j)$和已经得到的从 v_i 到 v_j 且中间顶点序号不大于$(k-1)$的最短路径相比较，其长度较短者便是从 v_i 到 v_j 的中间顶点的序号不大于 k 的最短路径。这样，在经过 n 次比较后，最后求得的必是从 v_i 到 v_j 的最短路径。

（4）按此方法，可以同时求得各对顶点间的最短路径。

【即学即练】

［习题1］下列说法不正确的是（　　）。

Ⅰ. 求从指定源点到其余各顶点的 Dijkstra 最短路径算法中弧上权值可以为负值。

Ⅱ. 利用 Dijkstra 算法求所有不同顶点对的最短路径的算法时间为 $O(n^3)$（图用邻接矩阵表示）。

Ⅲ. 利用 Floyd 算法求得每个不同顶点对允许弧上的权值为负，但不能有权之和为负的回路。

Ⅳ. 求单源路径的 Dijkstra 算法不适合用于有回路的有向网。

A. Ⅰ、Ⅱ、Ⅲ、Ⅳ　　　　B. Ⅰ、Ⅳ　　　　C. Ⅰ、Ⅲ、Ⅳ　　　　D. Ⅱ、Ⅲ

【习题答案】

［习题1］

分析：每次以一个顶点为源点，重复利用 Dijkstra 算法 n 次求得每一对不同顶点间的最短路径，其算法时间为 $O(n^3)$，因此Ⅱ正确；而最短路径算法要求弧的权值必须为正数，所以Ⅰ、Ⅲ错误；Dijkstra 算法可用于有回路的有向网，例如知识点聚焦 22 的例题 1 中就是有回路的有向网。

解答：C。

知识点聚焦 23：顺序查找与折半查找

【典型题分析】

［例题1］在单链表中，每个结点含有 5 个正整数的数据元素（若最后一个结点的数据元素不满 5 个，以 0 填充），试编写一个算法查找值为 $n(n>0)$ 的数据元素所在的结点指针及在该结点中的序号，若链表中不存在该数据元素，则返回空指针。

分析：这是一个在单链表中查找结点，在结点内查找给定值的过程。

解答：

```
typedef struct node{
    int A[m];                        //每个结点内含有 m 个整数,本例中 m 为 5
    struct node * next;              //指向下一结点的指针
}LNode, * LinkList;
typedef struct{
    int j;                           //正整数在结点内的序号
    LNode * s;                       //结点的指针
```

```
}rcd;
rcd * Lsearch(LinkList head,int n){
    rcd * R;
    Lnode * p = head - >next;              //假定链表带头结点,p指向链表第一元素结点
    Found = 0;
    while (p && ! found){
        for (i = 0;i<m;i + + )
            if (p - >A[j] = = n) found = 1;   //查找成功
        p = p - >next;
    }
    if (p = = NULL) return NULL;
    else {
        R.j = i;
        R.s = p;
        return R;
    }
}
```

[例题 2] 对于 18 个元素的有序表 R[1..18]进行折半查找,则查找 A[3]的比较序列的下标为( )。

A. 1、2、3   B. 9、5、2、3   C. 9、5、3   D. 9、4、2、3

分析:由折半查找过程可得,第一次$\lfloor(1+18)/2\rfloor$=9,第二次$\lfloor(1+8)/2\rfloor$=4,第三次$\lfloor(1+3)/2\rfloor$=2,第四次$\lfloor(3+3)/2\rfloor$=3。

或者由图 23－1 所示的折半查找的判定树可求得下标。

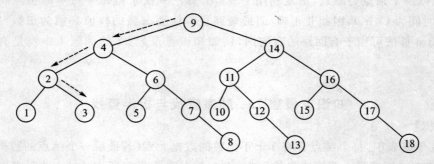

图 23－1 描述折半查找的判定树及查找 A[3]的过程

解答:D。

【知识点睛】

1. 顺序查找:这是一种思想比较朴素的比较算法,算法的时间开销也最大,常用于无序表的查找。该算法逐个地比较查找表的记录,直到找到目标记录或到达查找表的尽头为止。为了节省算法的执行时间,通常在查找表的一端增设一个标识结点,该标识结点的关键字为待查关键字。

(1)算法

```
typedef    struct {
    ElemType * elem; //数据元素存储空间基址,建表时按实际长度分配,0 号单元留空
    int length;        //表的长度
} SSTable;
int SeqSearch (SSTable ST, KeyType key) {
    ST.elem[0].key = key;                                  //设置"哨兵"
    for (i = ST.length; ST.elem[i].key! = key; - - i);     //从后往前找
    return i;                                              //找不到时,i 为 0
}
```

（2）性能

查找成功时,等概率情况下,平均查找长度为：

$$\text{ASL}_s = \frac{1}{n} \sum_{i=1}^{n} (n - i + 1) = \frac{n+1}{2}$$

查找不成功时,关键码的比较次数总是 $n+1$ 次。

顺序查找算法的时间复杂度为 $O(n)$。它的缺点是当 n 很大时,平均查找长度较大,效率低；优点是表的存储结构是顺序结构或者链式结构均可。另外,对于线性链表,只能进行顺序查找。

2. 折半查找：这是一种有序顺序表的快速查找算法。一次比较就能排除一半的记录,因此能很快地定位出目标记录的位置。

对表中每个数据元素的查找过程,可用二叉树来描述,称这个描述折半查找过程的二叉树为判定树,表的中间结点是二叉树的根,左子表相当于左子树,右子表相当于右子树。折半查找的过程是从根结点到待查找结点的过程,不论查找成功或失败,查找长度均不超过树的高度,因此,如果有序表的长度为 n,那么在查找成功时与给定值进行比较的关键字个数至多为 $\lfloor \log_2 n \rfloor + 1$。

（1）非递归算法

```
int  BinSearch 1( SSTable ST, KeyType key) {
    low = 1;  high = ST.length;                    //置区间初值
    while (low < = high) {
        mid = (low + high) / 2;
        if (key = = ST.elem[mid].key  )
            return  mid;                            //找到待查元素
        else if (key < ST.elem[mid].key)
                high = mid - 1;                     //继续在前半区间进行查找
            else  low = mid + 1;                    //继续在后半区间进行查找
    }
    return 0;                                       //表中不存在待查元素
}
```

（2）递归算法

```
int BinSearch 2( SSTable ST, int low, int high, KeyType key) {
    if (low>high) return 0;        //查找不成功
    else{
```

```
        mid = (low + high) / 2;
        switch{
            case ST. elem[mid].key< key:
                return BinSearch 2(ST, mid + 1, high, key);
                break;
            case ST. elem[mid].key= = key:
                return mid;
                break;
            case ST. elem[mid].key> key:
                return BinSearch 2(ST, low, mid − 1, key);
                break;
            default:;
        }
    }
}
```

（3）性能

查找成功时,等概率情况下,折半查找的平均查找长度为:

$$\text{ASL}_{bs} = \frac{1}{n}\sum_{i=1}^{n}C_i = \frac{1}{n}\left[\sum_{j=1}^{h}j \times 2^{j-1}\right] = \frac{n+1}{n}\log_2(n+1) - 1$$
$$\text{ASL}_{bs} \approx \log_2(n+1) - 1$$

折半查找的时间效率为 $O(\log_2 n)$。可见,折半查找的效率比顺序查找高,但折半查找只适用于有序表,且限于顺序存储结构(对线性链表无法有效地进行折半查找)。因此,折半查找不适用于对查找表频繁插入和删除,适合表中元素变化很少而查找频繁的情况。

3. 考生特别要注意的是:在查找中是和关键字进行比较,而不是和数据元素进行比较,因而在算法描述中要体现关键字比较的特征。同时,考生要特别注意查找在顺序存储结构和链式存储结构上的区别。

【即学即练】

[习题1] 对长度为 3 的顺序表进行从后往前的顺序查找,查找第一个元素的概率是 1/2,查找第二个元素的概率是 1/3,查找第三个元素的概率是 1/6,则查找任一元素的平均查找长度为（ ）。

 A. 5/3   B. 2   C. 7/3   D. 4/3

[习题2] 已知一个长度为 12 的线性表(7,2,5,8,12,3,10,4,1,6,9,11),试完成:

（1）将线性表中的元素依次插入到一个空的二叉排序树中,画出所得到的二叉排序树。假设查找每个元素的概率相同,查找此二叉排序树中任一结点的平均查找长度为多少?

（2）将线性表中的元素依次插入到一个空的平衡二叉树中,画出所得到的平衡二叉树。假设查找每个元素的概率相同,查找此平衡二叉树中任一结点的平均查找长度为多少?

（3）若对线性表中的元素排序之后,再用折半查找算法,画出描述折半查找过程的判定树。假设查找每一个元素的概率相同,计算查找成功时的平均查找长度。

【习题答案】

[习题1]

分析:所谓查找成功时的平均查找长度,是指为确定对象在查找表中的位置所执行的关键字

比较次数的期望值。对于一个含有 n 个元素的表，查找成功时的平均查找长度为

$$ASL = P_1C_1 + P_2C_2 + \Lambda + P_nC_n = \sum_{i=1}^{n} P_iC_i$$

其中 P_i 为查找列表中第 i 个数据元素的概率，C_i 为找到列表中第 i 个数据元素时所需的关键字比较次数。根据所使用的查找方法的不同，C_i 可以不同。对于从后往前的顺序查找，查找到第 i 个数据元素$(i=n,n-1,\cdots,1)$时，需进行 $n-i+1$ 次关键码比较，即 $C_i=n-i+1$。因此，对于顺序表查找成功的平均查找长度为

$$ASL = \sum_{i=1}^{n} P_i \times (n-i+1)$$

因此，对于本题查找任一元素的平均查找长度为：$\frac{1}{2}\times 3 + \frac{1}{3}\times 2 + \frac{1}{6}\times 1 = \frac{7}{3}$。

解答：C。

[习题 2]

分析：本题主要考查二叉排序树、平衡二叉树和折半查找在查找成功情况下的平均查找长度，目的是对这几种方法进行算法性能的比较。

解答：(1)将线性表中的元素(7,2,5,8,12,3,10,4,1,6,9,11)依次插入到一个空的二叉排序树中，所得到的二叉排序树如图 23-2 所示。

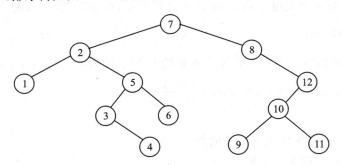

图 23-2 二叉排序树

等概率下，查找此二叉树中任一结点的平均查找长度＝$(1+2\times 2+3\times 3+3\times 4+3\times 5)/12=7/2$。

(2) 将线性表中的元素(7,2,5,8,12,3,10,4,1,6,9,11)依次插入到一个空的平衡二叉树中，所得到的平衡二叉树如图 23-3 所示。

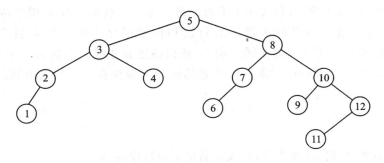

图 23-3 平衡二叉树

等概率下,查找此二叉树中任一结点的平均查找长度＝(1＋2×2＋4×3＋4×4＋5)/12＝13/4。

(3) 将线性表中的元素(7,2,5,8,12,3,10,4,1,6,9,11)进行排序后,用折半查找得到的判定树如图23－4所示。

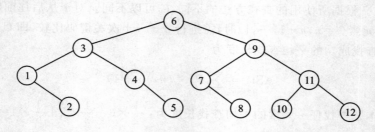

图23－4 描述折半查找过程的判定树

等概率下,查找此二叉树中任一结点的平均查找长度为(1＋2×2＋4×3＋5×4)/12＝37/12。

知识点聚焦24：B-树与B$^+$树

【典型题分析】

[例题1] 在一棵含有 n 个关键字的 m 阶 B-树进行查找,至多读盘( )次。

A. lb$n$ B. lb$n$＋1   C. $\log_{\lceil m/2 \rceil} \left(\dfrac{n+1}{2} \right) + 1$ D. $\log_{\lceil n/2 \rceil} \left(\dfrac{m+1}{2} \right) + 1$

分析:本题实际上可以转化为在含有 n 个元素的 B-树上搜索一个关键字,从根开始到关键字所在结点的长度不超过 B-树的高度 $\log_{\lceil m/2 \rceil} \left(\dfrac{n+1}{2} - \right) + 1$。

解答:C。

[例题2] 下面关于 m 阶 B-树说法正确的是( )。

Ⅰ 每个结点至少有两棵非空子树

Ⅱ 树中每个结点至多有 $m-1$ 个关键字

Ⅲ 所有叶子结点在同一层上

Ⅳ 当插入一个数据引起 B-树结点分裂后,树长高一层

A. Ⅰ、Ⅱ、Ⅲ   B. Ⅱ、Ⅲ   C. Ⅱ、Ⅲ、Ⅳ   D. Ⅲ

分析:本题主要考查 m 阶 B-树的定义和性质。根据 m 阶 B-树的定义,除根结点之外所有非终端结点至少有 $\lceil m/2 \rceil$ 棵子树,所以说法Ⅰ不对。树中每个结点至多有 m 棵子树,至多含有($m-1$)个关键字,每个结点含有的关键字数目比指向孩子结点的指针数目少 1,所以说法正确。根据定义,所有叶子结点都在同一层上,所以说法Ⅲ正确。当插入一个数据引起 B-树结点分裂后,只要从根结点到该元素插入位置的路径上至少有 1 个结点未满,B-树就不会长高,所以说法Ⅳ不正确。

解答:B。

【知识点睛】

1. 一棵 m 阶的 B-树,或者为空树,或为满足下列特性的 m 叉树:

① 树中每个结点至多有 m 棵子树;

② 若根结点不是叶子结点,则至少有两棵子树;

③ 除根结点之外的所有非终端结点至少有 $\lceil m/2 \rceil$ 棵子树;

④ 所有的非终端结点中包含以下信息数据:$(n, A_0, K_1, A_1, K_2, \cdots, K_n, A_n)$,

其中:$K_i(i=1,2,\cdots,n)$ 为关键码,且 $K_i < K_{i+1}$,A_i 为指向子树根结点的指针 $(i=0,1,\cdots,n)$,且指针 A_{i-1} 所指子树中所有结点的关键码均小于 $K_i(i=1,2,\cdots,n)$,A_n 所指子树中所有结点的关键码均大于 K_n,$\lceil m/2 \rceil - 1 \leqslant n \leqslant m-1$,$n$ 为关键码的个数。

⑤ 所有的叶子结点都出现在同一层次上,并且不带信息(可以看作是外部结点或查找失败的结点,实际上这些结点不存在,指向这些结点的指针为空)。

2. B-树的基本操作

(1) 查找

B-树的查找类似二叉排序树的查找,不同的是 B-树每个结点上是多关键码的有序表,在到达某个结点时,先在有序表中查找,若找到,则查找成功;否则,到按照对应的指针信息指向的子树中去查找,当到达叶子结点时,则说明树中没有对应的关键码,查找失败。即在 B-树上的查找过程是一个顺指针查找结点和在结点中查找关键码交叉进行的过程。

在含有 n 个关键码的 B-树上进行查找时,从根结点到关键码所在结点的路径上涉及的结点数不超过 $\log_{\lceil m/2 \rceil}\left(\dfrac{n+1}{2}\right) + 1$。

(2) 插入

B-树的生成是从空树开始,逐个插入关键字而得。但由于 B-树结点中的关键字个数必须大于等于 $\lceil m/2 \rceil - 1$,因此,每次插入一个关键字不是在树中添加一个叶子结点,而是首先在最低层的某个非终端结点中添加一个关键字,若该结点的关键字个数不超过 $m-1$,则插入完成,否则要产生结点的"分裂"。

(3) 删除

在 B-树中删除一个关键字,则首先应找到该关键字所在结点,并从中删除它;若该结点为最下层的非终端结点,其中的关键字数目不少于 $\lceil m/2 \rceil$,则删除完成,否则要进行"合并"结点的操作。

3. 一棵 m 阶的 B⁺ 树和 m 阶的 B-树的差异在于:

(1) 有 n 棵子树的结点中含有 n 个关键码;

(2) 所有的叶子结点中包含了全部关键码的信息,及指向含有这些关键码记录的指针,且叶子结点本身依关键码的大小自小而大地顺序链接;

(3) 所有的非终端结点可以看成是索引部分,结点中仅含有其子树根结点中最大(或最小)关键码。

【即学即练】

[习题1] 下面关于 B-树和 B⁺ 树的叙述中,不正确的是(　　)。

A. B-树和 B⁺ 树都是平衡的多分支树　　　　B. B-树和 B⁺ 树都可用于文件的索引结构

C. B-树和 B⁺ 树都能有效地支持随机检索　　D. B-树和 B⁺ 树都能有效地支持顺序检索

[习题2] 在下列选项中选择最适合的答案:m 阶 B⁺ 树是一棵 m 阶平衡索引树,其中结点中关键字最多为(　　)个,最少为(　　)个。

A. m　　　　　　　　B. $m+1$　　　　　　　　C. $\lceil m/2 \rceil$　　　　　　　　D. $\lceil m/2 \rceil + 1$

【习题答案】

[习题1]

分析：因为 B+ 树所有的叶子结点中包含了全部关键字信息，以及指向含有这些关键字记录的指针，且叶子结点本身依关键字的大小自小到大地顺序链接，所以支持从根结点的随机检索和直接从叶子结点开始的顺序检索，但是 B-树不具有这种结构特性，所以只支持从根结点的随机检索，而不支持直接从叶子结点开始的顺序检索。

解答：D。

[习题2]

分析：由 B+ 树与 B-树定义的区别可知。

解答：A，C。

知识点聚焦 25：散列表及其查找

【典型题分析】

[例题1] 下列有关散列查找的叙述正确的是（ ）。

A. 散列存储法只能存储数据元素的值，不能存储数据元素之间的关系

B. 散列冲突是指同一个关键字对应多个不同的散列地址

C. 用线性探测法解决冲突的散列表中，散列函数值相同的关键字总是存放在一片连续的存储单元中

D. 若散列表的装填因子 $\alpha \ll 1$，则可避免冲突的产生

分析：在散列表中，每个元素的存储位置通过散列函数和解决冲突的方法得到，散列存储法只存储数据元素的值，不能存储数据元素之间的关系，所以选项 A 正确；散列冲突是指多个不同关键字对应相同的散列地址，选项 B 错误；用线性探测法解决冲突的散列表中，散列函数值相同的关键字不一定总是存放在一片连续的存储单元中，选项 C 错误；装填因子 α 越小，发生冲突的概率越小，但仍有可能发生冲突。

解答：A。

[例题2] 采用散列函数 $H(k) = 3 \times k \bmod 13$ 并用线性探测开放地址法处理冲突，在散列地址空间[0..12]中对关键字序列 22,41,53,46,30,13,1,67,51；

（1）构造散列表（画示意图）；

（2）装填因子；

（3）等概率情况下查找成功的平均查找长度；

（4）等概率情况下查找失败的平均查找长度。

分析：用线性探测法解决冲突构造散列表，并对查找性能进行分析，具体解题步骤如下。

解答：（1）各关键字的散列函数值如下：

key	22	41	53	46	30	13	1	67	51
H(key)	1	6	3	8	12	0	3	6	10

采用线性探测法再散列法处理冲突，所构造的散列表为：

下标	0	1	2	3	4	5	6	7	8	9	10	11	12
关键字	13	22		53	1		41	67	46		51		30
探查次数	1	1		1	2		1	2	1		1		1

（2）装填因子 ＝ 关键字总数/表长 ＝ 9/13 ≈0.7。

（3）设查找成功在每个关键字上是等概率的,则查找每个关键字的概率为 1/9,各关键字的比较次数分别为：

关键字	13	22		53	1		41	67	46		51		30
比较次数	1	1		1	2		1	2	1		1		1

所以有,$\text{ASL}_{\text{succ}}＝(1＋1＋1＋2＋1＋2＋1＋1＋1)/9 ＝ 11/9$。

（4）设不成功的查找在每个地址上发生的概率相同,为 1/13,对每个位置不成功查找的比较次数分别为：

下标	0	1	2	3	4	5	6	7	8	9	10	11	12
关键字	13	22		53	1		41	67	46		51		30
探查次数	3	2	1	3	2	1	4	3	2	1	2	1	4

以散列地址在位置 2 的关键字为例,由于此处关键字为空,只需比较 1 次就可确定本次查找不成功;以散列地址在位置 3 的关键字为例,若该关键字不在散列表中,需要将它与从位置 3 开始向后直至位置 5 的关键字相比较,由于关键字 5 的关键字为空,所以不再向后比较,共比较 3 次,其他的类推得到。

所以,有 $\text{ASL}_{\text{unsucc}}＝(3＋2＋1＋3＋2＋1＋4＋3＋2＋1＋2＋1＋4)/13＝29/13$。

【知识点睛】

1. 散列表与散列方法：选取某个函数,依该函数按关键码计算元素的存储位置,并按此存放;查找时,由同一个函数对给定值 key 计算地址,将 key 与地址单元中元素关键码进行比较,确定查找是否成功,这就是散列方法;散列方法中使用的转换函数称为散列函数;按这个思想构造的表称为散列表。

在一般情况下,很容易产生"冲突"现象,即 $\text{key1} \neq \text{key2}$,而 $f(\text{key1}) ＝ f(\text{key2})$。

2. 常用的散列函数构造方法是除留余数法：

$$H(\text{key}) ＝ \text{key mod } p \qquad p \leqslant m$$

即取关键码除以 p 的余数作为散列地址。使用除留余数法,选取合适的 p 很重要,若 p 选得不好,则容易产生同义词。若散列表表长为 m,则要求 $p \leqslant m$,且接近 m 或等于 m。p 一般选取质(素)数,也可以是不包含小于 20 质因子的合数。

3. 处理冲突的方法

（1）开放定址法：已发生冲突的散列地址为自变量,通过某种散列函数得到一个新的空闲的散列地址的方法有多种,常用的有如下两种。

① 线性探测法

$$H_i ＝ (H(\text{key})＋d_i) \bmod m \qquad (1 \leqslant i ＜ m)$$

其中：d_i 为增量序列 $1,2,\cdots,m-1$,且 $d_i＝i$。

这种方法的特点是：冲突发生时,顺序查看表中下一单元,直到找出一个空单元或查遍全表。

② 二次探测法

$$H_i ＝ (H(\text{key}) \pm d_i) \bmod m$$

其中：d_i为增量序列 $1^2, -1^2, 2^2, -2^2, \cdots, q^2, -q^2$ 且 $q \leqslant m/2$。

这种方法的特点是：冲突发生时，在表的左右进行跳跃式探测，比较灵活。

（2）链地址法：将所有散列地址相同的记录都链接在同一链表中。在这种方法中，散列表每个单元存放的不再是记录本身，而是相应同义词单链表的头指针。

4. 性能分析

查找成功时的平均查找长度是指查找到表中已有表项的平均探查次数，它是找到表中各个已有表项的探查次数的平均值。

而查找不成功的平均查找长度是指在表中查找不到待查的表项，但找到插入位置的平均探查次数，它是表中所有可能散列到的位置上要插入新元素时为找到空位置的探查次数的平均值。

散列表的平均查找长度是装填因子 α 的函数，表 25-1 给出几种不同处理冲突方法的平均查找长度。

表 25-1　用几种不同的方法解决冲突时散列表的平均查找长度

	查找成功	查找失败
线性探测法	$S_{nl} = \dfrac{1}{2}\left(1 + \dfrac{1}{1-\alpha}\right)$	$U_{nl} = \dfrac{1}{n}\left(1 + \dfrac{1}{(1-\alpha)^2}\right)$
二次探测法	$S_{nr} = -\dfrac{1}{\alpha}\ln(1-\alpha)$	$U_{nr} = \dfrac{1}{1-\alpha}$
链地址法	$S_{nc} = 1 + \dfrac{\alpha}{2}$	$U_{nc} = \alpha + e^{-\alpha}$

【即学即练】

[习题1] 散列表的平均查找长度（　　）。

A. 与处理冲突方法有关而与表的长度无关　　B. 与处理冲突方法无关而与表的长度有关

C. 与处理冲突方法有关且与表的长度有关　　D. 与处理冲突方法无关且与表的长度无关

[习题2] 已知一组关键字为(26,36,41,38,44,15,68,12,6,51,25)，用链地址法解决冲突。假设装填因子 $\alpha = 0.75$，散列函数的形式为 H(key) = key MOD p，回答下列问题：

（1）构造散列函数；

（2）画出散列表；

（3）计算出等概率情况下查找成功的平均查找长度；

（4）计算出等概率情况下查找不成功的平均查找长度。

【习题答案】

[习题1]

分析：散列表的查找效率与散列表建表时选取的散列函数有关、与处理冲突方法有关、与表的装填因子有关，但与表的长度无关。

解答：A。

[习题2]

分析：本题是对散列表的一种常见考查方式。采用链地址法处理冲突，查找成功表示找到了关键字集合中的某记录的比较次数，查找不成功表示在散列表中未找到指定关键字的记录的比较次数。

解答：由 $\alpha = 0.75$，得表长 $m = 11/0.75 = 15$。

（1）在一般情况下，H(key) = key MOD p 中，p 取质数或者不包含小于 20 的质因子的合数，因此选择 $p=13$。散列函数 H(key) = key MOD 13。

（2）各关键字的散列函数值如下：

key	26	36	41	38	44	15	68	12	6	51	25
H(key)	0	10	2	12	5	2	3	12	6	12	12

采用链地址法处理冲突，所构造的散列表为：

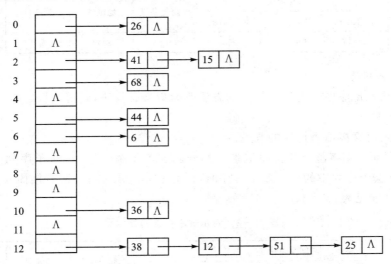

（3）等概率情况下查找成功的平均查找长度：ASL＝(1×7+2×2+3×1+4×1)/11＝18/11。

（4）等概率情况下查找不成功的平均查找长度：ASL＝(1×5+2×1+4×1)/13＝11/13。

知识点聚焦 26：插入类排序

【典型题分析】

[例题1] 数据序列{7,8,9,4,5,6,20,2,3}只能是（　　）算法的两趟排序后的结果。

A．简单选择排序　　　　B．起泡排序　　　　C．直接插入排序　　　　D．堆排序

分析：本题中的数据序列只是前两个数据有序，而不是全局有序，并且这两个数据既不是全部数据的两个最小值，也不是两个最大值。

解答：C。

[例题2] 对记录关键字集合{50,26,38,80,70,90,8,30,40,20}进行排序，各趟排序结束时的结果为

初始序列：50,26,38,80,70,90,8,30,40,20

第一趟：　　50,8,30,40,20,90,26,38,80,70

第二趟：　　26,8,30,40,20,80,50,38,90,70

第三趟：　　8,20,26,30,38,40,50,70,80,90

A．希尔排序　　　　B．起泡排序　　　　C．直接插入排序　　　　D．堆排序

分析：根据希尔排序的排序过程可知选项 A 正确。

解答：A。

【知识点睛】

1. 直接插入排序

（1）算法思想：依次将待排序序列中的每一个记录插入到一个已排好序的序列中，直到全部记录都排好序。

（2）算法性能见表26-1所示。

表26-1　直接插入排序算法的性能

时间复杂度			空间复杂度	稳定性	复杂性
平均情况	最坏情况	最好情况			
$O(n^2)$	$O(n^2)$	$O(n)$	$O(1)$	稳定	简单

2. 折半插入排序

若将直接插入排序中确定插入位置的方法改为折半查找法，则得到折半插入排序算法。

3. 希尔排序

希尔排序是对直接插入排序的改进。

（1）算法思想：先将整个待排序记录序列分割成若干个子序列，在子序列内分别进行直接插入排序，待整个序列中的记录基本有序时，再对全体记录进行一次直接插入排序。

（2）算法性能见表26-2。

表26-2　希尔排序算法的性能

时间复杂度			空间复杂度	稳定性	复杂性
平均情况	最坏情况	最好情况			
$O(n\log n)\sim O(n^2)$	$O(n\log n)\sim O(n^2)$	$O(n\log n)\sim O(n^2)$	$O(1)$	不稳定	较复杂

【即学即练】

［习题1］用直接插入排序对下面4个序列进行递增排序，元素比较次数最少的是（　　）。

A. 94,32,40,90,80,46,21,69

B. 32,40,21,46,69,94,90,80

C. 21,32,46,40,80,69,90,94

D. 90,69,80,46,21,32,94,40

［习题2］对序列(15,9,7,8,20,−1,4)进行排序，进行一趟后数据序列变为(4,9,−1,8,20,7,15)，则采用的是（　　）排序。

A. 希尔排序　　　　B. 起泡排序　　　　C. 直接插入排序　　　　D. 堆排序

【习题答案】

［习题1］

分析：用直接插入排序，数据序列越接近有序，比较次数越少。

解答：C。

［习题2］

分析：本题是步长为3的一趟希尔排序。

解答：A。

知识点聚焦27：交换类排序

【典型题分析】

［例题1］起泡排序方法的排序趟数是一个区间范围$[1,n-1]$，当参加排序的序列（　　）时，要

进行 $n-1$ 趟排序。

A. 按照值的大小从小到大排列　　　　B. 按照值的大小从大到小排列

C. 最小的元素处在序列的最后　　　　D. 序列中元素的排列次序任意

分析:一般情况下,起泡排序方法的排序趟数不同于其他排序方法,其排序趟数与参加排序的序列中元素分布的原始状态有关。对于一个具有 n 个元素的任意序列,最多需要进行 $n-1$ 趟排序,至少也要进行 1 趟排序。当原始序列号中值最小的元素处在序列的最后位置时,需要进行 $n-1$ 趟排序。

解答:C。

[例题 2] 对 8 个元素的线性表进行快速排序,在最好的情况下,元素间的比较次数为(　　)。

A. 7　　　　　　　B. 8　　　　　　　C. 12　　　　　　　D. 13

分析:本题主要考查快速排序算法的执行过程和性能分析。对 8 个元素排序的最好情况是:

第一次找到的元素将原表分成长度为 3 和 4 的子表,用到 7 次比较;

第二层,对长度为 3 的表继续进行快速排序,分成两个长度为 1 的表,至少需要比较 2 次;对长度为 4 的表,继续分成长度为 1 和 2 的表,至少需要比较 3 次;

第三层,再对长度为 2 的表排序,至少需要比较 1 次。

所以总共需要比较 $7+2+3+1=13$ 次。

解答:D。

【知识点睛】

1. 起泡排序

(1)算法思想:两两比较相邻记录的关键码,如果反序则交换,直到没有反序的记录为止。

(2)算法性能见表 27-1。

表 27-1　起泡排序算法的性能

时间复杂度			空间复杂度	稳定性	复杂性
平均情况	最坏情况	最好情况			
$O(n^2)$	$O(n^2)$	$O(n)$	$O(1)$	稳定	简单

2. 快速排序

快速排序是对起泡排序的改进。

(1)算法思想:首先选一个轴值,将待排序记录分割成独立的两部分,左侧记录的关键码均小于或等于轴值,右侧记录的关键码均大于或等于轴值,然后分别对这两个部分重复上述过程,直到整个序列有序为止。

(2)算法描述:

```
void QuickSort(Elem R[],  int n) {            //对记录序列进行快速排序
    QSort(R, 1, n);
}
void QSort (Elem R[],int low,int high) {      //对记录序列 R[low..high]进行快速排序
    if (low < high) {                          //长度大于 1
        pivotloc = Partition(R, low, high);    //将 L.R[low..high]一分为二
```

```
        QSort(R, low, pivotloc - 1);              //对低子表递归排序,pivotloc 是枢轴位置
        QSort(R, pivotloc + 1, high);             //对高子表递归排序
    }
}
```

一趟快速排序算法:

```
int Partition (Elem R[], int low, int high) {
    pivotkey = R[low].key;                        //用子表的第一个记录作枢轴记录
    while (low<high) {                            //从表的两端交替地向中间扫描
        while (low<high && R[high].key> = pivotkey)    - - high;
        R[low]←→R[high];                          //将比枢轴记录小的记录交换到低端
        while (low<high && R[low].key< = pivotkey)    + + low;
        R[low]←→R[high];                          //将比枢轴记录大的记录交换到高端
    }
    return low;                                    //返回枢轴所在位置
}
```

（3）算法性能见表 27 - 2。

表 27 - 2　快速排序算法的性能

时间复杂度			空间复杂度	稳定性	复杂性
平均情况	最坏情况	最好情况			
$O(n\log n)$	$O(n^2)$	$O(n\log n)$	$O(\log n)$	不稳定	较复杂

【即学即练】

[习题1] 下列序列中,(　　)是执行一趟快速排序后的结果。

A.[30,50,36,10],85,[92,81,95]　　　　B.[30,50,36,10,81],85,[92, 95]

C.[36,10,81],85,[30,50,92, 95]　　　　D.[50,36,10,81],85,[30,92, 95]

[习题2] 数据序列(2,1,4,9,8,10,6,20)只能是下列(　　)排序算法中的两趟排序后的结果。

A. 快速排序　　　　B. 起泡排序　　　　C. 简单选择排序　　　　D. 直接插入排序

【习题答案】

[习题1]

分析:本题主要考查快速排序算法的执行过程和枢轴的含义。经过一趟排序后,应该确定枢轴记录的最终位置,此时其左边的所有元素都不大于它,右边的所有元素都不小于它。

解答:B。

[习题2]

分析:对于起泡排序、简单选择排序经过两趟排序后,序列的首部或尾部的两个元素应是有序的两个极值;而直接插入排序经过两趟排序后,序列的首部或尾部的两个元素应是有序的。而给定的序列并不满足这个条件,所以只能是快速排序。

解答:A。

知识点聚焦 28：选择类排序

【典型题分析】

[例题 1] 下列序列中,满足堆定义的是(　　)。

A.（100,85,98,77,80,60,82,40,20,10,66）　　B.（100,98,85,82,80,77,66,60,40,20,10）

C.（10,20,40,60,66,77,80,82,85,98,100）　　D.（100,85,40,77,80,60,66,98,82,10,20）

分析：根据堆的定义可得正确选项。

解答：D。

[例题 2] 在排序算法中,每次从未排序的记录中选取最小(或最大)关键字的记录,加入到已排序记录的末尾,该排序方法是(　　)。

A. 简单选择排序　　　　B. 起泡排序　　　　C. 快速排序　　　　D. 直接插入排序

分析：由简单选择排序的算法思想可得正确选项。

解答：A。

【知识点睛】

1. 简单选择排序

(1) 算法思想：第 i 趟通过 $n-i$ 次关键码的比较,在 $n-i+1(1\leqslant i\leqslant n-1)$ 个记录中选取关键码最小的记录,并和第 i 个记录交换作为有序序列的第 i 个记录。

(2) 算法性能见表 28-1。

表 28-1　简单选择排序算法的性能

时间复杂度			空间复杂度	稳定性	复杂性
平均情况	最坏情况	最好情况			
$O(n^2)$	$O(n^2)$	$O(n^2)$	$O(1)$	不稳定	简单

2. 堆的定义

由 n 个元素组成的序列 $\{k_1,k_2,\cdots,k_{n-1},k_n\}$,当且仅当满足如下关系时,称之为堆。

$$\begin{cases} k_i \leqslant k_{2i} \\ k_i \leqslant k_{2i+1} \end{cases} \quad 或 \quad \begin{cases} k_i \geqslant k_{2i} \\ k_i \geqslant k_{2i+1} \end{cases} \quad 其中 \ i = 1,2,3,\cdots,[n/2]$$

3. 堆排序

堆排序是对简单选择排序的改进。

(1) 算法思想：首先将待排序的记录序列构造成一个堆,此时,选出了堆中所有记录的最大(最小)者即堆顶记录,然后将它从堆中移走,并将剩余的记录再调整成堆,这样又找出了次大(次小)的记录,依次类推,直到堆中只有一个记录为止。

(2) 算法性能见表 28-2。

表 28-2　堆排序算法的性能

时间复杂度			空间复杂度	稳定性	复杂性
平均情况	最坏情况	最好情况			
$O(n\log n)$	$O(n\log n)$	$O(n\log n)$	$O(1)$	不稳定	较复杂

【即学即练】

[习题 1] 设有 1 000 个无序的元素,希望用最快的速度挑选出其中前 10 个最大的元素,最好

选用( )排序法。

A. 起泡排序　　　　　B. 快速排序　　　　　C. 堆排序　　　　　D. 基数排序

【习题答案】

[习题1]

分析：由于堆排序一趟排好一个记录，只挑选出其中前 10 个最大的元素时，使用堆排序为好。

解答：C。

知识点聚焦 29：二路归并排序与基数排序

【典型题分析】

[例题1] 将两个各有 n 个元素的有序表归并成一个有序表，其最少的比较次数是( )。

A. n　　　　　B. $2n-1$　　　　　C. $2n$　　　　　D. $n-1$

分析：假设有两个有序表 A 和 B 都递增有序，当有序表 A 所有元素均小于 B 的元素时，只需将 A 的所有元素与 B 的第一个元素比较即可，共比较 n 次。

解答：A。

[例题2] 以下排序方法中，( )不需要进行关键字的比较。

A. 快速排序　　　　　B. 堆排序　　　　　C. 归并排序　　　　　D. 基数排序

分析：基数排序不需要进行关键字的比较和记录的移动（交换）。

解答：D。

【知识点睛】

1. 二路归并排序

（1）算法思想：将若干个有序序列进行两两归并，直到所有待排序记录都在一个有序序列为止。

（2）算法性能见表 29 - 1。

表 29 - 1　二路归并排序算法的性能

时间复杂度			空间复杂度	稳定性	复杂性
平均情况	最坏情况	最好情况			
O($n\log n$)	O($n\log n$)	O($n\log n$)	O(n)	稳定	较复杂

2. 基数排序

（1）算法思想：基数排序是利用多次分配和收集过程进行的排序。它基于关键字的某个位将关键字分配到不同的盒中。从最右边的位（个位）开始，到最左边的位（最高位）为止，每次按照关键字某位的数字把它分配到盒子中，然后再按顺序将它们收集在一起。如果关键字有 d 位，那么需要 d 次对盒子分配关键字。

基数排序适合于字符串和整数这种有明显结构特征的关键码。

（2）算法性能见表 29 - 2。

表 29 - 2　基数排序算法的性能

时间复杂度			空间复杂度	稳定性	复杂性
平均情况	最坏情况	最好情况			
O($d(n+rd)$)	O($d(n+rd)$)	O($d(n+rd)$)	O(rd)	稳定	较复杂

【即学即练】

[习题 1] 若要尽可能快地完成对实数数组的排序，则要求排序是稳定的，则应选择（　　）。

　A. 快速排序　　　　　　B. 堆排序　　　　　　C. 归并排序　　　　　　D. 基数排序

【习题答案】

[习题 1]

分析：快速排序和堆排序均为不稳定的排序，而基数排序不能对实数排序。

解答：C。

知识点聚焦 30：各种内部排序算法的比较

【典型题分析】

[例题 1] 下列排序算法中，其中（　　）是稳定的。

　A. 堆排序，起泡排序　　　　　　　　B. 快速排序，堆排序

　C. 简单选择排序，归并排序　　　　　D. 归并排序，起泡排序

分析：本题主要考查各种排序方法是否稳定。

解答：D。

【知识点睛】

1. 各种内部排序算法的比较

（1）时间性能

① 按平均的时间性能来分，可分为三类排序方法：

时间复杂度为 O($n\log n$) 的方法有：快速排序、堆排序和归并排序，其中以快速排序为最好；

时间复杂度为 O(n^2) 的有：直接插入排序、起泡排序和简单选择排序，其中以直接插入为最好，特别是对那些对关键字近似有序的记录序列尤为如此；

② 当待排记录序列按关键字顺序有序时，直接插入排序和起泡排序能达到 O(n) 的时间复杂度；而对于快速排序而言，这是最不好的情况，此时的时间性能蜕化为 O(n^2)。

③ 简单选择排序、堆排序和归并排序的时间性能不随记录序列中关键字的分布而改变。

（2）空间性能

空间性能指的是排序过程中所需的辅助空间大小。

① 所有的简单排序算法（包括：直接插入、起泡和简单选择）和堆排序的空间复杂度为 O(1)；

② 快速排序的空间复杂度为 O($\log n$)，即栈所需的辅助空间；

③ 归并排序所需辅助空间最多，空间复杂度为 O(n)；

④ 链式基数排序需附设队列首尾指针，则空间复杂度为 O(rd)。

（3）排序算法的稳定性能

对于不稳定的排序方法，只要能举出一个实例说明即可。

简单选择、希尔排序、快速排序和堆排序是不稳定的排序算法。

2. 各种排序算法的选择

（1）待排的记录数目 n 较小时，则采用插入排序和简单选择排序；

（2）若待排序记录按关键字基本有序，则宜采用直接插入排序和起泡排序；

（3）当 n 很大且关键字的位数较少时，采用链式基数排序较好；

(4) 若 n 较大,采用时间复杂度为 O($n\log n$) 的排序方法有:快速排序、堆排序或归并排序。

其中快速排序可能出现最坏情况,且此时的递归深度为 n,所需栈空间为 O(n)。堆排序不会出现像快速排序那样的最坏情况,且所需的辅助空间比快速排序少,但快速排序与堆排序这两种算法都是不稳定的。如果要求排序是稳定的,则可以选择归并排序算法。

【即学即练】

[习题1] 设有 1 000 个无序的元素,希望用最快的速度挑选出其中前 10 个关键字最小的元素,最好选用( )算法。

A. 起泡排序　　　　　B. 快速排序　　　　　C. 直接插入排序　　　　　D. 希尔排序

[习题2] 下列排序算法中,时间复杂度为 O($n\log n$) 且占用额外空间最少的是( )。

A. 堆排序　　　　　B. 起泡排序　　　　　C. 快速排序　　　　　D. 希尔排序

【习题答案】

[习题1]

分析:由于选项中没有出现堆排序,则快速排序是最好的选项。

解答:B。

[习题2]

分析:选项时间复杂度为 O($n\log n$) 的排序有堆排序、快速排序,但快速排序一般情况下所需额外空间为 O($\log n$),而堆排序的空间复杂度为 O(1)。

解答:A。

知识点聚焦 31:计算机的性能指标

【典型题分析】

[例题1] 某计算机的时钟频率为 400 MHz,测试该计算机的程序使用 4 种类型的指令。每种指令的数量及所需指令时钟数(CPI)见表 31-1。

表 31-1　4 种类型指令的数量及所需指令时钟数

指令类型	指令数目(条)	每条指令需时钟数
1	160 000	1
2	30 000	2
3	24 000	4
4	16 000	8

则该计算机的指令平均时钟数为(1);该计算机的运算速度均为(2)MIPS。

(1) A. 1.85　　　　　B. 1.93　　　　　C. 2.36　　　　　D. 3.75

(2) A. 106.7　　　　　B. 169.5　　　　　C. 207.3　　　　　D. 216.2

分析:指令平均时钟数等于程序所含时钟周期数除以程序所含指令条数,即:

$$CPI = \frac{\sum_{i=1}^{n}(CPI_i \times I_i)}{IC} = \sum_{i=1}^{n}\left(CPI_i \times \frac{I_i}{IC}\right)$$

其中:IC 表示程序所含总指令条数,I_i 为第 i 中指令在程序种出现的次数。

CPI=(160 000×1+30 000×2+24 000×4+16 000×8)÷(160 000+30 000+24 000+

16 000)≈1.93

　　运算速度＝ 400MHz÷1.93≈207.3MIPS

解答：(1)B、(2)C。

[例题 2] MIPS(每秒百万条指令数)和 MFLOPS(每秒百万次浮点运算数)是衡量 CPU 性能的两个指标,其中(　　)。

A. MIPS 适合衡量向量处理机的性能,MFLOPS 适合衡量标量处理机的性能

B. MIPS 适合衡量标量处理机的性能,MFLOPS 适合衡量向量处理机的性能

C. MIPS 反映计算机系统的峰值性能,MFLOPS 反映计算机系统的持续性能

D. MIPS 反映计算机系统的持续性能,MFLOPS 反映计算机系统的峰值性能

分析：MIPS 反映的是单位时间内执行定点指令的条数,MLOPS 是基于所完成的浮点操作次数而不是指令数。同一个程序,不同计算机运行所需的指令数会不同,但所用到的浮点运算次数却是相同的。

解答：B。

【知识点睛】

　　一个完整的计算机系统由硬件系统和软件系统构成,硬件性能的好坏对整个计算机系统的性能起着至关重要的作用,但硬件的性能往往只能通过运行软件才能反映出来。涉及到计算机系统性能的概念主要有：

　　• 机器字长,指参与运算的数的基本位数,它是由加法器、寄存器的位数决定的,机器字长一般等于内部寄存器的大小。

　　• 数据通路宽度,数据总线一次所能并行传送信息的位数。这里所说的数据通路宽度实际是指外部数据总线的宽度。

　　• 主存容量,一个主存储器所能存储的全部信息量称为主存容量。对于字节编址的计算机,用字节数来表示主存容量,对于字编址的计算机,用字数乘以字长来表示主存容量。

　　• 程序的运行时间,也可称为运算速度。

　　评测计算机系统性能的两个基本指标是吞吐率和响应时间,其中：

　　• 吞吐量,是指系统在单位时间内处理请求的数量。

　　• 响应时间,是指系统对请求作出响应的时间,响应时间包括 CPU 时间(运行一个程序所花费的时间)与等待时间(用于磁盘访问、存储器访问、I/O 操作、操作系统开销等时间)的总和。

　　显然,完成同样工作量所需时间越短的计算机的性能越好。事实上,系统性能和 CPU 性能是不等价的,不过为了简单起见,暂时将两者视为一致,也就是说用 CPU 执行时间来评判两台计算机性能的优劣。对 CPU 执行时间进行计算将涉及到以下参数：

　　• 主频,又称为时钟频率,表示在 CPU 内数字脉冲信号振荡的速度。

　　• CPU 时钟周期,主频的倒数就是 CPU 时钟周期,这是 CPU 中最小的时间元素。

　　• CPI,每条指令执行所用的时钟周期数。

　　所以,CPU 执行时间 $= \dfrac{\text{CPU 时钟周期数}}{\text{时钟频率}} = \dfrac{\text{IC} \times \text{CPI}}{\text{时钟频率}} = \text{IC} \times \text{CPI} \times \text{时钟周期}$

　　为了反映程序的运行速度,通常引入 MIPS 和 MFLOPS 两个定量指标：

MIPS 表示每秒执行多少百万条指令。MIPS 定义为

$$MIPS = \frac{指令条数}{执行时间 \times 10^6} = \frac{主频}{CPI}$$

MIPS 越高,一定程度上反映了机器的性能越好,但在对不同机器进行性能比较有时是不准确和不客观的。例如,在有浮点运算部件的机器上,虽然 MIPS 很低,但浮点运算速度会很高,而软件实现浮点运算的机器上,MIPS 虽然很高,但浮点运算速度可能很低。所以,用 MIPS 衡量标量处理机的性能比较合适,衡量向量处理机的性能就不合适了。

MFLOPS 表示每秒执行多少百万次浮点运算。MFLOPS 定义为

$$MFLOPS = \frac{浮点操作次数}{执行时间 \times 10^6}$$

MLOPS 比较适用于衡量向量处理机的性能。

【延伸拓展】

对计算机系统中某个部件进行优化,可以改进整个系统的性能,利用 Amdahl 定律可以给出定量的说明。Amdahl 定律定义了加速比的概念。假设对计算机进行某种改进,那么系统的加速比为:

$$加速比 = \frac{改进后的性能}{改进前的性能} = \frac{改进前的总执行时间}{改进后的总执行时间}$$

加速比大小与两个因素有关。一个是在改进前的系统中,可改进部分的执行时间在总的执行时间中所占的比重,简称可改进比例(Fe),它总是小于 1 的。另一个是可改进部件改进后性能提高的倍数,它是改进前所需的执行时间与改进后执行时间的比,简称性能提高比(Se),它总是大于 1 的。

改进后,整个系统的加速比为:

$$S_n = \frac{T_0}{T_n} = \frac{1}{(1-Fe) + \dfrac{Fe}{Se}}$$

【即学即练】

[习题1] 假设在一台 40MHz 处理机上运行 200 000 条指令的目标代码,程序主要由四种指令组成。根据程序跟踪实验结果,已知指令混合比和每种指令所需的时钟周期数见表 31-2。

表 31-2　4 种类型指令的时钟数及指令混合比

指令类型	CPI	指令混合比
1	1	60%
2	2	18%
3	4	12%
4	8	10%

(1) 计算在单处理机上用上述跟踪数据运行程序的平均 CPI。

(2) 根据(1)所得 CPI,计算相应的 MIPS 速率。

[习题2] 假定求浮点数平方根(FPSQR)的操作在某台机器上的一个基准测试程序中占总执行时间的 20%,FP 运算指令所用时间占总执行时间的 50%。采用两种优化 FPSQR 的方法,第一种方法是增加专门的 FPSQR 硬件,可以将 FPSQR 的操作速度提高为原来 10 倍;第二种

方法是提高所有 FP(浮点)运算指令的执行速度到原来的 1.6 倍,从而提高求浮点数平方根操作的速度。可以通过计算这两种方法对基准测试程序的加速比来比较这两种方法的优劣,从下叙述正确的是( )。

A. 第一种方法的加速比是 1.23,效果较好　　　B. 第二种方法的加速比是 1.23,效果较好

C. 第一种方法的加速比是 1.22,效果较好　　　D. 第二种方法的加速比是 1.22,效果较好

【习题答案】

[习题1]

分析:指令混合比相当于指出了各类指令在运行程序中所占的指令数,使得平均 CPI 的求解更加简单。

解答:(1) CPI＝1×0.6＋2×0.18＋4×0.12＋8×0.10＝2.24

(2) MIPS＝40MHz÷2.24≈17.86

[习题2]

分析:系统 1 的 $Fe_1=0.2$,$Se_1=10$,系统 2 的 $Fe_2=0.5$,$Se_2=1.6$。根据 Amdahl 定律求出加速比,哪种方法的加速比高,哪种方法效果就好。

$$因为 S_{n1}=\frac{1}{(1-0.2)+\frac{0.2}{10}}≈1.22, S_{n2}=\frac{1}{(1-0.5)+\frac{0.5}{1.6}}≈1.23,所以第二种方法优于第$$

一种方法。

解答:B。

知识点聚焦 32：原码、补码、反码、移码的特点与区别

【典型题分析】

[例题1] 下列数中,最大的是( )。

A. $[X]_补＝10000011$　　B. $[X]_原＝10000011$　　C. $[X]_反＝10000011$　　D. $[X]_移＝10000011$

分析:这 4 个机器数字长都等于 8 位,因为在这 4 个机器数中,前 3 个均为负数,仅有第 4 个数是正数,所以立即可以得出正确答案。在实际解答时不需要算出每个机器数的大小后再找出最大的数,当然应该知道 A 选项的真值等于－125,B 选项的真值等于－3,C 选项的真值等于－124,D 选项的真值等于＋3。如果题干中是问最小的数,就要具体问题具体分析了。

解答:D。

[例题2] 设计补码表示法的目的是什么?列表求出＋0、＋25、＋127、－127 及－128 的 8 位二进制原码、反码、补码和移码表示,并将补码用十六进制表示出来。

分析:在计算机中最常用的是补码表示法,因为补码的加减运算比原码和反码简单得多。根据原码、补码、反码和移码的特点很容易得出结果。

解答:设计补码表示法的目的主要有①使符号位参加运算,从而简化加减法的规则;②使减法运算转化成加法运算,从而简化机器的运算器电路。

　　＋0、＋25、＋127、－127 及－128 的原码、反码、补码和移码表示见表 32－1。

【知识点睛】

　　在日常生活中常用"＋"、"－"号加绝对值来表示数值的大小,用这种形式表示的数值在计算机技术中称为"真值"。计算机是无法识别数的符号"＋"或"－",因此需要把符号数码化,这种在计算机中使用的表示数的形式称为机器数。

表 32－1　指定数的原码、反码、补码和移码表示

十进制真值	原码	反码	补码	移码	补码(十六进制)
＋0	00000000	00000000	00000000	10000000	00H
＋25	00011001	00011001	00011001	10011001	19H
＋127	01111111	01111111	01111111	11111111	7FH
－127	11111111	10000000	10000001	00000001	81H
－128	—	—	10000000	00000000	80H

通常,机器数有原码、补码和反码等 3 种形式,它们的共同特点是:二进制数的最高位为符号位,"0"表示正号,"1"表示负号。有些教材中,将移码也归入机器数的范畴,这也是可以的。事实上,移码确实是一种在计算机中使用的表示数的形式,不过它只能算作一种特殊的机器数,因为它只用于表示定点整数,不用于表示定点小数,而且它违背了符号位的表示原则,把它视为无符号数更为合适。

对于正数,原码、补码和反码的表示形式完全相同,其数值位就等于真值本身;对于负数,原码、补码和反码的表示形式完全不同。对于真值 0,原码和反码各有两种不同的表示形式,而补码只有唯一的一种表示形式。

表 32－2 给出了 4 位二进制代码与 3 种机器数对应十进制真值的关系,其中代码 1000 是需要特别关注的。当这个代码是原码时,对应的真值为－0;当这个代码是反码时,对应的真值是－7;当这个代码是补码时,对应的真值为－8,此时可以认为最高位的"1"有两个含义,既代表负号,又代表这一位的位权 $2^3＝8$。这个数在数轴上处于最左边,称为绝对值最大的负数,也可称为最小负数。

表 32－2　4 位二进制代码与 3 种机器数对应十进制真值的关系

二进制代码	对应的十进制真值			二进制代码	对应的十进制真值		
	原码	补码	反码		原码	补码	反码
0000	0	0	0	1000	－0	－8	－7
0001	1	1	1	1001	－1	－7	－6
0010	2	2	2	1010	－2	－6	－5
0011	3	3	3	1011	－3	－5	－4
0100	4	4	4	1100	－4	－4	－3
0101	5	5	5	1101	－5	－3	－2
0110	6	6	6	1110	－6	－2	－1
0111	7	7	7	1111	－7	－1	－0

移码常用来表示浮点数的阶码,它是在真值 X 基础上加一个常数,这个常数被称为偏置值,相当于 X 在数轴上向正方向偏移了若干单位,这就是"移码"一词的由来,移码也可称为增码或偏码。即

$$[X]_移＝偏置值＋X$$

移码把真值映射到一个正数域,所以可将移码视为无符号数。对于字长为 $n＋1$ 位的定点

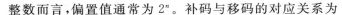

整数而言,偏置值通常为 2^n。补码与移码的对应关系为

$$[X]_{补}=2^n+[X]_{移}$$

　　同一数值(无论是正数还是负数)的移码和补码除最高位相反外,其他各位相同。对于真值 0,移码也只有唯一的一种表示形式。

【延伸拓展】

　　浮点数的阶码采用移码,与补码相比具有两大优点:

　　① 便于比较浮点数的大小。移码可视为无符号数,移码的大小直观地反映了真值的大小,这使得浮点运算中比较阶码的大小变得很方便。

　　② 简化机器中的判零电路。在移码表示阶码为最小值(绝对值最大的负数)时,其二进制表示为全 0;若尾数也全为 0 时,则整个二进制代码为全 0,这就是机器零,从而使得判零电路的实现变得很简单。

【即学即练】

[习题 1] 若 9BH 表示移码,其对应的十进制数是(　　)。

A. 27　　　　　　　B. −27　　　　　　　C. −101　　　　　　　D. 101

[习题 2] 机器数字长 8 位,若机器数为 81H,当它分别代表原码、补码、反码和移码时,等价的十进制整数分别是多少?

【习题答案】

[习题 1]

分析:移码表示 9BH＝10011011,则补码表示为 00011011,对应十进制真值为 27。

解答:A。

[习题 2]

分析:机器数 81H＝10000001,对应原码、补码、反码和移码表示的十进制数值时不同的。

解答:对应的十进制整数分别是原码等于−1,补码等于−127,反码等于−126,移码等于 1。

知识点聚焦 33：十进制数的 BCD 码

【典型题分析】

[例题 1] 某数在计算机中用 8421 码表示为 011110001001,其真值为(　　)。

A. 789　　　　B. 789H　　　　C. 1929　　　　D. 11110001001B

分析:8421 码由 4 位二进制表示一位十进制数,应把它看作 4 位一组。B 选项将结果写成十六进制了,D 选项误把 8421 码当成二进制数了,C 选项则是将 D 选项所表示的二进制数转化成十进制数了。

解答:A。

[例题 2] 判断表 33−1 所示的一个 BCD 码的编码系统是有权码还是无权码,如果是有权码,则给出这种 BCD 码的名称。

分析:设该 BCD 码从左至右各位分别为 A、B、C、D,且假定其为有权码,则从数值 5 的编码 1000,可求得 A 的位权为 5;

　　从数值 1 的编码 0001,可求得 D 的位权为 1;

　　从数值 2 的编码 0011,可求得 C 的位权为 1;

从数值 7 的编码 1100,可求得 B 的位权为 2。

表 33 - 1 一个 BCD 码编码

十进制数	BCD 编码	十进制数	BCD 编码
0	0000	5	1000
1	0001	6	1010
2	0011	7	1100
3	0101	8	1110
4	0111	9	1111

解答:用 A、B、C、D 各位的位权分别来验证其他数值的编码值,结果都正确,说明这种 BCD 码是 5211 码。

【知识点睛】

BCD 码是指二进制编码的十进制数,BCD 码用 4 位二进制数来表示,它既具有二进制数的形式,又保持了十进制数的特点。4 位二进制数可以组合出 16 种代码,能表示 16 种不同的状态,只需要使用其中的 10 种状态,就可以表示十进制数的 0~9 十个数码,而其他的 6 种状态为冗余状态,所以说 BCD 码是有冗余状态的编码。由于可以取任意的 10 种代码来表示 10 个数码,所以就可能产生很多种 BCD 码。表 33 - 2 列出了几种常见的 BCD 码,其中 8421 码、2421 码是有权码,而余 3 码是无权码。

表 33 - 2 常见的 BCD 码

十进制数	8421 码	2421 码	余 3 码
0	0000	0000	0011
1	0001	0001	0100
2	0010	0010	0101
3	0011	0011	0110
4	0100	0100	0111
5	0101	1011	1000
6	0110	1100	1001
7	0111	1101	1010
8	1000	1110	1011
9	1001	1111	1100

【延伸拓展】

应当注意的是,有些读者可能会把 8421 码与 BCD 码混为一谈。产生这种误解的主要原因在于一些"微型计算机原理"的教材中常将 BCD 码当作 8421 码,由于"微型计算机原理"总是针对某种具体机型的,在 80x86 中使用的 BCD 码恰恰是 8421 码,所以在"微型计算机原理"中将 BCD 码当作 8421 码不能算作错误,但毕竟这是不准确的。"计算机组成原理"是不拘泥于某一种具体机型的,严格地说,8421 码只是 BCD 码中的一种形式而已,不能说 BCD 码就是 8421 码。

【即学即练】

[习题1]某数在计算机中用余3码表示为100110000111,其真值为( )。

A. 654 B. 654H C. 987 D. 987H

[习题2]以下列形式表示(5382)₁₀。

（1）8421 码 （2）余 3 码 （3）2421 码 （4）二进制数

【习题答案】

[习题1]

分析：余3码是在8421码的基础上＋3,如果是8421码的话,结果为987,现在是余3码,所以结果为654。注意,对应的真值是十进制数而不是十六进制数。

解答：A。

[习题2]

分析：前13小题都是由4位二进制表示一位十进制数,最后一小题采用除基取余法将十进制数转换为二进制数。

解答：(1) 0101 0011 1000 0010。

(2) 1000 0110 1011 0101。

(3) 1011 0011 1110 0010。

(4) 1010100000110。

知识点聚焦 34：奇偶校验码和海明校验码

【典型题分析】

[例题1]已知小写英文字母"a"的ASCII码值为61H,现字母"g"被存放在某个存储单元中,若采用偶校验(假设最高位作为校验位),则该存储单元中存放的十六进制数是( )。

A. 66H B. E6H C. 67H D. E7H

分析：英文字母在ASCII编码表中按顺序排列,因为"a"的ASCII码值为61H,而"g"是第7号字母,所以"g"的ASCII码值应为67H＝1100111B。标准的ASCII码为7位,在7位数前面增加1位校验位。现"g"的ASCII码中1的个数有5个,按照偶校验规则,存储单元中存放的是整个校验码(包括校验位和信息位),为11100111B＝E7H。

解答：D。

[例题2]请写出数据10110100110的海明码,用4位检验位,采用偶检验。

分析：本题中只有4位检验位,检验位应位于海明码的1,2,4,8的位置上,这种海明码具有单纠错功能。

解答：D_i表示数据的信息位,P_i表示校验位。

$$D_{11}\ D_{10}\ D_9\ D_8\ D_7\ D_6\ D_5\ P_4\ D_4\ D_3\ D_2\ P_3\ D_1\ P_2\ P_1$$

$P_1=D_1\oplus D_2\oplus D_4\oplus D_5\oplus D_7\oplus D_9\oplus D_{11}=0\oplus1\oplus0\oplus0\oplus0\oplus1\oplus1=1$

$P_2=D_1\oplus D_3\oplus D_4\oplus D_6\oplus D_7\oplus D_{10}\oplus D_{11}=0\oplus1\oplus0\oplus1\oplus0\oplus0\oplus1=1$

$P_3=D_2\oplus D_3\oplus D_4\oplus D_8\oplus D_9\oplus D_{10}\oplus D_{11}=1\oplus1\oplus0\oplus1\oplus1\oplus0\oplus1=1$

$P_4=D_5\oplus D_6\oplus D_7\oplus D_8\oplus D_9\oplus D_{10}\oplus D_{11}=0\oplus1\oplus0\oplus1\oplus1\oplus0\oplus1=0$

所以,数据10110100110的海明码为1 0 1 1 0 1 0 0 0 1 1 1 0 1 1。加下划线处为检验位。

【知识点睛】

数据校验码是指那些能够发现错误或能够自动纠正错误的数据编码,又称之为"检错纠错编码"。

奇偶校验码是一种最简单的数据校验码,它可以检测出一位错误(或奇数位错误),但不能确定出错的位置,也不能检测出偶数位错误。奇偶校验实现原理是:由若干位有效信息(如一个字节),再加上一个二进制位(校验位)组成校验码。校验位的取值(0 或 1)将使整个校验码中"1"的个数为奇数或偶数,所以有两种可供选择的校验规律:

奇校验——整个校验码(有效信息位和校验位)中"1"的个数为奇数。

偶校验——整个校验码中"1"的个数为偶数。

海明校验码实际上是一种多重奇偶校验,其实现原理是:在有效信息位中加入几个校验位形成海明码,把海明码的每一个二进制位分配到几个奇偶校验组中,当某一位出错后,就会引起有关的几个校验位的值发生变化,这不但可以发现错误,还能指出错误的位置,为自动纠错提供了依据。

通常,海明码可以分为两种,能纠正一位错的海明码和能纠正一位错并能同时发现两位错的海明码,两者的区别仅在于前者比后者要少一位检验位。校验位的位数 K 和信息位的位数 N 应满足下列关系:$2^K \geqslant N+K+1$(单纠错),$2^{K-1} \geqslant N+K+1$(单纠错/双检错)。

例如:$N=8$,则海明码的总位数为 12 或 13 位。校验码 $P_1 \sim P_4$ 分别处于 2^0、2^1、2^2、2^3 的位置,如有 P_5 则放在海明码的最高位上。所以,$P_5 \sim P_1$ 对应的海明码位号应分别为:H_{13}、H_8、H_4、H_2、H_1,余下的各位为有效信息位。

每一位海明码和参与对其校验的有关校验位的对应关系见表 34-1。

表 34-1   海明码与校验位的对应关系

海明码位号	H_{13}	H_{12}	H_{11}	H_{10}	H_9	H_8	H_7	H_6	H_5	H_4	H_3	H_2	H_1
信息/校验位	P_5	D_8	D_7	D_6	D_5	P_4	D_4	D_3	D_2	P_3	D_1	P_2	P_1
$P_1(2^0)$			√		√		√		√		√		√
$P_2(2^1)$			√	√			√	√			√		
$P_3(2^2)$			√				√	√	√	√			
$P_4(2^3)$		√	√	√	√								
P_5	×		×		×	×			×	×	×		

【延伸拓展】

任何一种编码都由许多码字构成,任意两个码字之间最少变化的二进制位数,被称为数据校验码的码距。例如,用 4 位二进制表示 16 种状态,则有 16 个不同的码字,此时码距为 1,即两个码字之间最少仅有一个二进制位不同(如 0000 与 0001 之间)。这种编码没有检错能力,因为当某一个合法码字中有一位或几位出错,就变成为另一个合法码字了。

具有检、纠错能力的数据校验码的实现原理是:在编码中,除去合法的码字外,再加进一些非法的码字,当某个合法码字出现错误时,就变成为非法码字。合理地安排非法码字的数量和编码规则,就能达到纠错的目的。例如,若用 4 位二进制表示 8 个状态,其中只有 8 个码字是合法码字,而另 8 个码字为非法码字,此时码距为 2。编码的纠错、检错能力与码距密切相关,码距≥2 的数据校验码具有检错的能力。码距越大,检、纠错能力就越强,而且检错能力总是大于或等于纠错能力。奇偶校验码的码距等于 2,海明码的码距大于 2。

【即学即练】

[习题 1] 假定下列字符码中有奇偶检验位,但没有数据错误,采用奇检验的字符码是( )。

A. 11001010　　　　B. 11010111　　　　C. 11001100　　　　D. 11001011

[习题 2] 采用海明码进行差错校验，信息码字为 1001011，为纠正一位错误，则需要（　　）比特冗余位。

A. 2　　　　　　　B. 3　　　　　　　C. 4　　　　　　　D. 8

【习题答案】

[习题 1]

分析：正确的奇检验码中"1"的个数是奇数个。

解答：D。

[习题 2]

分析：如果仅考虑纠正 1 位错误的情况，只要满足 $2^K \geqslant N+K+1$ 就可以了（设校验位的位数为 K，信息位的位数为 N）。因为信息位 $N=7$，所以校验位（冗余位）$K \geqslant 4$。

解答：C。

知识点聚焦 35：定点数的表示范围和运算

【典型题分析】

[例题 1] 9 位原码能表示的数据个数是（　　）。

A. 10　　　　　　　B. 9　　　　　　　C. 511　　　　　　　D. 512

分析：9 位二进制数共有 2^9 种不同的编码，但由于原码的真值 0 有两种表示形式，占用两个代码，所以可以表示的正数为 $2^8-1=255$ 个，负数也是 255 个，再加上 0，所能表示的数据个数为 511 个。

解答：C。

[例题 2] —131 的 1 字节、2 字节补码分别是（　　）。

A. 83H，0083H　　　B. 7DH，FF83H　　　C. 溢出，FF83H　　　D. 溢出，FF7DH

分析：1 字节补码的表示范围为 —128～127，所以 —131 在 1 字节补码表示为溢出；2 字节补码的表示范围为 —32768～32767，—131 二进制表示为 —10000011，所以 2 字节补码表示为 1111111101111101。

解答：D。

【知识点睛】

在定点表示法中约定：所有数据的小数点位置固定不变。通常，把小数点固定在有效数位的最前面或末尾，这就形成了两类定点数：定点整数和定点小数。由于在计算机中定点数大多是以整数形式出现的，所以在此只讨论定点整数。

在定点表示法中，参加运算的数及运算的结果都必须保证落在该定点数所能表示的数值范围内，定点数的表示范围如图 35－1 所示。我们最关注的 3 个值分别是最大正数、最小正数和绝对值最大负数（也称为最小负数）。

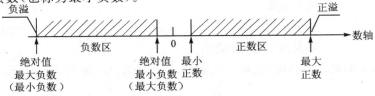

图 35－1　定点数的表示范围

设定点整数的机器字长有 $n+1$ 位,记作 $X_sX_1X_2\cdots X_n$。其中:

$$X_{最大正数}=(2^n-1)$$

$$X_{最小正数}=1$$

$$X_{绝对值最大负数}=-(2^n-1)（原码表示时）$$

$$X_{绝对值最大负数}=-2^n（补码表示时）$$

综上所述,原码定点整数的表示范围为 $-(2^n-1)\sim(2^n-1)$,补码定点整数的表示范围为 $-2^n\sim(2^n-1)$。

为什么补码的表示范围比原码的表示范围要宽(多一个负数)呢?这个问题是与真值 0 的表示形式密切相关的。以字长为 4 位的二进制整数为例,一共有 2^4 种不同的代码,对于原码来说,因为有 $+0$ 和 -0 两个不同的编码,所以总共可以表示 7 个正整数和 7 个负整数,正、负数范围相对零来说是对称的。而补码的 $+0$ 和 -0 表示形式相同,这样就多出来一个代码 (1000)。这个代码所对应的真值是 -8,所以补码总共可以表示 7 个正整数和 8 个负整数,负数表示范围较正数表示范围宽,能多表示一个最负的数(绝对值最大的负数)。原码、补码、反码可表示的数如图 $35-2$ 所示。

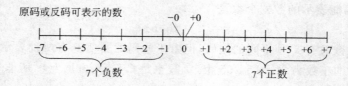

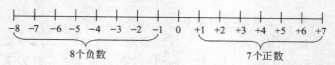

图 35-2 原码、补码、反码可表示的数

在通用计算机中,定点数通常用补码表示,无论是加、减、乘、除运算,其最基本的操作都可以归结为加法运算。

当两数运算之后结果的数值已超过了机器允许的表示范围就产生溢出。判断溢出的方法主要有 3 种:采用一个符号位、采用进位位和采用变形补码(双符号位),其中双符号位方法使用最广泛。

在双符号位的情况下,把左边的符号位 S_{s1} 叫做真符,因为它代表了该数真正的符号,两个符号位都作为数的一部分参加运算。结果的双符号位的含义如下:

$S_{s1}S_{s2}=00$ 结果为正数,无溢出

$S_{s1}S_{s2}=01$ 结果正溢

$S_{s1}S_{s2}=10$ 结果负溢

$S_{s1}S_{s2}=11$ 结果为负数,无溢出

当两位符号位的值不一致时,表明产生溢出,溢出条件为:溢出 $=S_{s1}\oplus S_{s2}$。

【延伸拓展】

定点数的移位运算包括算术移位、逻辑移位和循环移位。

算术移位的对象是带符号数,在移位过程中必须保持操作数的符号不变。当左移一位时,如不产生溢出,则数值×2;而右移一位时,如不考虑因移出舍去的末位尾数,则数值÷2。不同机器数算术移位后的空位添补规则见表 35－1。

表 35－1 不同机器数算术移位后的空位添补规则

真值	机器数	添补代码
正数	原码、补码、反码	0
负数	原码	0
	补码	左移补 0
		右移补 1
	反码	1

逻辑移位的对象是无符号数,因此移位时不必考虑符号问题。

循环移位可以与进位标志位 C 一起进行,构成大循环,也可以不包括进位标志位 C,构成小循环。

绝大多数算术运算指令都会影响到状态标志位,通常的标志位有进位/借位标志 CF、零标志 ZF、符号标志 SF、溢出标志 OF 和奇偶标志 PF 等。

运算类指令除常见的加、减、乘、除指令外,还包括比较指令。比较指令 CMP 与减法指令 SUB 都执行减法操作,但前者不保留运算结果,只是改变状态标志位,而后者不仅要保留运算结果,也要改变标志位。

表 35－2 给出了无符号数比较和有符号数比较两种情况下,其状态标志反映的两数大小关系。从表中可看出,对无符号数和有符号数,根据标志位状态来判断两数大小的条件是不同的:前者依据 CF 和 ZF 进行判断,后者则依据 ZF、SF 和 OF 进行判断。例如,要判断 A<B 成立,无符号数所用的条件是 ZF＝0,CF＝1,而有符号数所用的条件是 ZF＝0,OF＋SF＝1。

表 35－2 状态标志反映的两数关系

两数比较结果(A－B)		受影响标志			
		CF	ZF	SF	OF
A＝B(Equal)		0	1	0	0
无符号数	A<B(Below)	1	0	—	—
	A>B(Above)	0	0	—	—
有符号数	A<B(Less)	—	0	1	0
		—	0	0	1
	A>B(Greater)	—	0	1	1
		—	0	0	0

CMP 指令常用于比较两个数,后将跟条件转移指令进行程序控制转移。条件转移必须受到条件的约束,若条件满足时才执行转移,否则程序仍顺序执行。但要注意,正因为判断无符号数和有符号数大小的条件不同,所以条件转移指令也分无符号数和有符号数两类不同的条件转移指令,见表 35－3。

表 35 - 3　条件转移指令

	转移条件	含　义
无符号数条件转移指令	CF=1	有进位转移(与低于/不高于等于转移重叠)
	CF=0	无进位转移(与高于或等于/不低于转移重叠)
	PF=1	奇偶位为 1 转移
	PF=0	奇偶位为 0 转移
	CF=ZF=0	高于/不低于等于转移
	CF=0	高于或等于/不低于转移
	CF=1	低于/不高于等于转移
	CF=1 或 ZF=1	低于或等于/不高于转移
	ZF=1	等于/为零转移
	ZF=0	不等于/非零转移
有符号数条件转移指令	OF=1	溢出转移
	OF=0	无溢出转移
	SF=1	为负数转移
	SF=0	为正数转移
	ZF=0 且 SF=OF	大于/不小于等于转移
	SF=OF	大于或等于/不小于转移
	SF≠OF	小于/不大于等于转移
	ZF=1 或 SF≠OF	小于或等于/不大于转移
	(CX)=0	CX 寄存器为 0 转移

【即学即练】

[习题1] 已知定点整数 x 的补码为 $1x_3x_2x_1x_0$，且 $x > -8$，则必有(　　)。

A. $x_3=1$，$x_2 \sim x_0$ 至少有一个 1　　　　B. $x_3=0$，$x_2 \sim x_0$ 至少有一个 1

C. $x_3=1$，$x_2 \sim x_0$ 任意　　　　　　　D. $x_3=0$，$x_2 \sim x_0$ 任意

[习题2] 已知 32 位寄存器中存放的变量 x 的机器码为 80000004H，请问：

　　(1)当 x 是无符号整数时，x 的真值是多少？ x/2 的真值是多少？ x/2 存放在 R1 中的机器码是什么？ 2x 的真值是多少？ 2x 存放在 R1 中的机器码是什么？

　　(2)当 x 是带符号整数(补码)时，x 的真值是多少？ x/2 的真值是多少？ x/2 存放在 R1 中的机器码是什么？ 2x 的真值是多少？ 2x 存放在 R1 中的机器码是什么？

【习题答案】

[习题1]

分析：因为符号位=1，说明这是一个负数。当 x=-8 时，$[x]_补=11000$。在 $-8 < x < 0$ 范围内，必有 $x_3=1$，$x_2+x_1+x_0=1$。

解答：A。

[习题2]

分析：对于无符号整数，所有二进制位均为数值位，而对于带符号数，最高位为符号位。2x 即

左移一位,x/2 即右移一位。

解答：(1) x 的真值为 $2^{31}+2^2$。x/2 的真值为 $2^{30}+2$,存放在 R1 中的机器码是 40000002H。2x 的真值发生溢出,存放在 R1 中的机器码是 00000008H。

(2) 机器码 80000004H 表示这是一个负数,得到的二进制真值为

$-0111\ 1111\ 1111\ 1111\ 1111\ 1111\ 1111\ 1100$,对应的十进制真值为 $-(2^{31}-2^2)$。x/2 的真值为 $-(2^{30}-2)$,存放在 R1 中的机器码是 C0000002H。2x 的真值发生溢出,存放在 R1 中的机器码是 00000008H。

知识点聚焦 36：浮点数的表示范围和加减运算

【典型题分析】

[例题 1] 现有一计算机字长 32 位($D_{31}\sim D_0$),数符位是第 31 位。

对于二进制 1000 1111 1110 1111 1100 0000 0000 0000,

(1) 表示一个补码整数,其十进制值是多少?

(2) 表示一个无符号整数,其十进制值是多少?

(3) 表示一个 IEEE 754 标准的单精度浮点数,其值是多少?

分析：字长为 32 位,若表示一个补码整数,最高位为符号位,其他 31 位为数值位;若表示一个无符号整数,全部 32 位均为数值位;若表示 IEEE 754 标准的单精度浮点数,将 32 位二进制分为数符、阶码和尾数三部分。

解答：(1) 补码整数

由于符号位为 1,表示这是一个负数,其对应的真值二进制表示为

$$-111\ 0000\ 0001\ 0000\ 0100\ 0000\ 0000\ 0000$$

其十进制值是

$$-(2^{30}+2^{29}+2^{28}+2^{20}+2^{14})$$

(2) 无符号整数

根据按权相加法可知其十进制值是

$$2^{31}+2^{27}+2^{26}+2^{25}+2^{24}+2^{23}+2^{22}+2^{21}+2^{19}+2^{18}+2^{17}+2^{16}+2^{15}+2^{14}$$

(3) 表示一个 IEEE 754 标准的单精度浮点数

$$\underline{1}\ ;\ \underline{00011111}\ \ \underline{11011111110000000000000}$$

数符　阶码　　　　　尾数

因为阶码为：00011111,对应十进制数为 31。IEEE 754 标准中的阶码用移码表示,其偏置值 127,所以阶码的十进制真值为

$$31-127=-96$$

因为尾数为：1.11011111110000000000000。IEEE 754 标准中的尾数用原码表示,且采用隐含尾数最高数位"1"的方法,隐含的"1"是一位整数(即位权为 2^0)。所以尾数真值为

$$2^0+2^{-1}+2^{-2}+2^{-4}+2^{-5}+2^{-6}+2^{-7}+2^{-8}+2^{-9}$$

因为数符为 1,表示这个浮点数是个负数。所以单精度浮点数的真值为

$$-(2^0+2^{-1}+2^{-2}+2^{-4}+2^{-5}+2^{-6}+2^{-7}+2^{-8}+2^{-9})\times 2^{-96}$$

[例题 2] 已知：X= −7.25,Y=28.5625

(1) 将 X、Y 分别转换成二进制浮点数(阶码占 4 位,尾数占 10 位,各包含一位符号位)。

(2) 用变形补码,求 X－Y＝?

分析:首先将两个十进制数转换成相应格式的二进制浮点数,然后进行运算。所谓变形补码是指双符号位补码。运算的第一步是对阶,因为 X 的阶码小,所以 X 的尾数右移 2 位,阶码加 2;第二步,尾数相减,补码减法是加上减数的机器负数;第三步,结果规格化,需要右规处理。因为阶码没有溢出,所以运算结束,结果发生误差的原因是因为有舍入误差。

解答:(1) $X = -7.25 = -111.01B = -0.11101 \times 2^3$,$Y = 28.5625 = 11100.1001B = 0.111001001 \times 2^5$

设浮点数的阶码和尾数均采用补码,则有:

$[X]_{浮} = 0011;1.000110000$

$[Y]_{浮} = 0101;0.111001001$

(2) M_X 右移 2 位,$E_X + 2$,有:$[X]_{浮}' = 0101;1.110001100$

$[M_X]_{补} - [M_Y]_{补} = [M_X]_{补} + [-M_Y]_{补}$,有:

$$
\begin{array}{r}
11.110001100 \\
+\ 11.000110111 \\
\hline
10.111000011
\end{array}
$$

结果需右规处理,阶码加 1。

因为,$[X-Y]_{浮} = 0110;1.011100001$

所以,$X-Y = -0.100011111 \times 2^6 = -100011.111 = -35.875$

【知识点睛】

浮点数的格式可以有多种形式,由计算机设计者决定,在计算机表示、存储和处理浮点数据时都遵守该格式即可。浮点数的一般格式如图 36-1 所示,k 和 n 分别表示阶码和尾数的位数(不包括符号位)。

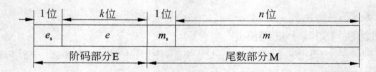

图 36-1 浮点数的一般格式

假设尾数和阶码均用补码表示。当 $e_s = 0, m_s = 0$,阶码和尾数的数值位全为 1(即阶码和尾数都为最大正数)时,该浮点数为最大正数:

$$X_{最大正数} = (1 - 2^{-n}) \times 2^{2^k - 1}$$

当 $e_s = 1, m_s = 0$,尾数的最低位 $m_n = 1$,其余各位为 0(即阶码为绝对值最大的负数,尾数为最小正数)时,该浮点数为最小正数:

$$X_{最小正数} = 2^{-n} \times 2^{-2^k}$$

当 $e_s = 0$,阶码的数值位全为 1;$m_s = 1$,尾数的数值位全为 0(即阶码为最大正数,尾数为绝对值最大的负数)时,该浮点数为绝对值最大负数:

$$X_{绝对值最大负数} = -1 \times 2^{2^k - 1}$$

为了提高运算的精度,通常规定参加运算的浮点数必须是规格化形式的。规格化浮点数的特点是尾数的最高数位必须是一个有效值。假设尾数的基数 $r = 2$。

正数的情况比较简单，无论尾数用原码还是补码表示，其规格化形式均为：$0.1\times\times\cdots\times$。

负数的情况比较复杂，若尾数用原码表示，则规格化形式为：$1.1\times\times\cdots\times$；若尾数用补码表示，则规格化形式为：$1.0\times\times\cdots\times$。对于原码表示的 $1.1\times\times\cdots\times$，其对应的真值为 $-1 < M \leq -\dfrac{1}{2}$；对于补码表示的 $1.0\times\times\cdots\times$，其对应的真值为 $-1 \leq M < -\dfrac{1}{2}$。

表 36-1 列出了图 36-1 格式下浮点数的几个典型值，此时阶码和尾数均用补码表示，阶码部分共 $k+1$ 位（含一位阶符），尾数部分共 $n+1$ 位（含一位尾符）。

表 36-1　浮点数的典型值

浮点数的典型值	浮点数代码		真值
	阶码	尾数	
最大正数	$01\cdots1$	$0.11\cdots11$	$(1-2^{-n})\times 2^{2^k-1}$
绝对值最大负数	$01\cdots1$	$1.00\cdots00$	$-1\times 2^{2^k-1}$
最小正数	$10\cdots0$	$0.00\cdots01$	$2^{-n}\times 2^{-2^k}$
规格化的最小正数	$10\cdots0$	$0.10\cdots00$	$2^{-1}\times 2^{-2^k}$
绝对值最小负数	$10\cdots0$	$1.11\cdots11$	$-2^{-n}\times 2^{-2^k}$
规格化的绝对值最小负数	$10\cdots0$	$1.01\cdots11$	$-(2^{-1}+2^{-n})\times 2^{-2^k}$

应当注意的是，在解题过程中，一定要首先看清楚浮点数的格式及阶码、尾数部分采用哪种机器数，因为格式和机器数的不同会使结果不同。

浮点数的算术运算包括加、减、乘、除，这里我们只关注加、减运算。浮点数加、减运算一般包括对阶、尾数运算、规格化、舍入和判溢出等步骤。

对阶的原则是小阶向大阶看齐。使小阶的阶码增大，则相应的尾数右移，直到两数的阶码相等为止。每右移一位，阶码加 1。

尾数运算算法同定点补码加、减法。

尾数结果规格化有以下两种情况：

① 当尾数结果为 $00.0\times\times\cdots\times$ 或 $11.1\times\times\cdots\times$ 时，需要左移尾数以实现规格化，这个过程称为左规。尾数每左移一位，阶码相应减 1，直至成为规格化数为止。

② 当尾数结果为 $10.\times\times\times\cdots\times$ 或 $01.\times\times\times\cdots\times$ 时，应将尾数右移以实现规格化，这个过程称为右规。尾数每右移一位，阶码相应加 1。右规最多只有一次。

因为在尾数规格化时要相应调整其阶码，故有可能出现阶码溢出的情况。阶码溢出则浮点数溢出，即浮点数的溢出情况由阶码的符号决定，若阶码也用双符号位补码表示，当：

① $[E_C]_{补}=01,\times\times\times\cdots\times$，表示上溢。此时，浮点数真正溢出，机器需停止运算，进行溢出中断处理。

② $[E_C]_{补}=10,\times\times\times\cdots\times$，表示下溢。浮点数值趋于零，机器不做溢出处理，而是按机器零处理。

【延伸拓展】

除了图 36-1 所示的浮点数格式外，还有另一种在计算机中使用非常普遍的浮点数格式，如图 36-2 所示。这是因为此时将尾数的符号位放在最高位的位置上，与定点数一致，便于判定数的正负。此时假设 E（阶码部分）共 $k+1$ 位，数符 1 位，尾数数值 n 位。由于尾数部分

用原码表示,所以最大正数和最小正数的值没有变化,绝对值最大的负数值为:

$$X_{绝对值最大负数}=-(1-2^{-n})\times 2^{2^{k}-1}$$

图 36-2　另一种浮点数格式

IEEE 754 标准浮点数的格式与图 36-2 所示浮点数格式相同,IEEE 754 标准中有 3 种形式的浮点数,它们具体格式见表 36-2。

表 36-2　IEEE754 标准中的 3 种浮点数

类 型	数 符	阶 码	尾数数值	总位数	偏置值	
					十六进制	十进制
短浮点数	1	8	23	32	7FH	127
长浮点数	1	11	52	64	3FFH	1023
临时浮点数	1	15	64	80	3FFFH	16383

短浮点数又称为单精度浮点数,长浮点数又称为双精度浮点数,它们都采用隐含尾数最高数位的方法,这样,无形中又增加了一位尾数。临时浮点数又称为扩展精度浮点数,它没有隐含位。

以 32 位的短浮点数为例,最高位为数符位,其后是 8 位阶码,以 2 为底,用移码表示,阶码的偏置值为 127,其余 23 位是尾数数值位,尾数用原码表示。对于规格化的二进制浮点数,数值的最高位总是"1",为了能使尾数多表示一位有效值,可将这个"1"隐含,因此尾数数值实际上是 24 位(1 位隐含位+23 位小数位)。

IEEE 754 的规格化尾数形式为 ±1.xx···x,小数点左边的 1 代表一位整数,位权为 2^0。小数点右边的 23 位尾数是纯小数,和数符一起构成原码表示的尾数形式。例如,$(12)_{10}=(1100)_2$,将它规格化后结果为 1.1×2^3,其中整数部分的"1"将不存储在 23 位尾数内。

由于 IEEE 754 标准浮点数隐含的最高数位"1"是一位整数(即位权为 2^0),即相当于尾数扩大了一倍(左移了一位)。为保持该浮点数的值不变,阶码就应当相应地减 1,因此,短浮点数(32 位)格式中偏置值取 127(128-1)。在长浮点数(64 位)格式中偏置值取 1023(1024-1),这就是为什么 IEEE 754 标准的短浮点数阶码的偏置值为 127,长浮点数阶码的偏置值为 1023 的原因。

IEEE 754 标准中,规格化的短浮点数 v 的真值表示为

$$v=(-1)^S\times(1.f)\times 2^{E-127}$$

规格化的长浮点数 v 的真值表示为

$$v=(-1)^S\times(1.f)\times 2^{E-1023}$$

【即学即练】

[习题1] 设 32 位长的规格化浮点数,其中阶符 1 位,阶码 7 位,数符 1 位,尾数 23 位。分别写出机器数采用原码和补码表示时,所对应的最接近 0 的十进制负数。

[习题2] 问:下列 IEEE 单精度浮点数所表示的十进制数分别是多少?

(1) 1011 1101 0100 0000 0000 0000 0000 0000

(2) 0101 0101 0110 0000 0000 0000 0000 0000

(3) 1100 0001 1111 0000 0000 0000 0000 0000

(4) 0011 1010 1000 0000 0000 0000 0000 0000

(5) 0000 0000 0000 0000 0000 0000 0000 0000

【习题答案】

[习题 1]

分析：最接近 0 的十进制负数就是绝对值最小的负数（又称为最大负数）。此时，该数的阶码为负，且绝对值最大；该数的尾数为负，且绝对值最小。由于题干中强调了规格化，所以需要注意规格化的特点。补码表示时，尾数 $-0.10\cdots\cdots00$ 不是规格化数，因为它的补码表示为 $1.10\cdots0$，不符合规格化数的条件，所以规格化的绝对值最小负数的尾数是 $-0.10\cdots01$，它的补码表示为 $1.01\cdots11$。

解答：采用原码表示时，最接近于 0 的负数的阶码为 $-(2^7-1)=-127$，尾数为 -2^{-1}，所以该数为 $-2^{-1}\times 2^{-127}$。

采用补码表示时，最接近于 0 的负数的阶码为 $-2^7=-128$，尾数为 $-(2^{-1}+2^{-23})$，所以该数为 $-(2^{-1}+2^{-23})\times 2^{-128}$。

[习题 2]

分析：根据 IEEE754 标准，首先将 32 位的二进制数分为数符、阶码和尾数三部分，然后分别求出阶码和尾数的真值，再加上数符。特别要注意的是，尾数用原码表示，且采用隐含尾数最高数位的方法。

解答：(1) 符号位为 1，表示这是一个负数。阶码字段 $=01111010B=122D$，阶码真值 $=122-127=-5$，尾数字段 $=100\ 0000\ 0000\ 0000\ 0000\ 0000B$。所以十进制数值为：$-(1.1)_2\times 2^{-5}=-0.046875$。

(2) 符号位为 0，表示这是一个正数。阶码字段 $=10101010B=170D$，阶码真值 $=170-127=43$，尾数字段 $=110\ 0000\ 0000\ 0000\ 0000\ 0000B$。十进制数值为：$(1.11)_2\times 2^{43}=1.539\times 10^{13}$（表示为 4 位有效数字形式）。

(3) 同理，十进制数值为：$-(1.111)_2\times 2^4=-30$。

(4) 同理，十进制数值为：$(1.0)_2\times 2^{-10}=0.0009766$（表示为 4 位有效数字形式）。

(5) 由于符号位为 0，阶码字段和尾数字段均为全 0，所以它表示机器零。

知识点聚焦 37：不同类型数据的特点及转换

【典型题分析】

[例题 1] 16 位补码 0x8FA0 扩展为 32 位应该是（　　）。

A. 0x00008FA0　　　　B. 0xFFFF8FA0　　　　C. 0xFFFFFFA0　　　　D. 0x80008FA0

分析：16 位扩展成 32 位，符号位不变，附加位是符号位的扩展。这个数是一个负数，而选项 A 表示正数，选项 C 数值部分发生变化，选项 D 用 0 来填充附加位，所以只有选项 B 正确。

解答：B。

[例题 2] 在 C 语言中，不同类型的数据混合运算中，要先转换成同一类型后进行运算。设一表达式中包含有 int、long、char 和 double 类型的变量和数据，则表达式最后的运算结果是（　　），这 4 种类型数据的转换规律是（　　）。

A. long，int—char—double—long   B. long，char—int—long—double

C. double，char—int—long—double   D. double，char—int—double—long

分析：不同类型的数据混合运算时，转换遵循的原则是升格，故最终结果为 double 类型。4 种类型数据转换规律为 char→int→long→double。

解答：C。

【知识点睛】

数据类型的转换有以下三种基本形式：

① 同一类型但长度不同的数据间的转换；

② 定点方式与浮点方式间的转换；

③ 整型数中的有符号格式与无符号格式间的转换。

双目运算符两侧的操作数的类型必须一致，所得计算结果的类型与操作数的类型一致。如果一个运算符两边的操作数类型不同，则系统将自动按照转换规律先对操作数进行类型转换再进行运算，通常数据之间转换遵循的原则是"类型提升"，即较低类型转换为较高类型。如一个 long 型数据与一个 int 型数据一起运算，需要先将 int 型数据转换为 long 型，然后两者再进行运算，结果为 long 型。如果 float 型和 double 型数据参加运算，虽然它们同为实型，但两者精度不同，仍要先将 float 型转换成 double 型再进行运算，结果亦为 double 型。所有这些转换都是由系统自动进行的，这种转换通常称为隐式转换。

类型提升（升格）时，其值保持不变，例如在将 8 位数与 32 位数相加之前，必须将 8 位数转换成 32 位数形式，这被称为"符号扩展"，即用符号位来填充所有附加位。

当较高类型的数据转换成较低类型的数据时，称为降格，降格时就可能失去一部分信息。

除了隐式转换外，还有一种转换称为显式转换，这是一种强制转换类型机制。显式转换实际上是一种单目运算，其一般形式为：

（数据类型名）表达式

显式转换把后面的表达式运算结果的类型强制转换为要求的类型，而不管类型的高低。

要转换的表达式用括号括起来，如：(int)(x＋y)与(int)x＋y 是不同的，后者相当于(int)(x)＋y，也就是说，只将 x 转换成整型，然后与 y 相加。

当在 int、float 和 double 等类型数据之间进行强制转换时，将得到以下数值转换结果（假定 int 为 32 位）：

① 从 int 转换为 float，不会发生溢出，但可能有数据舍入。

② 从 int 或 float 转换为 double，因为 double 的有效位数更多，所以能保留精确值。

③ 从 double 转换为 float 时，因为 float 表示范围变小，所以可能发生溢出，又由于有效位数减少，所以可能被舍入。

④ 从 float 或 double 转换为 int 时，因为 int 没有小数部分，所以小数部分被截断，又由于 int 的表示范围更小，所以还可能发生溢出。

【延伸拓展】

C 语言的基本数据类型有整型数据、实型数据、字符型数据等。其中整型数据有基本整型（int）、短整型（short 或 short int）、长整型（long 或 long int）和无符号数（再加修饰符 unsigned），实型数据分为单精度型（float）、双精度型（double）、长双精度（long double）。基本数据类型归纳见表 37-1。

表 37 - 1　　PC 机上常用的基本数据类型和数的范围

类型	所占位数	数的范围
int	16	$-32768\sim32767$
short	16	$-32768\sim32767$
long	32	$-2147483648\sim2147483644$
unsigned	16	$0\sim65535$
char	8	$-128\sim127$
float	32	$10^{-38}\sim10^{38}$(7 位精度)
double	64	$10^{-308}\sim10^{308}$(16 位精度)

数据转换时应注意的问题有：

① 有符号数与无符号数之间的转换。例如,由 signed 型数据转换为同一长度的 unsigned 型数据时,原来的符号位不再是符号位,而成为数据的一部分,所以负数转换成无符号数时,数值将发生改变。数据由 unsigned 型转换为同一长度的 signed 型时,各个二进制位的状态不变,但最高位被当作符号位,这时也会发生数值改变。

② 数据的截取与保留。当一个浮点数转换为整数时,浮点数的小数部分全部舍去,并按整数形式存储。但应注意浮点数的整数部分不能超过整型数允许的最大范围,否则数据出错。

③ 数据转换中的精度丢失。四舍五入会丢失一些精度,截去小数也会丢失一些精度。此外,数据由 long 型转换成 float 或 double 型时,有可能在存储时不能准确地表示该长整数的有效数字,精度也会受影响。

④ 数据转换结果的不确定性。当较长的整数转换为较短的整数时,要将高位截去,例如 long 型转换为 short 型,只将低 16 位内容送过去,这就会产生很大误差。浮点数降格时,如 double 型转换成 float 型,当数据值超过了目标类型的取值范围时,所得到的结果将是不确定的。

【即学即练】

[习题 1] 假定变量 i、f、d 的类型分别是 int、float 和 double,请判断下列每个 C 语言关系表达式在 32 位机器上运行时是否永真。

(1) i==(int)(float) i

(2) f==(float)(int)f

(3) d==(float)d

(4) f==-(-f)

【习题答案】

[习题 1]

分析：在不同数据类型转换时,有可能会出现错误,需要具体问题具体分析。

解答：(1) 是,double 比 int 有更大的精度和范围,当 i 转换为 double 后再到 int 时数值不变。

(2) 否,float 有小数部分,当 f 转换为 int 后再到 float 时,小数部分可能会丢失。

(3) 否,double 比 float 有更大的精度和范围,当 d 转换成 float 后数值可能改变。

(4) 是,浮点数取负就是简单将数符取反。

知识点聚焦 38：算术逻辑运算部件(ALU)

【典型题分析】

[例题 1] 4 片 74181 ALU 和 1 片 74182 CLA 相配合,具有(　　)传递功能。

A. 串行进位   B. 组内并行进位,组间串行进位

C. 组内串行进位,组间并行进位   D. 组内、组间均为并行进位

分析:4 片 74181 和 1 片 74182 可构成 16 位的 两级 ALU,采用两级分组并行进位方式,组内并行,组间也并行。

解答:D。

[例题 2] 什么是单重分组和双重分组跳跃进位链? 一个按 3,5,3,5 分组的双重分组跳跃进位链(最低位为第 0 位),试问大组中产生的是哪几位进位? 与 4,4,4,4 分组的双重分组跳跃进位链相比,试问产生全部进位的时间是否一致? 为什么?

分析:首先要搞清楚单重分组和双重分组跳跃进位链的特点。然后利用双重分组跳跃进位链构成两种 16 位并行加法器,两种方式的区别在于其小组的位数不同。

解答:单重分组即组内并行、组间串行的进位方式;双重分组即组内并行,组间也并行。一个按 3,5,3,5 分组的双重分组跳跃进位链(最低位为第 0 位),大组中产生的进位是 C_4、C_7、C_{12} 和 C_{15};而一个按 4,4,4,4 分组的双重分组跳跃进位链,大组中产生的进位是 C_3、C_7、C_{11} 和 C_{15}。虽然这两种方式小组内的位数不同,但产生全部进位的时间是一致的。因为两种方式都被分成 4 个小组,假定一级"与门"、"或门"的延迟时间定为 ty,则每一级进位的延迟时间为 2ty。C_{-1} 经过 2ty 产生第 1 小组的进位及所有组进位产生函数 G_i^* 和组进位传递函数 P_i^*;再经过 2ty,由大组产生相应的进位;再经过 2ty 后,才能产生第 2、3、4 小组内的其余的进位,所以最长的进位延迟时间都为 6ty。

【知识点睛】

加法器有串行和并行之分。在串行加法器中,只有一个全加器,使用移位寄存器从低位到高位串行地将操作数送入全加器进行运算,对于 n 位字长的加法,分 n 步进行相加。并行加法器则由多个全加器组成,n 位字长的加法器,由 n 个全加器组成,n 位数据同时相加。

并行加法器可以同时对数据的各位相加,但存在着一个加法的最长运算时间问题。这是因为虽然操作数的各位是同时提供的,但低位运算所产生的进位会影响高位的运算结果。最低位产生的进位将逐位影响至最高位,因此,并行加法器的最长运算时间主要是由进位信号的传递时间决定的,而每个全加器本身的求和延迟只是次要因素。很明显,提高并行加法器速度的关键是尽量加快进位产生和传递的速度。

n 位并行加法器按进位信号的传递方式,可分为串行进位方式、并行进位方式和分组并行进位方式。串行进位方式的每一级进位直接依赖于前一级的进位,即进位信号是逐级形成的;并行进位方式所有各位的进位不依赖于其低位的进位,而依赖于最低位的进位 C_0,各位的进位是同时产生的,随着加法器位数的增加,完全采用并行进位是不现实的。

真正实用的进位方式是分组先行进位方式,分组先行进位方式又有单级和多级之分。单级先行进位方式(单重分组)又称为组内并行、组间串行方式。多级先行进位方式(双重或多重分组)又称组内并行、组间并行方式。

算术逻辑单元 ALU 是既能完成算术运算又能完成逻辑运算的部件。由于无论是加、减、乘、除运算,最终都能归结为加法运算。因此,ALU 的核心首先应当是一个并行加法器,同时也能执行像"与"、"或"、"非"、"异或"这样的逻辑运算。由于 ALU 能完成多种功能,所以 ALU 又称多功能函数发生器。最简单的 ALU 是 4 位的(如 74181),目前,随着集成电路技术的发展,多位的 ALU 已相继问世。

【延伸拓展】

每个 74181 芯片可以看成一个小组，小组内采用并行进位方式，小组间既可以采用串行进位，也可以采用并行进位。当采用串行进位时，只要把低一片 74181 的 C_{n+4} 与高一片 74181 的 C_n 相连即可。当采用组间并行进位时，需要增加一片 74182，这是一个先行进位部件。

多个小组可以组成一个大组。小组内的并行进位是由 74181 芯片内部完成的，而大组内（小组间）的并行进位是由 74182 芯片完成的，利用 74182 芯片还可以进一步实现大组间的并行进位。

显然，如果是 64 位字长的加法器，可分成 16 个小组（每小组包含 4 位），每 4 个小组可构成一个大组，共 4 个大组，于是可用 16 片 74181 和 4 片 74182 构成小组内并行、大组内并行、大组间串行（并－并－串）的 64 位加法器，也可用 16 片 74181 和 5 片 74182 构成采用并－并－并进位方式的 64 位加法器。

【即学即练】

[习题1] 某加法器采用组内并行、组间并行的进位链，4 位一组，写出进位信号 C_6 的逻辑表达式。

[习题2] 试用 74181 和门电路实现一位余 3 码加法器。

【习题答案】

[习题1]

分析：加法器无论多少位，其最低一组包含最低 4 位。最低一组将输出组进位产生信号 G_1^* 和组进位传递信号 P_1^* 送至先行进位部件，然后由先行进位部件输出 C_4 至次低组，次低组再形成 C_7、C_6、C_5。

解答：$C_4 = G_1^* + P_1^* C_0$，其中：$G_1^* = G_4 + P_4 G_3 + P_4 P_3 G_2 + P_4 P_3 P_2 G_1$，$P_1^* = P_4 P_3 P_2 P_1$

根据 C_4，可得到 $C_5 = G_5 + P_5 C_4$，$C_6 = G_6 + P_6 C_5 = G_6 + P_6 G_5 + P_6 P_5 C_4$

[习题2]

分析：首先写出余 3 码的校正函数：有进位，+3(+0011)校正；无进位，−3(+1101)校正。根据余 3 码的校正函数，设计加法器，下面一片 74181 完成一位余 3 码的加法，上面一片 74181 完成校正。

解答：其逻辑框图如图 38-1 所示。

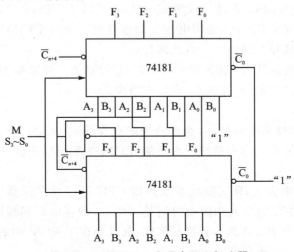

图 38-1　用 74181 实现余 3 码加法器

知识点聚焦 39：RAM 和 ROM 的特点

【典型题分析】

［例题1］下列常见的只读存储器中，（　　）只能由生产厂家在生产芯片的过程中写入，用户无法改写。

A. MROM   B. PROM   C. EPROM   D. EEPROM

分析：MROM 为掩模式 ROM，PROM 为一次可编程 ROM，EPROM 为可擦除可编程 ROM，EEPROM 为电可擦除可编程 ROM。其中只有 MROM 的内容是由半导体制造厂按用户提出的要求在芯片的生产过程中直接写入的，写入之后任何人都无法改变其内容。

解答：A。

［例题2］图 39-1 是某存储芯片的引脚图，请回答：

（1）这个存储芯片的类型（是 RAM 还是 ROM）？这个存储芯片的容量？

（2）若地址线增加一根，存储芯片的容量将变为多少？

（3）这个芯片是否需要刷新？为什么？刷新和重写有什么区别。

（4）如果需要刷新，请指出芯片刷新一遍需要的时间（设存取周期为 $0.5\mu s$）及你准备选择的刷新方式，需说明理由。

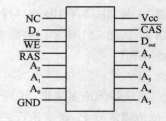

注：NC 表示未用

图 39-1　某存储芯片的引脚图

分析：图 39-1 有地址线 8 根，输入/输出数据线各 1 根，另有读写控制线 $\overline{WE}$ 和行、列选通线 $\overline{PAS}$、$\overline{CAS}$。从给出的芯片管脚可以看出，这是一个可读可写的动态随机存储（DRAM）芯片。由于 DRAM 芯片集成度高，容量大，为了减少芯片引脚数量，DRAM 芯片把地址线分成相等的两部分，分两次从相同的引脚送入。两次输入的地址分别称为行地址和列地址，行地址由行地址选通信号（$\overline{RAS}$）送入存储芯片，列地址由列地址选通信号（$\overline{CAS}$）送入存储芯片。由于采用了地址复用技术，因此，DRAM 芯片每增加一条地址线，实际上是增加了两位地址，也即增加了 4 倍的容量。

解答：（1）芯片类型是 RAM，且为动态 RAM（DRAM），芯片容量 64K×1。

（2）由于地址线是复用的，若地址线增加一根，容量增加 4 倍，芯片的容量变为 256K×1。

（3）需要刷新，因为是 DRAM 是用电容存储信息的。重写是随机的，刷新是定时的。重写按存储单元进行，刷新按存储体一行行地进行。

（4）64K×1 芯片的内部为 256×256 的矩阵，芯片刷新一遍需要的时间＝256×$0.5\mu s$＝128μs。采用异步刷新方式最好，死区小，刷新次数少。

【知识点睛】

主存储器是整个存储系统的核心，通常分为随机存储器（RAM）和只读存储器（ROM）两大部分。RAM 和 ROM 在主存中是统一编址的，ROM 是系统程序区，RAM 是用户程序区或系统程序工作区。

RAM 采用随机存取方式，所谓随机存取是指 CPU 可以对存储器中的内容随机地存取，CPU 对任何一个存储单元的写入和读出时间是一样的，即存取时间相同，与其所处的物理位置无关。ROM 可以看作 RAM 的一种特殊形式，其区别在于 ROM 中的内容只能读出而不能写入，所以 ROM 也采用随机存取方式。

RAM 分为静态 RAM(SRAM)和动态 RAM(DRAM)两种。SRAM 存储器的记忆单元是用双稳态触发器来记忆信息的,其存取速度快,但集成度低,功耗也较大。DRAM 存储器是利用记忆单元电路中栅极电容上的电荷来存储信息的,由于栅极电容上的电荷会随着时间的推移不断泄漏掉,所以每隔一定的时间必须向栅极电容补充一次电荷,这个过程称为"刷新"。DRAM 集成度高,功耗小,但存取速度慢。

DRAM 常见的刷新方式有集中式、分散式和异步式 3 种。

集中刷新方式在允许的最大刷新间隔内,按照存储芯片容量的大小集中安排若干个刷新周期,刷新时停止读写操作。集中刷新方式的优点是读写操作时不受刷新工作的影响,因此系统的存取速度比较高,主要缺点是在集中刷新期间必须停止读写,这一段时间称为"死区",而且存储容量越大,死区就越长。

分散刷新方式是指把刷新操作分散到每个存取周期内进行,此时系统的存取周期被分为两部分,前一部分时间进行读写操作或保持,后一部分时间进行刷新操作。在一个系统存取周期内刷新存储矩阵中的一行。分散刷新方式没有死区,但是,它也有很明显的缺点,一是加长了系统的存取周期,降低了整机的速度;二是刷新过于频繁。

异步刷新方式是前述两种方式的结合,它充分利用了最大刷新间隔时间,把刷新操作平均分配到整个最大刷新间隔时间内进行。异步刷新方式虽然也有死区,但比集中刷新方式的死区小得多,这样可以避免使 CPU 连续等待过长的时间,而且减少了刷新次数。

对于用户来说,ROM 只能读出,不能写入,那么 ROM 中的内容是如何事先存入的呢?把向 ROM 写入数据的过程称为对 ROM 进行编程,根据编程方法的不同,ROM 通常可以分为 MROM、PROM 和 EPROM 等。

【延伸拓展】

主存的存取速度通常由存取时间 T_a、存取周期 T_m 和主存带宽 B_m 等参数来描述。

存取时间 T_a 是执行一次读操作或写操作的时间,即从地址传送给主存开始到数据能够被使用为止所用的时间间隔。存取周期 T_m 是指两次连续的存储器操作(如两次连续的读操作)之间所需要的最小时间间隔。一般情况下,$T_m > T_a$,对于破坏性读出的存储器,$T_m = 2T_a$。

主存带宽 B_m 是指连续访问主存时主存所能提供的数据传送率。例如,对于 SDRAM 而言,若工作频率为 100MHz,其数据传输率可以达到 800MB/s($100 \times 64 \div 8 = 800$);若工作频率为 133MHz,其数据传输率可以达到 1.06GB/s($133 \times 64 \div 8 = 1064$)。对于 DDR SDRAM 而言,由于在同一个时钟的上升沿和下降沿都能传输数据,所以工作频率在 200MHz 时,数据传输率可以达到 3.2GB/s($200 \times 64 \times 2 \div 8 = 3\ 200$)。上述例子中存储字长为 64 位。

【即学即练】

[习题1] 动态 RAM 是指(　　)。

A. 工作中存储内容动态变化　　　　　　B. 工作中需动态地改变访问地址

C. 每隔一定时间需对存储内容动态刷新　　D. 每次读出后都需要根据原内容重写一遍

[习题2] 图 39-2 是某 SRAM 的写入时序图,其中 R/$\overline{W}$ 是读写命令控制线,R/$\overline{W}$ 为低电平时,存储器按给定地址把数据线上的数据写入存储器。请指出图中写入时序的错误,并画出正确的写入时序图。

【习题答案】

[习题1]

分析：动态 RAM 需要定时刷新。

解答：C。

[习题2]

分析：在写入过程中，当 R/$\overline{\text{W}}$ 加负脉冲时，地址和数据线的电平必须是稳定的，否则将出现错误。当 R/$\overline{\text{W}}$＝0 时，如果数据线改变了数值，那么存储器将存储新的数据，(图39-2中的⑤)；如果地址线发生了变化，那么同样的数据将存储到前后两个地址中(图39-2的②和③)。

解答：正确的写入时序如图 39-3 所示。

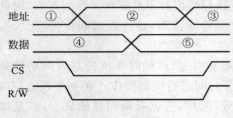

图 39-2　某 SRAM 的写入时序图

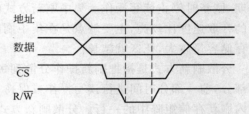

图 39-3　正确的写入时序

知识点聚焦 40：存储器容量的扩展

【典型题分析】

[例题1] 某计算机系统采用字节编址方式，主存由 A4000H 到 BBFFFH 共有(1)KB，实现该主存区域需要 32K×4 的 SRAM 芯片共(2)片。

(1) A. 32　　　　　B. 64　　　　　C. 96　　　　　D. 128

(2) A. 3　　　　　B. 4　　　　　C. 6　　　　　D. 8

分析：用末地址减去首地址再加1，可以得出主存区域的大小(十六进制)，然后将其转换为十进制，再除以存储芯片的容量就可得出芯片数。BBFFF－A4000＋1＝18000，共有 96KB (64KB＋32KB)，需要 32K×4 的 SRAM 芯片数＝(96K×8)÷(32 K×4)＝6。

解答：(1) C,(2) C。

[例题2] 通常存储芯片的容量是有限的，有时需要在字数和字长方面进行扩展。请用简单的例子说明常用的扩展方法中地址总线、数据总线、控制总线的连接规则及所需的存储芯片数量。

分析：假定存储芯片容量为 mK×n，容量扩展根据实际应用情况，可以有三种形式：位扩展、字扩展、字和位同时扩展。

解答：① 位扩展：例如要组成 mK×N 的存储器，需要 $\left\lceil \dfrac{N}{n} \right\rceil$ 个存储芯片。其连接结构中各芯片的地址、片选、写允许端都对应并接，数据输入、输出端则各自单独引出。

② 字扩展：例如存储器的容量为 MK×n，则需要 $\left\lceil \dfrac{M}{m} \right\rceil$ 个存储芯片。其连接结构中各芯片的地址、数据输入、数据输出、写允许端对应并接。片选信号单独引出，分别由存储器高 $\log_2 \left\lceil \dfrac{M}{m} \right\rceil$ 位地址译码输出控制，在某一时刻只有一个片选信号有效。存储器的低 $\log_2 m$K 位地址直接与芯片地址端连接。

③ 字和位同时扩展：例如要组成 $MK \times N$ 的存储器，共需 $\left\lceil \dfrac{M}{m} \right\rceil \times \left\lceil \dfrac{N}{n} \right\rceil$ 个存储芯片。其连接结构中所有芯片写允许端并接，所有芯片地址端对应并接，直接连到存储器低 $\log_2 mK$ 位地址。同一行的片选端并接，行与行之间是独立的，分别由存储器高 $\log_2 \left\lceil \dfrac{M}{m} \right\rceil$ 位地址译码输出控制。输入、输出数据端同一列并接，列与列间是独立的。从纵向看，每列存储芯片给出不同存储单元的相同位。从横向看，每行存储芯片给出相同存储单元的不同位。

【知识点睛】

存储芯片的容量往往是有限的，主存储器往往要由一定数量的芯片构成。根据主存所要求的容量和选定的存储芯片的容量，就可以计算出总的芯片数，即

$$总芯片数 = \frac{总容量}{容量/片}$$

存储器容量的扩展有位扩展、字扩展、字和位同时扩展三种。

位扩展是指仅在位数方向扩展（加大字长），它用于存储器的字数与单个存储芯片的字数相同而位数不同时。位扩展的连接方式是将各存储芯片的地址线、片选线和读写线相应地并联起来，而将各芯片的数据线单独列出。

字扩展是指仅在字数方向扩展，而位数不变，它用于存储器的字长与单个存储芯片的字长相同而字数不同时。字扩展将芯片的地址线、数据线、读写线并联，由片选信号来区分各个芯片。字扩展需要进行地址分配，地址线的高位部分通过译码器产生若干个片选信号 CS_i，分别选中若干个芯片中的一个。

字和位同时扩展则是前两种扩展的结合，用于存储芯片的字数和字长均不能满足主存总容量要求的情况，这是实际应用中最多的。

【延伸拓展】

一个多字节的数据在按字节编址的主存中通常由两种排序方案——大端次序和小端次序。大端次序方案将最高有效字节存储在最小地址位置，小端次序方案将最低有效字节存储在最小地址位置。图 40-1 是 32 位的十六进制数 12345678 在存储器中的存储方式示意图。

Intel 80x86 采用小端次序方案，IBM 370、Motorola 680x0 和大多数 RISC 机器则采用大端次序方案。Power PC 既支持大端方案又支持小端方案。

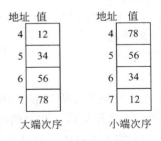

地址	值
4	12
5	34
6	56
7	78

大端次序

地址	值
4	78
5	56
6	34
7	12

小端次序

图 40-1　多字节数据的两种存储形式

在数据对齐存储方式下，要求一个数据字占据完整的一个存储字的位置，而不是分成两部分各占据每个存储字位置的一部分。例如，一个 32 位的数据字放在 32 位宽度的主存储器中，若字地址为 n，则在对齐方式下数据实际占据的是字节地址为 n、$n+1$、$n+2$ 和 $n+3$ 的存储单元，这个数据可以一次读取或者写入。如果这个数据字不按对齐方式存储，假设数据实际占据的是字节地址为 $n-1$、n、$n+1$ 和 $n+2$ 存储单元，这样的数据在 32 位的存储器中需要分两次读取或者写入。在有些计算机中，规定数据的存储必须按边界对齐的方式进行。图 40-2(a) 是一个边界不对齐的例子，图 40-2(b) 是一个边界

对齐的例子。

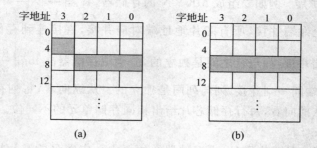

图 40-2   32 位的数据字在 32 位宽度主存储器中的存放

假设,某计算机存储字长为 64 位(8 字节),读写的数据有 4 种不同长度,它们分别是字节(8 位)、半字(16 位)、单字(32 位)和双字(64 位)。

边界对齐的数据存放方式对数据的存放位置有下列要求:

① 字节数据的地址为 ×…××××(任意);

② 半字数据的起始地址为 ×…×××0(2 的整倍数);

③ 单字数据的起始地址为 ×…××00(4 的整倍数);

④ 双字数据的起始地址为 ×…×000(8 的整倍数)。

【即学即练】

[习题1]若主存按字节编址,用存储容量为 32K×8 的存储器芯片构成地址编号 A0000H 至 DFFFFH 的内存空间,则至少需要(　　)片芯片。

A. 4　　　　　　　　B. 6　　　　　　　　C. 8　　　　　　　　D. 10

[习题2]某计算机 CPU 可输出数据线 8 条($D_7 \sim D_0$),地址线 20 条($A_{19} \sim A_0$),控制线 1 条($\overline{WE}$)。目前使用的存储空间为 48KB,其中:16KB 为 ROM,拟用 8K×8 位的 ROM 芯片;32KB 为 RAM,拟用 16K×4 的 RAM 芯片。

(1)需要两种芯片各多少片?

(2)写出 ROM 和 RAM 的地址范围。

【习题答案】

[习题1]分析:DFFFF－A0000＋1＝40000,即 256KB,需用 32K×8 的芯片数＝(256K×8)÷(32K×8)＝8。

解答:C。

[习题2]

分析:存储空间为 48KB,前 16KB 为 ROM 空间,后 32KB 为 RAM 空间。ROM 芯片采用字扩展,RAM 芯片采用字和位同时扩展。

解答:(1)需要 ROM 芯片 2 片,RAM 芯片 4 片。

(2)ROM 的地址范围为

ROM$_1$:00000H～01FFFH

ROM$_2$:02000H～03FFFH

RAM 的地址范围为

RAM$_1$＋RAM$_2$:04000H～07FFFH

RAM$_3$＋RAM$_4$：08000H～0BFFFH

知识点聚焦 41：存储器的片选信号及 CPU 与存储器的连接

【典型题分析】

[例题 1] 如图 41－1 所示,若低位地址（A$_0$～A$_{11}$）接在主存芯片地址引脚上,高位地址（A$_{12}$～A$_{19}$）进行片选译码（其中,A$_{14}$ 和 A$_{16}$ 没有参加译码）,且片选信号低电平有效,则对图 41－1 中所示的译码器,不属于此译码空间的地址为（　　）。

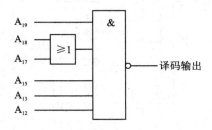

图 41－1　某片选信号逻辑图

A. AB000H～ABFFFH

B. BB000H～BBFFFH

C. EF000H～EFFFFH

D. FE000H～FEFFFH

分析：这是一个部分译码的片选信号,高 8 位地址中有 2 位（A$_{14}$ 和 A$_{16}$）没有参与译码,根据译码器电路,译码输出的逻辑表达式应为：

$$\overline{CS}=A_{19}(A_{18}+A_{17})\,A_{15}\,A_{13}\,A_{12}$$

因为只有 D 选项中 A$_{12}$＝0,所以不属于此译码空间的地址。

解答：D。

[例题 2] 某半导体存储器容量 9K×8,其中 ROM 区 4K×8,可选 EPROM 芯片 2K×8/片。RAM 区 5K×8,可选 SRAM 芯片 2K×4/片,1K×4/片,地址总线 A$_{15}$～A$_0$（低）,数据总线 D$_7$～D$_0$（低）。R/$\overline{W}$ 控制读、写。若有控制信号 $\overline{MREQ}$。要求：

(1) 设计并画出该存储器逻辑图。

(2) 注明地址分配与片选逻辑式及片选信号极性。

分析：在 9KB 的存储空间中,前 4KB 为 ROM 区,后 5KB 为 RAM,ROM 区由 2 片 2K×8 芯片组成,采用字扩展方法；RAM 区由 4 片 2K×4、2 片 1K×4 芯片组成,采用字和位同时扩展。

解答：(1) 存储器逻辑图如图 41－2 所示。

(2) 各芯片地址分配。

EPROM$_1$：0000H～07FFH

EPROM$_2$：0800H～0FFFH

SRAM$_1$＋SRAM$_2$：1000H～17FFH

SRAM$_3$＋SRAM$_4$：1800H～1FFFH

SRAM$_5$＋SRAM$_6$：2000H～23FFH

各片选逻辑式为

CS$_0$＝$\overline{A_{15}}\ \overline{A_{14}}\ \overline{A_{13}}\ \overline{A_{12}}\ \overline{A_{11}}$

CS$_1$＝$\overline{A_{15}}\ \overline{A_{14}}\ \overline{A_{13}}\ \overline{A_{12}}\ A_{11}$

CS$_2$＝$\overline{A_{15}}\ \overline{A_{14}}\ \overline{A_{13}}\ A_{12}\ \overline{A_{11}}$

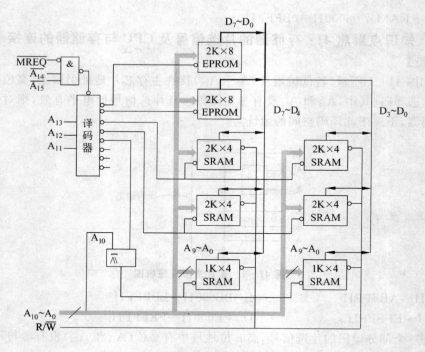

图 41-2 存储器逻辑图

$$CS_3 = \overline{A_{15}}\ \overline{A_{14}}\ \overline{A_{13}}\ A_{12}\ A_{11}$$

$$CS_4 = \overline{A_{15}}\ \overline{A_{14}}\ A_{13}\ \overline{A_{12}}\ \overline{A_{11}}\ \overline{A_{10}}$$

【知识点睛】

CPU 访问主存时需要给出地址码,其长度取决于 CPU 可直接访问的最大存储空间,一般要将其地址码分成片内地址和选片地址两部分。

片内地址由低位的地址码构成,其长度取决于所选存储芯片的字数,例如:芯片容量为 $8K \times 4$ 和 $8K \times 1$,它们的片内地址相同,均为 13 位($2^{13} = 8K$),片内地址用于从选中的芯片中选出相应的存储单元,以进行数据的存取,故又称为字选。

选片地址由高位的地址码构成,用于选择存储芯片,故又称为片选地址。大多数情况下由选片地址通过译码后产生存储芯片的片选信号($\overline{CS}$)。片选译码可分为全译码和部分译码两种方式。

所谓全译码方式是指所有的选片地址全部参加译码,全译码方式的特点是所使用的存储芯片的地址范围是唯一的。以下两种情况必须采用全译码方式:

① 如果实际使用的存储空间与 CPU 可访问的最大存储空间相同。

例如,CPU 给出的访存地址长 16 位($A_{15} \sim A_0$),即可访问的最大存储空间为 64KB,选用的存储芯片容量为 $16K \times 4$,共 8 片,构成 4 个小组,这时片内地址为 14 位,选片地址为 2 位,2 位选片地址必须全部参加译码才能产生 4 个选片信号,分别用作 4 个小组的选片信号。

② 如果实际使用的存储空间小于 CPU 可访问的最大存储空间,而对实际空间的地址分配有严格的要求。

例如,CPU 给出的访存地址长 16 位($A_{15} \sim A_0$),即可访问的最大存储空间为 64KB,而系统中实际使用的存储空间只有 8KB,且选用存储容量为 $4K \times 2$ 的芯片共 8 片,并要求其地址范围必须在 4000H～5FFFH 范围内，其地址译码方式如图 41-3 所示，其地址分配见表 41-1。

表 41-1　全译码方式的地址分配

所选芯片号	选片地址 $A_{15} A_{14} A_{13} A_{12}$	片内地址 $A_{11} A_{10} A_9 \cdots\cdots A_0$	译码输出	地址分配
	0 0 0 0 0 0 0 0	0 0 0 …0 1 1 1 …1	$\overline{Y_0}=0$	0000H～0FFFH
	0 0 0 1 0 0 0 1	0 0 0 …0 1 1 1 …1	$\overline{Y_1}=0$	1000H～1FFFH
	0 0 1 0 0 0 1 0	0 0 0 …0 1 1 1 …1	$\overline{Y_2}=0$	2000H～2FFFH
	0 0 1 1 0 0 1 1	0 0 0 …0 1 1 1 …1	$\overline{Y_3}=0$	3000H～3FFFH
①②③④	0 1 0 0 0 1 0 0	0 0 0 …0 1 1 1 …1	$\overline{Y_4}=0$	4000H～4FFFH
⑤⑥⑦⑧	0 1 0 1 0 1 0 1	0 0 0 …0 1 1 1 …1	$\overline{Y_5}=0$	5000H～5FFFH
	0 1 1 0 0 1 1 0	0 0 0 …0 1 1 1 …1	$\overline{Y_6}=0$	6000H～6FFFH
	0 1 1 1 0 1 1 1	0 0 0 …0 1 1 1 …1	$\overline{Y_7}=0$	7000H～7FFFH

当实际使用的存储空间比 CPU 可访问的最大存储空间小，而且对其地址分配没有严格要求时，可采用部分译码方式。

例如，CPU 可提供的地址为 16 位（A_{15}～A_0），而实际使用的存储空间为 16KB，拟采用 4K×4 的存储芯片共 8 片，则可采用的部分译码方式如图 41-4 所示。

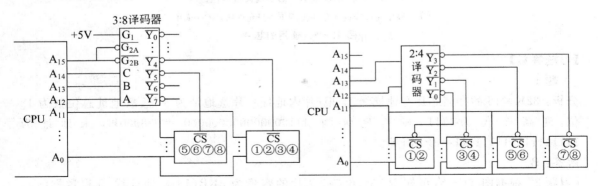

图 41-3　地址码采用全译码方式　　　　图 41-4　地址码采用部分译码方式

由于采用部分译码方式，使得各组芯片的地址访问不再是唯一的。每组芯片的地址分配分别为

第1组:0000H～0FFFH,4000H～4FFFH,8000H～8FFFH,C000H～CFFFH

第2组:1000H～1FFFH,5000H～5FFFH,9000H～9FFFH,D000H～DFFFH

第3组:2000H～2FFFH,6000H～6FFFH,A000H～AFFFH,E000H～EFFFH

第4组:3000H～3FFFH,7000H～7FFFH,B000H～BFFFH,F000H～FFFFH

可以看出,采用部分译码方式使得各组芯片出现了重叠的地址范围,其地址重叠区的个数取决于没有参加译码的地址码的位数,由于有 2 位地址码(A_{15}、A_{14})没有参加译码,所以每组芯片都出现 4 个地址重叠区。

【即学即练】

[习题1]若片选地址为 111 时,选定某一 32K×16 的存储芯片工作,则该芯片在存储器中的首地址和末地址分别为( )。

A. 00000H,01000H   B. 38000H,3FFFFH   C. 3800H,3FFFH   D. 0000H,0100D

[习题2]通常主存储器由 RAM 和 ROM 组成,试用图 41-5 所示的两种芯片(2732 和 6264)设计一个 8 位微机系统的主存储器,要求:系统程序区 8KB,从 0000H 地址开始;用户程序区 40KB,从 4000H 地址开始。请指出每种芯片各需要多少块? 写出各芯片的地址分配,画出该存储器的逻辑框图(注意地址线、数据线和控制线的连接)。

提示:首先根据芯片的管脚图确定出每个芯片的类型(RAM 或 ROM)和芯片的容量。

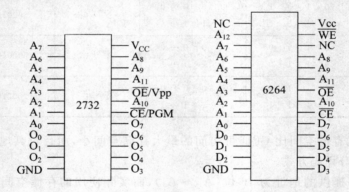

注:A_i—地址线;O_i 或 D_i—数据线;$\overline{CE}$—片选线;
$\overline{OE}$—输出允许线或读允许线;$\overline{WE}$—写允许线;NC—未用。

图 41-5 使用的芯片

【习题答案】

[习题1]

分析:32K×16 的存储芯片有地址线 15 根(片内地址),片选地址为 3 位,故地址总位数为 18 位,现高 3 位为 111,则首地址为 111000000000000000 = 38000H,末地址为 111111111111111111=3FFFFH。

解答:B。

[习题2]根据图 41-5,可知 RAM(6264)芯片的容量为 8KB(13 根地址线,8 根数据线),ROM(2732)芯片的容量为 4KB(12 根地址线,8 根数据线)。所以主存储器需要 2732 两片,6264 五片。各芯片的地址分配如图 41-6 所示。

该存储器的逻辑框图如图 41-7 所示。

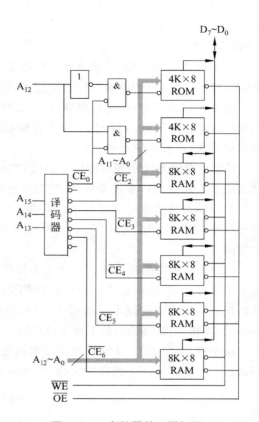

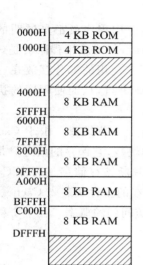

图 41-6 各芯片的地址分配

图 41-7 存储器的逻辑框图

知识点聚焦 42：存储系统与高速缓冲存储器 Cache

【典型题分析】

[例题 1] 某计算机的存储系统由 Cache-主存系统构成，Cache 的存取周期为 10 ns，主存的存取周期为 50 ns。在 CPU 执行一段程序时，Cache 完成存取的次数为 4 800 次，主存完成的存取次数为 200 次，则 CPU 访问存储系统的平均访问时间是(1)ns，该 Cache-主存系统的效率是(2)。

(1) A. 10　　　　　　B. 11.60　　　　　　C. 11.68　　　　　　D. 50

(2) A. 0.856　　　　　B. 0.862　　　　　　C. 0.958　　　　　　D. 0.960

分析：命中率＝访问 Cache 命中次数除以总访存次数＝4800÷(4800＋200)＝0.96，平均访问时间＝0.96×10＋(1－0.96)×50＝11.6 ns(假设 Cache 访问和主存访问是同时启动的)。

效率＝访问 Cache 时间除以等效访问时间＝10÷11.6＝0.862。

解答：(1) B；(2) B。

[例题 2] Cache 用于存放主存数据的部分拷贝，主存单元地址与 Cache 单元地址之间的转换工作由(　　)完成。

A. 硬件　　　　　　B. 软件　　　　　　　C. 用户　　　　　　D. 程序员

分析：Cache 是为了弥补主存速度不足而设置的，主存地址到 Cache 地址的转换对速度要求很高，只能由硬件来完成这一任务。

解答：A。

【知识点睛】

为了解决存储容量、存取速度和价格之间的矛盾，通常把各种不同存储容量、不同存取速度的存储器，按一定的体系结构组织起来，形成一个统一的整体存储系统。

由高速缓冲存储器、主存储器、辅助存储器构成的三级存储系统可以分为两个层次，其中高速缓存和主存间称为Cache－主存存储层次（Cache存储系统）；主存和辅存间称为主存－辅存存储层次（虚拟存储系统）。

Cache存储系统全部用硬件来调度，它对系统程序员和应用程序员都是透明的。虚拟存储系统需要通过操作系统来调度，它对系统程序员是不透明的，但对应用程序员是透明的。

高速缓冲技术就是利用程序的局部性原理，把程序中正在使用的部分存放在一个高速的容量较小的Cache中，使CPU的访存操作大多数针对Cache进行，从而使程序的执行速度大大提高。

Cache和主存都被分成若干个大小相等的块，每块由若干字节组成。由于Cache的容量远小于主存的容量，所以Cache中的块数要远少于主存中的块数，它保存的信息只是主存中最急需执行的若干块的副本。当CPU发出主存地址后，首先判断该存储字是否在Cache中，若命中，则直接访问Cache；若不命中，则访问主存并将该字所在的主存块装入Cache。

命中率H定义为CPU产生的逻辑地址能在Cache中访问到的概率。在一个程序执行期间，设N_1为访问Cache的命中次数，N_2为访问主存的次数。

$$H = \frac{N_1}{N_1 + N_2}$$

Cache－主存存储层次的等效访问时间T_A根据主存的启动时间有：

① 假设Cache访问和主存访问是同时启动的，$T_A = H \times T_{A1} + (1-H) \times T_{A2}$。

② 假设Cache不命中时才启动主存，$T_A = H \times T_{A1} + (1-H) \times (T_{A1} + T_{A2}) = T_{A1} + (1-H) \times T_{A2}$。

存储层次的访问效率$e = \dfrac{T_{A1}}{T_A}$。

以上计算命中率和访问效率的公式不仅适用于Cache存储系统，也适用于其他的二级存储系统。

【延伸拓展】

程序的局部性包括：时间局部性和空间局部性。

时间局部性是指如果一个存储单元被访问，则可能该单元很快会被再次访问。这是因为程序存在循环。空间局部性是指如果一个存储单元被访问，则该单元邻近的单元也可能很快被访问。这是因为程序中大部分指令是顺序存储、顺序执行的，数据一般也以向量、数组、树、表等形式簇聚地存储在一起的。

也就是说，最近的、未来要用的指令和数据大多局限于正在用的指令和数据，或是存放在与这些指令和数据位置上邻近的单元中。这样，就可以把目前常用或将要用到的信息预先放在存取速度最快的存储器M_1中，从而使CPU的访问速度大大提高。

CPU访存时的基本原则：由近到远，首先访问M_1，若在M_1中找不到所要的数据，就要访问M_2，将包含所需数据的块或页面调入M_1。若在M_2中还找不到，就要访问M_3，依次类推。

【即学即练】

[习题1] 计算机的存储系统采用分级存储体系的理论依据是(1)。目前,计算机系统中常用的三级存储体系是(2)。

(1) A. 存储容量、价格与存取速度间的协调性

　　B. 程序访问的局部性

　　C. 主存和 CPU 之间的速度匹配

　　D. 程序运行的定时性

(2) A. 寄存器、主存、辅存　　　　　　B. 寄存器、Cache、主存

　　C. Cache、主存、辅存　　　　　　D. L0、L1、L2 三级 Cache

[习题2] 某流水线计算机有一个指令和数据合一的 Cache,已知 Cache 的读写时间为 20 ns,主存的读写时间为 120 ns,取指令的命中率为 98%,取数据的命中率为 95%。在执行程序时,约有 1/5 的指令需要存取一个操作数,假设指令流水线在任何时刻都不阻塞,假设 Cache 不命中时才启动主存。问设置 Cache 后,与无 Cache 比较,运算速度可提高多少倍?

【习题答案】

[习题1]

分析：分级存储体系的理论依据是程序访问的局部性。

解答：(1) B；(2) C。

[习题2]

分析：访存时间应包括取指令的时间和取数据的时间。假设 Cache 不命中时才启动主存,$T_A = T_{A1} + (1-H) \times T_{A2}$。

解答：有 Cache 情况下,平均取指令时间 $= 20 + 120 \times (1-0.98) = 22.4$ ns

平均取数据时间 $= 20 + 120 \times (1-0.95) = 26$ ns

平均每条指令访存时间 $= 22.4 + 26/5 = 27.6$ ns

无 Cache 的情况下,平均每条指令访存时间 $= 120 \times 1 + 120 \times 1/5 = 144$ ns

速度提高的倍数 $= 144$ ns$/17.6$ ns ≈ 5.22

知识点聚焦 43：Cache 和主存之间的地址映射

【典型题分析】

[例题1] 某 32 位计算机的 Cache 容量为 16KB,Cache 块的大小为 16B,若主存与 Cache 地址映射采用直接映射方式,则主存地址为 0x1234E8F8 的单元装入 Cache 的地址(　　)。

A. 00010001001101　　B. 01000100011010　　C. 101000111111000　　D. 11010011101000

分析：由于 Cache 容量为 16KB,故 Cache 地址长 14 位。主存地址 64 位,采用直接映射方式,其低 14 位地址应与 Cache 地址相同。即将主存地址 0x1234E8F8 写成二进制,取低 14 位就是对应的 Cache 地址。

解答：C。

[例题2] 假设主存容量为 512K×16 位,Cache 容量为 4096×16 位,块长为 4 个 16 位的字,访存地址为字地址。

(1) 在直接映射方式下,设计主存的地址格式。

(2) 在全相联映射方式下,设计主存的地址格式。

(3) 在二路组相联映射方式下,设计主存的地址格式。

（4）若主存容量为 512K×32 位，块长不变，在四路组相联映射方式下，设计主存的地址格式。

分析：根据 Cache 容量 4096 字，得 Cache 地址为 12 位。根据块长为 4，且访存地址为字地址，得字块内地址为 2 位，且 Cache 共有 1024 块（4096÷4）。根据主存容量为 512K 字，得主存地址为 19 位。

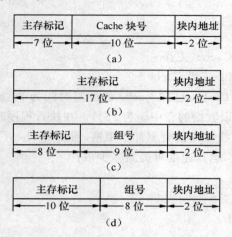

图 43-1　主存地址格式

解答：（1）在直接映射方式下，主存字块标记为 7 位（19－12），主存地址格式如图 43-1（a）所示。

（2）在全相联映射方式下，主存字块标记为 17 位（19－2），主存地址格式如图 43-1（b）所示。

（3）根据二路组相联的条件，一组内有 2 块，得 Cache 共分 512 组，主存字块标记为 8 位，主存地址格式如图 43-1(c)所示。

（4）若主存容量改为 512K×32 位，即双字宽存储器，块长不变，访存仍为字地址，则主存容量可写为 1024K×16 位，得主存地址 20 位。由四路组相联，得 Cache 共分为 256 组。主存字块标记为 10 位，主存地址格式如图 43-1（d）所示。

【知识点睛】

在 Cache 中，地址映射是指把主存地址空间映射到 Cache 地址空间，也就是把存放在主存中的程序按照某种规则装入 Cache 中。地址映射的方式有 3 种：全相联映射、直接映射和组相联映射。

全相联映射就是让主存中任何一个块均可以映射装入到 Cache 中任何一个块的位置上。全相联映射方式比较灵活，Cache 的块冲突概率最低、空间利用率最高，但是地址变换速度慢，而且成本高，实现起来比较困难。

直接映射是指主存中的每一个块只能被放置到 Cache 中唯一的一个指定位置，若这个位置已有内容，则产生块冲突，原来的块将无条件地被替换。直接映射是最简单的映射方式，成本低，易实现，地址变换速度快，但不够灵活，Cache 的块冲突概率最高且空间利用率最低。

直接映射的关系可定义为：$K = I \bmod 2^c$。式中，K 为 Cache 的块号；I 为主存的块号；2^c 为 Cache 块数。

组相联映射实际上是全相联映射和直接映射的折中方案，所以其优点和缺点介于全相联和直接映射方式之间。组相联映射将 Cache 空间分成大小相同的组，让主存中的一块直接映射装入 Cache 中对应组的任何一块位置上，即组间采取直接映射，而组内采取全相联映射。

组相联映射的关系可以定义为：$J = I \bmod Q$。式中，J 为 Cache 的组号；I 为主存的块号；Q 为 Cache 的组数。

【延伸拓展】

通常将组内 2 块的组相联映射称为二路组相联，组内 4 块的组相联映射称为四路组相联。关于组相联映射方式的具体映射实现方案目前在不同的教材中有两种不同的说法，以二路组相联为例，图 43-2(a)所示的方案称为方案一，图 43-2(b)所示的方案称为方案二。

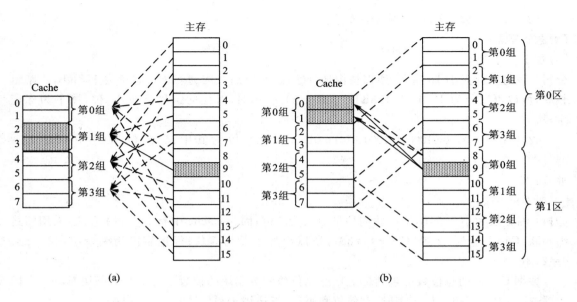

图 43 - 2　二路组相联映射方式的具体映射实现方案

例如：主存的第 9 块，按方案一，将映射到 Cache 的第 1 组中，放在 Cache 的第 2 或 3 块的位置上；而按方案二，将映射到 Cache 的第 0 组中，放在 Cache 的第 0 或 1 块的位置上。比较这两个方案可以发现，两者的区别在于主存是否要按照 Cache 的大小再分区。这两种方案对应的主存地址是有区别的，如图 43 - 3 所示。

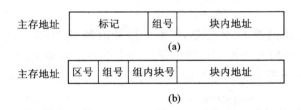

图 43 - 3　组相联映射方式的主存地址

图 43 - 3（a）是方案一对应的主存地址，分为 3 个字段。图 43 - 3（b）是方案二对应的主存地址，分为 4 个字段，其中组内块号字段指出组相联中的一个 Cache 组（行）中块的数量，也就是组相联中的"路数"。相比之下，方案一的实现比较简单一些。

【即学即练】

[习题 1] 有效容量为 128KB 的 Cache，每块 16 字节，8 路组相联。字节地址为 1234567H 的单元调入该 Cache，其 Tag 应为（　　）。

A. 1234H　　　　　　B. 2468H　　　　　　C. 048DH　　　　　　D. 12345H

[习题 2] 某计算机的主存地址位数为 32 位，按字节编址。假定数据 Cache 中最多存放 128 个主存块，采用四路组相联方式，块大小为 64 B，每块设置了 1 位有效位。采用一次性写回策略，为此每块设置了 1 位"脏"位。要求：

（1）分别指出主存地址中标记（Tag）、组号（Index）和块内地址（Offset）三部分的位置和位数。

（2）计算该数据 Cache 的总位数。

【习题答案】

[习题1]

分析：因为块的大小 16 字节，所以块内地址字段为 4 位；又因为 Cache 容量为 128KB，八路组相联，所以可以分为 1024 组，128KB÷（16×8）＝1024，对应的组号字段 10 位；剩下为标记字段。

1234567H＝0001001000110100010101100111，标记字段为其中高 14 位，00010010001101 ＝048DH

解答：C。

[习题2]

分析：因为块大小为 64B，所以块内地址字段为 6 位；因为 Cache 中有 128 个主存块，采用四路组相联，Cache 分为 32 组（128÷4＝32），所以组号字段为 5 位；标记字段为剩余位，32－5－6＝21 位。

数据 Cache 的总位数应包括标记项的总位数和数据块的位数。每个 Cache 块对应一个标记项，标记项中应包括标记字段、有效位和脏位（仅适用于写回法）。

解答：（1）主存地址中 Tag 为 21 位，位于主存地址前部；Index 为 5 位，位于主存地址中部；Offset 为 6 位，位于主存地址后部。

（2）标记项的总位数＝128×（21＋1＋1）＝ 128×23 ＝ 2944 位。数据块位数 ＝ 128×64×8 ＝65536 位，所以数据 Cache 的总位数＝ 2944 ＋ 65536 ＝ 68480 位。

知识点聚焦 44：虚拟存储器

【典型题分析】

[例题1] 页式存储系统的逻辑地址是由页号和页内地址两部分组成，地址变换过程如图 44－1所示。假定页面的大小为 8K，图中所示的十进制逻辑地址 9612 经过地址变换后，形成的物理地址 a 应为十进制（　　）。

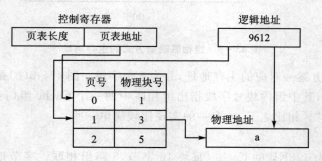

图 44－1　地址变换过程

A. 42380　　　　　B. 25996　　　　　C. 9612　　　　　D. 8192

分析：用逻辑地址除以页面的大小，所得商为虚页号，余数为页内地址。由于页面大小为 8K，则十进制逻辑地址 9612 处于第 1 虚页中，页内地址＝1420。查页表，可发现其对应的实页为第 3 页，故 a＝3×8192＋1420＝25996。

解答：B。

[例题2] 在虚拟地址和物理地址均为 32 位、页大小为 4KB 的某种体系结构中，假定存在

表44-1中的地址映像关系，问：对应于下列虚拟地址的物理地址分别是什么？

(1) 22443007H；

(2) 13385ABCH；

(3) ABC89011H。

表44-1 虚页号与实页号之间的对应关系

虚页号	实页号
ABC89H	97887H
13385H	99910H
22433H	00001H
54483H	1A8C2H

分析：由于页大小为4KB，所以虚拟地址中的低12位为页内地址，高20位为虚页号。根据虚页号，通过查表可以得到对应的实页号。将实页号与页内地址拼接在一起，就得到对应的物理地址。

解答：(1) 对应的物理地址00001007H。

(2) 对应的物理地址99910ABCH。

(3) 对应的物理地址97887011H。

【知识点睛】

虚拟存储器由主存储器和联机工作的辅助存储器（通常为磁盘存储器）共同组成，这两个存储器在硬件和系统软件的共同管理下工作，对于应用程序员，可以把它们看作是一个单一的存储器。

虚拟存储器将主存或辅存的地址空间统一编址，形成一个庞大的存储空间。在这个大空间里，用户可以自由编程，完全不必考虑程序在主存是否装得下及这些程序将来在主存中的实际存放位置。

用户编程的地址称为虚地址或逻辑地址，实际的主存单元地址称为实地址或物理地址，虚地址空间要比实地址空间大得多。

在实际的物理存储层次上，所编程序和数据在操作系统管理下，先送入磁盘，然后操作系统将当前运行所需要的部分调入主存，供CPU使用，其余暂不运行部分留在磁盘中。

程序运行时，CPU以虚地址来访问主存，由辅助硬件找出虚地址和实地址之间的对应关系，并判断这个虚地址指示的存储单元内容是否已装入主存。如果已在主存中，则通过地址变换，CPU可直接访问主存的实际单元；如果不在主存中，则把包含这个字的一页或一个程序段调入主存后再由CPU访问。如果主存已满，则由替换算法从主存中将暂不运行的一页或一段调回辅存，再从辅存调入新的一页或一段到主存。

虚拟存储器有页式、段式和段页式之分，其中最常用的是页式虚拟存储器。对于页式虚拟存储器，页表设置在主存中，使用页表进行地址转换的一个主要缺点是：每次访问存储器时都必须访问该页表。在带有单级页表的系统中，这样会使存储器的访问次数增加一倍，而在带有多级页表的系统中，该问题会变得更加严重，因为在遍历页表过程中需要进行多次存储器访问。

为了尽可能提高速度，可借鉴Cache的思路，将页表中最活跃的部分放在高速存储器中构成快表（TLB，又称为转换旁路缓冲器），快表扮演的角色是作为页表的Cache，对快表的查找和管理全用硬件来实现。快表一般很小，仅是主存中的页表（相对于快表称其为慢表）的一小部分。只有在快表中找不到(TLB 缺失)时,才去访问慢表。

快、慢表的工作流程如图 44-2 所示。

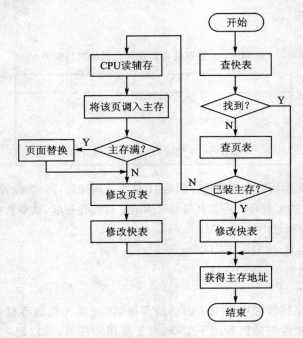

图 44-2 页式虚拟存储器快、慢表的工作流程

为提高命中率,快表通常具有较高的关联度,大多采用全相联或组相联方式。每个表项的内容由页表表项内容加上一个 TLB 标记字段组成,TLB 标记字段用来表示该表项取自页表中的哪个虚拟页对应的页表项,因此,TLB 标记字段的内容在全相联方式下就是该页表项对应的虚拟页号,组相联方式下则是对应虚拟页号中的高位部分,而虚拟页号的低位部分是用于选择 TLB 组的组索引。

在具有 TLB 的页式虚拟存储器中,虚→实转换由 CPU 中的 MMU 实现。MMU 对 TLB 查表时,将虚拟地址分为标记和组索引两部分(假设 TLB 采用组相联),由组索引确定在 TLB 的哪一组进行查找。查找时将虚拟页号的标记部分与该组 TLB 中的每个 TLB 标记字段同时进行比较,若有某个相等且对应有效位为 1,则 TLB 命中,此时,可直接通过 TLB 进行地址转换,若都不相等,则 TLB 缺失,此时需要访问主存查页表。

【延伸拓展】

在一个具有 Cache 和虚拟存储器的系统中,CPU 的一次访存操作可能会涉及到 TLB、页表、Cache、主存和磁盘的访问。

CPU 访存过程中存在以下三种缺失(未命中)情况:

① TLB 缺失,要访问的页面对应的页表项不在 TLB 中。

② 缺页,要访问的页面不在主存中。

③ Cache 缺失,要访问的主存块不在 Cache 中。

CPU 访存过程中对于 TLB、Page 和 Cache 是否命中共有 8 种情况,详见表 44-2。

表 44 - 2　　TLB、Page 和 Cache 命中情况

序号	TLB	Page	Cache	说明
1	命中	命中	命中	可能,TLB 命中则页一定命中,信息在主存,就可能在 Cache 中
2	命中	命中	缺失	可能,TLB 命中则页一定命中,信息在主存,但可能不在 Cache 中
3	命中	缺失	命中	不可能,页缺失,说明信息不在主存,TLB 中一定没有该页表项
4	命中	缺失	缺失	不可能,页缺失,说明信息不在主存,TLB 中一定没有该页表项
5	缺失	命中	命中	可能,TLB 缺失但页可能命中,信息在主存,就可能在 Cache 中
6	缺失	命中	缺失	可能,TLB 缺失但页可能命中,信息在主存,但可能不在 Cache 中
7	缺失	缺失	命中	不可能,页缺失,说明信息不在主存,Cache 中一定也没有该信息
8	缺失	缺失	缺失	可能,TLB 缺失,页也可能缺失,信息不在主存,一定也不在 Cache

很显然,最好的情况是第 1 种组合,此时,无需访问主存;第 2 种组合需要访问 1 次主存取出数据;第 3、4 种组合不可能出现;第 5 种组合需要访问 1 次主存中的页表;第 6 种组合需要访问两次主存(其中 1 次访问页表,1 次取出数据);第 7 种组合不可能出现,第 8 种组合需访问磁盘,并至少两次访问主存。

【即学即练】

[习题 1] 虚拟存储系统中的页表有快表和慢表之分,下面关于页表的叙述中正确的是(　　)。

A. 快表与慢表都存储在主存中,但快表比慢表容量小

B. 采用优化的搜索算法的查找速度快

C. 快表比慢表的命中率高,因此快表可以得到更多的搜索结果

D. 快表采用快速存储器件组成,按照查找内容访问,因此比慢表查找速度快

[习题 2] 已知采用页式虚拟存储器,某程序中一条指令的虚地址是：000001111111100000。该程序的页表起始地址是 0011,页面大小 1KB,页表中有关单元最末四位(实页号)见表 44 - 3。

表 44 - 3　　页表中有关单元最末四位

虚页号	装入位	实页号
007H	1	0001
⋮	⋮	⋮
300H	1	0011
⋮	⋮	⋮
307H	1	1100

请指出指令地址(虚地址)变换后的主存实地址。

【习题答案】

[习题 1]

分析：将当前最常用的页表信息存放在一个小容量的高速存储器中,称为快表,与快表相对应,存放在主存中的页表称为慢表。快表只是慢表的一个副本,而且只存放了慢表中很少的一部分。快表按内容访问,查找速度快。

解答：D。

[习题 2]

分析：由于页面大小 1KB,故页内地址为 10 位。现虚地址为 18 位,程序的页表起始地址为

0011,则虚页号为001100000111B＝307H,查页表得出实页号,与页内地址拼接后得到主存实地址。

解答:主存实地址为11001111100000。

知识点聚焦45:指令格式和指令的编址单位

【典型题分析】

[例题1]某计算机指令字长为16位,指令有双操作数、单操作数和无操作数3种格式,每个操作数字段均由6位二进制表示,该指令系统共有 m 条($m<16$)双操作数指令,并存在无操作数指令。若采用扩展操作码技术,那么最多还可设计出( )条单操作数指令。

A. 2^6 B. $(2^4-m)\times 2^6-1$ C. $(2^4-m)\times 2^6$ D. $(2^4-m)\times(2^6-1)$

分析:双操作数指令的操作码4位,单操作数指令的操作码10位,无操作数指令的操作码16位,现有双操作数指令 m 条,并为无操作数指令留下一个扩展窗口。

解答:B。

[例题2]设机器字长为32位,一个容量为16MB的存储器,CPU按半字寻址,其可寻址的单元数是( )。

A. 2^{24} B. 2^{23} C. 2^{22} D. 2^{21}

分析:16MB＝2^{24},由于字长为32位,现在按半字(16位)寻址,相当于有8M个存储单元,8M＝2^{23}。每个存储单元中存放16位二进制数。

解答:B。

【知识点睛】

一条指令就是机器语言的一个语句,它是一组有意义的二进制代码,指令的基本格式如下:

操作码字段	地址码字段

操作码指明了指令的操作性质及功能,地址码则给出了操作数的地址。

指令的操作码有定长和变长之分。如果全部指令的操作码字段的位数和位置都是固定的,就称为定长操作码指令。定长操作码对于简化硬件设计,减少指令译码的时间是非常有利的,但存在着信息冗余。如果全部指令的操作码字段的位数不固定,且分散地放在指令字的不同位置上,就称为变长操作码指令。变长操作码能够有效地压缩指令中操作码字段的平均长度,但增加了指令译码和分析的难度,使控制器的设计复杂化。

指令的地址码位数是与主存容量和最小寻址单位(即编址单位)相关联的。编址单位有字编址和字节编址之分。字编址是实现起来最容易的一种编址方式,这是因为每个编址单位与访问单位相一致,即每个编址单位所包含的信息量(二进制位数)与访问一次寄存器、主存所获得的信息量相同。字节编址方式使编址单位与信息的基本单位(一个字节)相一致,但主存的访问单位是编址单位的若干倍。目前使用最普遍的编址方式是字节编址,这是为了适应非数值应用的需要。

主存容量越大,访问全部存储空间所需的地址码位数就越长。对于相同的存储容量来说,如果以字节为编址单位,所需的地址码的位数就需要长些,但是可以方便地对每一个字符进行处理;如果以字为编址单位(假定字长为16位或更长),所需的地址码位数就可以减少,但对字符操作比较困难。例如:设某机主存容量为64MB,机器字长32位,若按字节编址,其地址码应为 26 位($2^{26}=64$MB)；若按字编址，其地址码只需 24 位。这是因为 32 位的一个字（W）等于 4 个字节（B），则有

$$64\text{MB}=\frac{64\text{M}}{4}\text{W}=\frac{2^{26}}{2^2}\text{W}=2^{24}\text{W}=16\text{MW}$$

【延伸拓展】

　　最常见的变长操作码指令采用扩展操作码法。因为如果指令长度一定，则地址码与操作码字段的长度是相互制约的。为了解决这一矛盾，让操作数地址个数多的指令（三地址指令）的操作码字段短些，操作数地址个数少的指令（一或零地址指令）的操作码字段长些，这样既能充分地利用指令的各个字段，又能在不增加指令长度的情况下扩展操作码的位数，使它能表示更多的指令。

【即学即练】

[习题 1] 一条指令有 128 位，按字节编址，读取这条指令后，PC 的值自动加（　　）。
A. 1　　　　　　　B. 2　　　　　　　　　C. 4　　　　　　　　D. 16
[习题 2] 设计算机 A 有 60 条指令，指令操作码为 6 位固定长度编码，从 000000 到 111011。其后继产品 B 需要增加 32 条指令，并与 A 保持兼容。
　　（1）试采用操作码扩展技术为计算机 B 设计指令操作码。
　　（2）计算操作码的平均长度。

【习题答案】

[习题 1]
分析：指令长 128 位（16 个字节），每取出一条指令，PC+16。
解答：D。
[习题 2]
分析：6 位操作码中保留了 111100 到 111111 共 4 个扩展窗口，将它们扩展成 9 位操作码，可扩展 32 条指令（$4\times8=32$）。
解答：（1）为保证与计算机 A 的指令兼容，新增加的 32 条指令的操作码从 111100000到 111111111。
　　（2）操作码的平均长度＝（$60\times6+32\times9$）÷（$60+32$）=7.04。

知识点聚焦 46：寻址方式

【典型题分析】

[例题 1] 某计算机字长 32 位，共有机器指令 100 条，指令单字长，等长操作码，CPU 内部有通用寄存器 32 个，可做变址寄存器用。存储器按字节编址，指令拟用直接寻址、间接寻址、变址寻址和相对寻址 4 种方式。
　　（1）分别画出采用 4 种不同寻址方式的单地址指令的指令格式；
　　（2）采用直接寻址和间接寻址方式时，可寻址的存储器空间各是多少？
　　（3）写出 4 种方式下，有效地址 EA 的表达式。
分析：由于系统共有 100 条指令，满足这个条件的最小指令操作码位数为 7 位；系统中允许 4 种不同的寻址方式，寻址方式字段需要 2 位。指令长度 32 位，剩余位数＝$32-7-2=23$ 位，即为地址码字段。但在变址寻址时还需要有 5 位寄存器编码，所以真正的地址码只有 18 位。
解答：（1）4 种不同寻址方式的单地址指令的指令格式如图 46-1 所示。

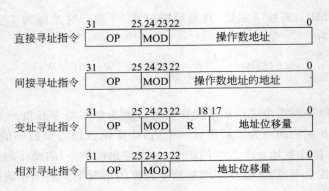

图 46 - 1　单地址指令的指令格式

（2）存储器按字节编址，直接寻址时，寻址范围为 8MB（2^{23}）；间接寻址时，由于机器的字长为 32 位，所以可寻址范围为 4GB（2^{32}）。

（3）4 种寻址方式下，有效地址 EA 的表达式为

直接寻址　　　　　　$EA = A$
间接寻址　　　　　　$EA = (A)$
变址寻址　　　　　　$EA = (R_x) + A$
相对寻址　　　　　　$EA = (PC) + A$

[例题 2] 设某计算机有变址寻址、间接寻址和相对寻址等寻址方式，设当前指令的地址码部分为 001AH，正在执行的指令所在地址为 1F05H，变址寄存器中的内容为 23A0H。

（1）当执行取数指令时，如为变址寻址方式，则取出的数是多少？

（2）如为间接寻址，取出的数是多少？

（3）当执行转移指令时，转移地址是多少？

已知存储器的部分地址及相应内容见表 46 - 1。

分析：前两个小题涉及数据寻址，其最终目的是寻找操作数，第 3 小题涉及指令寻址，其目的是寻找下一条将要执行的指令地址。

解答：（1）变址寻址时，操作数 $S = ((R_x) + A) = (23A0H + 001AH) = (23BAH) = 1748H$。

（2）间接寻址时，操作数 $S = ((A)) = ((001AH)) = (23A0H) = 2600H$。

（3）转移指令使用相对寻址，转移地址 $= (PC) + A = 1F05H + 001AH = 1F1FH$。

因为本题没有指出指令的长度，故此题未考虑 PC 值的更新。

表 46 - 1　存储器的部分地址及相应内容

地址	内容
001AH	23A0H
1F05H	2400H
1F1FH	2500H
23A0H	2600H
23BAH	1748H

【知识点睛】

所谓寻址，指的是寻找操作数的地址或下一条将要执行的指令地址。每台计算机的指令系统都有自身的一套寻址方式，不同计算机的寻址方式的名称和含义也不同。

操作数可以在主存中，也可以在寄存器中，甚至可以在堆栈中。各种不同的寻址方式获取操作数的速度是不相同的，其中速度最快的是立即寻址，最慢的是多级间接寻址。

立即寻址是一种特殊的寻址方式，指令中在操作码字段后面的部分不是通常意义上的地

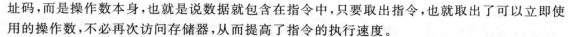

址码,而是操作数本身,也就是说数据就包含在指令中,只要取出指令,也就取出了可以立即使用的操作数,不必再次访问存储器,从而提高了指令的执行速度。

寄存器寻址获取操作数的速度仅次于立即寻址,因为操作数在通用寄存器中,所以不需要访问主存就可以获得数据。

直接寻址、寄存器间接寻址、变址寻址、基址寻址、相对寻址和页面寻址等寻址方式获取一个操作数都只需要访问一次主存,根据有效地址 EA 得到的难易程度,速度由快至慢依次为：直接寻址、寄存器间接寻址、页面寻址、变址寻址(基址寻址、相对寻址)。

间接寻址指令中给出的形式地址 A 不是操作数的地址而是操作数地址的地址。这就意味着为获取一个操作数,需要两次访问主存,第一次得到操作数的有效地址,第二次才能得到操作数。间接寻址允许多级间接寻址,但需要多次访问主存,即使在找到操作数有效地址后,还必须再访问一次主存才可得到真正的操作数。

基本寻址方式的比较见表 46-2,表中列出的偏移寻址包括变址寻址、基址寻址和相对寻址 3 种方式。

表 46-2 基本寻址方式的比较

寻址方式	规则	主要优点	主要缺点
立即寻址	操作数＝A	无需访问存储器	操作数范围受限
寄存器寻址	EA＝R	无需访问存储器	寻址空间受限
直接寻址	EA＝A	简单	寻址空间受限
间接寻址	EA＝(A)	寻址空间大	多次访问主存
寄存器间接寻址	EA＝(R)	寻址空间大	多访问一次主存
偏移寻址	EA＝(R)＋A	灵活	复杂

【延伸拓展】

堆栈是一种按特定顺序进行存取的存储区,这种特定顺序可归结为"后进先出(LIFO)"或"先进后出(FILO)"。从主存中划出一段区域来作堆栈是最合算且最常用的方法,这种堆栈的大小可变,栈底固定,栈顶浮动,故需要一个专门的硬件寄存器作为堆栈栈顶指针,简称栈指针(SP)。栈指针所指定的存储单元,就是堆栈的栈顶。

最常见的堆栈是向低地址方向生成的堆栈,其栈底地址大于栈顶地址,通常栈指针始终指向栈顶的满单元。因此,进栈时,堆栈指针 SP 的内容需要先自动减1,然后再将数据压入堆栈;出栈时,需要先将堆栈中的数据弹出,然后 SP 的内容再自动加1。进、出栈的过程描述如下。

进栈：

(SP)－1→SP　　　　修改栈指针

(A)→(SP)　　　　将 A 中的内容压入栈顶单元

出栈：

((SP))→A　　　　将栈顶单元内容弹出送入 A 中

(SP)＋1→SP　　　　修改栈指针

其中,A 为寄存器或主存单元地址;(SP)表示堆栈指针的内容,即栈顶单元地址;((SP))表示栈顶单元的内容。也就是说,EA＝(SP),S＝((SP))。

【即学即练】

[习题1] 设指令中的地址码为 A,变址寄存器为 X,程序计数器为 PC,则变址间址寻址方式的操作数有效地址 EA 为( )。

A. ((PC)+A)   B. ((X)+A)   C. (X)+(A)   D. (X)+A

[习题2] 某计算机的指令格式如下:

15 10	9 8	7 0
OP	X	A

其中 X 为寻址特征位,且 X=0 时不变址;X=1 时用变址寄存器 X_1 进行变址;X=2 时用变址寄存器 X_2 进行变址;X=3 时相对寻址。设(PC)=1234H,(X_1)=0037H,(X_2)=1122H,请确定下列指令的有效地址(均用十六进制表示)。

   (1) 4420H

   (2) 2244H

   (3) 1322H

   (4) 352BH

[习题3] 在 32 位处理器上,假设栈顶指针寄存器的当前值为 0x00FFFFE8,那么在执行完指令"push eax"(eax 为 32 位寄存器)后,栈指针的当前值为( )。

A. 0x00FFFFE4   B. 0x00FFFFE6   C. 0x00FFFFEA   D. 0x00FFFFEC

【习题答案】

[习题1]

分析:变址间址寻址方式是一种复合的的寻址方式,应该先变址后间址。

解答:B。

[习题2]

分析:首先将十六进制的指令写成二进制,然后根据给出的指令格式,确定有效地址。

解答:(1) 指令 4420H 写成二进制为 0100 0100 0010 0000

   X=00,不变址,即直接寻址,EA=A=0020H。

   (2) 指令 2244H 写成二进制为 0010 0010 0100 0100

   X=10,用变址寄存器 X_2 进行变址,EA=(X_2)+A=1122H+44H=1166H。

   (3) 指令 1322H 写成二进制为 0001 0011 0010 0010

   X=11,相对寻址,EA=(PC)+A=1234H+22H=1256H(未考虑 PC 值的更新)。

   (4) 指令 352BH 写成二进制为 0011 0101 0010 1011

   X=01,用变址寄存器 X_1 进行变址,EA=(X_1)+A=0037H+2BH=0062H。

[习题3]

分析:由于数据为 32 位,占 4 个字节,所以进栈时要先修改栈指针,栈指针-4。

解答:A。

知识点聚焦 47:CISC 和 RISC

【典型题分析】

[例题1] 下面的描述中,( )不是 RISC 设计应遵循的设计原则。

A. 指令条数应少一些

B. 寻址方式尽可能少

C. 采用变长指令，功能复杂的指令长而简单指令短

D. 设计尽可能多的通用寄存器

分析：A、B、D 选项都是 RSIC 设计遵循的设计原则，而 RISC 采用定长指令字。

解答：C。

[例题 2] 以下关于 CISC 和 RISC 的叙述中，错误的是（　　）。

A. 在 CISC 中，其复杂指令都采用硬布线逻辑来执行

B. 采用 CISC 技术的 CPU，其芯片设计复杂度更高

C. 在 RISC 中，更适合采用硬布线逻辑执行指令

D. 采用 RISC 技术，指令系统中的指令种类和寻址方式更少

分析：B、C、D 选项符合 RISC 和 CISC 的特点。

解答：A。

【知识点睛】

　　长期以来，计算机性能的提高往往是通过增加硬件的复杂性获得的，随着 VLSI 技术的迅速发展，硬件成本不断下降，软件成本不断上升，促使人们在指令系统中增加更多更复杂的指令，以适应不同应用领域的需要。这种基于复杂指令系统设计的计算机称为复杂指令系统计算机，简称 CISC。CISC 的指令系统多达几百条指令，例如，Intel 80x86（IA－32）就是典型的 CISC，其中 Pentium 4 的指令条数已达到 500 多条（包括扩展的指令集）。

　　如此庞大的指令系统使得计算机的研制周期变得很长，同时也加大了设计失误的可能性，而且由于复杂指令需进行复杂的操作，有时还可能降低系统的执行速度。通过对传统的 CISC 指令系统进行测试表明，各种指令的使用频度相差很悬殊。最常使用的是一些比较简单的指令，这类指令仅占指令总数的 20%，但在各种程序中出现的频度却占 80%，其余大多数指令是功能复杂的指令，这类指令占指令总数的 80%，但其使用频度仅占 20%。因此，人们把这种情况称为"20%－80% 律"。从这一事实出发，人们开始了对指令系统合理性的研究，于是精简指令系统计算机 RISC 随之诞生。

　　RISC 的设计思想是要求指令系统简化，尽量使用寄存器-寄存器操作指令，指令格式力求一致，大部分 RISC 具有下列特点：

　　① 指令总数较少（一般不超过 100 条）；

　　② 基本寻址方式种类少（一般限制在 2～3 种）；

　　③ 指令格式少（一般限制在 2～3 种），而且长度一致；

　　④ 除取数和存数指令（Load/Store）外，大部分指令在单周期内完成；

　　⑤ 只有取数和存数指令能够访问存储器，其余指令的操作只限于在寄存器之间进行；

　　⑥ CPU 中通用寄存器的数目相当多（32 个以上，有的可达上千个）；

　　⑦ 为提高指令执行速度，绝大多数采用硬连线控制实现，不用或少用微程序控制实现；

　　⑧ 采用优化的编译技术，力求以简单的方式支持高级语言。

　　表 47－1 列出了 CISC 和 RISC 的区别。

表 47－1　CISC 和 RISC 的区别

	CISC	RISC
指令系统	复杂,庞大	简单,精简
指令数目	一般大于 200 条	一般小于 100 条
指令字长	不固定	等长
寻址方式	一般大于 4	一般小于 4
可访存指令	不加限制	只有 LOAD/STORE 指令
各种指令执行时间	相差较大	绝大多数在一个周期内完成
通用寄存器数量	较少	多
控制方式	绝大多数为微程序控制	绝大多数为硬布线控制

【即学即练】

[习题1] 以下叙述中,不符合 RISC 指令系统特点的是(　　)。

A. 指令长度固定,指令种类少

B. 寻址方式种类丰富,指令功能尽量增强

C. 设置大量通用寄存器,访问存储器指令简单

D. 选取使用频率较高的一些简单指令

[习题2] 下面关于 RISC 计算机的论述中,不正确的是(　　)。

A. RISC 计算机的指令简单,且长度固定

B. RISC 计算机的大部分指令不访问内存

C. RISC 计算机采用优化的编译程序,有效地支持高级语言

D. RISC 计算机尽量少用通用寄存器,把芯片面积留给微程序

【习题答案】

[习题1]

分析:A、C、D 选项都是 RISC 的特点。

解答:B。

[习题2]

分析:A、B、C 选项都是 RSIC 的特点。

解答:D。

知识点聚焦 48：CPU 的基本组成

【典型题分析】

[例题1] 以下关于 CPU 的叙述中,错误的是(　　)。

A. CPU 产生每条指令的操作信号并将操作信号送往相应的部件进行控制

B. 程序计数器 PC 除了存放指令地址,也可以临时存储算术/逻辑运算结果

C. CPU 中的控制器决定计算机运行过程的自动化

D. 指令译码器是 CPU 控制器中的部件

分析:PC 是 CPU 的专用寄存器,用来存放指令地址,在算术/逻辑运算中不使用该寄存器。

解答:B。

[例题2] 假定一个 32 位的微处理器,指令字长 32 位,每条指令由两部分组成,其中第一个字

节为操作码,剩余的为立即数或操作数地址。

(1) 可直接访问的最大主存空间是多少?

(2) 讨论下列两种情况对系统速度的影响:微处理器总线使用 32 位局部地址总线和 16 位局部数据总线;微处理器总线使用 16 位局部地址总线和 32 位局部数据总线。

(3) 程序计数器和指令寄存器各需要多少位?

分析:32 位字长的指令中,第一个字节为操作码,其余 24 位为操作数地址。指令寄存器与指令字长相同,程序计数器应与可访问的主存空间相对应。

解答:(1) 操作数地址为 24 位,可直接访问的最大主存空间为 2^{24}。

(2) 若采用 32 位局部地址总线和 16 位局部数据总线,则需要两个访存周期才能读取一个字的指令和数据;若采用 16 位局部地址总线和 32 位局部数据总线,则需要两个时钟周期才能把地址送出去。以上两种情况都会导致系统速度下降。

(3) 指令寄存器为 32 位,程序计数器为 24 位。

【知识点睛】

CPU 中有许多寄存器,一般将它们分为通用寄存器和专用寄存器两大类。

通用寄存器也就是用于处理的寄存器,它们可提供操作数并存放运算结果,或作为地址指针,或作为基址寄存器、变址寄存器,或作为计数器等。在指令系统中为这些寄存器分配了编号,可以编程指定使用其中的某个寄存器,对程序员来说是"看得见"的寄存器。CPU 中还常设置一些用户不能直接访问的寄存器组用来暂存信息,称为暂存器。在指令系统中没有为它们分配编号,因而不能直接编程访问。对程序员来说,它们是看不见的。

CPU 至少有 5 个专用寄存器,它们是:

① 程序计数器(PC),用来存放当前指令地址或接着要执行的下条指令地址。

② 指令寄存器(IR),用来存放现行指令。

③ 状态标志寄存器(PSWR),用来存放程序状态字,其内容表示现行程序的状态。

④ 存储器地址寄存器(MAR),用来接收指令地址(PC 的内容)、操作数地址或结果数据地址,以确定要访问的单元。

⑤ 存储器数据寄存器(MDR),向主存写入数据或从主存读出指令或数据的缓冲部件。

【延伸拓展】

CPU 由运算器和控制器两大部分组成。

控制器的主要功能有:

① 从主存中取出一条指令,并指出下一条指令在主存中的位置。

② 对指令进行译码或测试,产生相应的操作控制信号,以便启动规定的动作。

③ 指挥并控制 CPU、主存和输入/输出设备之间的数据流动方向。

运算器的主要功能有:

① 执行所有的算术运算;

② 执行所有的逻辑运算,并进行逻辑测试。

【即学即练】

[习题 1] 在 CPU 中跟踪指令后继地址的寄存器是( )。

A. 主存地址寄存器　　　B. 程序计数器　　　C. 指令寄存器　　　D. 状态标志寄存器

[习题 2] 所谓 n 个比特的 CPU,n 是指( )。

A. 地址总线线数　　　　B. 数据总线线数　　C. 控制总线线数　　　D. I/O线数

【习题答案】

[习题1]

分析：程序计数器中存放着正在执行的指令地址或接着要执行的下一条指令地址。

解答：B。

[习题2]

分析：CPU的字长是指在单位时间内同时处理的二进制数据的位数，也就是数据总线的线数。

解答：B。

知识点聚焦49：指令执行过程

【典型题分析】

[例题1] 在计算机体系结构中，CPU内部包括程序计数器PC、存储器数据寄存器MDR、指令寄存器IR和存储器地址寄存器MAR等。若CPU要执行的指令为：MOV R0，♯100（即将数值100传送到寄存器R0中），则CPU首先要完成的操作是（　　）。

A. 100→R0　　　　B. 100→MDR　　　　C. PC→MAR　　　　D. PC→IR

分析：无论运行什么类型的指令，CPU首先需要取指令，取指令阶段的第一个操作就是将指令地址送往存储器地址寄存器。

解答：C。

[例题2] 在取指令操作完成之后，PC中存放的是（　　）。

A. 当前指令的地址

B. 下一条实际执行的指令地址

C. 下一条顺序执行的指令地址

D. 对于微程序控制计算机，存放的是该条指令的微程序入口地址

分析：在取指令阶段的最后一个操作是将PC的内容递增，为取下一条指令做好准备，所以取出指令后，PC中存放的是下一条顺序执行的指令地址。

解答：C。

【知识点睛】

　　一条指令运行过程可以分为3个阶段：取指令阶段、分析取数阶段和执行指令阶段。

　　（1）取指令阶段

取指令阶段完成的任务是将现行指令从主存中取出来并送至指令寄存器中去。具体操作如下：

① 将程序计数器（PC）中的内容送至存储器地址寄存器（MAR），并送地址总线（AB）。

② 向存储器发读命令。

③ 从主存中取出的指令通过数据总线（DB）送到存储器数据寄存器（MDR）。

④ 将MDR的内容送至指令寄存器（IR）中。

⑤ 将PC的内容递增，为取下一条指令做好准备。

以上这些操作对任何一条指令来说都是必须要执行的操作，所以称为公共操作。完成取指令阶段任务的时间称为取指周期。

　　（2）分析取数阶段

取出指令后，机器立即进入分析取数阶段，指令译码器可识别和区分不同的指令类型。由于各条指令功能不同，寻址方式也不同，所以分析取数阶段的操作各不相同。

对于无操作数指令，只要识别出是哪一条具体的指令即可转执行阶段。而对于带操作数指令就需要读取操作数，首先要计算出操作数的有效地址，如果操作数在通用寄存器中，则不需要再访问主存；如果操作数在主存中，则要到主存中去取数。对于不同的寻址方式，有效地址的计算方法是不同的，有时要多次访问主存才能取出操作数。另外，单操作数指令和双操作数指令由于需要的操作数的个数不同，分析取数阶段的操作也不同。

（3）执行阶段

执行阶段完成指令规定的各种操作，形成稳定的运算结果，并将其存储起来。

计算机的基本工作过程可以概括为取指令、取数、执行指令，然后再取下一条指令，…，直至遇到停机指令或外来的干预为止。

【延伸拓展】

指令周期是指一条指令从取出到执行完成所需要的全部时间。由于各种指令的操作类型不同、寻址方式不同，因此，它们的指令周期也不相同。例如，访存指令与不访存指令的指令周期不同；一条加法指令与一条乘法指令的指令周期也不同。

机器周期又称 CPU 周期。通常把一个指令周期划分为若干个机器周期，每个机器周期完成一个基本操作。一般机器的 CPU 周期有取指周期、取数周期、执行周期、中断周期等。所以有：

$$指令周期 = i \times 机器周期$$

多级时序系统将时序关系划分为几个层次，常见的有机器周期、节拍、脉冲 3 级时序系统。在时序系统中一般都不为指令周期设置完整的时间标志信号，因此一般不将指令周期视为时序的一级。

一个机器周期的工作可能需要分成几步按一定顺序完成，为此，将一个机器周期又分为若干个相等的时间段，每一个时间段对应一个节拍。在一个节拍内常常设置一个或几个工作脉冲，以实现对某些微操作定时。具体机器设置的脉冲数根据需要而有所不同，有的机器只在节拍的末尾设置一个定时脉冲，其前沿用于结果寄存器的接数，后沿则实现周期切换；也有的机器在一个节拍中先后设置几个定时脉冲，分别用于清除、接数和周期切换等目的。

现代微型计算机中已不再采用三级时序系统，而采用时钟周期时序系统。整个数据通路中的定时信号就是时钟，一个时钟周期就是一个节拍。

【即学即练】

［习题 1］指令周期是指（ ）。

A. CPU 从主存取出一条指令的时间

B. CPU 执行一条指令的时间

C. CPU 从主存取出一条指令加上执行该条指令的时间

D. 时钟周期的时间

［习题 2］下列说法中正确的是（ ）。

A. 指令周期等于机器周期　　　　B. 指令周期小于机器周期

C. 指令周期大于机器周期　　　　D. 指令周期是机器周期的两倍

【习题答案】

［习题 1］

分析：指令周期是指一条指令从取出到执行完成所需要的全部时间。

解答：C。

[习题2]

分析：一个指令周期可划分为若干个机器周期。

解答：C。

知识点聚焦50：控制器的组成

【典型题分析】

[例题1] 以下描述正确的是( )。

A. 在一台计算机指令长度相同的情况下，该计算机所有取指令的操作是相同的

B. 多字长指令可加快取指令速度

C. 微处理器的程序称为微程序

D. 采用微程序控制器的处理器叫微处理器

分析：多字长指令只会增加取指令的速度，微处理器的程序仍称为程序，微处理器的控制器可能是硬布线的也可能是微程序的，所以 B、C、D 这 3 个选项均是错误的。

解答：A。

[例题2] 微程序控制器的速度比硬布线控制器慢，主要是因为( )。

A. 增加了从磁盘存储器读取微指令的时间　　B. 增加了从主存储器读取微指令的时间

C. 增加了从指令寄存器读取微指令的时间　　D. 增加了从控制存储器读取微指令的时间

分析：由于微程序控制器增加了一级控制存储器，执行一条机器指令需要多次到控制存储器中读取微指令，故指令的执行速度比硬布线控制器慢。

解答：D。

【知识点睛】

控制器主要由以下几部分组成：

① 指令部件。包括程序计数器(PC)、指令寄存器(IR)、指令译码器(ID)、地址形成部件等。

② 时序部件。包括脉冲源、启停控制逻辑、节拍信号发生器等。

③ 微操作信号发生器，也称为控制单元(CU)。微操作信号是由指令部件提供的操作信号、时序部件提供的时序信号、被控制功能部件所反馈的状态及条件信号综合形成的。

④ 中断控制逻辑。控制中断处理的硬件逻辑。

组合逻辑控制和微程序控制的主要区别在于微操作信号发生器的实现方法不同。具体说明如下：

① 组合逻辑控制的控制功能是由组合逻辑电路控制实现的，由于各个微操作控制信号的逻辑表达式的繁简程度不同，由此组成的控制电路零乱、复杂。而微程序控制的控制功能是由存放微程序的控制存储器和存放当前正在执行的微指令的寄存器直接控制实现的，控制电路比较规整。

② 对组合逻辑控制来说，因为所有控制信号的逻辑表达式用硬连线固定下来，当需要修改和增加指令时很麻烦，有时甚至可能需要重新进行设计。而微程序控制中，各条指令的微操作控制信号的差别仅反映在控制存储器的内容上，如果想扩展和改变机器的功能，只需在控制存储器中增加新的微指令或修改某些原来的微指令即可。

③ 在同样的半导体工艺条件下，组合逻辑控制的速度比微程序控制的速度快。这是因为

组合逻辑控制的速度主要取决于逻辑电路的延迟，而微程序控制执行每条微指令都要从控存中读取，影响了速度。

【延伸拓展】

微程序控制计算机的控制单元部分用一个完整的"存储系统"（包括控制存储器、微指令寄存器、微地址寄存器等）代替了组合逻辑控制电路，这个"存储系统"属于中央处理器的一部分。

微程序控制器比组合逻辑控制器多出的部件主要有：

① 控制存储器（CM）是微程序控制器的核心部件，用来存放微程序。其性能（包括容量、速度、可靠性等）与计算机的性能密切相关。

② 微指令寄存器（μIR）用来存放从 CM 取出的正在执行的微指令，它的位数同微指令字长相等。

③ 微地址形成部件用来产生初始微地址和后继微地址，以保证微指令的连续执行。

④ 微地址寄存器（μMAR）用于接收微地址形成部件送来的微地址，为在 CM 中读取微指令作准备。

【即学即练】

［习题 1］在计算机中，存放微指令的控制存储器隶属于（　　）。

A．辅助存储器　　　　　B．高速缓存　　　　　C．主存储器　　　　　D．CPU

［习题 2］（　　）不属于计算机控制器中的部件。

A．指令寄存器 IR　　　　　　　　　　B．程序计数器 PC

C．算术逻辑单元 ALU　　　　　　　　D．程序状态字寄存器 PSW

【习题答案】

［习题 1］

分析：控制存储器是微程序控制器的组成部分，所以属于 CPU 而不属于存储系统。

解答：D。

［习题 2］

分析：ALU 属于运算器中的核心部件，不属于控制器。

解答：C。

知识点聚焦 51：数据通路与控制信号

【典型题分析】

［例题 1］已知带返转指令的含义如图 51-1 所示，写出机器在完成带返转指令时，取指阶段和执行阶段所需的全部微操作控制信号及节拍安排。

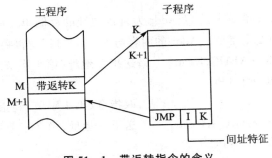

图 51-1　带返转指令的含义

分析：带返转指令是一种特殊的转子指令,在执行这条指令时,将主程序的返回地址自动地存入子程序的第一个单元,以便当子程序返回时,采用间接寻址的无条件转移指令返回主程序。取指阶段是公操作,与其他指令无异,不需多加分析。关键在执行阶段,执行阶段需完成将返回地址(M+1),存入子程序首地址单元(K)中,然后将真正的子程序入口地址(K+1)送给 PC。

解答：取指阶段的微操作控制信号及节拍安排如下：

T_0 PC→MAR,1→R

T_1 M(MAR)→MDR,PC+1→PC

T_2 MDR→IR

执行阶段的微操作控制信号及节拍安排如下：

T_0 IR_{addr}→MAR

T_1 PC→MDR,1→W

T_2 MDR→M(MAR),Ad(IR)+1→PC

执行阶段的 T_0 节拍,指令的地址码字段(K)送到存储器地址寄存器;T_1 节拍,将返回地址(M+1)送存储器数据寄存器,然后发出写命令;T_2 节拍,返回地址被写入 K 号单元中,并产生真正的子程序入口地址(K+1)。

[例题 2] 单总线 CPU 结构及数据通路如图 51-2 所示,其中 MAR 为地址寄存器,MDR 为数据寄存器,MEM 为主存储器,$R_0 \sim R_3$ 为通用寄存器,PSW 为状态寄存器,Y、Z 为暂存寄存器,PC 为程序计数器,IR 为指令寄存器。

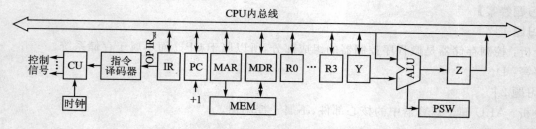

图 51-2   单总线 CPU 结构及数据通路图

请用寄存器级传送形式设计下列指令执行的分步流程(包括取指令阶段)。

(1) AND R_0,Addr

(2) ADD R_0,Offs(R_1)

分析：详见解答部分。

解答：(1) AND R_0,Addr 的含义是将以 Addr 为直接地址的存储单元内容读出。假设指令占 2 个字节,Addr 是指令的第 2 个字节。Addr 的内容与 R_0 内容进行逻辑乘运算,结果存入 R_0 中。

① PC→MAR,MAR→ABUS,Read   ;送指令地址(第 1 字节地址)到地址寄存器

② DBUS→MDR,PC+1→PC

③ MDR→IR   ;取指令(第 1 字节)到指令寄存器

④ PC→MAR,MAR→ABUS,Read   ;送下一地址(第 2 字节地址)到地址寄存器

⑤ DBUS→MDR,PC+1→PC

⑥ MDR→MAR,MAR→ABUS,Read   ;取出直接地址送地址寄存器

    ⑦ DBUS→MDR，MDR→Y　　　　　　;取操作数

    ⑧ $R_0 \wedge Y$→Z　　　　　　　　　　;两数相与

    ⑨ Z→R_0　　　　　　　　　　　　;结果送 R_0

（2）在 ADD R_0，Offs(R_1) 指令中，R_0 为目的地址，采用寄存器寻址；Offs(R_1) 为源地址，采用变址寻址；Offs 代表形式地址，R_1 代表变址寄存器。假设指令占 2 个字节，Offs 是指令的第 2 个字节。

    ① PC→MAR，MAR→ABUS，Read　　　;送指令地址（第 1 字节地址）到地址寄存器

    ② DBUS→MDR，PC＋1→PC

    ③ MDR→IR　　　　　　　　　　　;取指令（第 1 字节）到指令寄存器

    ④ PC→MAR，MAR→ABUS，Read　　　;送下一地址（第 2 字节地址）到地址寄存器

    ⑤ DBUS→MDR，PC＋1→PC

    ⑥ MDR→Y　　　　　　　　　　　;取出形式地址

    ⑦ R_1＋Y→Z　　　　　　　　　　;变址值和形式地址相加，求得有效地址

    ⑧ Z→MAR，MAR→ABUS，Read　　　;送有效地址到地址寄存器

    ⑨ DBUS→MDR

    ⑩ MDR→Y　　　　　　　　　　　;取出源操作数

    ⑪ R_0＋Y→Z　　　　　　　　　　;两数相加

    ⑫ Z→R_0　　　　　　　　　　　;结果送 R_0

【知识点睛】

    数据通路是 CPU 中算术逻辑单元（ALU）、控制单元（CU）及寄存器之间的连接线路。不同计算机的数据通路可以是完全不同的，只有明确了数据通路，才能确定相应的微操作控制信号。事实上，要写出指令的微操作控制信号，首先需要给出相应的 CPU 结构和数据通路图，严格按要求建立起信息在计算机各部件之间流动的时间和空间关系，而不是凭空瞎编。

    控制器在实现一条指令的功能时，总要把每条指令分解成一系列时间上先后有序的最基本、最简单的微操作，即微操作序列。微操作序列是与 CPU 的内部数据通路密切相关的，不同的数据通路就有不同的微操作序列。

    一般是在给出 CPU 的结构及数据通路框图之后，再写出对应指令的微操作序列。如果 CPU 内部采用单总线结构，还要考虑总线冲突的问题，相应的微操作控制信号必须与给出的数据通路结构一致，且时序上要有先后顺序。

【即学即练】

[习题 1] CPU 结构如图 51－3 所示，其中包括一个累加寄存器 AC，一个状态寄存器和其他 4 个寄存器，各部分之间的连线表示数据通路，箭头表示信息传送方向。

    （1）标明 4 个寄存器的名称。

    （2）简述指令从主存取到控制器的通路。

    （3）简述数据在运算器和主存之间进行存/取的数据通路。

    （4）以完成一条加法指令 ADD K 的数据通路（K 为主存地址）为例，写出该指令取指阶段和执行阶段的信息通路。

[习题 2] CPU 内部一般包括 PC、MAR、MDR、IR 等几个寄存器及若干通用寄存器。图 51－4 是指令 LAD R0，(X) 的指令流程图，其功能是将主存 X 号单元的数据取到 R0 寄存器中，图中

M 表示主存。

（1）请完成该指令流程图中未完成的部分。

（2）重新画出当源操作数为间接寻址时的指令流程图。

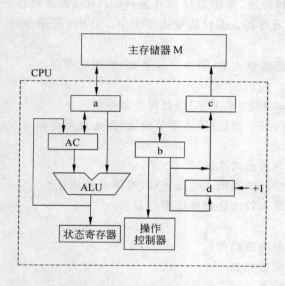

图 51－3　CPU 结构

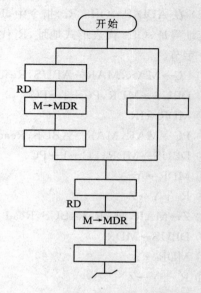

图 51－4　LAD R0,(X)的指令流程图

【习题答案】

[习题1]

分析：详见解答部分。

解答：（1）a 为存储器数据寄存器 MDR,b 为指令寄存器 IR,c 为存储器地址寄存器 MAR,d 为程序计数器 PC。

　　（2）指令从主存取到控制器的通路：M→MDR→IR→操作控制器。

　　（3）存储器读（取数）的通路：M→MDR→ALU→AC。

　　存储器写（存数）的通路：AC→MDR→M。

　　（4）取指阶段

　　PC→MAR,1→R

　　M(MAR) →MDR

　　MDR→IR→操作控制器

　　PC+1→PC

　　执行阶段

　　Ad(IR)→MAR,1→R

　　M(MAR) →MDR

　　MDR→ALU,AC→ALU,ADD

　　ALU→AC 及状态寄存器

注：Ad(IR)中就是主存地址 K。

[习题2]

分析：指令分为取指阶段和执行阶段两部分，需要两次访问主存，第一次取指令，第二次取数据。若源操作数为间接寻址时，则需要三次访问主存，第一次取指令，第二次取源操作数地址，第三次取数据。

解答：（1）补充完整的指令流程图如图 51-5 所示。

（2）当源操作数为间接寻址时的指令流程图如图 51-6 所示。

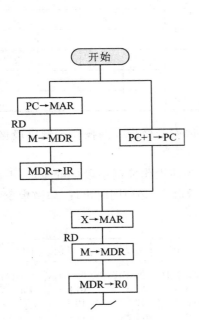

图 51-5　补充完整后的
LAD R0, (X) 指令流程图

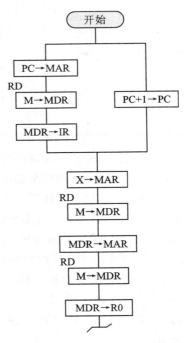

图 51-6　源操作数为间接寻址时
的 **LAD R0, (X) 指令流程图**

知识点聚焦 52：微程序控制器的相关问题

【典型题分析】

［例题 1］某计算机采用微程序控制器设计，已知每条机器指令的执行过程均可分解成 8 条微指令组成的微程序，该机指令系统采用 6 位定长操作码格式，控制存储器至少能容纳多少条微指令？ 如何确定机器指令操作码与该指令微程序的入口地址的对应关系，请给出具体方案。

分析：由于每条机器指令都可以分解为 8 条微指令，并且机器指令系统采用 6 位定长操作码，总共允许有 2^6 种不同的机器指令，控制存储器可容纳的微指令条数为 $64 \times 8 = 512$。

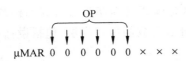

图 52-1　微程序入口地址的形成

解答：由于控制存储器的容量为 512 个单元，所以微地址寄存器为 9 位，其中高 6 位为机器指令的操作码，它与任意的低 3 位拼接即可形成微程序的入口地址，如图 52-1 所示。相邻两条机器指令的微程序入口地址相差 8 个单元。

［例题 2］某计算机有 8 条微指令 $I_1 \sim I_8$，每条微指令所含的微命令控制信号见表 52-1。

表 52 − 1　　每条微指令所含的微命令控制信号表

微指令	微命令控制信号									
	a	b	c	d	e	f	g	h	i	j
I_1	√			√						
I_2			√				√		√	
I_3		√				√		√		
I_4	√									√
I_5			√		√				√	
I_6	√			√						√
I_7	√		√							
I_8		√				√		√		

a～j 分别代表 10 种不同性质的微命令控制信号,请安排微指令的操作控制字段格式,保证操作控制字段尽可能短,并将全部微指令代码化。

分析:本系统中有 10 种不同性质的微命令控制信号,为使操作控制字段尽可能短,不能采用直接控制法。又因为微指令中有多个微命令是兼容的微命令,必须同时出现,如微指令 I_1 中的微命令 a、d,故也不能采用最短编码法。

最终选用字段编码法和直接控制法相结合的方法。将互斥的微命令安排在同一段内,兼容的微命令安排在不同的段内。

解答:微指令格式的操作控制字段 7 位,如图 52 − 2所示。

I_1～I_8 这 8 条微指令的编码为:

2位	2位	2位	1位
00不操作	00不操作	00不操作	0不操作
01 b	01 e	01 h	1 a
10 c	10 f	10 i	
11 d	11 g	11 j	

图 52 − 2　微指令操作控制字段的格式

I_1　11 00 00 1
I_2　10 11 10 0
I_3　01 10 01 0
I_4　00 00 11 1
I_5　10 01 10 0
I_6　11 00 11 1
I_7　10 00 00 1
I_8　01 10 01 0

【知识点睛】

微程序控制的计算机涉及两个层次:一个是机器语言或汇编语言程序员所看到的传统机器层,包括机器指令、工作程序、主存储器;另一个是机器设计者看到的微程序层,包括微指令、微程序和控制存储器。

在微程序控制的计算机中,将控制部件向执行部件发出的各种控制命令叫做微命令,微命令有兼容性和互斥性之分,兼容性微命令是指那些可以同时产生并共同完成某一些微操作的微命令;而互斥性微命令是指在机器中不允许同时出现的微命令。兼容和互斥都是相对的,一个微命令可以和一些微命令兼容,而和另一些微命令互斥。对于单独一个微命令,谈论其兼容和互斥是没有意义的。

微指令是指为实现机器指令中某一步操作的若干个微命令的集合。一条机器指令对应一段由若干条微指令系列组成的微程序，机器指令由微指令进行解释并执行。

微指令的操作控制字段可分为直接控制法、最短编码法和字段编码法。

直接控制法是指每个独立的二进制位代表一个微命令，该位为"1"表示这个微命令有效，为"0"则表示这个微命令无效。微命令的产生不必经过译码，所需的控制信号直接送到相应的控制点。

最短编码法将所有的微命令统一编码，每条微指令只定义一个微命令。

字段编码法是前两种方法的折中方法，这种方法将操作控制字段分为若干个小段，每段内采用最短编码法，段与段之间采用直接控制法。这种方法又可进一步分为字段直接编码法和字段间接编码法。

在字段编码法中，操作控制字段的分段并非是任意的，必须要遵循如下的原则：

① 应把互斥性的微命令分在同一段内，兼容性的微命令分在不同段内。这样不仅有助于提高信息的利用率，缩短微指令字长，而且有助于充分利用硬件所具有的并行性，加快执行的速度。

② 应与数据通路结构相适应。

③ 每个小段中包含的信息位不能太多，否则将增加译码线路的复杂性和译码时间。

④ 一般每个小段还要留出一个状态，表示本字段不发出任何微命令。因此当某字段的长度为 3 位时，最多只能表示 7 个互斥的微命令，通常用 000 表示不操作。

每条机器指令对应一个微程序，当执行公用的取指令微程序从主存中取出一条机器指令送到指令寄存器 IR 后，由机器指令的操作码字段指出微程序的入口地址（初始微地址），这是一种多分支（或多路转移）的情况。根据机器指令的操作码形成微程序入口地址的最简单方式是一级功能转换。如果机器指令操作码字段的位数和位置固定，可以根据指令操作码一次转移到相应的微程序入口，采取的方法是直接使操作码与微地址码的部分位相对应。例如，操作码用 θ 表示，微程序的入口地址可以为 $\theta\times\cdots\times$。

找到初始微地址之后，可以开始执行微程序，每条微指令执行完毕都要根据要求形成后继微地址。后继微地址的形成方法对微程序编制的灵活性影响很大，它主要有两大基本类型：增量方式和断定方式。

【延伸拓展】

微指令有垂直型和水平型之分。

水平型微指令是指一次能定义并能并行执行多个微命令的微指令。采用水平型微指令编制微程序时，由于微指令的并行操作能力强、效率高，且编制的微程序比较短，因此微程序的执行速度比较快，控制存储器的纵向容量小、灵活性强。其缺点是微指令字比较长，明显地增加了控制存储器的横向容量。

垂直型微指令是指一次只能执行一个微命令的微指令。采用垂直型微指令编制微程序时，只需注意微指令的功能，而对数据通路的细节不用过多地考虑，这是因为垂直型微指令与机器指令相似，容易掌握和利用，编程比较简单；同时垂直型微指令字较短，使控制存储器的横向容量少。其缺点是，编制微程序要使用较多的微指令，微程序较长，微程序执行速度慢，且要求控制存储器的纵向容量大。

【即学即练】

[习题1] 试述直接控制、最短字长编码、分段直接编码的编码原则。假定当微命令数 $N=17$，且分为三组，各组微命令数分别为 7、6、4。组内是互斥的，组间是兼容性微命令。设微操作控制字段（μOCF）长度为 L，分别求各种编码的 L 值。

[习题2] 水平型微指令的特点是（　　）。

A. 一次可以完成多个操作

B. 微指令的操作控制字段不进行编码

C. 微指令的格式简短

D. 微程序长

【习题答案】

[习题1]

分析：采用分段直接编码的方法，互斥的微命令分在同一组。每一组都要留出一个状态，表示本组不发出任何微命令，所以各组的状态数分别为 8、7、5，均需要 3 位。

解答：直接控制、最短字长编码、分段直接编码的编码原则略，直接控制 $L=17$ 位，最短偏码 $L=5$ 位，分段直接编码 $L=3+3+3=9$ 位。

[习题2]

分析：水平型微指令并行操作能力强，一次可以完成多个操作。

解答：A。

知识点聚焦 53：指令流水线与流水线的性能

【典型题分析】

[例题1] 若每一条指令都可以分解为取指、分析和执行三步。已知取指时间 $t_{取指}=4\Delta t$，分析时间 $t_{分析}=3\Delta t$，执行时间 $t_{执行}=5\Delta t$。如果按串行方式执行完 100 条指令需要（1）Δt。如果按照流水方式执行，执行完 100 条指令需要（2）Δt。

(1) A. 1190　　　　B. 1195　　　　C. 1200　　　　D. 1205

(2) A. 504　　　　B. 507　　　　C. 508　　　　D. 510

分析：串行方式即各条机器指令之间顺序串行地执行，即执行完一条指令后，方可取出下一条指令来执行，有 $100\times(4+3+5)\Delta t=1200\Delta t$。

流水方式是将一个较复杂的处理过程分成若干个子过程，同一时间内完成对不同子过程的处理，有 $(4+3+5)\Delta t+99\times5\Delta t=12\Delta t+495\Delta t=507\Delta t$。

解答：(1)C、(2)B。

[例题2] 指令流水线将一条指令的执行过程分为四步，其中第 1、2 和 4 步的经过时间为 Δt，如图 53-1 所示。若该流水线顺序执行，50 条指令共用 $153\Delta t$，并且不考虑相关问题，则该流水线的瓶颈第 3 步的时间为（　　）Δt。

图 53-1　某四段指令流水线

A. 2　　　　　　B. 3　　　　　　C. 4　　　　　　D. 5

分析：首先列方程：$(3+X)\Delta t+49X\Delta t=153\Delta t$，求得 $X=3$。

解答：B。

【知识点睛】

流水线的每个子过程由一个独立的功能部件来完成,处理对象在各子过程连成的线路上连续流动。

适合流水线的指令系统特征:

① 指令长度尽量一致,有利于简化取指令和指令译码操作。

② 指令格式尽量规整,尽量保证源寄存器的位置相同,有利于在指令未知时就可取出寄存器操作数。

③ 仅 Load/Store 型指令访问存储器,有利于减少操作步骤,规整流水线。

④ 数据和指令在存储器中按整数边界(对齐)存放,有利于减少访存次数。

衡量流水线性能的主要指标有吞吐率、加速比和效率。

(1)吞吐率和加速比

吞吐率 TP 指的是流水线机器在单位时间里能流出的任务数或结果数。

如果流水线各段的经过时间相同,流水线的最大吞吐率 $\mathrm{TP_{max}} = \dfrac{1}{\Delta t}$。如果流水线各段的经过时间不同时,流水线的最大吞吐率 $\mathrm{TP_{max}} = \dfrac{1}{\max\{\Delta t_1, \cdots, \Delta t_i, \cdots, \Delta t_n\}}$,此时受限于流水线中最慢子过程经过的时间。流水线中经过时间最长的子过程称为瓶颈子过程。

由于流水开始时总要有一段建立时间、结束时又需要有排空的时间、多功能流水时某些段可能闲置未用、功能切换时流水线也需要排空、重组等诸多原因,流水线的实际吞吐率 TP 一般明显低于最大吞吐率 $\mathrm{TP_{max}}$。设一 m 段流水线的各段经过时间均为 Δt_0,则需要 $T_0 = m\Delta t_0$ 的流水建立时间,之后每隔 Δt_0 就可流出一条指令,完成 n 个任务的解释共需时间 $T = m\Delta t_0 + (n-1)\Delta t_0$,流水线的实际吞吐率为

$$\mathrm{TP} = \frac{n}{m\Delta t_0 + (n-1)\Delta t_0} = \frac{1}{\Delta t_0\left(1 + \dfrac{m-1}{n}\right)} = \frac{\mathrm{TP_{max}}}{1 + \dfrac{m-1}{m}}$$

加速比 S_P 表示流水方式相对于非流水顺序方式速度提高的比值。

$$S_P = \frac{n \cdot m \cdot \Delta t_0}{m\Delta t_0 + (n-1)\Delta t_0} = \frac{m}{1 + \dfrac{m-1}{n}}$$

(2)效率

效率 η 是指流水线中设备的实际使用时间与整个运行时间之比。

由于流水线存在有建立时间和排空时间,在连续完成 n 个任务的时间里,各段并不总是满负荷工作。

如果是线性流水线且各段经过的时间相同,流水线的效率是正比于吞吐率的,即:

$$\eta = \frac{n}{n + (m-1)} = \mathrm{TP} \times \Delta t$$

对于非线性流水或线性流水但各段经过的时间不等时,上式的关系就不存在了,只有通过画实际工作的时空图才能求出吞吐率和效率。整个流水线的效率为

$$\eta = \frac{n \text{个任务实际占用的时空图}}{m \text{个段总的时空图}}$$

【延伸拓展】

由于采用流水线方式,相邻或相近的两条指令可能会因为存在某种关联,后一条指令不能按照原指定的时钟周期运行,使流水线断流。指令流水线的相关性包括结构相关、数据相关、控制相关。

(1)结构相关

由于多条指令在同一时刻争夺同一资源而形成的冲突称为结构相关,也称资源相关。

(2)数据相关

后续指令要使用前面指令的操作结果,而这一结果尚未产生或者未送到指定的位置,从而造成后续指令无法运行的局面称为数据相关。

根据指令间对同一个寄存器读或写操作的先后次序关系,数据相关可分为 RAW(写后读)、WAR(读后写)和 WAW(写后写)3 种类型。例如有 i 和 j 两条指令,i 指令在前,j 指令在后,则 3 种不同类型的数据相关的含义为:

- RAW,指令 j 试图在指令 i 写入寄存器前就读出该寄存器内容,这样指令 j 就会错误地读出该寄存器旧的内容。
- WAR,指令 j 试图在指令 i 读出该寄存器前就写入该寄存器,这样指令 i 就会错误地读出该寄存器的新内容。
- WAW,指令 j 试图在指令 i 写入寄存器前就写入该寄存器,这样两次写的先后次序被颠倒,就会错误地使由指令 i 写入的值成为该寄存器的内容。

上述的 3 种数据相关,在按序流动的流水线中,只可能出现 RAW 相关;在非按序流动的流水线中,既可能发生 RAW 相关,也可能发生 WAR 和 WAW 相关。

(3)控制相关

控制相关主要是由转移指令引起的,在遇到条件转移指令时,存在着是顺序执行还是转移执行两种可能,需要依据条件的判断结果来选择其一。在无法确定应该选择把哪一程序段安排在转移指令之后来执行的局面称为控制相关,又称为指令相关。

【即学即练】

[习题 1] 设指令由取指、分析、执行 3 个子部件完成,每个子部件的工作周期均为 Δt,采用常规标量流水线处理机。若连续执行 10 条指令,则共需时间(　　)Δt。

A. 8   B. 10   C. 12   D. 14

[习题 2] 某指令流水线由 5 段组成,第 1、3、5 段所需时间为 Δt,第 2、4 段所需时间分别为 $3\Delta t$、$2\Delta t$,如图 53-2 所示,那么连续输入 n 条指令时的吞吐率(单位时间内执行的指令个数)TP 为(　　)。

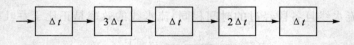

图 53-2　某五段指令流水线

A. $\dfrac{n}{5\times(3+2)\Delta t}$ B. $\dfrac{n}{(3+3+2)\Delta t\times 3(n-1)\Delta t}$

C. $\dfrac{n}{(3+2)\Delta t\times(n-3)\Delta t}$ D. $\dfrac{n}{(3+2)\Delta t\times 5\times 3\Delta t}$

【习题答案】

[习题 1]

分析：3 个子过程的工作周期相同，$3\Delta t + 9\Delta t = 12\Delta t$。

解答：C。

[习题 2]

分析：根据流水线的实际吞吐率计算公式，将有关参数代入，可以得到结果。

解答：B。

知识点聚焦 54：总线性能指标与总线标准

【典型题分析】

[例题 1] PCI 总线的时钟频率为 33MHz/66MHz，当该总线进行 32/64 位数据传送时，总线带宽各是多少？

分析：假设一个总线时钟周期 T 完成一个数据的传送，时钟频率为 f，数据位为 n，总线带宽用 Dr 表示，则 $\mathrm{Dr} = \dfrac{n}{8T} = \dfrac{n \cdot f}{8}$。

解答：时钟频率为 33MHz，数据 32 位时，根据定义可得 $\mathrm{Dr} = 4 \times 33 \times 10^6 / \mathrm{s} = 132\mathrm{MB/s}$。依次类推，数据 64 位时，总线带宽为 264MB/s。时钟频率为 66MHz，数据 32 位时，总线带宽为 264MB/s；数据 64 位时，总线带宽为 528MB/s。

[例题 2] 在 32 位总线系统中，若时钟频率为 500MHz，传送一个 32 位字需要 5 个时钟周期，则该总线系统的数据传送速率为(　　)MB/s。

A．200　　　　　　　B．400　　　　　　　C．600　　　　　　　D．800

分析：由于传送 4 个字节的数据需要 5 个时钟周期，故有：$4\mathrm{B} \times 500\mathrm{MHz} \div 5 = 400\mathrm{MB/s}$。

解答：B。

【知识点睛】

总线的性能指标主要有：

① 总线宽度，指总线的线数，它决定了总线所占的物理空间和成本。对总线宽度的影响最直接是地址线和数据线的数量，地址线的宽度表明了总线能直接访问存储器的地址空间范围，数据线的宽度表明了访问一次存储器或外设时能够交换的数据位数。

② 总线带宽，指总线的最大数据传输率，即每秒传输的字节数。总线时钟频率的高低决定了总线带宽的大小，有

总线带宽＝总线宽度×总线频率

③ 总线负载，指连接在总线上的最大设备数量。大多数总线的负载能力是有限的。

④ 总线分时复用，指在不同时段利用总线上同一个信号线传送不同信号，例如地址总线和数据总线共用一组信号线。采用这种方式的目的是减少总线数量，提高总线的利用率。

⑤ 总线猝发传输，这是一种总线传输方式，即在一个总线周期中可以传输多个存储地址连续的数据。

总线的标准制定通常有两种途径，一种是由具有权威性的国际标准化组织制定并推荐使用的，称为正式标准；另一种是由某个或某几个在业界具有影响力的设备制造商提出，而又被业内其他厂家认可并广泛使用的标准，即所谓事实标准，这些标准可能需要经过一段时间的使用，被厂商提供给有关组织讨论之后才能成为正式标准。

常见的内部总线标准:

① PC/XT 总线是早期 PC/XT 所配备的系统总线,是 8 位总线标准。

② ISA 总线最早用于 PC/AT,因而也称 AT 总线,支持8/16 位的数据传送和24 位寻址。

③ MCA 总线的数据线和地址线都扩展到 32 位,成为标准的 32 位扩展总线系统。

④ EISA 是既与 ISA 兼容,又在许多方面参考了 MCA 设计的总线标准,称为增强的工业标准体系结构 EISA。

⑤ VL 总线的数据宽度为 32 位,其主要优点是:协议简单、传输速率高、能够支持多种硬件的工作。但是,它的规范性、兼容性和扩展性较差。

⑥ PCI 局部总线是一种高性能、32 位或 64 位地址数据线复用的总线,它的兼容性好,不受 CPU 品种的限制。

⑦ AGP(图形加速端口)是由 Intel 创建的新总线,专门用作高性能图形及视频支持。

⑧ PCI-Express(PCI-E)是最新的总线和接口标准,这个新标准将全面取代现行的 PCI 和 AGP,最终实现总线标准的统一。

系统总线按传送信息的不同可以细分为:地址总线、数据总线和控制总线。地址总线由单方向的多根信号线组成,用于 CPU 向主存、外设传输地址信息。数据总线由双方向的多根信号线组成,CPU 可以通过这些线从主存或外设读入数据或向主存或外设送出数据。也有些总线没有单独的地址线,地址信息也通过数据线来传送,这种情况称为数据线和地址线复用。

控制总线上传输的是控制信息,用来控制对数据线和地址线的访问和使用。因为数据线和地址线是被连接在其上的所有设备共享的,如何使各个部件在需要时使用总线,需靠控制线协调,控制线上传输的信号包括 CPU 送出的控制命令和主存(或外设)返回 CPU 的反馈信号。

典型的控制信号有:

时钟　用于总线同步。

复位　初始化所有设备。

总线请求　表明发出该请求信号的设备要使用总线。

总线允许　表明接收到该允许信号的设备可以使用总线。

中断请求　表明某个中断源发出请求。

中断回答　表明某个中断请求已被接受。

存储器读　从指定的主存单元中读数据到数据总线上。

存储器写　将数据总线上的数据写到指定的主存单元中。

I/O 读　从指定的 I/O 端口中读数据到数据总线上。

I/O 写　将数据总线上的数据写到指定的 I/O 端口中。

传输确认　表示数据已被接收或已被送到总线上。

【即学即练】

[习题1] 假定某同步总线在一个时钟周期内传送一个四字节的数据,总线时钟频率为 33MHz,求总线带宽是多少?如果总线宽度改为 64 位,一个时钟周期能传送 2 次数据,总线时钟频率为 66MHz,则总线带宽为多少?提高了多少倍?

[习题2] 下面是关于 PCI 总线的叙述,其中(　　)是错误的。

A. PCI 总线支持 64 位总线

B. PCI 总线的地址总线和数据总线是分时复用的

C. PCI 总线是一种独立设计的总线，它的性能不受 CPU 类型的影响

D. PC 机不能同时使用 PCI 总线和 ISA 总线

【习题答案】

[习题1]

分析：根据总线带宽计算公式计算。

解答：总线带宽为 $4B \times 33MHz \div 1 = 132MB/s$。

总线性能改进后的带宽为：$8B \times 66MHz \div 0.5 = 1\ 056MB/s$，提高了 8 倍。

[习题2]

分析：PC 机可以同时使用 PCI 总线和 ISA 总线。

解答：D。

知识点聚焦 55：磁盘存储器的相关问题

【典型题分析】

[例题1] 一般情况下，若磁盘转速提高一倍，则（　　　）。

A. 平均寻道时间缩小一半　　　　　　B. 存取速度也提高一倍

C. 平均寻道时间不会受到影响　　　　D. 存取速度不变

分析：磁盘的转速提高一倍，可以使得磁盘的平均等待时间提高一倍，但不会影响到平均寻道时间。

解答：C。

[例题2] 磁盘机的盘由 6 个盘片组成，其中专设 1 个盘面为伺服面，其他的盘面作为记录数据的盘面。盘存储区域内直径为 6.1cm，外直径为 12.9cm，道密度为 220TPM，位密度为 6 000bpm，平均寻址时间为 10ms，磁盘转速为 7 200RPM。假定 π＝3，试计算：

（1）数据盘面数和柱面数。

（2）盘组容量是多少字节？

（3）数据传输率是多少字节/秒？

（4）从任一磁道读取 80 000 个字节数据的平均存取时间是多少？

（5）假定系统配备上述磁盘机 15 台，每个磁道分为 64 个扇区，试为该磁盘系统设计一个地址方案。

分析：首先根据磁盘的内、外径和道密度计算出柱面数；然后根据最内圈磁道的周长和位密度等可计算盘组的容量；再根据磁盘转速，又可计算出数据传输率。

解答：（1）数据盘面数＝$6 \times 2 - 1 = 11$

柱面数＝（（外直径－内直径）÷2）×道密度＝$((12.9 - 6.1) \div 2) \times 220 = 748$

（2）盘组的容量＝位密度×内圈磁道的周长×柱面数×数据盘面数＝$6\ 000 \times \pi \times 6.1 \times 748 \times 11 / 8 = 112\ 929\ 300$ 字节

（3）数据传输率＝120 转/秒×13 725＝1 647 000 字节/秒

（4）磁盘旋转一圈时间为 $\frac{1}{7\ 200} \times 60 \approx 8.3ms$

平均存取时间＝平均寻址时间＋平均等待时间＋读取数据的时间＝$10 + 8.3/2 + 80\ 000/1\ 647\ 000 = 10 + 4.15 + 48.6 = 62.75ms$

（5）磁盘系统的地址方案为：驱动器号（4位）、柱面号（10位）、记录面号（4位）、扇区号（6位）

【知识点睛】

　　磁盘中的信息是按记录面、圆柱面、磁道、扇区的层次安排的。

　　① 记录面。一台硬盘驱动器中有多个盘片，每个盘片有两个记录面，每个记录面对应一个磁头，所以记录面号就是磁头号。

　　② 磁道。在记录面上，一条条磁道形成一组同心圆，最外圈的磁道为0号，往内则磁道号逐步增加。

　　③ 圆柱面。在一个盘组中，各记录面上相同编号（位置）的磁道构成一个圆柱面，硬盘的圆柱面数就等于一个记录面上的磁道数，圆柱面号即对应的磁道号。引入圆柱面的概念是为了提高硬盘的存储速度。当主机要存入一个较长的文件时，若一条磁道存不完，应首先将其尽可能地存放在同一圆柱面中。如果仍存放不完，再存入相邻的圆柱面内。

　　④ 扇区。一条磁道被划分为若干个段，每个段称为一个扇区或扇段，每个扇区存放一个定长信息块（如512B）。

　　磁盘的平均存取时间包括3个部分：第一部分是指磁头从原先位置移动到目的磁道所需要的时间，称为定位时间或寻道时间，而平均寻道时间就是最大寻道时间加最小寻道时间除以2；第二部分是指在到达目的磁道以后，等待被访问的记录块旋转到磁头下方的等待时间，而平均等待时间就是最大等待时间加最小等待时间除以2（旋转半圈的时间）；第三部分是信息的读写操作时间。有时平均存取时间还会要考虑控制器的开销。

　　数据传输率是指磁介质存储器在单位时间内向主机传送数据的字节数或位数。如果磁盘的旋转速度为r转/秒，每条磁道的容量为N个字节，则数据传输率$D_r = r \times N$字节/秒。

【延伸拓展】

　　磁盘的容量有格式化容量与非格式化容量之分，磁盘上标称的容量为格式化容量。计算磁盘容量公式中的总磁道数是指记录面数与圆柱面数的乘积。其中柱面数的计算公式为

$$柱面数 = （外半径 - 内半径） \times 道密度$$

　　非格式化容量是磁盘原始的容量。它的计算公式为

$$非格式化容量 = 最大位密度 \times 最内圈磁道周长 \times 总磁道数$$

　　非格式化容量计算中需要根据位密度和磁道周长计算出每条磁道上的信息量，假设位密度是最大位密度，即最内圈磁道的位密度。

　　格式化容量是磁盘实际可以使用的容量。新的磁盘在使用之前需要先进行格式化，格式化实际上就是在磁盘上划分记录区，写入各种标志信息和地址信息。这些信息占用了磁盘的存储空间，故格式化之后的有效存储容量要小于非格式化容量。它的计算公式为

$$格式化容量 = 每道扇区数 \times 扇区容量 \times 总磁道数$$

　　格式化容量计算中根据扇区数和扇区容量可计算出每条磁道上的信息量。

【即学即练】

[习题1] 假设某硬盘由5个盘片构成（共有8个记录面），盘面有效记录区域的外直径为30cm，内直径为10cm，记录位密度为250位/mm，磁道密度为16道/mm，每磁道分16个扇区，每扇区512字节，则该硬盘的格式化容量约为（　　）MB。

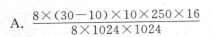

A. $\dfrac{8\times(30-10)\times10\times250\times16}{8\times1024\times1024}$ B. $\dfrac{8\times(30-10)\times10\times16\times16\times512}{2\times1024\times1024}$

C. $\dfrac{8\times(30-10)\times10\times250\times16\times16}{8\times1024\times1024}$ D. $\dfrac{8\times(30-10)\times16\times16\times512}{2\times1024\times1024}$

[习题2]假定某磁盘的转速是12000转/分,平均寻道时间为6ms,传输速率为50MB/s,有关控制器的开销是1ms,请你列出算式,计算出连续地读写256个扇区(每一扇区大小为512个字节)所需要的平均时间(忽略扇区间可能有的间隔)。

【习题答案】

[习题1]

分析：此题要求计算格式化容量,记录面数×每面磁道数×扇区数×每扇区字节数。

解答：D。

[习题2]

分析：磁盘的平均存取时间＝平均寻道时间＋平均等待时间＋控制器开销＋读写时间。

解答：平均等待时间为旋转半圈的时间,即 $1\div(12000\div60)\div2=2.5$ ms,读写总数据为 $256\times512=0.125$MB,读写时间为 $0.125\div50\approx2.5$ ms。

所以平均存取时间＝6＋2.5＋1＋2.5＝12 ms。

知识点聚焦56：显示设备的相关问题

【典型题分析】

[例题1]某幅图像具有640×480个像素点,若每个像素具有8位的颜色深度,则可表示(1)不同的颜色,经5∶1压缩后,其图像数据需占用(2)(Byte)的存储空间。

(1) A. 8   B. 256   C. 512   D. 1024

(2) A. 61440   B. 307200   C. 384000   D. 3072000

分析：颜色深度与颜色数的对应关系是：颜色数＝$2^{颜色深度}$,所以有 $2^8=256$ 中不同的颜色。另外根据分辨率和颜色深度以及压缩比,可以算出图像数据占用的空间大小,$640\times480\times1B\div5=61440$B。

解答：(1) B;(2) A。

[例题2]某数码相机内置128MB的存储空间,拍摄分辨率设定为1600×1200像素,颜色深度为24位,若不采用压缩存储技术,使用内部存储器最多可以存储( )张照片。

A. 12   B. 25   C. 13   D. 23

分析：颜色深度为24位(3个字节),每张照片的存储量为 $1600\times1200\times3B\approx5.5$MB,128MB存储空间最多可存储23张照片。

解答：D。

【知识点睛】

    显示方式从功能上分为两大类：字符方式和图形方式。字符方式时,一屏中可显示的最多字符数称为分辨率,显示字符的 ASCII 码存储在显示存储器 VRAM 中;图形方式时,一屏中可显示的像素点数称为分辨率,显示信息以二进制的形式存储在 VRAM 中。VRAM 的容量还与颜色数有关,颜色深度与颜色数的对应关系为：

$$颜色深度＝\log_2颜色数$$

    图形方式下 VRAM 中的内容就是一帧待显示的图形的像素点信息,在单色显示时,图形的每个点只用一位二进制代码来表示,在彩色显示时,每个点需要由若干位代码来表示。所以 VRAM 的容量等于分辨率乘以颜色深度。分辨率越高,颜色数越多,VRAM 的容量就越大。

【延伸拓展】

显示器的性能指标有行频、场频和视频带宽等。

行频又称水平扫描频率,是每秒在屏幕上扫描过的水平线条数,以 kHz 为单位。场频又称垂直扫描频率,是每秒屏幕重复绘制显示画面的次数,以 Hz 为单位。

视频带宽指每秒扫描图像点的个数,即单位时间内每条扫描线上显示点的总数。与行频相比,视频带宽更具有综合性,也更能直接反映显示器的性能。其计算公式可以表示为

$$视频带宽＝行数×列数×刷新频率×常数$$

其中常数约为 1.4,表示扫描时水平方向上的像素点数与垂直方向上的像素点数均应当高于理论值,这样才能避免信号在扫描边缘衰减,使图像四周同样清晰。

视频带宽越大表明显示器显示控制能力越强,显示效果越佳。在同样分辨率下,视频带宽高的显示器不仅可以提供更高的刷新频率,而且在画面细节的表现方面往往更加准确清晰。

【即学即练】

[习题1]若视频图像每帧的数据量为 6.4MB,帧速率为 30 帧/秒,则显示 10 秒的视频信息,其原始数据量为(   )MB。

A. 64   B. 192   C. 640   D. 1920

[习题2]某图形显示器的分辨率为 640×480,刷新频率为 50Hz,且假定水平回扫期和垂直回扫期各占水平扫描周期和垂直扫描周期的 20%,试计算图形显示器的行频、水平扫描周期、每个像素的读出时间和视频带宽。若分辨率提高到 1024×768,刷新频率提高到 60Hz,再次计算图形显示器的行频、水平扫描周期、每个像素的读出时间和视频带宽。

【习题答案】

[习题1]

分析:$6.4MB×30×10＝1920MB$。

解答:D。

[习题2]

分析:要考虑回扫时间对扫描周期的影响。视频带宽也可以由每一像素的读出时间的倒数求得,稍有一些误差。

解答:对于 640×480 分辨率,行频为 $480×50Hz÷80\%＝30kHz$,水平扫描周期为 $1÷30\ kHz≈33\mu s$,每一像素的读出时间为 $33\mu s×80\%÷640≈42ns$,视频带宽为 $640×30kHz÷80\%＝24MHz$。

对于 1024×768 分辨率,行频为 $768×60Hz÷80\%＝57.6kHz$,水平扫描周期为 $1÷57.6\ kHz≈17.4\mu s$,每一像素的读出时间为 $17.4\mu s×80\%÷1024≈13.6ns$,视频带宽为 $1024×57.6kHz÷80\%＝73.73MHz$。

知识点聚焦 57:中断的全过程

【典型题分析】

[例题1]中断系统是由(   )实现的。

A. 软件　　　　　　　B. 硬件　　　　　　　C. 固件　　　　　　　D. 软硬件结合

分析：中断系统是计算机实现中断功能的软、硬件总称。一般在 CPU 中配置中断机构，在外设接口中配置中断控制器，在软件上设计相应的中断服务程序。

解答：D。

[例题 2] 某系统对输入数据进行取样处理，每抽取一个输入数据，CPU 就要中断处理一次，将取样的数据放置存储器中保留的缓冲区内，该中断处理需要 X 秒。此外，缓冲区内每存储 N 个数据，主程序就将其取出进行处理需 Y 秒。可见，该系统可以跟踪到每秒（　　）次中断请求。

A. $N/(N \times X + Y)$　　B. $N/(X + Y \times N)$　　C. $1/(X + Y)$　　D. $\min[1/X, N/Y]$

分析：对于 N 个数据中断处理的总时间为 $N \times X + Y$ 秒。

解答：A。

【知识点睛】

　　程序中断是指计算机执行现行程序的过程中，出现某些急需处理的异常情况和特殊请求，CPU 暂时中止现行程序，而转去对随机发生的更紧迫的事件进行处理，在处理完毕后，CPU 将自动返回原来的程序继续执行。

　　程序中断又可以细分为内中断和外中断、向量中断和非向量中断，以及单重中断和多重中断等多种类型。

　　中断全过程指的是从中断源发出中断请求开始，CPU 响应这个请求，现行程序被中断，转至中断服务程序，直到中断服务程序执行完毕，CPU 再返回原来的程序继续执行的整个过程。中断全过程可分为 5 个阶段：①中断请求；②中断判优；③中断响应；④中断处理；⑤中断返回。

　　CPU 响应中断要满足 3 个条件：①中断源有中断请求；②CPU 允许接受中断请求；③一条指令执行完毕。第①个条件是显而易见的，无须多说，而第②、③个条件则需要仔细讨论。CPU 内部有一个中断允许触发器（注意并非每个中断源都有一个），以此来确定 CPU 的现行程序是否可以被中断。当中断允许触发器＝1 时，CPU 处于开放状态，允许中断；当中断允许触发器＝0 时，CPU 处于关闭状态，禁止中断。中断允许触发器由开中断指令来置位，由关中断指令或硬件自动使其复位。CPU 响应中断的时间是在一条指令（这条指令不能是停机指令）执行完毕，且没有优先权更高的请求（如电源失效或 DMA 请求）时，随后 CPU 进入中断周期。之所以必须要等到一条指令执行完毕，是因为响应中断意味着处理机将从一个程序（现行程序）切换到另一个程序（中断服务程序），而程序是由一条条的指令组成的，如果不在指令执行完毕时进行程序的切换，中断返回时将无法保证原来的程序能继续执行。

　　为使切换前后的程序都能正确地运行，在中断响应阶段需要将 CPU 的关键性硬件状态保存起来。这些状态主要有两类：一类是表示程序进程的程序状态字 PSW 和标志进程轨迹的程序计数器 PC（断点），另一类是一些工作寄存器（如通用寄存器等），它们保存着程序执行的现行值，称之为中断现场。PSW 和 PC 的内容必须在程序被中止时就加以很好地保护，以便在恢复时程序能正确地沿断点继续执行，否则 PC 和 PSW 的内容在中断响应时将被中断服务程序的入口地址和中断服务程序的状态字冲掉，所以往往在中断周期中由硬件来完成它们的保存。而工作寄存器的内容在中断响应时不会被破坏，因此可以在中断服务程序里由软件把它转移到其他安全地方去。

在中断周期,CPU 执行一条中断隐指令。中断隐指令由硬件在中断响应时产生,它并不是指令系统中的一条真正的指令,本身没有操作码,也不会在程序中出现。中断隐指令主要完成 3 个操作:①保存断点;②关闭中断允许触发器;③找出中断服务程序的入口地址。

在中断周期中必须关闭中断允许触发器的原因是,保证用软件来保护现行程序的中断现场期间不允许被新的、更高级的中断请求所打断。并不是所有的计算机都一定在中断隐指令中由硬件来关闭中断允许触发器,也有些计算机的这一操作是在中断服务程序中的保护现场之前由关中断指令来实现的。

中断处理就是执行中断服务程序,这是中断系统的核心。不同计算机系统的中断处理过程各具特色,但对多数计算机而言,其中断服务程序的流程如图 57 - 1 所示。

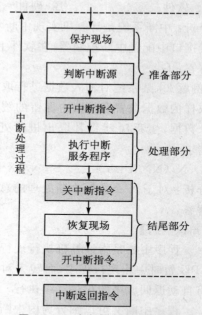

图 57 - 1　中断服务程序的流程

中断服务程序的流程基本上由 3 部分组成,第一部分为准备部分,其基本功能是保护现场,对于非向量中断方式则需要确定中断源,最后开放中断,允许更高级的中断请求打断低级的中断服务程序;第二部分为处理部分,即真正执行具体的为某个中断源服务的中断服务程序;第三部分为结尾部分,首先要关中断,以防止在恢复现场过程中被新的中断请求打断,接着恢复现场,然后开放中断,以便返回原来的程序后可响应其他的中断请求。中断服务程序的最后一条指令一定是中断返回指令。

【延伸拓展】

单重中断与多重中断在中断周期的隐指令操作和中断服务程序的执行中有所不同,表 57 - 1 列出了两者的区别。

表 57 - 1　多重中断与单重中断的区别

	多重中断	单重中断
中断隐指令	关中断 保存断点及旧 PSW 取中断服务程序入口地址及新 PSW	关中断 保存断点及旧 PSW 取中断服务程序入口地址及新 PSW
中断服务程序	保护现场 送新屏蔽字 开中断	保护现场
	服务处理 (允许响应更高级别请求)	服务处理 (不允许响应更高级别请求)
	关中断 恢复现场及原屏蔽字 开中断 中断返回	恢复现场 开中断 中断返回

【即学即练】

[习题1] 在多重中断情况下, CPU 现场信息可保存到(　　)中。

A. 通用寄存器　　　　　B. 控制存储器　　　　　C. 堆栈　　　　　D. 外设接口

[习题2] 假定某计算机的中断处理方式是将断点存入 00000Q 单元, 并从 77777Q 单元取出指令(即中断服务程序的第一条指令)执行。试排出完成此功能的中断周期微操作序列, 并判断中断服务程序的第一条指令是何指令(假定主存容量为 2^{15} 个单元)？

【习题答案】

[习题1]

分析：将 CPU 的现场信息保存到堆栈中是最好的方法, 由于堆栈具有后进先出的特点, 适合于多重中断保存和恢复不同的断点和现场。

解答：C。

[习题2]

分析：中断周期执行中断隐指令, 由于主存容量为 2^{15} 个单元, 77777Q 为最后一个主存地址。

解答：中断周期微操作序列如下：

```
00000Q→MAR      ;0 号地址送 MAR
(PC)→MDR        ;中断断点送 MDR
WRITE           ;发写命令, 完成将断点写入 0 号单元
0→EINT          ;置 0 中断允许触发器
77777Q→PC       ;中断服务程序的第一条指令地址送 PC
```

　　中断服务程序的第一条指令必须是一条无条件转移指令, 否则 PC＋1 将会变为 00000Q, 断点被当成指令。

知识点聚焦 58：中断屏蔽和中断升级

【典型题分析】

[例题1] 中断允许触发器用于(　　)。

A. 向 CPU 发中断请求　　　　　　　B. 指示正有中断在进行

C. 开放或关闭中断系统　　　　　　　D. 指示中断处理结束

分析：中断允许触发器在 CPU 中, 该触发器为 1, 表示开放中断系统, 触发器为 0, 表示关闭中断系统。

解答：C。

[例题2] 设某计算机有四级中断 A、B、C、D, 其硬件排队优先级次序为 A＞B＞C＞D。表 58－1 列出了执行每级中断服务程序所需的时间。

　　如果以执行中断服务程序的时间作为确定中断优先级的尺度：时间越短优先级越高。

　　(1) 请指出如何为各级中断服务程序设置屏蔽码？

　　(2) 如果 A、B、C、D 分别在 6 μs、8 μs、10 μs、0 μs 时刻发出中断请求, 请画出 CPU 执行中断服务程序的序列。

　　(3) 基于上题, 请计算上述四个中断服务程序的平均执行时间。

分析：硬件排队电路次序又称中断响应次序, 它与中断处理次序是两个不同的概念。中断处理次序是可以由中断屏蔽码来改变的, 所以把中断屏蔽码看成软排队器。正常情况下, 中断处理次序就等于中断响应次序, 但如果由程序员改变了中断屏蔽码, 中断处理次序就不同于中断

响应次序了。

解答：（1）中断服务程序屏蔽码见表58-2。

表58-1　执行每级中断服务程序所需的时间

中断服务程序	所需时间/μs
A	5
B	15
C	3
D	12

表58-2　中断屏蔽码

中断源	中断屏蔽码			
	A	B	C	D
A	1	1	0	1
B	0	1	0	0
C	1	1	1	1
D	0	1	0	1

（2）各级中断源发出的中断请求信号的时刻，画出CPU执行中断服务程序的序列，如图58-1所示。

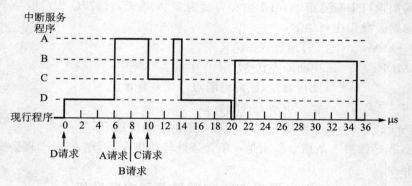

图58-1　CPU执行中断服务程序的序列

中断处理的优先级别是 C＞A＞D＞B。0μs 时，D 请求来到，由于没有其他的中断请求，所以开始执行中断服务程序 D。第 6 μs 时，A 请求来到，A 的优先级高于 D，转去执行中断服务程序 A。第 8 μs 时，B 请求来到，由于 B 的优先级低于 A，所以不响应 B 请求，继续执行中断服务程序 A。第 10 μs 时，C 请求来到，C 的优先级最高，虽然此时中断服务程序 A 还没有结束，也必须暂停转去执行中断服务程序 C。中断服务程序 C 所需时间为 3 μs，当第 13 μs 时，中断服务程序 C 执行完毕，返回执行中断服务程序 A。第 14 μs 时，中断服务程序 A 执行完毕（总共执行时间 5 μs），返回执行中断服务程序 D。第 20 μs 时中断服务程序 D 执行完毕（总共执行时间 12 μs），返回现行程序。因为 B 请求还存在，所以此时开始执行中断服务程序 B，直至第 35 μs 时结束（总共执行时间 15 μs）。

（3）由于在 35 μs 时间内，完成了 4 级中断的处理，所以平均执行时间＝35÷4＝8.75 μs。

【知识点睛】

中断源发出中断请求之后，这个中断请求并不一定能真正送到 CPU 去，在有些情况下，可以用程序方式有选择地封锁部分中断，这就是中断屏蔽。

通常，每个中断源都有自己的中断请求触发器和中断屏蔽触发器，中断请求触发器和中断屏蔽触发器是成对出现的，每个中断请求信号在送往判优电路之前，还要受到屏蔽触发器的控制。多个中断源的这两个触发器可以组成多位的中断请求寄存器和中断屏蔽寄存器。而

CPU 中只有一个中断允许触发器，由它来控制是否允许中断。

中断请求寄存器的内容称为中断字或中断码，中断屏蔽寄存器的内容称为屏蔽字或屏蔽码。屏蔽字由程序来设置，其某一位的状态将成为该中断源能否真正发出中断请求信号的必要条件之一。这样，就可实现 CPU 对中断处理的控制，使中断能在系统中合理协调地进行。中断请求寄存器和中断屏蔽寄存器的作用如图 58-2 所示。具体地说，用程序设置的方法将屏蔽寄存器中的某一位置"1"，则对应的中断请求被封锁，无法去参加排队判优；若屏蔽寄存器中的某一位置"0"，才允许对应的中断请求送往 CPU。

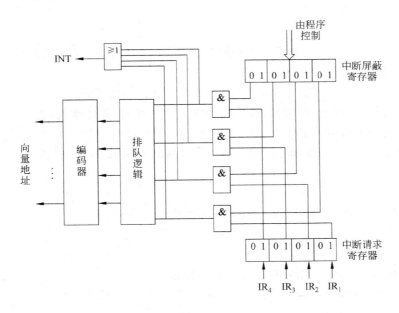

图 58-2　中断屏蔽寄存器的作用

通过改变中断屏蔽字可以改变中断优先级，使原级别较低的中断源变成较高的级别，这便称为中断升级。实际上中断升级是一种动态改变优先级的方法。

现行程序和每个中断服务程序都有自己的中断屏蔽字，屏蔽字中某一位的状态将成为本中断源能否真正发出中断请求信号的必要条件之一。若某一位 $M_i=1$，表示对 L_i 级中断进行屏蔽，若某一位 $M_i=0$，表示未对 L_i 级中断进行屏蔽。屏蔽字中 1 的个数越多，表示优先级越高；反之，屏蔽字中 1 的个数越少，表示优先级越低。现行程序的优先级别最低，屏蔽字各位全为 0。

【延伸拓展】

禁止中断与屏蔽中断是两个完全不相关的概念，不要将两者混为一谈。

禁止中断是指 CPU 中的中断允许触发器被置"0"，此时中断关闭（关中断），所有中断源的中断请求都不能得到响应。与禁止中断相对应的是允许中断，即中断允许触发器被置"1"，此时中断允许（开中断），来自中断源的中断请求可以得到响应。适时的开、关中断，将使 CPU 能正确地进行程序切换。例如，为了保证多重中断时保护和恢复现场工作的完整性，在保护和恢复现场之前必须关中断，在保护和恢复现场之后必须开中断。

屏蔽中断是指某个中断源的中断屏蔽触发器被置"1",此时对应的中断源不能请求中断服务。与屏蔽中断相对应的是开放中断,即中断屏蔽触发器被置"0",此时对应的中断源可以请求中断服务。各个中断源的中断屏蔽位组合起来形成一个中断屏蔽码,修改屏蔽码可以将某些中断源的中断请求暂时屏蔽起来,以此来改变 CPU 为中断源服务的先后次序,达到在有多个中断源同时请求中断时,先为较低级中断源服务,然后再为较高级中断源服务的目的。

综上所述,禁止中断是对全部中断源的中断请求均加以禁止,而屏蔽中断只是将部分中断源的中断请求加以屏蔽。

【即学即练】

[习题1] 在中断系统中,为了防止其他中断源产生另一次中断干扰保护断点和现场的工作,CPU 一旦响应中断,就立即关闭(　　)标志。

A. 中断允许　　　　　　　　B. 中断请求　　　　　　　　C. 中断屏蔽　　　　　　　　D. 中断排队

[习题2] 设某计算机有四个中断源,优先顺序按 1→2→3→4 降序排列,若 1、2、3、4 中断源的服务程序中对应的屏蔽字分别为 1110、0100、0110、1111,试写出这四个中断源的中断处理次序(按降序排列)。若四个中断源同时有中断请求,画出 CPU 执行程序的轨迹。

【习题答案】

[习题1]

分析:在保护和恢复现场之前需要关中断,即关闭中断允许标志。

解答:A。

[习题2]

分析:由于屏蔽码的作用,中断处理次序将发生变化。

解答:中断处理次序(按降序排列)为:4→1→3→2,CPU 执行程序的轨迹如图 58-3 所示。

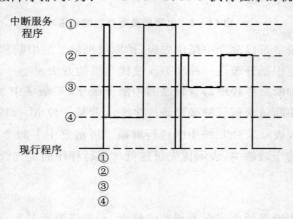

图 58-3　CPU 执行程序的轨迹

知识点聚焦 59:程序查询、程序中断和 DMA 3 种方式的对比

【典型题分析】

[例题1] 在程序查询方式的输入/输出系统中,假设不考虑处理时间,每一个查询操作需要 100 个时钟周期,CPU 的时钟频率为 50MHz。现有鼠标和硬盘两个设备,而且 CPU 必须每秒对鼠标进行 30 次查询,硬盘以 32 位字长为单位传输数据,即每 32 位被 CPU 查询一次,传输

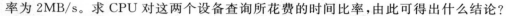

率为 2MB/s。求 CPU 对这两个设备查询所花费的时间比率，由此可得出什么结论？

分析：鼠标和硬盘是两种不同的外部设备，前者属于面向字符的设备，后者属于面向数据块的设备，两种设备使用的 I/O 控制方式不同。

解答：CPU 每秒对鼠标进行 30 次查询，所需得时钟周期数为 $100 \times 30 = 3\,000$，根据 CPU 的时钟频率为 50MHz，故对鼠标的查询占用 CPU 的时间比率为

$$\frac{3\,000}{50 \times 10^6} \times 100\% = 0.006\%$$

对于硬盘，每 32 位被 CPU 查询一次，每秒查询次数为 $2MB \div 4Byte = 512K$，则每秒查询的时钟周期数为

$$100 \times 512 \times 1024 = 52.4 \times 10^6$$

对磁盘的查询占用 CPU 的时间比率为

$$\frac{52.4 \times 10^6}{50 \times 10^6} \times 100\% = 105\%$$

以上结果表明，对鼠标的查询基本不影响 CPU 的性能，而即使 CPU 将全部时间都用于对磁盘的查询也不能满足磁盘传输的要求，所以 CPU 一般不采用程序查询方式与磁盘交换信息。

[例题 2] 假定一个字长为 32 位的 CPU 的主频为 500 MHz，硬盘的传输速率为 4 MB/s。

（1）采用中断方式进行数据传送，每次中断传输 4 字块数据。每次中断的开销（包括中断响应和中断处理的时间）是 500 个时钟周期，问 CPU 用于磁盘数据传送的时间占整个 CPU 时间的百分比是多少？

（2）采用 DMA 方式进行数据传送，每次 DMA 传输的数据量为 8KB。如果 CPU 在 DMA 预处理时花了 1000 个时钟周期，在 DMA 后处理时花了 500 个时钟周期，问 CPU 用于磁盘数据传送的时间占整个 CPU 时间的百分比为多少？

分析：硬盘和主机之间的数据交换过程中，要保证没有任何数据的传输被遗漏，在这个前提下，计算 CPU 用于 I/O 的开销。

解答：（1）每次中断传输一个 4 字块（16 个字节），则 CPU 每秒应该至少执行 $4MB/16B = 250K$ 中断，即每秒用于中断的时钟周期数为 $250K \times 500 = 125 \times 10^6$，故 CPU 用于磁盘数据传送的时间占整个 CPU 时间的百分比为 $125 \times 10^6 \div (500 \times 10^6) = 0.25 = 25\%$。

（2）每传送 8KB 数据需要花费时间约为 $8KB \div 4MB/s = 2ms$，CPU 每秒至少有 0.5×10^3 次 DMA 传送，即每秒用于 DMA 上的时钟周期数为 $0.5 \times 10^3 \times (1\,000 + 500) = 750 \times 10^3$，故 CPU 用于磁盘数据传送的时间占整个 CPU 时间的百分比为 $750 \times 10^3 \div (500 \times 10^6) = 1.5 \times 10^3 = 0.15\%$。

【知识点睛】

图 59-1 是程序查询、程序中断和 DMA 3 种 I/O 方式对比的示意图，从图中可以直观地看出处理器和 I/O 设备工作的并行性。

在程序查询方式下，需要将 I/O 设备的工作时间串行插入到处理器执行程序的时间中。由于 I/O 设备速度相对很慢，处理器将花费大量的时间来等待 I/O 设备（比如等待打印机完成一行字符的打印，在等待期间，处理器无法响应其他的工作）。

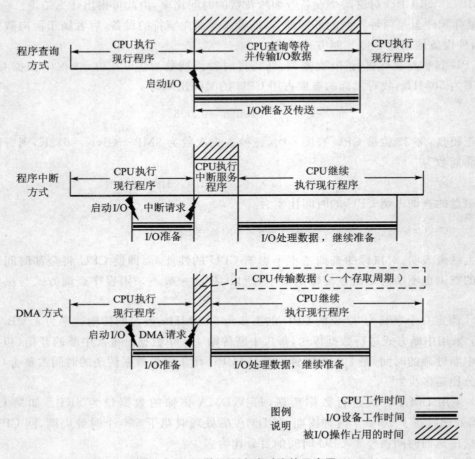

图59-1 3种I/O方式对比的示意图

在程序中断方式下,只有在需要I/O操作时发出I/O设备的启动命令,然后处理器就可以继续执行程序的其他部分。当I/O设备就绪后发出中断请求信号通知处理器对I/O设备进行一次响应(比如在打印机打印一行字符期间,处理器依然能够响应其他的工作)。中断处理时,插入到处理器执行时间内的是执行中断服务程序的时间,这一时间远远小于I/O设备完成工作所需的时间。

在DMA方式下,插入处理器执行程序时间的仅仅是一个存取周期(对于周期挪用法而言)所占用的时间。对于大量数据的传送来说,虽然需要插入多个存取周期,但显然对处理器的干扰很小。同时,由于每次传送能够由硬件在一个存取周期内完成,从而实现了I/O数据的高速传递。

【即学即练】

[习题1] 今有一磁盘存储器,转速为3 000r/min,分8个扇区,每扇区存储1KB。主存与磁盘传送数据的宽度为16b(即每次传送16位)。

(1) 描述从磁盘处于静止状态起将主存缓冲区中2KB传送到磁盘的整个工作过程。

(2) 假如一条指令最长执行时间为30μs,是否可采用在指令结束时响应DMA请求的方案?假如不行,应采用怎样的方案?

[习题 2] 一个 DMA 接口可采用周期窃取方式把字符传送到存储器，它支持的最大批量为 400 个字节。若存取周期为 100 ns，每处理一次中断需 5 μs，现有的字符设备的传输率为 9600bps。假设字符之间的传输是无间隙的，若忽略预处理所需的时间，试问采用 DMA 方式时，每秒内因数据传输需占用处理器多少时间？如果完全采用中断方式，又需占用处理器多少时间？

【习题答案】

[习题 1]

分析：详见解答部分。

解答：(1) 主程序应先启动磁盘驱动器，并向接口发送设备地址、主存缓冲区首地址、传送字数（1KW＝2KB）等预处理工作。磁盘寻道并等待转到访问的扇区后，通过接口发出 1K 个 DMA 请求，传送 1KW 个数据。当数据传送完后，接口向 CPU 发中断请求，由中断服务程序实现停止磁盘工作等后处理工作。

(2) 数据传输率＝$8KB \times \dfrac{3\ 000\ 转}{60s}$＝400KB/s，即每 16 位数据保持最短时间＝$\dfrac{2}{400KB/s}$＝5μs，而一条指令最长执行时间为 30μs，所以如果指令结束时再响应 DMA 请求可能丢失数据，应使每个机器周期结束时都可以响应 DMA 请求。

[习题 2]

分析：根据字符设备的传输率 9 600bps，则 9 600bps÷8＝1 200B/s。若采用 DMA 方式，传送 1 200 个字符共需 1 200 个存取周期，每传送 400 个字符需中断一次，若采用中断方式，每传送一个字符要申请一次中断请求。

解答：采用 DMA 方式每秒内因数据传输占用处理器的时间为

0.1 μs×1 200＋5 μs×（1 200÷400）＝120 μs＋15 μs＝135 μs。

采用中断方式每秒内因数据传输占用处理器的时间为

5 μs×1 200＝6000 μs。

知识点聚焦 60：通道类型与通道流量计算

【典型题分析】

[例题 1] 某计算机 I/O 系统中，接有 1 个字节多路通道和 1 个选择通道。字节多路通道包括 3 个子通道。其中：0 号子通道上接有两台打印机（数据传输率为 5KB/s）；1 号子通道上接 3 台卡片输入机（数据传输率为 1.5KB/s）；2 号子通道上接 8 台显示器（数据传输率为 1KB/s）。选择通道上接两台磁盘机（数据传输率为 800KB/s）；5 台磁带机（数据传输率为 250KB/s），求 I/O 系统的实际最大流量。若 I/O 系统的极限容量为 822KB/s，问能否满足所连接设备流量的要求？

分析：分别计算出字节多路通道和选择通道的数据传输率，然后将它们相加就是 I/O 系统的实际最大流量。如果实际最大流量大于系统的极限流量，则通道不能正常工作。

解答：字节多路通道数据传输率＝5×2＋1.5×3＋1×8＝22.5KB/s

选择通道数据传输率＝max{800,500}＝800KB/s

计算机系统最大 I/O 数据传输率＝选择通道数据传输率＋字节多路通道数据传输率

＝800＋22.5＝822.6KB/s

不能满足所连接设备流量的要求。

[例题2] 一个字节多路通道连接 D_1、D_2、D_3、D_4、D_5 共 5 台设备，这些设备分别每 $10\mu s$、$30\mu s$、$30\mu s$、$50\mu s$ 和 $75\mu s$ 向通道发出一次数据传送的服务请求，请回答下列问题：

（1）计算这个字节多路通道的实际流量和工作周期。

（2）如果设计字节多路通道的最大流量正好等于通道实际流量，并假设对数据传输率高的设备，通道响应它的数据传送请求的优先级也高。5 台设备在 0 时刻同时向通道发出第一次传送数据的请求，并在以后的时间里按照各自的数据传输率连续工作。画出通道分时为每台设备服务的时间关系图，并计算这个字节多路通道处理完各台设备的第一次数据传送请求的时刻。

（3）从时间关系图上可以发现什么问题？如何解决这个问题？

分析：详见解答部分。

解答：（1）这个字节多路通道的实际流量为

$$f_{\text{byte}} = \left(\frac{1}{10} + \frac{1}{30} + \frac{1}{30} + \frac{1}{50} + \frac{1}{75}\right)\text{MB/s} = 0.2\text{MB/s}$$

通道的工作周期为

$$T = \frac{1}{f_{\text{byte}}} = 5\ \mu s$$

包括设备选择时间 T_S 和传送一个字节的时间 T_D。

（2）5 台设备向通道请求传送和通道为它们服务的时间关系如图 60-1 所示，向上的箭头表示设备的数据传送请求，有阴影的长方形表示通道响应设备的请求并为设备服务所用的工作周期。

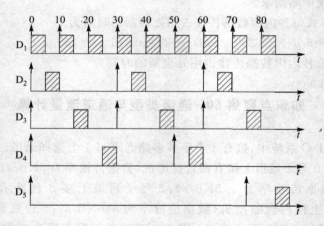

图 60-1　字节多路通道响应设备请求和为设备服务的时间关系图

在图 60-1 中，5 台设备在 0 时刻同时向字节多路通道发出第一次传送时间的请求，通道处理完各设备第一次请求的时间分别为：

处理完设备 D_1 的第一次请求的时刻为 $5\ \mu s$；

处理完设备 D_2 的第一次请求的时刻为 $10\ \mu s$；

处理完设备 D_3 的第一次请求的时刻为 $20\ \mu s$；

处理完设备 D_4 的第一次请求的时刻为 $30\ \mu s$；

设备 D_5 的第一次请求没有得到通道的响应，直到第 $85\ \mu s$ 通道才开始响应设备 D_5 的服务请求,这时,设备已经发出了两个传送数据的服务请求,因此第一次传送的数据有可能丢失。

（3）当字节多路通道的最大流量与连接在这个通道上的所有设备的数据流量之和非常接近时,虽然能够保证在宏观上通道不丢失设备的信息,但不能保证在某个局部时刻不丢失信息。由于高速设备在频繁地发出要求传送数据的请求时,总是被优先得到响应和处理,这就可能使低速设备的信息一时得不到处理而丢失,如本例中的设备 D_5。为了保证本例中的字节多路通道能正常工作,可以采取以下措施来解决：

① 增加通道的最大流量,保证连接在通道上的所有设备的数据传送请求能够及时得到通道的响应。

② 动态改变设备的优先级。例如,在图 60-1 中,只要在 $30\sim70\ \mu s$ 之间临时提高设备 D_5 的优先级,就可使设备 D_5 的第一次传送传送请求及时得到通道的响应,其他设备的数据传送请求也能正常得到通道的响应。

③ 增加一定数量的数据缓冲器,特别是对优先级比较低的设备。例如,在图 60-1 中,只要为设备 D_5 增加一个数据缓冲器,它的第一次数据传送请求可在 $85\mu s$ 处得到通道的响应,第二次数据传送请求可以在 $145\mu s$ 处得到通道的响应,所有设备的数据都不会丢失。

【知识点睛】

通道有 3 种不同的类型：字节多路通道、选择通道和数组多路通道。

字节多路通道适用于连接大量字符类低速设备,通道的数据宽度（每次传送的数据量）为单字节,以字节交叉方式轮流地为多台外部设备服务。选择通道和数组多路通道都适用于连接高速外设,但前者的数据宽度是不定长的数据块,后者的数据宽度是定长的数据块。3 种类型通道的比较见表 60-1。

表 60-1　3 种类型通道的比较

通道类型　　　性能	字节多路	选择	数组多路
数据宽度	单字节	不定长块	定长块
适用范围	大量低速设备	优先级高的高速设备	大量高速设备
工作方式	字节交叉	独占通道	成组交叉
共享性	分时共享	独占	分时共享
选择设备次数	多次	一次	多次

选择通道和数组多路通道在对高速外设服务方式是完全不同的,一条选择通道在物理上可连接多个外设,但是在逻辑上一条选择通道只能连接一台外设,这就是说,选择通道任何时候只能为一台外设所独占,或者说,不管一条选择通道上连接了多少台外设,任何时候只能在一台外设与主存之间建立数据传送的通路,只有等这台设备从寻址到一个数据块传送结束,才有可能去为别的外设服务。而一条数组多路通道无论物理上还是逻辑上都可以连接多台外设,数组多路通道是以数据块交叉的方式同时为多台高速外设服务。

通道流量是指通道在数据传送期内,单位时间里传送的字节数。它能达到的最大流量称为通道极限流量。

假设通道选择一次设备的时间为 T_S,每传送一个字节的时间为 T_D,通道上有 P 台设备,

每台设备传送 n 个字节,通道工作时的极限流量分别为:

字节多路通道 $\quad f_{\max \cdot \text{byte}} = \dfrac{P \times n}{(T_S + T_D) \times P \times n} = \dfrac{1}{T_S + T_D}$

每选择一台设备只传送一个字节。

选择通道 $\quad f_{\max \cdot \text{select}} = \dfrac{P \times n}{\left(\dfrac{T_S}{n} + T_D\right) \times P \times n} = \dfrac{1}{\dfrac{T_S}{n} + T_D} = \dfrac{n}{T_S + n \times T_D}$

每选择一台设备就把 n 个字节全部传送完。

数组多路通道 $\quad f_{\max \cdot \text{block}} = \dfrac{P \times n}{\left(\dfrac{T_S}{k} + T_D\right) \times P \times n} = \dfrac{1}{\dfrac{T_S}{k} + T_D} = \dfrac{k}{T_S + k \times T_D}$

每选择一台设备传送定长 k 个字节。

若通道上接 P 台设备,则通道要求的实际流量分别为:

字节多路通道 $\quad f_{\text{byte}} = \displaystyle\sum_{i=1}^{P} f_i$

即所接 P 台设备的速率之和。

选择通道 $\quad f_{\text{select}} = \displaystyle\max_{i=1}^{P} f_i$

数组多路通道 $\quad f_{\text{block}} = \displaystyle\max_{i=1}^{P} f_i$

即所接 P 台设备中速率最高者。

为使通道所接外部设备在满负荷工作时仍不丢失信息,应使通道的实际最大流量不能超过通道的极限流量。

如果在 I/O 系统中有多个通道,各个通道是并行工作的,则 I/O 系统的极限流量应当是各通道或各子通道工作时的极限流量之和。

【延伸拓展】

选择通道和数组多路通道都适用于高速设备传送数据,但两者之间是有区别的。

选择通道在一段时间内只能单独为一台高速外设服务,当这台设备的数据传送工作全部完成后,通道才能为另一台设备服务。在选择通道中,通道每连接一台外设,就把这个设备的 n 个字节全部传送完成,然后再与另一台设备相连接,因此,在一个 T_S 之后,有连续 n 个数据传送时间 T_D。当一个选择通道连接 P 台设备,每台设备都传送 n 个字节时,所需要的时间为

$$T_{\text{select}} = \left(\dfrac{T_S}{n} + T_D\right) \times P \times n$$

数组多路通道在一段时间内只能为一台高速设备传送数据,但同时可以有多台高速设备在寻址,包括定位和找扇区。数据多路通道每连接一台高速设备,传送一个数据块(数据块中的字节个数为 k,一般情况下,$k < n$)。当一个数据块传送完成后,又与另一台高速设备连接,再传送一个数据块,因此,在一个 T_S 之后,有连续 k 个数据传送时间 T_D。

当一台数组多路通道连接 P 台设备,每台设备都传送 n 个字节时,所需要的时间为

$$T_{\text{block}} = \left(\dfrac{T_S}{k} + T_D\right) \times P \times n$$

【即学即练】

[习题 1] 磁盘设备适宜于连接到(　　)。

A. 字节多路通道或数组多路通道　　　　　B. 字节多路通道或选择通道

C. 数组多路通道或选择通道　　　　　　　D. 任一种

[习题 2] 若输入/输出系统采用字节多路通道方式，共有 8 个子通道，各子通道每次传送一个字节，已知整个通道最大传输速率为 1200B/s，问每个子通道的最大传输速率是多少？若是数组多路通道，则每个子通道的最大传输速率又是多少？

【习题答案】

[习题 1]

分析：磁盘设备属于高速设备，适宜于连接到数组多路通道或选择通道。

解答：C。

[习题 2]

分析：字节多路通道方式分为多个子通道，每个子通道的数据传输率为最大传输率除以子通道数。数组多路通道的每个子通道的数据传输率就等于最大的传输率。

解答：字节多路通道每个子通道的最大传输速率是 1 200B/s÷8＝150B/s。

数组多路通道每个子通道的最大传输速率应为 1 200B/s。

知识点聚焦 61：操作系统基本概念

【典型题分析】

[例题 1] 操作系统作为(1)，它只做(2)的工作，而(3)不是操作系统关心的主要问题。

(1) A. 系统软件　　　　B. 应用软件　　　　C. 通用软件　　　　D. 软件包

(2) A. 与硬件无关并与应用无关　　　　B. 与硬件相关而与应用无关

　　 C. 与硬件无关而与应用相关　　　　D. 与硬件相关并与应用相关

(3) A. 编译高级程序　　　　　　　　　B. 提供程序使用计算机的接口

　　 C. 管理计算机中的信息资源　　　　D. 管理计算机裸机

分析：本题考查操作系统的基本概念。操作系统是一个系统软件，它配置在计算机硬件平台之上，所有应用软件之下。操作系统最主要的功能是管理计算机的软件、硬件资源，提供用户人机交互的接口。编译、开发及天气预报和量体裁衣不是操作系统的工作。

解答：(1) A；(2) B；(3) A。

[例题 2] 下列(　)应用工作最好采用实时操作系统平台。

Ⅰ航空订票；Ⅱ办公自动化；Ⅲ机床控制；ⅣAutoCAD；Ⅴ工资管理系统；Ⅵ股票交易系统

A. Ⅰ、Ⅱ和Ⅲ　　　　B. Ⅰ、Ⅲ和Ⅳ　　　　C. Ⅰ、Ⅴ和Ⅵ　　　　D. Ⅰ、Ⅲ和Ⅵ

分析：本题考查对实时操作系统的理解，属于操作系统发展阶段考点。实时操作系统主要应用在需要对外界输入立即反应的场合，不能有拖延，否则会产生不良后果。上例中，航空订票系统需要实时处理票务，因为票额数据库的数量直接反映了航班的可订机位。机床控制也需要实时，不然要出差错。股票交易行情随时在变，若不能实时交易会出现时间差，使交易出现偏差。而办公自动化和 AutoCAD 可以不需要实时处理。

解答：D。

【知识点睛】

　　本知识点考查对计算机操作系统基本概念的理解，操作系统在计算机系统中的地位，作用等。本知识点的内容主要涉及的是基本概念。例如，例题 1 考查操作系统的基本概念，例题 2 主要考查的是操作系统的分类等。基本上包含了所有可能的功能模块，但这些都是基本概念，不会有具体的计算。然而,对基本概念的理解是掌握操作系统的关键,如果基本概念不清,就难以在后面的具体分析中融会贯通,对综合题目就难以把握。对基本概念的考查几乎在每年的考试中均有。2009年考了并行、并发的基本概念,2010年有考系统调用的问题,此题属于操作系统的功能和特征。所以基本概念是很重要的。

【延伸拓展】

由于这个知识点基本上以最基础的概念为主,所以不可能很详细地涉及到细节问题,而是以常识为主。但是它由于涉及面很广,几乎涉及系统的各个部分,有的还超出课本范围,要引起注意。而且部分最新的内容也会在这个点出现,下面的练习就将可能出现的题目列出在下面。

【即学即练】

[习题1] 下列哪个操作系统不是开源的?

A. FreeBSD   B. Solaris   C. Linux   D. Windows

[习题2] WindowsXP的剪贴板实际上是( )。

A. 硬盘上的一块   B. 内存上的一块   C. Cache中的一块   D. ROM中的一块

[习题3] 现代计算机中,CPU的工作方式有用户态和系统态,在用户态中运行(1)程序,在系统态中运行(2)程序。

(1)(2) A. 应用   B. 计算   C. 调度   D. 系统

[习题4] 多道程序设计是指( )。

A. 在实时系统中并发运行多个程序

B. 在分布式系统中同一个时刻运行多个程序

C. 在一台处理机上同一个时刻运行多个程序

D. 在一台处理机上并发运行多个程序。

[习题5] 在操作系统术语中,C/S是指( )。

A. 客户机/服务器   B. 网络OS   C. 分布式OS   D. 实时OS

【习题答案】

[习题1]

解答:D。

[习题2]

分析:习题1和习题2是考查考生对操作系统的基本理解和基本常识,教材上不一定能找到答案,所以,需要考生要注意平时的积累。

解答:B。

[习题3]

分析:本题考查的是操作系统的系统态(核心态或管态)与用户态(应用态或目态)问题,系统态和用户态的区别和联系,注意应用程序和系统程序各自运行的层面,计算程序可能包含有用户态和系统态,而调度程序只是系统态的一部分,故此说法不全面不应该选。

解答:(1) A (2) D。

[习题4]

分析:本题考查的是多道程序的并行和并发问题,请注意并发和并行的概念。注意它们的区别和联系,本题与2009年的23考题有类似之处。

解答：D。

[习题 5]

分析：本题考查的是操作系统的结构问题。操作系统有多种结构，无结构、模块结构、层次式和客户机/服务器（微内核）。所以，除选项 A 以外本题的其他选项均是错误的。

解答：A。

知识点聚焦 62：进程和线程的基本概念

【典型题分析】

[例题 1] 现代操作系统中，(1)是资源分配的基本单位；(2)是处理机调度的基本单位。

(1)(2) A. 进程　　　　B. 线程　　　　C. 管程　　　　D. 例程

分析：传统操作系统一般以进程来描述程序的动态运行过程。而现代操作系统引入了线程，因此在计算机系统中对各种资源的分配有了分工。为了更好地并发，也为了提高系统资源的利用率，进程慢慢演变成了一个资源的容器，成了除处理机以外的其他集静态资源的拥有者，而将需要动态地、频繁地切换的处理机的调度给了线程来处理。当然，某些操作系统甚至引入了颗粒度更加细小的"纤程"来配合当前计算机硬件系统的发展（研究生入学考试的大纲中并没有提到纤程的内容，所以考生也就不必关心）。对于引入线程的目的和作用，考生可以参考教材中的内容。对于进程和线程的区别和联系，考生也需要着重掌握。

解答：(1) A；(2) B。

[例题 2] 若一个进程实体由 PCB、共享正文段、数据段和堆栈段组成，请指出下列 C 语言程序中的内容及相关数据结构等各位于哪一段中。

Ⅰ 全局赋值变量；Ⅱ 未赋值的局部变量；Ⅲ 函数调用实参传递值；Ⅳ 用 malloc() 要求动态分配的存储区；Ⅴ 常量值（如 1995，3.1415，"string"）；Ⅵ 进程的优先级。

A. PCB　　　　　　B. 正文段　　　　C. 堆段　　　　D. 栈段

分析：C 语言编写的程序在使用内存时一般分为三个段，它们一般是正文段即代码和赋值数据段，数据堆段和数据栈段。二进制代码和常量存放在正文段，动态分配的存储区在数据堆段，临时使用的变量在数据栈段。由此，我们可以确定全局赋值变量在正文段，未赋值的局部变量和实参传递在栈段，动态内存分配在堆段，常量在正文段，进程的优先级只能在 PCB 内。

解答：Ⅰ、Ⅴ B；Ⅳ C；Ⅱ、Ⅲ D；Ⅵ A。

【知识点睛】

　　本知识点主要考查对进程和线程的理解。注意进程和程序的区别和联系，进程和线程的区别和联系。进程的唯一标志是 PCB，创建进程就是填写一张 PCB 表，当然，要正确填写好 PCB 表的话需要做大量的工作，例如分配好内存资源，分配好设备资源，获得所需要的文件句柄等；还要设置优先级，初始化寄存器和计时器等；最后，将 PCB 插入进程就绪队列，将线程表（对应的每一个可运行的独立代码段，多线程的话可能是一组）插入到线程表中，等候调度。

　　这部分中，考生要注意 PCB 的实际所包含的内容，主要有四部分：一是进程标识信息，例如 ID 号，父进程 ID 号等；二是进程控制信息，例如当前状态，调度信息等；三是进程资源信息，例如内存、设备和文件数据等；四是 CPU 现场信息，例如程序计数器，堆栈等。

　　线程表（TCB）所包含的内容较 PCB 要少，线程本身不直接拥有系统资源，但它可以访问其所在进程的资源，一个进程所拥有的资源可供它的所有线程共享。线程只拥有在运行中必不可少的资源，主要与处理机相关，如线程状态、处理机寄存器值等。它同样有就绪、阻塞和运行三种基本状态。它的 TCB 要简单得多,所以切换快,并发度高。

【延伸拓展】

在本知识点中,除了上述要点以外,实际能够变化的地方非常多。例如,当采用虚拟内存时,进程表在实际创建中分配到的内存资源是虚拟的,PCB 表里填写的内存资源地址是虚拟地址空间。也就是说,每一个进程所谓分配到的内存空间只存在名义上(所以,进程之间的虚拟地址空间可以重叠、交叉、复用)。只有当处理机调度运行而使用到该内存时,才在内存管理的控制下,将虚拟内存映射到物理内存。具体到哪个物理内存是由内存管理确定,进程在此并不关心。

线程又分为用户级和系统级,系统级线程本身由操作系统创建并管理,所以直接参与调度,而用户线程操作系统是不知道的,必须由用户自己调度,因此这也就增加了编程的复杂性。另外,进程间通信需要采用进程间通信的方式,一般采用通信原语,例如管道、消息、共享内存等,而线程由于共享其所在进程的全部资源,所以可以采用全局变量来通信。

【即学即练】

[习题1]同一程序经过多次创建,运行在不同的数据集上,形成了( )的进程。

A. 不同　　　　　　B. 相同　　　　　　C. 同步　　　　　　D. 互斥

[习题2]系统动态 DLL 库中的系统线程,被不同的进程所调用,它们是( )的线程。

A. 不同　　　　　　B. 相同　　　　　　C. 同步　　　　　　D. 互斥

[习题3]PCB 是进程实体的一部分,下列( )不属于进程。

A. 进程 ID　　　　　B. CPU 状态　　　　C. 堆栈指针　　　　D. 全局变量

[习题4]一个计算机系统中,进程的最大数目主要受到( )的限制。

A. 内存大小　　　　B. 用户数目　　　　C. 打开的文件数　　　D. 外部设备数量

[习题5]下列信息中,哪些是保存在 PCB 结构中的?

A. 进程标识符、进程当前状态、磁盘目录、通用寄存器值

B. 进程标识符、进程当前状态、代码段指针、变量结构

C. 进程标识符、进程当前状态、代码段指针、通用寄存器值

D. 进程标识符、堆栈结构、代码段指针、通用寄存器值

【习题答案】

[习题1]

解答:A。

[习题2]

分析:习题1、习题2考查的是进程和程序的关系,通常进程是暂时的,程序是永久的;进程是动态的,程序是静态的;进程至少由代码、数据和进程控制块 PCB 组成,程序仅需代码和数据即可;程序代码经过多次创建可以对应不同进程,而同一个系统的进程(或线程)可以由系统调用的方法,被不同的进程(或线程)所使用。所以选项 B 正确。

解答:B。

[习题3]

分析:进程实体主要是代码、数据和 PCB,因此,对于 PCB 内所含有的数据结构内容考生需要了解清楚,前面提到有四大类:进程标识信息;进程控制信息;进程资源信息;CPU 现场信息。那么,我们分析进程 ID 属于进程标识信息;CPU 状态属于 CPU 现场信息;堆栈指针属于进程

控制信息（有些操作系统将其归入进程资源信息），只有全局变量与进程 PCB 无关，只与用户代码有关，所以，答案应该为选项 D。

解答：D。

[习题 4]

分析：进程创建需要占用系统内存来存放 PCB 的数据结构，所以，一个系统能够创建的进程总数是有限的，进程的最大数目取决于系统内存的大小，由系统安装时已经确定（若后期内存增加了，系统能够创建的进程的总数也相应增加，但是一般需要重新启动）。这样看来，用户数目、外设数量和文件等等均与此无关，故正确答案为选项 A。

解答：A。

[习题 5]

分析：本题与习题 3 非常类似，只是换一种问法，考生应该能够举一反三，分析出题者的本意，有针对性地作答。

解答：C。

知识点聚焦 63：进程的状态、转换和控制

【典型题分析】

[例题 1] 在分时系统中，导致进程创建的典型事件是(1)；在批处理系统中，导致进程创建的典型事件是(2)；由系统专门为运行中的应用进程创建新进程的事件是(3)。(4)不是创建所必需的步骤。

(1) A. 用户登录　　　　B. 用户注册　　　　C. 用户记账　　　　D. 用户注销

(2) A. 作业录入　　　　B. 作业调度　　　　C. 进程调度　　　　D. 线程调度

(3) A. 新分配资源　　　B. 进程通信　　　　C. 共享资源　　　　D. 回收资源

(4) A. 为进程建立 PCB　B. 为进程分配内存等资源
　　C. 为进程分配 CPU　D. 将 PCB 插入就绪队列

分析：本题考查的是进程控制，即对进程创建的典型事件的了解。对于(1)，只有在用户登录时，才会为其创建相应的登录会话进程，通过身份认证后在计算机内建立该用户的环境（或桌面）。用户注册只是在管理员的进程里创建了一个用户，而管理员进程早已经在运行，否则无法创建新用户的；用户记账也是在管理员的进程中进行，不用额外创建进程；用户注销更是不必创建进程。批处理系统中主要采用的是作业调度，作业调度的作用是将在外存上的作业创建为内存里的进程；或者，将正常运行结束的进程进行审计并将结果提交给用户。它不涉及进程和线程调度，因为进程调度和线程调度均在内存中发生。而作业录入只在收纳作业时才进行，不涉及进程。当系统为运行着的应用进程专门分配新的资源时，意味着该进程要创建子进程了（当然，系统分配新资源并不一定意味着一定有新进程创建，但是新分配资源一定是有进程创建了）。而进程通信不一定要创建进程；同样，共享资源是建立映射关系，回收资源是进程退出或进程归还已用过的资源。对于第四点，创建进程的过程中并不涉及处理机的问题，所以为进程分配 CPU 不是创建进程的必需，分配 CPU 是由系统调度进程（或系统调度线程）根据系统采用的调度算法所决定的，而进程的实际切换是由分派进程（或分派线程）来完成的。

解答：(1)A；(2)B；(3)A；(4)C。

[例题 2] 某分时系统中的进程可能出现如图 63-1 所示的状态变化，请回答下列问题：

(1) 根据图示，你认为该系统采用的是什么进程调度策略？

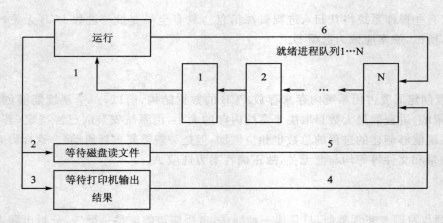

图 63 – 1　进程状态变化情况

（2）把图示中的每一个状态变化的可能原因填在表 63 – 1 相应的栏中。

表 63 – 1　进程状态变化原因表

变　化	原　因	变　化	原　因
1		4	
2		5	
3		6	

分析：进程状态变化的考题一般不会这么简单，通常会结合多个与进程相关的知识点来综合出题。为了说明本知识点，我们作了简化。本题中，根据题意，首先由图 63 – 1 分析它是采用什么样的进程调度策略。从图 63 – 1 中看出，进程由运行状态可以直接回到就绪队列的末尾，而且，就绪队列中是先来先服务。那么，什么情况才发生这样的变化呢？只有采用单一时间片轮转的调度系统，当分配给的时间片到了的时候，才会发生上述情况。所以，该系统一定是采用的时间片轮转的调度算法，采用时间片轮转算法的操作系统一般均为交互式操作系统。在图 63 – 1 中我们看到，当进程阻塞时，分别可以进入不同的阻塞队列，等待打印机输出结果和等待磁盘读文件。所以，它是一个多阻塞队列的时间片轮转法的调度系统。确定了系统的特征以后，进程的状态分析就变得比较容易。从图中不能确定是否抢先，因为被抢先的进程可以排在就绪队列的末尾，也可以在起始。

解答：（1）根据图示，该系统采用的是时间片轮转法进程调度策略。

　　（2）可能的变化见表 63 – 2。

表 63 – 2　进程状态变化原因表

变　化	原　因
1	进程被调度，获得 CPU，进入运行状态
2	进程需要读文件，因 IO 操作进入阻塞
3	进程打印输出结果，因打印机打印未结束故阻塞
4	打印机打印结束，进程重新回归就绪，并排在尾部
5	进程所需数据已经从磁盘进入内存，进程回到就绪
6	运行的进程因为时间片用完而出让 CPU，排到就绪队列尾部

【知识点睛】

　　进程状态、转换和控制部分可出的题目非常多,大部分集中在三种状态和四种转换的模型上,也有一部分引入了多状态模型,例如引入挂起状态等。但是,基本状态还是集中在三种状态模型。那么,进程每一种状态的进入原因(例如就绪态是因为创建还是因为运行时间到? 还是因为进程从阻塞唤醒而转来?),组织结构(就绪态用什么管理? 链表还是索引表等)。进程由运行态被撤下的可能是时间到,也可能是有 I/O 操作,阻塞唤醒是由 I/O 事件结束引起的。其中,最关键的是进程由就绪到运行的转换,这种变化非常重要,我们专门在处理机调度这一部分来讨论。

　　进程的这种状态的变化和每一种转换无时无刻不在系统中进行,当一个系统中的进程非常多时,这种变化和转换可以有效地使得处理机和外设并发运行,将系统的效率提高。

【延伸拓展】

　　通常,进程状态的变换和进程调度是息息相关的,所以本知识点的考题通常与调度有关,调度的算法种类很多,可以独立使用,也可以组合使用,这将在处理机调度的知识点中进行讨论。

【即学即练】

[习题1] 进程创建后,所有创建完成后的进程 PCB 被链接成一个序列,这个序列称为(　　)。

A. 阻塞序列　　　　　B. 挂起序列　　　　　C. 就绪序列　　　　　D. 运行序列

[习题2] 在一个单处理器的系统中,主存中有 10 个进程,那么处于就绪状态的进程最多为(　　)。

A. 1　　　　　　　　B. 8　　　　　　　　C. 10　　　　　　　　D. 9

[习题3] 同一进程里的某几个线程阻塞了,而其中一个线程还在运行,那么该线程所在的进程状态为(　　)。

A. 阻塞　　　　　　　B. 运行　　　　　　　C. 就绪　　　　　　　D. 不确定

[习题4] 在一个多道系统中,就绪的进程数目越多,处理机的效率(　　)。

A. 越高　　　　　　　B. 越低　　　　　　　C. 不变　　　　　　　D. 不确定

[习题5] 进程申请 CPU 得不到满足,它将处于(1)。当进程由运行态变为就绪态时,CPU 的现场信息将被保留在(2)中。一个进程的状态变化了,它(3)引起其他进程的状态变化。

(1) A. 就绪　　　　　B. 阻塞　　　　　　C. 运行　　　　　　D. 等待

(2) A. CPU　　　　　B. PCB　　　　　　C. Cache　　　　　　D. Ram

(3) A. 一定会　　　　B. 一定不会　　　　C. 无关于　　　　　　D. 不一定会

【习题答案】

[习题1]

分析:本题考查进程控制。当一个进程被创建后,它会进入哪里? 我们要考虑创建进程的过程,当该进程所需的资源万事俱备,只等 CPU 时,进程的状态是就绪,那么,所有的就绪进程 PCB 一般以链表方式链成一个序列,称为就绪队列。

解答:C。

[习题2]

分析:这类题目比较简单,但是出题的可能性较大,而且,简单地更换状态的名目可以多次出题,例如,问,处于运行状态的进程最多有多少? 处于阻塞状态的进程最多有多少等。还可以问处于运行状态的进程最少有多少等。

解答：D。

处于运行状态的进程最多1个(单处理机)，最少0个(进程均阻塞了)。

处于就绪状态的进程最多9个(1个在运行)，最少0个(进程均阻塞了)。

处于阻塞状态的进程最多10个(全阻塞了)，最少0个(没有进程阻塞)。

[习题3]

分析：本题考查进程状态的认定。当一个多线程的进程被创建后，只要有一个线程可以运行，那么调度器总是可以调度该进程(其中的一个线程)来运行而不管其他线程是否阻塞。只有所有线程均阻塞时，该进程才阻塞(无法调度了)。

解答：B。

[习题4]

分析：从进程的状态图中可以看出，进程就绪数目越多，争夺CPU的进程就越多，但是，只要就绪队列不为空，CPU总是可以调度进程运行，保持繁忙。这与就绪进程的数目没有关系，除非就绪队列为空，则CPU进入系统懈怠，此时CPU的效率会下降。

解答：C。

[习题5]

分析：进程申请CPU得不到满足，它只能在就绪队列中等待处理机调度，即就绪状态。而当进程撤出CPU进入就绪态时，系统要将该进程的信息保存起来，部分保留在堆栈中，部分保留在PCB中，像优先级，CPU现场信息(程序计数器、寄存器等)等均保留在PCB中。当一个进程的状态从某一种变化为另一种时，可能会引起调度，从而影响到其他进程的状态，例如某一个进程由于分配的时间用完而从运行状态退出变为就绪态，那么，总有一个就绪状态的进程被调度进入运行。而对于另一种情况，一个进程从阻塞状态被唤醒进入就绪状态，那么它不会引起其他任何进程的状态变化。

解答：(1)A；(2)B；(3)D。

知识点聚焦64：进程间的通信(IPC)

【典型题分析】

[例题1] 两个合作的进程之间无法利用(   )来交换数据。

A. 数据库　　　　　　B. 文件映射　　　　　　C. 共享内存　　　　　　D. 消息传递

分析：进程间的通信分为高级通信和低级通信。低级通信以信号量为代表，高级通信主要有共享内存、管道通信和消息传递。信号量的通信典型的是P、V操作，这将在后面的知识点中展开。高级通信适宜传递大量的数据，管道实际上是一块在操作系统中的内存块，某一个进程可以写入，另一个进程可以读出，读出和写入时都需要原语操作。为保证读出和写入的同步，读出原语和写入原语分为带阻塞的读出和写入及不带阻塞的读出和写入，通信时要保证相互的同步。而消息传递是一种间接的通信方式，发送消息和接收消息可以是异步的，这样就将进程之间为保持同步而斤斤计较的编程技巧解放出来了，所以消息传递机制在进程间的通信中更常用。但是，管道和消息的通信方式在系统中均保留有多份相同的拷贝，这在传送大量信息时就显得效率低下，因此，引入了共享内存的进程间通信方式。共享内存是将内存中的一块内存块映射到相应进程的数据空间里去，通信的两个(或多个)进程均可以访问。由于只保留一块数据区，所以提高了效率，然而，进程在访问该共享数据区时相互之间必须互斥。后面的典型的应用，例如生产者和消费者问题,读者和写者问题等,都是共享内存的问题。将共享内存再扩展到外存,就是文件共享的问题了,通常我们会将共享的文件映射到进程空间中,利用虚拟内存的技术和文件共享来实现进程间的通信。对于[例题 1],正确答案为 A,除此以外均为进程间的通信方式。

解答：A。

[例题 2] 为实现消息传递通信,在 PCB 中应该增加多个数据项,它们分别是(1)、(2)和(3)。

(1)(2)(3) A. 互斥信号量   B. 资源信号量

            C. 消息读写原语   D. 消息队首指针

分析：消息传递的进程间通信方式一般在 PCB 中有记录,在系统内存中设置消息缓冲队列的同时还应该增加用于对消息队列进行操作和实现同步的信号量,并将它们置入进程的 PCB 中。相关的数据项可以描述为：

```
type processcontrol block = record
......
mq;消息队列首指针
mutex;消息队列互斥信号量
sm;消息队列资源信号量
......
END
```

解答：(1) D；(2) A；(3) B。

【知识点睛】

    操作系统引入并发技术以后增加了系统运行的复杂度,对资源的共享使用和信息的传递需要更高一级的协调。因此系统中的进程及网络上相关的进程之间需要有一种机制来保证各个进程之间协调资源的使用和运行步调的同步。通信技术便是实现上述功能的一种切实可行方法。在操作系统中,通信分为低级通信和高级通信,低级通信一般用于本机内进程之间,而高级通信不仅适用于本机,还适用于网络。低级通信一般包括信号(Signal)、信号量(Semaphore)等,高级通信有管道(Pipline)、命名管道(FIFO)、消息队列(Message queue)、共享内存(Shared Memory)等,网络通信还有套接字(Socket)和邮箱通信(Post Box)等。

【延伸拓展】

    进程间的通信很少会涉及编程,一般会结合一个复杂的系统来完成,例如经典的生产者和消费者问题就结合了高级通信(共享缓冲区),以及低级通信(P、V 操作,既有资源信号量的同步又有临界区访问的互斥)等各个方面。考生要了解进程间通信的问题所在,区分高级通信和低级通信的不同,适宜采用不同的解决办法。

【即学即练】

[习题 1] 信箱(邮箱)通信是一种( )通信方式。

A. 直接   B. 间接   C. 低级   D. 信号量

[习题 2] 当进程间采用信箱(邮箱)通信方式时,send()原语将发送者的信件存放在( )中。

A. 信箱   B. 消息缓冲区   C. 指定的工作区   D. 接收者的 PCB

[习题 3] send()原语不能向( )的信箱中发送信件。

A. 无名   B. 已满   C. 自己   D. 空的

【习题答案】

[习题1]

分析：信箱（邮箱）通信是一种间接的、异步的通信方式，它有效地提高了进程之间处理信息的能力。

解答：B。

[习题2]

分析：信箱是一种数据结构，逻辑上它分成两部分：信箱头和由若干格子组成的信箱体。信箱中每个格子存放一封信件，信箱中格子的数目和每格的大小在系统或用户创建信箱时确定。信箱在创建时必须建立信箱头，其中包含：信箱名称、信箱大小、创建者的进程名等。用户使用信箱的时候应该满足：发送者发送信件时，信箱中至少要有一个空格能存放该信件；接收者接收信件时，信箱中至少要有一个信件存在。

使用信箱通信方式时，若干进程都可以向同一信箱发送信件。同样，一个进程可向多个信箱发送同一信件。这就是说，发送进程与接收进程之间不仅可以是一对一的关系，也可以是一对多或多对一的关系。

每个进程用 send() 原语把信件送入指定进程的信箱中，这时信箱应能容纳多封信件。但是，一旦信箱大小确定后，可存放的信件数就受到限制，为避免信件丢失，send() 原语不能向已装满信件的信箱中投入信件。当信箱已满时，发送者必须等待接收进程从信箱取走某一信件后，才允许再行放入。同样，一个进程可用 receive() 原语取出指定进程的信箱中的一个信件，但它不能从空的信箱中取出信件。当信箱无信件时，接收者必须等待，直到信箱中有信件为止。信箱的同步问题可以由信号量来解决。

解答：A。

[习题3]

分析：同上，当采用信箱（邮箱）通信时，send() 原语不能向已经满了的信箱（邮箱）中发送信息，否则会丢失信件的。

解答：B。

知识点聚焦65：处理机调度

【典型题分析】

[例题1] 一个非抢先式调度的并发系统中，调度器会根据调度算法不断选择就绪队列中合适的进程占用处理机，从而实现处理机的共享。那么下列（　）不是引起调度器调度的原因。

A. 运行进程的时间片用完　　　　　　　B. 运行的进程出错

C. 运行的进程等待一个 I/O 操作　　　　D. 有新进程创建进入就绪队列

分析：本题考查的是进程调度的时机。调度器本身是一个系统线程，它的运行也要占用处理机，但是它的优先权最高，仅低于硬件而高于所有软件。那么，什么时候调度器线程可以激活并履行调度职责呢？一是发生硬件时钟中断并且分配的时间配额计数器归零，此时，当前运行的进程不管是否还要继续，一定无条件地退出 CPU（在采用时间片轮转算法的系统中），然后，激活调度线程，进行新进程的调度；二是当前运行着的进程由于出错等原因，主动放弃 CPU 退出，此时，也激活调度器调度；三是当前运行的进程由于进行 I/O 操作而阻塞，一样要放弃 CPU，也激活调度器调度；四是运行的进程运行结束，空出 CPU，需要激活调度器调度。而当一个新进程创建进入就绪队列时，新进程只是在就绪队列中排队，它不会激活调度器运行。但是，若采用的是可抢先式调度算法的话，那么，每次有进程进入就绪队列（不管它来自阻塞、挂起或创建），它均会激活调度器，调度器会检查该进程的优先权是否高于当前运行的进程，若不是，继续；若是，则启动进程切换，始终保证最高优先权的进程进入处理机运行。

解答：D。

[例题 2] 下列调度算法中，（   ）算法是绝对可抢先的。

A. 先来先服务 　　　　　　　　　　B. 时间片轮转

C. 高优先级优先 　　　　　　　　　D. 短进程优先

分析：本题重点考查考生对抢先和非抢先算法的理解。调度算法中很重要的两个分类是抢先式和非抢先式调度，而抢先式调度算法中抢先的依据可以是优先级（大部分现代操作系统采用之），也可以是其他参数。先来先服务是依据其进入就绪队列的时刻而定（作业调度中是依据作业到达时刻确定），一旦排队轮到，它将会一直占用处理机直到结束或直到主动放弃，它不会被剥夺，也即不会被抢先；时间片轮转算法是按分配的时间配额来运行，时间一到，不管是否完成，当前的进程必须撤下，调度新的进程，因此它是由时间配额决定的可抢先；高优先级优先算法既可以采用可抢先的算法以保证运行着的进程一定是最高优先级的，也可以采用非抢先式的优先级算法（部分嵌入式操作系统采用的就是它），这样看来，它并不是绝对可抢先。同理，短进程优先算法也分为可抢先式的及非可抢先式的，也不是绝对可抢先。那么，正确答案应该为时间片轮转算法为绝对可抢先。

本题若换一种问法，什么算法是绝对不可抢先的呢？经过上述分析，我们得知应该是先来先服务算法。

解答：B。

[例题 3] 在一个批处理系统中，可以同时容纳 2 道作业进入内存运行。现有 5 个作业先后到达系统，其到达时间和估计运行时间见表 65－1。

表 65－1　作业调度表

作业	到达时间/时	估计运行时间/分
1	10：00	35
2	10：10	30
3	10：15	45
4	10：20	20
5	10：30	30

系统的作业调度采用高响应比优先的调度算法（响应比＝1＋等待时间/估计运行时间），进程调度采用的是可抢先式的短进程优先的调度算法。请问：

（1）列出各作业的运行时间（即列出每个作业占有 CPU 的时间段）。

（2）画出上述各作业运行时间的甘特图。

（3）计算这批作业的平均周转时间。

分析：本题考查的是作业调度和进程调度的综合。通常，计算机系统运行的任务可以分为批处理系统、交互式系统和实时系统，批处理系统运行复杂的大型程序，交互式系统进行事务处理，实时系统主要用于对时间有苛刻要求的场合。它们所用的处理机调度算法也各有不同。对于批处理系统，其调度一般是分层的，称为高级调度（作业调度）、中级调度（内外存交换调度)和低级调度(进程、线程调度)。高级调度的算法称为作业调度算法,中级调度关乎内外存的交换,所以由内存管理来完成,处理机调度中并不包含。低级调度就是进程(线程)调度。本题中实际涉及二层调度和一级调度是作业调度,依作业调度策略将作业创建到内存成为进程;另一级调度是进程调度,决定何时就绪的进程占用处理机运行。弄清楚上述二级调度的问题以后,我们再来计算就比较清楚了。

解答:(1)各作业的运行时间见表65-2。

表 65-2　作业调度表

作业	占用 CPU 时间/时	退出 CPU 时间/分
1	10:00	10:35
2	10:55	11:25
3	11:55	12:40
4	10:30	10:50
5	11:25	11:55

(2)各作业的甘特图如图65-1所示。

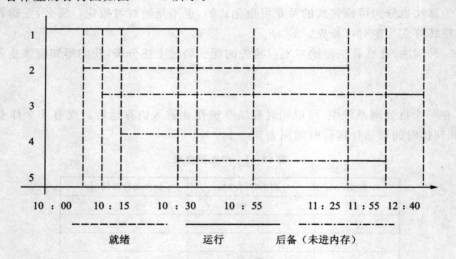

图 65-1　各作业的甘特图

(3)周转时间:35;75;145;35;85(分)。平均周转时间:75分。

【知识点睛】

本知识点的内容最为丰富,无论选择题或综合题均有可能出现,而且题型变化多端。但是,其基本原理是不变的。考生在这个知识点上要注意调度的基本准则、调度方式,计算时需要有足够的耐心和较强的记忆力,耐心是指其计算可能比较复杂,考虑的条件较多;记忆力指要读懂并记住题目给出的条件,哪怕是极其微小的条件,并将其应用到后面的计算和判断中去。这个知识点的难度并不大,调度算法很容易理解,主要掌握大纲给出的几种算法就已经足够,例如,典型的调度算法有:先来先服务调度算法;短进程(短线程)优先调度算法;高响应比优先调度算法;时间片轮转调度算法、优先级调度算法;多级反馈队列调度算法和最短剩余时间优先调度算法等。要理解每一种算法的要点,举例来说,高优先级优先考生都很理解,但是,

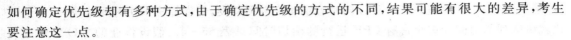

如何确定优先级却有多种方式,由于确定优先级的方式的不同,结果可能有很大的差异,考生要注意这一点。

【延伸拓展】

通常情况下,进程调度不是单独出现的,往往与I/O设备分配,内存管理综合考虑的,这样也就有了各种约束条件。为此,在调度时要综合运用算法,并且注意计算机的思考方式。例如,在短进程调度时,什么时候判断进程是否要调度呢? 那么,一定是调度器激活的时候才会去判断,那么,什么时候调度器激活呢? 一定是在"调度的时机",这在前面已经讲过了,再去分析就简单了。同样的话题,短进程优先调度算法既然用到短进程这个概念,那么什么是短进程呢? 对于非时间片轮转的系统,短进程一定是指该进程预计运行的时间,这个时间一定是该进程独占处理机所需要的时间,这个时间一般会在PCB里有一个记录项纪录该参数,调度器在调度时,一定会将就绪队列中的所有进程的该项取出进行比较,最短的时间进程就会被选中。但是在时间片轮转的系统里,因为进程是走走停停,所占用的处理机时间是离散的,那又怎么调度呢? 对于时间片轮转的系统,假如又采用了短进程调度算法,那么计算机还是去查看PCB里的预计运行时间项,但是,这就有可能发生这样的情况,一个长进程P1(预计运行时间为t0)已经运行了多个时间片,剩余运行时间为t1,而此时一个短进程P2到达,预计运行时间为t2,t1<t2<t0,短进程优先调度器会调度哪个进程运行呢? 按照调度法则,检查预计运行时间,t2<t0,所以调度进程P2,这显然不公平,对提高系统的吞吐量和减少周转时间无益,哪怎么办呢? 改进的方法是采用最短剩余时间优先的算法! 在操作系统的PCB内再建立一个表项,将预计运行时间减去已经获得的处理机时间,结果存放在剩余的处理机运行时间表格内,每次调度,调度器均去查看该表项,从而完成合适的调度。但是,计算剩余时间要占用系统开销,所以,是不是采用这种调度算法还需要综合考虑。

【即学即练】

[习题1] 在某一个计算机系统中有一块处理机,一台输入/输出设备,一台打印机。现有两个进程同时进入就绪状态,且进程P1先得到处理机运行,进程P2后运行。进程P1的运行过程是:计算100ms,打印200ms,再计算100ms,打印200ms,结束;进程P2的运行过程是:计算100ms,输入数据150ms,再计算200ms,结束。请画出它们的时序关系图(甘特图),并说明:

(1) 开始运行后,处理机有无空闲? 若有,指出相对时间,并计算处理机效率。

(2) 开始运行后,进程P1有无空闲? 若有,指出等待的相对时间。

(3) 开始运行后,进程P2有无空闲? 若有,指出等待的相对时间。

[习题2] 假设某计算机系统有4个进程,各进程的预计运行时间和到达就绪队列的时刻见表65-3(相对时间,单位为"时间配额")。试用可抢先式短进程优先算法和时间片轮转算法进行调度(时间配额为2)。分别计算各个进程的调度次序及平均周转时间。

表65-3 进程调度表

进程	到达就绪队列时刻	预计运行时间
P1	0	8
P2	1	4
P3	2	9
P4	3	5

[习题3] 某一个计算机系统中可以同时容纳4个进程并发,调度算法采用时间片轮转,它们到达就绪队列的时间和完全占有CPU运行的确切时间见表65-4。假设作业的I/O繁忙率为80%,CPU的利用率为20%。请计算并填写表65-5中的空格(填百分率)和图65-2中的空格(填实际处理机占用的时间,单位分)。

表65-4 作业调度表

作业	到达时间/时	CPU运行时间/分
0	10：00	4
1	10：10	3
2	10：15	2
3	10：20	2

表65-5 作业/进程的处理机利用率

系统中进程的数量	1	2	3	4
I/O繁忙率				
CPU利用率				
每作业的CPU利用率				

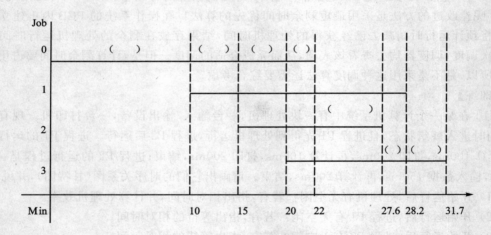

图65-2 作业/进程运行甘特图

[习题4] 设有某多道程序系统中有用户使用的内存100K,打印机1台。系统采用可变分区动态分配算法管理内存,而对打印机采用静态分配。假设输入/输出操作时间忽略不计,采用最短剩余时间优先的进程调度算法,进程最短剩余时间相同时采用先来先服务的算法,进程调度时机选择在进程执行结束或新进程创建时,现有进程见表65-6。

假设系统优先分配内存低地址区域,且不允许移动,那么,求解:

(1)给出进程调度算法选中进程的次序,并说明理由。

(2)全部进程执行结束全部所用的时间是多少?平均周转时间是多少?

[习题5] 假设一个计算机系统具有如下性能特征:处理一次中断平均需要500 μs,一次进程调度平均需要花费1 ms,进程的切换平均需要花费2 ms。若该计算机系统的定时器每秒发出120次时钟中断,忽略其他I/O中断的影响,那么,请问:

表 65 – 6 进程调度表

进程	创建时间	要求执行时间	要求内存	申请打印机
P0	0	8	15K	1
P1	4	4	30K	1
P2	10	1	60K	0
P3	11	20	20K	1
P4	16	14	10K	0

（1）操作系统将百分之几的 CPU 时间分配给时钟中断处理程序？

（2）如果系统采用时间片轮转的调度算法，24 个时钟中断为一个时间片，操作系统每进行一次进程的切换，需要花费百分之几的 CPU 时间？

（3）依据上述结果，请说明，为了提高 CPU 的使用效率，可以采用什么对策。

【习题答案】

[习题1]

分析：这是典型的调度计算题，解决此类题目的关键是画出进程运行的时序图，然后对其进行分析，综合考虑是否可抢先。通常情况下，处理机是可以抢先的，而 I/O 设备是不能被抢先的，正确解答如下。

解答：画出进程运行的时序图如图 65 – 3 所示。

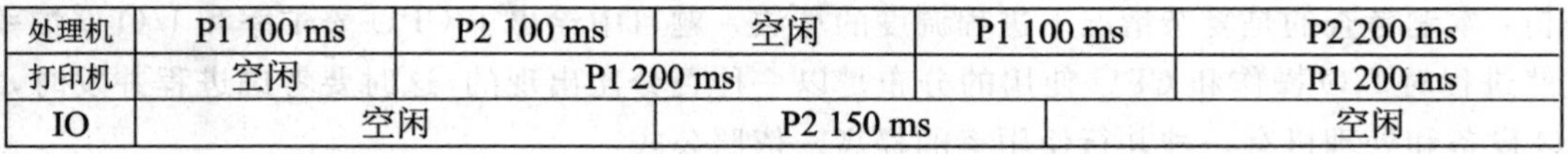

处理机	P1 100 ms	P2 100 ms	空闲	P1 100 ms	P2 200 ms
打印机	空闲	P1 200 ms			P1 200 ms
IO	空闲		P2 150 ms		空闲

图 65 – 3 进程运行的时间分配图

（1）开始运行后，处理机有空闲，在 200～300ms 之间。CPU 利用率＝500/600＝83.3%。

（2）进程 P1 无等待现象。

（3）进程 P2 有等待现象，在 350～400ms 之间等待 CPU。

[习题2]

分析：本习题还是考查进程调度的算法。

解答：（1）按照可抢先式短进程优先调度算法见表 65 – 7。

表 65 – 7 进程运行时间表

进程	到达就绪队列时刻	预计执行时间	执行时间段	周转时间
P1	0	8	0～1；10～17	17
P2	1	4	1～5	4
P3	2	9	17～26	24
P4	3	5	5～10	7

时刻 0，进程 P1 到达并占用处理机运行。

时刻 1，进程 P2 到达，因其预计运行时间短，故抢夺处理机进入运行，P1 等待。

时刻 2，进程 P3 到达，因其预计运行时间长于正在运行的进程，进入就绪队列等待。

时刻 3,进程 P4 到达,因其预计运行时间长于正在运行的进程,进入就绪队列等待。

时刻 5,进程 P2 运行结束,调度器在就绪队列中选择短进程,P4 符合要求,进入运行,P1 和 P3 则还在就绪队列等待。

时刻 10,进程 P4 运行结束,调度器在就绪队列中选择短进程,P1 符合要求,再次进入运行,而 P3 则还在就绪队列等待。

时刻 17,进程 P1 运行结束,只剩下 P3,调度其运行。

时刻 26,进程 P3 运行结束。

平均周转时间＝$((17-0)+(5-1)+(26-2)+(10-3))/4=13$

(2) 按照时间片轮转调度算法见表 65-8。

表 65-8　进程时间分配表

进程	到达就绪队列时刻	预计执行时间	执行时间段	周转时间
P1	0	8	0~2;8~10;16~18;21~23	23
P2	1	4	2~4;10~12	11
P3	2	9	4~6;12~14;18~20;23~25;25~26	24
P4	3	5	6~8;14~16;20~21	18

平均周转时间＝$((23-0)+(12-1)+(26-2)+(21-3))/4=19$

[习题3]

分析:本题考查的是复杂情况下进程调度的算法。题目中给出了CPU繁忙率和I/O繁忙率,显然进程对I/O操作和CPU使用的分布是以一种百分比出现的,这时要考虑进程并发时,对I/O设备和处理机有一种并行使用率的提高。依照公式:

$CPU=1-p^n$,CPU 为处理机利用率;p 为 I/O 繁忙率;n 为并发进程数。

计算新的系统的处理机利用率,然后再分配到各个进程使用,从而可以分别计算出每个进程占用处理机的时间,表 65-6 的填写见表 65-9。图 65-2 中实际占有处理机时间是由时间段和处理机利用率乘积得出,见图 65-4。

表 65-9　作业/进程的处理机利用率

系统中进程的数量	1	2	3	4
I/O 繁忙率	80%	64%	51.2%	40.96%
CPU 利用率	20%	36%	48.8%	59.04%
每作业的 CPU 利用率	20%	18%	16.3%	14.76%

解答:

[习题4]

分析:本题考查的是一个复杂的调度系统,综合了内存限制和I/O设备的限制,再结合调度算法,从而得到结果。考生要记住一定要"耐心"和"细致"。

解答:

(1) 当时刻 0,进程 P0 到达,系统内存 100K 足够,打印机空闲,故调度进入内存运行。

运行到时刻 4,进程 P1 到达,剩余内存 85K,可以分配,但是,打印机繁忙,因此,P2 被创

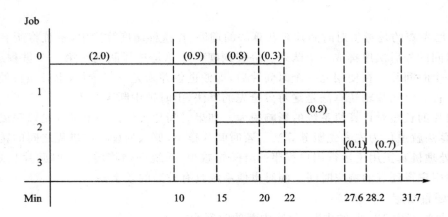

图 65-4　作业/进程运行甘特图

建进入内存，但是处于阻塞状态，等待打印机就绪，此时，处理机继续运行 P0。

运行到时刻 8，进程 P0 运行结束，出让打印机，进程 P1 立即进入运行状态。

运行到时刻 10，进程 P2 到达，需要内存 60K，但是，由于内存中存在 2 块碎片，不能满足 60K 内存的需求，故，进程 P2 在外存上后备，不得进入内存。

运行到时刻 11，进程 P3 到达，所需内存 20K 没有问题，创建进入内存，但是，其所需的打印机没空，故只能阻塞。P1 继续运行。

运行到时刻 12，进程 P1 退出，释放的内存不足以调入 P2；释放打印机，进程 P3 运行。

运行到时刻 16，进程 P4 到达，所需内存 10K 没有问题，创建进入内存，此时，进程 P3 已经运行了 4，剩余时间为 16，比进程 P4 的 14 大，故进程 P4 抢先 P3，P4 运行，P3 占用着打印机就绪（注意不是阻塞）。

运行到时刻 30，进程 P4 退出，释放内存 10K，但是进程 P2 还是不足以创建，进程 P3 继续运行其剩余的 16。

运行到时刻 46，进程 P3 退出，内存释放，后备的进程 P2 立即创建进入内存，此时，系统里只有进程 P2，运行 1 到 47 退出系统运行结束。总体情况见表 65-10。

表 65-10　进程运行情况

时间	0	4	8	10	11	12	16	30	46	47
后备	----	----	----	P2	P2	P2	P2	P2	----	----
运行	P0	P0	P1	P1	P1	P3	P4	P3	P2	结束
就绪	----	----	----	----	----	----	P3	----	----	----
阻塞	----	P1	----	----	P3	----	----	----	----	----
空闲内存	15～100K	45～100K	0～15K 45～100K	0～15K 45～100K	0～15K 65～100K	0～45K 65～100K	10～45K 65～100K	0～45K 65～100K	60～100K	0～100K
打印机	1	-1	1	1	-1	1	1	1	0	0

所以，进程调度算法选中进程的次序为：P0；P1；P3；P4；P3；P2。

（2）据表 65-10，全部进程执行结束全部所用的时间是 47；平均周转时间是 47/5＝9.4。

[习题 5]

分析：本题考查的是考生对时间片轮转算法的理解，在这种调度算法中，系统将所有就绪进程按到达时间的先后次序排成一个队列。进程调度程序总是选择队列中第一个进程运行，且仅能运行一个时间片。在使用完一个时间片后，即使进程并未完成其运行，也必须将处理机交给下一个进程。时间片轮转算法是绝对可抢先的算法，由时钟中断来产生。

时间片的长短对计算机系统的影响很大。如果时间片大到让一个进程足以完成其全部工作，这种算法就退化为先来先服务算法。若时间片很小，那么处理机在进程之间的转换工作过于频繁，处理机真正用于运行用户程序的时间将减少，系统开销将增大。时间片长短的值，应能使分时用户得到好的响应时间。同时也使系统具有较高的效率。

解答：由题目给定条件所知：

（1）每秒产生 120 时钟中断，每次中断的时间为

$$1/120 \approx 8.3 \text{ ms}$$

其中，中断处理耗时为 500 μs，那么其开销为

$$500 \ \mu s/8.3 \text{ ms} = 6\%$$

（2）24 个时钟为一个时间片，那么每 24 次时钟中断会产生 24 次中断处理，1 次调度，1 次切换。所以，每引起一次进程切换需要耗时：

$$24 \times 500 \ \mu s + 1 \text{ ms} + 2 \text{ ms} = 15 \text{ ms}$$

每 24 次中断共消耗时间：

$$24 \times 8.3 \text{ ms} = 200 \text{ ms}$$

CPU 的系统开销

$$15 \text{ ms}/200 \text{ ms} = 7.5\%$$

（3）为提高 CPU 的效率，一般情况下尽量减少时钟中断的次数，例如由每秒 120 次降低到 100 次，以延长中断的时间间隔，或者将每个时间片的中断数量加大，例如由 24 个中断加大到 36 个。也可以优化中断处理程序，减少中断处理开销，例如将每次 500 μs 的时间降低到 400 μs。若能这样，则每一次进程切换的 CPU 开销为

$$(36 \times 400 \ \mu s + 1 \text{ ms} + 2 \text{ ms})/(1/100 \times 36) \approx 4.8\%$$

知识点聚焦 66：进程同步与互斥

【典型题分析】

[例题 1] 清华大学的学生赵鹏飞主修了动物行为学、辅修了计算机科学，他参加了一个课题，调查实验室的小白鼠是否能被教会理解死锁。他找到了一处小峡谷，横跨峡谷拉了一根绳索（假设为南北方向），这样小白鼠就可以攀着绳索越过峡谷。只要它们朝着相同的方向，同一时刻可以有多只小白鼠通过。但是，如果在相反的方向上同时有其他小白鼠通过时则会发生死锁（这些小白鼠被困在绳索中间，并假设小白鼠们很笨，不会回退，并且也无法在绳索上从另一只小白鼠身上翻过去）。如果小白鼠们想越过峡谷，它必须看当前是否有别的小白鼠在逆向通过。请使用信号量写一个避免死锁的程序来解决该问题。

分析：本例题非常有趣，描述了一个情景，实际上这个情景与解题并无多大关系，关键要从情景中挖掘出题者的本意。本题实际上是独木桥问题的延伸，与"读者-写者"问题类似。当找到了与操作系统相关的知识点以后，接下来的工作就比较简单，将典型的同步互斥问题略加修改便可以完成程序的编写。

　　实际上，本题并没有限制在绳索上的小白鼠数量，所以需要设定一个变量记录某一个方向上小白鼠的数量，并为该变量加互斥锁。若题目给出了该绳索所能容纳的小白鼠的最大数量，那么，以此为依据可设立两个资源信号量，在操作时直接对该资源量进行 PV 操作即可。

　　这种方式可能会造成一种情况，即当一个方向的小白鼠占有绳索，并且同方向后续小白鼠源源不断过来时，绳索基本被一个方向的小白鼠霸占了，另一个方向会发生饥饿现象。为解决此类问题，可以改写程序，就是两个方向的小白鼠按先来先服务的方式排队等候绳索的信号量，已经在线的可以继续，未在线的必须等待。考生可以参阅后面的例题 4 来修改程序。

解答：

```
typedef int semaphore;                      //定义信号量
semaphore mutex = 1;                        //绳索的互斥量
semaphore N_Slk = 1;                        //修改北向南小白鼠的数量的互斥量
semaphore S_Nlk = 1;                        //修改南向北小白鼠的数量的互斥量
int N_Sno = 0;                              //由北向南在绳索上行进的小白鼠的数量
int S_Nno = 0;                              //由南向北在绳索上行进的小白鼠的数量
void mouse_want_to_go_from_N_S(viod)        //由北向南越过峡谷的小白鼠进程
{    while(TRUE){                           //调度
        P(N_Slk);                           //进入时修改北向南鼠数量的临界区
        N_Sno = N_Sno + 1;                  //该方向鼠数量增1
        if(N_Sno == 1)P(mutex);             //若是绳索上的第一只鼠，获取绳索的互斥量
        V(N_Slk);                           //否则释放修改北向南鼠数量的临界区
        mouse_crose_N_S(void);              //爬过绳索
        P(N_Slk);                           //离开时修改北向南鼠数量的临界区
        N_Sno = N_Sno - 1;                  //该方向鼠数量减1
        if(N_Sno == 0)V(mutex);             //若是最后离开的一只鼠，释放绳索的互斥量
        V(N_Slk);                           //否则释放修改北向南鼠数量的临界区
        mouse_from_N_S_leave(void);}        //离开后干别的事情
}
Void mouse_want_to_go_from_S_N(void)        //由南向北越过峡谷的小白鼠进程(下同)
{    while(TRUE){
        P(S_Nlk);
        S_Nno = S_Nno + 1;
        if(S_Nno == 1)P(mutex);
        V(S_Nlk);}
        mouse_crose_S_N(void);
        P(S_Nlk);
        S_Nno = S_Nno - 1;
        if(S_Nno == 0)V(mutex);
        V(S_Nlk);
        mouse_from_S_N_leave(void);}
}
```

[例题 2] 假设在某单 CPU 系统中有三个合作的循环进程 P1、P2、P3，它们的工作方式如图 66-1所示。其中，P1 是输入进程，P2 是计算进程，P3 是输出进程，buffer1 是一个大小为 8 的缓冲区，buffer2 是一个单缓冲区。请用信号量和 P、V 操作实现 P1、P2 和 P3 的协调执行

（要求给出信号量及其初值）。

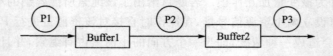

图 66-1　合作进程流程图

分析：本题考查进程间的同步和互斥问题，是一个典型的题目，难度居中。按照一般的解题步骤，分析这是两个生产者-消费者问题的综合，P1、P2 和 P3 三个进程需要并发，但是，它们必须满足以下规则：只有 Buffer1 有空闲，进程 P1 才能往里输入数据；只有 Buffer1 有数据，进程 P2 才能从里取数据，而且，只有 Buffer2 空闲，进程 P2 才能往里输入数据；只有 Buffer2 有数据，进程 P3 才能从里取数据输出。在上述操作时，不允许多个进程同时访问 Buffer1 和 Buffer2。

解答：

```
typedef int semaphore;              //定义信号量
semaphore empty = 8;                //buffer1 的空缓冲区个数,初值为 8
semaphore full = 0;                 //buffer1 的满缓冲区个数,初值为 0
semaphore mutex1 = 1;               //buffer1 的互斥信号量,初值为 1
semaphore mutex2 = 1;               //buffer2 的互斥信号量,初值为 1
void P1(void)                       //输入进程
{   while(1){
    int a;                          //局部变量
    a = read(&);                    //读取数据
    P(empty);                       //buffer1 是否空闲
    P(mutex1);                      //buffer1 有无其他进程
    write(buffer1, a);              //将数据写入 buffer1
    V(mutex1);                      //释放互斥量
    V(full);}                       //数据量加 1
}
void P2(void)                       //计算进程
{   while(1){
    int b,c;                        //局部变量
    P(full);                        //有数据吗?
    P(mutex1);                      //有进程在 buffer1 吗?
    b = read(buffer1);              //取出数据
    V(mutex1);                      //释放 buffer1 互斥量
    V(empty);                       //空数据加 1
    c = calculate(b);               //计算
    P(mutex2);                      //buffer2 有进程吗?
    write(buffer2, c);              //写入 buffer2
    V(mutex2);}                     //退出释放
}
void P3(void)                       //计算进程
{   while(1){
```

```
int d;
P(mutex2);                    //buffer2 有进程吗？
d = read(buffer2);            //读出数据
V(mutex2);                    //释放互斥量
printf(d);}                   //打印数据
}
```

[例题 3] 在操作系统中解决进程间的两种基本关系是(1)，往往运用信号量进行(2)，它是属于低级(3)。例如，为保证系统数据库的完整，可以把信号量定义对某个库文件或记录的锁，初值为 1，任何进程存取库文件之前均需要对它执行一次(4)，存取后再执行一个(5)。

(1) A. 同步与异步　　　　B. 串行与并行　　　　C. 调度与控制　　　　D. 同步与互斥

(2) A. 消息操作　　　　　B. PV 操作　　　　　　C. 开关操作　　　　　D. 读写操作

(3) A. 通信原语　　　　　B. 调度算法　　　　　　C. 分配操作　　　　　D. 检查操作

(4) A. 联机操作　　　　　B. P 操作　　　　　　　C. 读操作　　　　　　D. 输入操作

(5) A. 写操作　　　　　　B. 陷阱操作　　　　　　C. V 操作　　　　　　D. 输出操作

分析：进程同步与互斥的选择题比较少见，偶尔也会有，因此对进程同步互斥的基本概念应清楚。

解答：(1) D；(2) B；(3) A；(4) B；(5) C。

[例题 4] 实现一个经典的"读者－写者"算法时，若当前临界区中有读者访问，写者再来时必须在临界区外面等候，如果其后读者源源不断地到达，按策略它们均可以进入临界区，始终保持临界区中有读者访问，那么写者可能长时间不能进入临界区而形成饥饿。为解决此类问题，我们修改访问策略，要求当写者到达时，写者具有优先权。具体说，写者到达后，已经在临界区内的读者继续读取直到结束，而后来的读者就不能进入临界区。等所有的读者离开临界区以后让写者先进去访问，然后等写者离开后再允许读者进入临界区。这所谓"写者优先读者-写者"问题。请用信号量和 P、V 操作来描述这一组进程的工作过程。

分析："写者优先读者-写者"问题也是考试的热点，解决此类问题也分两方面，一是读者访问临界区的最大数量是有限的，例如说 n，那么程序就比较简单，看解答中第一部分；若是无限制的，则必须设定一个排队的信号量，所有到达临界区的所有读者-写者均需在此排队，按先来先服务使用临界区，一旦进入临界区以后就释放该信号量。见解答的第二部分。

若需要彻底地让后到的写者跨越前面等待的读者，那么需要设定更多的限制，见解答的第三部分。

解答：第一部分：假设临界区能容纳的最大读者数量为 n。则

```
typedef int semaphore;               //定义信号量
semaphore mutex = 1;                 //读写的互斥量
semaphore readers = n;               //读者的资源量
void Readers(viod)                   //读者进程
{    while(TRUE){                    //调度
      P(mutex);                      //读写互斥
      P(readers);                    //读者资源量减1,为负时等待
      V(mutex);                      //释放读写互斥
```

```
                read_data(void);                        //读者读取数据
                V(readers);}                            //离开时释放读者数量,加1
        }
        Void Writers(void)                              //写者进程
        {   while(TRUE){
                P(mutex);                                //获取读写互斥量
                for(int i=1;i<=n;i++)P(readers);        //将许可读者进入的资源量消耗光
                write_data(void);                        //写入数据
                for(int i=1;i<=n;i++)V(readers);        //释放读者的资源量
                V(mutex);}                               //释放读写互斥量
        }
```

第二部分：若对读者的数量不加以限制,那么应该如下书写程序。

```
        typedef int semaphore;                          //定义信号量
        semaphore rwmutex = 1;                          //读写的互斥量
        semaphore rcmutex = 1;                          //访问读者计数器的互斥量
        semaphore nrmutex = 1;                          //写者等待读者退出的互斥量
        int readerscount = 0;                           //读者计数器
        void Readers(viod)                              //读者进程
        {   while(TRUE){                                //调度
                P(rwmutex);                              //读写互斥
                P(rcmutex);                              //进入修改读者计数器互斥
                readerscount++;                          //读者数量加1
            if(readerscount==1)P(nrmutex);              //若是第一个读者,互斥写者
                V(rcmutex);                              //释放读者计数器互斥量
                V(rwmutex);                              //及时释放读写互斥量,允许其他进程申请
                read_data(void);                         //读者读取数据
                P(rcmutex);                              //离开临界区时读者计数器互斥
                readerscount--;                          //读者数量减1
                if (readerscount==0)V(nrmutex);         //所有读者退出临界区
                V(rcmutex);}                             //离开时释放读者计数器互斥量
        }
        Void Writers(void)                              //写者进程
        {   while(TRUE){
                P(rwmutex);                              //获取读写互斥量
                P(nrmutex);                              //若临界区有读者,等待其退出
                write_data(void);                        //写入数据
                V(nrmutex);                              //允许后续第一个读者进入临界区
                V(rwmutex);}                             //允许新的读者和写者排队
        }
```

上述程序不能保证在等待队列中写者更优一点,因为上述约束条件只能将读者无限制地进入临界区的情况给屏蔽了,而在临界区外,读者和写者还是按照先来先服务的方式排队。第三部分给出的方法使得访问队列中只要有写者出现,它必然优先进入临界区。

```
        typedef int semaphore;                          //定义信号量
```

```
semaphore rwmutex = 1;                          //读写的互斥量
semaphore rcmutex = 1;                          //访问读者计数器的互斥量
semaphore wcmutex = 1;                          //访问排队写者计数器的互斥量
semaphore nrmutex = 1;                          //写者等待读者退出的互斥量
int readerscount = 0;                           //读者计数器
int writerscount = 0;                           //写者计数器
void Readers(viod)                              //读者进程
{   while(TRUE){                                //调度
        P(rwmutex);                             //读写互斥
        P(rcmutex);                             //进入修改读者计数器互斥
        readerscount + + ;                      //读者数量加 1
        if(readerscount = = 1)P(nrmutex);       //若是第一个读者,互斥写者
        V(rcmutex);                             //释放读者计数器互斥量
        V(rwmutex);                             //及时释放读写互斥量,允许其他进程申请
        read_data(void);                        //读者读取数据
        P(rcmutex);                             //离开临界区时读者计数器互斥
        readerscount - - ;                      //读者数量减 1
        if (readerscount = = 0)V(nrmutex);      //所有读者退出临界区
        V(rcmutex);}                            //离开时释放读者计数器互斥量
}
Void Writers(void)                              //写者进程
{   while(TRUE){
        P(wcmutex);                             //获取写者队列互斥量
        writerscount + + ;                      //写者队列加 1
        if (writerscount = = 1)P(rwmutex);      //第一写者使用读写互斥量
        V(wcmutex);                             //释放写者计数互斥量
        P(nrmutex);                             //若临界区有读者,等待其退出
        write_data(void);                       //写入数据
        V(nrmutex);                             //释放后续第一个读者
        P(wcmutex);                             //获取写者队列互斥量
        writerscount - - ;                      //写者队列减 1
        if (writerscount = = 0)V(rwmutex);      //最后一个写者退出,释放临界区
        V(wcmutex);}                            //释放写者计数互斥量
}
```

　　每个读者进程最开始都要申请一下 rwmutex 信号量,之后在真正做读操作前即让出(使得写进程可以随时申请到 rwmutex)。而只有第一个写进程需要申请 nrmutex,之后就一直占着不放了,直到所有写进程都完成后才让出。等于只要有写进程提出申请就禁止读进程排队,从而提高了写进程的优先级。

【知识点睛】

　　操作系统中能够涉及编程的内容主要集中在本知识点上,考生在解决此类问题时,一般都是通过对几个经典的同步和互斥模型进行修改而得到(经典的模型在后面会提到),所以大的思路应该没有问题,注意掌握生产者-消费者模型,读者-写者模型,哲学家进餐模型,睡眠的理发师模型,吸烟者的模型等。尤其要注意小节,在用伪语言进行编程时,初始化赋值一定要明

确(缺少它程序运行会大大不同,甚至全错。必然会扣分),进程间的并发要指明,例如 cobegin,while(1)或 while(TRUE)等,另外 P、V 操作不要颠倒,不要遗漏(P、V 操作不配对等)。

【延伸拓展】

　　进程的同步与互斥基本上比较独立,概念比较明确,综合题以编程题为主,虽然五花八门,但是很容易归类,考生只要花点时间彻底搞懂上述几个模型,解题应该不是难事。

【即学即练】

[习题1] 对如下生产者-消费者问题,请回答:

```
#define N 100
typedef int semaphore;
semaphore mutex = 1;
semaphore empty = N;
semaphore full = 0;
void produce(void)
{    int item;
    while(TRUE){
        item = produce_item( );
        P(&mutex);
        P(&empty);
        insert_item(item);
        V(&full);
        V(&mutex);}
}
void consumer(void)
{    int item;
    while(TRUE){
        P(&full);
        P(&mutex);
        item = remove_item( );
        V(&mutex);
        V(&empty);
        consume_item(item);}
}
```

请回答:

　　(1) 变量 item 的作用是什么?

　　(2) 程序中什么信号量用于互斥?什么信号量用于记录资源数量?请一一列举。

　　(3) 程序有没有错误?若有错误请指出并纠正。若无错误请说明为什么。

[习题2] 李松和他的女朋友汪媛共享一个银行帐号,他们均可以往里存款和提款,他们的行为可以编成下面程序。李松和汪媛可能会同时存、取款,于是可能会发生奇怪的事件,假设李松先前已经往帐户里存了 500 美元,当他再往里存 100 美元的同时汪媛恰好提取 200 美元,按程序,他们谁都执行的同一段代码,那么,考虑不同情形,他们离开后帐户里会变成多少美元呢(有多种结果)?如何采用 P、V 操作来避免上述情况的发生呢?请重新修改程序。

```
int amount = 0;
{   while(TRUE)
    {   proc_deposit (money)
        {   int m = 0;
            m = amount; m = m + money; amount = m;
        };
        proc_drawing(money)
        {   int m = 0;
            m = amount; m = m - money; amount = m;
        };
    };
}
```

【习题答案】

[习题1]

分析：这是典型的生产者－消费者问题，经过分析，几个变量和信号量的意义如下。

解答：（1）变量 item 的作用是指针，指出生产者或消费者当前的工作对象。

（2）程序中 mutex 信号量用于生产者和消费者的互斥；full 和 empty 信号量用于记录资源数量。full 记录的是可用资源数，empty 记录的是空闲空间数。

（3）程序有错误。生产者程序中，P(&mutex)语句与 P(&empty)语句顺序错误，应予调换。

[习题2]

分析：这是典型的互斥操作问题，原来的操作没有加锁，只需加锁即可。

解答：当李松先前存完款后，账户上是 500 美元，如果李松和汪媛顺序操作，不管谁先谁后，结果账户上均为 400 美元。如果它们恰好同时操作，账户上可能的余额为 600 美元或 300 美元。因为账户是个临界资源。对临界资源的操作是临界区，进入临界区必须互斥。

改正程序：

```
typedef int semaphore;
semaphore mutex = 1;
int amount = 0;
{   while(TRUE)
    {   proc_deposit (money)
        {   int m = 0;
            P(mutex);
            m = amount; m = m + money; amount = m;
            V(mutex);
        };
        proc_drawing(money)
        {   int m = 0;
            P(mutex);
            m = amount; m = m - money; amount = m;
```

```
                V(mutex);
            };
        };
    }
```

知识点聚焦 67：经典同步问题

【典型题分析】

[例题1] 生产者-消费者问题的描述是：生产者-消费者问题是著名的同步问题,它描述一组生产者进程向一组消费者进程提供消息。它们共享一个有界缓冲池,生产者向其中投放消息,消费者从中取得消息。生产者-消费者问题是许多相互合作进程的一种抽象。假定缓冲池中有 N 个缓冲区,每个缓冲区存放一个消息。由于缓冲池是临界资源,它只允许一个生产者投入消息,或者一个消费者从中取出消息。生产者之间、生产者与消费者之间、消费者之间都必须互斥地使用缓冲池。所以必须设置互斥信号量 mutex,它代表缓冲池资源,它的数值为 1。

分析：生产者和消费者之间应满足两个同步条件：① 只有在缓冲池中至少有一个缓冲区已存入消息后,消费者才能从中提取消息；否则消费者必须等待。② 只有缓冲池中至少有一个缓冲区是空时,生产者才能把消息放入缓冲区；否则,生产者必须等待。为了满足第一个同步条件,设置一个同步信号量 full,它代表的资源是缓冲区中满的个数,它的初始值为 0,它的值为 N 时,整个缓冲池满。这个资源是消费者进程所拥有,消费者进程可以申请该资源,对它施加 P 操作,而生产者进程对它施加 V 操作。同样,为了满足第二个同步条件,设置另一个同步信号量 empty,它代表的资源是缓冲区空的个数,它的初始值为 N,表示缓冲池中所有缓冲区为空。在任何时刻,empty 与 full 的和一定等于 N。因此,某种意义上 empty 及 full 也指出了消费者和生产者对缓冲池的缓冲区的操作位置。

解答：

```
#define N 100                      //有界缓冲区大小
typedef int semaphore;             //定义信号量
semaphore mutex = 1;               //临界区互斥信号量
semaphore empty = N;               //空闲缓冲区
semaphore full = 0;                //缓冲区初始化为空
void producer(void)
{   int item;                      //局部变量
    while(1){
        item = produce_item();     //生产数据
        P(empty);                  //获取空数据槽
        P(mutex);                  //获得进入临界区的信号量
        insert_item(item);         //将数据放入缓冲池
        V(mutex);                  //释放互斥量
        V(full); }                 //数据量加1
    }
void consumer(void)
{   int item;                      //局部变量
```

```
    while(1){
        P(full);                         //获取数据槽
        P(mutex);                        //获得进入临界区的信号量
        item = remove_item();            //将数据从缓冲池读出
        V(mutex);                        //释放互斥量
        V(empty);                        //数据量减 1,即空槽加 1
        consume_item(item); }            //消费数据
}
```

[例题 2] 读者-写者问题描述：一个数据集（如文件）被几个并行进程所共享,有些进程只要求读数据集内容,则称为读者,而另一些进程则要求修改数据集内容,称它为写者。几个读者可以同时读数据集,而不需要互斥,但一个写者不能和其他进程（不管是写者或读者）同时访问这些数据集,它们之间必须互斥。

分析：设置互斥信号量 wmutex 表示写者间、读者和写者间互斥,用 readcount 变量来记录读者数,由于 readcount 是读者间共享变量,属于临界资源,需要互斥,为此,又增设互斥信号量 rmutex。

解答：

```
    typedef int semaphore;                       //定义信号量
    semaphore rmutex = 1;                        //读者计数器的互斥量
    semaphore wmutex = 1;                        //写-写,读-写互斥量
    int readcount = 0;                           //读者计数器
    void reader(void)                            //读者进程
    {   while (1) {                              //进程被调度
            P(rmutex);                           //取得读者计数器的互斥量
            readcount = readcount + 1;           //进来一个读者,读者数量加 1
            if (readcount == 1) P(wmutex);       //如果是第一个读者,取得读-写互斥量
            V(rmutex);                           //释放读者计数器的互斥量
            read_data_base();                    //读数据
            P(rmutex);                           //读者读完数据要离开,先取得读者计数器的互斥量
            readcount = readcount - 1;           //读者数量减 1
            if (readcount == 0) V(wmutex);
                                                 //如果是最后一个离开的读者,释放读-写互斥量
            V(rmutex);                           //释放读者计数器的互斥量
            use_dataread(); }                    //读者使用数据
    }
    void writer(void)                            //写者进程
    {   while (1) {                              //进程得到调度
            think_up_data();                     //写者产生数据
            P(wmutex);                           //获得写-写,读-写操作互斥量
            write_data_base();                   //写入数据库
            V(wmutex); }                         //释放写-写,读-写操作互斥量
    }
```

需要说明的是,上述读者-写者问题对读者来讲是优先的,原因请阅读上一个知识点。

[例题 3] 哲学家进餐问题描述如下:有五个哲学家,他们的一生只是进行思考和进餐。哲学家们公用一张圆桌(表示没有主席,也没有特权),周围放有五张椅子,每人坐一张。在圆桌上有五个碗和五只筷子,当一个哲学家思考时,他不与其他人交谈,饥饿时便试图取用其左、右最靠近他的筷子,但他可能一只都拿不到。只有在他拿到两只筷子时,方能进餐,进餐完后,放下左、右筷子又继续思考。因此要设计一个哲学家进程的算法,使他们能够协调地进餐和思考,不会因为拿不到筷子而饿死,也不会独占筷子不放。实际上进程运行非常类似,进程需要多个资源,而该资源与系统里的多个进程共享,从而形成了一个复杂的局面。

常规解决哲学家进餐的方法会造成死锁。

```
typedef int semaphore;                      //定义信号量
semaphore chopstick[5] = {1,1,1,1,1};       //初始化信号量
void philosopher(int i)                     //第 i 个哲学家的程序
{    while(1){
        thinking();
        P(chopstick[i]);
        P(chopstick[(i + 1) % 5]);
        eating();
        V(chopstick[i]);
        V(chopstick[(i + 1) % 5]);}
}
```

虽然上述解法可保证不会有两个相邻的哲学家同时抓住一只筷子,但可能引起死锁。假如五个哲学家同时饥饿而拿起各自左边的筷子,使五个信号量 chopstick 均为 0;当他们再试图去拿右边筷子时,他们都将无限期地等待,造成死锁。

解决此问题有多种方法,第一种方法至多只允许四个哲学家同时进餐,以保证至少有一个哲学家可以获得两只筷子,可以进餐,最终总会释放出他所用过的两只筷子,从而可使更多的哲学家进餐。例程如下:

```
typedef int semaphore;                      //定义信号量
semaphore chopstick[5] = {1,1,1,1,1};       //初始化信号量
semaphore eating = 4;                       //仅允许四个哲学家可以进餐
void philosopher(int i)                     //第 i 个哲学家的程序
{    while(1){
    thinking();                             //工作之一
    P(eating);                              //请求进餐,若是第五个则先挨饿
    P(chopstick[i]);                        //请求左手边的筷子
    P(chopstick[(i + 1)%5]);                //请求右手边的筷子
    eating();                               //进餐
    V(chopstick[(i + 1)%5]);                //释放右手边的筷子
    V(chopstick[i]);                        //释放左手边的筷子
    V(eating); }                            //释放信号量给其他挨饿的哲学家
    }
```

第二种解决方法,仅当哲学家的左、右两支筷子均可用时,才允许他拿起筷子进餐。

```
typedef int semaphore;                  //定义信号量
semaphore chopstick[5] = {1,1,1,1,1};   //初始化信号量
semaphore mutex = 1;                    //设置取筷子的信号量
void philosopher(int i)                 //第 i 个哲学家的程序
{   while(1){
    thinking();
    P(mutex);                           //在取筷子前获得互斥量
    P(chopstick[i]);
    P(chopstick[(i + 1)] % 5);
    V(mutex);                           //释放互斥量
    eating();
    V(chopstick[(i + 1)] % 5)
    V(chopstick[i])}
}
```

在放下筷子的程序中可以不需要一次放下所有筷子,因为不管进程如何切换,放下一只筷子的进程按程序安排迟早会放下另一只筷子的。

第三种解决方法是规定奇数号哲学家先拿起其左边筷子,然后再去拿右边筷子;而偶数号哲学家则相反。按此规定,1,2 号哲学家竞争 1 号筷子,3,4 号哲学家竞争 3 号筷子,即五个哲学家都先竞争奇数号筷子,获得后,再去竞争偶数号筷子,最后总会有某一个哲学家能获得两支筷子而进餐。

程序代码如下:

```
typedef int semaphore;                  //定义信号量
semaphore chopstick[5] = {1,1,1,1,1};   //初始化信号量
void philosopher(int i)                 //第 i 个哲学家的程序
{   while(1){
    thinking();
    if(i % 2 == 0) {                    //偶数哲学家,先右后左
    P(chopstick[i + 1] % 5);
      P(chopstick[i]);
      eating();
      V(chopstick[i + 1] % 5);
      V(chopstick[i]); }
    else{                               //奇数哲学家,先左后右
        P(chopstick[i]);
        P(chopstick[i + 1] % 5);
        eating();
        V(chopstick[i]);
        V(chopstick[i + 1] % 5);}
    }
  }
```

也可以利用 AND 信号量机制解决哲学家进餐问题。AND 信号量机制解决哲学家进餐

问题本质上是 AND 同步问题。故用 AND 信号量机制可获得最简洁的解法。

```
typedef int semaphore;                              //定义信号量
semaphore chopstick[5] = {1,1,1,1,1};               //初始化信号量
void philosopher(int i)                             //第 i 个哲学家的程序
{   while(1){
        thinking();
        P(chopstick[(i+1)]%5,chopstick[i]);  //两个信号量同时 AND 判断
        eating();
        V(chopstick[(i+1)]%5,chopstick[i]);}
}
```

【知识点睛】

在操作系统进程关系中,同步和互斥充满了进程运行的整个过程。但是,无论其怎样变化,万变不离其宗,主要的关系是通过上述三个典型事例演化而来。生产者-消费者问题模型是对共享有界资源时各个进程间所要遵守的同步和互斥关系;读者-写者问题是要考虑到读者(即对只读资源访问)之间访问共享资源时为提高系统效率而形成的一种机制,因为若对读者写者问题进行简单的互斥,同样可以保证临界区的访问,但是效率会下降。哲学家的问题更加复杂,是多个进程之间对共享的互斥资源的访问问题。

所以,在遇到进程间同步和互斥的问题时,最重要的工作是读懂题目,将题目描述的问题情景与上述三个模型进行比较,分析是简单的一个典型的模型还是复杂的复合式的模型,复杂的模型是由几个简单模型组成,相互关系如何? 接着,为每个模型本身建立其自身的访问条件,例如要设几个信号量? 互斥的还是资源的? 要设几个变量? 如何操作? 再者,将整个系统综合起来,看看几个模型中哪些信号量可以共享,哪些可以简化(例如当资源为一时,就不必设定资源信号量了)。最后,依次写出程序代码。书写代码过程中,一般按照初始化、主程序、并发程序的次序书写,其间注意调度时刻(while(1)),并发要求(cobegin,coend)等。写完以后检查一遍语法,P、V 操作数量(前后配对),完成答题。

知识点聚焦 68:死锁

【典型题分析】

[例题 1] 某一个系统中,测得其处理机的利用率为 1%,I/O 的利用率为 1%,就绪队列中有进程 2 个,阻塞队列中有进程 31 个,我们判断,此时系统出现异常,有极大的可能系统中有进程( )。

A. 空闲　　　　　　B. 饥饿　　　　　　C. 死锁　　　　　　D. 抖动

分析:本题考查死锁的基本现象。死锁是一种互相争夺资源而引起的阻塞现象,它发生在二个或以上的进程之间,可能的原因是资源分配不当和进程推进顺序不当。产生死锁的必要条件是互斥,部分分配,非剥夺和循环等待。本例题描述的现象是系统的运行效率低下,处理机利用率和 I/O 利用率均很低,而阻塞队列中进程很多,它们既没有等待 I/O(I/O 利用率才1%),也不能唤醒,可能的原因是互相等待对方的资源(例如信号、消息、中断或内存资源等),造成了部分死锁。饥饿一般发生在个别进程中,可以只涉及单独的进程,不应该影响如此数量的进程。而系统抖动时内外存交换极其频繁,I/O 利用率不会这么低,因此,可能的结果是死锁。

解答：C。

[例题2]3个进程共享4个互斥资源，则每个进程最多申请多少个资源时，系统不会死锁（　　）？

A. 1　　　　　　B. 2　　　　　　C. 3　　　　　　D. 4

分析：多进程共享互斥资源实质上是数学抽屉原理的计算机体现。例如4个苹果放入3个抽屉，至少有一个抽屉里会出现2个或以上的苹果。反过来讲，当3个进程共享4个互斥资源时，总有一个进程至少可以分到2个资源，而当这个进程最多需要2个资源时它就不会等待而可以运行，待运行结束，它的资源可以再分配给其他进程，所以，整个系统不会发生死锁。

解答：B。

【知识点睛】

所谓死锁是指在多道程序系统中，一组进程中的每一个进程均无限期地等待被该组进程中的另一个进程所占有且永远不会释放的资源，这种现象称系统处于死锁状态，简称死锁。处于死锁状态的进程称为死锁进程。产生死锁的原因主要有两个：一是资源分配不当，进程竞争资源，系统不能合理地分配。二是多道程序运行时，进程推进顺序不当，在不该也不合时宜的时候调度进程。系统中形成死锁一定同时保持了四个必要条件，即互斥使用资源、请求和保持资源（部分分配）、不可抢夺资源和循环等待资源。注意这四个条件是必要条件，而不是充分条件。

【延伸拓展】

死锁在系统里不能完全消灭，但是我们要尽可能地减少死锁的发生。对死锁的处理有四种方法：忽略、检测与恢复、避免和预防，每一种方法对死锁的处理从宽到严，当死锁发生的几率低，处理死锁的代价太大时，就选择忽略；也可以采用定时地对系统进行检测的方法，像例题1中，没有死锁发生时并不干预，检测到死锁发生时再行恢复，从死锁中恢复也有代价高低之分，依次为剥夺资源法、进程回退法、取消（杀死）进程法和重启系统法。当然我们最好不要这么做，付出代价总是带来损失，因此引入了死锁的避免和死锁的预防法，下一个知识点重点讲述死锁的避免和死锁的预防。

【即学即练】

[习题1]死锁检测时检查的是（　　）。

A. 资源有向图　　B. 前趋图　　　　C. 搜索树　　　　D. 安全图

[习题2]通常不采用（　　）方法来从死锁中恢复。

A. 终止一个死锁进程　　　　　B. 终止所有的死锁进程

C. 从死锁进程处抢夺资源　　　D. 从非死锁进程处抢夺资源

[习题3]在Minix操作系统中，采用（　　）来处理死锁。

A. 鸵鸟算法　　　B. 资源有向图法　C. 银行家算法　　D. 资源矩阵法

[习题4]某个系统采用下列资源分配策略。如果一个进程提出资源请求时得不到满足，而此时没有由于等待资源而被阻塞的进程，则自己就被阻塞。而当此时已有等待资源而被阻塞的进程，则检查所有由于等待资源而被阻塞的进程。如果它们有申请进程所需要的资源，则将这些资源取出分配给申请进程。这种分配策略会导致（　　）。

A. 死锁　　　　　B. 颠簸　　　　　C. 回退　　　　　D. 饥饿

[习题5]系统当前的资源分配情况如图68-1所示。请判断系统是否死锁。

	Tape drives	Plotters	Scanners	CD Roms
E =	4	2	3	1

	Tape drives	Plotters	Scanners	CD Roms
A =	2	1	0	0

Current allocation matrix

$$C=\begin{bmatrix}0&0&1&0\\2&0&0&1\\0&1&2&0\end{bmatrix}$$

Request matrix

$$R=\begin{bmatrix}2&0&0&1\\1&0&1&0\\2&1&0&0\end{bmatrix}$$

图 68－1　资源分配矩阵

【习题答案】

［习题 1］

分析：死锁检测一般采用两种方法，资源有向图法和资源矩阵法。前趋图只是说明进程之间的同步关系，搜索树用于数据结构的分析，安全图并不存在。

解答：A。

［习题 2］

分析：从死锁中恢复的原则是尽可能地减少损失，从代价最小的方法开始，逐步升级，直到重启系统，因此，抢夺资源最先使用，杀死进程其次，而且，杀死进程的数量越少越好。故正确答案为终止所有的死锁进程代价最大，不适用。

解答：B。

［习题 3］

分析：Minix 和部分 UNIX 操作系统采用的是死锁忽略算法，也就是鸵鸟算法。这部分的知识考生要注意积累，并注意实践。

解答：A。

［习题 4］

分析：本题所给的资源分配策略不会产生死锁。因为本题给出的分配策略规定若一进程的资源得不到满足，则检查所有由于等待资源而被阻塞的进程，如果它们有申请进程所需要的资源，则将这些资源取出分配给申请进程。从而破坏了产生死锁必要条件中的非剥夺条件，这样系统就不会产生死锁。但是，这种方法会导致某些进程无限期的等待。因为被阻塞进程的资源可以被剥夺，所以被阻塞进程所拥有的资源数量在其被唤醒之前只可能减少。若系统中不断出现其他进程申请资源，这些进程申请的资源与被阻塞进程申请或拥有的资源类型相同且不被阻塞，则系统无法保证被阻塞进程一定能获得所需要的全部资源。

解答：D。

［习题 5］

分析：系统共有四种资源，磁带机、绘图机、扫描仪和光驱，数量分别为 4，2，3，1。当前有三个进程，进程一正在使用一台扫描仪，进程二正在使用两台磁带机和一台光驱，进程三正在使用一台绘图机和二台扫描仪。那么系统还剩余两台磁带机和一台绘图机。此时，进程要继续运行，它们需要再申请更多的资源，如矩阵 R 所列，经分析，所剩资源已经不能满足进程一和进程二的要求，但是进程三是可以满足的，所以进程三可以继续运行直到结束，它的资源可以释放，这样，其余二个进程也可以运行，所以不会发生死锁。

解答：系统不会发生死锁。

知识点聚焦 69：死锁的预防和避免

【典型题分析】

[例题1] 银行家算法是一种死锁（　）的算法。

A．忽略　　　　　　B．检测与恢复　　　　　　C．避免　　　　　　D．预防

分析：在处理死锁的方法中，死锁的忽略就是对资源的分配不加任何约束，什么也不管，死锁了就必须人为干预；而死锁的检测与恢复也是对资源的分配不加任何约束，但是会定期检测系统是否发生了死锁，死锁了就采用预定的策略来恢复，恢复不成才人为干预。死锁的避免是在系统的资源分配前进行估计和测算，当有可能形成死锁的四个必要条件时进行干预，推迟或阻止本次资源分配，以避免死锁的发生。死锁的预防是通过选择适当的资源分配策略，打破死锁的四个必要条件中的一个或多个，从而确保系统不会产生死锁。

解答：C。

[例题2] 资源的有序分配法是一种死锁(1)的算法，它起到(2)作用。

(1)A．忽略　　　　B．检测与恢复　　　　C．避免　　　　D．预防

(2)A．提高系统效率　　　B．自动处理故障　　　C．资源合理使用　　　D．打破循环等待条件

分析：本题考查死锁预防，它打破了四个必要条件之一，即打破了循环等待条件。相关题目还有资源的一次静态分配法是打破了占有并等待条件，建立 SPOOLing 系统是打破了互斥条件，运行资源被剥夺进行再分配上打破了资源非剥夺条件等。

解答：(1)D；(2)D。

[例题3] 假设具有 5 个进程的进程集合｛P0,P1,P2,P3,P4｝，系统中有 3 类资源 A，B，C。假设在某时刻有表 69－1 的状态，请问当前系统是否处于安全状态？如果系统中的可利用资源 Available 为(0,6,2)，系统是否安全？如果系统处于安全状态，请给出安全序列；如果系统处于非安全状态，请简要说明原因。

表 69－1 进程资源分配表

进程	Allocation			Max			Available		
	A	B	C	A	B	C	A	B	C
P0	0	0	3	0	0	4	1	4	0
P1	1	0	0	1	7	5			
P2	1	3	5	2	3	5			
P3	0	0	2	0	6	4			
P4	0	0	1	0	6	5			

分析：采用银行家算法进行分析，注意资源分配情况。

解答：利用银行家算法对表 69－1 中列出的状态进行安全检测，发现可以找到一个安全序列 ｛P2,P3,P4,P0,P1｝。因此系统当前是安全的，见表 69－2。

表69-2 进程资源分析表

进程	Allocation			Need			Available		
	A	B	C	A	B	C	A	B	C
P2	1	3	5	1	0	0	1	4	0
P3	0	0	2	0	6	2	2	7	5
P4	0	0	1	0	6	4	2	7	7
P0	0	0	3	0	0	1	2	7	8
P1	1	0	0	0	7	5	2	7	11

如果系统中的可利用资源 Available 为(0,6,2)时,系统是不安全的。因为找不到一个安全序列,见表69-3。

表69-3 进程资源分析表

进程	Allocation			Need			Available		
	A	B	C	A	B	C	A	B	C
P3	0	0	2	0	6	2	0	6	2
P4	0	0	1	0	6	4	0	6	4
P0	0	0	3	0	0	1	0	6	5
P1	1	0	0	0	7	5	0	6	8
P2	1	3	5	1	0	0	False		

【知识点睛】

死锁及处理死锁的要点见表69-4。

表69-4 死锁分析综合表

方法	资源分配策略	各种可能模式	主要优点	主要缺点
忽略	宽松	鸵鸟算法	系统开销少	有死锁可能
检测与恢复	宽松的:只要允许,就分配资源	定期检查死锁是否已经发生	不延长进程初始化时间允许对死锁进行现场处理	通过剥夺恢复死锁造成损失
避免	是"预防"和"检测与恢复"的折中(在运行时判断是否可能死锁)	寻找可能的安全的运行顺序	不必进行剥夺	使用条件:必须知道将来的资源需求,进程可能会长时间阻塞
预防	保守的:宁可资源闲置(从机制上使死锁条件不成立)	一次请求所有资源(条件1)	适用于作突发式处理的进程:不必剥夺	效率低:进程初始化时间延长
		资源剥夺(条件3)	适用于状态可以保存和恢复的资源	剥夺次数过多:多次对资源重新启动
		资源按序申请(条件4)	可以在编译时(而不必在运行时)就进行检查	不便灵活申请新资源
		设置 SPOOLing(条件2)	解决资源独享的问题	不是所有资源都可以 SPOOLing

【延伸拓展】

在生产者-消费者模型中,不适当的 P、V 操作会形成死锁(见聚焦 66 中[习题 1])哲学家进餐的模型中也含有死锁的隐患(见聚焦 67 中[例题 3])。通常在系统中为避免死锁的发生,会综合运用多种算法。银行家算法虽然可以避免死锁,但是在实际应用中很难实现,只存在在理论评价中,而检测与恢复及忽略对关键的应用会造成损失,也应不用,所以死锁的预防在实际系统中应用更加普遍。

【即学即练】

[习题 1]当进程 P1 正在使用打印机,进程 P2 要求申请打印机,这种情况( )。

A. 是不可能出现的　　　　B. 是没法解决的　　　　　　C. 就是死锁　　　　　D. 不一定死锁

[习题 2]一台计算机有 8 台磁带机。它们由 N 个进程竞争使用,每个进程最多需要 3 台磁带机。请问 N 为多少时,系统没有死锁危险,并说明原因。

[习题 3]设系统中有 3 种类型的资源(A,B,C)和 5 个进程 P1、P2、P3、P4、P5。A 资源的数量为 17,B 资源的数量为 5,C 资源的数量为 20。在 T_0 时刻系统状态见表 69-5。系统采用银行家算法实施死锁避免策略。

表 69-5　资源分配表

	最大资源需求量			已分配资源数量		
	A	B	C	A	B	C
P1	5	5	9	2	1	2
P2	5	3	6	4	0	2
P3	4	0	11	4	0	5
P4	4	2	5	2	0	4
P5	4	2	4	3	1	4
剩余资源数	A	B	C			

请问:(1)T_0 时刻是否为安全状态? 若是,请给出安全序列,若不是请给出原因。

(2)在 T_0 时刻若进程 P2 请求资源(0,3,4),是否能实施资源分配? 为什么?

(3)在(2)的基础上,若进程 P4 请求资源(2,0,1),是否能实施资源分配? 为什么?

(4)在(3)的基础上,若进程 P1 请求资源(0,2,0),是否能实施资源分配? 为什么?

【习题答案】

[习题 1]

分析:判断是否为死锁一定要分析其四个必要条件是否满足。题目中所列的情况在许多系统里可能出现,不是一种特殊现象。既然这种情况比比皆是而大部分系统能正常运转,说明是很普通的。由于题目并未提供更多的判断条件,所以,正确答案应该为不一定死锁。

解答:D。

[习题 2]

分析:本题需要逐一地来分析,熟悉了以后,可以直接运用抽屉原理。

解答:当 N 为 1,2,3 时,系统没有产生死锁的危险。因为,当系统中只有 1 个进程时,它最多需要 3 台磁带机,而系统有 8 台磁带机,其资源数目已足够系统内的 1 个进程使用,因此绝不可能发生死锁;当系统中有 2 个进程时,最多需要 6 台磁带机,而系统有 8 台磁带机,其资源数目也足够系统内的 2 个进程使用,因此也不可能发生死锁;当系统中有 3 个进程时,在最坏情况下,每个进程都需要 3 个这样的资源,且假定每个进程都已申请到了 2 个资源,那么系统中还剩下 2 个可用资源,无论系统为了满足哪个进程的资源申请而将资源分配给该进程,都会因为该进程已获得了它所需要的全部资源而确保它运行完毕,从而可将它占有的 3 个资源归还给系统,这就保证了其余进程能顺利运行完毕。由此可知,当 N 为 1,2,3 时,该系统不会由于对这种资源的竞争而产生死锁。

[习题 3]

分析:又是银行家算法,但比较复杂,请注意提问的上下连贯性。

解答:由题目所给出的最大资源需求量和已分配资源数量,可以计算出 T_0 时刻各进程的资源需求量 Need,Need=最大资源需求量-分配资源数量,见表 69-6。

(1)利用银行家算法对此时刻的资源分配情况进行分析,可得此时刻的安全性分析情况见表 69-7。

表 69-6 资源分析表

	资源需求量		
	A	B	C
P1	3	4	7
P2	1	3	4
P3	0	0	6
P4	2	2	1
P5	1	1	0

表 69-7 资源分析表

	Work	Need	Allocation	Work+Allocation	Finish
P5	2,3,3	1,1,0	3,1,4	5,4,7	True
P4	5,4,7	2,2,1	2,0,4	7,4,11	True
P3	7,4,11	0,0,6	4,0,5	11,4,16	True
P2	11,4,16	1,3,4	4,0,2	15,4,18	True
P1	15,4,18	3,4,7	2,1,2	17,5,20	True

从上述情况分析中可以看出,此时存在一个安全序列{P5,P4,P3,P2,P1},故该状态是安全的。

(2)在 T_0 时刻若进程 P2 请求资源(0,3,4),因请求资源数(0,3,4)＞剩余资源数(2,2,3),所以不能分配,直接拒绝。

(3)在(2)的基础上,若进程 P4 请求资源(2,0,1),按银行家算法进行检查:

首先,P4 请求资源(2,0,1)≤P4 资源需求量(2,2,1),故请求是合理的。

其次,P4 请求资源(2,0,1)≤剩余资源数(2,3,3),故剩余资源是可分配的。

那么,试分配并修改相应数据结构,资源分配情况见表 69-8。

再利用安全性算法检查系统是否安全,可得此时刻的安全性分析情况,见表 69-9。

表 69-8 资源分配表

	Allocation	Need	Available
P1	2,1,2	3,4,7	0,3,2
P2	4,0,2	1,3,4	
P3	4,0,5	0,0,6	
P4	4,0,5	0,2,0	
P5	3,1,4	1,1,0	

表 69 - 9　资源安全性分析表

	Work	Need	Allocation	Work + Allocation	Finish
P4	0,3,2	0,2,0	4,0,5	4,3,7	True
P5	4,3,7	1,1,0	3,1,4	7,4,11	True
P3	7,4,11	0,0,6	4,0,5	11,4,16	True
P2	11,4,16	1,3,4	4,0,2	15,4,18	True
P1	15,4,18	3,4,7	2,1,2	17,5,20	True

从上述情况分析中可以看出，此时存在一个安全序列{P4,P5,P3,P2,P1}，故该状态是安全的，可以告知系统，立即将 P4 所申请的资源分配给它。

(4) 在(3)的基础上，若进程 P1 请求资源(0,2,0)，按银行家算法进行检查：

首先，P1 请求资源(0,2,0)≤P1 资源需求量(3,4,7)，故请求是合理的。

其次，P1 请求资源(0,2,0)≤剩余资源数(0,3,2)，故剩余资源是可分配的。

那么，试分配并修改相应数据结构，资源分配情况见表 69 - 10。

表 69 - 10　资源分配表

	Allocation	Need	Available
P1	2,3,2	3,2,7	0,1,2
P2	4,0,2	1,3,4	
P3	4,0,5	0,0,6	
P4	4,0,5	0,2,0	
P5	3,1,4	1,1,0	

再利用安全性算法检查系统是否安全，可用资源 Available(0,1,2)已不能满足任何进程的资源需求，故系统进入不安全状态，此时系统不能将资源分配给 P1。

知识点聚焦 70：内存管理基本概念

【典型题分析】

[例题 1] 当前编程人员编写好的程序经过编译转换成目标文件后，各条指令的地址编号起始一般定为(1)，称为(2)地址。

(1) A. 1　　　　B. 0　　　　C. IP　　　　D. CS

(2) A. 绝对　　B. 名义　　C. 逻辑　　D. 实

分析：在多道程序环境下，各个作业由用户独立编程、独立编译，而且作业被装入系统的时间也不相同。因而，在各作业进入计算机系统之前不可能很好地协调存储分配问题。为了保证程序的独立性，用户在编程或编辑源程序时，不考虑作业之间的存储空间分配，而是将其源程序存于程序员建立的符号名字空间（简称名空间）内。当对源程序进行编译时，把语言的符号元素转换成由计算机的指令和数据串组成的目标程序，并用地址代码替换符号地址。

编译后一个目标程序所限定的地址范围称为该作业的逻辑地址空间。换句话说，地址空间仅仅是指程序用来访问信息所用的一系列地址单元的集合。这些单元的编号称为逻辑地址。通常，编译程序在对一个源程序进行编译时总是从零号单元开始为其分配地址，地址空间中的所有地址都是相对起始地址"0"的，因而也称逻辑地址为相对地址。

解答：(1)B；(2)C。

[例题2]采用可重入程序是通过使用( )方法来改善系统性能的。

A. 改变时间片长度　　　B. 改变用户数　　　　C. 提高对换速度　　　D. 减少对换数量

分析：可重入程序主要是通过共享来使用同一块存储空间的，或者通过动态链接的方式将所需的程序段映射到相关进程中去，其最大的优点是减少了对程序段的调入调出，因此减少对换数量是正确答案。

解答：D。

[例题3]要保证一个程序在主存中被改变了存放位置后仍能正确执行，则对主存空间应该采用( )技术。

A. 静态重定位　　　　　B. 动态重定位　　　　C. 动态分配　　　　　D. 静态分配

分析：根据对地址变换进行的时间及采用的技术手段的不同，可把地址重定位分为静态重定位和动态重定位两类。把作业在装入过程中随机进行的地址变换方式，称为静态重定位，该方式一旦确定不能移动。在作业执行过程中，当访问主存单元时才进行的地址变换方式，称为动态重定位。由于动态重定位是在作业执行期间地址随着每条指令的数据访问自动地、连续地进行的，所以用户作业在执行过程中，可以动态申请存储空间和在主存中移动。

解答：B。

【知识点睛】

本题要求考生要理解诸多的名词及意义，像名空间、逻辑地址空间，物理地址空间，静态重定位，动态重定位，静态分配，动态分配，存储保护等。其相关的知识点也必须了解清楚。

【延伸拓展】

内存管理的基本概念实际上是与后面整体概念相呼应的，例如静态重定位可以配合简单分区的内存管理及设置下限寄存器的内存保护方法。动态重定位发展成为段式、页式和段页式存储方式等，考生应该前后综合学习基本概念与整体概念。

【即学即练】

[习题1]请说明图70-1中(a)(b)(c)各处于什么地址空间。

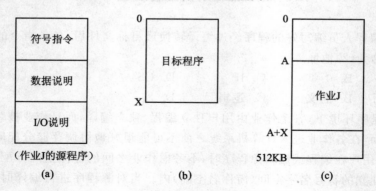

图70-1　地址空间图

[习题2]适合多道程序运行的存储管理中，存储保护是为了( )。

A. 防止一个作业占用同一个分区　　　　　B. 防止非法访问磁盘文件
C. 防止非法访问磁带文件　　　　　　　　D. 防止各道作业相互干扰

[习题 3] 当一个进程创建时,系统把程序地址空间中使用的逻辑地址变成内存中的物理地址称为( )。

A. 加载　　　　　　 B. 物理变换　　　　　C. 地址重定位　　　　D. 逻辑变换

[习题 4] 静态重定位是在作业的(1)中进行的,动态重定位是在作业(2)中进行的。

(1)(2)A. 编链过程　　　 B. 装入过程　　　　　C. 修改过程　　　　　D. 执行过程

[习题 5] 静态链接是在(1)进行的;而动态链接是在(2)或(3)进行的,其中在(3)进行链接,可使得内存利用率最高。

(1)(2)(3)A. 编链某段程序时　 B. 装入某段程序时　 C. 调用某段程序时　 D. 装入程序之前

【习题答案】

[习题 1]

分析:本题考查各个地址空间的概念。它们是属于内存管理的基本概念,程序从编写到编译、链接和执行,它们是分别处在不同地址空间中。

解答:(a)名空间;(b)逻辑地址空间;(c)物理地址空间。

[习题 2]

分析:本题考查相关内存保护的概念。内存保护主要是防止有意或无意地对非授权区域的访问。在多道程序中,用户程序的运行需要具备封闭性,但是并发从客观上打破了这种封闭性,一旦失去了封闭性会使得程序运行失去可再现性,所以正常运行的程序是不允许发生的。解决方法是对进程在内存的存放进行保护。在简单分区的内存中保护一般采用界地址法,即对分配给的内存的上下限进行限制,程序运行的指令只要超出这个范围就不允许执行,产生一个越界中断。

解答:D。

[习题 3]

分析:本题考查相关地址转换的概念。地址转换过程实际上是将逻辑地址空间映射到物理地址空间的过程,这种转换是通过软硬件结合来完成的,成为重定位技术。

解答:C。

[习题 4]

分析:考查相关地址转换的概念。注意与编程过程相对应。

解答:(1)B;(2)D。

[习题 5]

分析:类型与[习题 4]相同,注意与之的区别。

解答:(1)A;(2)B;(3)C。

知识点聚焦 71：连续分配管理方式

【典型题分析】

[例题 1]操作系统实现( )存储管理的代价最小。

A. 分区　　　　　　 B. 分页　　　　　　　C. 分段　　　　　　　D. 段页式

分析:本题考查各种存储管理方式的开销。实现分页、分段和段页式存储管理需要特定的数据结构支持,例如页表、段表等。为了提高性能还需要硬件提供快存和地址加法器等,代价较高。分区存储管理是满足多道程序设计的最简单的存储管理方案,特别适合嵌入式等微型设备。

解答：A。

[例题2] 在动态分区式内存管理中,倾向于优先使用低地址部分空闲区的算法是(　　)。

A. 最佳适应算法　　　B. 最坏适应算法　　　C. 首次适应算法　　　D. 下次适应算法

分析：在动态分区管理方式中也可使用空闲区链表来管理主存,即利用指针将主存中所有空闲区连成一条空闲存储区链表。其实现方法是把每个空闲存储区的起始若干个字节分为两部分：前一部分作为链表指针,它指向下一个空闲存储区的起始地址；后一部分指出本空闲存储区的大小。系统中用一固定单元作为空闲区链表的头指针,用以指出该链表中的第一块空闲存储区的起始地址。那么,对应不同分配算法,只要知道哪种算法是从头开始排列地址的,也就知道答案了。

解答：C。

[例题3] 动态分区又称为可变式分区,它是在系统运行过程中(　　)动态建立的。

A. 在作业装入时　　　B. 在作业创建时　　　C. 在作业完成时　　　D. 在作业未装入时

分析：动态分区中,在系统启动后,除操作系统占据了一部分内存外,其余所有内存空间是一个大空闲区,称为自由空间,如果作业申请内存,则从空闲区中划出一个与作业需求量相适应的分区分配给该作业,将作业创建为进程,在作业运行完毕后,再回收释放的分区。这种对作业要求的存储容量分配方式是合理的,然而随着一系列的分配与回收,内存中也会形成若干未用和暂时不能用的区域,即外碎片。有时,外碎片的总容量超过了作业申请的容量,由于不连续而不能分配,所以将碎片进行拼接,合成一个连续的存储区,称为内存紧缩,但进行大量外碎片的拼接会浪费宝贵的 CPU 时间。由此可见,正确答案为 A。

解答：A。

[例题4] 对外存对换区的管理应以(　　)为主要目标。

A. 提高系统吞吐量　　　　　　B. 提高存储空间的利用率

C. 降低存储费用　　　　　　　D. 提高换入、换出速度

分析：操作系统在内存管理中为了提高内存的利用率,引入了覆盖和交换技术,也就是在较小的内存空间中用重复使用的方法来节省存储空间,但是,它付出的代价是需要消耗更多的处理机时间。实际上是一种以时间换空间的技术。为此,从节省处理机时间来讲,换入、换出速度越快,付出的时间代价就越小,反之就越大,大到不能忍受时,覆盖和交换技术就没有意义了。所以,从提高内存的利用率出发而引入了覆盖和交换技术,为使付出的代价减小,提高换入、换出的速度就成了管理外存交换区的主要目标。这里考生要分辨出问题的核心,正确作答,不要被一些表面现象所迷惑。

解答：D。

【知识点睛】

　　在这个知识点上,对内存的管理是简单的,基本上是要多少给多少,不能给时就阻塞进程。由于程序大小是不同的,所以如何在有限的内存中容纳较多的进程就是系统要考虑的主要问题,例如将链接推迟到代码执行时再给内存。同时,又不能让系统的开销太大(当处理机速度不够快时,用动态链接会占用较大的处理机时间)。如果实在内存不够用了,就想办法节约,因此用共和重入代码。还将暂时不运行的进程交换出去,以求获得较好的内存使用效率。

【延伸拓展】

尽管这个知识点的内容在现代操作系统中的用处不是很大，但是也是存储管理发展过程中的一个环节，考生需要了解。并且，从这个阶段对存储管理的实现来讲，也是此时段最佳的方法。它体现了操作系统的一个特点，用尽可能低的代价获得相对较优的效果。

【即学即练】

[习题 1] 从下列关于非虚拟存储器的论述中，选出一条正确的论述。

A. 作业在运行前，必须全部装入内存，且在运行过程中也一直驻留内存。

B. 作业在运行前，不必全部装入内存，且在运行过程中不必一直驻留内存。

C. 作业在运行前，不必全部装入内存，但在运行过程中必须一直驻留内存。

D. 作业在运行前，必须全部装入内存，但在运行过程中不必一直驻留内存。

[习题 2] 某基于动态分区存储管理的计算机，其主存容量为 275MB（初始为空），采用最佳适配（Best Fit）算法，分配和释放的顺序为：分配 75MB，分配 150MB，释放 75MB，分配 40MB，分配 30MB，此时主存中最大空闲分区的大小是多少？

A. 35MB   B. 45MB   C. 50MB   D. 75MB

[习题 3] 在动态分区分配方案中，某一进程运行完成后系统回收其主存空间，若该内存空间前后有空闲区，则会与相邻空闲区合并，为此需修改空闲区表，那么造成空闲区数减 1 的情况是（ ）。

A. 无上邻空闲区，也无下邻空闲区   B. 有上邻空闲区，但无下邻空闲区

C. 有下邻空闲区，但无上邻空闲区   D. 有上邻空闲区，也有下邻空闲区

【习题答案】

[习题 1]

分析：本题考查非虚拟存储管理和使用的核心概念。

解答：A。

[习题 2]

分析：275MB 先分配 75MB 余 200MB，再分配 150MB 后余 50MB，释放 75MB 后出现一个 75MB 和一个 50MB 的空闲空间，分配 40MB 时按最佳适配（Best Fit）算法应该使用 50MB 的空闲块，余 10MB 的碎片，分配 30MB 时占用 75MB 的空间余 45MB 的碎片（空闲空间），因此最大空闲分区为 45MB。

解答：B。

[习题 3]

分析：当回收的空闲区只有上邻空闲区或只有下邻空闲区的时候，合并后不会造成空闲区数量上的变化，只会将进程占用的使用区减 1，因此，选项 B、C 均不正确。无上邻空闲区，也无下邻空闲区情况会造成空闲区数目加 1，当然进程占用的使用区会减 1，因此选项 A 也不正确。当回收的空闲区位于两个空闲区之间时，紧邻上、下空闲区时，因为空闲区的合并，才会造成空闲区的数目减 1。因此正确答案应该为 D。

解答：D。

知识点聚焦 72：非连续分配管理：页式；段式；段页式

【典型题分析】

[例题 1] 在页式管理中，每个页表中的表项实际上都是用于实现（ ）。

A. 内存单元　　　　　　B. 静态重定位　　　　　　C. 动态重定位　　　　　　D. 加载程序

分析：在分页系统中，作业的一页可以分配到主存空间中任何一个可用的存储块。存储分配问题比较简单。但是，系统怎么知道作业的哪个页分配到哪个存储块内？作业的地址空间本来是连续的，现在把它分页后装入到不相邻的存储块内，如何保证它仍能正确运行。也就是说，如何实现及何时实现把作业的逻辑地址变换为主存的物理地址。一个可行的办法是采用动态重定位技术，即在执行每条指令时进行这种地址变换。现在是以页为单位分配的，故实现地址变换的机构要求为每页设置一个重定位寄存器。这些寄存器组成一组，通常称为页表。

在实际的系统中，为了减少硬件成本，常采用的办法是将页表放在主存的被保护的系统区内。为了便于管理和保护，系统为每个装入主存的作业建立一张相应的页表。它的起始地址及大小保存在该作业的 PCB 中。一旦这个作业被调度执行，即把它的页表起始地址及大小装入特定的页表寄存器中。

解答：C。

[例题 2] 分页系统中的页面是（　　）。

A. 用户所感知　　　　　　　　　　　　B. 操作系统所感知的
C. 编译程序所感知的　　　　　　　　　D. 链接程序所感知的

分析：分页系统中由逻辑地址向物理地址的转换是系统借助硬件自动实现的，对用户透明。而操作系统能感到页面的存在。

解答：B。

[例题 3] 在页式存储管理系统中选择页面的大小，需要考虑下列哪些因素（　　　）。

Ⅰ 页面大的好处是页表较小。Ⅱ 页面小的好处是可以减少由内碎片引起的内存浪费。Ⅲ 通常，影响磁盘访问时间的主要因素不在于页面的大小，所以使用时可优先考虑较大的页面。

A. Ⅰ 和Ⅲ　　　　　　B. Ⅱ 和Ⅲ　　　　　　C. Ⅰ 和Ⅱ　　　　　　D. Ⅰ、Ⅱ 和Ⅲ

分析：页面大，用于管理页面的页表就少，但是页内碎片会较大；页面小，用于管理页面的页表就大，但是页内碎片少。通过适当的计算，可以获得较佳的页面大小和较小的系统开销。

解答：C。

[例题 4] 某一个操作系统对内存的管理采用页式存储管理方法，所划分的页面大小（　　）。

A. 要依据内存大小而定　　　　　　　　B. 必须相同
C. 要依据 CPU 的地址结构　　　　　　D. 要依据外存和内存的大小而定

分析：页式管理中很重要的一个问题便是页面大小如何确定。确定页面大小有许多因素，例如进程的平均大小，页表占用的长度等。而一旦确定，所有的页面都是等长的，这样易于系统管理。

解答：B。

【知识点睛】

　　考生应该掌握连续分配管理方式和非连续分配管理方式的基本原理和工作过程，了解它们之间的关系和区别，以及各种方式的优点和缺点。连续分配管理方式包括单一连续管理、固定分区管理及可变分区管理。单一连续管理的主要特点是管理简单，不需要太多的软硬件支持。但由于内存中只允许存放一个作业，因此系统的资源利用率不高。固定分区的优点是实现技术简单，适用于作业的大小和多少事先都比较清楚的系统中。但由于每个分区只能存放一道作业，所以内存的利用率不高，内碎片较多。可变分区又称为动态分区，这种内存管理技术是固定分区的改进，既可以获得较大的灵活性，又能提高内存的利用率。但是存在外碎片，需要通过内存紧缩来合并。而非连续分配管理方式包括分页管理、分段管理及段页式管理。现代操作系统主要使用非连续分配管理方式，应予以重视。

分页存储管理采用链表或位示图来管理可用物理页框，管理方法简单，但硬件开销大，进行内存分配时，每道作业平均内碎片长度为半个页面。分段存储管理消除了内碎片，可动态增加段长，便于动态装入和链接，可共享一个程序，便于实现存储保护。但地址变换和内存紧缩需占用处理机时间，管理表格需占存储空间，段的最大长度受实存限制，会出现系统抖动现象。段页式存储管理综合了上述两者的优点。

【延伸拓展】

连续分配和非连续分配（分页、分段和段页式）均可以是普通简单的，也可以是虚拟的。虚拟页式是在普通页式的基础上发展起来的，其基础是普通页式。虽然采用简单页式可以使得进程在内存中离散存放，从而避免了在内存中移动，降低了系统开销。但是，其运行方式还是需要进程全部调入内存，不然是不能就绪的。为了解决这个问题，引入了虚拟存储的概念，其中虚拟页式是虚拟存储中最重要的概念。

【即学即练】

[习题1] 下列哪些存储分配方案可能使系统抖动（　　）。

Ⅰ 动态分区分配；Ⅱ 简单页式；Ⅲ 虚拟页式；Ⅳ 简单段页式；Ⅴ 简单段式；Ⅵ 虚拟段式

A. Ⅰ 和 Ⅱ　　　　　　B. Ⅲ 和 Ⅳ　　　　　　C. Ⅴ 和 Ⅵ　　　　　　D. Ⅲ 和 Ⅵ

[习题2] 如果某进程的逻辑地址空间由 1024 页构成，每一页的长度为 4096B，则其二进制的逻辑地址有（　　）位。

A. 16　　　　　　　　B. 18　　　　　　　　C. 20　　　　　　　　D. 22

[习题3] 引入段式存储管理方式，主要是为了更好地满足用户的一系列要求，下面哪个选项不属于这一系列的要求（　　）。

A. 方便操作　　　　　B. 方便编程　　　　　C. 共享和保护　　　　　D. 动态链接和增长

[习题4] 已知某系统页面长 4K（4096）字节，页表项占 8 字节，采用多级页表的分页策略映射 64 位虚拟地址空间。若限定一级页表只占 1 页，问它可以采用几级页表的分页策略。

[习题5] 在分页系统中，地址结构长度为 16 位，页面大小为 2KB，作业地址空间为 6KB，该作业的各页依次存放在 2，3，6 号物理地址中，相对地址 2500 处有一条指令

store　　　　　1，4500

请给出该作业的页表，该指令的物理单元及数据存放的物理单元。

【习题答案】

[习题1]

分析："抖动"现象是指刚刚被换出的页很快又要被访问，为此，又要换出其他页，而该页又很快被访问，如此频繁地置换页面，以致大部分时间都花在页面置换上。对换的信息量过大，内存容量不足不是引起系统抖动现象的原因，而选择的置换算法不当才是引起抖动的根本原因，例如，先进先出算法就可能会产生抖动现象。本题中只有虚拟页式和虚拟段式才存在换入、换出的操作，简单页式和简单段式因已经全部将程序调入内存，因此不需要置换，也就没有了抖动的现象。故正确答案为 D。

解答：D。

[习题2]

分析:本题比较简单,主要考查分页式存储管理系统中逻辑地址的构成。由题意知逻辑地址空间由 1024 页构成,即可知道其页号的二进制位数为 10 位。已知每一页的长度为 4096B,即可知 12 位。由于该系统的分页方式是采用 2 的幂次方,所以,二进制的位宽可以简单地将页号位宽和页内位宽相加即可,故逻辑地址的空间为 22 位,正确答案为 D。

解答:D。

[习题3]

分析:引入段式存储管理方式,主要是为了满足用户的下述要求:方便编程、分段共享、分段保护、动态链接和动态增长。由题意,很容易得到答案。

解答:A。

[习题4]

分析:由题意,64 位系统的虚拟地址的虚拟空间大小为 2^{64}。页面长为 4K,即 2^{12},页表表项 8 字节,所以一个页面可存放 $2^{12}/8 = 2^9 = 512$ 个表项。由于一级页表占 1 页,也就是说其页表项个数最多为 2^9 个,每一项对应指示二级页表的一页,每页又可存放 2^9 个表项,以此类推,采用的多级分页页表的级数最多为 $(64-12)/9 = 5.8 \approx 6$。注意,其中页内偏移量占的 12 位需减掉。

解答:该系统最大的多级页表为 6 级多级页表。

[习题5]

分析:简单分页系统的计算一般还是比较容易的,解答中已经很好地作出了分析,请仔细观察图 72-1。

解答:该作业的页面如图 72-1 所示。

0~2047	0# 区
2048~4095	1# 区
4096~6143	2# 区
6144~8191	3# 区
8192~10239	4# 区
10240~12287	5# 区
12288~14335	6# 区

页表	
页号	页框
0	2
1	3
2	6

图 72-1 页面映射图

由于页面长度为 2K,因此,程序中 2500 地址的指令应当在 1♯页中。其相对地址为 2500-2048=452。该指令的绝对地址为 6144+452=6596。

指令执行时,将数据存放在 4500 处,对应的相对地址为 4500-4096=404。绝对地址为:12288+404=12692。

知识点聚焦 73:虚拟内存,请求分页、分段、段页式

【典型题分析】

[例题1] 假设某虚拟页式存储系统中,处理机的 MMU 为 64 位,内存容量为 1GB,系统硬盘为 2GB,操作系统和编译系统均支持 32 位,请问:该系统的虚拟地址空间为(1),虚存的实际容量最大为(2)。

(1)(2)A. 2^{64}B   B. 2^{32}B   C. 3GB   D. 1GB

分析：本题考查虚拟存储器的容量，虚拟存储的最大容量取决于计算机系统的硬件地址结构，并有赖于操作系统和编译系统的支持。本题中，虽然处理机的 MMU 为 64 位，但是操作系统和编译系统并不支持，因此还是 32 位的地址空间。由于内外存之和只有 3GB，小于虚拟地址空间的 4GB，所以虚存实际的容量只有 3GB，也就是说，该系统能够运行的进程最大不得超过 3GB，尽管它程序所呈现的地址可以是在 4GB 范围内。

解答：(1)B；(2)C。

[例题 2] 在虚拟页式存储管理方案中，( )完成页面调入的工作。

A．缺页中断处理　　　　B．页面淘汰过程　　　　C．工作集模型应用　　　　D．紧缩技术利用

分析：注意页面调入的工作在虚拟存储管理中是由专门的机制来实现的。工作集模型中若需要调入页面也需要调用缺页中断处理，而其他过程就不是了。

解答：A。

[例题 3] 虚拟存储器一般都引入关联存储器技术，关联存储器是按( )寻址的。

A．地址　　　　B．内容　　　　C．寄存器　　　　D．标志

分析：关联存储器，又称联想存储器、旁路存储器，也称快表存储器，在虚拟存储器中用来装段表、页表或快表，它是按内容寻址的。其工作原理就是把数据或数据的某一部分作为关键字，将该关键字与存储器中的每一单元进行比较，找出存储器中所有与关键字相同的数据字。

解答：B。

[例题 4] 在一个具有快表的虚拟页式内存系统中，快表的命中率为 95%，指令和数据的缓存命中率为 75%；访问快表和缓存的时间为 10 ns，更新一次快表的时间为 10 μs，更新一个缓存块的时间为 20 μs。请计算，每条指令的有效访问时间是多少？

分析：在采用虚拟分页存储管理系统中，指令的执行需要两次访问内存，第一次是访问页表取页框号；第二次是访问内存取指令或数据。页表一般在内存中，也就是需要访问内存两次。需要指出的是，快表在更新时，访问所需的页表会同时进入缓存和地址机构，所以，当页表更新后无需再访问快表。而指令和数据进入缓存后需要再次取到指令队列或数据总线上，所以会增加一次缓存的访问。

解答：第一次查找页表：

要访问的页表在快表中，访问时间为 10 ns。

要访问的页表不在快表中，访问时间为 10 ns + 10 μs = 10.01 μs。

第二次访问缓存(取指或取数)：

要访问的指令或数据在缓存中，访问时间为 10 ns。

要访问的指令或数据不在缓存中，访问时间为 10 ns + 20 μs + 10 ns = 20.02 μs。

因此，有效的访问时间为

10 ns×95% + 10.01 μs×5% + 10 ns×75% + 20.02 μs×25% = 5.5225 μs

[例题 5] 已知某虚拟分页系统，主存容量为 64KB(每 KB 为 1024B)，页面大小为 1K(即 1024B)，对一个 4 页大的作业，其 0,1,2,3 页分别被分配到主存的 5,8,9,2 页框中。请问：

(1) 将十进制逻辑地址 3600,4800 转换成物理地址。

(2) 以十进制逻辑地址 3600 为例画出地址变换过程图。

分析：本题考查的是在分页系统中逻辑地址如何转换成物理地址。地址的转换是借助地址转换机构来实现的。在作业执行过程中按页动态定位，调度程序在选择作业后，从作业表中的登

记项中得到被选中作业的表始址和长度,将其送入硬件设置的页表控制寄存器。地址转换时只要从页表控制寄存器就可以找到相应的页表,在按照逻辑地址中页号查页表,得到对应的页框号。根据关系式:

  绝对地址 ＝ 页框号×页面大小＋页内地址

  计算出欲访问的主存单元的地址。因此,虽然作业存放在若干个不连续的页框中,但在作业执行中总是按确切的地址进行存取。

解答:(1)对上述逻辑地址,可先计算出它们的页号和页内地址,然后通过页表转换成对应的物理地址。

  逻辑地址3600,INT[3600/1 024]＝3;MOD[3600/1024]＝528,由页号可查页表找到对应的页框号为2,故物理地址为$2×1024＋528＝2576$。

  逻辑地址4800,INT[4800/1024]＝4,MOD[4800/1024]＝704,因为页号4超过了页表长度4(从0到4,已经是第5页了),就产生越界中断。

  (2)逻辑地址3 600的地址变换过程如图73－1所示。

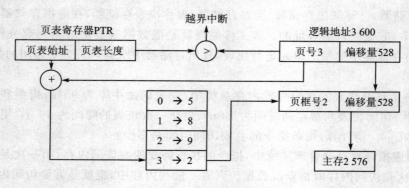

图73－1 地址变换过程

【知识点睛】

  虚拟存储部分是现代操作系统的重点,进程要执行程序,就要访问指令和数据的逻辑地址。而进程必须在处理机上运行,它通过处理机才能访问指令和数据,这样指令和数据必须存放在处理机能直接访问的主存中,也就是说处理机所实际访问的是存放指令和数据的主存地址。可见逻辑地址和主存地址之间在概念上是不同的,但又是有联系的。程序的指令和数据所在的虚空间,为了能使进程访问必须要放入主存空间中去,并要建立虚地址和物理地址的对应关系,也就是要由虚地址转换为物理地址。

  将虚地址空间和物理空间分开后,这两个空间的大小就是独立的,这样就为进程的虚地址空间可以远大于物理(主存)空间创造了条件,即为作业大小可远大于主存空间创造了条件。

【延伸拓展】

  另外一个相关的问题是作业运行时其整个虚空间是否必须都在主存中,事实上一个程序在其一次运行中常有某些部分是不用的,而某些部分或只用一、二次后就不再需要了,即使是使用时间较长的部分,在程序整个运行过程中也是变动的。这自然会使人们想到:如果能在某一段时间中,只把最近需要参加运行的那一部分程序或数据装入主存,而让其余的部分在外存等候。引进虚拟存储器后,用户的程序和数据是在比主存空间大得多的虚空间中。但是,如何体现用户程序和数据所占有的虚空间?虚空间中的程序和数据具体存于何处?如何能合理地把虚空间中的信息及时调入主存参与运行，并能及时地调出主存以便腾出空间让其他的信息进入？系统解决这些问题的基本办法是：

利用表格为用户构造一个虚空间，作为实现虚拟存储管理的机构；提供一个大容量的高速外存来存放进入虚空间的实际信息，这是实现虚拟存储器的物质基础；把主存作为用户虚空间中的程序和数据得以运行的缓冲区。

实际上用户的虚拟地址空间受两个条件的限制：指令中的地址长度的限制和外存储器容量大小的限制。由于虚拟存储管理技术可以使用户的虚拟地址空间大于主存的实际空间，所以从效果上来说等于扩充了主存。此外，虚拟技术还带来了提高主存利用率，提高多道程度，便于实现进程间的数据共享和保密等优点。

【即学即练】

[习题1] 某虚拟存储器的用户地址空间为 32 个页面，每页 1K，主存有 16K。假定某时刻操作系统为用户的第 0，1，2，3 页分配的物理页面为 5，10，4，7，而该用户的作业长度为 6 页，试将虚拟地址 0A5C，103C，1A5C，转换成物理地址。

[习题2] 虚拟存储器具有（　　）。

A. 直接使用外存代替内存　　　　　　　B. 添加比地址字长允许的更多内存容量

C. 提高了内存的访问速度　　　　　　　D. 程序访问比物理内存更大的地址空间

[习题3] 实现虚拟存储器最关键的技术是（　）。

A. 内存分配　　　　B. 置换算法　　　　C. 请求调页（段）　　　　D. 对换空间管理

[习题4] 在请求分页系统的页表增加了若干项，其中存在位供（　）参考

A. 分配页面　　　　B. 置换算法　　　　C. 程序访问　　　　D. 换出页面

[习题5] 在请求分页系统的页表增加了若干项，其中修改位供（　）参考。

A. 分配页面　　　　B. 置换算法　　　　C. 程序访问　　　　D. 换出页面

[习题6] 在请求分页系统的页表增加了若干项，其中引用位供（　）参考。

A. 分配页面　　　　B. 置换算法　　　　C. 程序访问　　　　D. 换出页面

[习题7] 在请求分页系统的页表增加了若干项，外存始址供（　）参考。

A. 分配（调入）页面　　B. 置换算法　　　　C. 程序访问　　　　D. 换出页面

[习题8] 在请求调页系统中，若逻辑地址中的页号超过页表控制寄存器中的页表长度，则会引起（　）。

A. 输入/输出中断　　B. 时钟中断　　　　C. 越界中断　　　　D. 缺页中断

[习题9] 在请求调页系统中，若逻辑地址中的页号代表的页不在内存，则会引起（　）。

A. 输入/输出中断　　B. 时钟中断　　　　C. 越界中断　　　　D. 缺页中断

【习题答案】

[习题1]

分析：本题考查地址转换，以及缺页中断和越界中断产生的情形。

解答：0A5C：000010　　1001011100　　2＋25C　　4＋25C　　125C

　　　103C：000100　　0000111100　　4＋03C　　X＋03C　　缺页中断

　　　1A5C：000110　　1001011100　　6＋25C　　W＋25C　　越界中断

[习题2]

分析：根据虚拟存储器的定义可知虚拟存储器的作用是允许程序访问比内存更大的地址空

间,当然对某一个进程来讲,由于编译系统和操作系统的限制,一定是在其地址字长的允许范围内。例如对于32位的系统,编译系统和操作系统在对地址操作时均将地址变量设定为32位。而对于实际计算机系统来讲,计算机的CPU其地址变换机构一般要与编译系统和操作系统相配合。例如32位的系统其地址变换机构应为32位的。由此,CPU可以访问的内存一般均小于4GB。但是,随着技术的发展,内存越来越大,CPU也发展到64位。当一个32位的进程运行在64位(兼容32位)的CPU上时,有可能该系统内存容量会超过4GB,此时,即使使用32位的虚拟存储器,对用户进程来讲,在进程内它也不会访问超过4GB的容量,更不要说访问比内存更大(例如5GB)的地址空间。对于任何系统,一个32位的进程便是一个4GB的虚拟地址空间,尽管这些4GB的地址空间是重复的。但是,因为系统中有多少个进程就有多少个4GB,其总和一般均会大于当前的内存数量。而这么多个虚拟地址空间映射到物理内存时,更需要硬件技术配合,例如,通过物理地址扩展(PAE)的方法,来访问超过4GB的物理内存。

解答:D。

[习题3]

分析:简单分页存储管理解决了分区管理时的碎片问题。但是,由于它要求必须将进程或作业的所有页一次全部装入到主存;如果当时主存不足,则该进程或作业必须等待。而且,作业或进程的大小仍受主存可用块数的限制。请求分页存储管理是在简单分页管理基础上发展起来的。请求页式管理在作业或进程开始执行之前,不要求把作业或进程的程序段和数据段一次性地全部装入主存,而只把当前需要的一部分页面装入主存,其他部分在作业执行过程中需要时,再从辅存上调入主存,这也就是虚拟存储的特点。

解答:C。

[习题4]

分析:习题4、5、6、7考查虚拟页式存储技术中,增加的表项的意义的理解。

解答:C。

[习题5]

解答:D。

[习题6]

解答:B。

[习题7]

解答:A。

[习题8]

分析:习题8和习题9考查对缺页中断和越界中断的理解。

解答:C。

[习题9]

解答:D。

知识点聚焦74:页面置换算法

【典型题分析】

[例题1] 在一个采用页式虚拟存储管理的系统中,有一用户作业,它依次要访问的指令地址序列为:110,215,128,86,456,119,301,445,266,337。若该作业的第0页已经装入内存,现分

配给该作业的主存共 300 字,页的大小为 100 字,请回答下列问题。

(1) 按 FIFO 调度算法将产生多少次缺页中断? 缺页中断率为多少?

(2) 按 LRU 调度算法将产生多少次缺页中断? 缺页中断率为多少?

分析:本题给出的是具体的逻辑地址,要求根据页面大小写出虚页号,从而得出页面踪迹。计算时注意起始地址,假设逻辑地址从 0 开始,页面大小为 100 字,可以求得页面走向的虚页号分别为:1,2,1,0,4,1,3,4,2,3。根据题意,0 页已经调入内存,分配的内存为 300 字,每页 100 字,则分配给该进程的是 3 个页框。那么,当采用 FIFO 调度算法时,其页面置换见表 74-1。

表 74-1 FIFO 调度算法

虚页号	1	2	1	0	4	1	3	4	2	3
A	1	2	2	2	4	4	3	3	3	3
B	0	1	1	1	2	2	4	4	4	4
C		0	0	0	1	1	2	2	2	2
缺页	Y	Y	N	N	Y	N	Y	N	N	N

共缺页 4 次。

当采用 LRU 调度算法时,其页面置换见表 74-2。

表 74-2 LRU 调度算法

虚页号	1	2	1	0	4	1	3	4	2	3
A	1	2	1	0	4	1	3	4	2	3
B	0	1	2	1	0	4	1	3	4	2
C		0	0	2	1	0	4	1	3	4
缺页	Y	Y	N	N	Y	N	Y	N	Y	N

共缺页 5 次。

解答:采用 FIFO 调度算法时,缺页中断率为 $4/10 = 40\%$;采用 LRU 调度算法时,缺页中断率为 $5/10 = 50\%$。

[例题 2] 页面调度算法中有 LRU、FIFO 和 CLOCK 算法。针对以下条件,计算上述三个算法下的页面调度过程和缺页中断率,并分析为什么在三种算法中 CLOCK 算法应用得比较广泛。

(1) 页面访问序列串:2,3,2,1,5,2,4,5,3,2,5,2。

(2) 分配内存块:3 块。

(3) 进程第一次装入内存时采用预调页方式,其后采用请求式调页。

分析:本题先计算各种置换算法的置换情况,计算出缺页率,然后再进行分析。

由于第一次调页采用预调页算法,在此加以说明。预调页算法是基于进程的局部性原理,系统认为当某一页需要运行时,其后的几页也有可能会运行,所以为减少缺页次数,一次将多页调入内存。调入内存的原则一般是这样的,当系统有空闲空间时,将需要调入的页面与其后的若干个页面(数量正好填满空闲页面)一起调入内存,次序为先进先出,访问到的页面"引用位"置 1,没有引用到的置 0。当所有页面充满了时,就使用请求调页的算法。本题就是如此。

解答:根据题意,先计算 LRU 的页面置换情况,见表 74-3。C 页面表示最老化。

表74 – 3　LRU 置换算法

页面	2	3	2	1	5	2	4	5	3	2	5	2
A	4	3	2	1	5	2	4	5	3	2	5	2
B	3	4	3	2	1	5	2	4	5	3	2	5
C	2	2	4	3	2	1	5	2	4	5	3	3
缺页	Y	N	N	Y	Y	N	Y	N	Y	N	N	N

LRU 置换算法发生 6 次缺页中断,缺页率为 6/12 = 50%。

计算 FIFO 的页面置换情况,见表74 – 4。C 页面表示最老化。

表74 – 4　FIFO 置换算法

页面	2	3	2	1	5	2	4	5	3	2	5	2
A	4	4	4	4	5	5	4	4	3	3	5	2
B	3	3	3	4	1	5	2	2	4	4	3	5
C	2	2	2	3	4	1	5	5	2	2	4	3
缺页	Y	N	N	Y	Y	Y	Y	N	Y	N	Y	Y

FIFO 置换算法发生 8 次缺页中断,缺页率为 8/12 = 67%。

计算 CLOCK 的页面置换情况,见表74 – 5。*号表示"引用位"为 1,C 页面表示最老化。当第一次预调页时,将 2,3,4 页依次装入内存,指针又指向到第 2 页,由于第二页被运行到,故其"引用位"置 1。

表74 – 5　CLOCK 置换算法

页面	2	3	2	1	5	2	4	5	3	2	5	2
A	4	4	4	*1	*5	*2	*4	*4	*3	*2	*5	*5
B	3	*3	*3	3	*1	*5	2	2	5	4	3	3
C	*2	*2	*2	2	4	*1	5	*5	*4	*3	*2	*2
缺页	Y	N	N	Y	Y	Y	Y	N	Y	N	Y	N

CLOCK 置换算法发生 8 次缺页中断,缺页率为 8/12 = 67%。

相比上述算法,CLOCK 算法是 LRU 算法的变种,通过为每一页附加一个"引用位",记录该内存页的使用情况,以比较小的开销接近了 LRU 的性能,故此,CLOCK 算法相对而言应用比较广泛。

【知识点睛】

请求分页存储管理中怎样选择一个特定的置换算法呢?在虚拟存储管理系统中这是一个核心问题。它的实质是,为系统提供一种方法,当需要从主存中移出页面时,应避免选择那些不久再次要求访问的页面,即要选择具有最低缺页中断率的置换算法。

可通过在一个特定的存储器引用串上运行该算法,并计算发生缺页中断的次数来评价一个算法的好坏。引用串也称为程序运行时的页面走向。对于一个特定的引用串和页面置换算法,为了确定产生缺页中断的次数,需要知道可被使用的主存块数。显然,随着可供使用块数的增加,产生缺页中断的次数将会减少。

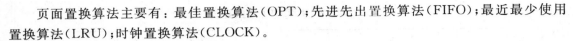

页面置换算法主要有：最佳置换算法（OPT）；先进先出置换算法（FIFO）；最近最少使用置换算法（LRU）；时钟置换算法（CLOCK）。

【延伸拓展】

在页面调度算法中，OPT 算法理论最优但因为无法预计将来的页面走向而无法实现，LRU 算法性能几乎和 OPT 一样，但是实现起来相当困难，系统开销比较大，此外，虽然 FIFO 算法简单易行，但是性能较差。

【即学即练】

[习题 1] 在一个请求调页的页式系统中，假如一个作业的页面序列为 4,3,2,1,4,3,5,4,3,2,1,5，目前还没有任何页面装入内存，当分配给其物理内存数分别为 3 和 4 时，请分别采用 OPT，LRU，FIFO 页面淘汰算法计算其所淘汰的页面页号、缺页次数、缺页率。

[习题 2] 在一采用局部置换策略的请求分页系统中，分配给某作业的内存块数为 4，其中存放的四个页面的情况见表 74－6。

表 74－6　内存分配参数表

物理块	虚页号	装入时间	最后访问	访问位	修改位
0	2	60	157	0	1
1	1	160	161	1	0
2	0	26	158	0	0
3	3	20	163	1	1

所有值为十进制，进程运行从时刻 0 开始。请问，若采用下列算法，将选择哪一页进行置换？

（1）FIFO 算法。

（2）LRU 算法。

（3）改进的 CLOCK 算法。

【习题答案】

[习题 1]

分析：对页面置换算法的题应该仔细、耐心、熟练。

解答：OPT 算法见表 74－7 和表 74－8。

表 74－7　3 页 OPT 置换算法

4	3	2	1	4	3	5	4	3	2	1	5
4	3	2	1	1	1	5	5	5	2	1	1
		4	3	3	3	3	3	3	5	2	2
			4	4	4	4	4	4	3	5	5
P	P	P	P			P			P	P	

7 次 p＝7/12

表 74-8　4 页 OPT 置换算法

4	3	2	1	4	3	5	4	3	2	1	5
4	3	2	1	1	1	5	5	5	5	1	1
	4	3	2	2	2	2	2	2	2	5	5
		4	3	3	3	3	3	3	3	2	2
			4	4	4	4	4	4	4	3	3
P	P	P	P			P				P	

6 次 p＝6/12

LRU 算法见表 74-9 和表 74-10。

表 74-9　3 页 LRU 置换算法

4	3	2	1	4	3	5	4	3	2	1	5
4	3	2	1	4	3	5	4	3	2	1	5
	4	3	2	1	4	3	5	4	3	2	1
		4	3	2	1	4	3	5	4	3	2
P	P	P	P	P	P	P			P	P	P

10 次 p＝10/12

表 74-10　4 页 LRU 置换算法

4	3	2	1	4	3	5	4	3	2	1	5
4	3	2	1	4	3	5	4	3	2	1	5
	4	3	2	1	4	3	5	4	3	2	1
		4	3	2	1	4	3	5	4	3	2
			4	3	2	1	1	1	5	4	3
P	P	P	P				P			P	P

8 次 p＝8/12

FIFO 算法见表 74-11 和表 74-12。

表 74-11　3 页 FIFO 置换算法

4	3	2	1	4	3	5	4	3	2	1	5
4	3	2	1	4	3	5	5	5	2	1	1
	4	3	2	1	4	3	3	3	5	2	2
		4	3	2	1	4	4	4	3	5	5
P	P	P	P	P	P	P			P	P	

9 次 p＝9/12

表 74 - 12　4 页 FIFO 置换算法

4	3	2	1	4	3	5	4	3	2	1	5
4	3	2	1	1	1	5	4	3	2	1	5
	4	3	2	2	2	1	5	4	3	2	1
		4	3	3	3	2	1	5	4	3	2
			4	4	4	3	2	1	5	4	3
P	P	P	P			P	P	P	P	P	P

10 次 p＝10/12

[习题 2]

解答：(1) FIFO 算法：物理块 3 中的第 3 页。

(2) LRU 算法：物理块 0 中的第 2 页。

(3) 改进的 CLOCK 算法：物理块 2 中的第 0 页。

知识点聚焦 75：抖动、工作集

【典型题分析】

[例题 1] 在某个使用请求调页的计算机系统中，测得系统部分状态数据为：CPU 利用率 8%，用于对换空间的硬盘的利用率 97.7%，其他设备的利用率＜2%。由此断定系统出现异常。此种情况下( )能提高 CPU 的利用率。

A. 安装一个更快的硬盘　　　　　　B. 通过扩大硬盘容量，增加对换空间

C. 增加运行进程数　　　　　　　　D. 减少运行进程数

分析：早期的操作系统会发生这样的情况，操作系统管理处理机时发现其利用率太低，即通过给系统引入新的进程来增加多道程序运行数量。当系统使用全局页面替换算法时，假定一个进程在它的执行过程中进入了一个新的阶段，并需要更多的内存块，则它开始产生缺页中断，并很快会从其他进程处获得内存块。然而，这些出让内存块的进程也需要这些内存块，因此也产生缺页中断，并从其他进程处得到内存块。频繁的内外存交换使得硬盘的对换分区异常繁忙。这些产生缺页中断的进程排队等待调页时，导致就绪队列为空，从而使处理机的利用率降低。

处理机调度程序看到处理机的利用率降低，因此就继续增加多道程序运行的道数。新进程试图从正在运行的进程处获得页面，以便开始自身的执行，这将引起更多的缺页中断，使得更多的进程排队等待调页。结果，处理机的利用率进一步下降，处理机调度程序试图进一步增加多道运行的道数。因此，产生了抖动，使得系统吞吐量下降，缺页中断率迅速增大，有效存储器存取时间增加，由于进程差不多花费所有时间在进行内外存页面置换，因此，几乎不能做任何工作。

解答：D。

[例题 2] 条件同[例题 1]。

A. 加内存条，增加物理空间容量　　B. 增加一个更快速的 CPU

C. 增加其他更快的 I/O 设备　　　　D. 使用访问速度更快的内存条

分析：同题例 1 分析。这种情况，加大交换区容量是没有用的。

解答：A。

【知识点睛】

如果分配给进程的存储块数量小于进程所需要的最小值,进程的运行将很频繁地产生缺页中断。这种频率非常高的页面置换现象被称为抖动。往往是刚被淘汰的页面马上被选中调页而进入内存。如果一个进程用于页面置换工作的系统开销多于代码执行时间时,称该进程是抖动的。抖动将引起严重的系统性能下降。

【延伸拓展】

抖动一般出现在部分装入的系统中,也即采用虚拟存储技术的系统中。运行时全部装入内存的系统一般无此概念。

【即学即练】

[习题1] 条件同[例题1]。

A. 采用优先级调度算法   B. 采用可抢夺式算法

C. 改变页面置换算法   D. 改变内存分配算法

[习题2] 某一个进程在对内存访问时,其页面走向为

4,3,2,1,4,3,5,4,3,2,1,5

当系统分配其3页和4页页框时,请用FIFO算法计算其淘汰的页面和缺页率,其结果有无异常,若有,分析并指出其异常,若无,结果说明了什么问题。

【习题答案】

[习题1]

分析:在对抖动的分析中,除了减少并发进程、增加内存以外,还有一个可解决的办法就是改变置换算法。

解答:C。

[习题2]

分析:FIFO算法忽略了一种现象的存在,就是最早调入内存的页面可能也是最重要的页面,会被经常用到。将这些页淘汰,会使缺页中断较频繁,降低内存的利用率。FIFO的另一缺点是它有一种异常现象。一般来说,分配给它的页面越多,则发生缺页的次数会越少。但是使用FIFO算法时,有时会出现分配的页面数增多,缺页次数反而增加的现象。这称为Belady异常。要注意Belady异常与抖动的区别,抖动使得缺页率很高致使系统无法正常工作,Belady异常只是不符合常规思路的一种现象。

解答:采用FIFO算法,当分配给3页时,见表75-1。

表 75-1 FIFO 3 页页面置换算法

页框	4	3	2	1	4	3	5	4	3	2	1	5
1	4	3	2	1	4	3	5	5	5	2	1	1
2		4	3	2	1	4	3	3	3	5	2	2
3			4	3	2	1	4	4	4	3	5	5
缺页	X	X	X	X	X	X	X	Y	Y	X	X	Y

产生了9次缺页中断,缺页率为 9/12 = 75%。

采用FIFO算法,当分配给4页时,见表75-2。

表 75 - 2　FIFO 4 页页面置换算法

页框	4	3	2	1	4	3	5	4	3	2	1	5
1	4	3	2	1	1	1	5	4	3	2	1	5
2		4	3	2	2	2	1	5	4	3	2	1
3			4	3	3	3	2	1	5	4	3	2
4				4	4	4	3	2	1	5	4	3
缺页	X	X	X	X	Y	Y	X	X	X	X	X	X

产生了 10 次缺页中断,缺页率为 $10/12 = 83.3\%$。

当采用 FIFO 算法时,出现了分配的页框数增加,缺页率反而增加的现象,这种现象称为 Belady 异常,是在采用 FIFO 置换算法时所出现的特有的现象,实际工作中应该避免。

知识点聚焦 76:文件概念、目录结构

【典型题分析】

[例题 1] 对任何一个文件,都存在着两种形式的结构,即(　　)。

A. 组织结构,逻辑结构　　　　　B. 基本结构,物理结构

C. 逻辑结构,基本结构　　　　　D. 逻辑结构,物理结构

分析:本题考查文件的两种结构。对任何一个文件,都存在着两种形式的结构,即逻辑结构和物理结构。文件的逻辑结构是从用户的角度出发,所观察到的文件的组织形式,是用户可以直接处理的数据及其结构,它独立于物理结构。文件的物理结构是指文件在外存上的存储组织形式,又称为文件的存储结构。

解答:D。

[例题 2] 建立文件系统的主要目的是(　　)。

A. 实现对文件的按名存取　　　　B. 实现虚拟存储

C. 提高外存的读写速度　　　　　D. 用于存储系统文件

分析:文件系统是指操作系统中与文件管理有关的程序和数据的集合,其主要任务就是建立、打开、关闭、撤销及对文件实现按名存取和进行存取控制。

解答:A。

【知识点睛】

为了便于对信息进行管理,所有在外部存储器中的信息均按某一种管理方式存放,其信息的集合称为文件。

如果由用户直接管理外存上的文件,则需用户按外存的物理地址(例如,磁带上的数据记录号,磁盘的柱面号,磁头号,物理记录块号等)存取信息,而且要准确地记住存放在外存中的信息的物理位置和整个外存的信息分布情况,显然对用户使用是极不方便的,而且对系统也带来不安全的因素。尤其是在多用户环境下,多个用户共享大容量的外部存储器,文件的安全和保密等问题更显得突出。可见,用户直接管理外存和存取信息是不合适的,而由系统对外部存储器来进行统一管理。因此,在操作系统中配备了文件系统。

引入文件系统后,用户就可以用统一的文件操作命令和语法格式处理驻留在各种存储媒介(例如软盘、硬盘、优盘及光盘、磁带等)上的信息,从而完全隐藏了设备的物理特性,在用户和外存之间提供了一个接口。

【延伸拓展】

文件和目录,文件与文件系统是重点,其中与文件相关的文件的各种概念,例如逻辑结构,物理结构,物理结构中又有顺序,索引,链接方式等必须掌握。

【即学即练】

[习题1]假设一个FCB(文件控制块)的大小是64B,盘块的大小是1KB,则在每个盘块中可以存放( )。

A. 64个FCB   B. 1个FCB   C. 1 000个FCB   D. 16个FCB

[习题2]文件系统可以利用位图实现( )。

A. 记录数据位置   B. 磁盘空间管理   C. 磁盘调度   D. 目录查找

[习题3]某文件系统物理结构采用三级索引分配方法,如果每个磁盘块的大小为1 024B,每个盘块索引号占用4字节,请问在该文件系统中,最大的文件大小为( )。

A. 16TB   B. 32TB   C. 8TB   D. 以上均不对

[习题4]某操作系统的文件管理采用直接索引和多级索引混合方式,文件索引表共有10项,其中前8项是直接索引项,第9项是一次间接索引项,第10项是二次间接索引项,假定物理块的大小是1K,每个索引项占用4个字节,问:

    (1) 该文件系统中最大的文件可以达到多大?

    (2) 假定一个文件的大小是64MB,该文件实际占用磁盘空间多大(包括间接索引块)?

【习题答案】

[习题1]

分析:$1KB/64B=16$

解答:D。

[习题2]

分析:本题考查位图的功能。

解答:B。

[习题3]

分析:本题考查多级索引下文件的存放方式。由于本题是一个简化的多级索引题,因此根据题意,它采用的是三级索引,那么索引表应该具有三重。根据已知条件,每个盘块为1 024B,每个索引号为4字节,因此,每个索引块可以存放256条索引号,三级索引共可以管理文件的大小为:$256 \times 256 \times 256 \times 1\ 024B \approx 16TB$。

解答:A。

[习题4]

分析:多级索引的逻辑并不复杂,二级间接索引表最多有256张,但是并没有用满。只用了255张,而且第255张中也没有全部用足256条表项。计算时加以仔细小心,一般不会有太多变化,但是对多级索引的方法一定要掌握。

解答:(1) 直接索引为$8 \times 1K = 8K$,一级间接索引为$(1K/4B) \times 1K = 256K$;

        二级间接索引为$(1K/4B) \times (1K/4B) \times 1K = 64M$。

    (2) 64M的文件需要$64M/1K = 64K = 65\ 536$个磁盘块,所以其占用直接索引8块,一级间接索引256块,二级间接索引65 272块,还要加上一级间接索引表1块,二级间接索引表1块+255块,所以一共占有磁盘空间65 793块。

知识点聚焦 77:文件的结构

【典型题分析】

[例题1] 下列文件物理结构中,适合随机访问且易于文件扩展的是( )。

A. 连续结构　　B. 索引结构　　C. 链接结构且磁盘块定长　　D. 链接结构且磁盘块变长

分析:文件物理结构中,连续结构的优点是结构简单、存取速度快,缺点是建立文件时,要求给出文件的最大长度,不易于文件扩展。链接结构的优点是文件可动态增加和删除,易于扩展,缺点是只适合顺序存取,必须从头开始查找,查找速度低,而且对于隐式链接每块都要设置链接字,破坏了物理信息的完整性。对于显式链接,要查找文件分配表,并不适合随机访问。索引结构的优点是具有链接结构的所有优点并克服了它的缺点,可随机存取,缺点是增加了索引表的空间开销,增加了一次访问磁盘的操作而降低了文件访问速度。

解答:B。

[例题2] 假定某个文件由长度为 40B 的 100 个记录组成,磁盘存储空间被划分长度为 512B 的块,为了有效地利用磁盘空间,采用成组方式把文件存放到磁盘上,问:

(1) 每个文件块中有多少个字节的有效数据?

(2) 该文件至少占用多少块磁盘?

分析:成组方式存储时,记录按一条一条排列,为便于访问,不能将一条记录分散到不同的磁盘块中,因为这样需要二次访问磁盘,因此当在一个磁盘块中放置12条记录后,余下的空间已经不足一条了,因此会放到下一个磁盘(磁盘块存在 32B 的内碎片)。这样,100 个记录需要 8 个多磁盘块,进位后为 9 个磁盘块。

解答:(1) 512/40 ＝ 12.8 取整为 12 个记录一个磁盘块,占 12×40B ＝ 480B 空间。

　　　(2) 100/12 ＝ 8.33 进位取9,故需要占用 9 个磁盘块。

【知识点睛】

文件的物理结构表示了一个文件在文件存储设备上的位置、链接和编目形式,它与文件的存取方法及存储设备的物理特性相关。

为了有效分配文件存储器的存储空间,通常把存储空间划分为若干物理块,并以块为单位进行分配和传送。块的大小通常是固定的,但也可以随应用对象的不同而进行调整。例如块的大小通常为 512 字节、1024 字节等。对于无结构文件来说,每个物理块中存放长度相等的文件信息,而在记录式文件中,允许一个逻辑记录占用几个物理块,也可以在一个物理块中存放几个逻辑记录。

【即学即练】

[习题1] 在文件的逻辑结构中,下列( )文件不属于记录文件。

A. 索引文件　　　　B. 分区文件　　　　C. 链接文件　　　　D. 索引顺序文件

[习题2] 文件存储空间的分配可采取多种方式,其中( )方式可使文件顺序访问的效率最高;( )方式则可解决文件存储空间中的碎片问题,但却不支持对文件的随机访问;而 UNIX 采用的则是( )方式。

A. 连续分配,混合(索引)分配,隐式链接分配

B. 混合(索引)分配,连续分配,隐式链接分配

C. 连续分配,隐式链接分配,混合(索引)分配

D. 隐式链接分配,混合(索引)分配,连续分配

【习题答案】

[习题1]

分析:对于记录型文件,构成文件的基本单位是记录。记录文件是具有符号名并且在逻辑上具有完整意义的记录序列。

用户对记录型文件的访问是以记录为基本单位的。一个记录由一组在逻辑上相关的信息项构成。每个文件内部有一个读写指针,通过系统调用可以将读写指针移动到文件的某一位置处,以后的读写系统调用命令将从该指针所确定的位置处开始。因此索引顺序文件、链接文件和索引文件都是记录文件。只有分区文件不是记录文件。

解答:B。

[习题2]

分析:本题考查文件的物理结构,即文件的物理组织形式。文件的物理结构是从系统的角度来看文件,从存放方式来研究文件的组织形式。

解答:C。

知识点聚焦78:文件共享与保护

【典型题分析】

[例题1]为防止由于文件共享而造成系统内文件受损,常采用(1)方法来保护文件;设计实时操作系统时,必须首先考虑(2)。

(1) A. 存取控制矩阵　　B. 转储　　　　C. 口令　　　　D. 加密

(2) A. 易用性　　　　　B. 可靠性　　　C. 高效性　　　D. 易移植性

分析:本题考查文件安全的机制,合理选择。

解答:(1) A;(2) B。

【知识点睛】

文件共享是指在不同用户之间共同使用某些文件。在多用户系统,文件系统提供文件共享功能有助于系统资源的充分利用,而且为用户提供了极大的方便。

一个文件系统不仅要提供文件共享的方法,而且要对共享进行限制。因为文件的共享可能导致文件的被破坏或未经核准的用户"盗用"文件。造成这种局面的原因是未经文件主(文件拥有者)授权的擅自存取,以及某些用户(包括文件主本身)对文件的误操作。要防止上述情况出现,文件系统必须控制用户对文件的存取,即解决对文件的读、写、执行的许可权问题。为此,在文件系统中应建立文件的保护和保密机构。

【即学即练】

[习题1]为了防止各种软、硬件意外可能破坏文件,文件系统可以采用( )的方法来保护文件。

A. 为文件加密　　　　　　　　　　B. 对每个文件规定使用权限

C. 建立副本和定时转储　　　　　　D. 为文件设置口令

[习题2]建立多级目录的目的是( )。

A. 便于文件的保护　　B. 便于关闭文件　　C. 解决文件的重名与共享　　D. 提高系统的效率

【习题答案】

[习题1]

分析:本题主要考查文件保护、防止系统故障或人为误操作造成的破坏。文件的保护是防止文件被破坏,造成文件可能被破坏的原因有时是硬件故障、软件失误引起的,区别于共享文件时引起的错误，应根据不同的情况，采用不用的保护措施。

解答：C。

[习题 2]

分析：文件目录管理基本要求：实现"按名存取"；提高对目录的检索速度；实现文件共享；允许文件重名。

解答：C。

知识点聚焦 79：文件、目录的实现

【典型题分析】

[例题 1] 文件系统中，设立打开文件 Open() 系统功能调用的基本操作是（ ）。

A. 把文件信息从外存读到内存　　　　B. 把文件的控制管理信息从外存读到内存

C. 把文件的 FAT 表信息从外存读到内存　　D. 把磁盘的超级块从外存读到内存

分析：打开文件是将现存文件的控制管理信息从外存读到内存以便于下一步使用。文件信息是在打开文件以后使用文件时才用到。FAT 表信息是在挂载文件系统时就读入到系统里了。超级块是自举用，启动系统时读入。

解答：B。

[例题 2] 在实现文件系统时，一般为加快文件目录的检索速度，可利用"文件控制块部分装入"的方法。假设目录文件（即文件控制块）存放在磁盘上，磁盘的每个盘块为 512B，每个目录项占 128B，其中文件名占 11B。为提高检索速度，通常将目录项分解成两部分，第一部分（包括文件名和文件内部号）占 16B，第二部分（包括文件内部号和文件其他描述信息）占 122B。假设某一目录共有 254 个目录项（文件控制块），试分别给出前、后两种方法查找该目录文件某一目录项的平均访问磁盘次数。

分析：本题考查实际的计算题。

解答：根据题目，目录文件共有 254 个文件控制块（即目录项），每个盘块为 512B，目录项（文件控制块）占 128B。采用旧办法时，1 个盘块可存放：512B/128B ＝ 4 个目录项，则 254 个目录项要占：254/4＝63.5≈64 块。平均查找一个目录项需访问磁盘：(1＋64)/2 ＝ 32.5 次。

采用新方法后，将目录项分解成两部分，第一部分占 16B，第二部分占 122B。一个盘块可存放的用于检索的文件名和内部号部分为 512B/16B ＝ 32 个目录项，这样 254 个目录项要占：254/32＝7.9≈8 个盘块。平均查找一个目录项需要访问磁盘：(1＋8)/2 ＝ 4.5 次。而为得到目录项的其他信息还应访问一次磁盘，故需访盘：4.5 ＋ 1 ＝ 5.5 次。因此，采用新办法可以有效地降低访问磁盘的次数。

采用旧办法时检索一个目录项需要访问磁盘 32.5 次。

采用新办法时检索一个目录项需要访问磁盘 5.5 次。

【知识点睛】

为了实现对文件的按名存取，需把文件名及其结构和控制信息等按一定的组织结构排列，以方便文件搜索，并能迅速准确地完成由文件名到文件物理地址的转换。把文件名和对该文件实施控制管理的信息称为该文件的文件说明（文件控制块）。文件目录则是所有文件说明的有序集合，它采用表格形式，每一个文件占一个表目，简称为文件的目录项。文件目录在文件系统中的作用类似于一本书的章节目录一样。

系统把文件目录也作为一个有特殊类型的文件来处理，目录文件本身在目录中也要有个

目录项来描述它自身的有关信息。文件系统对文件的所有操作也同样适用目录文件。

【即学即练】

[习题] 关于文件目录的说法,( )是错误的。

A. 文件目录是用于检索文件的,由若干目录项组成

B. 文件目录的组织和管理应便于检索和防止冲突

C. 工作目录即当前目录

D. 文件目录需要长期保存在磁盘上

【习题答案】

[习题]

分析:考查文件和目录的相关知识。

解答:D。

知识点聚焦 80:磁臂调度算法

【典型题分析】

[例题1] 假定磁盘有1200个柱面,编号是0~1199,在完成了磁道205处的请求后,当前磁头正在630处为一个磁盘请求服务,若请求队列的先后顺序是:186,1047,911,1177,194,1050,1002,175,30。用 SCAN(扫描)算法和最短寻道时间优先算法完成上述请求,磁臂分别移动了( )柱面。

A. 1807,1733   B. 1694,1807   C. 1738,1694   .   D. 1733,1738

分析:SCAN(扫描)算法,也称为电梯算法。磁头固定地从内向外运动,到外边缘后返回,继续往内移,直到最内道,再返回,如此往复。当遇到提出请求的柱面时,即为其服务。磁头固定在水平的两个端点来回扫描。

采用扫描调度算法时,磁头移动顺序为两个方向,需要根据磁头以前的状态进行比较。本题中,磁头原先在205柱面,当前在630柱面,显然其移动的方向是自内向外(编号由小到大)。那么磁头服务柱面需要扫描柱面数为(自630开始):

911,1002,1047,1050,1177,1199,194,186,175,30

磁头移动总量是(1199 - 630)×2 +(630-30)= 1738 个柱面。

SSTF(最短寻道时间优先)算法:根据磁头当前位置,首先选择请求队列中离磁头最短的请求,然后再为之服务。与先来先服务相比,这种算法能使平均等待时间得到改善,并且可以获得很高的寻道性能,但是也会导致某些请求访问的进程"饿死"。

采用最短寻道时间优先算法时,磁头移动顺序为(自630开始):

911,1002,1047,1050,1177,194,186,175,30

磁头移动总量是(1177 - 630)×2 +(630-30)= 1694 个柱面。

解答:C。

[例题2] 磁臂驱动调度算法中( )算法可能会随时改变移动磁臂运动方向。

A. 扫描算法   B. 察看算法   C. 先来先服务   D. 循环扫描

分析:除了C,其他算法均是单向移动的。

解答:C。

【知识点睛】

本知识点的要点是搞清楚磁盘的结构和磁臂调度算法。考生要注意区分各个算法的特点

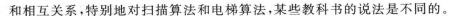

和相互关系,特别地对扫描算法和电梯算法,某些教科书的说法是不同的。

【即学即练】

[习题] 磁盘请求的柱面按 10,22,20,2,40,6,38 的次序到达磁盘的驱动器,寻道时每个柱面移动需要 6ms。计算按以下算法调度时的寻道时间:

 (1) 先来先服务。

 (2) 最短寻道时间优先。

 (3) 扫描算法。

 以上所有情况磁头臂当前位于柱面20,先前的位置为15。

【习题答案】

[习题]

分析:本题考查磁头调度算法。解题时需要计算每种算法的柱面移动总量。因为每个柱面移动需要 6ms,所以寻道时间 = 柱面移动总量×6ms。需要注意的是给定的条件,先前的位置为 15,当前为 20。则移动方向为由低到高,此方向为扫描算法所用。

解答:(1)先来先服务算法的调度顺序为:10,22,20,2,40,6,38。柱面移动总量为 146,寻道时间为 146× 6ms = 876ms。

 (2)最短寻道时间优先算法调度顺序为:20,22,10,6,2,38,40。柱面移动总量为 60,寻道时间为 60 × 6ms = 360ms。

 (3)扫描算法调度顺序为 20,22,38,40,10,6,2。柱面移动总量为 58,寻道时间为 58× 6ms =348ms。

知识点聚焦 81：设备管理概念

【典型题分析】

[例题 1] 在设备管理中,设备映射表(DMT)的作用是( )。

A. 管理物理设备   B. 管理逻辑设备

C. 实现输入/输出   D. 建立逻辑设备与物理设备的对应关系

分析:本题考查设备管理中数据结构的作用。

解答:D。

[例题 2] CPU 输出数据的速度远远高于打印机的打印速度,为解决这一矛盾,可采用( )。

A. 并行技术 B. 通道技术   C. 缓冲技术   D. 虚拟技术

分析:本题考查缓冲区。为了解决 CPU 与 I/O 设备间速度不匹配的矛盾,提高的 I/O 速度和设备利用率,在所有的 I/O 设备与处理机(内存)之间使用了缓冲区来交换数据。

解答:C。

【知识点睛】

 为了完成设备管理的任务,操作系统设备管理模块应该具有的功能:提供设备使用的用户接口;设备分配和释放;设备的访问和控制;输入/输出缓冲和调度。

【即学即练】

[习题 1] 在下列问题中,哪一个不是设备分配中应考虑的问题? ( )

A. 及时性   B. 设备的固有属性 C. 设备无关性   D. 安全性

[习题 2] ( )是 CPU 与 I/O 设备之间的接口,它接受从 CPU 发来的命令,并去控制 I/O 设备工作,使处理机从繁杂的设备控制事务中解脱出来。

A. 中断装置   B. 通道   C. 逻辑   D. 设备控制器

【习题答案】

[习题1]

分析:在进行设备分配时应考虑的因素有:设备的固有属性,设备无关性,安全性。

设备的固有属性:对于独占设备、共享设备、虚拟设备等具有不同的属性的设备,通常采用不同的分配算法。设备无关性又称为设备独立性,是指应用程序使用的逻辑设备独立于系统实际配置的物理设备。安全性即避免死锁的产生。

综上分析选项 B、C、D 都是设备分配应考虑的问题。显然选项 A 不是设备分配应考虑的问题。

解答:A。

[习题2]

分析:设备控制器是 CPU 与 I/O 设备之间的接口,它接收 CPU 发来的命令,并去控制 I/O 设备工作,使处理机从繁杂的设备控制事务中解脱出来。设备控制器是一个可编址设备,当它控制一个设备时,它有一个唯一的设备地址,若控制器可连接多个设备时,应具有多个设备地址,使每一个地址对应一个设备。设备控制器的复杂性因设备而异。可把设备控制器分为两类:一类是用于控制低速的字符设备的控制器,另一类是用于控制高速的块设备控制器。

解答:D。

知识点聚焦 82：I/O 调度、设备分配与回收

【典型题分析】

[例题] 输入/输出软件一般分为四个层次:用户层、与设备无关软件层、设备驱动程序以及中断处理程序。请说明以下各工作是在哪一层完成的?

(1) 向设备寄存器写命令。

(2) 检查用户是否有权使用设备。

(3) 将二进制证书转换成 ASCII 码以便打印。

分析:用户层主要是用户的系统调用,使用的是逻辑设备号,例如硬盘的设备号为 0。设备独立层将用户的系统调用及参数解释为相应的物理设备,并查找系统设备表,找到相应设备。到了设备驱动层就会将参数按照设备的要求配置到具体的寄存器里并使其工作。所以上述三种操作均为设备驱动层面上的操作。

解答:(1)设备驱动程序是写设备管理的底层软件,用于控制输入/输出设备进行具体输入输出操作。其功能为:将抽象的要求转换为具体的要求;检查用户输入/输出请求的合法性;了解外设的状态;设置设备的工作方式。

向设备发出输入/输出命令,启动设备,实现输入/输出。因此,向设备寄存器写命令属于设备驱动程序。

(2)用户层软件是用户与设备管理模块的接口,负责解释用户的请求,并将这种请求转化为具体的输入/输出操作。不过,该层软件并不检查用户的访问权限,因此,"检查用户是否有权使用设备"属于设备驱动程序。

(3)与设备无关软件层主要负责将逻辑设备名转换成物理设备,实现设备的分配和回收,进行缓冲区管理等。"将二进制整数转换成 ASII 码以便打印"不属于该层软件。它应当是将抽象要求转换为具体要求的一部分,所以也属于设备驱动程序。

【知识点睛】

在有些系统中，每当进程发出输入/输出请求后便立即进入阻塞状态，直到所提出的请求完成才被唤醒，此时一个进程只能提出一个输入/输出请求。不可能同时操作多台设备，这种方法对设备分配比较安全，但进程进度缓慢，处理机和输入/输出设备之间是串行工作的，为了能同时操作多台外部设备以加速进程的推进，应使进程在发出输入/输出请求仍可继续运行，需要时再发出第二个、第三个输入/输出请求，当请求设备已被另一进程占用时才进入阻塞状态，这种多请求方式可能产生死锁，使设备分配变得不安全，因此在进行多请求方式时一定要避免死锁的发生。

为了提高系统的可适应性和可扩展性，所编制的用户程序应与实际使用的物理设备无关，这就是设备独立性或设备无关性。进程在实际运行时使用的是具体的物理设备，而在用户程序中则使用的是逻辑设备名称。在系统中必须有一张联系逻辑设备名和物理设备名的映像表，以实现逻辑设备到物理设备的映射，利用设备无关性有利于提高设备的利用率。

【即学即练】

[习题1]设备与CPU之间数据传送和控制方式有四种，下面哪一种不是的( )。

A. 程序直接控制方式　　　B. 设备控制方式　　　C. DMA方式　　　D. 通道控制方式

[习题2]下面关于独占设备和共享设备的说法中不正确的是( )。

A. 打印机、扫描仪等属于独占设备

B. 对独占设备往往采用静态分配方式

C. 共享设备是指一个作业尚未撤离，另一个作业即可使用，但每一时刻只有一个作业使用

D. 对共享设备往往采用静态分配方式

【习题答案】

[习题1]

分析：本题主要考查设备数据传送方式部分。

解答：B。

[习题2]

分析：从使用的角度来分析外围设备特性，分为两类，一是独占使用的设备，如扫描仪、打印机等。独占设备每次只允许一个作业独占使用。对独占设备采用静态分配方式，即在一个作业执行前，将作业要使用的这类设备分配给它。作业执行结束后，回收已分配的设备。另一类是共享设备，如磁盘。共享设备允许当一个作业尚未撤离，另一个作业即可使用，但每一时刻只有一个作业启动该设备，允许它们交替地启动。共享设备采用动态分配方法，在作业需要启用设备的时候，才分配设备给作业。

解答：D。

知识点聚焦83：高速缓存、假脱机(SPOOLing)

【典型题分析】

[例题1]在关于SPOOLing的叙述中，( )描述是正确的。

A. SPOOLing系统中不需要独立设备

B. SPOOLing系统加快了作业执行的速度

C. SPOOLing系统使独立设备变成共享设备

D. SPOOLing系统利用了处理机与通道并行工作的能力

分析：SPOOLing 系统的重要功能是将独立设备变成共享设备。SPOOLing 系统中可能存在多个独立设备。SPOOLing 系统并不能加速运行，也疏于并发，更非通道，因此其余的答案都不对。

解答：C。

[例题 2] 设备管理中引入了缓冲机制的主要原因是什么？

分析：缓冲的基本含义一个是时间上的，另一个是空间上的。时间上高速和低速的匹配，空间上串行和并行数据的转换。第三个含义是解放处理机，不必频繁地响应中断或其他操作。

解答：缓解处理机与外部设备之间速度不匹配的矛盾；实现处理机和外部设备的并行处理；放宽对处理机响应时间的限制。

【知识点睛】

　　SPOOLing 技术，即同时联机外围操作技术，又称假脱机技术，是指在多道程序环境下，利用多道程序中的一道或两道程序来模拟脱机输入/输出中的外围控制机的功能，以达到"脱机"输入/输出的目的，即在联机的条件下，将数据从输入设备传送到磁盘，或从磁盘传送到输出设备。通过它可以将一台独占的物理设备虚拟为多台逻辑设备，从而使该物理设备可被多个进程共享。

【延伸拓展】

　　缓冲区是用来保存在两设备之间或在设备和应用程序之间所传输数据的内存区域。采用缓冲有三个作用：第一个作用是处理数据流的生产者与消费者之间的速度差异。第二个作用是协调传输数据大小不一致的设备，这种不一致在计算机网络中特别常见，缓冲常常用来处理消息的分段和重组。在发送端，一个大消息分成若干小网络包。这些包通过网络传输，接收端将它们放在重组缓冲区内以生成完整的源数据镜像。第三个作用是应用程序输入/输出的拷贝语义。例如某应用程序需要将缓冲区的数据写入到磁盘。它可以调用 write 系统调用，并给出缓冲区的指针和表示所写字节数量的整数。当系统调用返回时，如果应用程序改变了缓冲区中的内容，根据拷贝语义，操作系统保证要写入磁盘的数据就是 write 系统调用发生时的版本，而无须顾虑应用程序缓冲区随后发生的变化。

　　根据缓冲器的个数，缓冲技术可分为：

　　① 单缓冲，在设备和处理机之间只设置一个缓冲区，由输入设备和输出设备公用，每当一个用户进程发出一个输入/输出请求时，系统便在内存中为之分配一个缓冲区，设备和设备之间能通过单缓冲达到并行操作。

　　② 双缓冲，为输入和输出设备分配两个缓冲区，两个缓冲区交替使用，双缓冲很难匹配设备和处理机的处理速度。

　　③ 循环缓冲，为输入/输出设备分别设置多个缓冲区，一部分专门用于输入，另一部分专门用于输出，可以实现对缓冲区中数据的输入和提取，以及处理机的计算三者并行工作。

　　④ 缓冲池，将多个缓冲区合并在一起构成公用缓冲池进行统一管理，缓冲池中的缓冲区可供多个进程共享。

【即学即练】

[习题 1] CPU 输出数据的速度远远高于打印机的打印速度，为解决这一矛盾，可采用（　　）。

A. 并行技术　　　　　B. 通道技术　　　　　C. 缓冲技术　　　　　D. 虚拟技术

[习题 2] 引入高速缓冲的主要目的是（　　）。

A．提高 CPU 的利用率　　　　　　　　　B．提高 I/O 设备的利用率

C．改善 CPU 与 I/O 设备之间速度不匹配的情况　　　D．节省内存

[习题 3] 缓冲区管理着重要考虑的问题是（　　）。

A．选择缓冲区的大小　　　　　　　　　B．决定缓冲的数量

C．实现进程访问缓冲区的同步　　　　　D．限制进程的数量

【习题答案】

[习题 1]

分析：本题考查缓冲区。为了解决 CPU 与 I/O 设备间速度不匹配的矛盾，提高的 I/O 速度和设备利用率，在所有的 I/O 设备与处理机（内存）之间使用了缓冲区来交换数据。

解答：C。

[习题 2]

分析：引入缓冲技术的目的是为提高输入/输出的速度。在进程数据区与外设之间设立缓冲区，可以改善进程运行速度和 I/O 传输速度之间的差异。通过在系统内存空间设立一片区域，即高速缓冲区，将要从外存中读取的数据预先读取到高速缓冲区中；将要输出到外设的数据先写到高速缓冲区中，然后再写到外设。因为内存操作的速度远远高于外设，所以这样做可以提高输入/输出速度，改善 CPU 与 I/O 设备之间速度匹配的情况。

解答：C。

[习题 3]

分析：本题主要考查对缓冲区管理的原则。无论是单缓冲、多缓冲还是缓冲池，由于缓冲区是一种临界资源，所以在使用缓冲区时都有一个申请，释放（即互斥）的问题需要考虑。

　　　一个缓冲区由两部分组成：一部分是用来标识和管理该缓冲器的缓冲首部，另一部分是用于存放数据的缓冲体。这两部分有一一对应的映射关系。多个缓冲区可以组成缓冲池，对缓冲池的管理是通过对每一个缓冲区的缓冲首部进行操作来实现的。

解答：C。

知识点聚焦 84：计算机网络体系结构与参考模型

【典型题分析】

[例题 1] 在 OSI 参考模型中，同一结点内相邻层之间通过（　　）来进行通信。

A．接口　　　　　　B．协议　　　　　　C．应用程序　　　　　　D．进程

分析：本题主要考查 OSI 参考模型的层次结构，重点在于层次结构、协议和接口之间的关系，要明确协议是对等层之间通信的规则、约定与标准，而接口是同一结点内相邻层之间交换信息的连接点，因此答案为 A。

解答：A。

[例题 2] 关于 OSI 参考模型，以下叙述正确的是（　　）。

A．每层之间相互直接通信　　　　　　　B．物理层直接传输数据

C．数据总是由物理层传输到应用层　　　D．真正传输的数据很大，而控制头小

分析：本题主要考查 OSI 参考模型各个层次的作用和关系，OSI 参考模型中层次之间的通信只存在于相邻层次之间，因此选项 A 是错误的。物理层直接阐述的是包括数据链路层以上的内容，不能直接传输数据，同时对于数据时能够从物理层到应用层进行双向流动，因而选项 B，C 也是错误的。网络的目的是实现资源共享，因此无论任何模型，都要实现真正传输的数据很

大,而控制头小,因此答案为 D。

解答:D。

【知识点睛】

1. 本知识点是计算机网络的基础,特别是参考模型贯穿整个计算机网络的基础,OSI 参考模型分为七个层次,同时也是把网络中的有关活动或分为七个更小、更易于处理的任务组,一个任务或任务组被分配到一个 OSI 模型的层内,以保证分配到各层的任务能够独立地完成,这就使得某层提供的解决方案能够在不影响到其他层的情况下被更新。

2. 层次:网络体系结构中不同的系统分成相同的层次,不同系统的最低层之间存在着"物理"通信,而对等层之间存在"虚拟"通信。不同系统的对等层之间的通信有明确的通信规定,高层使用低层提供的服务时并不需要知道低层服务的具体实现方法。

3. 协议:为网络数据交换而制定的规则、约定与标准,它包括三个要素,分别是语义、语法和时序,其中语义用于解释比特流的每一部分的意义,语法用于用户数据与控制信息的结构与格式,以及出现的顺序的意义,时序指的是事件实现数序的详细说明。

4. 接口:同一结点内相邻层之间交换信息的连接点,同一个结点的相邻层之间存在着明确规定的接口,低层向高层通过接口提供服务,只要接口条件不变,低层功能不变。低层功能的具体实现方法与技术的变化不会影响整个系统的工作。

5. 网络体系结构:一个功能完备抽象的计算机网络需要制定一套复杂的协议集,网络协议是按层次结构来组织的,网络层次结构模型与各层协议的集合称为网络体系结构。

6. OSI 参考模型采用的是三级抽象:即体系结构、服务定义和协议说明。

(1) 物理层:完成 0/1 在物理介质上的传输。

(2) 数据链路层:将不可靠的物理链路变成可靠的数据链路,涉及的协议有 PPP,HDLC 等。

(3) 网络层:提供路由选择,拥塞控制及网络互联功能,为端到端提供面向连接或者无连接的数据传输服务, 涉及的协议有 IP 和 ICMP 等。

(4) 传输层:提供面向进程,面向连接或者无连接的数据传输服务,涉及的协议有 TCP 和 UDP。

(5) 会话层:为进程之间的会话提供建立/维护/终止连接的功能。

(6) 表示层:协商应用程序间交互的数据格式。

(7) 应用层:为网络应用提供协议支持和服务。涉及的协议有电子邮件协议、远程登录协议及文件传输协议等。

7. OSI 参考模型和 TCP/IP 参考模型的不同点:

(1) OSI 分七层,自下而上分为物理层、数据链路层、网络层、运输层、会话层、表示层和应用层,而 TCP/IP 分四层:网络接口层、网间网(IP)、传输层(TCP)和应用层。严格讲,TCP/IP 网间网协议只包括下三层,应用程序不算 TCP/IP 的一部分。

(2) OSI 层次间存在严格的调用关系,两个(N)层实体的通信必须通过下一层(N-1)层实体,不能越级,而 TCP/IP 可以越过紧邻的下一层直接使用更低层所提供的服务(这种层次关系常被称为"等级"关系),因而减少了一些不必要的开销,提高了协议的效率。

(3) OSI 只考虑用一种标准的公用数据网将各种不同的系统互联在一起,后来认识到互联网协议的重要性,才在网络层划出一个子层来完成互联作用。而 TCP/IP 一开始就考虑到多种异构网的互联问题，并将互联网协议 IP 作为 TCP/IP 的重要组成部分。

（4）OSI 开始偏重于面向连接的服务，后来才开始制定无连接的服务标准，而 TCP/IP 一开始就有面向连接和无连接服务，无连接服务的数据报对于互联网中的数据传送及分组话音通信都是十分方便的。

（5）OSI 与 TCP/IP 对可靠性的强调也不相同。对 OSI 的面向连接服务，数据链路层、网络层和传输层都要检测和处理错误，尤其在数据链路层采用校验、确认和超时重传等措施提供可靠性，而且网络和传输层也有类似技术。而 TCP/IP 则不然，TCP/IP 认为可靠性是端到端的问题，应由传输层来解决，因此它允许单个的链路或机器丢失数据或数据出错，网络本身不进行错误恢复，丢失或出错数据的恢复在源主机和目的主机之间进行，由运输层完成。由于可靠性由主机完成，增加了主机的负担。但是，当应用程序对可靠性要求不高时，甚至连主机也不必进行可靠性处理，在这种情况下，TCP/IP 网的效率最高。

（6）在两个体系结构中智能的位置也不相同。OSI 网络层提供面向连接的服务，将寻径、流控、顺序控制、内部确认、可靠性带有智能性的问题，都纳入网络服务。相反，TCP/IP 则要求主机参与几乎所有网络服务，所以对入网的主机要求很高。

（7）OSI 开始未考虑网络管理问题，到后来才考虑，而 TCP/IP 有较好的网络管理。

【延伸拓展】

1. 计算机网络主要分为几个类型：

（1）根据网络的交换功能分为电路交换、报文交换、分组交换和混合交换。

（2）根据网络的拓扑结构可以分为星型网、树型网、总线网、环型网、网状网等。

（3）根据网络的通信性能可以分为资源共享计算机网络、分布式计算机网络和远程通信网络。

（4）根据网络的覆盖范围与规模可分为局域网、城域网和广域网。

（5）根据网络的使用范围分为公用网和专用网。

2. 分层体系结构中，服务、协议、接口三者之间的区别。

（1）Service － says what a layer does。

（2）Interface － says how to access the service。

（3）Protocol － says how is the service implemented。

服务是各层向它的上层提供的一组原语（或称操作），定义了两层之间的接口（纵向），上层是服务的用户，下层是服务的提供者。协议是定义同层对等实体之间交换的帧、分组和报文的格式及意义的一组规则（横向）。

【即学即练】

[习题 1] 在 OSI 参考模型中，为实现有效、可靠数据传输，必须对传输操作进行严格的控制和管理，完成这项工作的层次是（   ）。

A. 应用层   B. 网络层   C. 传输层   D. 数据链路层

[习题 2] ISO 提出 OSI 模型是为了（   ）。

A. 建立一个设计任何网络结构都必须遵从的绝对标准

B. 克服多厂商网络固有的通信问题

C. 证明没有分层的网络结构是不可行的

D. A 和 B

[习题3] 在 OSI 模型中,第 N 层和其上的 N+1 层的关系是（   ）。

A. N 层为 N+1 层服务　　　　　　B. N+1 层将从 N 层接收的信息增加了一个头

C. N 层利用 N+1 层提供的服务　　　D. N 层对 N+1 层没有任何作用

[习题4] 下面对各相关协议层的叙述中（   ）是正确的。

A. 应用层包括很多的协议,在 Internet 上提供的每一种应用都定义了一个相应的应用层协议

B. Internet 的网络层（IP 层）采用的是 IP 协议,IP 包是用来封装传输层下来的数据报的,即 TCP 或 UDP 数据报文,当然不可能用来封装 IP 层的报文,IP 层的报文是用帧来封装的

C. 在以太网的数据链路层协议中,其发送端的 CPU 将首先生成一个包括帧头标志、源地址、目的地址、帧类型、数据及计算好的 CRC 校验码和帧尾标志的数据帧,存放于缓冲区,然后交物理层发送

D. 物理层协议是把数据链路层下来的数据帧进行封装差错检查,然后进行传输

【习题答案】

[习题1]

分析:本题主要考查 OSI 参考模型各个层次的功能,对传输操作进行严格的控制和管理的层次在传输层,数据链路层也进行一定传输管理,比如流量控制,但不能实现数据的有效性和可靠性。

解答:C。

[习题2]

分析:本题主要考查 OSI 参考模型提出的必要性,选项 A 中绝对标准是错误的,其只是一个参考标准,从而选型 D 也是错误的,选项 C 只能说明 OSI 参考模型证明分层的网络结构是可行的,但不是一个必要条件,因此答案是选项 B,参考模型的提出主要解决多厂商网络固有的通信问题,也就是保证多厂商网络的互联互通。

解答:B。

[习题3]

分析:本题考查 OSI 参考模型层次之间的关系,只要明确 N 层为 N+1 层提供服务,为从 N+1 层接收到的信息增加一个头,这个题目就迎刃而解,答案为选项 A。

解答:A。

[习题4]

分析:计算机网络提出了协议分层的概念,一般来说下层协议总是对上层协议进行封装,在 Internet 中应用层对每一种应用都定义了一个相应的协议,但都将在传输层采用 TCP 或 UDP 协议进行封装。TCP 和 UDP 的数据报到 IP 层后都是用 IP 进行封装,但 IP 层的 ICMP 等也是用 IP 来封装的。IP 包到数据链路层是用帧来封装的,然而帧格式中的 CRC 校验是在网络接口芯片发送数据时生成的,并一起发送,而不是先生成后放在缓冲区中。当数据帧到达物理层时,不存在封装的问题,物理层只是将数据帧的二进制序列转换成信号进行传输。据此上述选项 A 的说法是正确的。

解答:A。

知识点聚焦 85：奈奎斯特定理和香农定理

【典型题分析】

[例题1] 电视频道的带宽是 6MHz,若使用 4 级数字信号,每秒能发送多少比特。（不考虑信

道噪声）

分析：不考虑信道噪声，适用奈奎斯特（Nyquist）定理，4 级数字信号，则说明量化等级为 4，N=4，直接用公式可以求解。

解答：最大数据传输速率（bps）＝$2H \times \log_2 N = 2 \times 6M \times \log_2 4 = 24Mbps$。

[例题 2] 一个用于发送二进制信号的 3kHz 信道，其信躁比为 20dB，最大的信道传输速率是多少？

分析：由题意可知，这是一个有噪声的信道，因此必须考虑香农定理（Shannon），所以最大的信道传输速率要取 Nyquist 定理和香农定理的最小值，注意题中采用二进制信号，因此 Nyquist 定理中的量化等级，N＝2。

解答：首先根据信噪比的大小求 $10 \times \lg(S/N) = 20$　　　　$S/N = 100$

由 Shannon 公式，最大数据传输速率＝$H \times \log_2(1+S/N) = 3K \times \log_2(1+100) \approx 19.98 Kbps$

由 Nyquist 定理，最大数据传输速率＝$2H \times \log_2 N = 2 \times 3K \times \log_2 2 = 6Kbps$

所以，最大数据传输速率由 Nyquist 定理决定，为 6Kbps。

【知识点睛】

1. 信道容量表示一个信道的最大数据传输速率，单位为位/秒（bps）

信道容量与数据传输速率的区别是，前者表示信道的最大数据传输速率，是信道传输数据能力的极限，而后者是实际的数据传输速率。像公路上的最大限速与汽车实际速度的关系一样。

2. 离散的信道容量：

奈奎斯特无噪声下的码元速率极限值 B 与信道带宽 H 的关系：

$$B = 2 \times H (Baud)$$

奈奎斯特公式——无噪信道传输能力公式：

$$C = 2 \times H \times \log_2 N \ (bps)$$

式中，H 为信道的带宽，即信道传输上、下限频率的差值，单位为 Hz；N 为一个码元所取的离散值个数。

3. 连续的信道容量：

香农公式——带噪信道容量公式：$C = H \times \log_2(1+S/N)(bps)$

式中，S 为信号功率；N 为噪声功率；S/N 为信噪比，通常把信噪比表示成 $10\lg(S/N)$ 分贝（dB）。

4. 关键概念：

码元：在数字通信中常常用时间间隔相同的符号来表示一位二进制数字。这样的时间间隔内的信号称为二进制码元，而这个间隔被称为码元长度。

波特率：即调制速率或符号速率，指的是信号被调制以后在单位时间内的波特数，即单位时间内载波参数变化（相位或者幅度）的次数。它是对信号传输速率的一种度量，通常以"波特每秒"（Bps）为单位。

波特率有时候会同比特率混淆，实际上后者是对信息传输速率（传信率）的度量。波特率可以被理解为单位时间内传输码元符号的个数（传符号率），通过不同的调制方法可以在一个码元上负载多个比特信息。因此信息传输速率即比特率在数值上和波特率有这样的关系：比特率＝波特率×每符号含的比特数。

【延伸拓展】

基带信号与宽带信号的传输各有什么特点？

（1）将数字信号"1"或"0"直接用两种不同的电压表示，这种高电平和低电平不断交替的信号称为基带信号，而基带就是这种原始信号所占的基本频带。将基带信号直接送到线路上传输称为基带传输。基带传输要求信道有较宽的频带。

（2）若将多路基带信号、音频信号和视频信号的频谱分别移到一条电缆的不同频段传输，这种传输方式称为宽带传输。宽带传输所传输的信号都是经过调制后的模拟信号。因此可用宽带传输系统实现文字、声音和图像的一体化传输。在宽带系统中，要用放大器增加传输距离。

【即学即练】

[习题1] 设信号的波特率为600Baud，采用幅度—相位复合调制技术，由4种幅度和8种相位组成16种码元，则信道的数据率为（   ）。

A. 600b/s   B. 2 400b/s   C. 4 800 b/s   D. 9 600 b/s

[习题2] 普通电话线路带宽约3kHz，则码元速率极限值是（   ），若码元的离散值个数N＝16，则最大数据传输速率是（   ）。

A. 6,24   B. 6,12   C. 3,24   D. 3,12

[习题3] 已知信噪比为30dB，带宽为3kHz，信道的最大数据传输速率是（   ）。

A. 60   B. 40   C. 30   D. 20

[习题4] 采用相—幅调制（PAM）技术在带宽为32kHz的无噪声信道上传输数字信号，每个相位处都有两种不同幅度的电平。若要达到192Kbps的数据速率，至少要有多少种不同的相位？

[习题5] 模拟传输和数字传输都是常用的数据传输方式，有关这两种传输方式的说法中，下列叙述中（   ）是正确的。

A. 电话线路属于模拟信道是只能用于传输模拟数据的，不适用于数字数据的传输

B. 数字数据传输不会产生累积误差，所以尤其在长距离的级联传输中具有优势

C. 时分复用和频分复用都是常用的多路复用技术，如在目前的闭路电视系统中，一根电缆中传输很多路电视节目，采用的就是时分复用技术

D. ADSL接入采用的是频分复用技术，该接入技术本质上是共享的，所以随着使用者人数的增加，单个用户实际使用的带宽将减少

【习题答案】

[习题1]

分析：直接采用Nyquist定理求解，注意离散数值个数为16，信道的数据率＝$2\times 600\times \log_2 16$＝4800b/s，因此答案为C。

解答：C。

[习题2]

分析：首先根据Nyquist定理B＝$2\times H$＝$2\times 3K$＝6KBaud；若码元的离散值个数N＝16，则最大数据传输速率C＝$2\times 3K\times \log_2 16$＝24kbps。因此答案为A。

解答：A。

[习题3]

分析：因为 $10\lg(S/N)=30$，所以 $S/N=10^{30/10}=1000$，所以 $C=3K\times\log_2(1+1\,000)\approx 30K$ bps，因此答案为 C。

解答：C。

[习题 4]

分析：本题主要是对定理的逆向应用，根据奈奎斯特公式 $C=2H\log_2 N$，由题意 $C=192K$，$H=32K$，解得 $\log_2 N=3$，$N=8$。所以，至少需要相位 $8\div 2=4$（种）。

解答：4 种不同的相位。

[习题 5]

分析：数据有模拟数据与数字数据之分，这里所说的是数据的本质，如电压、电流、压力、温度、声音等物理量本质上都上模拟数据，如果通过某种 A/D 的方法进行转换，用数字数据来表示，此时，模拟数据的本质没有改变，改变的是其表示的方式；对于字符"A"的 ASCII 码 41H，或者一个用十六进制表示的二字节整型数 10A8H，其数据的本质是数字数据。用于传输数据的信道也有模拟与数字之分，这是根据该信道在传输数据时，携带数据的信号来区分的，如果数据传输时携带数据的载体是模拟信号，则该信道就是模拟信道，如电话信道就是一个模拟信道，无论是通过电话信道通电话或者通过电话信道上网，在电话信道上携带数据的信号都是模拟信号，当然所携带的数据是不同的，前者是声音（本质是模拟数据），而后者假设是一个 Web 访问的请求（本质是数字数据）；如局域网中的 PC 通过一个 100M bps 的网卡端口和一根 5 类的双绞线与服务器连接，该信道就是数字信道，在传输数据时，携带数据的信号都是数字信号，无论是通过这根信道传输一个 MP3 的文件（通过采样、编码的声音文件，本质上是模拟数据）或者传输的是一个文本文件（本质上是数字数据），在信道上携带数据的信号都是数字信号，是采用 4B/5B 编码的数字信号。常用的 ADSL 接入采用的是频分复用技术，但不是共享的，闭路电视采用的就是频分复用技术。所以模拟信道和数字信道都可以用来传输数据，而不论该数据本质上是模拟数据还是数字数据，然而在数字数据传输中，接收端所接收到的数据只有正确和错误之分（错误的可以重发），不会由于干扰而累积误差，所以选项 B 是正确的。

解答：B。

知识点聚焦 86：电路交换、报文交换和分组交换

【典型题分析】

[例题 1] 报文的内容不按顺序到达目的结点的是（　　）。

A. 电路交换　　　　B. 报文交换　　　　C. 虚电路交换　　　　D. 数据报交换

分析：本题主要考查三种交换的特点，具体分析见知识点睛，电路交换首先要建立电路，虚电路交换首先要建立虚电路，因此报文的传递都是有序的，对于报文交换，是针对报文进行直接传递，因此内容是有序的，只有数据报交换，是对报文进行一定的分割，不建立连接，使报文的内容是无序的。

解答：D。

[例题 2] 设需在两台计算机间经两个中间结点传送 100 兆字节的文件，假定：

(1) 计算机与中间结点间的通信线路及中间结点间通信线路的通信速率皆为 8kbps；

(2) 数据传输的差错可以忽略不计；

(3) 中间结点存储转发时间可忽略不计；

(4) 每一段线路的传播时延均为 10ms

试计算采用甲、乙两种方案传送此文件所需时间。其中：

方案甲：将整个文件逐级存储转发。

方案乙：将文件分为1000字节长的帧在进行逐级存储转发，假定帧头和帧尾的开销为10字节。

分析：本题主要考查报文交换和分组交换的特点，针对报文交换，每一个结点，所需时间＝报文的发送时间＋传播时延，要注意本题是要经过两个中间结点，因此总时间为3次所需时间；针对分组交换，首先计算第一个分组的时间，所需时间＝第一个分组的报文发送时间＋传播时延，总时间为3次第一个分组的时间，再加上（N－1）分组的发送时间，具体计算的时候，要注意文中给出的是字节，具体传输是按照位计算，1字节＝8位。

解答：报文交换：总时延＝3×（报文的发送时间＋传播时延）

$$=3\times(100\times10^6\times8\ /\ 8\times10^3+0.01)s=300\ 000.03s$$

分组交换：总时延＝3×（第一个分组的报文发送时间＋传播时延）＋后面的（N－I）个分组的报文发送时间＝$3\times((10+1\ 000+10)\times8/8\times10^3+0.01)+(100\times10^6/1\ 000-1)(10+1\ 000+10)\times8\ /\ 8\times10^3\ s=3.09+\ 102\ 998.97=\ 103\ 002.06s$。

【知识点睛】

1．基本计算。要理解传播时延、发送时间、处理时延和排队时延各自的物理意义和计算方法。

（1）传播时延：表示信号在传输通道上产生的时延，包括线路时延和中间结点的时延。

线路上的传播时延＝ 线路长度 / 信号的速度

（2）发送时间：以一定的速率发送完一个一定长度的报文所需的时间。

报文的发送时间＝报文长度 / 报文的发送速率

（3）处理时延：结点进行报文存储转发处理所用的时间。

2．三种交换方式的优缺点。

（1）电路交换：电路交换在通信之前要在通信双方之间建立一条被双方独占的物理通路（由通信双方之间的交换设备和链路逐段连接而成）。

（2）报文交换：报文交换是以报文为数据交换的单位，报文携带有目标地址、源地址等信息，在交换结点采用存储转发的传输方式。

（3）分组交换：分组交换仍采用存储转发传输方式，但将一个长报文先分割为若干个较短的分组，然后把这些分组（携带源、目的地址和编号信息）逐个地发送出去。

总之，若传送的数据量很大，且其传送时间远大于呼叫时间，则采用电路交换较为合适；当端到端的通路由很多段的链路组成时，采用分组交换传送数据较为合适。从提高整个网络的信道利用率上看，报文交换和分组交换优于电路交换，其中分组交换比报文交换的时延小，尤其适合于计算机之间突发式的数据通信。

3．分组交换主要有两种方式——数据报与虚电路

对比的方面	虚电路服务	数据报服务
思路	可靠通信应当由网络来保证	可靠通信应当由用户主机来保证
连接的建立	必须有	不需要
终点地址	仅在连接建立阶段使用，每个分组使用短的虚电路号	每个分组都有终点的完整地址

续表

对比的方面	虚电路服务	数据报服务
分组的转发	属于同一条虚电路的分组均按照同一路由进行转发	每个分组独立选择路由进行转发
当结点出故障时	所有通过出故障的结点的虚电路均不能工作	出故障的结点可能会丢失分组，一些路由可能会发生变化
分组的顺序	总是按发送顺序到达终点	到达终点时不一定按发送顺序
端到端的差错处理和流量控制	可以由网络负责，也可以由用户主机负责	由用户主机负责

【即学即练】

[习题 1] 如图 86-1 所示，主机 A 和 B 每个都通过 10Mbps 链路连接到交换机 S。

在每条链路上的传播延迟都是 $20\mu s$。S 是一个存储转发设备，在它接收完一个分组后 $35\mu s$ 开始转发收到的分组。试计算把 10000 比特从 A 发送到 B 所需要的总时间。

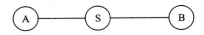

图 86-1　习题 1 网络拓扑图

（a）作为单个分组。

（b）作为两个 5000 位的分组一个紧接着另一个发送。

[习题 2] 以下各项中，不是数据报操作特点的是（　　）。

A. 每个分组自身携带有足够的信息，它的传送是被单独处理的

B. 在整个传送过程中，不需建立虚电路

C. 使所有分组按顺序到达目的端系统

D. 网络结点要为每个分组做出路由选择

[习题 3] 在基于 TCP/IP 模型的分组交换网络中，每个分组都可能走不同的路径，所以在分组到达目的主机后应重新排序；又由于不同类型物理网络的 MTU 不同，所以一个分组在传输过程中也可能需要分段，这些分段在到达目的主机后也必须重组。对于分组的排序和分段的重组下列（　　）的说法是正确的。

A. 排序和重组工作都是由网络层完成

B. 排序和重组工作都是由传输层完成

C. 排序工作由网络层完成，而重组工作由传输层完成

D. 重组工作由网络层完成，而排序工作由传输层完成

【习题答案】

[习题 1]

分析：(1) 作为单个分组时，每条链路的发送延迟是 10 000b÷10Mbps＝1 000μs。

总的传送时间等于 2×1 000＋2×20＋35＝2 075μs。（2 个发送延迟＋两个发送延迟＋中转延迟）

（2）当作为两个分组发送时，下面列出的是各种事件发生的时间表：

T＝0　　　　开始（1 个分组发送延迟 500μs）

T＝500　　　A 完成分组 1 的发送，开始发送分组 2

$T=520$ 分组 1 完全到达 S（传播延迟 $20\mu s$）

$T=555$ 分组 1 从 S 起程前往 B（中转延迟 $35\mu s$）

$T=1\,000$ A 结束了分组 2 的发送（发送延迟 $500\mu s$）

$T=1\,055$ 分组 2 从 S 起程前往 B（传播延迟 $20\mu s$＋中转延迟 $35\mu s$）

$T=1\,075$ 分组 2 的第 1 位开始到达 B（传播延迟 $20\mu s$）

$T=1\,575$ 分组 2 的最后 1 位到达 B（由于发送延迟 $500\mu s$，末位比首位晚到 $500\mu s$）

事实上，从开始发送到 A 把第 2 个分组的最后 1 位发送完经过的时间为 $2\times500\mu s$，

第 1 个链路延迟 $20\mu s$，

交换机延迟为 $35\mu s$（然后才能开始转发第 2 个分组），

$500\mu s$ 的发送延迟（等待该分组发送到末位），

第 2 个链路延迟 $20\mu s$，

所以，总的时间等于 $2\times500\mu s+20\mu s+35\mu s+500\mu s+20\mu s=1575\mu s$。

解答：(1) $=2\times1000+2\times20+35=2075\mu s$。

　　　(2) $=2\times500\mu s+20\mu s+35\mu s+500\mu s+20\mu s=1575\mu s$。

[习题 2]

分析：本题主要考查数据报的特点，由于数据报提供无连接的网络服务，因此选项 A，B，D 是正确，由于尽最大努力交付没有服务质量保证，因此所有分组的到达是无序的，因此答案为 C。

解答：C。

[习题 3]

分析：IP 网络是分组交换网络，每个分组的头部都包含了完整的源地址和目的地址，以便途经的路由器为每个 IP 包进行路由，即便是同一个源站点向同一个目的站点发出的多个 IP 包，也并不一定走同一条路径，亦即这些 IP 包到达目的站点的顺序可能不一定按序到达，所以这些 IP 包到达目的站点后，目的站点的传输层必须排序，按序接收 IP 包并经处理后向上层提交，即排序的工作是传输层完成的；而一个较大的 IP 包在传输过程中，由于途径物理网络的 MTU 可能比较小，一个 IP 包可能将分成若干个分组，每个分组都有一个完整的 IP 包的头部，这些分组也如同一般的 IP 包一样，经途径路由器的路由最终到达目的站点，按网络协议对等层之间通信的原则：接收方网络层收到的 IP 包必须与发送方发送的 IP 包相同，所以接收方的网络层必须把沿途被分片的分组进行重组，还原成原来的 IP 包，所以重组工作是由网络层完成的。据此选项 D 是正确的。

解答：D。

知识点聚焦 87：物理层设备

【典型题分析】

[例题 1] 下列说法正确的是（　　）。

A. 集线器可以对接收到的信号进行放大　　　　　　B. 集线器具有信息过滤功能

C. 集线器具有路径检测功能　　　　　　　　　　　D. 集线器具有交换功能

分析：本题主要考查集线器的功能，对于物理层的设备，只能完成信息分发，也就是选项 A，对接收到的信号进行放大，而对于信息过滤、路径检测、交换、都需要物理层以上的协议支持，因此选项 B，C，D 错误。

解答：A。

[例题 2] 集线器工作在 OSI 参考模型的(　　　)。

A. 物理层　　　　　　B. 数据链路层　　　　　　C. 网络层　　　　　　D. 传输层

分析：基本概念题，注意交换机工作在数据链路层，路由器工作在网络层。

解答：A。

【知识点睛】

1. 网络设备部分必须与所在的层次结合进行分析，工作在那一层的网络设备，必须具备该层所必需的功能。

2. 中继器是网络物理层上面的连接设备。它适用于完全相同的两类网络的互连，主要功能是通过对数据信号的重新发送或者转发，来扩大网络传输的距离。中继器是对信号进行再生和还原的网络设备。

3. 集线器是基于星型拓扑的接线点。集线器的基本功能是信息分发，它把一个端口接收的所有信号向所有端口分发出去。一些集线器在分发之前将弱信号重新生成，一些集线器整理信号的时序以提供所有端口间的同步数据通信。

【即学即练】

[习题] 网络中用集线器或交换机连接各计算机的这种结构属于(　　　)。

A. 总线结构　　　　　　B. 环型结构　　　　　　C. 星型结构　　　　　　D. 网状结构

【习题答案】

[习题]

分析：本题结合网络的拓扑结构，要从集线器工作原理入手，集线器数据传输是广播式传输，数据发送给网络上所有的计算机，只有计算机地址与信号中的目的地址相匹配的计算机才能接收到，符合总线型结构。而星型拓扑结构以中央结点为中心，并用单独的线路使中央结点与其他各结点相连，相邻结点之间的通信都要通过中心结点。因此选项 A 正确。

解答：A。

知识点聚焦 88：滑动窗口

【典型题分析】

[例题 1] 滑动窗口协议中，接收窗口保存的是(　　　)。

A. 发送的帧序号　　　B. 可接收的帧序号　　　C. 不可发送的帧序号　　　D. 不可接收的帧序号

分析：在滑动窗口中，接收窗口需要保存可接收的顺序号，用于后续的数据接收，而不必考虑不可接收的顺序号，选项 A 和 C 主要应用在发送窗口，因此选项 B 正确。

解答：B。

[例题 2] 在滑动窗口协议中，若窗口的大小为 N 位，则发送窗口的最大值为(　　　)。

A. N　　　　　　B. 2^N　　　　　　C. $2N-1$　　　　　　D. 2^N-1

分析：窗口的大小为 N 位，那么可以编号的数据帧为 2^N，由于发送窗口和接收窗口的和最大为 2^N，因此取接收窗口为 1，发送窗口为最大值，因此选项 D 正确。

解答：D。

[例题 3] 在一个 1Mb/s 的卫星信道上，发送 1000bit 长的帧，确认总捎带在数据帧中，帧头很短，使用 3 位序列号，对于 3 种协议可以获得的最大信道利用率是多少？

分析：(1) 对停一等式 ARQ，即一等式滑动窗口协议，假设传输时延为 500ms，发送方于 $t=$ 0ms 开始发送，经过 10kb/1mb/s=1ms 后发送过程完成，此帧会在 $t=251$ms 到达接收方，直

到 $t=501$ms 时,确认帧才会到达发送方,所以该信道利用率为 $1/501\approx0.2\%$。

（2）退后 N 帧协议,因为使用了序列号对 3 位,最后有 0～7 即为 8 个序号,即滑动窗口为 7,发送方从 $t=0$ms 开始发送,其间间隔 1ms 发送 1kb,当 $t=7$ms 时发送了 7kb,而在 $t=251$ms 时,第一帧到达接收方,当 $t=257$ms 时,第七帧到达接收方,当 $t=501～507$ms 时,七个帧的所有确认帧依次到达发送方,所以该信道利用率为 $7/507=1.4\%$。

（3）选择性重传协议,滑动窗口大小为 4,所以若从 $t=0$ms 开始发送,其间隔 1ms 发送 1kb,由于传输时延,在 251ms 时第一帧到达接收方,而在 254ms 时接收方收到第 4 帧,而所有的响应帧到达发送方是在 $t=504$ms。期间,信道利用率为 $4/504\approx0.71\%$。

解答:停-等式 ARQ,信道利用率为 $1/501\approx0.2\%$。

退后 N 帧协议,信道利用率为 $7/507=1.4\%$。

选择性重传协议,信道利用率为 $4/504\approx0.71\%$。

【知识点睛】

重点比较停-等式 ARQ,退后 N 帧的 ARQ 和选择性重传协议的区别:

1. 在停止等待协议中,由于每发送一个数据帧就停止等待,因此只要用一个比特进行编号就可以。一个比特可以有 0 和 1 两种不同的序号,这样数据帧的发送序号就以 0 和 1 交替的方式出现在数据帧中。每发送一个新的数据帧,发送序号就和上次的不一样,接收端就能够区分新的数据帧和重传的数据帧。

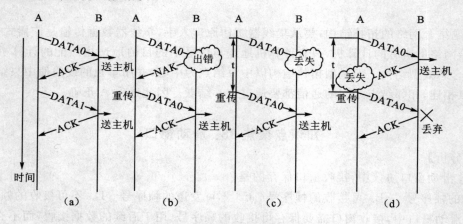

图 88-1 停止等待协议的工作原理

从图 88-1 可以看出,发送端在发送完数据帧后,必须在其发送缓存中保留此数据帧的副本,这样才能在出差错时进行重传。只有在收到对方发来的确认帧 ACK 后,才能清除副本。

2. 连续 ARQ 协议

在发送完一个数据帧后,不是停下来等待确认帧,而是可以连续再发送若干个数据帧。如果这时收到了接收端发过来的确认帧,那就还可以接着发送数据帧。

如图 88-2 所示的例子表示了连续 ARQ 协议的工作原理,结点 A 向结点 B 发送数据帧。当结点 A 发完 0 号帧后,不是停止等待,而是继续发送后续的 1 至 5 号帧。由于连续发送了许多帧,所以确认帧不仅要说明是对哪一帧进行确认或否认,而且确认帧本身也必须编号。结点 B 正确收到 0 号帧和 1 号帧,并交付主机。假设 2 号帧出现差错,于是结点 B 就将有差错的 2 号帧丢弃。结点 B 运行的协议可以有两种选择:一种是在出现差错时就向结点 A 发送否认

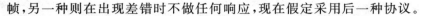

帧,另一种则在出现差错时不做任何响应,现在假定采用后一种协议。

因为接收端只按顺序接收数据帧,因此虽然在有差错的 2 号帧后面接着又收到了正确的 3、4、5 号 3 个帧,但都必须将它们丢弃,因为这些帧的发送序号都不是所需的 2 号帧。发送端在每发送完一个数据帧时都要设置超时计时器,只要到了所设置的超时时间而仍未收到确认帧时,就要重传相应的数据帧。在等不到 2 号帧的确认信息而重传数据帧时,需将 2 号帧及其以后的各帧全部进行重传。

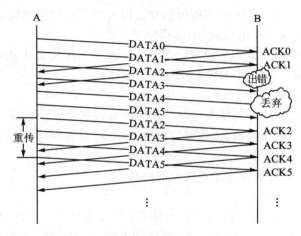

图 88 - 2　连续 ARQ 协议的工作原理

3. 选择重传 ARQ 协议

选择重传 ARQ 协议只是重传出现差错的那一帧。当接收端发现某帧出错后,将其后面正确的帧先接收下来,存放在一个缓冲区里,同时要求发送端重传出差错的那一帧。接收端一旦接收到重传的新帧并确认后,与原已存放在缓冲区的各帧一起按正确的顺序交付给上一层。选择重传 ARQ 协议可避免重复传输那些已经正确接收到的数据帧,但代价是在接收端必须设置具有一定容量的缓冲区。

4. 滑动窗口

(1) 滑动窗口变量设置

① 发送端设立一个变量,称为发送窗口,用 SWS(Send Window Size)表示。

② 接收端设立一个变量,称为接收窗口,用 RWS(Receive Window Size)表示能够接收帧的序号的上限。目的是能够重复使用有限的序号列。

③ 发送窗口的大小(SWS)表示在没有收到确认帧的情况下,发送端最多可以发送的帧的个数(停止等待协议中 SWS＝1)。

(2) 发送窗口的规则

① 发送窗口内的帧是允许发送的帧,而不考虑有没有收到确认。发送窗口右侧所有的帧都是不允许发送的帧。

② 每发送完一个帧,允许发送的帧数就减 1。但发送窗口的位置不变。

③ 如果所允许发送的帧数都发送完了,但还没有收到任何确认,那么就不能再发送任何帧了。

④ 发送端每收到对一个帧的确认,发送窗口就向前(即向右方)滑动一个帧的位置。

（3）接收窗口大小（RWS）

① 表示能够接收帧的序号的上限。规定了哪些序号的帧可以接收，哪些不能，也就说只有当收到的帧的序号落在接收窗口内才允许接收该数据帧（停止等待协议中 RWS＝1）。

② 为了减少开销，连续 ARQ 协议还规定接收端不必每收到一个正确的数据帧就发送一个确认帧，而是可以收到连续几个正确帧后，才对最后一个数据帧发确认信息。

③ 为了减少开销，也可采用捎带确认方法。

④ 对某一数据帧的确认就表明该数据帧和这以前所有的数据帧均已正确无误地收到了。这样做可以使接收端少发一些确认帧，因而减少了开销。

⑤ 接收窗口大小可以根据需要设定，RWS＝1，表示一次只能接收一个帧；RWS＝SWS，可以将发送端发出的帧全部接收；RWS＞SWS，没有意义 。

（4）接收窗口的规则

① 只有当收到的帧的序号与接收窗口一致时才能接收该帧。否则，就丢弃它。

② 每收到一个序号正确的帧，接收窗口就向前（即向右方）滑动一个帧的位置。同时向发送端发送对该帧的确认。

③ 接收窗口移动了，发送窗口才能够向前移动。

（5）发送窗口的最大值

问题：发送序号（SeqNum）一定，SWS 最大是多少？ 是不是 SWS＝SeqNum 就一定是最好的？

假设 SeqNum＝8，SWS＝8，RWS＝1 ，发送端发送 0～7 号帧，并都被接收端确认，接收端发送 ACK0～ACK7。考虑下面两种情况：

① ACK0～ACK7 都被发送端收到，发送端发送新的 0～7 号帧；

② ACK0～ACK7 出错，发送端超时重发原来的 0～7 号帧。

接收端不能正确区别第二次收到的 8 个帧具体是新帧还是原来重发的帧。

结论：当 RWS＝1 时，SWSmax＝SeqNum－1。

【即学即练】

［习题1］卫星信道的数据率为 1 Mbps。数据帧长为 1000 bit。取卫星信道往返时间为0.25s，忽略确认帧长和结点的处理时间。试计算下列情况下的信道利用率：

（1）停止等待协议。

（2）连续 ARQ 协议，WT（发送窗口大小）＝ 7。

（3）连续 ARQ 协议，WT ＝ 250。

（4）连续 ARQ 协议，WT ＝ 500。

［习题2］假定运行 SWS＝5 和 RWS＝3 的滑动窗口算法，并且在传输过程中不会发生分组失序的问题。

（1）求 MaxSeqNum（可以使用的序列号的个数）的最小值。

假定找出一个最小值 MaxSeqNum 满足下列条件就可以了：如果 DATA［MaxSeqNum］在接收窗口中，DATA［0］再也不会到达。

（2）给出一个例子，说明 MaxSeqNum－1 是不够的。

（3）给出由 SWS 和 RWS 求最小 MaxSeqNum 的一般规则。

［习题3］试根据发送滑动窗口变化过程，如图 88－3 所示的各发送窗口下标出"发送帧序号"或"接收确认帧序号"说明。（参照第一窗口说明）

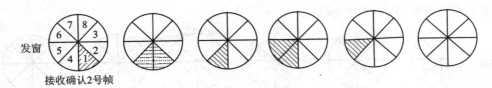

发窗

接收确认2号帧

图 88－3　滑动窗口问题图

[习题4]设卫星通信的信道带宽为 512 kbps，端到端的信号传播延时为 270 ms，数据帧长度（包括帧头）为 136 Byte，确认帧总是通过另一信道返回，其长度忽略不计。如采用回退 N 帧的窗口协议（协议 5），为得到信道的最大吞吐量同时合理确定帧序号的位数，帧序号采用多少位表示是合适的。

【习题答案】

[习题1]

分析：使用卫星信道端到端的传输延迟是 250ms，以 1Mbps 发送，1 000bit 长的帧的发送时间是 1ms。用 $t=0$ 表示传输开始时间，那么在 $t=1$ms 时，第一帧发送完毕。$t=251$ms，第一帧完全到达接收方，开始发送第一个帧的确认帧，确认帧的发送时间忽略不计。$t=501$ms 时确认帧完全到达发送方。因此周期是 501ms。如果在 541ms 内可以发送 k 个帧（每个帧发送用 1ms 时间），则信道利用率是 $k/501$，因此可以求解。

解答：(1) $k=1$，最大信道利用率＝1/501。

(2) $k=7$，最大信道利用率＝7/507。

(3) $k=125$，最大信道利用率＝250/750。

(4) $k=500$，最大信道利用率＝500/1000。

[习题2]

分析：本题考查滑动窗口序号的规律及其过程。

解答：(1) MaxSeqNum 的最小工作值是 8(0,1,2,3,4,5,6,7)。如果 DATA[8] 在接收窗口中，

—》可能的最早接收窗口是 DATA[6]～DATA[8]；

—》发送方已经收到了 ACK[6]（它应答了序号低于 6 的分组）；

—》DATA[5] 已经被投递，但因为 SWS＝5，DATA[0] 是在 DATA[5] 之前发送；

—》根据在传输过程中不会发生分组失序的假定，DATA[0] 不可能再发送。

(2) 如果 MaxSeqNum＝7，那么需要说明的是，在接收方期待 DATA[7] 时，一个旧的 DATA[0] 仍然可能到达。因为以 MaxSeqNum＝7 为模(0,1,2,3,4,5,6)，7 和 0 是不可区分的，接收方判断不了实际到达的是 DATA[7] 还是 DATA[0]。

—》发送方发送 DATA[0] 至 DATA[4]，它们都到达了；

—》接收方发送 ACK[5] 作为响应，但它很慢。接收方窗口现在是 DATA[5]～DATA[7]；

—》发送方超时，并重发 DATA[0]，接收方把该重传的分组作为 DATA[7] 接收。

(3) MaxSeqNum≥SWS＋RWS。

[习题3]

分析：本题考查滑动窗口工作原理，重点分析接收和发送的过程。

解答:滑动窗口解答如图88-4所示。

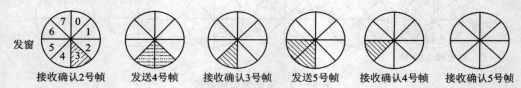

图88-4　滑动窗口解答图

[习题4]

分析:卫星通信信道端到端的信号传播延时为270 ms,即往返为540 ms。数据帧长度为136 B×8=1088 bit,带宽为512Kbps,数据帧的传输时间为2.125 ms。

① 在 $t=0$ ms时,第一个数据帧的第一个bit开始发送。

② $t=2.125$ ms时,第一个数据帧发送完成。

③ $t=272.125$ ms时,第一个数据帧全部到达,并立即从另一信道发回一个确认帧。

④ $t=542.125$ ms时,确认帧到达(注:确认走的是另一信道)。

如连续发送255帧($542.125/2.125 \approx 255.12$,取整)时,确认帧将陆续到达,此时,整个信道将被数据帧充满,即已达到了满负荷,吞吐量为最大。

解答:帧序号用8位表示是合适的。

知识点聚焦89:随机访问介质访问控制

【典型题分析】

[例题1]考虑建立一个CSMA/CD网,电缆长1km,不使用中继器,传输速率为1Gbps。电缆中的信号的传播速度是200 000 km/s,问最小帧长度是多少?

分析:以太网采用CSMA/CD访问协议,在发送的同时要进行冲突检测,这就要求在能检测出冲突的最大时间内数据包不能够发送完毕,否则冲突检测不能有效地工作。所以,当发送的数据包太短时必须进行填充。最小帧长度=碰撞窗口大小× 报文发送速率。

解答:(1)碰撞窗口大小=网络中两站点最大的往返传播时间 $2t=2×1/200 000)=0.000 01$。

(2)最小帧长度=$1 000 000 000×0.000 01=10 000$bit。

[例题2]假若1Gpbs以太网采用10BASE5的方式工作,图89-1显示了其最大配置图。取电信号在同轴电缆段和链路段及AUI电缆上的传播速度均为0.7倍光速。设转发器的时延为 $t_R=2\mu s$。同轴电缆段长500 m,链路段长500 m,工作站和转发器均经AUI电缆连接同轴电缆段或链路段,AUI电缆长50 m。试按工作站A与B间的距离计算其最小帧长。

分析:最小帧长度=碰撞窗口大小×报文发送速率,其中,报文发送速率=1Gbps。

碰撞窗口大小=2 传播时延。

传播时延=转发器(中继器)的时延 ＋ 线路时延。

转发器时延=$4 × 2\mu s$。

线路时延=线路长度 / 信号传播速度

$= 5×(50＋500＋50)$米$/0.7×3×10^6$km/s$=5×600 / 0.7×30×10^4×10^3$ m/s$=14.3\mu s$。

解答:最小帧长度=碰撞窗口大小 × 报文发送速率=$2×(22.3×10^{-6})×1×10^9=44600$bit。

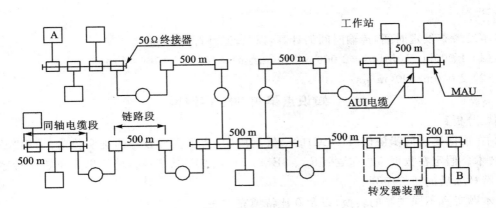

图 89 - 1　以太网配置图

【知识点睛】

1. 重点要掌握 CSMA/CD 在以太网的工作过程：

① 某站点想要发送数据，必须首先侦听信道；

② 如果信道空闲，立即发送数据并进行冲突检测；

③ 如果信道忙，继续侦听信道，直到信道变为空闲，发送数据并进行冲突检测。

④ 如果站点在发送数据过程中检测到冲突，立即停止发送数据并等待一个随机长的时间。

⑤ 重复步骤①。

2. 随机延迟采用二进制指数后退算法，发生碰撞的站点在停止发送数据后，要推迟一个随机时间才能再发送数据。

技术要点：

(1) CSMA/CD 协议的碰撞窗口大小 = 2 倍信号传播时延。

(2) 报文发送时间＞＞碰撞窗口大小。

【即学即练】

[习题 1] 下面关于 CSMA/CD 网络的叙述哪个是正确的：

A. 任何一个结点的通信数据要通过整个网络，并且每一个结点都接收并检验该数据。

B. 如果源结点知道目的地的 IP 和 MAC(物理地址)的话，信号是直接送往目的地的。

C. 一个结点的数据发往最近的路由器，路由器将数据直接发到目的地。

D. 信号都是以广播方式发送的。

[习题 2] 长 2 km、数据传输率为 10Mbps 的基带总线 LAN，信号传播速度为 200 m/μs，试计算：

(1) 1000bit 的帧从发送开始到接收结束的最长时间是多少？

(2) 若两相距最远的站点在同一时刻发送数据，则经过多长时间两站发现冲突？

【习题答案】

[习题 1]

分析：CSMA/CD 发送信号是以广播方式发送的，并不是每个结点都检验该数据，只有目的地址相同的才进行后续协议处理，因此信号不是直接发送到目的地，答案为 D。

解答：D。

[习题2]

分析:本题考查发送时间,传输时间的计算,以及冲突时间点计算。

解答:(1) 1 000bit/10Mbps＋2 000m/200(m/μs)＝100μs＋10μs＝110μs。

　　　(2) 2 000m/200(m/μs)＝10μs。

知识点聚焦90:广域网

【典型题分析】

[例题]在面向比特同步协议(HDLC)的帧数据段中,为了实现数据的透明传输,采用"0"比特插入技术。假定在数据流中包含:$5F_{16}$、$9E_{16}$、71_{16}、$7F_{16}$、$E1_{16}$,请给出其原始比特序列和"0"比特插入后的比特序列。

分析:本题考查不同进制的转换,以及 0 比特填充方法。

解答:原始比特序列为:010111111 10011110 01110001 01111111 11100001

　　　"0"比特插入后的比特序列为:010111110 10011110 01110001 011111011 111000001

【知识点睛】

1. 点到点型服务:发送结点与接收结点之间建立逻辑链路。如:PPP、HDLC。HDLC 使用零比特填充法使一帧中两个标志字段之间不会出现 6 个连续 1,当 PPP 用在异步传输时,就使用一种特殊的字符填充法,即将信息字段中出现的每一个 0x7E 字节转变成为 2 字节序列(0x7D,0x5E)。若信息字段中出现一个 0x7D 的字节,则将其转变成为 2 字节序列(0x7D,0x5D)。

2. 字节填充法:该方法用一些特定的字节来标志一帧的起始与终止,这些字节称为标志字节。如果接收方失去了同步,它只需要搜索标志字节就能找到当前帧的结束位置。两个连续的标志字节代表了当前帧的结束和一个帧的开始。为了避免数据信息位中出现与特定字节相同的字节,并且被误认为帧的首尾定界符,特别地,在这种数据字节前填充一个转义控制字节,以示区别,接收结点的数据链路层在将数据送给网络层之前删除转义字节,从而达到数据的透明性。字节填充法举例如图 90-1 所示。

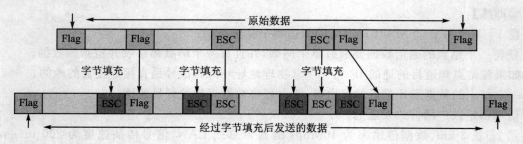

图 90-1　字节填充示意图

3. 比特填充法:该方法以一组特定的比特模式(如 01111110)来标志一帧的起始与终止。为了避免信息位中出现与该特定模式相似的比特串,并被误判为帧的首尾标志,可以采用比特填充的方法。比如,采用特定模式 01111110,则对信息位中的任何连续出现的 5 个"1",发送方自动在其后插入一个"0",而接受方则做该过程的逆操作,即每收到连续 5 个"1",则自动删去其后所跟的"0",以此恢复原始信息,实现数据传输的透明性。比特填充法很容易由硬件来实现,性能优于字符填充法。

【即学即练】

[习题1] 假定要发送信息 11001001，并且使用 CRC 多项式 x^3+1 来检错。

(1) 使用多项式长除来确定应该发送的信息块。

(2) 假定信息块最左边的比特由于在传输链路上的噪声而变化，接收方 CRC 计算的结果是什么？接收方是怎样知道发生了错误？

[习题2] 12. 若 HDLC 帧的数据段中出现比特串"01011111001"，则比特填充后的输出为（　　）。

A. 010011111001 　　　B. 010111110001 　　　C. 010111101001 　　　D. 010111110010

【习题答案】

[习题1]

分析：对 CRC 校验的直接计算，注意链路出错时候的控制方法。

解答：(1) 取信息 11001001，附加 000，并用 1001 去除，余数是 011，应该发送的信息块是 11001001011。

(2) 把第 1 位变反，得到 01001001011，再用 1001 去除，得到商 01000001，余数是 10。由于余数不为零，所以接收方知道发生了错误。

[习题2]

分析：本题是零比特填充法的应用，一定注意 5 个"1"后面一定增加 1 个"0"，答案为 B。

解答：B。

知识点聚焦 91：数据链路层设备

【典型题分析】

[例题1] 图 91-1 表示五个站分别连接在三个局域网上，并且用网桥 B1 和 B2 连接起来。每一个网桥都有两个接口（1 和 2）。在一开始，两个网桥中的转发表都是空的。以后有以下各站向其他的站发送了数据帧：A 发送给 E，C 发送给 B，D 发送给 C，B 发送给 A。试把有关数据填写在表 91-1 中。

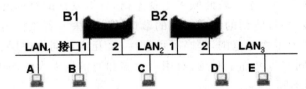

图 91-1　例题 1 示意图

表 91-1　例题 1 问题表

发送的帧	B1 的转发表		B2 的转发表		B1 的处理 （转发？丢弃？登记）	B2 的处理 （转发？丢弃？登记）
	地址	接口	地址	接口		
A→E						
C→B						
D→C						
B→A						

分析:本题主要考查网桥端口/MAC 地址映射表的形成,第一步 A 发送数据帧到 B,那么该帧的目的地址为 B,源地址为 A,当该帧到达网桥 B1 时,B1 登记源地址到转发表中,同时向端口 2 转发该数据帧,当数据帧到达网桥 B2 时,B2 会登记源地址倒转发表中,同时向端口 2 转发该数据帧,在 LAN3 上,该数据帧到达目的 E,结束。对于 C 发送数据帧到 B,和上述一样,但注意 B2 会收到这个数据帧,也会转发的,答案见表 91 - 2。

解答:

表 91 - 2　例题 1 解答表

发送的帧	B1 的转发表		B2 的转发表		B1 的处理 (转发? 丢弃? 登记)	B2 的处理 (转发? 丢弃? 登记)
	地址	接口	地址	接口		
A→E	A	1	A	1	转发,登记	转发,登记
C→B	C	2	C	2	转发,登记	转发,登记
D→C			D	2	丢弃	转发,登记
B→A	B	1			丢弃,登记	

[例题 2] 以太网交换机中的端口/MAC 地址映射表(　　)。

A. 是由交换机的生产厂商建立的

B. 是交换机在数据转发过程中通过学习动态建立的

C. 是由网络管理员建立的

D. 是由网络用户利用特殊的命令建立的

分析:本题主要考查映射表,也就是转发表的建立机制,它是由交换机动态学习建立的,同时也是动态维护的,与设备生产厂商,网络管理员,网络用户没有关系,答案为 B。

解答:B。

【知识点睛】

1. 网桥的每个端口与一个网段相连,网桥从端口接收网段上传送的各种帧。每当收到一个帧时,就先暂存在其缓冲区中。若此帧未出现差错,且欲发往的目的站 MAC 地址属于另一网段,则通过查找站表,将接收到的帧向对应的端口转发出去。若该帧出现差错,则丢弃此帧。网桥过滤了通信量,扩大了物理范围,提高了可靠性,可互连不同物理层、不同 MAC 子层和不同速率的局域网。但同时也增加了时延,对用户太多和通信量太大的局域网不适合。

2. 网桥与转发器不同:

(1) 网桥工作在数据链路层,而转发器工作在物理层。

(2) 网桥不像转发器转发所有的帧,而是只转发未出现差错,且目的站属于另一网络的帧或广播帧。

(3) 转发器转发一帧时不用检测传输媒体,而网桥在转发一帧前必须执行 CSMA/CD 算法。

(4) 网桥和转发器都有扩展局域网的作用,但网桥还能提高局域网的效率并连接不同 MAC 子层和不同速率局域网的作用。

3. 交换机与网桥的区别:

(1) 以太网交换机通常有十几个端口,而网桥一般只有 2～4 个端口。

(2) 它们都工作在数据链路层;网桥的端口一般连接到局域网,而以太网的每个接口都直接与主机相连,交换机允许多对计算机间能同时通信,而网桥允许每个网段上的计算机同时通信。所以实质上以太网交换机是一个多端口的网桥,连到交换机上的每台计算机就像连到网桥的一个局域网段上。

（3）网桥采用存储转发方式进行转发,而以太网交换机还可采用直通方式转发。以太网交换机采用了专用的交换机构芯片,转发速度比网桥快。

4. 广播域和冲突域的区别：

（1）广播域是指彼此接收广播消息的一组网络中的设备。冲突域是指连接到同一个物理介质的一组设备,如有两台设备同时访问介质,结果就是两个信号冲突。例如,在上面讲到的集线器中,将所有设备都连接到同一物理介质上,则集线器是单一冲突域。如果一个站点发出一个广播,集线器将它传播给所有其他站点,则它是一个单一广播域。

（2）交换机每个端口具有自身的冲突域。连接到同一个交换机的所有设备具有同一个广播域。所有网段必须使用相同的数据链路层来实现,如所有的以太网或令牌环网。如果不在同一个介质上的一个终端站点要和另一个终端站点进行通信,如路由器或翻译网桥通信的话,则在连接不同介质类型间必须进行翻译。

5. 转发表的建立与应用：

交换机对数据的转发是以网络结点计算机的 MAC 地址为基础的。交换机会监测发送到每个端口的数据帧,通过数据帧中的有关信息（源结点的 MAC 地址、目的结点的 MAC 地址）,就会得到与每个端口所连接的结点 MAC 地址,并在交换机的内部建立一个"端口－MAC 地址"映射表。建立映射表后,当某个端口接收到数据帧后,交换机会读取出该帧中的目的结点 MAC 地址,并通过"端口－MAC 地址"的对照关系,迅速地将数据帧转发到相应的端口。

【延伸拓展】

集线器与交换机的区别：

从 OSI 体系结构来看,集线器属于 OSI 的第一层物理层设备,而交换机属于 OSI 的第二层数据链路层设备。这就意味着集线器只是对数据的传输起到同步、放大和整形的作用,对数据传输中的短帧、碎片等无法进行有效处理,不能保证数据传输的完整性和正确性；而交换机不但可以对数据的传输做到同步、放大和整形,而且可以过滤短帧、碎片等。

从工作方式来看,集线器是一种广播模式,也就是说集线器的某个端口工作的时候其他所有端口都有可能收听到信息,容易产生广播风暴。当网络较大的时候网络性能会受到很大的影响,交换机则能够解决广播产生的影响。当交换机工作的时候只有发出请求的端口和目的端口之间相互响应,而不影响其他端口,那么交换机就能够隔离冲突域和有效地抑制广播风暴的产生。

从带宽来看,集线器不管有多少个端口,所有端口都共享一条带宽,在同一时刻只能有两个端口传送数据,其他端口只能等待；同时集线器只能工作在半双工模式下。对于交换机而言,每个端口都有一条独占的带宽,当两个端口工作时并不影响其他端口的工作,同时交换机不但可以工作在半双工模式下,也可以工作在全双工模式下。

【即学即练】

［习题1］如果在一个采用粗缆作为传输介质的以太网中,两个结点之间的距离超过 500 m,那么最简单的方法是选用（　　）来扩大局域网覆盖的范围。

A. 中继器　　　　　B. 网关　　　　　C. 路由器　　　　　D. 网桥

[习题2]用两层交换机连接的一组工作站( )。

A. 同属一个冲突域,但不属一个广播域　　　　B. 不属一个冲突域,也不属一个广播域

C. 不属一个冲突域,但同属一个广播域　　　　D. 同属一个冲突域,也同属一个广播域

[习题3]如图91－2的网络配置中,总共有( )个广播域。

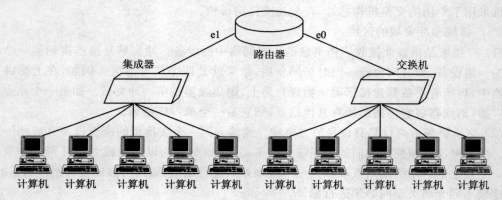

图91－2　习题3拓扑图

A. 5　　　　　　　　B. 4　　　　　　　　C. 3　　　　　　　　D. 2

[习题4]习题3网络配置图91－2中有( )个冲突域。

A. 2　　　　　　　　B. 5　　　　　　　　C. 6　　　　　　　　D. 10

【习题答案】

[习题1]

分析:本题主要考查各种网络设备的适用范围,对于本题情况,这四种设备都可以满足要求,但题目中明确了最简单和扩大局域网,网关和路由器不再考虑范围,网桥适合连接不同网络,那么中继器是最简单的方式,因为它工作在物理层。

解答:A。

[习题2]

分析:考查冲突域和广播域的概念,见知识点睛,答案为C。

解答:C。

[习题3]

分析:本题主要通过实际网络拓扑结构来考查广播域的概念,集线器是一个广播域,交换机是一个广播域,答案为D。

解答:D。

[习题4]

分析:本题主要通过实际网络拓扑结构来考查冲突域的概念,集线器是一个冲突域,交换机连接5台计算机,因此有5个冲突域,答案为C。

解答:C。

知识点聚焦92:路由算法

【典型题分析】

[例题1]假定网络中的路由器 B 的路由表有如下的项目(这三列分别表示"目的网络"、"距离"和"下一跳路由器"):

N1　7　A

N2　2　C

N6　8　F

N8　4　E

N9　4　D

现收到从 C 发来的路由信息(这两列分别表示"目的网络"和"距离")：

N2　7

N3　2

N4　8

N8　2

N7　4

试求出路由器 B 更新后的路由表(详细说明每个步骤)。

分析：本题主要考查距离矢量算法,算法过程为：目的网络地址相同,下一跳地址相同的记录,直接更新。如果是新的目的网络地址,增加；如果目的网络地址相同,下一跳不同,距离更短,更新。否则,无操作。

解答：首先将得到的路由信息的下一跳地址改为 C,并且将距离加 1,得

N2　8　C

N3　3　C

N4　9　C

N8　3　C

N7　5　C

其次根据距离矢量算法得

N1　7　A

N2　8　C

N3　3　C

N4　9　C

N6　8　F

N7　5　C

N8　3　C

N9　4　D

[例题 2] 在图 92-1 中所示,使用矢量距离路由选择的网络,包交换机 C 测量得到的到达 B、D 和 E 的延时分别等于 6、3 和 5。

(1) 求包交换机 C 初始化后的路由表。

(2) 下列矢量刚刚被包交换机 C 收到：

来自 B：(5,0,8,12,6,2)

来自 D：(16,12,6,0,9,10)

来自 E：(7,6,3,9,0,4)

求包交换机 C 的新路由表。

分析：(1)交换机 C 初始化后的路由表为

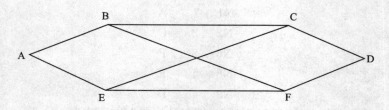

图 92-1 例题 1 网络图

取到达每一目的地的最小值(C 除外)得到:(一,6,0,3,5,一)

下一站路由表(输出线路)是:(一,直达,一,直达,直达,一)

(2)假定交换机 C 分别经由下列相邻结点,到达各个目的结点的距离分别为

通过 B 给出(11,6,14, 18, 12, 8);

通过 D 给出(19, 15,9,3,12, 13);

通过 E 给出(12, 11,8,14,5,9);

取到达每一目的地的最小值(C 除外)得到(11,6,0,3,5,8);

下一站路由表(输出线路)是(B,B,一,D,E,B)。

解答:(1)(一,6,0,3,5,一)

下一站路由表(输出线路)是(一,直达,一,直达,直达,一)。

(2)(11,6,0,3,5,8)

下一站路由表(输出线路)是(B,B,一,D,E,B)。

【知识点睛】

1. 距离矢量路由算法:每个路由器维护了一张路由表,它以子网中的每个路由器为索引,并且每个路由器对应一个表项。该表项包含两部分:为了到达该目标路由器而首选使用的输出线路,以及到达该目标路由器的事件估计值或者距离估计值。所使用的度量可能是跳数,或者是以毫秒计算的事件延迟,或者是沿着该路径排队的分组数目,或者是其他的相似值。

2. 链路状态路由算法是典型最短路算法,其核心是 Dijkstra 算法,用于计算一个结点到其他所有结点的最短路径。主要特点是以起始点为中心向外层层扩展,直到扩展到终点为止。Dijkstra 算法能得出最短路径的最优解,但由于它遍历计算的结点很多,所以效率低。D 算法要指定某点为指定结点 1,然后找其他点到该点的距离,然后再找这些距离中最短的一条,指定距离最短路线的点为新的指定结点 2,再找其他点(除指定结点 1 外)到指定结点 2 的距离,找出最短的,最短的那条的结点置为指定结点 3,…,以此类推到最后一个结点。

【即学即练】

[习题1]一个通信子网,使用链路状态路由选择算法,已知各节点产生的链路状态数据包如表 92-1 所示:

表 92-1 链路状态数据包

标示: Vs		标示: V1		标示: V2		标示: V3		标示: V4	
序号:1		序号:5		序号:7		序号:9		序号:1	
Age: 1010		Age: 1000		Age: 975		Age: 800		Age: 500	
V1	8	Vs	8	Vs	4	Vs	2	Vs	6
V2	4	V2	3	V1	3	V2	1	V2	3
V3	2			V3	1	V4	3	V3	3
V4	6			V4	3				

　　请画出该网络的拓扑结构并计算 Vs 的路由。

【习题答案】

[习题 1]

分析：本题考查路由协议和路由器网络设备的综合应用,首先要从链路状态的数据包的信息还原出网络拓扑和链路状态参数,再从 Dijkstra 算法出发计算出 Vs 的路由。从 Vs 的数据包可知,Vs 节点和 V1、V2、V3 和 V4 均直接相连,从 V1 的数据包可知,V1 节点和 Vs、V2 相连,依次可以给出整个网络拓扑结构。下一步根据最小生成树算法求解 Vs 的路由表。

解答：拓扑结构如图 92－2 所示：

图 92－2　拓扑图

计算 V0 的路由如表 92－2 所示：

表 92－2　链路状态数据包

目的	下一跳	费用	路径
V1	V3	6	V3 V2 V1
V2	V3	3	V3 V2
V3	V3	2	V3
V4	V3	5	V3 V4

知识点聚焦 93：IPv4

【典型题分析】

[例题 1] 假设一个主机的 IP 地址为 192.168.5.121,而子网掩码为 255.255.255.248,那么该主机的网络号是(　　)。

A. 192.168.5.12　　　B. 192.168.5.121　　　C. 192.168.5.120　　　D. 192.168.5.32

分析：本题主要考查子网划分与子网掩码,首先计算 5.121 的二进制为 5.0111 1001,再计算掩码 255.248 的二进制为 1111 1000,由此可知网络号是 5.0111 1000,转换为十进制为 5.120,因此该主机的网络号为 192.168.5.120,答案为 C。

解答：C。

[例题 2] 二进制 IP 地址为 10000011 01101110 00001101 00000100,求：

　　(1) 它对应的点分十进制地址,指出它是哪一类的 IP 地址。

　　(2) 在默认的状态下(无子网),默认的子网掩码和它的网络号、主机号。

　　(3) 若它的子网掩码为：255.255.248.0,它的网络号、子网号和主机号。

分析：把 IP 地址每组 8 位二进制数转化为十进制数,并用点隔开,就得到了一个点分十进制数表示的 IP 地址,A 类 IP 地址中的网络地址是 IP 地址的第 1 个字节,取值范围为：1～126,默认的子网掩码为：255.0.0.0(子网掩码格式是网络号包括子网号部分全 1,主机号部分全 0,

即:11111111 00000000 00000000 00000000),B 类 IP 地址中的网络地址是 IP 地址的前两个字节,第一个字节的取值范围为:128～191,默认的子网掩码为:255.255.0.0;C 类 IP 地址中的网络地址是 IP 地址的前 3 个字节,第一个字节的取值范围为:192～223,默认的子网掩码为:255.255.255.0。在无子网的情况下,将 IP 地址和子网掩码按位进行"与"运算得到网络地址,IP 地址的后半部分就为主机地址,即 IP 地址＝网络号＋主机号。在给定子网的情况下,同样将 IP 地址和子网掩码按位进行"与"运算得到 IP 地址＝网络号＋子网号＋主机号,即将无子网情况下的 IP 地址中的主机地址分成两部分:子网地址和主机地址。

解答:(1)点分十进制 IP 地址为:131.110.13.4,这是一个 B 类 IP 地址。

(2)在默认的状态下,默认的子网掩码为:255.255.0.0。

```
 10000011   01101110 | 00001101   00000100       IP 地址
∧11111111   11111111 | 00000000   00000000       子网掩码
```
_____

```
 10000011   01101110 | 00000000   00000000       网络地址
```
因为是 B 类 IP 地址,前两个字节为网络号,所以,网络号为 131.110,主机号为 13.4

(3)若它的子网掩码为:255.255.248.0。

```
 10000011   01101110 | 00001| 101   00000100     IP 地址
∧11111111   11111111 | 11111| 000   00000000     子网掩码
```
_____

```
 10000011   01101110 | 00001| 000   00000000
```
因为是 B 类 IP 地址,前两个字节为网络地址,网络号为 131.110,子网号为:$(00001)_B$,主机号为:$(10100000100)_B$

[例题 3] 把网络 202.112.78.0 划分为多个子网(子网掩码是 255.255.255.192),则各子网中可用的主机地址总数是(　　)。

A. 248　　　B. 252　　　C. 128　　　D. 124

分析:判断主机总数,首先要求出主机位,这里 192 的二进制为 1100 0000,因此主机位数为 6 位,主机总数 $2^6-2=62$,共可以划分 $2^2=4$ 个子网,因此机器总数 $62×4=248$。

解答:A。

【知识点睛】

1. 每个 IP 地址被分为前后两部分,前半部分称为网络号,用来表示一个物理网络;后半部分称为主机号,用来表示这个网络中的一台主机,IP 地址＝网络号＋主机号。

IP 地址是一个 32 位的二进制数,为了方便,采用二进制和点分十进制两种表示方式。点分十进制是从二进制转换得到的,其目的是便于用户和网络管理人员使用和记忆。把 32 位 IP 地址每 8 位分成一组,每组的 8 位二进制数用十进制数表示,并在每组之间用小数点隔开,便得到点分十进制表示的 IP 地址。

划分子网,是将一个 IP 地址中的主机号的前几位划分为"子网号",后面的位仍然是主机号,这样 IP 地址就被划分为 3 个部分,分别为"网络号"、"子网号"和"主机号"。这里特别注意一些特殊 IP 地址与专用 IP 地址,如表 93-1 和表 93-2 所示。

表 93 - 1　特殊 IP 地址

网络地址	主机地址	地址类型
特定	全 0	网络地址
特定	全 1	直接广播地址
全 1	全 1	受限广播地址
全 0	全 0	本网络上的本主机
全 0	特定	本网络上的特定主机
127	任意	环回地址

表 93 - 2　专用/私有 IP 地址

地址类型	起始地址	结束地址
A	10.0.0.0	10.255.255.255
B	172.16.0.0	172.31.255.255
C	192.168.0.0	192.168.255.255

2. IPv6：具有 128 位的地址空间（128 位），重点掌握 IPv6 的地址表示方法。

（1）IPv6 的地址

IPv6 的地址是 128 位，采用"冒号十六制表示"，即以 16 位为单位，用十六进制表示，各量之间用冒号隔开。例如：68FE：000C：0000：0000：0C00：0000：0000：000C。

（2）地址压缩

① 前导零可以忽略不写，将 68FE：000C：0000：0000：0C00：0000：0000：000C 写成 68FE：C：0：0：C00：0：0：000C。

② 允许零压缩：即一串连续 0 可用一对冒号取代。为保证不混，规定仅能使用一次零压缩。将 68FE：C：0：0：C00：0：0：C 写成 68FE：C：：C00：0：0：C。

③ IPv4 地址用 IPv6 地址方式表示，IPv4 地址：211.85.203.22，冒号十六进制表示：0：0：0：0：0：0：211.85.203.22。

【延伸拓展】

1. 数据链路层只是向网络层提供拥有链路点到点的服务，端到端的问题并没有解决。网络层要解决的就是基于数据链路层提供的点到点服务，设法将源结点输出的数据包传送到目的结点，从而向传输层提供最基本的端到端的数据传送服务。

2. 二进制与十进制间的相互转换

（1）二进制转十进制

方法："按权展开求和"

例：$(10110.101)_2 = 1 \times 2^4 + 0 \times 2^3 + 1 \times 2^2 + 1 \times 2^1 + 0 \times 2^0 + 1 \times 2^{-1} + 0 \times 2^{-2} + 1 \times 2^{-3} = (22.625)_{10}$

规律：个位上的数字的次数是 0，十位上的数字的次数是 1，…，依次递增，而十分位的数字的次数是 -1，百分位上数字的次数是 -2，…，依次递减。

注意：不是任何一个十进制小数都能转换成有限位的二进制数。

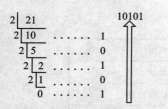

图93-1 进制转换示意图

（2）十进制转二进制

十进制整数转二进制数："除以2取余,逆序排列"（短除反取余法）,如图93-1所示。

【即学即练】

[习题1] 以下为源和目标主机的不同IP地址组合,其中组合可以不经过路由直接寻址（   ）。

A. 125.2.5.3/24 和 136.2.2.3/24　　　　　B. 125.2.5.3/16 和 125.2.2.3/16

C. 126.2.5.3/16 和 136.2.2.3/21　　　　　D. 125.2.5.3/24 和 136.2.2.3/24

[习题2] IP地址为172.16.101.20,子网掩码为255.255.255.0,则该IP地址中,网络地址占前（   ）位。

A. 19　　　　B. 21　　　　C. 24　　　　D. 23

[习题3] 一个局域网中某台主机的IP地址为176.68.160.12,使用22位作为网络地址,那么该局域网的子网掩码为（   ）。

A. 255.255.255.0　　B. 255.255.248.0　　C. 255.255.252.0　　D. 255.255.0.0

[习题4] 习题4中最多可以连接的主机数为（   ）。

A. 254　　　　B. 512　　　　C. 1022　　　　D. 1024

[习题5] 图93-2展示了一个给定网络地址和掩码的站点。管理员已将该站点分成若干子网,请选择合适的子网地址,主机地址和路由器地址。不必分配到Internet的连接的IP地址。

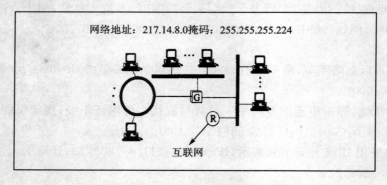

图93-2 习题5网络拓扑图

[习题6] 一个数据报长度为4 000字节（固定首部长度）。现在经过一个网络传送,但此网络能够传送的最大数据长度为1 500字节。试问应当划分为几个短些的数据报片？各数据报片的数据长度、片偏移字段和MF标志应为何值？

【习题答案】

[习题1]

分析:本题考查网络号的计算,该类题型要多加练习。选项A中125.2.5.3/24网络号为125.2.5.0和136.2.2.3/24网络号为136.2.2.0,因此需要路由寻址。选项B中125.2.5.3/16网络号为125.2.0.0和125.2.2.3/16的网络号125.2.0.0是相同的,因此可以不通过路由直接寻址,其他选项依此类推,答案为B。

解答:B。

[习题 2]

分析：子网掩码为 3 个 255，即 24 位。

解答：C。

[习题 3]

分析：使用 22 位作为网络地址，即 255.255.1111 1100.0000 0000，255.255.252.0。

解答：C。

[习题 4]

分析：最大主机数目为 $2^{10}-2=1022$。

解答：C。

[习题 5]

分析：从题意来看，该网络属于 C 类网络 217.14.8.0，主机号部分的前三位用于标识子网号，即：

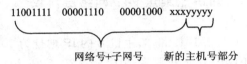

224→11100000B 二进制数 xxx 有 8 种组合，去掉全 0 和全 1 的，剩下 6 种。

子网地址	主机 IP 地址范围
217.14.8.32(00100001～00111110)	217.14.8.33～62
217.14.8.64(01000001～01011110)	217.14.8.65～94
217.14.8.96(01100001～01111110)	217.14.8.97～126
217.14.8.128(10000001～10011110)	217.14.8.129～158
217.14.8.160(10100001～10111110)	217.14.8.161～190
217.14.8.192(11000001～11011110)	217.14.8.193～222

从上面的 6 个子网地址中任意取 3 个来分别分配给三个子网。然后在每个子网内分配子网的主机、网关和路由器的地址，每个主机分配一个唯一 IP 地址，注意网关、路由器等设备有多少个端口就要分配多少个 IP 地址，每个端口 IP 地址的子网号与所连的子网号相同，主机号在子网内唯一。

解答：习题 5 的解答如图 93－3 所示。

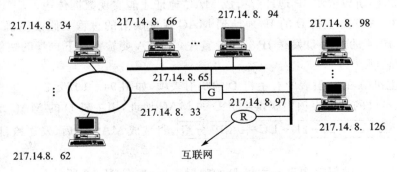

图 93－3 习题 5 解答拓扑图

[习题6]

分析:本题考查 IP 分片的原理,注意每个数据报都要包含报头,计算是按照字节计算,片偏移是按照 8 个字节为单位进行计算的,因此 185×8＝1 480,具体结果见表 93－3。

解答:IP 数据报固定首部长度为 20 字节。

表 93－3　习题 6 解答表

	总长度(字节)	数据长度(字节)	MF	片偏移
原始数据报	4 000	3 980	0	0
数据报片 1	1 500	1 480	1	0
数据报片 2	1 500	1 480	1	185
数据报片 3	1 040	1 020	0	370

知识点聚焦 94：网络层协议

【典型题分析】

[例题1] 主机 A 的 IP 地址为 202.101.22.3,主机 B 的 IP 地址为 203.10.21.4,两机通过路由器 R 互连。R 的两个端口的 IP 地址分别为 202.101.22.5 和 202.10.21.5,子网掩码均为 255.255.255.0,主机 A 发送一个 IP 数据包到主机 B 的过程中,请指出错误的说法(　　)。

A. 主机 A 将数据发往 R,数据包中的源 IP 地址为 202.101.22.3,目标 IP 地址为 203.10.21.4

B. 主机 A 首先发出 ARP 广播,询问 IP 地址为 203.10.21.4 的 MAC 地址是多少,路由器 R 对此广播包进行响应,并给出 R 的 MAC 地址

C. 路由器 R 在网络 203.10.21.0 发出 ARP 广播,以获得 IP 地址 203.10.21.4 对应的 MAC 地址,主机 B 对此广播包进行响应,并给出主机 B 的 MAC 地址

D. 路由器 R 将数据发往 B,数据包中的源 IP 地址为 202.101.22.3,目标 IP 地址为 203.10. 21.4

分析:本题主要考查 ARP 在同一个网段和不同网段解析的过程,注意同一网段直接进行解析目的 IP 的物理地址,而不同网段要首先解析路由器,也就是网关的物理地址。

解答:B。

[例题2]按照图 94－1 给出具体的 IP 地址和 MAC 地址解析过程。

分析:在互联网中,IP 分组的传送是利用 IP 地址,而信息的传送最终必须利用数据链路层的 MAC 地址来实现,所以要将 IP 地址解析成 MAC 地址才能实现数据传输。

　　下面是主机 A 获得主机 D 的 IP 地址到 MAC 地址映射的过程。假设主机 A 要给 IP 地址是 192.168.10.4 的主机 D 发送 IP 分组。首先,主机 A 要检查一下自身的映射表中是否有主机 D 的映射表项。

　　(1) 如果主机 A 的映射表中有主机 D 的映射表项,如图 94－1 所示。

　　主机 A 从自己的映射表项中获得主机 D 的 MAC 地址,用主机 D 的 MAC 地址封装要发送的 IP 分组 AB－C3－24－2D－DC－1A IP 分组 ,封装成 MAC 帧后,发送给目的主机 D,如图 94－2 所示。

　　(2) 如果主机 A 映射表中没有主机 D 的映射表项,如图 94－3 所示。

　　主机 A 把自身地址映射表项及目的主机 D 的 IP 地址 192.168.10.4 封装到 ARP 报文

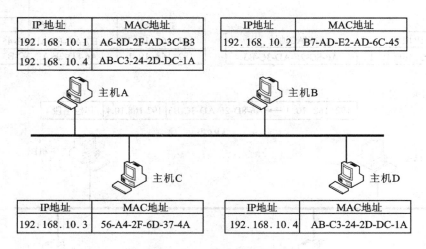

图 94 – 1 各主机初始地址映射表

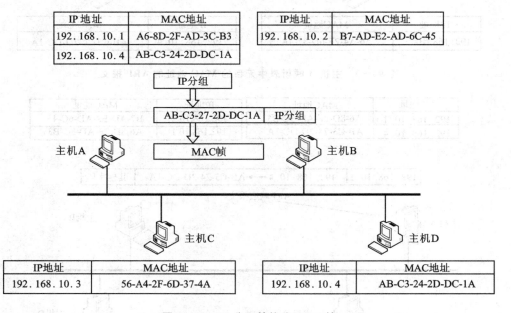

图 94 – 2 IP 分组转换为 MAC 帧

中，| 192.168.10.1 A6 – 8D – 2F – AD – 3C – B3 192.168.10.4 其他字段 |，并发送给主机 D。主机 A 收到主机 D 的 ARP 响应报文后，就把主机 D 的 IP 地址与 MAC 地址的映射加入到自身的映射表，从而完成了对主机 D 的 IP 地址的解析，如图 94 – 4 所示。

【知识点睛】

1. DHCP 分为服务器端和客户端。所有的网络配置信息都由 DHCP 服务器集中管理，并负责处理客户端的 DHCP 请求；而客户端则会使用从服务器分配来的网络配置信息来自动配置客户端计算机的网络参数。

2. ICMP 差错报告报文

（1）目的站不可达：分为网络不可达、主机不可达、协议不可达、端口不可达、需要分片但

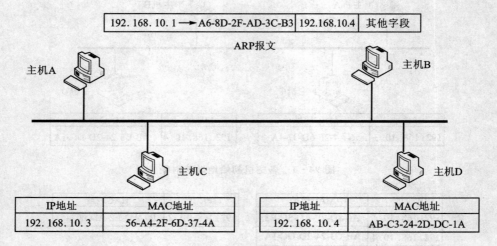

图 94－3　主机 A 映射表中无目的 MAC 地址的 ARP 报文

IP地址	MAC地址
192.168.10.1	A6-8D-2F-AD-3C-B3
192.168.10.4	AB-C3-24-2D-DC-1A

IP地址	MAC地址
192.168.10.2	B7-AD-E2-AD-6C-45
192.168.10.1	A6-8D-2F-AD-3C-B3

192.168.10.1	192.168.10.4 ➝ AB-C3-24-2D-DC-1A	其他字段

ARP响应报文

主机 A　　　　　　　　　　　　主机 D

IP地址	MAC地址
192.168.10.3	56-A4-2F-6D-37-4A

IP地址	MAC地址
192.168.10.4	AB-C3-24-2D-DC-1A
192.168.10.1	A6-8D-2F-AD-3C-B3

图 94－4　ARP 响应报文

DF 置 1、以及源路由失败等六种,其代码字段分别置为 0～5。

（2）源站抑制:路由器或主机由于拥塞而丢弃该数据报时,就向源站发送源站抑制报文,使源站知道应当将数据报的发送速率放慢。

（3）时间超过:当路由器收到生存时间为零的数据报时,除丢弃该数据报外,还要向源站发送时间超过报文。当目的站在规定时间内不能收到一个数据报时,就将已收到的数据报片都丢弃,并向源站发送时间超过报文。

（4）参数问题：当路由器或目的主机收到的数据报的首部中有的字段的值不正确时,就丢弃该数据报,并向源站发送参数问题报文。

（5）路由重定向：路由器在下面情况下发送重定向消息。路由器（R1）从路由器相连的网络上接收到数据报,它检查路由表获得下一个路由器（R2）的地址（X）。如果 R2 和指定的接收主机在同一一网络上,重定向消息发出,此消息建议发送主机直接将数据报发向路由器 R2,因为这样距离更近,同时路由器 R1 向前继续发送此数据报。

3. ICMP 询问报文

（1）ICMP Echo 请求报文：主机和路由器向一个特定的目的主机发出询问,收到此报文的主机必须向源主机发送 Echo 回答报文,用来测试目的主机是否可达以及其状态。例如：ping。

（2）ICMP 时间戳请求报文：请求主机和路由器回答当前的日期和时间,可用于时钟同步和测量。

（3）ICMP 地址掩码请求报文：从子网掩码服务器的到某个接口的地址掩码。

（4）ICMP 路由器询问和通行报文：主机用于了解连接在本网络上的路由器是否正常工作。主机将路由询问报文进行广播,收到询问报文的一个或几个路由器就使用该报文广播其路由选择信息。

【即学即练】

[习题 1] ARP 的作用是（　　）。

A. 防止路由循环　　　　　　　　B. 确定主机的 IP 地址

C. 发送一直接的广播　　　　　　D. 确定主机的 MAC 地址

[习题 2] 网络层,数据链路层和物理层传输的数据单位分别是（　　　）。

A. 报文、帧、比特　　　　　　　B. 包、报文、比特

C. 包、帧、比特　　　　　　　　D. 数据块、分组、比特

【习题答案】

[习题 1]

分析：本题考查 ARP 的基本作用,答案为 D。确定主机的 MAC 地址。

解答：D。

[习题 2]

分析：网络层为报文,数据链路层把数据封装成帧,而物理层就是传输的 1 或者 0,即 bit。

解答：A。

知识点聚焦 95：路由协议

【典型题分析】

[例题] OSPF 协议使用（　　　　）分组来保持与其邻居的连接。

A. Hello　　　　　　　　　　　B. Keepalive

C. SPF（最短路径优先）　　　　　D. LSU（链路状态更新）

分析：本题考查 OSPF 的基本协议报文类型及其主要作用,Hello 报文是保持邻居连接的报文,Keepalive 是 BGP 协议中保持连接的报文,注意区分开来。

解答：A。

【知识点睛】

1. RIP 协议是一种典型的距离矢量路由协议,而 OSPF 是一种典型的链路状态路由协议。

RIP 时一个基于距离向量的分布式路由选择协议。在 RIP 中所定义的距离就是到目的网络所经过路由器的个数,距离也称为跳数,每经过一个路由器,跳数自动加 1。RIP 认为好的路由就是通过路由器的数目少,即使在两个网络间还存在着一个速度更快但路由器较多的路径。RIP 中允许一个通路最多包含 15 个路由器,即跳数最多为 15,因此 RIP 只适用于小型网络。

RIP 的工作方式是每隔 30s 向相邻的路由器广播自身的路由表。RIP 让网络中所有的路由器不断与其相邻的路由器交换距离信息,从而更新自身的路由表。RIP 报文是无连接、不可靠传输的,使用传输层中的用户数据报协议(UDP)来传送。RIP 的缺点是当网络发生故障时,要经过比较长的时间才能将此信息传送到所有的路由器。

RIP 中的三个要点:只和相邻路由器交换信息、交换完整路由表和固定时间间隔进行路由信息交换。

2. 开放最短路径优先(OSPF)协议

采用每个路由器主动地测试与其相邻路由器的链路状态,将这些状态信息发送给其他相邻的路由器,而相邻路由器将这些信息在自治系统中传播。每个路由器接收这些链路状态信息,建立起完整的路由表。

(1) OSPF 协议的基本要点

① 所有的路由器都维持一个链路状态数据库,该库实际上就是整个互连网的拓扑结构图。

② 由于网络中的链路状态可能经常发生变化,因此,OSPF 让每一个链路状态都带上一个 32bit 的序号,序号越大状态就越新。序号每 5s 更新一次,32 位可用 600 年不重复号。

③ 每一个路由器用链路状态数据库中的数据,算出自身的路由表。(最短路径优先)

④ 只要网络拓扑发生变化,数据库很快进行更新。

⑤ 不用 UDP 而是直接用 IP 数据报传送,并且数据报更短。

(2) OSPF 的五种分组类型

类型 1,问候(Hello)分组:用来维持和发现邻站的可达性。

类型 2,数据库描述(Database Description)分组:向邻站发送链路数据库的摘要信息。

类型 3,链路状态请求(Link State Request)分组:请求发送链路数据库的详细信息。

类型 4,链路状态更新(Link State Update)分组:用洪泛法对全网更新链路状态。

类型 5,链路状态确认(Link State Acknowledgment)分组:对链路更新分组的确认。

3. BGP 与 IGP 的区别

内部网关协议(如 RIP 或 OSPF)主要是设法使数据报在一个自治系统中尽可能有效地从源站传送到目的站。在一个自治系统内部并不需要考虑其他方面的策略。

BGP 的四种报文如下:

① 打开(Open)报文,用来与相邻的另一个 BGP 发言人建立关系。

② 更新(Update)报文,用来发送某一路由的信息,以及列出要撤消的多条路由。

③ 保活(Keepalive)报文,用来确认打开报文和周期性地证实邻站关系。

④ 通知(Notificaton)报文,用来发送检测到的差错。

【即学即练】

[习题 1] 在 RIP 协议中,默认的路由更新周期是(　　)秒。

A. 30　　　　　　　B. 60　　　　　C. 90　　　　　　　D. 100

[习题 2] RIP(路由信息协议)采用了(　　)作为路由协议。

A. 距离向量　　　　B. 链路状态　　　C. 分散通信量　　　D. 固定查表

【习题答案】

[习题 1]

分析：基本概念题，RIP 的默认路由更新周期为 30s，因此选项 A 正确。

解答：A。

[习题 2]

分析：基本概念题，RIP 是基于距离矢量的路由协议，因此选项 A 正确。

解答：A。

知识点聚焦 96：网络层设备

【典型题分析】

[例题 1] 路由器中时刻维持着一张路由表，这张路由表可以是静态配置的，也可以是(　　)产生的。

A. 生成树协议　　　B. 链路控制协议　　　C. 动态路由协议　　　D. 被承载网络层协议

分析：本题主要考查路由表的生成方式，有两种，一种是静态配置，一种由动态路由协议生成，这里生成树协议工作在链路层，因此选项 C 正确。

解答：C。

[例题 2] 路由器不能像网桥那样快地转发数据包的原因(　　)。

A. 路由器运行在 OSI 模型的第三层，因而要花费更多的时间来解析逻辑地址

B. 路由器的数据缓存比网桥的少，因而在任何时候只能存储较少的数据

C. 路由器在向目标设备发送数据前，要等待这些设备的应答

D. 路由器运行在 OSI 模型第四层，要侦听所有的数据传输，因此比运行在第三层的网桥慢

分析：本题主要考查路由器的工作原理，路由器工作在第三层，选项 C 和 D 错误，数据缓存对网络设备的影响不大，因此选项 A 正确。

解答：A。

[例题 3] 从图 96-1 分析主机 A 发送给主机 B 的 IP 分组的路由过程。

分析：该图有 4 个网络，网络号分别是：192.166.1.0，192.167.1.0，192.168.1.0 和 192.169.1.0；3 个路由器 R1，R2，R3，R1 具有 192.166.1.0 和 192.167.1.0 两个网络上的 IP 地址 192.166.1.249 和 192.167.1.249，R2 具有 192.167.1.0 和 192.168.1.0 两个网络上的 IP 地址 192.167.1.248 和 192.168.1.249，R3 具有 192.168.1.0 和 192.169.1.0 两个网络上的 IP 地址 192.168.1.248 和 192.169.1.249。

当主机 A 向主机 B 发送一个 IP 分组时，取出该报文携带的目的 IP 地址 192.169.1.1，把它顺序地与主机 A 的路由表中的子网掩码按位进行"与"运算，得到的结果 192.169.1.0 与主机 A 的路由表中相应的目的网络进行比较，如果相同，IP 分组就传送到相应的下一站(192.166.1.249)。路由器 R1 接收到主机 A 送来的 IP 分组后，取出 IP 分组中的目的 IP 地址 192.169.1.1，把它顺序地与 R1 路由表中的子网掩码按位进行"与"运算，得到的结果 192.169.1.0 与 R1 路由表中相应的目的网络相比较，如果相同，IP 分组就传送到相应的下一站(192.167.1.248)。同理路由器 R2 接收到 R1 送来的 IP 分组后，IP 分组就传送到相应的下一站(192.

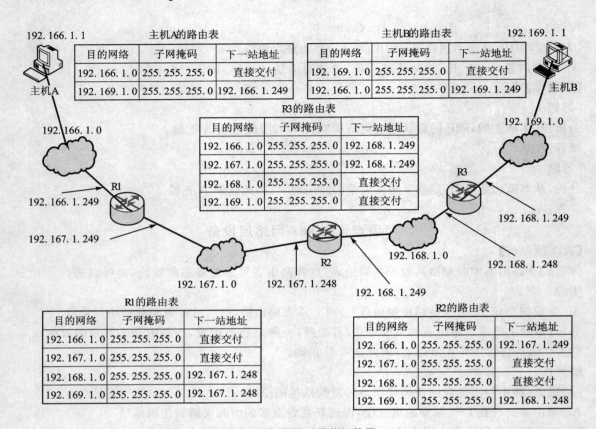

图96-1 例题3 网络拓扑图

168.1.248)。路由器 R3 接收到 R2 送来的 IP 分组后,取出 IP 分组中的目的 IP 地址 192.169.1.1,把它顺序地与 R3 路由表中的子网掩码按位进行"与"运算,得到的结果 192.169.1.0 与 R3 路由表中相应的目的网络相比较,如果相同,IP 分组就传送到相应的下一站(直接交付 192.169.1.249),主机 B 最终收到从 R3 的 IP 地址为 192.169.1.249 的端口发送的 IP 分组,至此主机 B 就接收到主机 A 发送的 IP 分组。

【知识点睛】

1. 路由器通过跟踪、记录不同网络和选取到不同网络最优路径实现网络层操作。因为路由器是在 OSI 参考模型中的网络层起作用的,所以它们用来将网段分成单一冲突域和广播域。每一网段称为一个网络,必须用站点才能带到网络地址标识。

2. 为了标识网络和提供连接,路由器还需要提供以下其他功能。

(1)路由器不能传送数据链路层广播或组播的帧。

(2)路由器通过基于路由选择算法的路由网络决定最优路径。

(3)路由器剥离数据链路层帧,转发基于网络层目的地址的数据包。

3. 路由器的 IP 层所执行的路由算法:

(1)从数据报的首部提取目的站的 IP 地址 D,得出目的站的网络号为 N。

(2)若 N 就是与此路由器直接相连的某一个网络号,则不需要再经过其他的路由器,而直接通过该网络将数据报交付给目的站 D(这里包括将目的主机地址 D 转换为具体的物理地址,将数据报封装为 MAC 帧,再发送此帧);否则,执行(3)。

（3）若路由表中有目的地址为 D 的指明主机路由，则将数据报传送给路由表中所指明的下一站路由器；否则，执行（4）。

（4）若路由表中有到达网络 N 的路由，则将数据报传送给路由表中所指明的下一站路由器；否则，执行（5）。

（5）若路由表中有子网掩码一项，就表示使用了子网掩码，这时应对路由表中的每一行，用子网掩码和目的站地址 D 进行"与"运算，设得出结果为 M。

若 M 等于这一行中的目的站网络号，则将数据报传送给路由表中所指明的下一站路由器；否则，执行（6）。

（6）若路由表中有一个默认路由，则将数据报传送给路由表中所指明的默认路由器；否则，执行（7）。

（7）报告路由选择出错。

【延伸拓展】

①网桥：用于进行两个 LAN 之间的互连。

②中继器：用于进行同一个 LAN 的两个网段之间的互连。

③路由器：用于进行 LAN 与 WAN，或 WAN 之间的互连。

④网桥工作在数据链路层，中继器工作在物理层，路由器工作在网络层。

【即学即练】

[习题1] 路由器的主要功能不包括（　　）。

A. 速率适配　　　　B. 子网协议转换　　　　C. 七层协议转换　　　　D. 报文分片与重组

[习题2] 从通信协议的角度来看，路由器是在（　　）层次上实现网络互联。

A. 物理层　　　　B. 链路层　　　　C. 网络层　　　　D. 传输层

[习题3] 路由器中的路由表（　　）。

A. 需要包含到达所有主机的完整路径信息　　　B. 需要包含到达目的网络的完整路径信息

C. 需要包含到达目的网络的下一步路径信息　　　D. 需要包含到达所有主机的下一步路径信息

[习题4] 设某路由器建立了如下的路由表：

表 96－1　习题 4 路由表

目的网络	子网掩码	下一站
128.96.39.0	255.255.255.128	接口 0
128.96.39.128	255.255.255.128	接口 1
128.96.40.0	255.255.255.128	R2
192.4.153.0	255.255.255.192	R3
×（默认）		R4

此路由器可以直接从接口 0 和接口 1 转发分组，也可通过相邻的路由器 R2，R3 和 R4 进行转发。现共收到 5 个分组，其目的站 IP 地址分别为：

（1）128.96.39.10

（2）128.96.40.12

（3）128.96.40.151

（4）192.4.153.17

(5) 192.4.153.90

试分别计算其下一站。

[习题5] 如图96-2所示,主机A传输一个数据包需途经4个路由器才能到达主机B,其中每一个路由器都可能因某种原因丢弃该数据包,丢包的概率都为0.1,只要路由器R4能送出数据包,则主机B一定能收到,如果主机B没有收到数据包,则主机A在超时后将重发该数据包。求:为使一个数据包能正确地到达主机B,主机A的平均发送次数?

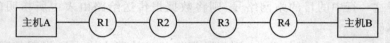

图96-2 习题5网络拓扑图

【习题答案】

[习题1]

分析:路由器工作在网络层,连接不同的网络,因此具有速率适配、子网协议转换和报文分片重组的功能,但只能解析到网络层,不能完成七层协议转换,因此选项C正确。

解答:C。

[习题2]

分析:基本概念题,路由器从通信协议角度,就是在网络层上实现网络互联,对比交换机,中继器分别在链路层和物理层实现网络互联,选项C正确。

解答:C。

[习题3]

分析:考查路由表的构成及路由的原理,路由只要知道到达目的网络的下一步路径信息就可以了,而不必知道整个路径,或者所有主机,因此选项C正确。

解答:C。

[习题4]

分析:本题考查路由表查询和匹配原则,注意最大前缀匹配原则的应用。

解答:(1) 128.96.39.10   接口0

(2) 128.96.40.12   R2

(3) 128.96.40.151   R4(默认)

(4) 192.4.153.17   R3

(5) 192.4.153.90   R3

[习题5]

解答:数据包须经4个路由器转发才能到达主机B。4个路由器都不丢包的概率为

$$p = 0.9^4 \approx 0.656$$

设:主机A发送一次就成功到达主机B,即4个路由器都不丢包的概率为p;则:主机A需发送两次才能成功到达主机B的概率为$p(1-p)$;主机A需发送三次才能成功到达主机B的概率为$p[1-p-p(1-p)] = p(1-p)^2$;主机A需发送i次才能成功到达主机B的概率为$p(1-p)^{i-1}$;所以,该数据包需平均发送E次才能成功到达主机B。有

$$E = p + 2p(1-p) + 3p(1-p)^2 + \cdots + ip(1-p)^{i-1} + \cdots$$

$$= \sum_{i=1}^{\infty} ip(1-p)^{i-1} = p \sum_{i=1}^{\infty} i(1-p)^{i-1}$$

因为 $\sum_{i=1}^{\infty} i(1-p)^{i-1} = -\frac{d}{dp} \sum_{i=1}^{\infty}(1-p)^i = -\frac{d}{dp}\left[\frac{1}{1-(1-p)}\right]$ （$|p|<1$）$= \frac{1}{p^2}$

有 $p \sum_{i=1}^{\infty} i(1-p)^{i-1} = \frac{1}{p}$

所以，一个数据包平均经 $\frac{1}{p} = \frac{1}{0.656} \approx 1.5244$ 次传输后才成功。

知识点聚焦 97：UDP 协议

【典型题分析】

[例题]使用 UDP 协议的网络应用，其数据传输的可靠性由（　　）负责。

A. 传输层　　　　B. 数据链路层　　　　C. 应用层　　　　D. 网络层

分析：本题考查网络层次之间的关系，这里由于 UDP 是不可靠的，要实现可靠的传输，只能在应用层上进行处理，因此选项 C 正确。

解答：C。

【知识点睛】

UDP 报文提供端到端、无连接的，不保证可靠性的数据报传输服务，允许网上主机应用程序之间传递数据。UDP 建立在 IP 协议之上，整个 UDP 用户数据报封装在 IP 数据报的数据区中传输，UDP 报头协议类型字段为 17（TCP 协议号为 6，UDP 协议号为 17）。

【即学即练】

[习题]UDP 协议和 TCP 协议报文头部的非共同字段有（　　）。

A. 源 IP 地址　　　　B. 目的端口　　　　　C. 校验和　　　　　D. 源端口

【习题答案】

[习题]

分析：本题考查 UDP 和 TCP 的区别，作为传输层协议，端口，IP 地址是必须有的，因此校验和是两者的区别，因此选项 C 正确。

解答：C。

知识点聚焦 98：TCP 协议

【典型题分析】

[例题 1]TCP 的协议数据单元被称为（　　）。

A. 比特　　　　　B. 帧　　　　　C. 分段　　　　　D. 字符

分析：要熟知不同层次的协议数据单元，这里传输层协议数据单元是分段，选项 C 正确。

解答：C。

[例题 2]TCP 的拥塞窗口 Cwnd 大小与传输轮次 n 的关系见表 98-1。

表 98-1　拥塞窗口 Cwnd 与传输轮次 n 的关系

Cwnd	1	2	4	8	16	32	33	34	35	36	37	38	39
n	1	2	3	4	5	6	7	8	9	10	11	12	13
Cwnd	40	41	42	21	22	23	24	25	26	1	2	4	8
n	14	15	16	17	18	19	20	21	22	23	24	25	26

(1) 试画出拥塞窗口与传输轮次的关系曲线。

(2) 指明 TCP 工作在慢开始阶段的时间间隔。

(3) 指明 TCP 工作在拥塞避免阶段的时间间隔。

(4) 在第 16 轮次和第 22 轮次之后发送方是通过收到三个重复的确认还是通过超时检测到丢失了报文段？

(5) 在第 1 轮次、第 18 轮次和第 24 轮次发送时，门限 ssthresh 分别被设置为多大？

(6) 在第几轮次发送出第 70 个报文段？

分析：慢开始的标志是 Cwnd 按指数规律增长，因此时间间隔为 1～6。拥塞避免的标志 Cwnd 按线性增加，因此时间间隔为 7～16。由于第 16 轮次发生拥塞后采用加法增加，也就是线性增加，处于快恢复算法，因此收到了三个重复的确认，而 22 轮次后采用慢启动算法，因此通过超时检测到丢失报文段。6 轮次后发生拥塞，因此 ssthresh 在第 1 轮次设定为 32，第 16 轮次后采用快恢复，因此 ssthresh 在 18 轮次设定为 42/2＝21，第 22 轮次后采用慢启动，因此 ssthresh 在第 24 轮次设定为 26/2＝13。1＋2＋4＋8＋16＋32＋33＞70，因此在第 7 轮次发送出第 70 个报文段。

解答：(1) 曲线略。

(2) TCP 工作在慢开始阶段的时间间隔：1～6。

(3) TCP 工作在拥塞避免阶段的时间间隔：7～16。

(4) 在第 16 轮次后发送方是通过收到三个重复的确认，第 22 轮次后是通过超时检测到丢失了报文段。

(5) 在第 1 轮次、第 18 轮次和第 24 轮次发送时，门限 ssthresh 分别被设置为 32，21，13。

(6) 在第 7 轮次发送出第 70 个报文段。

[例题 3]TCP 连接建立的过程中，收发双方协商初始的窗口大小是 10B，要传输的数据为 30B，依次编序为 1～30，请回答如下问题：

(1) 发送开始时，哪些序号的报文不可发送。

(2) 序号 1～5 的报文已经被确认，哪些序号的报文不可发送。

(3) 序号 5～10 的报文发生的确认，并且接收端通知窗口大小为 15B，哪些序号的报文不可发送。

分析：(1) 在连接建立的过程中，收发双方协商初始的窗口大小是 10B，那么发送端将自己的发送窗口定为 10，即序号 1～10 的报文可以在没有接收到确认的情况下连续地发送出去。发送开始时，窗口的指针在序号 1 的第一个字节位置，序号 1～10 的报文可以连续发送，而序号 11～30 的报文不可发送，如图 98－1 所示。

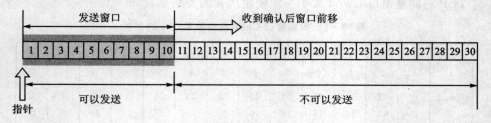

图 98－1 发送窗口大小为 10B

(2) 如图 98-2 所示，由于已经发送了序号 1～10 的报文，并且序号 1～5 的报文已经得到接收端的确认，因此，在窗口大小不变的情况下，平移到序号 6～15 的位置，指针滑动到 11 的位置。表明，已经发送了 10B，其中序号 1～5 的报文已经被确认，序号 6～15 的报文已发送的数据等待对方确认，可以继续发送 11～15 的报文。

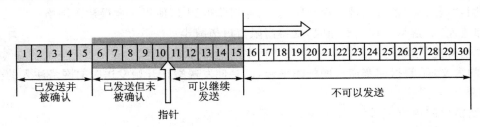

图 98-2　发送 10B，收到的确认序号为 6，窗口大小不变，还可继续发送 10B

(3) 如图 98-3 所示，窗口的位置平移到序号 11～25 的位置。同时由于这一段时间没有发送新的数据段，因此指针仍然在 11 的位置。表明，已经发送的序号为 10 的报文已经被确认，可以继续发送序号 11～25 的报文。

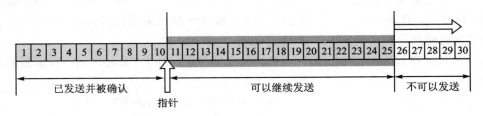

图 98-3　收到的确认序号为 11，窗口增大为 15，还可发送 15B

【知识点睛】

1. 为了提高报文段的传输速率，TCP 采用大小可变的滑动窗口进行流量控制。窗口大小的单位是字节。发送窗口在连接建立时由双方商定，但在通信过程中，接收端可根据自己的接收缓存的大小，随时动态地调整发送端的发送窗口的上限值。这就是接收端窗口 rwnd(receiver window)，这个值被放在接收端发送的 TCP 报文段首部的窗口字段中。同时，发送端根据其对当前网络拥塞程度的估计而确定的窗口值，叫做拥塞窗口 Cwnd(congestion window)。其大小与网络的带宽和时延密切相关。

发送端设置的当前能够发送数据量的大小叫做发送窗口，发送窗口的上限值由下面公式确定：发送窗口的上限值＝Min[Cwnd，rwnd]。rwnd 由接收端根据其接收缓存确定，发送端确定 Cwnd 比较复杂。

2. 针对 TCP 拥塞控制，重点掌握慢启动，具体步骤如下：

(1) TCP 连接初始化。设置拥塞窗口初值，不能大于 2 个报文段，一般 Cwnd＝1MSS；设置慢启动门限初值(Cwnd 为拥塞窗口)。

(2) TCP 开始发送过程，发送窗口 swnd 按式 swnd＝min(Cwnd，rwnd)计算，一般，通告窗口 rwnd 足够大，实际上，swnd＝Cwnd。

(3) 每次传输都调节一次拥塞窗口，从而调节了发送窗口。Cwnd 从初值 1 开始，每收到一个对新报文段的确认 ACK，Cwnd＝Cwnd＋1。这样，第 1 次传输完，收到 1 个 ACK，Cwnd 增加到 2;第 2 次传输完,收到 2 个 ACK,Cwnd 增加到 4;……。因此,Cwnd 按指数规律增长,即每传输 1 次,Cwnd 加倍。直到 Cwnd>ssthresh(其中 ssthresh 为慢启动门限),进入拥塞避免。

(4) 当在某时刻发生了拥塞,则置 ssthresh=max(swnd/2,2),即将 ssthresh 降到拥塞发生时 swnd 的一半,但不能小于 2,并令 Cwnd=1,开始慢启动过程。

说明:"慢启动"指每出现一次超时,拥塞窗口降低到 1,使报文慢慢注入网络;

"加速递减"指每出现一次超时,就将门限窗口值减半;

"拥塞避免"指超过门限窗口后指数增长率降为线性增长率。

慢的含义:不是指拥塞窗口增长速率慢,而是使发送端在开始发送时向网络注入的分组数大大减少。

拥塞窗口的单位是:报文段的个数,而不是字节数。

3. 超时重传时间的选择

重传机制是 TCP 中最重要和最复杂的问题之一。TCP 每发送一个报文段,就对这个报文段设置一次计时器。只要计时器设置的重传时间到但还没有收到确认,就要重传这一报文段。

(1) 往返时延的方差很大,由于 TCP 的下层是一个互联网环境,IP 数据报所选择的路由变化很大。因而运输层的往返时间的方差也很大。

(2) 加权平均往返时间。TCP 保留了 RTT 的一个加权平均往返时间 RTTS(这又称为平滑的往返时间)。

第一次测量到 RTT 样本时,RTTS 值就取为所测量到的 RTT 样本值。以后每测量到一个新的 RTT 样本,就按下式重新计算一次 RTTS:

$$新的 RTTS=(1-\alpha)\times(旧的 RTTS)+\alpha\times(新的 RTT 样本)$$

式中,$0\leqslant\alpha<1$。若 α 很接近于零,表示 RTT 值更新较慢。若选择 α 接近于 1,则表示 RTT 值更新较快。RFC2988 推荐的 α 值为 1/8,即 0.125。

(3) 超时重传时间 RTO

RTO 应略大于上面得出的加权平均往返时间 RTTS。

RFC 2988 建议使用下式计算 RTO:RTO=RTTS + 4×RTTD。

RTTD 是 RTT 的偏差的加权平均值。RFC2988 建议这样计算 RTTD。第一次测量时,RTTD 值取为测量到的 RTT 样本值的一半。在以后的测量中,则使用下式计算加权平均的 RTTD:

$$新的 RTTD = (1-\beta)\times(旧的 RTTD) +\beta\times|RTTS-新的 RTT 样本|$$

式中,β 是个小于 1 的系数,其推荐值是 1/4,即 0.25。

(4) Karn 算法

在计算平均往返时间 RTT 时,只要报文段重传了,就不采用其往返时间样本。这样得出的加权平均往返时间 RTTS 和超时重传时间 RTO 就较准确。

(5) 修正的 Karn 算法

报文段每重传一次,就把 RTO 增大一些;新的 RTO=$\gamma\times$(旧的 RTO),系数 γ 的典型值是 2。

当不再发生报文段的重传时,才根据报文段的往返时延更新平均往返时延 RTT 和超时重传时间 RTO 的数值。实践证明,这种策略较为合理。

【延伸拓展】

1. 在 TCP/IP 模型中,TCP 层采用的流量控制策略与数据链路层有所不同,数据链路层和TCP层都是面向连接的,都采用窗口协议来实现流量控制,然而两个窗口协议是不一样的。

在数据链路层,由于收发双方是点到点的连接,其流量控制策略相对较为简单,接收窗口和发送窗口即为固定大小的缓冲区的个数,发送方的窗口调整,即缓冲区的覆盖依赖于确认帧的到达,由于信号传播延时和CPU的处理时间等都相对较为稳定,所以发送方的数据帧和接收方的确认帧,其发送和接收时间是可估计的。

在TCP层,由于一个TSAP可同时与多个TSAP建立连接,每个连接都将协商建立一个窗口(即一对发送和接收缓冲区),所以窗口的管理较为复杂,其流量控制策略是通过窗口公告来实现的,当接收方收到数据后发送的确认中将通报剩余的接收缓冲区大小,发送方的发送窗口调整是根据接收方的窗口公告进行的,也就是即使收到到接收方的确认也不一定就能对发送窗口进行调整,一旦发送方收到一个零窗口公告,必须暂停发送并等待接收方的下一个更新的窗口公告,同时启动一个持续定时器。由于TCP层的收、发双方是端到端的,它面对的是一个网络,端到端的路径中可能包含多个点到点的链路,报文在整个传输过程中的延时难以估计甚至可能丢失,所以在TCP的流量控制协议中规定:即使发送方收到了零窗口公告,在持续定时器超时后,允许发送一个字节的数据报文,要求接收方重申当前的窗口大小,以避免因接收方的更新窗口公告丢失而导致死锁。

2. TCP/IP网络层只提供无连接服务(IP),传输层提供面向连接(TCP)和无连接服务(UDP),OSI/RM网络层提供面向连接(VC)和无连接服务(DG),传输层只提供面向连接服务。

3. 核心概念区别

①域名:IP地址的字符串表示,它们与TCP/IP的网间网层对应。

②端口号:对应于TCP/IP的主机-主机层。

③MAC地址:对应于TCP/IP的网络接口层。

④IP地址到物理地址之间的转换由ARP协议完成。

⑤物理地址到IP地址之间的转换由RARP协议完成。

⑥通过域名服务(DNS)将主机名(域名)翻译成对应的IP地址。

【即学即练】

[习题1]TCP采用的流控方法是( )。

A. 停等协议　　　　B. 滑动窗口协议　　　　C. 拥塞控制　　　　D. 慢启动

[习题2]传输层利用什么来标识和区分各种上层的应用程序( )。

A. MAC地址　　　　B. 源IP地址　　　　C. 目的IP地址　　　　D. 端口号

[习题3]一个网络中,最大TPDU尺寸为128字节,最大的TPDU存活时间为30s,使用8位序列号,问每条连接的最大数据速率是多少?

[习题4]TCP/IP通信过程中,数据从应用层到网络接口层所经历的变化序列是( )。

A. 报文流→传输协议分组→IP数据报→网络帧

B. 报文流→IP数据报→传输协议分组→网络帧

C. IP数据报→报文流→网络帧→传输协议分组

D. IP数据报→报文流→传输协议分组→网络帧

【习题答案】

[习题1]

分析:本题考查TCP流量控制的方法,即滑动窗口协议。这里停等协议适用于数据链路层的流量控制,慢启动是拥塞控制的方法之一,因此选项 B 正确。

解答:B。

[习题2]

分析:本题考查端口的作用,MAC 地址是标识和区分物理层地址,IP 地址标识和区分网络层地址,对于上层应用来说,端口号是对其的标识和区分,选项 D 正确。

解答:D。

[习题3]

分析:具有相同编号的 TPDU 不应该同时在网络中传输,必须保证,当序列号循环回来重复使用的时候,具有相同序列号的 TPDU 已经从网络中消失。现在存活时间是 30s,那么在 30s 的时间内发送方发送的 TPDU 的数目不能多于 256 个。$256 \times 128 \times 8 \div 30 = 8\,738$bps,所以,每条连接的最大数据速率是 8.738kbps。

解答:8.738kbps。

[习题4]

分析:数据从应用层到网络接口层所经历的层为传输层、网络层、数据链路层和物理层,因此其变化序列就容易得到答案为 A。

解答:A。

知识点聚焦 99:DNS 系统

【典型题分析】

[例题]域名解析的两种主要方式为(　　)。

A. 直接解析和间接解析　　　　　B. 直接解析和递归解析

C. 间接解析和反复解析　　　　　D. 迭代解析和递归解析

分析:本题主要考查域名解析的主要方式,递归和迭代,具体过程见知识点睛。

解答:D。

【知识点睛】

　　层次域名空间和域名服务器是基本概念,域名解析的工作原理是重点,当主机解析器接收到一个域名查询时,它将查询传递给本地域名服务器。如果被查询的域名落在该域名服务器的管辖范围内,返回权威的资源记录。如果被请求的域名是远程的,而且本地域名服务器没有关于它的信息,那么本地域名服务器将该报文转发到根域名服务器。比如查询 www. buaa. edu. cn,根域名服务器注意到其 cn 前缀并向本地域名服务器返回负责 cn 的顶级域名服务器的 IP 地址列表。本地域名服务器向这些顶级域名服务器发送查询报文。顶级域名服务器注意到 edu. cn 前缀,并用 edu. cn 权威域名服务器的 IP 地址进行响应。本地域名服务器向返回的 IP 地址发送查询报文。该域名服务器注意到 buaa. edu. cn 前缀,并用其权威域名服务器的 IP 地址进行响应。其后,本地域名服务器直接向 buaa. edu. cn 重发查询报文,buaa. edu. cn 用 www. buaa. edu. cn 的 IP 地址进行响应。最后本地域名服务器把查询结果返回给请求的主机。整个过程如图 99-1(a)所示。

　　图 99-1(a)利用了递归查询和迭代查询。从请求的主机到本地域名服务器发出的查询是递归查询。而后继的查询都是迭代查询。图 99-1(b)显示了一条 DNS 查询链,其中的所有查询都是递归的。

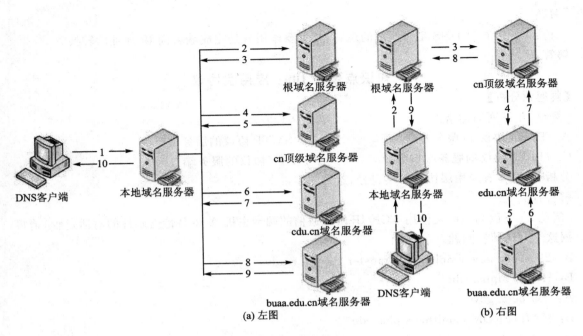

图 99 - 1　域名解析过程

【即学即练】

[习题 1] 为了实现域名解析，客户机（　　）。

A. 必须知道根域名服务器的 IP 地址 　　　 B. 必须知道本地域名服务器的 IP 地址

C. 必须知道本地域名服务器的 IP 地址和根域名服务器的 IP 地址

D. 知道互连网中任意一个域名服务器的 IP 地址即可

[习题 2] 关于 DNS 下列叙述错误的是（　　）。

A. 子结点能识别父结点的 IP 地址 　　　 B. DNS 采用客户服务器工作模式

C. 域名的命名原则是采用层次结构的命名树 　　 D. 域名不能反映计算机所在的物理地址

[习题 3] DNS 的作用是（　　）。

A. 管理 Internet 上的域名 　　　 B. 搜索域名的系统

C. 实现 IP 地址到域名的转换 　　　 D. 实现域名到 IP 地址的转换

【习题答案】

[习题 1]

分析：本题考查域名解析的过程，这里重点分析客户机的第一步，必须知道本地域名服务器的 IP 地址，也就是客户机在进行配置时，要提供的 DNS 服务器地址，而对于根域名服务器地址不是必须知道的，可以从本地域名服务器得到。对于答案 D，由于域名服务器的层次性，选择任意一个域名服务器会造成域名不能正确解析，因此选项 B 正确。

解答：B。

[习题 2]

分析：本题考查 DNS 的概念和层次域名空间。

解答：B。

[习题3]

分析:本题考查对 DNS 工作原理的理解,其主要作用就是完成域名到 IP 地址的转换。

解答:D。

知识点聚焦100:应用层协议

【典型题分析】

[例题1]下列描述错误的是(   )。

A. Telnet 协议 的服务端口为 23   B. SMTP 协议的服务端口为 25

C. HTTP 协议的服务端口为 80   D. FTP 协议的服务端口为 31

分析:本题考查应用层协议的端口号,这是基本常识。

解答:D。

[例题2]下面列出的是使用 TCP/IP 协议通信的两台主机 A 和 B 传送邮件的对话过程,请根据这个对话回答问题。

A:220 beta. gov simple mail transfer service ready

B:HELO alpha. edu

A:250 beta. gov

B:MAIL FROM:smith@alpha. edu

A:250 mail accepted

B:RCPT TO:green@beta. gov

A:250 recipient accepted

B:RCPT TO:green@beta. gov

A:550 no such user here

B:RCPT TO:brown@beta. gov

A:250 recipient accepted

B: DATA

A:354 start mail input ;end with<CR><LF>.<CR><LF>

B:Date   :Sat 27 June 2000 13:26:31 BJ

B:From   :smith @ alpha. edu

B:……

B:……

B:.

A:250 OK

B: QUIT

A:221 beta. gov service closing transmission channel.

问题:(1)邮件发送方机器的全名是什么?发邮件的用户名是什么?

(2)发送方想把该邮件发给几个用户?他们各叫什么名字?

(3)邮件接收方机器的全名是什么?

(4)哪些用户能收到该邮件?

(5)为了接收邮件,接收方机器等待连接的端口号是多少?

(6)传送邮件所使用的传输层协议叫什么名字?

（7）以2开头的应答意味着什么？以3开头的应答又表明什么？

（8）以4和5开头的应答各表示什么样的错误？

解答：

（1）邮件发送方机器的全名是alpha.edu？发邮件的用户名是smith。

（2）发送方想把该邮件发给三个用户？他们的名字分别是jones、green和brown。

（3）邮件接收方机器的全名是beta.gov。

（4）用户jones和brown能收到该邮件。

（5）为了接收邮件，接收方机器等待连接的端口号是25。

（6）传送邮件所使用的传输层协议叫TCP（传输控制协议）。

（7）以2开头的应答意味着成功，以3开头的应答表明需要有进一步的动作。

（8）以4和5开头的应答表示错误，4开头是暂时性错误，比如磁盘满；5开头则是永久性错误，例如接收用户不存在。

【知识点睛】

1. FTP采用客户机/服务器模式，是基于TCP的协议。FTP协议的答题要点是客户端由用户界面、控制进程和数据传输进程组成；服务器由控制进程和数据传输进程组成。FTP有两个端口：一个是控制连接端口21；另一个是数据传输端口20。控制连接端口在FTP整个工作过程中保持连接状态，数据传输则是在每传输一个文件时进行打开和关闭。

2. HTTP是用于WWW浏览器和WWW服务器之间数据传输的协议，是基于TCP的协议，端口号为80。HTTP是基于客户机/服务器模式的，信息传送的过程为：建立连接、发送请求报文、发送响应报文、关闭连接。

3. 邮件的传输是通过SMTP（简单邮件传输协议）来完成的。SMTP协议的要点是建立在TCP上，默认端口号为25。要发送一个邮件，必须要有一个SMTP客户程序和一个SMTP服务器程序。

4. 邮件读取协议主要有邮局协议POP。POP协议的答题要点是目前被广泛使用其版本3，即POP3，默认端口号为110。

【延伸拓展】

1. TCP协议与其他协议的层次关系，以及它与应用层协议的单向依赖关系，如图100-1所示。

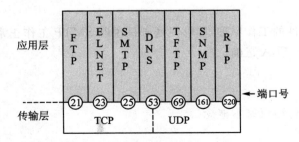

图100-1　传输层协议与其他层协议的关系

一类依赖于UDP协议，简单文件传送协议TFTP，远程过程调用RPC，网络时间协议NTP，引导协议BOOTP，域名服务DNS等。

一类依赖于 TCP 协议,是需要大量传输交互式报文的应用,包括虚拟终端协议(TELNET),电子邮件协议(SMTP),文件传输协议(FTP)以及超文本传输协议(HTTP)等。

另一类既依赖于 UDP 协议又依赖于 TCP 协议。

2. 常用的网络地址类型

MAC 地址,处在数据链路层;IP 地址,处在网络层;端口号,处在传输层之间的地址转换;如图 100-2 所示。

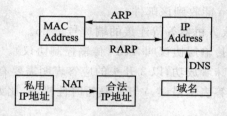

图 100-2 常用网络地址

【即学即练】

[习题1]在使用浏览器浏览一个万维网网站时,通信双方必须遵循的其中一个协议是(　　)。

A. SMTP 协议　　　　B. Telnet 协议　　　　C. FTP 协议　　　　D. TCP 协议

[习题2]只能发送不能接收电子邮件,则可能是(　　)地址错误。

A. POP3　　　　B. SMTP　　　　C. HTTP　　　　D. Mail

[习题3]电子邮件的传送是依靠(　　)进行的,其主要任务是负责服务器之间的邮件传送。

A. IP　　　　B. TCP　　　　C. SNMP　　　　D. SMTP

[习题4]E-mail 服务方的 TCP 协议固定端口号为(　　)。

A. 8080　　　　B. 25　　　　C. 80　　　　D. 21

【习题答案】

[习题1]

分析:本题考查 HTTP 协议的基本原理以及与传输层的关系,用于 WWW 浏览器和 WWW 服务器之间数据传输的协议是基于 TCP 的协议。这里候选答案中没有 HTTP,但是有 TCP,因此选项 D 正确。

解答:D。

[习题2]

分析:本题考查电子邮件的工作原理,能够发送邮件说明 SMTP 工作正常,不能接收邮件说明 POP3 存在问题,因此选项 A 正确。

解答:A。

[习题3]

分析:本题考查电子邮件协议基本概念。

解答:D。

[习题4]

分析:电子邮件协议 SMTP 的默认端口号为 25,POP3 的默认端口号为 110,因此选项 B 正确。

解答:B。

参考文献

[1] 教育部考试中心. 全国硕士研究生入学统一考试计算机科学与技术学科联考计算机学科专业基础综合考试大纲[M]. 北京:高等教育出版社.

[2] 崔巍,卫真,白龙飞. 2012 年全国硕士研究生入学统考计算机学科专业基础综合考试大纲同步练习[M]. 北京:北京航空航天大学出版社,2011.

[3] 崔巍,卫真,白龙飞,等. 2012 全国硕士研究生入学统考计算机学科专业基础综合辅导讲义[M]. 北京:原子能出版社,2011.

[4] 崔巍,于晖. 全国硕士研究生入学统考计算机学科专业基础综合要点速记手册. 北京:原子能出版社,2011.

[5] 严蔚敏,吴伟民. 数据结构(C 语言版)[M]. 北京:清华大学出版社,2006.

[6] 严蔚敏,吴伟民. 数据结构题集(C 语言版)[M]. 北京:清华大学出版社,2000.

[7] 蒋本珊. 计算机组成原理(2 版)[M]. 北京:清华大学出版社,2008.

[8] 蒋本珊. 计算机组成原理学习指导与习题解析[M]. 2 版. 北京:清华大学出版社,2009.

[9] 汤子瀛等. 计算机操作系统(修订版)[M]. 西安:西安电子科技大学出版社,2001.

[10] 李善平. 操作系统学习指导和考试指导[M]. 杭州:浙江大学出版社,2004.

[11] 谢希仁. 计算机网络(5 版)[M]. 北京:电子工业出版社,2008.

[12] 王慧强,孙大洋,徐东. 计算机网络知识要点与习题解析[M]. 哈尔滨:哈尔滨工程大学出版社,2006.

北京航空航天大学出版社
读者意见反馈表

尊敬的读者：

您好！

首先，非常感谢您购买我们的图书。您对我们的信赖与支持将激励我们出版更多更好的精品图书。为了解您对本书以及我社其他图书的看法和意见，以便今后为您提供更优秀的图书，请您抽出宝贵时间，填写这份意见反馈表，并寄至：

北京市海淀区学院路 37 号北京航空航天大学出版社教育培训事业部（收）

邮编：100191

电话：010－82339984　　　　　传真：010－82317034

E-mail：sallytanli@163.com　　　网址：http://www.buaapress.com.cn

博客：http://blog.sina.com.cn/u/1689582545

凡提出有利于提高我社图书质量的意见和建议的读者，均可获得北京航空航天大学出版社价值 20 元的图书（价格超过 20 元的图书只需补差价）。期待您的参与，再次感谢！

《2012考研计算机学科专业基础综合历年真题名师详解及 100 知识点聚焦》

读者个人信息：

姓名：＿＿＿＿　　　　　性别：＿＿＿＿　　　　　年龄：＿＿＿＿

身份：学生☐　　　　　社会在职人员☐　　　　　其他☐

文化程度：大专及以下☐　　本科☐　　　　　研究生☐

电话：＿＿＿＿　手机：＿＿＿＿　　E-mail：＿＿＿＿　　QQ：＿＿＿＿

通讯地址：＿＿＿＿＿＿＿＿＿＿＿＿＿＿＿＿＿＿＿＿　邮编：＿＿＿＿＿

您获知本书的来源：

新华书店☐　　民营书店☐　　辅导班老师推荐☐　　网络☐

他人推荐☐　　媒体宣传（请说明）＿＿＿＿＿＿　其他（请说明）＿＿＿＿＿

您购买本书的地点：

新华书店☐　　民营书店☐　　辅导班☐　　网上书店☐　　其他（请说明）＿＿＿＿

您对本书的评价：

内容质量：很好☐　　较好☐　　一般☐　　较差☐　　很差☐

您的建议：＿＿＿＿＿＿＿＿＿＿＿＿＿＿＿＿＿＿＿＿＿＿＿＿＿＿＿

体例结构：很好☐　　较好☐　　一般☐　　较差☐　　很差☐

您的建议：＿＿＿＿＿＿＿＿＿＿＿＿＿＿＿＿＿＿＿＿＿＿＿＿＿＿＿

封面、装帧设计：很好☐　较好☐　　一般☐　　较差☐　　很差☐

您的建议：＿＿＿＿＿＿＿＿＿＿＿＿＿＿＿＿＿＿＿＿＿＿＿＿＿＿＿

内文版式：很好☐　　较好☐　　一般☐　　较差☐　　很差☐

您的建议：＿＿＿＿＿＿＿＿＿＿＿＿＿＿＿＿＿＿＿＿＿＿＿＿＿＿＿

印刷质量：很好☐　　较好☐　　一般☐　　较差☐　　很差☐

您的建议：＿＿＿＿＿＿＿＿＿＿＿＿＿＿＿＿＿＿＿＿＿＿＿＿＿＿＿

总体评价：很好☐　　较好☐　　一般☐　　较差☐　　很差☐

影响您是否购书的因素：(可多选)

内容质量□　　体例结构□　　封面、装帧设计□　　内文版式□　　印刷质量□

封面文字□　　封底文字□　　内容简介□　　　　前言□　　　　　目录□

作者□　　　　出版社□　　　价格□　　广告宣传□　　其他(请说明)＿＿＿＿＿＿

您是否知道北京航空航天大学出版社：知道□　　不知道□

您是否买过北京航空航天大学出版社的图书：

买过(书名：＿＿＿＿＿＿＿＿＿＿＿＿＿＿＿＿＿＿＿＿)□　　没买过□

您对本书的具体意见和建议：

_____

_____

_____

_____

您还希望购买哪方面的图书：

_____

_____

_____

您对北京航空航天大学出版社的具体意见和建议：

_____

_____

_____

其他意见和建议：

_____

_____

_____

_____

北航出版社，为您点亮人生之路！